中俄文学互译出版项目·俄罗斯文库

本书属于中国国家新闻出版广电总局和俄罗斯出版与大众传媒署批准的《中俄文学互译出版项目·俄罗斯文库》，由中国文字著作权协会和俄罗斯翻译学院负责组织实施。

ВСЁ ПОПРАВИМО

一切皆可挽回

АЛЕКСАНДР КАБАКОВ

[俄]亚历山大·卡巴科夫/著

郭丽姝/译

群众出版社
·北京·

图书在版编目（CIP）数据
一切皆可挽回／（俄罗斯）亚历山大·卡巴科夫著；郭丽姝译．—北京：群众出版社，2018.7
（俄罗斯文库）
中俄文学互译出版项目
ISBN 978－7－5014－5682－6
Ⅰ.①一…　Ⅱ.①亚…　②郭…　Ⅲ.①长篇小说—俄罗斯—现代　Ⅳ.①I512.45
中国版本图书馆 CIP 数据核字（2017）第 105708 号

一切皆可挽回
［俄］亚历山大·卡巴科夫　著
郭丽姝　译

出版发行：群众出版社
地　　址：北京市丰台区方庄芳星园三区 15 号楼
邮政编码：100078
经　　销：新华书店
印　　刷：天津盛辉印刷有限公司

版　　次：2018 年 7 月第 1 版
印　　次：2018 年 7 月第 1 次
印　　张：16
开　　本：880 毫米×1230 毫米　1/32
字　　数：410 千字

书　　号：ISBN 978－7－5014－5682－6
定　　价：48.00 元

网　　址：www.qzcbs.com
电子邮箱：qzcbs@sohu.com

营销中心电话：010－83903254
读者服务部电话（门市）：010－83903257
警官读者俱乐部电话（网购、邮购）：010－83903253
文艺分社电话：010－83903973

本书属于中国国家新闻出版广电总局和俄罗斯出版与大众传媒署批准的《中俄文学互译出版项目·俄罗斯文库》，由中国文字著作权协会和俄罗斯翻译学院负责组织实施。

日复一日，
日夜更迭，
不为人知的痛苦，
不会令生活持续不幸。
持续不幸，没有希望，
因为在期待有所作为抑或心存别愿的时候，
却在无所事事中消磨……
日复一日，夜复一夜，这痛苦，
和所有模糊的思想情感，
和所有模糊的自我意识，
和周遭的一切就是我的生活——
我无法理解的生活。

伊万·蒲宁①

① 伊万·蒲宁（1870—1953），俄国作家、诗人。他于1933年获得诺贝尔文学奖，是俄罗斯文学史上第一位获此殊荣的人。

目录

序　幕

现在一切已成定局，似乎不会再变成别的样子了。就算变了也没有意义，因为事情已经发生了，并且还会继续发展下去。没有什么能让车子停下，除非车轴磨坏、车体散架，瞬间从路上跌进山谷；除非有新车经过——就是现在。我想弄明白，我们当时是怎么生活的，是怎么活到现在的。

老实说，除了想弄明白这件事，我便无事可做了。他们没有必要这样，但是他们还在拼命地追逐，丝毫也不考虑摩擦力。这种力量已经战胜了我们，正透过持续的轰鸣，用隐约可闻的吱嘎声警告他们。他们也知道摩擦力必胜，到达终点时将击败所有对手，独占鳌头。但是，他们无暇顾及这些，更不会早早地刹车。

我倒想看看隐于尘嚣之中的我们是怎样起跑、怎样狂热地追逐的。跑到最后几圈时，我想看清楚未来的胜利者那将会永远消失的轮廓，弄明白他是在哪个转弯处向前冲去并拉开距离的，又是怎样翻了车、飞了车轮，在火光和轰隆声中大头朝下栽倒在地的。

我艰难地醒来，又躺了几分钟，意识到自己还活着。一整夜无眠，一条腿始终在隐隐作痛，只有那淡紫色的朝霞给我带来了片刻的安宁。我掀开被子，借着夜用灯的微光嫌恶地看着左膝上那个有些破烂的伤疤。还算走运，两颗子弹只打穿了皮肉。

我提上运动裤，把牙刷盒塞到棉衣口袋里，然后静静地起身去刷牙。上帝保佑我的孩子，他们一直付钱给这家体面的养老院。我有两个房间，厕所可以淋浴。得过中风的邻居与我共用一间盥洗室。他起得很早，慢吞吞地洗了很久，又嘟嘟囔囔地道歉了很久。等待洗漱时，我在高大的镜子中审视着自己。不知为什么，这面镜子挂在公用的门廊里。身材高大，样子荒诞，花白的胡须凌乱不堪——这样的我一点儿也不像列夫·托尔斯泰，倒像是个给矮子伯爵树立的高大纪念碑，显得十分愚蠢，比例失调。胡子得刮一刮了，可是我懒得动弹。我弯下身子凑到镜子前，斜着眼睛打量着自己。

发丝灰白、头顶光秃、毛发稀疏、眼圈浮肿，深深的褶皱和细密的乱纹遍布于眼睛四周，胸口下面的肚子呈凸起状——我努力想看到那个长得像日本人似的细手瘦脚的男孩儿，那个发缝笔直、油光可鉴的纨绔少年，还有那个魁梧健壮的男子汉——略微发福的脸上总是流露出对这个世界执拗不变的蔑视之情。

什么也看不见，镜子里是一个皮肤松弛的老人，紧张地眯着双眼。只有在无眠的夜晚，躺下来闭上眼睛，聆听走向衰竭的生命之音时，才能看见他们——他们的呼吸是否平稳？

那么，等待夜晚来临吧！

第一部

第一章　清晨

米什卡认为父亲的作用不大，因此在规划自己的行动并预测它们可能产生的后果时，他很少认为父亲会参与进来。在实际生活中，妈妈的地位更重要，对生活有影响的事物全都由她来掌控。然而，毫无疑问，让她独自生活是不可能的——她绝对依赖于父亲在这个世界上的存在。这份依赖并不明显，因而十分自然，就像生活在现代社会中的人依赖电的供应、作坊里的烤面包和公共交通一样。当一切运转自如时，他不会时刻意识到这种依赖，只知道服从上司、担心没钱、畏惧强敌、害怕生病。可是，他却从不害怕寒冷、黑暗、食物短缺、空间堵塞。一句话：那些真正可怕的东西，他却不怕。

父亲列昂尼德·米哈伊洛维奇·萨尔特科夫是十二厂的副总工程师。那是附属于全苏大军营的一家兵工厂。妈妈萨尔特科娃·玛丽娅·伊利尼奇娜没有工作，像镇上的所有妇女一样待在家中，为米什卡煮他爱吃的花豆菜汤，擦洗亮晶晶的棕色地板，读读书。

清晨，米什卡跟父亲一起出了门。

父亲的靴子总是擦得一尘不染，闪着暖人的光。他从不择路而行，但是那些结结实实的黄泥巴总是粘在米什卡的套鞋上（厚厚的一层），却从不光顾父亲的靴子，就像他是在空气中行走似的。

平时，米什卡会早早地起床，飞快地洗漱完毕（在洗手间里站一会儿，浸湿牙刷，用湿漉漉的手掌抚平点缀在几近光秃的头上的刘海儿，然后在干净的方格毛巾上抹干双手），穿上肥大的裤角系带的绒布面滑雪运动裤（用父亲的蓝色旧马裤改的）和双色拼接的上衣（原来是妈妈的一条灰黑色的格子裙，拉链绳是从美国邮包①中的一件旧衣服上拆下来的），或者穿用细呢子制作的灰色立领校服（黄铜纽扣上有徽章，长裤上有裤线）。米什卡不喜欢穿校服，因为在学校里，他们把穿灰校服的人叫作“法西斯”。村里的孩子们从来不穿校服，因为村民没钱买。早饭前，米什卡旁观了父亲准备出门的全部过程。

父亲身穿紫黄条相间的睡裤和背带狭窄、袖窝塌垂的蓝色凸纹背心，光着脚走到了刚刚擦完、还有点儿潮湿的楼梯缓步台的木板上，拿着他的全部家当：一块削尖的木头（用来敲打鞋帮和鞋底上的干土）、一个扁圆的盒子（得费点儿力气才能打开盒盖儿——里面的鞋油干巴巴的，盒边挂着溢出的鞋油）、一把黏糊糊的秃毛鞋刷、一个柔软蓬松的毛刷（手柄上的凹槽由于抛光而变得很漂亮）和一双靴子（是拎着从靴筒里伸出来的布鞋带拿过来的）。用来打理的时间正好是十五分钟，不多也不少，直到靴子发出柔和的亮光为止。这亮光是从宽鼻靴头和平直的靴筒上发出来的。有了它，泥巴就不会粘在亮晶晶的鞣革靴面上了。肌肉在父亲瘦削的手臂上拉伸、收缩，在蓝色的紧身背心下颤动、拉紧。温暖就这样散发出来，闪烁着光芒……

然后，靴子出现在了门厅的一角。两个靴筒整齐地倒向了一边。父亲坐在厨房中间的小凳上，把制服放在膝盖上，把与此相关的物件——一小块长方形的纤维板（上面的孔像一个粗糙的大锁眼）、一小瓶褐色液体（盐酸甜菜碱）、一块从旧绑腿上扯下来的绒线抹布——摆在了餐

---

① “二战”期间，有很多美国人往苏联寄送衣物等生活必需品，对盟国给予援助。

桌边儿上。父亲先弄皱制服右侧的衣襟，把有凸面星徽的五颗铜纽扣抓在掌心里，再将每颗扣子从开孔最宽的地方穿过去，移向较窄的地方，让五颗扣子排成一列，挤在开孔的窄口处。然后，他往每颗纽扣上滴一滴盐酸甜菜碱，再用抹布画着圆圈儿揉搓，让每颗扣子上绿莹莹的黄铜都亮得发光。最后，他用一块湿布把银色肩章上的少校星徽擦拭了一遍，又抖落了衣服上的盐酸甜菜碱颗粒。有时候，父亲打理完毕之后，也会要求米什卡脱下校服，把纽扣擦净。

轮到白衬领了！只见父亲迅速地从一块起了毛边的亚麻布上整齐地扯下一窄条，沿着长边对折了一下。他三下两下就将一根长长的白线穿进了针孔，然后连续不断地以波浪式的动作把布条的上缘缭上，再将折痕缝到制服领子的缎面衬里中，让衬领正好比衣领高一毫米。接着，父亲那永远黝黑的脖颈就伸进了这高出一毫米的衬领。米什卡从未见过哪个男人的脖子和衬领搭配得这么漂亮。米什卡的衬领是前一天晚上妈妈给缝上去的。

拾掇到最后，父亲把一块从旧的军大衣上扯下来的料子铺到了桌上。冬天，为了保暖，他把这块料子盖在了绸缎被子外面。父亲从炉灶上取下了沉甸甸的小熨斗（细手柄上缠着绒布），向马裤走去。蓝色“科弗科特”呢料的马裤——只有上校才能用“波士顿”呢料——像一只巨大的雏鸡平躺在桌面上。父亲垫着纱布熨了熨马裤膝盖处的小鼓包，然后把马裤翻过来，在纱布上来回拉动冒着热气的熨斗，把磨得发亮的“后片”熨了熨。父亲每星期都为米什卡熨一回裤子，把裤线熨得笔直，免得他烫伤自己。

熨完裤子，父亲马上就开始穿衣服了。他飞快地甩掉睡裤，只剩下了一条肥大的蓝色短裤。他站在那里，相当敏捷地把青筋暴露的细瘦的双腿伸进马裤最窄的部分，套上裤腿，把长长的裤腰拉到腋下，将青色的带齿卡扣在腰后束紧。接着，他拖着裤腿下面的绳子，啪啪地走过地板，来到衣柜前，从狭窄的内衣格子里取出了妈妈洗好、熨平的一对干净绑腿，然后坐在维也纳卡通小凳子上穿靴子。这个小凳子从前属于米什卡，现在放在门厅里。

父亲把绑腿布的一角垫在大拇指下面，迅速地绕过穿着马裤的整条腿，一直缠到膝盖处，缠得又密又牢——米什卡也差不多学会了。他把最上面的部分塞到里面，让绑腿更结实，然后轮流把双腿插进了箍得很紧的靴筒中。

这段时间，妈妈一直在厨房里忙着在炉子上煎四边卷起的薄土豆片和泛着暗淡油光的肉饼——给父亲两个，给米什卡一个。厨房里弥漫着淡蓝色的煤烟。一只晚秋的苍蝇闻风而来，总想避开天花板下面呈螺旋状垂挂的捕蝇纸，落在铺着漆布的桌面上。妈妈用在索契晒得黝黑的粗壮的双手挪动着盘子，金属丝的炉盘上架着一只黑色的平底锅。父亲和米什卡很快就吃完了早饭。这时，父亲开始从他那个印有“乌克兰花朵”图案的大水杯里倒茶喝。米什卡没有喝茶，只吃了两块方糖。

父子俩走出家门，穿过肮脏的马路，沿着砖墙向前走去。砖墙上的铁丝网直冲云霄。10 月末的天空呈现出冰冷的瓦灰色，被带“疖子”的长长的铁丝网“切断”了。

父亲转过拐角，朝通行检查站走去。他事先摸了摸米什卡藏在鸭舌帽下面的后脑勺。这一别，要到晚上才能相见，甚至得等到周末，如果那一周要值班的话。米什卡继续前行，走到砖墙尽头，又穿过了一条柏油马路。这条路上偶尔会有车队经过，最前面的是“道奇四分之三”①，驾驶室顶上盖着防水布。然后是“斯蒂贝克”，长长的车厢结结实实地

① “道奇 WC 系列”是“二战”期间美国道奇公司生产的一种军用车辆。根据《租借法案》，从 1942 年起向苏联供应。因其载重量为四分之三吨（750 公斤），被苏联红军称为“道奇四分之三”。

扣在帆布篷下。接着，又是两辆“道奇”和一辆指挥官乘坐的“嘎斯67”（又叫“公山羊”，管状的车架上盖着褪了色的防水车篷）。不知为什么，这辆车让米什卡想起了飞行员乌托奇金①的飞机。

每辆“道奇”的短小车厢内都有八名士兵，拿着一种奇怪的新型自动步枪。枪管上没有带孔的外壳，而是跟卡宾枪一样，有可折叠的刺刀，枪托下有和纳甘式转轮手枪一样的把手。弹仓很长，又扁又弯，如象牙一般。这种枪叫作“AK突击步枪”，米什卡听说过。

“斯蒂贝克”里面装的是什么，不得而知——有人说是替班的囚犯，也有人说是秘密零件（工厂生产秘密武器用的）。

米什卡认识的一位叔叔——列瓦·涅哈姆金大尉——在“公山羊”里咧开嘴笑着，露出了亮晶晶的牙齿。他把宽大的手掌贴在蓝色大檐儿帽那深红色的帽圈儿上，向父亲行了个军礼。父亲站在通行站的入口旁，把瘦削、弯曲的手指靠近黑色的天鹅绒帽圈儿，笑眯眯地露出了长长的黄牙和暗红色的牙床。但是，他看的不是大尉，而是米什卡——看着他在车队经过之后穿过马路，挥舞着书包和灰色的缎面鞋袋（里面装着上体育课时穿的鞋）跑上了笔直的大路，跑向白砖砌成的二层简易校舍。

米什卡站在学校的台阶上，躲在右侧的石膏球后面等待伊戈尔·基列耶夫——免得被可能从校长室的窗口射出的目光捕捉到。伊戈尔的圆脸上长满了雀斑，鹰钩鼻又长又尖，脸色十分苍白。因为常年感冒，他的鼻头发红，让人觉得既可怕又恶心。

“不许看！”基列耶夫说着，把双手藏到了背后。他的书包和鞋袋就扔在脚边，紧挨着定做的沾满泥浆的牛皮靴——他没有套鞋。基列耶夫

---

① 谢尔盖·伊萨耶维奇·乌托奇金（1876—1916），俄罗斯首批飞行员之一。

的手里有可能拿着任何东西：因为写不出粗笔道而严禁使用的灰色“平头钢笔尖”或者尖细的绘图笔；一块在中间钻孔注铅的小牛趾骨，玩“羊拐子”——当地人叫“嘎拉哈”① ——游戏时当“击打拐”用；用变压器上的细铜线拧成的微型马车，里面关着一只背上插了铁丝钩的大苍蝇，准备跟同桌比赛时用。总而言之，你无法猜到他到底有什么。

“对换!”米什卡小心地说。为防万一，他把手放进左边的口袋里，并且捂住，防止一不小心将那把刀柄上嵌着银色鳞片、像小鱼似的德国折叠小刀给掏出来——一旦掏出来，就别想从基列耶夫手里换回来了。左边的口袋里还有一个德国放大镜。右边的口袋里有一个小“锡兵”②，外皮斑驳，脸色发红，绿色的圆头盔上有颗红星，短小的锡手掌里握着一把做工精良的锡皮“PPSH－41 自动冲锋枪”。右边的口袋里还有一个青霉素药瓶上的灰色橡皮塞（一点儿用也没有），以及一根铅笔、钢笔两用漆皮笔管（两头都无法写字，因此更加珍贵。它有一个重要功能，就是可以把嚼碎的吸墨纸或豌豆通过它吐出去，如果能把豆子从家里带出来的话）……米什卡又把手放进了这个口袋。他并不急于亮牌，而是要好好盘算一下再出招。基列耶夫在一旁等着。

“对换!”米什卡说着，把右拳里握着的瓶塞伸了出去。基列耶夫从背后亮出两只空拳，把大拇指从食指和中指中间伸了出去③。米什卡没空儿跟他吵架，更没有理由冒险在离校长室的窗口两米远的台阶上跟他吵。

没人跟基列耶夫要好，米什卡也并非跟他要好，但还是跟他合建了一座大本营。大本营设在墨绿色的蒿草丛中。这种草遍布全镇，叫“扫

---

① “嘎拉哈”游戏有多种玩法。往小牛趾骨里面注铅，可以提高命中率。
② 一种金属玩偶。
③ 这种手势表示轻蔑。

帚草”（没人知道别的叫法）。大本营紧挨着板棚房那长长的后墙。板棚房被分成了许多隔间，用于居住。他们从一种叫作“包装箱”的东西上拿来一块木板，当作大本营的房盖儿。包装箱是上好的结实木箱，漆着光滑的保护色，很适合加工改造，所以军官们常把它们拿回家做日用品。箱子里用厚厚的胶合板隔成了狭长的网格，很实用。每到星期日，父亲都会在楼梯的缓步台上锯开箱子，再用螺钉固定住。一个包装箱能做成三个“餐板”或书架，蓝色的写上“儒勒·凡尔纳”，绿色的写上“巴尔扎克”，深蓝色的写上“阿列克谢·托尔斯泰”。毫无疑问，灰色的最适合放书，多年来一直“属于”列夫·托尔斯泰。有一个包装箱下面垫着油毡纸。有一天，米什卡在基列耶夫的帮助下悄悄地拖走了这只木箱的盖子，用它做了大本营的斜屋顶。基列耶夫拽来父亲准备加固柴火垛的细长圆木，做成了高处的横梁——基列耶夫一家不住在十二户合住的砖房内，而是住在两家共用的芬兰式房屋里，需要烧柴。就这样，他们在“扫帚草”中建成了一座完美的大本营，坐在里面不必弯腰弓背。米什卡和基列耶夫用一些碎砖头砌起了墙壁——那是他们借着昏暗的夜光，冒雨从“军官之家”的工地上偷来的。正因为有一座共同的大本营，大家才认为米什卡跟基列耶夫要好。其实，米什卡只是不好意思像别人那样把基列耶夫赶走而已。大家都叫他“基列耶夫”，连“基里耶”或“基里尔”都不叫，他却一点儿也不生气，反倒不理解米什卡——别人叫他的外号“萨尔特娘儿们”，他就跟人家打架。大家见了基列耶夫会直呼其名，并且不愿意搭理他，因为他那长长的鹰钩鼻下面总是流着鼻涕。他用手一擦，然后随处乱抹，通常会抹在墙上。为此，每个从他身边经过的人——包括女生在内——都二话不说就在他的脖子上“来一下”。由于经常流鼻涕，他只好张口喘气，嘴里总有股怪味——不是牙齿腐坏的气味，而像是生肉味。大家都是为了这个而打发他，米什卡却不好意思因为怪味和鼻涕赶他走。就这样，他们俩经常坐在大本营里聊天。米什卡给基列耶夫讲《海底八万公里》（以前叫《海底两万里①》）和《神秘岛》，而基列耶夫则给米什卡讲自己跟父母和姐姐一起生活时的情景。

在米什卡看来，他们的生活很奇怪，甚至让人讨厌。

不管怎么说，基列耶夫讲的故事都会让米什卡觉得恶心，就像闻到了从机车里冒出的烟味似的。可是，不知为什么，他并没有打断他，反倒默不作声地盯着旁边的东西，一字不漏地认真听着。

基列耶夫说，夏天在没人看见的时候，他们全家人就会脱光衣服，一丝不挂地在家里走来走去。这个主意是基列耶夫的妈妈想出来的。她在部队的医院里当护士，不是家庭妇女，这一点跟别的妈妈不同。基列耶夫的妈妈说，身体需要呼吸，没什么好害羞的。他们是亲人，以前也都看过对方赤身裸体的样子。家里停水时，米什卡跟父亲就去公共澡堂去洗澡。有一次，在“女浴室开放日”，他跟几个男孩儿一起把装中国冻苹果的木箱立起来，站在上面，透过毛玻璃往澡堂里看。当时，他就像闻了机车里冒出的煤烟味似的，感到十分恶心。基列耶夫的父亲是个上了年纪的矮胖上尉，在米什卡父亲所在的部队里当机要员。他那火红的硬发已经花白，两条腿又短又粗。基列耶夫的妈妈是个“瘦高个儿”，颧骨很高，肥厚的嘴唇向外翻着。他的姐姐很胖，鼻头很大，脸蛋儿很圆，读七年级，长得跟基列耶夫十分相像。基列耶夫满身雀斑，鼻涕直流……一想到他们一丝不挂地走来走去的样子，他就觉得恶心。他盯着旁边的东西，专心地听着。

基列耶夫说，因为他姐姐各科的成绩都是两分，所以他父亲经常用细皮带抽她。即便如此，她也念了两次六年级，现在肯定又要重读七年级了。他父亲每次用晾衣绳把姐姐绑在床上，把毛巾塞进她的嘴巴，然

① 这里的“里”指法语中的“古里”，一古里约合四公里。

后打她的时候，基列耶夫都不敢乱动，只是呆呆地站着，像战舰上的炮筒一样。他妈妈看着他姐姐挨打，总是轻声地呜咽，就像皮带抽在她自己的身上似的。有一次，他姐姐尿了床，他跟他妈妈花了好长时间才清理干净，把床垫放在火炉旁烘干了。家里人告诉基列耶夫，如果他胆敢在学校里提起这件事，他父亲会打死他。不过，基列耶夫还是对米什卡说了这件事。米什卡沉默不语，既惊讶于这件让人害怕的事，又惊讶于基列耶夫的勇气。

他们在学校的台阶上待了一会儿。因为刚才基列耶夫耍赖，所以米什卡跟他吵了几句。然后，两个人一起走进学校，在更衣室里脱衣、换鞋。

他们从潮湿的大衣（有很多学生的大衣是用父亲的免费军大衣改做的，有的大衣上还能看见裁剪的痕迹）中间穿过去，在最边上的窗台上坐下来，开始换鞋。米什卡把套鞋放在大衣下面，准备带着鞋袋进教室，在第四节体育课上课之前把便鞋换上。鞋袋很适合在课间打人时用，当然也有被人家用装着文具盒和课本的书包还击的可能。基列耶夫拽下脏靴子，直接塞进了鞋袋，然后把便鞋穿在皱巴巴的湿袜子外面，拎起鞋袋，骄傲地声称，这是为了防止靴子在更衣室被盗。于是乎，靴子在他的鞋袋里发出了悦耳的撞击声。

清洁工瓦尔卡立刻走了过来。她是个十八岁左右的胖丫头，常常穿过荒地从村子里到镇上来，去年还在学校上课。但是，最近两年，她所有的科目都勉强得到三分，上七年级时就成了清洁工。

瓦尔卡从大衣里探出身子，用食指扒住下眼皮，把中指塞进鼻孔，然后仰起头，冲着男生做了个可怕的鬼脸。

“傻瓜！”基列耶夫对她说。

瓦尔卡一言不发地张开手掌，在基列耶夫光秃秃的后脑勺上啪地打了一下。这一掌声音很大，更衣室里的所有人都听得见。然后，她又扮了个鬼脸，认真地看着米什卡。米什卡耸了耸肩，微笑了一下。

“瓦尔卡，你确实是个傻瓜。你还是看好大衣和套鞋吧！”他没敢说得太狠。首先，他不好意思用那种口气对比他年长的人讲话，虽然清洁工瓦尔卡是个公认的傻瓜。其次，他担心自己会被她打。

男生从衣架和瓦尔卡之间挤过去，飞快地跑进食堂去拿果汁和面包了。

食堂里有很多一年级的学生，其中娜季卡和尼娜鹤立鸡群。

跟平时一样，娜季卡歪着脑袋看着地板。灰蒙蒙的晨光从窗口射进来，晃着她脸上那发青的疖子。那里又沉积了黑色的污物，即将引发新的炎症。尼娜环顾四周，不去看任何人。她那黄色的短粗发辫垂在褐色的制服裙上。围裙的黑色宽背带在制服裙背后十字交叉。映在她那黄色眼睛里的窗户变了形，像是映在玻璃上。基列耶夫和米什卡拿出了六年级学生的派头，将男生们拨开，站在两个女生的侧前方，好让大家知道他们既无须排队就能拿到面包和果汁，又不会让女生们生气。很自然地，他们谁也没跟谁打招呼。但是，米什卡觉得所有人（包括娜季卡、基列耶夫，还有一年级的学生们）都注视着他和尼娜，并且发现尼娜没有看他，而是竭力把目光转移到涂着蓝色油漆的墙壁和有裂痕的白色天花板上。米什卡也没有看尼娜，而是伸长了脖子向柜台里面张望。柜台里面的大桶里装满了沾有糖粉的黄褐色面包，下部有个水龙头的大水桶里荡漾着草黄色的果汁，煮熟的杏干儿像小船一样漂浮在水面上。

前一天晚上，米什卡和尼娜一直游逛到了九点半，险些在家里惹乱子。

瓦灰色的黄昏比漆黑的夜色更能让人视线模糊。他们默不作声地在建设了多年都未能完工的“军官之家”附近走了很久。确切地说，他们是在一堆堆的砖头和地基中的那个永久性的大水坑附近走了很久。4月，冰雪融化时，男生们常坐着用木门做的筏子在水坑里“漂流”。有一回，根卡·博伊科和托利卡·奥加尼扬的船翻了，他们双双落入水中，米什卡和基列耶夫用木板把他们拉了上来。根卡和托利卡冻得发抖，身上的大衣硬得像木桩一样。他们不敢回家，跑到活动房里求工程兵帮忙。然后，他们在活动房里脱掉衣服，拿到铁炉旁烘干。一位瘦高的乌兹别克中士看着他们，笑得眼泪从他那黑黢黢的脸上直往下流。他不停地说："傻瓜啊，傻瓜！看你们的妈妈不揍你们的屁股！"一开始，米什卡和尼娜只是在工地的周围溜达，后来夜幕降临了，水坑上方亮起了巨大的探照灯，他们便向"芬兰房"走了过去。他们在院子外面散步，听着此起彼伏的狗叫声。米什卡给尼娜讲述了他刚刚读完的西班牙作家塞万提斯的鸿篇巨著《唐·吉诃德》。书是他妈妈从警备队的图书馆借来的，分为两卷。书的封面是黑色的，书名是金色的。书是革命前出版的，几乎所有单词的末尾都有晦涩难懂的字母和硬音符号，让人觉得匪夷所思。米什卡很快就把革命前的书写规则弄明白了，用了不到一个月的时间就读完了《唐·吉诃德》。这会儿，他想给尼娜讲讲这本书的内容，但是效果不佳，讲得稀里糊涂。他就像在讲《撒克逊英雄传》似的，总提到骑士，而《唐·吉诃德》并不是一部专门写骑士的小说。后来，尼娜说她都弄混了。她说这个唐·吉诃德要么确实爱着杜尔西内娅，要么就是疯了。因此，她说她不会去读这本书，请米什卡第二天不要把书带来。天很冷，他们走进了尼娜家附近的一座房子。这是一家服装店，军官们经常在这儿做军大衣、制服和马裤，而他们的妻子则用华丽的灰色将军华达呢和玄狐皮做短大衣或者用丈夫们做马裤时省下来的布料做蓝色的直筒裙。服装店早就关门了，门洞里空无一人。尼娜背靠着暖气取暖，米什卡则默默地把双手插进她的大衣，像是要取暖。一股暖烘烘的热气和隐约的香皂味飘过来，他感觉到了她那光滑的皮肤和微微颤动的柔软的毛发。尼娜默默地摘下贝雷帽，用拿帽子的手搂住了米什卡……

这会儿，米什卡正大声地跟基列耶夫聊着天，没有跟尼娜说话。基列耶夫的历史学得很差，米什卡正急切地给他讲孔德拉特·布拉温①和伊万·博洛特尼科夫②。他们拿到了果汁和面包，坐在绿色的橡胶板桌旁的铁腿椅上，继续大声交谈。一年级的学生们在周围跑来跑去，尖声喊叫着。米什卡滔滔不绝地讲起了农民起义和哥萨克暴动。尼娜一边喝果汁，一边不停地把头转来转去。娜季卡斜盯着地面，抠着下巴上的脓包，竭力不引人注意。基列耶夫吧嗒吧嗒地嚼着面包，吱吱地喝着果汁，不停地吸着鼻涕。突然，他轻轻地打断了米什卡的讲述。

“我知道你们的事了。”基列耶夫说着，看了米什卡一眼，脸上露出了惯有的既恐惧又蔑视的神情。

“我们的事？”米什卡心里一惊，以为他们前一天进入楼门时或者从里面出来的时候被基列耶夫看到了。他有可能往楼道里偷看，因为他什么事都做得出来。“你知道了什么？快说，不然就别想让我给你讲历史……”

就在这时，上课铃响了，大家加快了吃喝的速度。第一节是俄语课，讲记叙文。就这样，直到上地理课之前，基列耶夫什么都没来得及说。

① 孔德拉特·布拉温（1660—1708），顿河哥萨克长官、农民起义领袖。

② 伊万·博洛特尼科夫（1565—1608），俄罗斯混乱时代的军事和政治活动家、农民起义领袖。

第二章　课堂

地理老师法伊娜·阿卜杜洛夫娜跟去年一样，挺着大肚子。显然，她年底又要休假生孩子了。接替她的可能是任何人：校长罗曼·米哈伊洛维奇，历史老师尼娜·谢苗诺夫娜，甚至是俄语老师——窄屁股的米拉·格里戈里耶夫娜。因此，学地理是毫无意义的，最后一个学期和全年的地理测评只看平均分。不管怎么说，米什卡一定能得五分，基列耶夫只能得三分。九年级之前，地理课是没有考试的，因此在法伊娜的课堂上，大家可以随心所欲。

米什卡跟基列耶夫坐在靠窗的第四个座位上。他本该坐第一个座位，大概是跟娜季卡同桌。他们俩是班里的尖子生，可是早在年初米什卡就坚决反对和娜季卡同桌。后来，基列耶夫又设法说服了班主任兼历史老师尼娜·谢苗诺夫娜。他们现在坐在第四个座位上，那是靠窗那排最好的位置。窗子下面有一个很方便的“宝库”，就在护墙板和墙壁之间深深的裂缝中。“宝库”里有用纸包着的笔尖、细金属线和其他“珍贵”的物品。裂缝被他们用从这面墙上掉下来的一块蓝色墙皮从外面堵住了，所以绝不会被人发现。

“昨天夜里，我爸跟我妈说……”基列耶夫看着前面，嘴唇不动，小声地开了口，而正在讲“俄罗斯高地”的法伊娜听不见也看不见，“开始的时候，他们直喘气，听得我心烦，就睡着了。后来，我爸说话时，我醒了，都听见了……说的是你们。他一再说‘现在得离萨尔特科夫一家人远点儿’。我妈让我答应不跟你同桌。她一大早又骂起了奥莉卡，让她去刷碗，就把我给忘了。我立马决定告诉你……”

“告诉我什么？”米什卡低声说道，一动不动地看着前面，“你在胡扯，基里尔！你爸干吗半夜三更地说起我们？”

“说的是……”基列耶夫飞快地擦了一把鼻涕，往墙上一抹，不知不觉地提高了耳语的声调。坐在第三个座位上的因卡·奥加尼扬（托利卡的妹妹）回头看了一眼。正讲到“运河和支流”的法伊娜停下来，看了看基列耶夫和米什卡。基列耶夫立刻住了嘴，做出认真听讲的样子。等了一分钟，他轻声说道：“说的是，科利亚·诺索夫叔叔交给了父亲一封密信，父亲看了。信上说，你们萨尔特科夫家是犹太特务，尤其是你妈。但是，你们没跟科利亚·诺索夫叔叔汇报，所以你们死定了。你可能会被送到少年劳改营去①……”

米什卡的脑子里立刻炸开了锅，乱作一团。有时候，他一个人待在屋子里吃方糖、做功课或者读书时，脑子里就会这样乱响一通，好像一群人在大叫，却不知道叫的是什么。米什卡受不了这种叫喊，只好跳起来在房间里乱跑一气。这样一来，叫声就会停息。可是，现在米什卡不能乱跑，只能悄悄地在桌子底下踹基列耶夫一脚。

“快告诉我，基里尔，”米什卡惊恐地低语着，也不管法伊娜能不能听见，“要不然下课之后收拾你！快说……”

然而，基列耶夫还什么都没来得及说，电铃就响了。法伊娜还没来得及讲完“伏尔加河的发源地”，就一手托着肚子，一手用手帕捂住嘴巴，迅速地走出了教室，差点儿忘了拿记分册。同学们立刻跳起来，打作一团。渐渐地，大家在值周生的喊声中冲出了教室——到了“大课

① 在“清洗世界主义者运动”中，有大批犹太人被捕。

间”，全体学生都得离开教室。

米什卡和基列耶夫留在教室里，把值周生支走，威胁说如果告发他们，就把粉笔扔进墨水瓶。值周生从女厕所提来装着褐色冷水的水桶，从教室里面锁住门，用教师坐的凳子的凳腿别住门把手，然后用沉重的大拖把擦起地来。米什卡和基列耶夫坐在课桌上，免得影响打扫。基列耶夫小声地向米什卡说出了一切。

他说他没听清谈话的全部内容，只听见父亲一再提到萨尔特科夫和“犹太人”。后来，基列耶夫听到了一句完整的话，便一字不漏地记了下来。这句话是“信是寄给科利亚·诺索夫的，他还没决定怎么办——信交给我的时候加了编号”。接着，基列耶夫的父亲压低了声音，含糊不清地说了些什么，好像提到了一个叫“库兹明”的，说他好像是烧了什么，要么就是打算烧什么。因此，基列耶夫断定，库兹明一家——他家的女孩儿叫维奥莱特卡·库兹明娜（昵称“维特卡”），在六年级二班——也是犹太人和特务，甚至是“反革命”。既然他们打算烧东西，那么多半是要烧司令部。那是一座有白色廊柱的三层黄色楼房，在镇上中央广场的“工厂通行站”对面。那里有两名士兵手持“AK”步枪在门口站岗。他不知道基列耶夫为什么认为库兹明是特务，但他确实说的是真正的特务行动，因为大家都知道科利亚·诺索夫上校（个子很高、清瘦、脸色苍白，大檐儿帽下露出了浅色的头发）专抓美国人派来的特务。他们设法混进工厂或司令部，以获取情报、制造爆炸案。既然科利亚·诺索夫叔叔注意到了萨尔特科夫和库兹明一家，那么他们就是特务，只不过不是美国特务，而是犹太特务，因为基列耶夫的父亲总是提到犹太人，还多次说起米什卡的妈妈。她肯定是犹太人，在家里读书、缝纫的时候都戴着眼镜。

“我要是你，米什卡，”基列耶夫说完，叹了口气，“就离家出走。警察会找到你，把你送进苏沃洛夫少年军校或者纳希莫夫海军学校。”

米什卡还没来得及回答，凳子就在持续不断的撞击下砰的一声从门把手上飞了起来。大门被撞开了，六年级一班的全体同学冲进了教室。上课铃响了，尼娜·谢苗诺夫娜走进教室，开始上历史课。倒霉的基列耶夫第一个被叫起来回答问题。他还在为刚才的事伤心，早就把从米什卡那儿听来的东西忘得一干二净了。他把博洛特尼科夫说成了“博罗金”，根本想不起来布拉温是谁。结果，他只得了两分，而照本宣科的娜季卡却得了个“优”。接着，尼娜·谢苗诺夫娜讲起了尤里日①。于是，米什卡稍微有些走神儿。课间休息时，尼娜·谢苗诺夫娜没有离开教室。她组织班里的同学进行讨论，内容是“长大以后干什么”。米什卡忘了基列耶夫的话，当同学们纷纷站起来说想当飞行员、医生或坦克工程师的时候，他在想自己到底应该干什么。

他喜欢海军制服，尤其喜欢夏天的白色制服。他们全家在索契度假时，他见过海军军官。当时，父亲住在部队疗养院，他跟妈妈租住女管理员的房子。妈妈身穿鲜艳的中国绉绸连体服，脚踩软木跟凉鞋。米什卡穿着黑色短裤、薄底便鞋（把鞋带系在了脚踝上），头戴绣花圆帽。父亲身穿白色亚麻布制服上衣，头戴白色巴拿马草帽。晚上，在沿岸街和“乌克兰饭店”（有时，父亲只顾散步，错过了疗养院的午饭，就在这里吃饭），能看见一些海军军官。他们身穿白色立领制服和笔挺的白色长裤，用牙刷粉把白色的帆布鞋刷得几乎变成了浅蓝色。他们的佩剑在白色的裤腿旁晃荡，大檐儿帽上的帽徽发出黑金般的光芒。米什卡简直看呆了！

可是，他们从索契回来之后，学校开学了。米什卡渐渐明白了，自己肯定当不了海军战士，因为只有孤儿或将军之子（至少是上校的儿子）才有机会进入纳希莫夫海军学校，况且中学毕业是不能进军校的。

① 基督教的节日。

因此，米什卡只好更多地去思考命运中其他的可能性。在这种思考中，一定会有“在莫斯科下班回家”的场景。

米什卡身穿蓝灰色西服（这种西服是用一种叫作“地铁”的布料制成的），不知道它跟真正的地铁有什么联系。有时，他会想起地铁，想起在“革命广场”站看到的佩戴铜质奖章的人和在“马雅可夫斯基”站看到的网格钢柱。但是，这一切都被“长大成人的米什卡下班回家”的情景遮蔽了。蓝灰色西服在又瘦又高的米什卡身上显得过于宽松了。裤子柔软得起了褶皱，垂在带黄色条纹的灰色便鞋上。他歪戴着用轻薄的细毡制成的、镶有深色凸纹宽带的灰色软帽，手上拎着有鳄鱼图案的黄色猪皮大公文包（用正方形的大铜锁锁住了）。公文包很鼓、很沉，使得他在走路时不得不歪着身子，用另一只手保持平衡，而这另一只手里拿着一个正方形的纸盒，盒盖儿上画着一朵玫瑰花。盒子外面十字交叉系着一根纸绳。米什卡将食指从交叉处穿过去，托着有些下垂的盒底。公文包里有几本有彩图的大书（用包装纸包着）、几个细长的小木箱（里面装着精巧的螺丝刀和小锤子）、一个绘有小鹿图案的什锦糖果盒和一瓶“沙特伊凯姆”牌甜葡萄酒。此外，公文包里还有一个双层的褐色纸包，里面包着灌肠、肝和切片肥肉（冒着油脂）。美妙的香味飘出来，充满了整个公文包。纸盒里是一块冰激凌蛋糕。

现在，米什卡快到家了（他已经拐进了巷子）。一个小男孩儿从五楼打开的窗户里伸出头来，趁大家不注意，小心地看着他。米什卡走进潮湿的楼道，开始爬楼——不知是谁打开了四楼的电梯门，没有关上。这时，楼上响起了用钥匙开门锁的声音。小男孩儿正在缓步台上等着，从他手里接过蛋糕，然后跑进厨房，把蛋糕放到桌子中央——晚餐开始了。

这一切都是米什卡经历过的。战后，父亲在军事学院学习期间，他们就住在彼佳舅舅（妈妈的哥哥）家。彼佳舅舅每天从阿尔巴特大街步行下班，绕道高尔基大街，穿过特维尔－亚姆斯卡亚大街，拐进巷子。米什卡总是不顾妈妈和阿达舅妈的严厉禁止，站在椅子上，小心地从打开的窗户里向外张望。

现在，米什卡想成为彼佳舅舅那样的人，妈妈也认为他很像彼佳舅舅。特别是五年级的那个暑假，米什卡长得又瘦又高，变得更像彼佳舅舅了。

米什卡不太清楚彼佳舅舅是做什么工作的，只听说他是个经理。不过，这没有什么意义，因为米什卡并不想当什么经理，只希望下班的时候自己能身穿蓝灰色西装、手拿冰激凌蛋糕。

米什卡认为，自己即使当不上海员，也要当个飞行员，驾驶着机翼向后展开的喷气式飞机（每次飞行后都能得到一大块巧克力），穿着领章上带有金色小螺旋桨的制服（冬天穿短款的厚毛领皮夹克）。他还幻想着自己驾驶着“T34 坦克”或“KV 坦克”，从机舱内探出身子，把脏兮兮的脸慢慢地从一侧移向另一侧。人行道上的陌生男孩儿们缩成一团，尽量远离漆黑的炮口。尼娜·谢苗诺夫娜吓得脸色苍白，忽然想起自己给米什卡打过四分甚至三分，还说了“谁天资聪颖，谁就该承担更多的责任；谁轻易取得成功，谁就该更加努力”之类的话。当然啦，这些职业都不错！可是，那副近视镜却在米什卡的眼前不停地晃来晃去，使他想起自己是近视眼——真希望有人把它拿走！

在这种时候，他很少想到彼佳舅舅，反倒会想起阿达舅妈和玛尔塔表姐。玛尔塔比他大，明年就十年级毕业了，而且会获得金质奖章（这一点毋庸置疑）。他明知道她是表姐，却戏称她为“表兄”。他明知道她叫“玛尔塔”，却叫她“丑八怪”①。可是，她并不生气，有时还会带他出去玩。他们沿着高尔基大街往市中心走，回头率很高。米什卡知道

---

① 俄语中的“丑八怪”一词与“玛尔塔”一词的发音相近。

这是怎么回事：玛尔塔不在时，家里人都叫她“美女”，尽管米什卡并不明白她美在哪儿。她有一双乌黑的大眼睛，鼻子上翘，鼻尖扁平（像刺猬的嘴巴）。她身材高挑（几乎跟米什卡的父亲一样高），走路时不停地晃动。他们来到市中心，进入了小巷，再向右拐，到了青年戏院附近。然后，他们穿过几条巷子，来到了离池塘不远的一座大楼前。玛尔塔把米什卡丢在这里一个小时，让他跟当地的男孩儿玩，她自己则钻进漆黑、凉爽的楼道，上了电梯。玻璃电梯慢慢地上升，停在了最后一层。当然啦，没人愿意跟米什卡玩，好在也没人打他——就等着你的傻姐姐吧，她找罗布卡去了！

米什卡坐在院子一角的大木箱后面，拿出彼佳舅舅送给他的美国折叠放大镜，对准一个小木片，木片上立刻就出现了一只叫作“米沙”的黑色小虫。一个半小时后，玛尔塔从楼道里跑了出来。她迅速抱起米什卡的头，隔着裙子在她滚热的大腿上贴了一会儿，然后带着米什卡飞快地往家里跑去。路上，玛尔塔嘱咐米什卡，就说他们去了动物园。其实，她真的带他去过一回动物园。此时，家里已经乱作一团了。阿达舅妈已经三次跑到“白俄罗斯”地铁站去接他们了。“你把孩子领到哪儿去了?”她叫道，声音大得吓人。不知为什么，彼佳舅舅那天恰巧没有上班。妈妈把米什卡带到了另一个房间。彼佳舅舅的书房里吵声不断，几次传来“这个罗伯特”的叫声。米什卡突然想起，罗布卡就是莫斯科“鱼雷”俱乐部的著名足球运动员罗伯特·科洛季林——就是他！这时，传来了响亮的巴掌声和短促的叫喊声。随后，玛尔塔从书房里飞奔了出来，右边脸上挂着红色的巴掌印。她迅速地跑过门厅，啪的一声关上了房门。彼佳舅舅在书房里对着电话大叫着。半个小时后，急救车来了。阿达舅妈躺在餐厅的皮沙发上，额头上敷着湿毛巾。医生在她的手腕上缠上了黑胶带。

这些事情发生在去年夏天。他们在从索契回来的途中，在莫斯科待了几天。不过，现在米什卡很少想起这些。最后一次想起这些事情的时候，他问妈妈第二年夏天还去不去“第三亚姆斯卡亚大街”① 的马尔金家（这是彼佳舅舅、阿达舅妈和玛尔塔一家的住址和姓氏，家里人总是这么说）了。妈妈看了看米什卡，一言不发地转身走进了厨房。米什卡跟着她进了厨房，看见她站在炉灶旁，盯着煮花豆的汤锅，用长把勺搅拌着，眼泪掉落在汤中。

这件事情过去之后，米什卡似乎弄明白了为什么一提到马尔金一家，妈妈就会流泪。应该从父亲那儿了解实情，或者想其他办法从母亲那儿探听原委。但是，恰恰相反，他把他们都给忘了，尽管他更加频繁地想起了自己穿着舅舅的西装、手拿冰激凌蛋糕的情景。在他的脑海中，马尔金一家的周围仿佛形成了一个神秘的光环。他已经完全想不起与他共处了那么长时间的这家人了。父亲就读于捷尔任斯基炮兵学院速成班的两年中（让米什卡感到奇怪的是，此后父亲并没有当上炮兵，而是成了一名肩章和领章上带着“小锤”的工程师），每年在去索契、黑海度假的路上，或者在回家的途中，他都要在舅舅家待上两个星期左右——父亲的假期很长（除去在路上的时间，还有四十五天）。但是，彼佳舅舅、阿达舅妈和玛尔塔都从米什卡的脑海中消失得无影无踪了。父母不再谈起他们了，邮箱中也不再有他们的来信，这些都不会使他感到奇怪。从前，邮箱中时不时地会有来信。信封上是舅妈娟秀的笔迹，写着奇怪的地址“莫斯科 350 号，马克思大街 12 栋 5 号，萨尔特科夫收”。事实上，这里的村子叫“兔儿谷”，附近有家兵工厂和一座军事小镇。他们就住在镇上，距莫斯科三千公里。米什卡早就对这种事见怪不怪了，已经熟悉了“军事秘密”这个词。

“我长大以后该干些什么呢?”米什卡想。他竭力赶走脑子里的幻

① 莫斯科共有四条亚姆斯卡亚大街。

影——戴着眼镜，身穿宽大的西服，一手拿着冰激凌蛋糕，一手提着公文包。其实，他并不想当经理（这时，不知为什么，他竟然没有想起当经理的彼佳舅舅）。他到底想干什么呢？

这时，班主任尼娜·谢苗诺夫娜正在叫他的名字。

“看呀，萨尔特科夫沉浸在幻想之中！那么，就请他在班会上发个言吧！班会的主题是什么，萨尔特科夫？站起来，我问你话呢！”

米什卡磨磨蹭蹭地站起来，砰的一声掀开桌盖儿（课桌实在是太小了），从桌子下面探出身子……

“班会的主题是，尼娜·谢苗诺夫娜，”他用完整的话开了头（尖子生理应如此），“是……是‘长大以后干什么’，对不对？”

尼娜·谢苗诺夫娜没有说话，默默地盯着米什卡。米什卡知道班主任不喜欢他，尽管他是班里唯一成绩优秀的男生。尼娜·谢苗诺夫娜觉得他的好成绩来得太容易。她不喜欢这种轻而易举就达到目的的人，无论是学生还是成年人。尼娜·谢苗诺夫娜毕业于四年制的教师学院，在低年级任教多年，后来进入了州立师范学校接受函授教育，毕业后当了历史老师。五年前，她嫁给了一名司务连的“超役军人”①，没有孩子。他们没有分到镇上的房子，在村里租了半间房，养了一头小猪和几只鸡。尼娜·谢苗诺夫娜看着米什卡，一言不发。他想起了历史老师跟妈妈说话时的情景。那是个星期天，妈妈上街买吃的时，在路上遇见了历史老师。米什卡紧挨着妈妈手里拎着的小筐。突然，妈妈用惊讶的语气（米什卡不明白她为什么这么惊讶）对老师说：“尼娜·谢苗诺夫娜，对不起，克柳切夫斯基②说过……”尼娜·谢苗诺夫娜立即打断了她：“我们大学历史课不学克柳切夫斯基。”说完，她扭过身子，径自向山下

① 指服役期满后，自愿留在部队继续服役的军人。

② 瓦西里·奥西波维奇·克柳切夫斯基（1841—1911），俄国历史学家。

的村子走去。

"'长大以后干什么'这个问题，尼娜·谢苗诺夫娜，"米什卡仍然刻意把句子说完整，"苏联的学生都回答过。他们知道，在我们国家从事任何职业都是光荣的。尼娜·谢苗诺夫娜，我们得认真对待，不能马虎。我可以当水手、飞行员、坦克手……工程师……"

他停顿了一下，死活想不出其他的职业名称了。尼娜·谢苗诺夫娜始终一言不发地看着他。"水利！"娜季卡小声提醒道。在学校里，尼娜总是装出一副对米什卡不管不问的样子。

"……水电站的建设者。"米什卡想起了这种说法，接下来就容易多了，"土壤改良家……"

"那么，你知道，"尼娜·谢苗诺夫娜打断了他的话，"土壤……改良家是干什么的？举个例子！"

"土壤改良家，"米什卡迅速地说道，高兴地感觉到这次谈话就要结束了，"……抽干沼泽、建造房屋，或者种植有用的植物……"

"很好！"尼娜·谢苗诺夫娜再次打断了他的话，"那么，你想干什么呢？"

到底是怎么回事，米什卡也不知道。不过，蓝灰色西装和冰激凌蛋糕瞬间从他眼前闪过，使得他突然冒出了一句：

"经理！"

接着，他停顿了一下，在一阵狂笑声和"下一个职业是经理"的尖叫声中纠正道："那个，是……工厂副总……大概是吧……"好在，他及时想起了父亲的下属厨官是怎么称呼的。

但是，为时已晚，教室里已经沸腾了。沃夫卡·萨拉伊金趁乱摸了一把因卡·奥加尼扬，她没有躲开。托利卡·奥加尼扬和根卡·博伊科互掷书本，打了起来。坚硬的书皮在头顶上发出清脆的断裂声，响彻了整个教室。像以前一样，娜季卡哭了。尼娜坐在座位上，低下头，双手捂住了耳朵。下课铃声并没有让大家安静下来，反而使他们闹得更加厉害了，达到了不可收拾的地步。沃夫卡·萨拉伊金朝黑板扔了一支粉笔，白色粉末飞得到处都是。萨拉伊金的朋友兼永远的对手——“体育棒子”艾奇卡·奥索夫佐夫大头朝下、两腿向上，倒立着走到了教室中间。尼娜·谢苗诺夫娜趁乱消失了——每次教室里炸开了锅，她都会这样。她要把校长罗曼·米哈伊洛维奇找来，收齐学生手册，传唤家长到校。

米什卡也趁乱溜到门边，跑开了。

一分钟后，他不知不觉地就来到了操场上尚未建成的暖窖后面，手里拎着没有合上的书包。忠心耿耿的基列耶夫一直跟着他。他们挪走了一块松动的砖头，从暖窖支柱的凹槽里拿出了一盒淡紫色包装的皱巴巴的“爱好者”牌香烟和一盒火柴，抽起烟来。他们默默地抽着烟，直到脑子迷糊起来。过了一会儿，基列耶夫猜中了米什卡的心事，提起了重要的话题。

“父亲三次说起了库兹明纵火的事，但没说是哪个库兹明。咱们这儿没有别的库兹明了。”基列耶夫说道，“这么说，库兹明一家也是特务。”

对于基列耶夫的同情，米什卡心怀感激。他提起库兹明，是想安慰米什卡——不止他一个人的父母是特务。米什卡吞下一口烟，咳嗽了一声，喘了口气。

“我妈妈不是特务。”他说着，眼泪顺着脸颊流了下来。在基列耶夫面前，他不觉得害臊。基列耶夫很识相，装作没有看到米什卡的眼泪。“她的那本书是从军事商店订购的，其他的书是从图书馆借来的。我看过，没有一点儿跟特务有关的内容……”

说到这儿，他停顿了一下，似乎拿不准自己说的话对不对。他想，他和妈妈的书很可能跟特务有关。至于为什么，他一时还猜不透。收音机里说过，丧失警惕性的都是成年人和聪明人，有教授，还有奖章获得者。他们比米什卡和他妈妈的警惕性都高，可是后来都没有经受住考验。

他们抽烟抽得头昏脑涨，嘴里很难受。他们弯下身子，摇晃着脑袋，让黏糊糊的唾液断掉。然后，两个人并排坐在灰突突的木板上冥思苦想着“为什么尚未建成的暖窖里堆着很多木板”。

“爸爸还提到了你们。”基列耶夫稍加思索后说，“可是，他们的声音很小，听不清，好像说的是姓氏……姓萨尔特科夫的不正常，是纯粹的特务和犹太人。又提到了库兹明，但好像不是真正的库兹明，而是你们……”

米什卡不再认真地听他说了。他知道，基列耶夫的话有一半不是偷听来的，而是他自己在一家人居住的黑暗、憋闷的卧室里根据含糊不清的只言片语杜撰的，是根据小说《布拉戈教授的秘密》① 的情节想象出来的。米什卡从莫斯科带回来这本书，拿给全班同学看过，包括基列耶夫。书很薄，是分册出版的。米什卡没有最后几册——不知道是被玛尔塔弄丢了，还是压根儿就没有出版。因此，没有人知道追踪布拉戈教授的秘密活动是如何收场的。然而，书里讲的跟现在的情况很相似：有各种各样的特务。国家安全部经验丰富的侦察员奈焦诺夫的任务就是找到背部有三角形刀疤的特务。

想到这儿，米什卡又难过起来。他记得父亲的后背上有一道伤疤，在右肋下面五厘米处。但是，不是三角形的，而是狭长、弯曲的（是弹片造成的）——德国人轰炸了他父亲在日托米尔公路上为维修坦克而创立的工程连。后来，他父亲住进了加里宁野战医院。母亲去探望父亲的时候，把米什卡留在了马尔金家，由玛尔塔照顾，而玛尔塔本身也是个

① 苏联作家什巴诺夫·尼古拉·尼古拉耶维奇的作品，创作于1944年。

孩子。有时候，父亲想起母亲去看他的事，会莫名其妙地面带讥笑。尽管如此，米什卡也还是觉得不舒服。烟好像又抽多了，他感到头晕恶心。这一切不可能这么巧合：伤疤、特别的姓氏、妈妈对阅读的热爱（有很多书都是描写特务的，或者有敌对内容）……不知为什么，米什卡想起了革命前出版的那本用硬音符号和老旧的字母编写的《唐·吉诃德》。

“走吧，基里尔!”他说着，从木板上站了起来，用硬邦邦的大衣袖子擦了擦鼻子和眼睛。为了对基列耶夫的提醒和同情表示感激，他没有称呼基里尔的全名。早晨，在没有遇到基列耶夫之前，生活还很正常，甚至可以说是很美好。但是，现在它仿佛突然崩塌了，压在了米什卡的肩头。他把始终没有合上的书包在地上拖着，像纤夫一样把鞋袋扛在肩上：“走吧，基里尔！早就下课了，我妈妈该找我了。”

果然，操场上已经空无一人了，窗户里传来了读书声——下午的课已经开始了。他们俩走出校园，来到了空荡荡的大街上。从槭树和槐树上掉落的树叶已经发黑了，被10月末的冷风吹得漫天飞舞，在中央大街人行道边的小水坑里挤成了一团。他们默默地走着，默默地踢着路上的一小块汽车外胎。显然，村里有人把它当作绳子系在穿破的套鞋上，又弄丢了。他们默默地经过基列耶夫家的芬兰房，默默地向米什卡家的院子走去。下雪前的昏暗阳光照在空荡荡的院子里的板棚上，也照在早在8月份就被火热的太阳晒干了的树枝上。后面是早已被抛弃的大本营。

“去不去?”基列耶夫想到大本营里去坐坐。

米什卡预料到他会提出这个建议，所以坚决拒绝了——他妈妈有可能真的在找他，甚至有可能已经去过学校了。这段时间，米什卡一直在努力避免跟基列耶夫一起到大本营去。那里渐渐地破败了，墙上的砖头掉了，用包装箱做的房盖儿倾斜了。假期结束后，米什卡刚从索契回来的时候，常跟基列耶夫一起到大本营里闲坐。后来，发生了一件事，使得米什卡不再跟基列耶夫去大本营了，甚至避免跟他单独留在学校后面尚未完工的暖窖里。即使遇到必须在暖窖里谈话的情况，米什卡也不想去大本营了，因为他还记得9月的一天，基列耶夫在大本营的暗影里突然一躲，用肩膀撞了米什卡一下。基列耶夫全身像筛糠一样，左手紧张地抖动着，眼睛发红地盯着下面："看哪，米哈……"看到的东西让米什卡恐惧万分。白天，他绝对不敢想这些，可是到了晚上就会情不自禁地去想。为此，他恨透了基列耶夫。然而，事情过去之后，他们仍然是好朋友。米什卡承认，那不是基列耶夫一个人的错，因此他们继续同桌，继续一起上学、放学。可是，他们坚决不去大本营！

"基里尔，我哪儿也不去！"米什卡说，"因为妈妈……"

这时，他看见了妈妈。

妈妈突然出现在院子中央，站在板棚和配电房中间。她的样子让米什卡感到很难堪：她没戴眼镜，眼睛眯得比平时还小，露出了轻蔑的神情。她的穿戴一直是全镇的笑柄：白色软底"苏呼米"凉鞋、黑色带跟长袜、印着一串小白花的中国绉绸裙（太阳裙式的下摆拖到了脚踝）。为了保暖，她在夏裙外面罩了一件灰色肥袖"珠皮呢"短大衣。因为近视，她显然没有看见他们。不过，也许是有个影子在她那褐色的圆眼睛前一闪而过，也许是感觉到了什么，她犹豫不决地叫着"是米什恩卡①吗"，眼睛眯得更厉害了。

刹那间，千头万绪涌上了米什卡的心头：犹太人、特务、另类姓氏、少年劳改营。他擦去滚落到鼻子两旁的热泪，向妈妈跑去。

---

① 米什卡的昵称。

第三章　节日

父亲一大早就到庆祝会现场去了。节前的两天，广场上待建的军官之家和司令部之间用黄色的木板搭建了高高的观礼台。观礼台后面有台阶，两边是低矮的侧翼（包着红色的亚麻布，用密密麻麻的小钉子固定了起来）。来了一位穿着天鹅绒凸纹长裤、藏蓝色皮衣的人，头上戴着绿色的“维留尔绒”软帽，是一位“雇佣艺术家”①。他拿着一桶白粉和几个毛刷（窄的用来画轮廓，宽的用来涂色），仅用了不到半个小时就在遮住左翼的亚麻布上写下了“光荣归于斯大林同志”，在右翼的亚麻布上写下了“光荣归于胜利的人民”。此后的两天，观礼台兀自矗立着。画布被风吹出了皱褶，轻轻地飘荡着，却无人靠近，就连小孩子都不想到上面去玩。

节日当天的早晨，士兵们围住了广场。军官们向四面散开，面向观礼台。他们都穿着立领阅兵服，肩章上绣着饰边。阅兵服的开襟一直延伸到腰间，上方有两颗纽扣。因此，有句话被广为流传：“一看纽扣就知道是阅兵服。”他们的腰间系着用金黄色缎带编成的腰带。横排、竖排各有十六个人站在观礼台的一侧，都佩有腰刀。

节前，父亲也从司令部拿回了自己的腰刀（平时，这把腰刀一直存

① 指在部队里工作，但不属于部队编制的人。

放在司令部），花了好长时间擦拭点缀着星徽的金色腰带扣和阅兵服上大量的扣子和刀鞘。阅兵服上永远挂着一串奖章：两枚红星勋章，以及几枚坠在深黄色、深绿色或红白相间的绶带上的奖章。这期间，他们甚至不允许米什卡走近放在餐桌上的腰刀，仿佛那是一件危险的武器。再后来，父亲把腰刀收进了刀鞘，久久地擦拭着刀柄上的徽章和克里姆林宫像。末了，他又擦净了阅兵帽上的金线。总之，他一直忙到了深夜。

父亲没穿大衣就去了阅兵式的现场。尽管天气很冷，但还是要求士兵们穿夏天的制服。米什卡坐在粉红色塑料外壳的“莫斯科人”牌收音机旁，把耳朵靠近用花布包裹的收音机正面，听着红场阅兵式的转播——“全体听令”的口令和元帅的马匹踏过石砖路时发出的嘚嘚声。妈妈在厨房里，用前天从市场上买来的猪蹄煮着肉皮冻。她把炖甜菜和咸黄瓜切好，准备做凉拌菜。

早晨的时间就这样过去了。

米什卡听了一会儿阅兵式的转播之后，从邻居费佳·普斯托沃伊托夫叔叔关着的门前走过去，来到厨房看妈妈干活儿。费佳叔叔是一名上尉，并且是一个老光棍儿，经常连续几个月出差到很远的地方，晒得黝黑。现在，他跟父亲一起穿着阅兵服去阅兵式的现场了。米什卡蹑手蹑脚地溜进厨房，免得被赶出来。运气好的话，他能得到一块刨平的卷心菜茎或鲱鱼面包。因为过节，要准备下午的节日盛宴，妈妈没有做午饭。

厨房里，妈妈正在煮土豆，满屋子湿气。妈妈在菜板上把前一天煮好的牛舌头切成薄片，整齐地码在贵重的德国长盘子里，像躺倒的多米诺骨牌。米什卡得到了一小块靠近喉部的有气管和软骨的牛舌头，就着黑面包，坐在小凳上边吃边看妈妈洗一条黑背的鲱鱼。妈妈穿着蓝色乔其纱罩衫，腰间系着带子。米什卡用脚勾住凳腿，嚼着过节才能吃到的干粮，心想客人马上就要到了，一定十分热闹。突然，一种思绪涌上了他的心头。

立刻，一块面包堵住了他的喉咙，他咳嗽了一声。妈妈回过头来，看了他一眼，脸上挂着视力不好的人才会有的漫不经心的笑容——不知道她是六百度近视的人总以为她很傲慢。她发现了米什卡的状况，用结实的小拳头在他背上重重地捶了一下。于是，面包从米什卡的喉咙里飞了出来。他一口把面包吞掉，突然出人意料地放声大哭起来。

从三年级开始，他就没有号啕大哭过。妈妈惊讶地放下菜刀，在带条纹的餐巾上擦了擦手，然后把米什卡的头搂过去，靠在她那湿滑的乔其纱罩衫上。

“好了，”她安慰他说，“不是都过去了嘛！怎么啦，米什卡，发生什么事了？好了，别哭了，怎么啦？是学校的事吗？怎么啦？像个小孩儿似的！别哭了，你都十三岁了呀！……”

米什卡号叫着，大声用鼻子吸着泪水，断断续续地挤出了一句话：“你是犹太人。”他哭得更厉害了，“我们家的姓跟别人家的不一样，是特务的姓。我会被送到少年劳改营里去，对不对？”

孩子般地号啕大哭让他感到很难堪，但是他拿自己毫无办法。

妈妈沉默不语。在这种气氛中，米什卡的眼泪立刻就干了。他把头从妈妈的手里挣脱出来，挪了挪位置，从下面看了看她的脸。

他看见妈妈闭着眼睛，一行热泪从眼睑下静静地流了出来。她嘴唇扭曲，张着嘴巴，就要哭出声了。看到这种情景，米什卡安静了下来。

这时，房门打开了，父亲和费佳叔叔的声音传了进来。他们说话的声音很大，像刚刚经历过寒冷那样，不停地交谈着。接着，响起了父亲的声音：“孩子他妈，给我们来一杯！快点儿，冻死了！”接下来是用鞋拔子脱靴子的动静。随后，两个人穿着拖鞋扑哧扑哧地向厨房走来。米什卡知道，他没法儿跟父亲解释为什么自己在哭，尤其是当着费佳叔叔的面。他一跃而起，在走廊里从父亲和邻居之间挤过去，跑到门厅里，抓起前不久过生日时买的“雏鹰”牌自行车，扛在肩上，向楼梯奔去。他冲出楼道，砰的一声把弹簧门关上，边跑边重重地坐在狭窄的车座上，直起身子，用力蹬了一下脚踏板。他骑着车在柏油路上狂飙，穿过干枯的褐色树枝，在空旷的广场上绕起了圈子。

寒风拂面，将他脸颊上的泪水吹向了鬓角。从灰暗的天空中落下了点点冷雨。发黑的树叶无人打理，堆在观礼台旁边。渐渐地，广场上又来了一些骑车兜圈儿的小孩儿。平时，他们都是黄昏或黎明时才来——下午下课之后和上午上课之前。因为今天过节，所以他们中午就来了。男孩儿们歪着身子站在车梁旁，有的骑的是成年人骑的“哈里科夫”牌自行车，有的骑的是生了锈的缴获①的自行车。九年级一班的一个小伙子骑的是沉重的奥地利产的“万向传动”自行车。跟他们比起来，米什卡的“雏鹰”车座高仰、车把低矮、打气筒镀铬，看起来还不赖。米什卡逐渐加入了绕圈儿的队伍，沉浸在“广场骑行”的乐趣中，把所有念头都抛在了脑后。尼娜从来不到广场上来，这让他感到很遗憾。她没有自行车，并且不会骑自行车。他跟她说过好几次，让她坐在自己的车梁上，像高年级学生那样，可是她不好意思。

不过，即使她不在，米什卡也不会难过太久。他很快就在观礼台附近兜起圈儿来，什么也不想了。雨点很大，但很稀疏。自行车飞驰着，在转弯处向下倾斜着。

天迅速地黑了下来。四点多钟，他回到了家。不出所料，客人们已经到齐了。

门厅的衣帽架上挂了一大堆阅兵服和大檐儿帽，其中一件阅兵服上有窄条的银色医生肩章。显然，客人中有格里沙·卡兹叔叔。一顶蓝色

① “二战”结束后，苏联从德国缴获了大量的物资。这些物资种类繁多、数目可观，其中有很多被廉价卖给了部队的军官。

大檐儿帽上镶嵌着深红色的帽圈儿，那是列瓦·涅哈姆金叔叔的。还有一件皱巴巴的阅兵服，上面有邻居费佳·普斯托沃伊托夫叔叔的肩章。肩章缝得很粗糙，上面有通信兵的闪电图案。作为一名单身汉，他用的是赛璐珞①衬领。

除了父亲的腰刀以外，阅兵服的下面还挂着一把腰刀。刀柄是深黄色的，系着近卫军用的凸纹布花结。这是一把“命名腰刀”，整个部队里能够拥有它的只有一个人，那就是谢尼亚·克维特科夫斯基叔叔。战争期间，他曾效力于多瓦托尔②骑兵队，获得了这把腰刀作为奖励。一把军刀的上方挂着一件带有上校金质肩章的指挥官制服，这也证明来客之中有谢尼亚叔叔，因为他在司令部担任队列副总指挥。

衣帽架下，干净整洁的铬鞣革面靴子堆积如山，谢尼亚叔叔的那双带马刺的靴子十分醒目。他早就离开了骑兵队，却坚决拒绝更换制服，仍然穿着长到脚踝的军大衣——这是不符合规定的。

从房间里传来了众人的交谈声和杯盘相互碰撞的声音。米什卡把自行车挂在钉子上，然后走进了卫生间。他用湿漉漉的双手把额发向后捋了捋，让它变成了翘起的刘海儿，就像在光秃的前额上留下了一块补丁（博克斯式发型③）。他又一次发现自己长得像日本人，真可恶！他从头上取下拼布上衣（骑车时自然是不用穿外套的），整理了一下细纹衬衫的衣领，然后走进了房间。

大家把活动圆桌拉开（呈椭圆形），把木板的两头搭在凳子之间，然后围坐在桌旁。男士们整齐划一，都穿着熨烫得十分平整的浅黄色粗纹宽松衬衣（只有身为东道主的父亲穿着一件小立领的家常绸衫）和深

---

① 一种塑料，可以制成柔软的衬衫领子。

② 列夫·米哈伊洛维奇·多瓦托尔（1903—1941），苏联军事家。

③ 一种男子的发型。头发向后，两鬓和后颈部的头发被剃得很短。

蓝色的高腰压线马裤，拖鞋在桌子下面沙沙作响。女士们都穿着中国绉绸长裙和漆皮瓢鞋。她们把鞋子扔到桌子下面，只穿着长筒袜，露出了接缝和黑色的袜跟。列瓦·涅哈姆金叔叔年轻漂亮的妻子冬妮娅婶婶身穿奶黄色底的大红花连衣裙，黑色的发辫盘在头顶，像王冠一样。她是列瓦叔叔在最近的一次度假时结识的。当时，他每天都在下课之前赶到莫斯科医学院门口等她。格里沙·卡兹叔叔的妻子萝扎婶婶穿着一件深蓝色底的碎黄花连衣裙，吸着香烟。烟雾遮住了她的半边脸，跟剃得短短的花白头发混在了一起。妈妈身穿樱桃红色底的大白花长裙，下摆又长又肥，上身纤瘦，短短的袖子紧紧地贴在胳膊上。夏天的时候，她偶然在电报局附近的莫斯科百货商场买到了一本里加①的时装裁剪杂志。这身衣服就是她不久前照着这本杂志上的图案做的。

大家看见了米什卡，都很高兴。谢尼亚叔叔在木板上挪了挪，把他和米什卡的妈妈之间的位置让了出来。他往多棱酒杯里倒了些黑种草和梨子制成的深红色果汁（那是米什卡的妈妈放在桌上给大家就酒喝的），又帮忙把热气腾腾的土豆和油光光的褐色馅饼摆到了盘子里。米什卡发现妈妈惊恐地看着他，又快要哭出来了。这时，费佳叔叔提议举杯，格里沙叔叔致了祝酒词。大家像以前一样，为了胜利而干杯。米什卡跟大家一起喝干了果汁，不再想心事了。妈妈到厨房里去看大鹅煮得怎么样了。大家再次举杯，这次是为了工厂。费佳叔叔帮妈妈把大鹅端到了桌上。大家一起叫嚷着，让格里沙叔叔切鹅："你可是医生啊——外科医生，格里什卡②！就这么切还是装上灌肠器，像给机枪手治病那样？"人们把染上痢疾的士兵叫作"机枪手"，他们住在部队医院单独的棚子里。格里沙叔叔扶正厚厚的眼镜，然后敏捷地切开大鹅，让每个人都能

① 拉脱维亚共和国首都。

② 格里沙的昵称。

得到一块鹅肉，还有剩余。妈妈摆上焖成铁锈色的白菜和切成小份的苹果，大家都笑了。谢尼亚叔叔讲起了卡拉佩特①的笑话。列瓦叔叔在桌子上模仿着小鸡吃虫的样子，所有人都很开心。米什卡也忘记了烦恼，跟大家一起哈哈大笑、开怀畅饮起来。男士们喝“白盖儿”的伏特加酒，女士们喝“沙特伊凯姆”葡萄酒，只有他一个人喝果汁。没有人特别注意他，只有谢尼亚叔叔时不时地说：“嗨，米哈伊尔②，说说你的事！”但是，他随即就分了神，不是讲笑话就是给米什卡的妈妈倒酒。接着，留声机里的音乐响了起来。费佳叔叔和冬妮娅婶婶伴着《冯·杰普什克爵士》和《香槟之沫》③ 翩翩起舞，甩丢了拖鞋。谢尼亚叔叔托住萝扎婶婶的身子，让它向后弯去，仿佛要把萝扎婶婶弯成一座桥，弄得萝扎婶婶不停地尖叫。格里沙叔叔笑得连眼镜都掉到肉皮冻上了。列瓦叔叔将一把古老的维也纳椅子紧贴在胸口上，跟它跳舞。父亲用两把叉子敲击着盘子，跟着乌乔索夫④唱着“只是一场空”。后来，大家跳累了，坐了下来。米什卡准备更换留声机的唱针。他拉出留声机侧面的三角形盒子，掏出了一根短粗的唱针。然后，他旋转螺丝，把旧唱针取了下来。这时，大家已经把留声机撇在一边，清唱了起来。妈妈的歌声甜美而高亢：

苹果树开花时……

大家安静下来，等着轮到自己。格里沙·卡兹叔叔双手托腮，眼镜

---

① 亚美尼亚民间神话中的人物。
② 米什卡的大名。
③ 法国作曲家于1934年创作的一首探戈舞曲。
④ 列昂尼德·乌乔索夫（1895—1982），苏联舞台剧演员、歌手、乐队指挥。

都跑到额头上去了。父亲用指甲打开一包“近卫军”牌香烟，不停地吸着。列瓦·涅哈姆金叔叔搂着妻子冬妮娅婶婶的肩膀。谢尼亚·克维特科夫斯基叔叔给自己倒了一杯“白盖儿”。费佳·普斯托沃伊托夫叔叔喝完杯中酒，叉住一小条儿酸白菜往嘴里送。不料，白菜掉在了桌布上，费佳叔叔只好舔了舔叉子。妈妈唱道：

颜色多么漂亮……

大家等到该和声的时候，齐声高唱：

心爱的人到来时，
心情多么舒畅！

格里沙叔叔的声音最大。他听力不好，严重跑调。男声唱得最好、二声部音调找得最准的是费佳叔叔。谢尼亚叔叔的声音低沉、浑厚。列瓦·涅哈姆金叔叔只动了动嘴唇。父亲一边唱，一边吸烟，眯缝着眼睛，从嘴角吐出了歌词。冬妮娅婶婶和萝扎婶婶头靠得很近，闭上眼睛唱二重唱：

我会看见，也会听见。
心中涌起千言万语……
我的心中燃起熊熊烈火，
我的心在炽烈地燃烧！

“颜色多么漂亮……”米什卡也小声哼着（他不好意思张嘴，当众唱歌会让他难为情），“苹果树开花时，颜色多么漂亮……”他不知在想些什么，没有发觉大家已经唱了别的歌。费佳叔叔唱着“即使身在远方，我也依然思念乡邻”，大家低声应和着——费佳叔叔唱得很好，而且这首歌只适合独唱。后来，他们又唱了些别的歌。米什卡的眼皮突然开始合拢，并且有些酸痛，他认为是烟呛的。父亲立刻把他带到了费佳叔叔的房间。他没有太过抵抗，因为他真的很困。于是，他倒在费佳叔叔窄小的床上，盖上粗糙的被子，马上就睡着了。

他醒来时，已经是半夜了。费佳叔叔的房间里一片漆黑，只是通过门缝透进来一丝光亮。没有人唱歌，也没有人大笑——大家在门外轻轻地谈话。

米什卡伸了个懒腰，浑身一抖，坐了起来，然后用脚搜寻着地板上的拖鞋。墙那边传来了嗡嗡的说话声。突然，米什卡清清楚楚地听见父亲说：“我只看到他在帮忙！”嗡嗡声变大了，却听不清他们在说些什么。米什卡站起身来，轻轻地打开房门，来到了走廊里。走廊里也没有光，只有那间装有玻璃门、带有褶皱的窗帘从里面拉上了的房间里有光亮——大家就是在那个房间里说话的。米什卡经过这扇门，溜进了厨房，尽量不让拖鞋发出声音。在这里，他可以听得很清楚。

米什卡知道自己的行为不妥当，甚至很不正当，被人发现了会无地自容。至于妈妈会怎么说，最好不去想。他悄悄地坐在厨房门口的地板上，倾听着他们的谈话。

第四章　夜

说话的是父亲。

“……如果明天他们说列夫卡①是世界主义者……”这时，米什卡想起了基列耶夫提到过的那个纵火犯库兹明，“说格里什卡在野战医院毒杀了士兵……”房间里一阵骚动，传来了费佳叔叔的声音：“还有，我妈是个女人！”父亲接着说：“还要把玛尼娅带走，送到她哥哥那儿去。”米什卡屏住了呼吸，他知道父亲管母亲叫玛尼娅，“哥哥”指的是彼佳舅舅。马上就要提到少年劳改营了！“而我自己却因为失去了警惕性而被开除了党籍。那么，要我相信这些都是真的吗？”米什卡想，基列耶夫说的全都没错。

房间里寂静无声，眼泪从米什卡的眼中滑落下来。他不能大声抽泣，因为要是被人发现了，后果不堪设想。房间里又有了动静，大人们坐的木板嘎吱作响。接着，是杯盘相互碰撞的声音。列瓦叔叔说道：“我们相信……”然后，又是一片寂静。有人重重地叹了口气。萝扎婶婶开口说道：

“我跟格里沙早就准备好了……好在我们没有孩子……也没有老人。谢谢德国人……”她沉默了好长时间。米什卡想象着她用力吸烟的样

① 列瓦的昵称。

子，烟雾与她那花白的头发混在一起。“玛莎①……我想，列昂卡②，你应该亲自去政治部一趟，去谈谈……归根结底，他不是你哥哥，而玛莎也不是军人，没签过字……”

房间里又是一片沉寂，然后传来了玻璃杯相撞的声音。米什卡知道，他们在往杯子里倒伏特加酒和葡萄酒。“夜里的突击检查风平浪静……”谢尼亚叔叔的男低音像是在耳语。说完，他就不作声了。然后，又是叉盘相互磕碰的声音。费佳叔叔咳嗽了一声，然后又说了一句话，表明他妈妈是个女人。这时，米什卡的妈妈说道：

“彼佳早晚会被带走，这一点毫无疑问。他是珠宝商，又是珠宝商的儿子……莫斯科的熟人都认为，爸爸去世后，他们没拿走全部东西。彼佳的店里有……我不知道，但很可能……他从来没有提起过，但是可能……可是，是谁给诺索夫写的信，谁?！没人知道这件事，我已经把信烧了……天哪，要是诺索夫真的批准……”

妈妈抽泣起来。房间里响起了轻微的嘈杂声，然后杯子再次相碰。谢尼亚叔叔用男低音轻声说：“会找到这个下流胚的，我能打听出来。”父亲一再说：“玛尼娅，玛尼娅……”大家沉默不语。接着，传来了列瓦叔叔清脆的声音：“玛莎得离开这儿。”大家又七嘴八舌地轻声议论起来。

“到哪儿去？……到哪儿都行，国家这么大……妻子去哪儿啦，让廖尼亚怎么说？……去哪儿？亲戚家呗！这里气候太差，她闷得慌……半数军官的妻子和子女都不住在这儿。米什卡最好到莫斯科去上学，在咱们这儿的乡下学校怎么考大学？……”

格里沙叔叔那嘹亮的尖嗓门儿盖住了所有人的声音：

---

① 米什卡母亲的昵称。

② 米什卡父亲的昵称。

“玛莎一到莫斯科，就立刻会被抓走。你们怎么这么蠢，不明白这个道理吗？就该老老实实地待着，不能慌张，别像犯了错似的。她有什么错？没有。她跟随丈夫在驻地生活，什么都不知道。诺索夫要是来抓人，将军是不会把列昂卡交给他的，也不会让人动玛莎。可是，在莫斯科有谁能保护她呢？再说，莫斯科的人都被带走了，房子也给查封了，让她住在哪儿，怎么生活呢？”

大家沉默不语。米什卡静静地哭泣着。他明白，发生了一件可怕的事，而且事情仍在继续。他真想到大人们的房间里去，那儿有与他志同道合的人。他会向父亲解释一切。母亲会抚摸着他那剃光的后脑勺说“偷听可不好”，谢尼亚叔叔会给他讲笑话，而列瓦叔叔会从桌上抓起一把糖果塞给他。一切都会水落石出，没有什么不可挽回的事情会发生在彼佳舅舅身上。莫斯科的房子没有被查封……他突然明白“查封”的意思了！有一天深夜，他听见楼梯间里有动静。第二天早晨，他发现从三楼起，彼佳舅舅邻居们的门框上都被贴上了有紫色印章的纸条，下面还吊着绳子。联想到这种纸条和绳子会贴在彼佳舅舅的房门上，他差点儿叫出声来。这时，房间里传来了挪动凳子的声音——大家站起了身。米什卡急忙跑回费佳叔叔的房间，倒在粗糙的被子上，擦干脸上的泪水，闭上了含泪的眼睛。

第五章　假期

米什卡站在上了冻的窗前，看着貌似带刺的枝条和星星的窗花，觉得很没意思。视力所及之处，只有塞满窗框的灰色棉絮①和银色雪粒。不知为什么，这情景让米什卡非常生气。

外面是零下三十七度，北风呼啸。寒假过得很无聊，所有人都待在家里。从圣诞晚会那天起，米什卡已经三天没有见到基列耶夫了。晚会还是那么没意思——男生戴着“兔耳朵”绒帽跳圆圈儿舞，女生们穿着没系围裙的花边领制服裙（只有过年才允许这么穿），在屋角站成了一堆。男生们挤在另一个角落里，时不时地结伴去洗手间——一个在门口望风，另一个迅速地抽上几口烟（直抽到恶心）。后来，严寒骤降，大家只好待在家里。给基列耶夫打个电话倒是可以，却没法儿好好说话，因为米什卡的妈妈就在附近，基列耶夫的妈妈和姐姐也在旁边。他们只能像傻子似的说：“你干什么呢？”“你呢？”基列耶夫在看《双洋秘密》②，米什卡已经看完了《杜埃丽教授的头》③，快要看完《乌尔茹姆

① 冬天把棉花塞在窗框里，能起到防风、保暖的作用。

② 苏联科幻小说家阿达莫夫·鲍里索维奇（1886—1945）的作品，创作于1939年。

③ 苏联科幻小说家亚历山大·别利亚耶夫（1884—1942）的作品，1925年最先登载于《俄罗斯工人报》。

男孩儿》① 了。

闲暇的时间很多。米什卡在房间里走来走去，偶尔听听收音机。或许是因为天气寒冷，“莫斯科人”牌收音机杂音很重，听不清听众点播的音乐节目。他走进厨房，随便抓起什么就吃。总而言之，无聊透了。

最后，他悄悄地拿出了厨房里的大肚子糖罐。这是一只蓝色的雕花玻璃罐子，有弯曲的金属手柄，金属盖儿早已不知去向了。糖罐里面装满了光滑的糖块。他把糖罐放在窗台上，看着窗花，一边吃糖，一边想事情。

彼佳舅舅是干什么的？米什卡觉得，如果这件事情弄清楚了，其他的事情自然也就明白了。他一直以为彼佳舅舅是经理，却从未问过他到底是管什么的（或许是因为当时父亲在军事学院念书，而他们住在舅舅家的那些日子里，米什卡年纪还小）。后来，父亲休假时，他们在去疗养院的路上和回家的途中（这些事情才发生了不久，就在两三年前），他顾不上别的事，心里只想着玩。

有时，他跟玛尔塔去动物园，在那儿能见到神秘的罗布卡——足球运动员罗伯特·科洛季林。他是个身材不高的年轻人，上身穿着一件又长又肥的西服（蓝色的丝绸衬衫领子翻在西服外面），下身穿着一条又短又瘦的浅蓝色裤子，脚蹬褐色皮鞋（有着厚厚的白色橡胶底），头戴一顶柔软的“珠皮呢”帽子。帽子斜扣在头上，盖住了右边的眉毛，使得这道眉毛显得非常古怪——有点儿上扬，十分可笑，后脑勺上的浅色短发在帽子下面支棱着。他们站在动物园的猴舍附近，看见长尾猴在栅栏上跳跃，时不时地蹿进猴舍。米什卡不看猴子，反倒斜眼盯着跟玛尔塔低声说话的科洛季林。科洛季林站得离玛尔塔很近，双手放在背后，

① 苏联女作家、剧作家、演员安东尼娜·戈鲁别娃（1899—1989）的作品，创作于1936年。

踩着不同寻常的鞋跟轻轻摇晃，罗圈儿腿上的肌肉在薄薄的布料下微微颤抖。从动物园的各处跑到猴舍的男孩儿们不像米什卡那样偷偷地观察科洛季林，而是明目张胆地聚在一起，大声争论“鱼雷”和“狄纳莫”① 两支球队哪支更好，故意让科洛季林听见。

有时，为了跟妈妈一起去剧院看《蓝鸟》，加上准备工作，得花上整整一天的时间。米什卡穿着短裤和用柔软的灰色布料按正宗的男式西装裁剪的上衣（妈妈从萝扎婶婶那儿借来时装杂志，用描图纸描出纸样，然后亲手制作了这件上衣），系着漂亮的丝绸红领巾。玛尔塔甚至把自己那枚亮晶晶的带有篝火图案的钢质徽章拿出来，让他戴上，和红领巾搭配起来。这种徽章早已作废了，但是为了好看，米什卡还是戴着它去了戏院。妈妈穿着一条亮晶晶的蓝色丝绒连衣裙（斑斑点点的料子，颜色闪变，非常好看），脖子上戴着一条大琥珀项链。他们步行穿过高尔基大街，来到莫斯科大剧院，坐在红色长毛绒包面沙发上，屁股下面的座位向上凸起。米什卡特别喜欢看格里博夫②饰演的赫列博。

有时，他们会坐车到位于马拉霍夫卡的别墅去。有很多玛尔塔的朋友会到那里去，这些年轻人都比她大得多。大家把球网系在树干上，在铺了一地的黄色老松针上打排球。要是有人跳空了，准会在松针上滑倒，躺在地上。有一回，一个叫玛特维的年轻人摔倒了。他那原本向一侧梳得很光滑的头发全都向后倒去，露出了大大的秃顶。他走了之后，妈妈和阿达舅妈就他的发型笑了好久，把它戏称为“内部债务”。玛尔塔也跟着大笑了起来。彼佳舅舅回来得很晚，已经快到半夜了。他走上被阳台灯照亮的楼梯缓步台，把奶油蛋糕拿在手中，远离自己的身体。

① “鱼雷”和“狄纳莫”都是莫斯科历史悠久的足球俱乐部。

② 阿列克谢·尼古拉耶维奇·格里博夫（1902—1977），苏联戏剧演员、电影演员。

总而言之，生活中总会发生一些事，而彼佳舅舅、父亲以及米什卡认识的其他男人却从不介入。他们的存在非常重要，米什卡觉得一切都要受他们的制约。然而，这种存在是孤立的，可以把它称为“工作”或者对大多数男人而言——他们当中有很多人穿军装——叫作“当差”。

现在，米什卡经常想起彼佳舅舅，而且在 11 月 7 日①至 8 日的那一夜之后想明白了很多事。

首先，彼佳舅舅是珠宝店的经理——妈妈的话已经证明了这一点。早在米什卡出生前就去世了的外祖父（即妈妈和彼佳舅舅的父亲），也是个珠宝商（现在只留下了一张他的肖像：小胡子、大唇髭，系着可笑的领结），好像是位经理。米什卡很快就记住了“珠宝商”② 这个词——他总能轻易地记住生词。他从书本里大致知道了这个词的意思，但为了准确无误，还是查了查灰色封面的《外来语词典》，认真地看了注释。

其次，彼佳舅舅当真被带走了（即被捕了），基列耶夫没有撒谎。不知道米什卡是什么时候明白“带走”这个词的含义的，家里和学校里从来没有人说起过这个词。但是，大家都知道它的意思，就连最无知的二年级学生都知道。课间休息时，同学们会扭住他的手，大叫：“你被捕了！当了俘虏！我们要把你带走，送进监狱！”米什卡知道，没有战争和法西斯的时候，哪些人会被逮捕：特务、奸细，以及把“牛蹄子”反绑在鞋上③穿越苏联边境的人。然而，用这些花招根本骗不过边防人员和他们的狗，奸细一定会被“逮住”。这些人过去都是警察里的叛徒，

① 1941 年 11 月 7 日，斯大林在红场上举行了大阅兵。

② 俄语“珠宝商”一词源于法语的“宝藏”一词，而法语的“宝藏”一词源于拉丁语的“珍宝”一词。

③ 在鞋子外面绑上类似牛蹄子的鞋跟，能起到混淆足迹、逃避追捕的作用。

现在伪装成集体农庄里的普通人，准备坐着电车打入国家内部。他们当中有的人后来改过自新，被送到兔儿谷的军营，在父亲的工厂里干活儿。有时，他们会逮住窃贼。有一次，米什卡亲眼看见了人们在马雅可夫斯基广场上的电车里抓住了一名小偷。当时，那名小偷在车尾的乘客站立区（那儿有很多人），正想爬到乘客较少的二层上去。大家一起打他的头，拿到什么就用什么打，直到一名戴着白色大檐儿帽的警察介入此事。可是，彼佳舅舅一点儿也不像电车里被抓的窃贼，也不像穿着棉袄和“牛蹄子鞋”的特务。这么说，他是另一种特务，是广播里说的“人民公敌”。然而，即使米什卡相信彼佳舅舅是人民公敌，也会有很多地方不符。广播里没有提到经理和珠宝商，说的都是教授和医生（穿白大褂的凶手）。那些人已经毒杀了很多人，正准备把所有人都逐一毒杀。按照米什卡的理解，珠宝商不会毒杀任何人，他只为女人或沙皇（在世上有沙皇的时候）做金戒指、银戒指，把宝石镶嵌到戒指上。那些宝石就像克里姆林宫塔楼五角星上的红宝石或者童话里的翡翠一样。

再说，米什卡在《外来语词典》中查过“世界主义者”的意思。开始，他一点儿也不明白。确切地说，他只知道基列耶夫是个傻瓜，没听说过库兹明是纵火犯。那些都是基列耶夫的父亲说的，就像大人们那天晚上在餐桌旁谈论世界主义者一样。但是，字典里关于世界主义者的定义（也就是米什卡站在冰冻的窗边嚼完糖罐里的最后一块方糖时想的事）令人费解。可是，他怎么也想不出个所以然来。只有一点是清楚的，那就是世界主义者也是人民公敌，但是不毒杀群众。米什卡回忆起了母亲、父亲、格里沙叔叔和萝扎婶婶那天晚上说过的话。他觉得，如果回忆变得清晰了，那么世界主义者、彼佳舅舅和他们身上将会发生的所有事情就都能弄清楚了。他逐字逐句地回忆着，突然觉得自己好像是猜到了什么。这时，妈妈叫他吃饭，他只好带着满嘴的甜味离开了窗口，一路上想着该用什么办法拒绝吃饭。

妈妈在厨房里，把米什卡爱吃的花豆菜汤盛到了盘子里。小时候，他很喜欢玩花豆。米什卡悄悄地把空糖罐放到搁板上，然后坐下来吃饭——无法拒绝自己喜欢的菜汤。他透过齿缝轻轻地吸着热汤，妈妈立刻说："别用嘴吸，要用汤匙，最好吹一吹。"妈妈坐在凳子上看着米什卡吃饭。她摘下了眼镜，目光跟平时一样，显得很可笑。基列耶夫说，米什卡的妈妈很傲慢，可米什卡知道，她只是几乎什么都看不见罢了。自从格里沙·卡兹叔叔给他配了眼镜（他没有戴），他的眼神就跟妈妈一样了。班上的同学们都认为他很高傲，毕竟是尖子生嘛……

突然，米什卡全明白了！所有的事物都在他的脑子里汇集成形了——世界主义者、特务、妈妈、彼佳舅舅和萝扎婶婶的话、将要发生的事情……他推开盘子，站了起来。

"怎么了？"妈妈眯起眼睛，脸上的表情变得更加可笑了。

"又贪吃糖块了吧！荞麦粥怎么办，米沙？那么多粥呢，还有炒肝……米什卡，你去哪儿?!"

但是，米什卡既不想听妈妈说话，也不想吃荞麦粥和炒肝，虽然那是他的最爱。他跑出厨房，在门厅里抓起曾经属于他的维也纳小凳，进了房间。现在，父亲每天早晨都会坐在这个小凳上穿鞋。他把凳子放在父母用的铁床（罩着白色的亚麻绣花床幔）高高的靠背和餐柜之间，吃力地坐到凳子上，挤进角落，把额头顶在冰凉的铁条上。妈妈往房间里瞅了一眼，没有叫他，显然是不想招惹他。她知道，米什卡只要坐在这儿了，就没有办法硬逼着他出来。

米什卡把额头抵在铁条上，竭力让自己平静下来，好止住脑子里嘈杂的声音。这声音在他的脑海中回响，就像课间时全班同学一起叫嚷一样。这种人声鼎沸的感觉经常在米什卡的脑子里出现，通常是在他一个人在家学习或者读书的时候。米什卡害怕这种声音，所以每到这时都会跳起来满屋子乱跑。这样一来，叫嚷声就会渐渐地平息。可是现在，这种声音异乎寻常地升腾着，让他无力战胜它。

所有的事情都清楚了——世界主义者就是犹太人！彼佳舅舅和妈妈都是犹太人。彼佳舅舅是珠宝店的经理，是世界主义者。他在帮助美国人，秘密为他们制造某种“零件”（“零件”这个词在《布拉戈教授的秘密》中提到过）。那些零件是用黄金、白银或者红宝石制作的，而克里姆林宫的五角星也是用红宝石做的，这难道是巧合吗？现在，他们把舅舅带走了。过不了多久，作为一名犹太人兼世界主义者，妈妈也会被带走。有人给科利亚·诺索夫叔叔写了信，提到了所有的事，因为科利亚·诺索夫叔叔专抓特务、世界主义者和各种敌人。最重要的是，不会有什么少年劳改营！米什卡也是犹太人和世界主义者，也戴眼镜……像妈妈一样……所以他也会被带走。

米什卡竟然没有哭！

在他竭力思考的这五分钟里，一切都变了。他已经没有力气哭了，也没有必要哭。他跟妈妈什么坏事都没做，却成了世界主义者和敌人，连这一点都没有让他感到委屈——他觉得这终归是有某种道理的。米什卡总有这样一种感觉：他和妈妈身上有种与众不同的气质。至于父亲，他当然不是什么世界主义者了，只是在替妈妈和米什卡担忧罢了。永远也不会有人说基列耶夫一家是敌人，还有费佳·普斯托沃伊托夫叔叔、冬妮娅·涅哈姆金婶婶和谢尼亚·克维特科夫斯基叔叔……谢尼亚叔叔……米什卡陷入了沉思。他不太确定谢尼亚叔叔和列瓦·涅哈姆金叔叔是不是世界主义者，但可以肯定格里沙·卡兹叔叔和萝扎婶婶是那种人，跟妈妈、彼佳舅舅和米什卡一样……尽管把格里沙叔叔想成了世界主义者和特务比把妈妈想象成那样的人还要难。

米什卡从角落里钻出来，走进了厨房。

妈妈坐在凳子上，保持着他离开时的姿势，直勾勾地看着前面。她稍稍抬起头，脸上有的不是讥笑，而是傲慢和冷漠——那是近视眼常有的表情。这时，米什卡做了一件已经五年没有做过的事情，如果被父亲看到了会很难为情：他，一个堂堂的十三岁小伙儿，竟然爬到了妈妈的膝盖上。妈妈仍旧茫然地看着视力所及的远处，用一只手搂过米什卡的头，靠近自己的脸。

“我们是世界主义者吗，妈妈？”米什卡小声问道。

“我们是犹太人，米什卡。”妈妈小声回答道，“你已经问过了……”

“爸爸呢？”

“爸爸……他是爸爸，明白吗？”

“不……他也会被带走吗？”

妈妈身子一抖，放开米什卡的头，眯缝着眼睛，在近处看着米什卡的眼睛。

“你听到什么了……偷听的吧！真不害羞，米沙……你什么都不懂！”

“我懂！彼佳舅舅是世界主义者，是特务！既然他是世界主义者，那么我们也是……就算不是特务、敌人……也是……”

妈妈不再眯缝着眼睛了，而是把脸靠近了米什卡。现在，她的眼睛离米什卡很近，可以看出它们是浅褐色的，差不多呈黄色，像金子一样。只有大大的瞳孔让它们变深了，几乎成了黑色。

“彼佳舅舅？……你是从哪儿知道彼佳舅舅的事的?！你根本就不懂……他……舅舅只是在工作岗位上违反了规定，很快就会被释放……五年而已……”

“我知道，他是珠宝商，是珠宝店经理。”米什卡不停地说着。现在已经没什么好隐瞒的了，事情都弄清楚了。“也许他是在给美国人制造零件……”

“傻瓜！”妈妈把米什卡从膝盖上推下去，他立刻住了嘴。以前他坐在妈妈膝盖上的时候，从来没被推下去过。“傻瓜！彼佳舅舅……唉，怎么跟你说呢？只做跟金子有关的工作，明白吗？有人告密……”

米什卡只听懂了最后一个词。

“也有人告了你的密，”他几乎是不假思索地说，“有人给科利亚·诺索夫叔叔写信……”

“住嘴!”

妈妈这么一喊，米什卡立刻就放心了。这喊声说明并非末日来临，并非所有的事情都改变了。妈妈依然大权在握，家里的一切都会跟从前一样。五年后，彼佳舅舅会被释放……

窗外，初冬的夜幕早已落下，冰冷的树枝在摇曳，寒星在黑暗中闪耀。尽管如此，米什卡还是尽量说服妈妈到外面去。为了御寒，他穿得很厚，勉强系上了大衣扣子，没等妈妈提醒就放下了帽耳。妈妈检查完米什卡的穿戴之后，走进了厨房——她经常在那里看书。妈妈打开了餐桌上方明亮的电灯。米什卡悄悄地溜到电话机旁，小声地跟接线员说出了尼娜的号码。尼娜像是在等他似的，亲自接听了电话。这样一来，就不必用“有人问寒假作业”这种谎话来骗她妈妈了。“在学校的墙角那儿。”米什卡小声说。“好的，这就来。”尼娜兴奋地大声回答。

米什卡立刻向门口冲去，差点儿把话筒扔掉。

第六章　约会

天很冷，手套里的手指头和毛袜子里的脚趾不一会儿就冻疼了。米什卡一直不喜欢这种从村里的集市上买来的有白色毛刺的灰色弹力毛袜。妈妈把这种毛叫“农民毛”，这个词让米什卡觉得很不舒服，因为它跟从手套和袜子里散发出来的一种特殊气味有关。他们以前住的茅草屋里全是这种味道——小镇在建时，所有奉命在兔儿谷驻扎的军官都在村子里租房住。这气味是一定会让米什卡感到恶心的那种：火车行驶时，机车头发出的煤烟味（黑色的煤渣落在车厢内干净的枕套上）、生肉的酸腐味（这种味道不仅会在妈妈切肉时、爸爸用小斧子在案板上砍肉时散发出来，而且会从基列耶夫的身上散发出来）、从“ATT 履带牵引车”的烟囱里冒出的刺鼻气味（这种车时常发出隆隆的声响，从小镇的大街上驶过，就像从电影上走下来的似的，让人感到惊奇），还有这种“农民毛”的味道……但是，天冷时，用这种毛编的手套和袜子挺保暖。即使这样，手指头、脚趾还是冻得很疼。

米什卡疼得轻声呻吟着——脸蛋儿冻僵了，鼻子冻疼了。他把头缩进大衣的羊剪绒领子里呼吸着，衣领上很快就结了一层霜。他飞快地向学校跑去，高筒毡靴在膝盖下面刮得他很难受。可是，他得抓紧时间，因为尼娜的家离学校很近，就在建筑工人住的房子里。

尼娜的父亲布尔拉科夫负责管理军队建筑营。军营里的士兵有瘦削的乌兹别克人、高颧骨的塔吉克人和黑脸膛的阿塞拜疆人。过去，差不多所有军官都穿海军制服。他们是从各海域在建的码头上调来的，因此直到去年为止，尼娜的父亲还穿着领章上有十字锚和丁字镐的黑色军大衣、立领的蓝色制服、散腿儿的黑色裤子和皮鞋。去年，所有工地上的军官都要求改穿陆军制服，佩戴银色工程师肩章和有十字锤、螺丝钳图案的领章。尽管如此，布尔拉科夫大尉还是很显眼。他是米什卡见过的个子最高的男人，一绺卷曲的淡黄色额发从他的大檐儿帽下倔强地伸了出来。他的制服肩章像两个翅膀一样，在他那宽阔的肩膀上高高地翘了起来，比其他军官的肩章翘得更高。

尼娜的妈妈是个胖女人，乌黑的头发、乌黑的大眼睛，纤细的眉毛几乎剃光了。夏天，她爱穿“萨拉凡”①，露出黝黑的臂膀。冬天，她穿一件下摆肥大的灰色波士顿呢收腰大衣，灰黑色的狐狸毛领上有爪子和嘴巴的图案，还有一对放光的玻璃眼珠。这种领子叫作“毛皮围脖”或“玄狐毛领”。前年夏天在莫斯科的时候，米什卡的妈妈就想买一件这样的大衣，可是每到休假结束时，钱都不够花。因此，她前年没有买成，去年也没有买成。

学校附近空无一人。为防万一，米什卡跑到了墙外最远处的角落里。尽管他跟妈妈一样近视，但他还是大老远地就发现那里没人。他很失望——在这样的大冷天里等人，会把手脚冻坏的，况且尼娜来了以后，也不知要到哪里去避寒。校园里有些窗口亮着灯——高年级的话剧小组在排练《聪明误》，军官的妻子们在学习裁剪和缝纫。所以，跟尼娜到学校去绝对不行，一定会被人看见。

尼娜还没有来。

米什卡把身子缩进衣服，蜷起了手套和靴子里的手指头、脚趾，似

① 一种宽松的无袖长衫。

乎要竭力让自己变小，好让严寒“发现”不了他。他沿着学校的外墙跑到墙角，然后向更远处跑去，一直跑到了建筑大街的拐角处——尼娜就住在那儿。他一眼就看见了她，认出了她的轮廓。她穿着束腰的大衣，脑袋很大，显得不成比例——贝雷帽外面围了一条妈妈的绒毛围巾。影子渐渐地靠近了，在从一楼的窗口射出来的黄色光线下摇曳着。

“冻坏了吧?”尼娜的问题很蠢。

米什卡一言不发地脱下手套，小心地把手伸进她的大衣袖子。尼娜轻轻地叫了声“傻瓜”，没有丢开他的手。他们就这样站着，组成了字母“H”。

“咱们到哪儿去?”尼娜仍旧轻声细语地问，就好像在这么冷的街上能有人听见他们说话似的。

“妈妈让我出来看六点的电影。”米什卡说，“老俱乐部又在演《三个火枪手》了。我可不想看——都看了四遍了，没什么意思。他们全都手舞足蹈，一点儿也不像火枪手。美国人总喜欢按照自己的想法杜撰……你想看吗?”

“我也看过了……”尼娜抽出了手腕。他们沿着学校的外墙慢慢地并排行走，谁也没碰谁。“是跟娜季卡去的。我也不喜欢……咱们到底去哪儿？太冷了，膝盖都冻僵了……”

米什卡没有回答，进了校园。九年级一班的斯拉夫卡·彼得连科是话剧小组的组长，扮演恰茨基。他是班主任兼俱乐部图书馆的年轻管理员叶莲娜·瓦连京诺夫娜的宠儿，并且是排球运动员。夏天，他曾代表镇上的球队跟年轻的军官争夺冠军。他是个蓝眼睛、黑头发的少年，个子比全校的学生都高。他对米什卡很好，因为他们住在一个院子里。他还常常向米什卡的妈妈借书看。可以想办法悄悄地溜进体育馆，求得斯拉夫卡的允许（排练的时候，叶莲娜·瓦连京诺夫娜什么都看不见也听不见），然后静静地坐在漆黑的角落里，在堆起的垫子上暗中拉住尼娜的手。显然，这个计划很冒险。任何一个十年级男生或女生——特别是扮演索菲娅的坏女生加利卡·彼洛夫佐娃——都有可能赶他们走，还会嘲笑他们："乳臭未干的小毛孩儿，竟敢跑到这里约会!"但是，米什卡实在想不出别的办法了。

尼娜一声不响地跟在他后面。

当寂静的冷空气中传来一声巨响时，他们已经走上了台阶。米什卡回过头去，站住了。右侧耳房的一扇小门砰的一声打开了，这扇门正对着低矮的台阶。据米什卡所知，台阶通向一个房间，那是学校分给清洁工瓦尔卡的住处。按照瓦尔卡本人的说法，这样做"合情合理"。瓦尔卡是村里的孤儿，无处安身，常年留级。校长罗曼·米哈伊洛维奇可怜她，所以在她上了七年级之后，就让她这个毫无希望的复读生当了清洁工。罗曼·米哈伊洛维奇和妻子季娜伊达·费奥多罗夫娜住在左侧有厨房的大房间里。季娜伊达·费奥多罗夫娜教植物学、生物学和绘画。现在，左侧耳房的窗口漆黑一片。

瓦尔卡站在低矮的台阶上，穿着肥大的裤子，把内衣掖在裤腰里，把水壶里的水倒在雪堆上，回头时发现了他们俩。她定睛一看，用男人般的声音轻声大笑起来，然后向米什卡挥了挥手。瓦尔卡是个大傻瓜，连话都说不明白，因此不见得会把这件事告诉别人，也不会有人听她说。然而，米什卡还是觉得不舒服。尽管如此，他仍然跌跌撞撞地踩着寒假时没被铲走的积雪，向瓦尔卡走去。瓦尔卡满脸堆笑，一张胖脸在黑暗中显得十分苍白。

"哦，在外面腻着冷不?"瓦尔卡的声音不大，但米什卡还是哆嗦了一下——校园里随时会有人走出来，听见这场可怕的谈话，"到我家去坐会儿不?屋里暖和!教师办公室的旧沙发给我了，你们坐着亲热吧!我就躺在炉子旁边，那儿暖和……你吃早饭的钱还剩一卢布吗?"

米什卡没有一卢布，只有一大张蓝色的五卢布，是妈妈给他看电影、在小卖店买可可茶和点心用的。不过，他没有立刻意识到瓦尔卡收钱的目的——让他和尼娜进屋取暖。瓦尔卡不耐烦地跺着穿在光脚板上的破毡靴。

“嗨，给不给一卢布？”

米什卡默默地把手伸进口袋，拿出五卢布，递给了她。瓦尔卡瞥了一眼，敏捷地从他手里抓起钞票，塞到了衬衣兜里。做这个动作的时候，她那白嫩、饱满的胸脯从领口里露了出来，使得米什卡打了个哆嗦。

“五卢布待到早晨都行。”瓦尔卡连忙转过身，再次砰的一声打开了房门，一股地道的“农民味儿”从房间的深处向米什卡扑来，“带上你的妞，来吧……”

米什卡回过头去，看见尼娜站在离他四步远的地方，扭着身子——套靴陷进了雪里。“来吧！”他轻声叫道，没有说出她的名字——希望瓦尔卡在黑暗中认不出她来，“来吧，快点儿！”随后，他们就跟在瓦尔卡身后走进了发霉的小客厅，然后走进了房间。铁炉里的火苗像蓝色的鬼火似的跳跃着。炉子是一只小炼油罐做的，温暖的空气中飘荡着刺鼻的味道。炉边的地板上有个床垫子，远处黑漆漆的角落里有一个大沙发。米什卡记得这个沙发，他在教师办公室里见过。沙发的外皮破烂不堪，两侧沉重的长条扶手已经塌陷了，靠背的上方有块木板。沙发被放到教师办公室的时候，木板上堆着用过的班级记分册，现在堆着瓦尔卡的破衣服。米什卡听见尼娜随手关上了嘎吱作响的房门，跟了进来。火炉中的火苗跳了一下，变成了紫红色，接着变成了更深的蓝色。

瓦尔卡在床垫上打起了呼噜。

在跳跃着蓝色火苗的黑暗中，他们开始脱衣服。他从后面扯掉大衣，把拼布衬衫从头上拽下来，然后费力地拉开咬在一起的拉链，脱掉了两件贴身绒布衬衣。现在，他的上身是赤裸的。黑暗中，他打量着自已瘦骨嶙峋的身子和一身的鸡皮疙瘩，感到很痛苦。他解开她的大衣，拽着袖子把它脱了下来。她马上解开头巾，放在膝盖上，但是没有摘下贝雷帽。他在连衣裙背后的小扣子上费时良久，挨着个地用指甲抠，后来干脆一拉，扣子就散开了，发出了轻微的噼啪声。连衣裙下面是一件无扣毛坎肩，他想从她的头上脱下来，遭到了她的抵抗……“求你了!”他说。她闭着眼睛待了一会儿……她不再反抗……他们默默地坐着，一动也不动。炉火在跳跃，瓦尔卡在打鼾。接着，他扭过身子，把另一只手伸进了她的裙子……一切都烟消云散了，只剩下恐惧，因为这件事瞒不过妈妈。

两个人走出房间，小心地打开房门再关上。瓦尔卡又打起了呼噜。她翻过身子趴下，把军大衣往上拽了拽。他们都竭力不去看她。

街上比先前暖和多了。

学校窗口的灯光都已熄灭。

米什卡知道，发生了一件可怕的事：他们没有注意到时间。现在天色已晚，差不多是半夜了。妈妈在找他，爸爸可能也在找他。尼娜的父母大概也在找尼娜，打遍了班上同学的电话。两家的父母都知道他们在一起，现在……

“快走，我送你！很晚了!”他说着，拉起尼娜的手，向校门口走去。

他们沿着学校的外墙迅速拐到了尼娜家住的建筑工地，几乎是一路跑到那里的。突然，尼娜停住了脚步。

“等等，我喘不上气来了!”她说。她沉默了一会儿，看了看米什卡的脸，突然问了一个让人扫兴的问题——她擅长提这种问题。他们之间因此而多次发生争吵，每次吵过之后都会几天不见。

“你为什么总是害怕?”尼娜问。没等他回答，她便接着说：“你们这儿的人为什么都这么害怕？我们在波季的时候，什么都不怕。晚上，大家会出去散步，有成年人，也有小孩儿……那儿很暖和，有大海，水手常来常往。所有人都住在自己的房子里，有花园，有杏树……可在这儿，连个养狗的人都没有，又冷又黑，人人担惊受怕……妈妈的话很对，应该让爸爸写报告要求离开这儿，到南方去。他们以前过得很快活，经常在花园里烤羊肉串，可以跟格鲁吉亚人交朋友。可是在这儿，能跟谁交朋友？所有人都待在家里，只有一帮犹太人在家里聚会……”

说到这儿，尼娜泄了气，不再说话了，米什卡也惊讶得说不出话来。首先，尼娜从来没有说过这么多话，基本上都是听米什卡讲书本上的故事或者讲莫斯科的事。其次，说出“一帮犹太人”的不是傻子托利卡·奥加尼扬或者基列耶夫（他无论听到什么都会告诉米什卡），而是尼娜。这就像打了他一记耳光，好像载重卡车的马达突然放炮时，冷空气爆炸了一样。米什卡忘了时间已晚，忘了家人在找他们，甚至忘了刚刚在瓦尔卡的房间里发生的事。然而，最重要的一点是，米什卡觉得尼娜说的对。而且，她说的话米什卡自己也知道，却从来没有说过。住在兔儿谷很恐怖——每次从莫斯科回来，米什卡都觉得这恐怖从四面八方袭来，还有孤独和消沉。确切地说，兔儿谷的村子里有很多狗，家家户户都有看家狗，但是在镇上，在地址为“莫斯科 350 号”的地方，不论住家还是街上都没有狗，只有被铁链拴住的牧羊犬在工厂长长的带有铁丝网的大墙内不停地奔跑、号叫。据说，将军家里有一条黑色的大型德国牧羊犬。为什么说“一帮犹太人”？……米什卡快要想起发生在秋天和冬天的那些烦心事了。但是，他们一直面对面地站着，冷风让他回到了现实，分散了他的注意力。

“我什么都不怕。”米什卡顺势反驳，接着又小心地问：“你父亲写报告了？你们要走了？”

“他什么都没写。”尼娜生气地说着，转身朝她家的方向走去。米什卡追了上去，听见她小声地自言自语道：“他也害怕……”

“什么？……”米什卡轻轻地推了她一把，让她把话说完。

“……妈妈说，既然如此，我们就去外婆家，去敖德萨——那儿也很好，很暖和。妈妈在那儿有很多熟人，外婆在第十六站有座房子……”

两个人走得很快，都不说话。米什卡的脑子里只有一个念头，那就是尼娜快要走了！然而，他却有种奇怪的感觉，就像是在课间休息时接到通知说下节课不上了，而他恰好没做这一科的家庭作业……

米什卡还没来得及弄清楚这种感觉是怎么回事，他们就已经来到尼娜家的楼道里，走入了能给他们带来温暖的昏暗中。米什卡伸出手，想拥抱、亲吻尼娜——最近，他们经常吻别。

不过，这一次幸亏没有亲到她。楼道的弹簧门在身后砰的一声打开了。米什卡没有回头，仅从尼娜脸上的表情就明白是怎么回事了。

布尔拉科夫的巨大身影出现了，他静静地看着米什卡。他身穿白色军大衣，敞着怀，露出了海魂衫的条纹。

“快回家去!”布尔拉科夫的声音在深夜的楼道里震耳欲聋，“快点儿！你妈拿着枪把整个警备司令部都掀了!”

他抓住米什卡的衣领，把他推到门上，撞开了大门。米什卡回过头来，看见布尔拉科夫俯下身子，一巴掌打在了尼娜的脸上。有一瞬间，他的手掌盖住了尼娜的整张脸，尼娜没有出声。大门砰的一声关上了。在关门的一瞬间，他看见布尔拉科夫把身子俯得更低，说道：“要是亲生的，就打死你!”接着，尼娜开始悬空——布尔拉科夫把她夹在腋下，像夹着一个布娃娃。

米什卡在夜晚的小镇上一路狂奔，想不出任何托词。确切地说，他只是念叨着那句最先想到的用来搪塞妈妈的话：“我又没有手表，怎么知道几点啦?”连他自己都不知道这个无耻的念头是怎么钻到他的脑子里的。班上只有根卡·斯利尼科有一块“胜利”牌手表（表蒙子最外面的一圈是黑色的，数字是金色的），因为他是上校参谋长的儿子。米什卡从未想过自己会有手表，至少上十年级之前不会有。眼下，他无计可施，只好不停地自言自语：“没有手表，没有手表……”

他同时看见了他们两个人。父亲健步如飞，几乎是迎面跑来，长长的大衣下摆被膝盖碰开了。妈妈把滑到脸上的头巾向后推了推，从楼门口向外张望着——显然，布尔拉科夫已经打过电话了。

米什卡跑过去，钻到了父亲的大衣里。他后退了一步，一句话也说不出来。父亲用力把他的头抱向自己，一再说：“乖儿子，乖儿子！”米什卡哭了，这是肯定的。

第七章　生日

大家都觉得奥加尼扬兄妹很怪。首先，大家把因卡和托利卡叫作“双生子”或“双胞胎”，这就足够吸引眼球了，因为学校里只有他们这一对儿。去年，十年级的孪生兄弟——马雷舍夫兄弟毕业了。首先，他们是兄弟，不是兄妹。其次，他们已经不在学校了，更不在镇上。这对懒鬼哪儿都没考上，于是他们这种在战争期间不爱学习的超龄生马上就被部队征用了。马雷舍夫兄弟是纯粹的孪生子，而奥加尼扬兄妹却要求别人叫他们“双胞胎”。要是有人叫他们“孪生子”，托利卡就会上去跟人打架，因卡会在一旁支持他。自然地，大家都叫他们“讨厌鬼双胞胎”。他们听了这种叫法，倒不是很生气。跟白头发、浅色眼睛的马雷舍夫兄弟比起来（别人绝对无法分清他们，于是他们便常常利用这一点），托利卡和因卡长得一点儿都不像，只是鼻子都一样肥大。因卡的头发红里带黄，像变压器轴上的电线。托利卡的头发呈藏青色，像刚刚擦净的“TT”手枪。

然而，奥加尼扬一家的奇怪之处还不止于此。也就是说，这并不是他们最奇怪的地方。最奇怪的是，双胞胎的父亲列翁叔叔既不是军官，也不是超役军事长，而是一名“自由雇佣军人”。他的穿戴很古怪：牛皮军官靴、蓝色马裤、条纹便服、粗毛编织的褐色坎肩、衬衫（领角又尖又长，向上弯曲）、带白色圆点的灰领结。冬天，他在外面穿一件没有肩章的军大衣或者普通短大衣，头上戴着像列宁墓旁站岗的士兵戴的那样的卡拉库尔羊羔皮军官帽，藏青色的“护耳”上没有星徽。夏天，他就穿亚麻布做的宽大的休闲裤和能包住瘦削肩膀的紧身运动衫，脚上是一双粉刷得发蓝的帆布便鞋（橡胶鞋底是玫瑰色的），头戴白色大檐儿帽（大大的正方形帽檐儿用布料包着）。所有行头放在一起，让米什卡觉得这就是“自由雇佣军人”的必备装束，就像“自由雇佣军人”这个词本身和列翁叔叔总也刮不净的脸上那只歪鼻子一样，既可笑又愚蠢。米什卡认为正常的男人应该像爸爸那样，有刮得干干净净的脸和结实的颧骨，穿着紧实、合身的军大衣，或者像谢尼亚·克维特科夫斯基叔叔那样，有本事走在泥地里，却不会弄脏马刺和闪亮的靴子，就像疾行在空气中一样，一尘不染……而格里沙·卡兹叔叔，尽管米什卡早就习惯了他的穿戴，但却总是觉得不太对劲儿。他的眼镜、狭窄的医生肩章和总是乱蓬蓬的花白头发……还有费佳·普斯托沃伊托夫叔叔，永远穿着脏兮兮的靴子和皱巴巴的军大衣，也不太漂亮……

尽管如此，米什卡还是发现军官们都很尊重列翁·奥加尼扬。早上，父亲在上班的途中大老远地看见列翁叔叔也向通行站走去，一定会停下脚步等他，跟他握手，而列翁叔叔则会漫不经心地摸摸米什卡的头（冬天就直接摸在帽子上）。接下来，三个人便会一起往前走。父亲跟列翁叔叔马上就会谈起工作，不再注意米什卡。

奥加尼扬兄妹的妈妈廖丽娅婶婶跟普通军官的妻子没什么两样，只是头发很怪，又厚又密，像一顶帽子，一直盖到浓重的眉毛上。她的脑后扎着一条粗辫子，编成了大大的“八字”。

此外，大家都觉得托利卡·奥加尼扬是个大傻瓜，而因卡则根本就入不了基列耶夫的眼。他每次跟米什卡谈起她的时候，都叫她“妓女”，让米什卡觉得很刺耳，这是因为沃夫卡·萨拉伊金和其他男孩儿摸她的时候，她根本就不躲避。

然而，在米什卡的内心深处却没有把奥加尼扬兄妹想得这么差（他不跟任何人争辩这一点）。他认为托利卡不是傻瓜，只是太过善良，比他还善良，不懂得拒绝任何人、任何事。根卡·博伊科叫他到“基坑”里去划“门船”，他去了。沃夫卡·萨拉伊金让他下课时偷偷跟在维特卡·库兹明娜后面，把她的裙子掀过头顶，他去了……他每次都会比别人受到更多惩罚，大概他是真傻吧。但是，他和根卡·博伊科不一样。博伊科是班里最无可救药的差等生，相当狡猾，就连尼娜·谢苗诺夫娜都蒙骗——让她说服任课老师给他三分，让他及格。至于因卡……米什卡觉得，沃夫卡·萨拉伊金或者别的什么人摸她的时候，她只是失去了意识。遭到侵犯时，她只能紧闭双眼，站着或坐着不动，保持着别人让她保持的姿势。而维特卡就不一样了——别人挤她的时候，她始终笑容满面，还在台阶上乱蹭。

总而言之，在因卡和托利卡的生日晚会来临之际（他们的父母每年都要为他们庆祝），米什卡很高兴。

妈妈给了米什卡十五卢布，用来买礼物。他在军人商店里逛了老半天，在玩具部待了半个小时，俯身观察着柜台里的一个拼装模型——那绝对是所有男孩儿的最爱。不过，米什卡知道，从来都没有人买过它，因为商店里只有这一件，已经在橱窗里摆了一年。模型的名字叫作“苏联汽车”，是一个有座槽的扁平的纸盒。座槽里放着各种铸造的汽车，看起来很有分量，都涂着亮晶晶的搪瓷。有蓝色的“莫斯科人 401”、褐色的“胜利 M20”、奶油色的“齐姆嘎斯 12”、黑色的“齐斯 110”，还有一辆不知道是什么牌子……这辆车的发动机盖儿很长，驾驶舱很短，后备厢倾斜，通体呈金绿色，模型上标注的是“跑车”。他之所以不认识这辆车，是因为即使在莫斯科的大街上，他也从来没有见过这种车。他坐过“齐姆”牌出租车，也坐过一次“齐斯”牌汽车，并且经常坐“胜利”牌汽车。更让米什卡感到难过的是，模型的售价是九十卢布，他根本买不起。模型的两个底盘被放在单独的座槽内，配有上了发条的弹簧马达。车轮是用真正的黑橡胶制作的。另外，有几个小螺栓、一把螺丝刀和用来上弦的钥匙。跟真实情况不同的是，所有车厢的尺寸都一样。任何两辆汽车都可以用螺栓固定在底盘上，并排放在地板上滑动，就像在大街上一样。米什卡想，如果把小汽车拿到外面的柏油马路上，再从近处拍照的话（父亲让他随便使用“爱好者”牌照相机，基列耶夫也可以把缴获的珍贵的“莱卡”牌相机拿来。然后，可以在圆塑料桶里给胶片显影，半夜在厨房里晾干。他们事先把相机固定在专门的三脚架上，做成一个放大镜），那么照片上的汽车一定跟真车没什么两样……

就这样，他在军人商店里消磨了很长时间，什么都没买。然后，他穿过马路，走进书店，买了一本《向导手册》。这个礼物无论送给托利卡还是送给因卡都很好，因为书里有很多实用信息，包括如何搭帐篷、如何嘴对嘴地做人工呼吸、如何记忆多位数。售货员用火红的方格包装纸把书包上，看起来很漂亮。

星期天的早晨，米什卡就开始穿衣打扮了，尽管在傍晚五点前赶到就行——他们都不是小孩子了，已经上六年级了。

妈妈让他穿校服裤子，把衬衣露在外面，再套上小时候在里加休假时做的儿童西装（只有出门时才穿）和一条到膝盖的短裤。四五年级的时候，米什卡因为这身衣服在学校里遭到过很多人的嘲笑。特别是那些农村孩子，全冲着他喊：“莫斯科人，脑袋空空！”米什卡试了试，袖子太短，刚到胳膊肘，胸围也不合适。妈妈想把袖子放长，但米什卡坚决表示，既不穿西装也不穿校服裤子，因为他不想再成为别人的笑料。根卡·博伊科就是先例，他刚从父亲服役的利沃夫回来的时候，也打扮得像图片上的外国人一样：在膝盖下面系带的灯笼裤、收腰的方格短大衣……现在，他穿得跟其他男孩儿一样，免得遭人戏弄。

最后，米什卡还是穿了一身差不多天天都穿的衣服：拼色短上衣、滑雪运动裤。妈妈让他在上衣里面穿一件白底蓝条的衬衫，那是他父亲以前穿休闲裤时穿过的。休假时，父亲总是穿着它跟妈妈在晚上散步。现在，衣服被洗得褪了色，米什卡也长高了，只需把袖口卷起来。妈妈小心地把衬衫领子翻到上衣外面，看着米什卡穿上没有破洞的干净袜子，免得脱鞋时难为情。就这样，米什卡拿着《向导手册》，四点多钟就出了门。

米什卡在正门对面的小广场上等着基列耶夫。这里只有军官和“自由雇佣军人”才能通行，受限制的工人要走东边那个远一点儿的通道。

奥加尼扬一家大概原本不会请基列耶夫，就像不会请沃夫卡·萨拉伊金、艾奇卡·奥索夫佐夫，以及村里的孩子和所有的流浪汉一样。但是，因为米什卡跟基列耶夫是朋友，所以只好把他们俩都请来了。基列耶夫就像故意捣乱似的，穿得像个十足的流浪汉。脚上是他钟爱的那双靴子，右边的靴筒里露出了一小块包脚布。帽耳向后折，没有系帽带。右边的帽耳垂下来，像兔子耳朵那样不停地晃动着。用大人的短袄改制的衣服敞着怀，里面是灰色的校服，没系扣。再往里是一件蓝色锻纹衬衫，领子也没系上。从他的短袄里露出了冻得发红的瘦脖子。总而言之，糟透了。不过，基列耶夫准备的礼物很棒。妈妈给了他一盒“巧克力套装”，红盒子上印着小鹿的图案，像是要送给因卡。给托利卡的礼物是放在口袋里的一把羊拐子，包括一个非常棒的击打拐，全都整齐地钻了孔、注了铅。还有五个普通羊拐子，也很漂亮，又大又平，打磨得很光滑，已经玩了很长时间了。这些羊拐子是刚上秋的时候，基列耶夫在集市后面的荒地上——那是镇上的所有家长禁止孩子涉足的地方——从农村孩子手上赢来的。

为了抄近路，两个人沿着工厂的外墙往前走。奥加尼扬一家住在小镇东边的新房里。那房子是不久前才分到的，以前他们住在板棚区。大墙内，被铁链拴住的狗跑来跑去，发出短促的叫声，把链子拽得哗哗直响。一名士兵站在高台上，闲极无聊地向他们敬礼，并咧开大嘴笑着。

一路上，米什卡和基列耶夫沉默不语。北风呼啸，直吹嗓子，能把说话声吹走。像平时一样，每当周围环境不好时，比如天气恶劣、课堂无聊或者干脆无事可做的时候，米什卡就会思考自己的人生。

此时此刻，他想象自己正赶赴生日晚会，穿得像罗伯特·科洛季林一样整齐——格子西服、白色厚底皮鞋。其实，他就是罗伯特·科洛季林所在的“鱼雷”队的著名足球运动员。瞧，他和基列耶夫已经到了奥加尼扬家！他脱掉大衣，所有人都看到了他的这副打扮。尼娜跟其他女生一起站在门口，尽量不往他身上看……他想，尼娜应该也没穿上学时穿的那件褐色校服裙，并且没系围裙。她应该穿靴筒边嵌有顺滑的皮毛的女式短靴、缝线长筒袜、后面打褶的黑色短裙和黄色宽肩毛衣。他见过有个女孩儿就是这么穿的。她是玛尔塔的朋友，她们俩结伴去普希金大街的中央电影院看电影时，阿达舅妈轻蔑地叫她“商店经理的千金”。

这时，他突然想起了彼佳舅舅，情绪立刻变得十分低落。最近一段时间，没有什么事情能让他想起发生在秋天的那些令人难过的可怕事件，包括基列耶夫的话、大人们在夜里的交谈、他的恐惧和期待。家里人几乎不再提起彼佳舅舅和莫斯科的马尔金一家了，米什卡也有点儿淡忘了，不再去想。收音机里有时会提到被揭穿的世界主义者，邮箱里会出现新的一期《鳄鱼》杂志（上面画着可怕的嘴脸和长长的鹰钩鼻，题记的内容都跟世界主义者和反革命医生有关）。每到这时，米什卡的脑子里就会有一个念头闪过。可是，这些不愉快的想法很快就烟消云散、无影无踪了。《鳄鱼》上的“长鼻子”既不像彼佳舅舅也不像妈妈。如果说像某个熟人的话，那正是列翁·奥加尼扬叔叔，还有点儿像格里沙·卡兹叔叔，但米什卡不愿意这么想。格里沙叔叔是个医生，米什卡的父亲被送进野战医院时，他的军大衣外面就穿着白大褂。

当他们走过工厂的外墙，拐了个弯，再穿过空地，看到奥加尼扬家新建的四层楼房时，米什卡想到的就是这些。

这时，基列耶夫突然冒出一句傻话（他一贯如此），扰乱了他的思绪。

“你喝过伏特加酒吗?”基列耶夫没头没脑地问。

米什卡没有喝过这种酒，只是有一次列瓦·涅哈姆金叔叔用装过果汁的杯子给他倒了一杯香槟，相当难喝。总的来说，米什卡不喜欢任何口味的汽水，喝完了会肚子疼。还有几次，人家给他尝了尝大人爱喝的葡萄酒，味道也很差，有股不苦不甜的味儿。除了对这些难以下咽的糟糕液体的回忆，米什卡对饮品几乎没有印象。不过，他倒是经常看见大人们喝伏特加酒，而且不单是在节日里，有时晚饭之前父亲也会往多棱玻璃杯里倒上一杯酒，一饮而尽。这表示他那天比平时累，或者发生了什么令人不高兴的事情。伏特加酒装在一个紫色的雕花瓶子里。米什卡知道这酒是怎么做出来的：先往瓶子里倒些蓝色酒精（父亲用瓶子装好，包在报纸里，从部队带回家），再从茶壶里倒入沸水。如果赶上冬天，家里有为过年买的橙子或是年后剩下的橙子，就再往瓶子里扔些橙子皮（或者碎苹果和几瓣蒜），然后把瓶子放进橱柜。过一两天拿出来喝的时候，倒进杯子的液体就变成黄色或绿色了。

米什卡看到这个场面，就如同看到了喝酒的后果：在桌旁睡着的格里沙叔叔，怎么也穿不上大衣、老想坐在门厅地板上的列瓦叔叔（被冬妮娅婶婶勉强拉回了家），在盥洗室里一阵阵泛恶心的费佳叔叔（其实他还没喝伏特加酒呢，这一点得说明白）。

“你喝过吗?”他生气地问。

基列耶夫老老实实地说，他也没喝过，不过想在今天喝点儿。奥加尼扬的父母跟他们同桌吃饭时，列翁叔叔面前一定会摆上他们家乡的黄色亚美尼亚伏特加酒。那种酒气味香浓，基列耶夫忘了它叫什么名字了，但他知道那就是伏特加酒，是奥加尼扬休完假从亚美尼亚带回来的。老奥加尼扬夫妇离开餐桌，以便让孩子们自由活动时，一定会留下酒瓶。到那个时候，基列耶夫就要给自己倒点儿了。他去年就想喝，但是有点儿害怕，这次一定得喝。

米什卡不知该如何回答，他还没决定要不要喝列翁叔叔的伏特加酒。不过，他不想跟基列耶夫说这些——没什么可说的，也没必要说，因为他们已经到了。

他们算是晚到的了，尽管还有五个人没来。大家聚集在了门厅和门口处。廖丽娅婶婶在人群中穿梭着，把用墨绿色葡萄叶包着的白菜卷和配上橙黄色胡萝卜的一大盆羊肉抓饭从厨房里端了出来。这些亚美尼亚特色食品都是奥加尼扬一家在夏天休假时用大皮箱带回来的，用特殊方法保存到了今天。米什卡和基列耶夫脱去外套，送上了自己的礼物。因卡穿着漂亮的“玫瑰茶色”宽松连衣裙，披散着头发，随手把糖果放到了桌上。托利卡立刻翻开《向导手册》，嘴里念叨着：“这书真带劲儿！看，这儿讲的是一个人如果屁股朝前，会朝哪个方向走、留下什么样的足迹！”大家都看书去了。米什卡知道，很多人都有这本书，妈妈去年就给他买过一本。

尼娜站在房间的门口，照例挨着娜季卡。跟绝大多数女生一样，她穿着褐色的制服裙，没系围裙，立领上镶着花边。她的发型跟上学时有所不同：她把辫子梳起来，在额头上围成了半圆形，淡紫色的蝴蝶结落在了耳朵上。米什卡没有走向她，而是跟男生挤在一起，低声商量着用什么办法才能抽上几口烟、在哪儿抽。他在远处观察着尼娜，像每次那样吃惊地想，为什么大家没有发现尼娜这么漂亮？活脱脱一个电影演员采利科夫斯卡娅①的缩小版。然而，班里的同学们并不觉得尼娜漂亮。

① 采利科夫斯卡娅·柳德米拉·瓦西里耶夫娜（1919—1992），苏联演员。

有很多人喜欢因卡，还有人追求六年级二班的维特卡·库兹明娜，臣服于她那胖大婶一般的胸脯。当然啦，大家都对全校公认的美人——十年级的女生加利卡·彼洛夫佐娃垂涎三尺。自然，米什卡也认为她很漂亮。不过，十年级的男生没人敢靠近她。谁都知道斯拉夫卡·彼得连科擅长打架，谁都不怕。虽然才上九年级，但是他年纪稍大，比十年级的学生还有力气。事实上，加利卡和斯拉夫卡之间的关系很正常：晚上，他们要么参加话剧小组的活动（斯拉夫卡给加利卡讲角色之间的爱情故事），要么在俱乐部的舞会上见面，在年轻中士、雇用的打字员和女会计中间，规规矩矩地贴在一起跳西班牙舞或慢拍的华尔兹舞（以前叫“波士顿舞”）。

列翁叔叔的高大身影出现在了拥挤的门厅内。他像平常那样不经意地摸摸每个人的脑袋，碰到谁就摸摸谁。突然，房间里变得鸦雀无声——奥加尼扬的大儿子加里克从厨房里走了出来。他在斯大林格勒上学，经常回来参加弟弟、妹妹的生日聚会——以优异的成绩提前通过考试，回家待上一个月。他在师范学院物理系读书，获得了高等奖学金（不知为什么，没有获得斯大林奖学金）。自然而然地，他成了母亲教育儿子的话题中当之无愧的正面教材。三年前，他中学毕业，拿了金质奖章，进入了斯大林格勒师范学院。他没有像预期的那样考进莫斯科大学，据说是为了离家近，可这一说法并未得到确认。有一回，傻乎乎的因卡说，虽然加里克得过奖章和证书，但莫斯科大学还是没有录取他，所以他只在莫斯科闲逛了一个星期，看了看列宁山上的高大建筑①，差点儿错过了斯大林格勒师范学院的面试。现在，他正在读大学三年级，成绩稳定，从未得过四分。他总是用还在中学时就让全校同学记忆深刻

① 莫斯科大学在列宁山上，是俄罗斯规模最大、历史最悠久的综合性高等学校。

的玫瑰色“冠军”牌①键盘手风琴为学院的乐队伴奏。春天，他在古典式摔跤比赛中晋升为“一级”，正准备晋级“预备健将”。

尽管很忙，但加里克还是经常利用各种机会回家待上一两天（好在斯大林格勒真的很近），陪廖丽娅婶婶到集市上买些东西（回来时拎着沉重的大网兜），然后教托利卡摔跤。冬天，他跟弟弟、妹妹一起到俱乐部后面的滑冰场上，亲手把“冰刀”拧在因卡的毡靴上，跟她十指紧扣，一起滑冰。

米什卡喜欢加里克，虽然在对未来的规划中，米什卡从未想过要成为像加里克那样的人——他的穿戴太普通了，无论冬夏，总是穿方格衬衫、屁股磨得锃亮的肥大的褐色斜纹裤子和火红色羊毛领的“莫斯科人”牌旧大衣（从短袖口里露出摔跤手那粗壮有力的手腕）。他有一头浓密的黑发，带着点儿猫毛一样的红色，平平地向后梳，却像翅膀一样倒向两侧，形成了一条愚蠢的中缝。此外，加里克戴着一副圆圆的黑框眼镜，在走上摔跤毯时才会摘下。总而言之，跟罗伯特·科洛季林相比，加里克差得太远了。然而，在内心深处，米什卡知道七年以后自己会像加里克一样全拿五分，并且戴着眼镜，梳着难看的发型。不过，他还是把自己想象成了科洛季林。

然而，不知为什么，米什卡不喜欢他“没被莫斯科大学录取，并且由于某种神秘的原因没能获得斯大林奖学金”的故事。当他想象自己长大成人，成了大学生，离开父母单独住在莫斯科（也可能住在列宁格勒的宿舍）时，这故事多多少少破坏了他的心情。

该入席了，大家在桌子、椅子中间挤来挤去，用了好长时间才坐好。毫无疑问，基列耶夫蹭到了桌布，差点儿把餐具从桌子上扯下来。尼娜跟女生们一起坐在离米什卡最远的角落里，米什卡可以很方便地观

---

① 德国的著名手风琴品牌，享誉世界。

察她。大家都分到了拌凉菜，列翁叔叔从大罐子里给每人的玻璃杯或高脚杯里——赶上什么就是什么——倒上了一点儿酸味浓郁的深红色葡萄酒。大家伸出手，跟托利卡和因卡碰杯。米什卡喝完葡萄酒，又吃了点儿东西，开始看其他人吃（他只有在家里吃饭才像样）。很多人握叉子时把手攥成拳头，吃东西时吧唧嘴。他突然想起了妈妈，想起了自己用勺喝汤时她经常说的那句“不要咂嘴”，想起了她那高度近视的傲慢目光。她在莫斯科和里加缝制的连衣裙，镇上的人都觉得很难看……毫无疑问，吃饭时声音最大的是坐在对面的基列耶夫，他正在吃白菜卷。它有个美丽的名字叫“小丘”，这让米什卡想起了苏联历史上的“口译者”①。与此同时，基列耶夫竭力不引人注意，尽量不动声色地悄悄靠近葡萄酒罐，看样子是想再给自己加点儿酒。他还冲着米什卡做鬼脸，意思是“来吧，别不好意思”。列翁叔叔和加里克当真从另一只罐子里倒出了有浓重腐烂气味的黄色伏特加酒，喝了起来。每喝一小盅，他们就吃一块咸白乳酪，把正面墨绿色、反面淡紫色的鱼香叶②包进乳酪片中。

接着，他们喝了“拿破仑茶”——列翁叔叔戏称它为“波拿巴茶”。后来，大家把桌子移到一边，搬来一台喇叭可以拉伸的大而光滑的蓝色留声机，准备挑唱片，然后跳舞。奥加尼扬家的唱片很多，不仅有“4月工厂”的（唱片的红色和蓝色标签上印有克里姆林宫钟楼），还有战前的波兰唱片（黑色标签上的金色小字都是外国字母）。一开始放的就是波兰唱片——狐步舞曲《星期日》，没有放别的曲子。女生们跳了起来。列翁叔叔说，这叫“双女对舞”。男生们站在留声机的四周，

① 俄语中“口译者”和“小丘”一词的发音接近。

② 又称“九层塔”、“罗勒”，是一种药食两用植物，经常出现在俄罗斯高加索地区的饮食中。

听四重唱和乐队尖锐的铜器打击乐声。

就在这时，基列耶夫开始实施他的计划了。只见他背对着人群溜到桌子旁，迅速拿起手边的一个杯子，倒上三分之一杯的黄色伏特加酒，瞪着眼睛匆忙地咽了两口，还学着大人的样子，给自己倒了杯果汁。看来，他早有准备，没咳嗽一声就把酒咽了下去，整个过程就发生在一瞬间。乐曲还没有结束，他就把酒喝完了。基列耶夫摆出一副郑重其事的样子，神气十足地向米什卡点了点头，意思是说“来，也给你弄一杯”。

自然，米什卡妥协了。他背对着翻看唱片的男生们——他们正从薄薄的半透明纸袋里把它们一张一张地拿出来，捏着侧边仔细观察——溜到桌旁，也像基列耶夫那样飞快地倒上了伏特加酒。没错，他确实把酒倒进了自己的杯子，并且记得自己的杯子在哪里。而且，他倒了不止三分之一杯，几乎是半杯。然后，他举起杯子，一饮而尽，向基列耶夫证明他也知道该怎么做。

除了嗓子和胃有点儿灼热以外，米什卡什么感觉都没有。基列耶夫竖起了大拇指，米什卡装模作样地背对着他——看吧，还得夸我呢……女生们在跳舞。现在放的是探戈舞曲《香槟之沫》，由瓦尔拉莫夫指挥的广播委员会乐队演奏。有人——好像是不肯安静的基列耶夫——轻声唱着“新年新气象，营地被铁丝网包围”，却跑调了。米什卡的脑子里突然冒出了一个奇怪的念头。尼娜跟娜季卡跳舞，娜季卡领舞，这让米什卡有点儿生气。他并不是生尼娜的气，而是生所有人的气。没有人知道，不久前他和尼娜就坐在瓦尔卡家里互相爱抚——要是有人知道了，他连死的心都有。与此同时，他想让所有人都知道，他能和尼娜跳贴面舞了，就像列瓦·涅哈姆金叔叔和冬妮娅婶婶那样，或者像斯拉夫卡·彼得连科和加利卡·彼洛夫佐娃那样。然后，两个人可以一起回到他们共同的家。他拿起鞋拔子脱靴子时，尼娜帮他把鞋拔子伸进去，生气地埋怨他伸不进去，跑偏了……

想到这些，米什卡的情绪有点儿低落。突然，他的脑子里有了一个念头。这念头很荒谬，但是目前看来绝对正确。他分开摇摇晃晃的人群——显然，大家都喝多了列翁叔叔的黄色伏特加酒——邀请因卡·奥加尼扬跳起了《维也纳森林的故事》。这首曲子是克拉科夫消防员管乐团演奏的，因卡正巧独自坐在角落里用手扇着风。他们踩着“一二三”的节拍跳了起来。米什卡一直在心里默念着舞步，效果挺好，一次都没跳错，总能及时地在转弯时把脚伸到后面，一点儿也不比苏沃洛夫军事学校的学员跳得差（新闻片里经常播放他们的舞会）。有一次，他踩在了因卡的脚上，可因卡一点儿也没生气。为此，米什卡还亲了她一口。后来，加里克和列翁叔叔抓着米什卡的肩膀和膝窝，莫名其妙地把他抬到了列翁叔叔和廖丽娅婶婶的床上。米什卡没法儿从床上起来（那床像是装了铠甲）。他每次翻来覆去地挣扎着想站起来，那可恶的“铠甲”都会像一张网似的倒下来。最后，米什卡知道没法儿冲破它，只好乖乖地就范——睡着了。

他梦见尼娜进来了。不知为什么，尼娜用拳头打了他的额头一下。打得不疼，但他却差点儿哭了。然后，他又梦见基列耶夫来了，帮他挣脱了可恶的网。他们来到门厅，花了好长时间穿鞋。加里克在上面看着他们。米什卡从下面看了一眼加里克，与他的目光相遇了。加里克说了一句话，声音很小，但很清楚：“别再喝酒了，米什卡。你的生活眼看就要艰难了，再喝你就完了。”然而，米什卡立刻忘了他说的话，只记得“眼看就要艰难了”这一句。他突然明白了，“眼看”指的是“彼佳舅舅不在的时候”。到了后来，就连这个也忘了。他梦见自己跟基列耶夫往家走时，基列耶夫要绕路送他，可是他不愿意——他想一个人走，好好地想想因卡·奥加尼扬，想想加里克跟他说的话，想想尼娜脸上的表情和《香槟之沫》的曲调。可是，基列耶夫不放他走，还一个劲儿地说“等一会儿，方便一下”，真麻烦！米什卡想安安静静地睡觉，不让尼娜打扰他，也不让基列耶夫打扰他。

他终于睡着了，还做了个噩梦：父亲站在他旁边，说了一个他清醒时绝对不会听到的词——“畜生”。父亲转过身去，从米什卡的梦中消失了。

第八章　列宁纪念日

全校师生都参加了庆祝会，排成了横队。队列排好之前，大家在二楼的大走廊里推推搡搡，吵成一团，场面十分混乱。老师不停地制止："你们疯了吗？在这么重要的日子里嚷嚷！别挤了，萨拉伊金，赶紧把家长找来！"米什卡忘了所有扫兴的事，跟大家一起挤来挤去，不经意间把一名女生推出了队列，导致整个队列"塌方"，还把脚绊在了乱跑的低年级男生身上。在叫嚷和混乱之中，他心里的全部令他感到恐慌的事情（父亲不跟他说话。母亲一会儿冷嘲热讽，一会儿悄悄地在厨房里流泪。尼娜根本就不看他。下课后，他等在墙角，想跟她一起走，可她却突然拔腿就跑。他没有去追，因为在大街上追女生太傻了，一点儿意义也没有）虽然没有消失，但却平静了下来，就像牙疼时忙着干别的事（或者按住牙齿），疼痛就会减轻一样，只是还有点儿隐隐作痛罢了……

与彼佳舅舅有关的事情、大人们在那个可怕的晚上所说的话、与少年劳改营有关的念头，统统从他的脑海里消失了——他没有时间去想。他即便想起了少年劳改营，也多半与现实有关。至少在那个可恶的生日晚会之后，第二天早晨，妈妈很严肃地提起了少年劳改营。

大人们严禁他和基列耶夫在一起，要违反这条禁令几乎是不可能的。况且，基列耶夫也不来了。家里人知道了他和萨尔特科夫的事之后（基列耶夫在这件事情中所起的作用，家长也知道了），他受到了两天不许上学的惩罚，返校时要带着父亲的便条。尼娜·谢苗诺夫娜安排他独自坐在最后一排，把米什卡安排在了靠门的第二排，跟艾奇卡·奥索夫佐夫同桌。以前是“体育棒子”一个人坐在那儿，现在是两个人同桌，很挤。他块头大，课桌的盖子总得开着。在尼娜·谢苗诺夫娜的默许下，窗边的重要位置被根卡·博伊科和托利卡·奥加尼扬占据着，他们也找到了宝库。

队列终于站好了。

罗曼·米哈伊洛维奇校长走到中间，说劳动人民的子女永远也不会忘记伟大的列宁，他们要像伟大导师列宁的伟大学生、苏联人民的领袖和导师——伟大的斯大林同志号召的那样生活和学习。

按照身高，米什卡站在六年级一班的第三排，在艾奇卡·奥索夫佐夫和沃夫卡·萨拉伊金后面。他看着校长，发觉他的站姿不太对劲儿。罗曼·米哈伊洛维奇发言的时候，微微地来回移动着，两只脚轮流踏地，还侧转身子稍挪向一边，与此同时又侧身面向队列中的学生。米什卡不明白他为什么会这样，可能是因为罗曼·米哈伊洛维奇前一天晚上喝多了吧。早晨，在校长办公室，他往玻璃杯里倒了半杯“红盖儿”伏特加酒，匆匆忙忙地喝掉了。这种事情经常发生，是那些偶然闯进办公室的人亲眼看见的。可是，现在的情况不能用这个来解释，因为罗曼·米哈伊洛维奇滴酒未沾……突然，米什卡想明白了！校长讲话时正好站在队列中央，这样一来，用红布盖着的底座上斯大林同志那高大的白色半身像正好对着校长的后背，让他感到很不自在，就像每一个背对着长辈的人都会感到不自在一样。不管怎么说，如果有人死盯着你的后背，那么即使这个人不是斯大林同志，也不好受。因此，罗曼·米哈伊洛维奇想调整站姿，既不让自己偏向学生，也不至于背对着斯大林同志。

想到这里，罗曼·米哈伊洛维奇终于站好了——既面向队列，又侧对着半身像。这时，活动结束了。列宁纪念日这一天不用上课，大家在老师的督促下安静地走进了更衣室。米什卡穿上大衣，敞着怀走到了台阶上——一大早天气就迅速回暖了，冰雪开始融化了，春天已经不远了。

此时，基列耶夫正站在台阶上。

米什卡没跟基列耶夫说话，基列耶夫也没跟米什卡说话。他们就这样并排站了一两分钟，谁都没吭声。过了一会儿，两个人走下台阶，沿着马路向俱乐部走去。

俱乐部内空荡荡的，值班员仰坐在椅子上打瞌睡。礼堂大门两侧的台座上放着列宁和斯大林的银色半身像，整齐地摆着新布置的红绸子人造花，用绿色的纸当叶子。脚步声在空荡荡的门厅里回响着，从体育馆里传来了打斗声和震耳欲聋的叫嚷声。米什卡和基列耶夫心照不宣，踮起脚尖从值班员的身旁溜了过去，边走边脱下大衣，拿在手里。他们把高高的体育馆大门打开了一条缝儿，钻了进去，在门口站住了。

摔跤运动员正在体育馆内训练。

这是镇上摔跤联队的一次例行训练，并没有被取消，尽管在纪念日训练不太合适。镇上的人很喜欢摔跤联队的运动员，因为他们在州赛中经常夺冠，获奖证书挂满了整个俱乐部。因此，对于摔跤联队在纪念日违反规定的行为可以视而不见。

六名宽肩膀、凸脖梗的壮汉（大多是建筑兵），穿着褪了色的黑色紧身衣和破旧的摔跤靴，有的在跳绳，有的正扛着哑铃上的圆饼做蹲起运动。有一个人弯成“拱桥”，另一个人坐在他的肚子上，下面的人微微撑起身子……教练是米什卡和基列耶夫都认识的警备司令部上尉阿里·尼古拉耶维奇。他是个上了年纪的阿塞拜疆人，圆脑袋，梳着灰色的“刺猬头”，穿着缎纹肥腿裤和紧身汗衫，腹部隆起，身上的黑色汗毛十分茂盛。

米什卡和基列耶夫一声不响地站着。阿里·尼古拉耶维奇大概也发现了他们，但是什么也没说。体育馆里的气味很难闻。

两名摔跤运动员在比赛，一名是次重量级，一名是中量级，都生有厚重的体毛，光秃的脑袋油光锃亮。他们是阿里·尼古拉耶维奇的同乡。次重量级选手摆出了“跪撑”的姿势。中量级选手在他的周围爬行，大声喘着气，很痛苦的样子。他扼住对手的脖子，用力压住，迅速地把手腕一抖，接着将手腕在趴在地上的对手的后脑处合拢。

这时，基列耶夫突然用力推了一下米什卡的侧腰。米什卡真想打回去：“傻瓜，推什么？当心被人撵出去！”基列耶夫默默地指着体育馆里最远处的角落。米什卡沿着他弯曲的手指看去（指甲几乎被啃光了），看见了加里克·奥加尼扬。

加里克坐在天花板下面最高的一堆垫子上，低着头看训练。

就在两个男孩儿走神儿的时候，发生了重要的事情：次重量级选手挣脱了包围，从“跪撑”中跳起来，扑向了中量级选手。他飞快地抓住中量级选手的一只手，轻而易举地将它翻到背后，把中量级选手的肩胛骨抵在了起褶的地毯上。其他队员都停止了训练，一言不发地过来围观。

这时，加里克轻轻地跳到了地板上。他也穿着紧身衣和摔跤靴（崭新的深蓝色紧身衣和时髦的白色摔跤靴）。很难相信，这就是那个经常穿破旧的翻领衫和像裙子一样的肥腿裤的加里克。

加里克摘下眼镜，眯着眼睛回过头去，沿着体育馆的外墙向门口走去。他把眼镜塞给米什卡，说了句“拿好”。没等米什卡回答，他就走到阿里·尼古拉耶维奇身边，压低声音跟他说了些什么。摔跤运动员们没有去看加里克，而是寂然无声地站在地毯周围，看着次重量级选手站起来，活动了一下脖子。中量级选手弯曲手肘，遮住脸，弓着身子，后脑撞地，像弹簧一样跳了起来……

阿里·尼古拉耶维奇那花白的头发垂了下来。他盯着地板，双手紧紧地交叉在背后，听加里克说话。他站了一会儿，然后点了点头，冲着整个体育馆大声说道："来吧，大学生们!"接着，他向摔跤运动员们转过身去，用目光搜寻到了次重量级选手——他仍然在来回转头，活动着被中量级选手弄疼的脖子。

"穆罕默多夫，"阿里·尼古拉耶维奇叫住了他，"跟这个大学生打一回，怎么样？他是超中量级……"

人称"穆罕默多夫"的次重量级小伙子默不作声地走到了地毯中央。他个子很高，手臂很长，就他的级别而言有点儿瘦。加里克把双手交叉在脑后，做了两次蹲起运动，左右摇晃着，一下子跳到地毯上，向穆罕默多夫伸出手去。可是，后者没有理睬，而是稍稍地蹲下身子，向前弯曲，围着地毯绕起圈儿来，眼睛紧盯着加里克。

米什卡的汗一下子就流了下来。他的体内仿佛有什么东西动了一下，直升到了胸口。除了两个准备打架的年轻男子以外，他什么都看不见了。

加里克也绕着圈儿，但是没有蹲下来，也没有弯腰，而是把身体稍向后仰，摊开双手，像是在邀请穆罕默多夫投入他的怀抱。他们绕了一圈儿又一圈儿……

摔跤运动员们紧紧地围在四周，挡住了米什卡和基列耶夫的视线。他们看不到摔跤毯，只好悄悄地挪动位置，尽量靠近，侧身站立。没有人注意他们。

穆罕默多夫向前冲去，用两个长长的手臂猛地分开了加里克的双手，然后用力一转，将加里克摔倒了。他压住加里克的后背，坐在加里克的身上，用力挤压。加里克的肩胛骨几乎要触到地板了，不过他及时弯成了"拱桥"，穆罕默多夫无法将他压倒。他随即跳开，重新蹲下，弓着身子绕圈儿。此时，加里克已经弹回身体等着他了。接着，穆罕默多夫又冲了过来。这一次，他把头撞向稍稍跑偏的加里克的右手下方，后者顺势锁住了他的脖子，将他摔成了“跪撑”式。

大厅内鸦雀无声，两名摔跤运动员的喘息和嘶吼声响彻全场。基列耶夫紧张得双脚不停地倒换，就像急着上厕所似的。他忍不住又推了推米什卡，小声说：“听见有人放屁了吗？”米什卡摆了摆手：“傻瓜，不说也知道，那是因为摔跤运动员太紧张了。”

这时，发生了重要的事情。

有那么一会儿，加里克放开了穆罕默多夫的脖子，穆罕默多夫慢慢地站直了身体。突然，加里克钻到了他的身下，从下面抓住了他那脱离了地毯的左手，用力一拉，把他撂倒了，将整个身体压在了他身上。加里克轻轻地叫着，把穆罕默多夫扭曲的肩胛骨按在了地毯上。两个人呈十字形躺在了一起，米什卡觉得时间过得十分漫长。接着，加里克抬起头，对阿里·尼古拉耶维奇说了句什么。米什卡没听懂，大概是加里克太激动了，竟然对阿里·尼古拉耶维奇说起了亚美尼亚语！更令他惊讶的是，阿里·尼古拉耶维奇居然听懂了！只见他挥了挥手，小声嘀咕了一句，说的也不是俄语。然后，他向旁边走了几步，坐到了墙边低矮的长凳上。

加里克站了起来。穆罕默多夫闭着眼睛，仰面躺在地上，大大地摊开了双手。加里克向他俯下身子，碰了碰他的肩膀，然后握住他的手，在安静的大厅里大声说：

“起来吧，兄弟！谢谢你！”

后来发生的事情，米什卡记不太清了。

好像穆罕默多夫跳了起来，手里拿了一块哑铃上的小铁饼。他把铁饼举过头顶，朝加里克冲了过去。加里克抓住他的手，把他的手按到了脑后。铁饼在穆罕默多夫的身后轰然掉下，发出了可怕的声响。它落到了纷纷跑到一边的摔跤运动员中间，侧边立起来，呈波浪形在地板上滚了一圈儿。阿里·尼古拉耶维奇从后面抱住穆罕默多夫，把他从加里克的身边拉开了。其他摔跤运动员围住加里克，不停地叫嚷着（说的是阿塞拜疆语）。加里克向垫子退去，没有回头，突然原地起跳，跳到了一米半高的一摞垫子上。他站直了身体，脑袋几乎顶到了天花板。阿里·尼古拉耶维奇用阿塞拜疆语大叫着，推推这个，又推推那个，把摔跤运动员们推出了大厅。穆罕默多夫走在中间，大家边回头边拥向了更衣室。没有人注意这两个男孩儿，就像他们是隐形人似的。加里克跳下垫子，不知什么时候已经穿好了衣服。他拎着装衣服的袋子，从米什卡手中接过了眼镜。过了一会儿，加里克、米什卡和基列耶夫已经站在广场上了。暖风拂面，飘散着冰雪消融的潮湿味道，似乎让人感觉不到体育馆的存在——刚才也没存在过。

他们沿着围墙往前走（离军官之家工地最近的“基坑”已经被围起来了），然后停住了脚步。从这里开始，米什卡得一直向前，而基列耶夫的芬兰房在左面。加里克得向右边走，沿着工厂的围墙走向新建的四层楼。加里克默默地跟基列耶夫和米什卡握了握手，转过身去，准备穿过马路。在沿着围墙走进巷子时，米什卡下定决心问个究竟。

“他这是干什么？”米什卡问，“这可是运动啊……他还是‘准健将’呢！想想看，在训练时，你差点儿把他……那铁饼能打死你，是不是？”

加里克透过眼镜仔细看着米什卡，把系着带子的装衣服和摔跤靴的袋子换到左手，用右手摘下眼镜，向米什卡俯下身子，用一双无法聚焦的乌黑的眼睛从近处看着他。

“他是波斯人，米沙，明白吗？”加里克说。米什卡听见他在轻轻地喘气，好像还没有从摔跤比赛中恢复过来。

“是穆斯林，明白吗？”

“不明白。”米什卡老老实实地答道，“波斯人是历史上的，可他……”

加里克站直了身子，挥了挥手，戴上眼镜，转身朝家里走去。他把袋子换到另一个肩膀上，每走一步袋子都会在他后背上轻跳一下。他身上穿的是一件“莫斯科人”牌旧衣服，宽大的裤子在风中飘荡。他摘下斜压在额头上的火红色帽子（冬天，帽子总是这么个戴法），塞进了口袋。

“加里克!”米什卡叫道，“加里克，到底是为什么?!”

加里克挥了挥手，没有回头。

第九章　生病

体温正常，但格里沙叔叔还是吩咐他们拉上窗帘，想在房间里多躺几天。米什卡这个年龄的孩子得了麻疹，比小孩子得了麻疹还要危险——如果恶化了，会严重损害视力，绝对不能看书。因此，他只能整天闭着眼睛，在床上翻来覆去地胡思乱想。他总是磨磨叽叽地像小时候那样央求妈妈读书给他听，但妈妈总是拒绝，并且很少到房间里来，尽量不靠近米什卡——成年人染上麻疹会死的。妈妈跟爸爸搬进了费佳叔叔的房间。费佳叔叔总是出差在外，不知去向。

米什卡百般无聊，不小心弄坏了体温计，把水银洒到了地板上。妈妈花了好长时间才把四处散落的水银珠收进了火柴盒。米什卡把盒子要过来，藏在床下，打算等病好了之后花一卢布求一名能给羊拐子灌铅的士兵作个弊——在拐子上钻个孔，注入水银，然后用小石子封住小孔，再在上面灌铅。这么一来，这个羊拐子看上去就跟普通羊拐子一样了。大家都知道，灌了水银的羊拐子飞得更稳，击打更有力。要识破其中的诡计很难——如果引起了别人的怀疑，要求挖开检查的话，可以在下次玩的时候把它偷换成普通羊拐子，就说“水银拐子”打丢了，找不着了。米什卡从来没用过“水银拐子”，倒是基列耶夫在头一年的整个夏天都在用，直到当真把它打进蒿草里弄丢了为止。

卧床期间，米什卡经常从床下拿出上面画着飞机的火柴盒。不知为什么，火柴盒上有一行英文字母“SAFETY MATCHES”。米什卡向英语老师埃莉维尔·伊万诺夫娜请教过，知道这行字的意思是“安全火柴”。他打开火柴盒，观察着向四面八方“爬行”的不规则的“水洼”。他用手轻轻一动，“水洼”就跑到了一起，形成了一个光滑的水银球。妈妈如果看见他玩这个，就会让他赶紧关上盒子，不然又得满地找水银了。要想在长长的拼花地毯上找到它们，几乎是不可能的。但是，米什卡看着这些“液体金属”，像是被催眠了一样——妈妈就是这么说的。亮晶晶的沉重的水银滴滚来滚去，一会儿变长，一会儿突然抖动，当真吸引了米什卡的目光，让他产生了一种奇怪的感觉。与此同时，好像有什么东西在拉扯着他，想要破坏这种感觉，阻止他继续观察。米什卡好不容易才稳定住自己的情绪，不让水银滴落到地板上。他推上火柴盒，把它放到床下，然后重新闭上眼睛，躺下来想事情。

他开始想尼娜了。她比他早一周生病，正在家里隔离，大概会学完这学期的全部功课，好把三分的成绩提上来。她一直很勤奋，而且非常害怕她的父亲布尔拉科夫。

米什卡早就跟尼娜和好了，并且装作不理睬因卡·奥加尼扬。在学校里暴发麻疹，而尼娜成了第一批病倒的学生的前一天，尼娜和米什卡到镇上的出入口外面去散了散步。士兵例行检查了他们的学生证（毫无疑问，还冲米什卡眨了眨眼，好在尼娜没有发现）。他们走上了乡间土道。风把雪从路上吹走了，露出了深深的车辙，在道路两边冻得像石头一样，形成了又高又尖的“土峰”。车辙很窄，走在里面很别扭。他们手牵着手，各走一条车辙，尽量伸长手臂。后面响起了马达的轰鸣声，于是他们松开手，退到一旁，站在路边冻硬的土丘上。他们不停地跳跃，险些滑倒。“乌拉尔吉斯”发出可怕的鸣叫声，吐着烟雾从旁边驶过。支在铁皮车厢侧梁上的破烂的防水篷呼啦啦地响着，从驾驶舱旁的煤气炉和弯曲而高耸的烟筒里喷出了蓝色的煤烟。车子驶过之后，米什卡跳到了尼娜身边。两个人走进了一片早已荒芜的土豆地。无论哪个季节，坦克都不会经过这片地，因为很容易被卡住。夏天，土豆地的上空灰尘密布。不过，现在可以跳过一个个土丘，走在上面。

田野的上空，藏青色的乌云仿佛要落在地平线上。右边是低矮的农舍，连成了一片，像是棋盘上被人打乱了的棋子。乡村俱乐部中央的圆柱形砖结构烟囱上盖着乳白色的圆锥形铁皮盖儿。萨尔特科夫一家还没有分到房子时，就租住在村里的半间房内。米什卡常在俱乐部后面闲逛，在深坑里看见过一样奇怪的东西——一副快要烂掉的骨架，很像巨大的头盔。当时，米什卡刚刚上学，虽然能看书，但是不喜欢自己看，每天晚上都让妈妈给他读《鲁斯兰和柳德米拉》①。米什卡觉得那东西是头盔残骸，是“一颗会说话的头”。他害怕极了，飞快地跑回家，上气不接下气地把看到的情景告诉了妈妈。妈妈没有害怕，也不觉得吃惊，只是轻描淡写、含糊不清地告诉他，俱乐部以前是座教堂，会有不识字的农村老头儿、老太太在那里向上帝祈祷。圆柱体上面盖的不是铁皮，而是教堂的圆屋顶，所以米什卡找到的是教堂圆顶的残骸。米什卡没太听懂，搞不懂上帝是怎么回事，也不知道从前的圆顶教堂是怎么回事。但是，他的心情平静了，不再有寻宝的兴致了。几天后，他去俱乐部看了电影《巴格达大盗》②，不再去想可怕的骨架了。

后面是带刺的铁丝网，隔开了小镇和一座有起落杆的、用于通行检查的灰砖小房。

田野在前面和左边展开，光秃的黑色草丘矗立在灰蒙蒙的雪地上。田野的尽头延伸着一条低矮的林带，像不规则的梳齿一样。米什卡知

---

① 普希金的长篇童话叙事诗，取材于民间传说。

② 1940年，英国人根据阿拉伯的童话故事《一千零一夜》改编的一部彩色电影，又译《月光宝盒》，获得了三项奥斯卡奖。

道，林带后面是铁路，铁路后面是草原。

他们默默地走着。突然，尼娜开口说起了那天晚上在她家发生的事，也就是布尔拉科夫在楼道里撞见他们，把尼娜夹在腋下带走的那天晚上发生的事。

“他还不知道我已经知道了这件事。我妈以前就告诉过我，他不是我的亲生父亲。”周围空无一人，尼娜大声地说着。她的话在灰蒙蒙的空气中时隐时现，米什卡得集中精力才听得见。他把帽子挽起来，系到了耳后。两个人跳过草丘往前走，一会儿靠拢，一会儿分开。“我爸死在战场上的时候，我还没有出生。继父在敖德萨军校读书，跟她认识后结了婚。当时，她已经……”尼娜停顿了一下，艰难地说出了那个令人尴尬的词，“……怀孕了。他一直像亲生父亲那样对我。”那天晚上，布尔拉科夫想用皮带抽她，妈妈不让，他就拎着皮带满屋乱跑，吵醒了尼娜四岁的小妹妹柳布卡，吓得她大哭。布尔拉科夫大吼大叫，可能连邻居都听见了。第二天，尼娜都不好意思上学去了。妈妈大声说“你不能打尼娜，因为她已经长大了”，可是布尔拉科夫谁的话也不听，一直用皮带抽桌子，终于打碎了台灯，碎玻璃溅了大家一身。尼娜在黑暗中大声哭喊，说他不能打她，因为他对她来说什么都不是。从那时起，布尔拉科夫便不再跟她说话了，已经好长时间了。她感觉妈妈很替他难为情——一个大人干吗跟孩子生气？尼娜的日子这么难过，米什卡却在向因卡大献殷勤……

米什卡非常同情尼娜。他突然想，假如他知道自己的父亲不是亲生的，会是什么感受？他越过草丘，走近尼娜，没有摘掉手套，拉起了她的手。尼娜停下脚步，向他转过身来。从系在贝雷帽外面的绒布头巾下面，隐约可以看见她的脸上流着泪，在冻红的皮肤上留下了水银般亮晶晶的印迹。米什卡跳到她所在的小丘上，用嘴唇找到了围巾和鼻子之间的小空隙，亲吻了一下她那满是泪水的脸。他们久久地站在黑白色相间的、有着起伏的山岗的田野上，手拉着手亲吻着，免得在草丘上跌倒。他们没有拥抱——不解开大衣就拥抱很别扭，而在越来越强劲的冷风中解开大衣，会立刻被冻僵。

此时此刻，米什卡躺在温暖而昏暗的房间里想着尼娜。风雪来临之前，藏青色的天空笼罩在头顶上。布满光秃的黑色小丘的苍茫原野在周围延伸，向地平线上扩散。尼娜的父亲布尔拉科夫身穿黑色海军制服，在原野上向米什卡走来。米什卡知道，他也像自己的父亲一样，而米什卡的父亲则坐着“嘎斯”牌吉普车从旁边经过，吉普车的帆布篷呼啦啦地上下起伏着。他看得见父亲的身影，也看得见他戴着用蓝色羊剪绒制作的新帽子——那是他前一天拿回家的，一起拿回来的还有一块做新制服用的衣料和一个靴样。另外，还有精心缝制的武装带，闪烁着深褐色的光芒。如果拿不住，会被皮带上沉重的青铜扣打得很疼。大皮带扣上有星星的图案，小皮带扣上有可旋转的小喇叭图案。父亲的身后是彼佳舅舅，头戴绿色的绒线帽（低低地压住了额头），棉大衣上的卡拉库尔羊毛领子高高竖起。米什卡知道，妈妈也在车上。为了保暖，她在时髦的“女士帽”外面系了一条墨绿色的方格粗毛头巾。他们一起离开米什卡，去里加海湾度假。父亲仍然会住在利耶卢佩的军事疗养院。妈妈的房间很明亮，是从拉脱维亚的熟人伊瓦尔叔叔和莉娜婶婶那儿租来的。伊瓦尔叔叔是疗养院的送奶司机，莉娜婶婶是食堂的清洁工。彼佳舅舅睡在靠大窗的窄床上，那儿原来一直是米什卡睡觉的地方。晚上，大家会去津塔里饭店吃饭。饭店就在用木头搭建的夏日剧场对面，里面有位侍者，是个高个儿的白头发老头儿，身穿黑色翻领西服，打着领结。他总管米什卡的妈妈叫“太太”，米什卡的爸爸一听这话就皱眉头、晃脑袋。早晨，年轻人把乒乓球案子放在食堂的阳台上，有时也请米什卡来打球。

米什卡醒了。房间里一片昏暗，窗外已经是黑天了。他躺了一会儿，回忆了一下梦境。他只记得戴着帽子的父亲、老侍者，还有拼凑起来的墨绿色乒乓球桌，以及米什卡的红色球拍（那是去年彼佳舅舅在高尔基大街的“狄纳莫”商店买给他的，边缘已经开胶了）。但是，他想不起梦里都发生了什么事，以及这些事情之间有什么联系了。他又躺了一会儿，叫了一声“妈妈”，说他饿了，想让妈妈给他煮点儿荞麦粥——他从前年开始就喜欢上了这种粥。那是在莫斯科的时候，只有米什卡跟玛尔塔在家。由于玛尔塔监管不力，他一口气吃了一大块奶油巧克力和三个法国白面包，引起了食物中毒。急救车来了，医生硬生生地给他喝了些玫瑰色的高锰酸钾水，让他恶心了好久。然后，他们一天一宿什么都不让他吃。再后来，他们给他喂了这种粥，米什卡一下子就喜欢上了它。

妈妈没有回答，屋子里很静。米什卡知道，妈妈可能是在他睡觉的时候出去找冬妮娅婶婶或萝扎婶婶描裁剪样子去了，也有可能干脆闲溜达去了——晚上，她跟父亲讲起这一天的过法时，经常这么说。

米什卡下了床，穿上了鹿皮底的兔毛棉拖鞋（那是秋天赶集时从个体户的手上买来的，全家都有）。他走进厨房，准备给自己切一块黑面包，撒上点儿盐，就着凉开水吃（水壶里肯定有凉开水）。妈妈看见他就着白水吃面包，肯定会骂他的，可是他太饿了。

厨房被收拾得很整齐，炉灶被擦得干干净净。盖桌子的漆布重新铺过，让人注意不到布角上的窟窿。米什卡掀开窗台上盖在装面包的饭锅上面的白布，拉开隔板外面的印花小帘，拿出了切面包的刀。这时，他看见隔板上有封信，放在这儿显然不是地方。于是，他拿起小刀，把信塞进睡衣口袋，想过一会儿再看。要是邮票还不错，他可以把它揭下来，跟喜欢集邮的基列耶夫换点儿好东西（基列耶夫早就正儿八经地集邮了）。他切开面包，用低矮的多棱盐瓶往面包片四周撒上了一层盐。他把茶壶里的水倒进父亲的大茶杯，然后小心地拿着吃喝的东西回到了房间。他不顾禁令，打开了写作业用的黑色搪瓷床头灯——灯光不像从头顶上照下来的那么亮。他把茶杯放在凳子上，把面包放在杯口，小心地把凳子挪到床边，免得掀翻水杯。然后，他高高地竖起枕头，钻进被窝，吃了口面包，喝了口水，左手拿着面包片，右手从口袋里掏出了信封。

邮票很普通，上面是四位领袖的侧脸，一个叠着一个。

米什卡看了看地址：莫斯科，马克思大街 350 号——正是他家。写字的人大概是个勤奋的一年级小学生，大写字母倾斜得很厉害。回信的地址很像马尔金家的地址（莫斯科，特维尔－亚姆斯卡亚大街 2 号），楼号也对。不过，据米什卡回忆，房间号是别人家的，姓氏根本不认识——萨菲杜林·艾·穆。

米什卡把信封翻过来，辨认了一下邮戳。他知道，根据邮戳可以判定信是何时寄出、何时到达的。其中一个邮戳上印的是“莫斯科 K9”，其他的模糊不清，只有一些无法辨认的蓝色斑点。另一个邮戳上印的是“莫斯科 350”和清晰的数字“530203”。米什卡想了一会儿。信是 2 月 3 日寄来的，也就是两天前，在他还病着的时候。那么，米什卡没有听说莫斯科来信的事就可以理解了——他一个人躺在黑暗中，而妈妈和爸爸可能在厨房里讨论过信上的内容。

米什卡知道偷看他人信件很不礼貌——信封上写的是“萨尔特科娃·玛·伊收”，是给他妈妈的信。不过，首先他不认为这封信纯属私人信件，因为这不是写给别人的，而是写给他妈妈的。第二个重要原因是，写信人是马尔金的邻居（他虽然不认识，但信里肯定会提到彼佳舅舅、阿达舅妈、玛尔塔和一些可怕的事）。因此，他便把手伸进了被撕得参差不齐的信封。入秋以来，米什卡差不多已经忘了那些事。可是，就在他拿出并翻开那边缘打卷的四页信纸的一刹那，这些事情又突然浮现了出来，让他感到十分头疼。

写信人的字很特别：细小、匀称，不是很好辨认。比如说，字母“T”通篇都写得像数字“1”，而要给字母“Ш”加上“尾钩”才能跟“И”区别开。照在信上的黄色光线十分微弱，于是米什卡把信往旁边挪了挪，凑到亮光下，立刻猜出了写信人是彼佳舅舅。

亲爱的玛尼娅和廖尼亚：

我想，你们已经收到了我的信。上一封信（后面的字用黑笔重重地抹去了）也是通过艾哈迈德（米什卡马上就弄清了信封上的地址和萨菲杜林·艾·穆究竟是谁——马尔金家的看门人艾哈迈德，就是他！）寄出的，希望你们已经收到了。这次，我还是通过他写信给你们。很多人都通过熟人或邻居给亲戚写信，收信人只要没把信扔掉，就会收到。如果直接写信给亲戚，那就永远也寄不到了。

我这里一切都好。我一到这儿，他们就立刻安排我到俱乐部去砍树、生炉子、画舞台布景（在大学里学的东西派上了用场）。这里的全体囚犯都参与进来，上演了一场《俄罗斯人的性格》。我跟你们说，比莫斯科大戏院演得还要好，有两名功勋演员（下面一行被抹掉了）参加了演出（被抹掉了）。食物够吃，但是阿达奇卡①已经三周没寄东西来了。我心里很乱，担心她病了。总而言之，你们不用难过，我没有挨饿，还遇到了一位在消费合作社时（被抹掉了）就认识的人。在需要的时候，我们俩可以互相帮忙。

说说这儿的生活吧。这里有电报，那些与世界……（这个词被抹去了一部分，米什卡立刻就猜出是“世界主义者”）可

① 阿达舅妈的昵称。

以写特赦申请。因为我的问题是经济类的，所以我就写了。大哥（这个词有涂抹，但抹得不太仔细，所以米什卡轻易地就认出来了，但是完全不明其义）说，要是在演出被审查时拿了第一名，他本人会亲自说情，早点儿给我换个住处，所以说情况有望好转。让我悬心的有两件事。第一，没有阿达奇卡和玛尔德什卡①的消息（我在前面提过了）。不知为什么，我觉得她们病了。艾哈迈德在来信中只字未提，只写了“信寄了，你好好保重”。家里别出事才好！也许她们去了布良斯克——阿达的姐姐家？那样的话，她们就能过上平静的日子了。你们还记得她有个堂姐在布良斯克音乐学校工作吧。那里有座带花园的房子，如果妻子、女儿住在那儿，我会很高兴的。当然，这些事情发生得不是时候。玛尔塔快要中学毕业了，今后该如何继续学业，我想都不敢想。有什么办法呢，命该如此！第二件事是，我有点儿担心我的牙，已经掉了两颗。一开始，我想以后（抹掉了一行）……不过，后来他们说，是缺乏维生素所致，强烈建议我吃些大蒜。艾哈迈德要是从你们那儿收到了一点儿钱（如果你们可以负担的话），会寄给我的。

至于那件事情本身，我再次重申：玛尼娅，重要的是你。廖尼亚，不要灰心，不要怀疑，这是个错误（被抹掉了）。生活不可能不出错，尤其是在这么大的国家，在这个时期。你们知道，我跟任何世……者（米什卡又猜出了这个词。彼佳舅舅知道这些词会被抹掉，才想到这样写，这一点米什卡明白）都毫无关系。至于说搞破坏，我倒想看看哪个珠宝商没有搞破坏。我全都向他们坦白了，现在也向你们坦白：没错，我的工

① 玛尔塔的昵称。

作跟金子有关。女人们让我把她们的戒指改小，我能怎么办呢？我按价收费，没什么可后悔的。不过，我还是寄希望于特赦申请，因为我真的没有犯下任何严重错误（胡乱地抹去了三行）。爸爸什么都没有留下，你们得相信我。

米什卡好吗？你们好吗？玛尼娅的身体怎么样？廖尼亚在部队的情况如何？我知道，问了也是白问——你们如何回答得了！可是，我很记挂你们，不知道有没有不好的事情发生在廖尼亚身上。

希望有生之年还能再见。吻你们！我的亲人们，保重！

买大蒜的钱不用太多，用平信寄给艾哈迈德就行，你们知道地址。

读完信，米什卡想着心事。

首先，他很高兴，彼佳舅舅和妈妈——他暗自兴高采烈地叫她“好妈妈”，像个小马屁精——根本就不是什么世界主义者。他打心眼儿里希望如此，舅舅的来信证明了这一点。

其次，他琢磨着“珠宝商”到底是什么意思。但是，得出的结论却不太妙。这个结论是：珠宝商要比世界主义者强，但也强不了多少。米什卡完全不明白金子是怎么回事，就像不明白外祖父到底有没有留下遗产一样（他知道，那个戴着领结、留着长长的胡子的，彼佳舅舅管他叫爸爸的人就是外祖父）。不过，他很清楚，就算珠宝商不是敌人也不是特务，也还是形迹可疑的人。

彼佳舅舅“被带走了”，这一点确定无疑。然而，据他所说，他过得好像还不错——提到了独立的剧院（米什卡想起了《聪明误》里的斯拉夫卡·彼得连科和加利卡·彼洛夫佐娃）和大蒜。只有一件事很奇怪：彼佳舅舅像农民一样砍柴火、生炉子。

总的来说，这封信给米什卡吃了定心丸。他想，彼佳舅舅提到的第一封信被妈妈烧了（节日之夜，她跟父亲提起过），难怪这件事很快就被人忘了。虽然有人向科利亚·诺索夫叔叔告发了彼佳舅舅和妈妈，但是诺索夫叔叔并未采取行动，因为他抓的是美国特务和真正有罪的敌人，而不是珠宝商。

米什卡感到很轻松。他把信整齐地折好之后塞回信封，然后拿进厨房，放到了原来的位置上。回到房间里之后，他突然想给尼娜打个电话。从那天晚上起，他就没给她打过电话——害怕撞上布尔拉科夫。现在，他特别想听见她的声音，对她说自己一切都好。彼佳舅舅很快就会换个住处，照米什卡的理解，那就是回家的意思，再也没有什么好担惊受怕的了。米什卡不希望布尔拉科夫接电话，因为如果真是他接了，就只能举着话筒不出声了。布尔拉科夫如果猜到是他，一定会跟接线员要来电话号码，还是会找尼娜的麻烦……不过，现在布尔拉科夫很可能在部队服役。他可以大着胆子向廖丽娅婶婶问好。她应该会让尼娜来接……米什卡拿起话筒，拨了号码。短暂的停顿之后，响起了低沉的呜音，紧接着听到了尼娜的声音。

“尼恩卡①，你干什么呢?”米什卡张口就问，连个招呼都没打。在学校里，大家见了面都不打招呼，男生之间只说声“嗨”，拉拉手就完了。

“看地理。”尼娜大声说，显然是在撒谎。米什卡知道，不是布尔拉科夫今天早下班，就是有人在旁边，总之尼娜不想让廖丽娅婶婶知道是谁打来的电话（就说是娜季卡打来电话问功课），“我在画轮廓图，森林草原带……明天就上学了，不知道物理讲到哪儿了。告诉我页数……”

“我怎么知道!”米什卡吃惊地说，“谁都不让我见，基里尔也病

① 尼娜的昵称。

了，不打电话来。开学第一天是不会问功课的，别担心……”

说到这儿，他停住了，想象着尼娜假装跟娜季卡说话的样子。事实上，她对物理根本不感兴趣，而且老师知道她生病后，会让她拿出几天时间赶功课，不会提问。

“尼恩卡，我们收到信了。”米什卡小声说，好像电话另一端的布尔拉科夫他们老两口能听见似的，“有一封信被妈妈烧了，记得吗？我跟你说过！这是第二封信。彼佳舅舅说，一切都会好起来的。他会回到住处的，明白吗？也就是说，他和妈妈都不是特务……”说到这儿，米什卡停了下来。他突然觉得电话线好长，不看着尼娜的脸就没法儿跟她详细说明信的内容和他对这件事的想法。只有在他们俩的病都好了以后，晚上散步的时候才说得清楚。到那时，他们就可以肩并肩地在夜色中散步了，就算是手拉手，别人也看不出来。

“总之，铁证如山。”米什卡改变了话题，“我还得在家隔离两周。给我打电话好吗，啊？”

尼娜没有说话。

“尼恩卡，怎么回事，听不见吗？”米什卡提高了嗓门儿。话筒里沙沙作响，米什卡突然明白是怎么回事了，就像亲眼看见了似的：尼娜把脸转向门厅的角落（电话就挂在那儿，家家户户都把电话挂在那儿），把话筒和脑袋缩到布尔拉科夫的大衣里，好让她说的话除了米什卡之外，谁都听不到。

“我爱你，米沙！”尼娜的话语冲进了米什卡的耳朵（声音很大，能听见她的呼吸声），“我爱你！”

话筒里响起了长长的忙音。

第十章　试验

父亲从工厂回到家，吃晚饭时说后天有试验，军官奉命提前通知家属。全体人员都得到一楼的邻居家待着，在中午十二点半到下午一点半这段时间内，最好坐在没有窗户的过道里。学校停课，商店关门……如果米什卡想跑到街上的话，那么……父亲没说会怎么样——不说也明白。

米什卡半年前就知道试验是什么意思了，觉得挺好玩儿。早晨，他高高兴兴地跑到学校，准备通报这一新闻，可是毫无疑问，大家都从家长那儿听说了。第二节课是文学课。罗曼·米哈伊洛维奇走进教室，说第二天上午停课，挪到下周了。他强调，所有人都得待在家里，谁要是跑到街上去，这个学期的品行课就得四分。

课间时，基列耶夫找到他，说有个秘密计划，放学后得谈一谈。米什卡没有回答（他和基列耶夫不能在任何人面前说话，这是被严格禁止的），点了点头，等着放学。

回家时，他们各走各的路，在军官之家建筑工地碰面。工地上的工人们开足马力，重新开工，筑起了两层楼高的墙体，窗口尚不齐整。他们坐在干枯的圆木上，基列耶夫从帽子里取出了两根“北方”牌香烟，米什卡从书包里掏出了放大镜。基列耶夫对着太阳，好半天才把光点对准了烟头。烟头变黑了，冒出烟来。基列耶夫像火车头一样呼哧呼哧地喷着气，把烟点着，吐出烟雾，咳嗽了几声。米什卡要跟他“对火”，基列耶夫缩了回去，第三次才对上。两个人坐了一会儿，吐出了蓝色烟雾和发黄的黏痰。

“好啦，讲讲你的计划，基里尔。”米什卡说着，开始觉得头晕。

基列耶夫端起了架子：“我告诉你，你应该告诉你妈了。”接着，他就讲了起来。

第二天，等大家拿着椅子和凳子下到一楼，坐在门厅里的时候——基列耶夫跟妈妈和姐姐待在自家芬兰房的地窖里——得想办法说服妈妈们别开灯，借口“是校长罗曼·米哈伊洛维奇的补充要求”。她们肯定相信，因为她们害怕试验。基列耶夫没法儿悄无声息地从地窖里脱身，就算不开灯也不行，因为推开地窖门的时候会弄出动静。但是，米什卡可以从门厅溜进房间，在试验的时候看看窗外会发生什么，然后把情况一五一十地讲给基列耶夫和班上想听的同学听。最坏的情况是米什卡被抓——那也没什么好怕的，因为他并没有跑到街上去，说想上厕所就可以。

米什卡很喜欢基列耶夫的计划，而且令他感到惊讶的是，这个计划的主角不是基列耶夫本人，而是他米什卡。后来，米什卡在回家的路上才想明白为什么好友这么大公无私——要想神不知、鬼不觉地从里面逃出来，真的不可能。就算没有地窖这回事，班上也没有人会听基列耶夫的话。这样一来，他看到的一切就有可能会付诸东流，失去意义。

早晨，父亲穿好野战服，系上武装带，戴上旧帽子，披上短大衣，出了门。父亲刚走，米什卡就着手执行他的计划了。他说服妈妈试验时别开灯，她轻易地就信了，以为爸爸忘了说这个，而学校里通知了：上次做试验，不仅让全体人员到一楼去，还要求随身携带生活必需品——锅、碗、瓢、勺，以及够吃几天的食物和换洗衣服。所以，现在说什么她都信。

他们下楼到邻居涅恰耶夫家里时，已经是晚上十一点了。大家把椅子摆在门厅里，坐好了。妈妈跟塔马拉·涅恰耶娃婶婶挨着，塔马拉婶婶抱着上二年级的小热尼娅·涅恰耶娃，年前才出生的小弟弟尤罗奇卡躺在旁边的摇篮里。米什卡从自家门厅拿来维也纳小凳子，自然而然地靠边坐着，几乎要到走廊里了。差五分钟十二点关灯时，米什卡的脑袋正好低于从厨房照进走廊的昏暗光线。他知道，没人能看见他的身影——这可真好！

大家在黑暗中默默地坐了一阵子。女人们开始低声交谈，聊起了针线活儿。热尼娅哼哼唧唧地说她害怕，而且很无聊。尤罗奇卡睡着了，在摇篮里发出呼哧呼哧的声音。突然，大街上传来了马达声（通常只有车队经过时才会发出这种声音），越来越响。大家安静了下来。米什卡脱下脚上的拖鞋，四肢着地爬进走廊，从事先开了一半的房门处爬进了房间。窗口正冲着工厂，马达声在此处听得更真切。他站起身来，踮起脚尖跑到窗边，掀开了白色窗帘。

窗外，“斯蒂贝克”车队正急速地从出入口驶出，向小镇的尽头那三层铁丝网后面被叫作“隔离带”的一溜儿板棚开去。“斯蒂贝克”的帆布篷被撤掉了，车厢内的人扶着支撑帆布篷的金属杆，紧紧地站在一起。

“斯蒂贝克”一辆接一辆地驶过，米什卡来不及辨认车厢里的人，只看到他们穿着一模一样的压线棉袄，戴着一模一样的士兵帽。

米什卡马上就猜到了，这是在试验前把囚犯从工厂里运出去。以前都是在黎明运进来犯人，夜晚运出去，而且囚车不走镇上，只走周边，所以很少有机会看见这种卡车。他们这次显然是决定抄近路，因为镇上的人都坐在门厅里，除了米什卡以外，没人会看见。

车队继续行进，每三辆车后面都跟了一辆载着士兵的敞篷“道奇四分之三”。士兵们紧靠两侧的挡泥板坐着，卡宾枪放在两腿之间。“斯蒂贝克”里的人摇晃着，但是不会摔倒，因为大家站得很密。

车队终于过去了，最后一辆汽车消失在街道尽头。四周又安静了下来。

几乎是同时，工厂里火光冲天，墙内发出了亮光，响起了巨大的吼声。尽管早有准备，米什卡还是赶紧捂住耳朵，蹲到了窗台下面。吼声越来越大，夹杂着哨声。窗外烈焰熊熊，米什卡强迫自己站起来向外看。

工厂上空火光冲天，映红了云彩。吼声改变了腔调，变成了尖叫，仿佛工厂里有一个巨大的电锯在不停地运转，就像军官之家工地上锯圆木的声音，只不过大了一千多倍。火焰在天空中跳跃，一会儿上升到高不可攀的地方，一会儿又消退不见了，隐没在工厂的大墙内。

一切都骤然结束了。米什卡又待了一会儿，只觉得耳朵里嗡嗡直响，脑子里一片空白，过了好半天才缓过神来，四肢着地爬回了门厅。门厅的灯已经开了。他突然想，要是有人问起来，就说正在找鞋——事实上的确如此。米什卡站起身来，拿起椅子，准备回家。这时，塔马拉婶婶的话吸引了他的注意力——那句话快要说完了。

“……你们的人在那儿害人。这个镇是有王法的，可你们却无动于衷。”

她说这话的时候没看米什卡的妈妈，而是忙着照顾摇篮里的尤罗奇卡，从他身下拿出了尿湿的襁褓。妈妈站起来，原本已经向门口迈了一步，这时却伸出一条腿停在那儿，像俱乐部后面小公园里用石膏雕塑的少先队员。她的眼睛比平时眯得更厉害，脸上的表情显得更加轻蔑。米什卡知道妈妈要哭了，怕她真的哭出来，而且是在涅恰耶夫家里，便急忙去拉她的手。他用另一只手拿着椅子，把她往家里拖。他嘴里唠唠叨叨地说“该吃饭了”，无非是想分散妈妈的注意力，把她带走。妈妈顺从地向门口走去。快要出门的时候，她向塔马拉婶婶回过头，两行热泪簌簌落下：

“我还以为你有多聪明呢，塔马拉!”妈妈说。听了这话，米什卡吓坏了。她从来不用这种语气对外人说话，只对米什卡这样说过。有时，父亲从工厂回来时兴奋过度、一身酒气，她也这样对父亲说话。

米什卡用力拉着妈妈往家走。从涅恰耶夫家出来后，他没关房门就上楼回到了家。妈妈随即走进洗手间，把自己关在里面——显然，她在哭。米什卡站在窗边。外面跟平时没什么不同——工厂大墙上方的天空像往常一样，灰蒙蒙的。

发生了这么多事，得好好思索一番。米什卡站在窗口，想等妈妈平静下来之后，向她请假出去逛逛（学校停课，全天放假），好坐在军官之家建筑工地附近的圆木上，在基列耶夫没来之前好好想想。

可是，妈妈一直没有动静。米什卡隔着门问可不可以出去一会儿，最晚五点半回来。这时，房门突然打开了。妈妈走了出来，刚刚洗下去满脸的泪痕，额前的头发也湿了。她不看米什卡，径自走进房间，坐在沙发上，要米什卡给她拿一片氨基比林、一点儿水和狄更斯作品的第五卷。做完这些，他就可以出去了，但是不能跑到“基坑”里，并且得戴好围巾、系紧大衣。

米什卡坐在圆木上，努力梳理事情的来龙去脉。

第一件事是试验。他和学校里的所有其他人都不太清楚工厂里到底在干什么。基列耶夫说是在造原子弹——他是个大傻瓜。如果工厂里在做原子弹试验的话，那么镇上的一切都将荡然无存——头发会被揪光，眼睛会被亮瞎。米什卡看过《共青团真理报》，知道后果。米什卡不相信苏联人会制造真正的原子弹，因为美帝国主义是一回事——他们残酷无情，无论是对日本平民还是对韩国人都一样，而苏联是另一回事。苏联绝不会轰炸美国劳动人民，尤其是像保罗·罗伯逊①这样的黑人和霍

① 保罗·罗伯逊（1898—1976），美国著名男低音歌唱家。

华德·法斯特①这样的作家。无论如何，这事跟原子弹无关，这一点毫无疑问。

然而，到底是怎么回事，米什卡还想不明白。他猜想工厂里可能在制造喷气式飞机，但不知为什么，他觉得喷气式飞机不可能产生那种火焰，因为飞机本身也有可能燃烧。

有一次（记不清是什么时候了），米什卡的脑子里掠过了“火箭信号弹”这个词。但是，他并不觉得好玩，因为他见过信号弹，那是一种小纸筒，用专门的信号枪发射。枪杆很粗，能向高空迸射出凄冷的白色火星。去年冬天最冷的时候，有一天半夜，父亲被电话铃声吵醒了，穿得暖暖和和地出了门。早晨回家的时候，他的大衣口袋里就有了一把那种枪，另一个口袋里有两个信号弹。米什卡从大人们的谈话中得知，有个士兵从部队中逃走了，大家整晚都在草原上围捕他，用信号弹给抓他的人发信号。令人难以置信的是，就算不用手枪而用炮筒发射，信号弹也能产生那么强烈的火焰，像上午米什卡在工厂围墙上方的天空中见到的那种。再说，信号弹有什么用呢？

米什卡百思不得其解，上午发生的事使他产生了一个模模糊糊的想法。他记得童话里提到过一种会喷火的狗，而工厂的大墙内也有好多条被绳子拴着的牧羊犬在嘶吼、狂奔，于是有喷火野兽的念头便在米什卡的脑海中形成了。渐渐地，他不再想试验的事了。有只野兽，这可以理解。这么一来，围墙内的活动就合乎情理了：一只野兽在保护小镇，在大墙内监视大家，避免任何人逃跑（像那个士兵一样），并且时不时地展示一下自己的力量，像当天上午那样。这种火焰被称为“试验”，住在镇上的人都得承受。

这些都是小孩子的愚蠢想法。米什卡把一口黏痰吐在分得很开的套

---

① 霍华德·法斯特（1914—2003），美国作家、社会活动家。

鞋之间，开始想另一件事。

塔马拉婶婶说的话，他都听明白了。“世界主义者”这个差不多已经被他忘掉的词再次从记忆中钻了出来。他又想起了彼佳舅舅，心中隐隐作痛。从塔马拉婶婶的只言片语中，米什卡得出了结论（他不明白怎么会这样，但确信不疑）：彼佳舅舅和妈妈的确是世界主义者。至于说“彼佳舅舅还是珠宝商”，这并不重要。格里沙·卡兹叔叔也是世界主义者，还有列瓦·涅哈姆金叔叔和冬妮娅婶婶，大概还有父亲。什么都没有结束，彼佳舅舅家里不会有人了，夏天他们也不会到莫斯科的马尔金家去了。情况很糟，仍然很糟。妈妈在哭，什么都没有结束。

米什卡浑身发冷，担心自己着凉。班上有一半的同学麻疹痊愈后得了感冒，因卡·奥加尼扬还患上了肺炎，跟大人们一起住在部队医院的市民病房。米什卡实在不想生病，因为他刚跟尼娜说好了，周六去看《人猿泰山》。这已经是他第三次看这部电影了。米什卡站起来，裹紧围巾，扣上大衣，围着圆木走来走去，等着基列耶夫。他跺着脚，把小水坑上面的薄冰踩到底，露出了下面清亮透明的积水，一直没到了套鞋的一半。

至于世界主义会让妈妈、爸爸和米什卡的生活发生怎样的变化……他有种不祥的预感。

他无法推测具体会发生什么，但他无论如何都不相信妈妈或爸爸会被抓进监狱。想起那封信，他倒是可以猜到彼佳舅舅在监狱里的情景。他的样子相当可笑：身穿长长的灰色华达呢外衣，笨拙地用斧子劈砍木头。斧子卡在木柴里，彼佳舅舅费力地把斧子往外拔。就是他，用木片和报纸点着了铁炉。炉子里冒起了浓烟，彼佳舅舅拿起领带角擦了擦眼睛——以前，他一直用它擦眼镜……但是，将爸爸甚至妈妈置于这种环境下，却是米什卡的想象力无论如何都达不到的。

他同样无法清晰地想象自己进了少年劳改营会是什么样，因为他对劳改营没有明确的概念——可能就跟医院的大病房一样吧。因为怀疑自己得了阑尾炎，他住过一次那种病房。

还有上午看见的囚徒……在米什卡的意识中，怎么也不能把他们跟爸爸、妈妈还有彼佳舅舅联系在一起。有时候，他跑到小镇的尽头，沿着三层铁丝网往前走，看着后面的板棚，对它们一点儿兴趣也没有。板棚周围被打扫得很干净，空荡荡的。哨兵用帽子盖住眼睛，在瞭望台上站着打盹儿。有时候，铁丝网内会匆匆走过一个穿棉袄的人，抱着一捆柴火、一只大汤桶或者别的什么物件，从一个棚子里出来，迅速地消失在另一个棚子里。无论是在空间上，还是在米什卡的记忆中，这些画面都没能留下丝毫的印迹。囚犯多半属于工厂，而不是小镇。长长的院墙、墙内的牧羊犬、车间长长的砖墙、两个粗矮的砖砌烟囱，还有像今天这样的几个月一次的野兽般的吼叫，都是在工厂。囚犯不是普通意义上的人（比如经常出差在外的费佳·普斯托沃伊托夫叔叔，比如妈妈，比如历史老师兼班主任尼娜·谢苗诺夫娜），更像士兵。为了看清楚他们是哪种人，应该先认识他们，比如说检查站的哨兵或者建筑工地上的乌兹别克中士，而他们全都是士兵或者囚徒，如此而已。

米什卡无法想象彼佳舅舅或者父亲穿上那样的棉袄会是什么样子，更别说妈妈了。

一想起上午看见的“斯蒂贝克”，米什卡就感到很不舒服，难过起来。可是，要抛开这些回忆，重新思考舅舅和父母的命运，会更加难过。

正在这时，基列耶夫来了。

基列耶夫头上戴着黑色的磨毛皮顶帽子，护耳永远卷在后面。因为天气回暖了（2月的阳光融化了个别地方的积雪，露出了黑色的土地），所以他没有放下护耳，而是随便往脑袋上一扣，压住额头，把脑袋显得很大，整个拉长了。他的黄色短袄没系扣，右肩上有块斜打的黑色补丁，里面是他妈妈穿旧的绿色粗布衫（他从来都不穿着它上学）。他的脚上是那双著名的靴子，因为2月份天气潮湿，外面穿了一双破套鞋，鞋帮几乎拖到了鞋底，从破洞中能看见红色的绒布衬里。基列耶夫的光脖子从上衣里露了出来，一绺火红的头发在帽子下面、眼睛上方耷拉着。他的鼻子下面流着青色的鼻涕。他用没戴手套的双手用力拽着一只破旧的卡车轮子（锈迹斑斑，没有外胎）。

“干吗弄个轮子，基里尔？”米什卡问道，却没有得到回答。

基列耶夫喘着粗气坐下，把车轮拖到了沙堆上。沙堆约有一米半高，已经冻成硬块了，是夏天运到工地上的。他竖起车轮，大叫一声“小心”，把轮子向下推去。铁圈歪歪斜斜地画出一个大大的弧形，差点儿撞上米什卡——他急忙闪开了。铁圈滑行了八米左右，仰面倒下了，劈开了半路上的一块砖头，发出一声闷响。

“命中目标！”基列耶夫高兴地说着，从沙堆上蹦下来，冲着轮子踢了一脚，“试验结束了。”

“什么试验？”米什卡生气地问，“你试验什么了，傻瓜？”

他想认真地跟朋友说说话，可那位却像个孩子，只知道玩。

“想想吧，米什卡！”基列耶夫说。他丝毫没有生气，甚至没有在意被叫作“傻瓜”，“要是把这轮子弄到山上，而山下就是敌军的大本营……一旦命中，大本营就完蛋了，明白吗？这是咱们俩的克利缅特·伏罗希洛夫①坦克。得把轮子推到大本营去藏起来。一起推吧！”

米什卡把大拇指抵在鬓角上，默默地转动打开的手掌，意思是“傻帽儿加笨蛋”。他根本不打算推什么轮子，而且早就厌烦了“大本营”的幼稚游戏：一个营部攻击另一个营部，破坏敌方的阵地。他们拿着木板做成的“PPSH－41”冲锋枪跑来跑去，把扁圆的罐头盒盖儿（来源

① 克利缅特·伏罗希洛夫（1881—1969），苏联党务和国务活动家、军事家。

于两公斤重的加拿大焖肉罐头）钉在枪上，充当弹盘。他们像“阿尔巴尼亚民族英雄斯坎德培”那样挥动木板锯成的长剑，劈里啪啦地刺向胶合板做的盾牌。盾牌的套手环是用绷带做的，钉在板子上。基列耶夫十分热衷于大本营游戏，天气刚一转暖就拉着米什卡去那里兴高采烈地玩了。其实，除了四年级的“小豆包”以外，没人愿意跟着他瞎跑。米什卡还记得，基列耶夫不只是把大本营当成了做游戏的地方，他还有另外一种消遣的方式。他不愿意想起这件事，也想不起来，因为他能够控制自己不去想那些不愉快的事。

眼下，为了让基列耶夫冷静下来，只好找别的理由了。

“你是怎么在大本营那儿弄个小山出来的，基里尔？”他话中带刺，“自己堆的，是不是？”

基列耶夫陷入了沉思。米什卡立刻转变了话题：

“看见试验了没有？”他问。基列耶夫咳嗽起来，用大衣的袖子抹去了鼻涕。因为他长期这样抹，袖口已经变硬了。见此情形，米什卡推测出基列耶夫一直跟妈妈和姐姐待在地窖里，什么都没看见。为了避免彻底打击基列耶夫，米什卡没等他正面回答就讲起了自己看到的场景。

基列耶夫对吼叫和火光毫无兴趣，听完之后只是耸了耸肩。

“想想看……”基列耶夫说。米什卡立刻看出自己的朋友并非纨绔无知，而是当真知道一些不为人知的事。“我爸早就说过……他都在夜里告诉妈妈了。我没睡着，听他们说是试验火箭助推器呢。那种火箭一旦飞到美国，能把华尔街的摩天大楼夷为平地，比原子弹还厉害。你爸没说吗，啊？”

基列耶夫显然是在胡说八道。什么火箭、摩天大楼啊，全是瞎扯！但是，米什卡想不出站得住脚的理由反驳他，因为除了庆祝某人晋升和庆祝某人被调到莫斯科、列宁格勒或者哈尔科夫之外，他确实没听父亲谈起过工作上的事。即使他半夜谈到过这些事，米什卡也已经睡着了，而在他醒着的时候，爸爸、妈妈总是安安静静地躺着，好像也在睡觉。米什卡心里琢磨着火箭的事，突然想起了书本中的一个画面：一个戴圆形帽子和小眼镜的大胡子老头儿，身边有把吉他（很像飞艇）。吉他后面拖着一束冒烟的火苗。火苗中有些箭头，指着火势蔓延的方向。这幅画的内容跟基列耶夫讲的故事并不矛盾……然而，这到底是一本什么样的书、画面下方写了些什么，米什卡都记不起来了。

理由不充分，不能乱说。于是，米什卡把话题转移到了试验前被运走的囚犯身上。可是，基列耶夫连这件事都知道。

“他们就是做助推器的人。”他说，“他们是被抽调来的，都是搞破坏的工程师和革命前的教授，还有德军战俘（也是工程师）。你爸和那些军官给他们下命令，监督他们，防止他们搞破坏，因为如果他们当中有反革命分子的话，工厂就会被炸，还有小镇……科利亚·诺索夫叔叔……”

基列耶夫突然沉默不语了，好像是被什么东西给塞住了。他转过身去，鼓捣着那个生锈的轮子，想把它再拖到小山上去。

“科利亚·诺索夫叔叔怎么啦？”米什卡推了一把基列耶夫的腰，用脚踩住轮子，阻止他的愚蠢举动，“怎么啦，啊？”

基列耶夫丢掉轮子，坐到了圆木上。米什卡坐在了他旁边。

“抽烟吗？”基列耶夫问。他学着大人的样子掀开了棉袄的衣襟。这一次，他从裤兜里掏出来的是一根皱巴巴的“杜卡特”烟。“有火柴吗？”

米什卡当然没有火柴。于是，他们就用老办法，让刚好露面的阳光穿透折叠式放大镜——米什卡总是把它带在身边——对准烟头，等烟头冒烟之后再用力猛吸，把烟点着。

跟先前一样，他又开始头晕，嘴里满是黏痰。两个男生在大大分开的两腿间吐痰，努力让它落在上次吐出的痰上。米什卡没有提到妈妈跟塔马拉婶婶的对话，不过基列耶夫像是听见了这次谈话似的，又吐了一口痰。他用鞋子擦净所有的黏痰之后，主动提起了这个可恶的话题。

"至于你妈说的什么世界……"他停住了，吃力地说出了那个词，"……主义？我爸说，很快就要为此开会了。大家都得发言，包括卡兹医生、列瓦·涅哈姆金叔叔……所有世界主义者。然后，将军将亲自决定如何处置……"

对于开会的事，米什卡一无所知。父亲通常会提前一天说有会，要回来得很晚，并且确实回来得很晚。米什卡早就该上床睡觉了，可他总是睡不着。他听见妈妈小声跟爸爸说，爸爸身上又有酒味了。爸爸则轻声解释说，散会后大家去谢尼亚家聊了一阵子。然而，最近几天，当着米什卡的面，爸爸从未提到过开会的事。当天早晨出门参加试验之前，父亲只说星期六在司令部替人值班，也就是说，得星期日晚上才能回家。一直到半夜，他都得擦拭自己的"TT"镀镍手枪①（在黄色的枪把上用斜体字母写着"射击奖励：赠萨尔特科夫·列·米大尉"）。星期一早晨，他会起得很晚，不用上班，整天穿着睡裤待在家里，一会儿在非吃饭时间要母亲给他做饭，一会儿用拆散的木板做书架。

"将军的决定，你爸知道吗？"米什卡小心翼翼地问道。他继续用鞋子在地上蹭来蹭去，根本就不看基列耶夫。

"我爸不知道。"基列耶夫回答道。他也不看米什卡，而是使劲用套鞋压灭烟头，拿掉嘴唇和舌头上的烟末，沉默了好长时间。"他是这么说的：'可能会被驱逐出党，但将军或许会把事情压下来，到时候警告一下就完了。'你爸怎么说？"

米什卡没吱声。"驱逐出党"这个字眼听着很吓人，虽然他还不太

---

① 苏联军队使用的半自动手枪，1930 年由苏联著名枪械设计师费奥多尔·托卡列夫设计。

明白它的意思。他以前好像听说过类似的词，感到胆战心惊，好像灾难就要降临似的。这种感觉并不确定，十分模糊，因此无法想象究竟是什么这么可怕——确实很可怕，而且无可挽回，这一点毫无疑问。米什卡心情很差，比听塔马拉婶婶跟妈妈说话时还差。他怎么也不相信“警告一下就完了”这句话。虽然不知道这话的确切意思是什么，但他认为不会像“驱逐出党”那么可怕。米什卡想回家了——试验结束后，父亲可能会早些回来，上次就是这样。他担心错过爸爸和妈妈的重要谈话（或许会从中得到一些消息）。

“我走了，基里尔。”米什卡说，“爸爸快回来了，要开饭了……保重!”

“保重！别再咳嗽了!”基列耶夫像往常那样回答了一句，仍然坐在圆木上，“把放大镜留给我抽烟用吧，好哥们儿！会还你的，我不是坏蛋!”

米什卡知道他能还，但是为防万一，最好让他以向领袖敬礼的方式发誓，或者把手指放在牙齿或喉咙上。但是，米什卡懒得举行这套仪式。他默默地把放大镜从黑色橡胶盒里取出来，递给了朋友。

临走时，米什卡回过头去，发现基列耶夫正在看他。有那么一瞬间，米什卡觉得基列耶夫就要哭出来了——他脸上的神情就是这样。

第十一章 复活

星期天早上，米什卡心情烦躁，十分无聊。他想预习一下物理课本，在看到关于火箭的那部分时验证一下基列耶夫的话是不是真的。即使这样，也无法让他专心。他只好放下课本，又拿起了儒勒·凡尔纳的《神秘岛》，历数尼摩船长暗中留给垦殖者的物品清单。他常常细数这份清单，几乎能够倒背如流了。但是，没过多久，他就觉得枯燥乏味了。

妈妈在厨房里看书，炉灶上正在烧汤。米什卡蹲下来，从下面往封面上看去，吃力地读出了书名。书名是《福尔赛列传》①，这两个词他都不明白。他问妈妈"列传"是什么意思，妈妈的回答让他似懂非懂——既不是故事也不是普通的历史。他不理解为什么一本厚书会叫这么个名字，而福尔赛只是个英国人的姓氏，真没劲！

房间里有一张从《青年与技术》杂志上撕下来的线路图。米什卡想完成"超外差接收机"的安装，焊接部分早就跟父亲一起在胶合板邮箱里做完了。可是，妈妈一经察觉，就会走进房间，从插座上拔下焊铁。父亲不在时，严禁米什卡单独用电。一滴熔化的锡水被米什卡掉在了桌布上，妈妈没有发现。

① 《福尔赛列传》是英国小说家约翰·高尔斯华绥的小说，于1932年获得诺贝尔文学奖。

米什卡掏出一本旧画册，上面画满了涂有阴影的球体和立方体，是去年在美术课上画的。他拿出一支黄色“酷喜乐”牌普通亮皮 2M 铅笔，在画册背面随性地涂抹了几下，画了一辆侧身行进的 T34 坦克，取“四分之三结构”，面向观看者，从炮筒里向外射击。后面的坦克履带在强烈的“透视关系”下迅速变小了。射击路径用几条向外散开的线条来表现，线条末端被画成了波浪状的气泡，使得整个画面显得很威严。米什卡在第二页上画了一架“拉 5”战斗机，同样是飞向观看者，也是“四分之三结构”，透视关系仍然很鲜明。这架飞机的机翼很宽，机尾很短，机翼下面的大炮频频发射——仍然是以分散的线束来体现，只不过用的是虚线。画完飞机，米什卡又开始画一艘乘风破浪的驱逐舰。他是凭着记忆照着他喜欢的《战舰》来画的：驱逐舰朝着观看者驶来，船头把海水向两侧劈开，形成了高高的圆弧。主炮口的黑洞森然可见，在明显的透视关系之下，后端变得很细……米什卡还没有画完战舰，就又开始感到无聊了——画侧舷细腻的曲线时，他的手好累！

米什卡合上画册并收好，把铅笔放进光纸板做成的小白盒（盒里还有些没有削尖的同款铅笔），将盒子塞进床头小柜，然后站在小柜旁边向窗外望去。

窗外是寂寥的冬天，今年 2 月的雪很多。九年级的男生科尔卡・波塔片科拉着靠背雪橇，在雪中的狭窄小道上行走着。他的小妹妹裹着墨绿色的方格披肩坐在雪橇上。雪橇时不时地偏离道路并且翻车，科尔卡便时不时地停下，把雪橇立好，把雪花从一动不动的披肩口袋上抖落，让小妹妹重新回到雪橇上，继续往前拉。是家里人让他跟妹妹一起玩的！街上再无别人，米什卡无聊得抓狂。

他又回到了厨房，发现妈妈在看书。妈妈把书放在餐桌上，把摘下来的眼镜也放在了桌子上。她低着头，眼睛眯得很厉害。米什卡站在门口，朝妈妈看了一会儿。她没有察觉，仍然在看书。米什卡走进洗手间，对着镜子查看前一天在额头上发现的粉刺。根据以往的惨痛教训，挤粉刺的结果会很糟，于是他没有挤，而是仔细端详着，高兴地发现粉刺好像变干了，正在消退。

屋子里一片寂静。父亲值班去了，应该很晚才能回家——腋下夹着用皮带和武装带裹紧的手枪套，脱掉大衣，用鞋拔子脱掉靴子，解开绑腿，用穿着只有农民才穿的毛袜子的脚够到拖鞋，然后去洗手，看着妈妈在厨房里把饭菜摆上，准备吃饭——离他回来差不多还有一整天时间。

“妈，我出去了！”米什卡在门厅里喊道。

妈妈的答话，他听不太清楚，意思是“多穿点儿”——她看书已经入迷了。

天气真的很冷，米什卡急忙整理了一下衣服——他没听妈妈的话，穿得很少。他高高地拉起围巾，盖住下巴，呼气时围巾上立刻结了一层毛茸茸的白霜。他不想手忙脚乱地解开系着的绳子，放下帽耳，于是便竖起了衣领。因为没戴手套，他只好把双手深深地插到了口袋里。

他沿着别人踩出的狭窄小路往前走出了院子，朝俱乐部拐去。他脑子里的思绪好像给冻住了似的，萎靡不振、重叠交错地“原地踏步”。

米什卡琢磨着那些不愉快的事，怎么也想不出个结果来。他从不认为爸爸和妈妈会被抓走，无法相信会发生这种事。与此同时，他又看到了那种场面：父亲穿着大衣，敞着怀，在砍木头。周围是茂密的森林，被砍倒、锯好的树木堆放在林子边上。一名手握卡宾枪的士兵在附近站岗，很像那个跟列瓦·涅哈姆金叔叔同乘“道奇”的人。奇怪的是，这样的画面并没有让米什卡感到害怕，就像父亲只是去工作或者上战场一样。米什卡从零零碎碎的故事中得知，在工作中或者在战场上也得砍树，并且要把沉重的圆木拖走。有一次，米什卡一个人拖走了一根挺沉的铁轨，放到了指定的地方。后来，他还想再拖一个，却没了力气……

米什卡头脑中的画面是：父亲一边砍木头（就像彼佳舅舅在信里描述的那样），一边念叨着奇怪的话："会过去的……会过去的……"米什卡还听他说过"人在哪儿都能活"，只是想不起来是什么时候听到的了……

至于母亲，除了米什卡给她设置的环境：厨房里炉子上的锅、餐桌上的书和旁边的眼镜……他想象不出她在其他环境下会是什么样。这种场景，米什卡已经看了很多年了。他根本无法想象自己在少年劳改营里的情形。学校的老师倒是常常以各种理由提起少年劳改营，比如用它来威胁沃夫卡·萨拉伊金。米什卡无法预见到自己不在父母身边，住在大宿舍里，整天跟其他男孩儿在一起的样子。他不想再勾勒这种画面，因为没什么好勾画的。米什卡从来没有上过幼儿园，也没有参加过夏令营。该上幼儿园的时候，他跟妈妈和在军事学院读书的爸爸一起住在莫斯科的马尔金家——没有一个幼儿园接收他这样的暂住客。他们也没送他参加过夏令营，因为每年到里加沿海或索契度假时，爸爸都住在奥尔忠尼启则疗养院。爸爸总是带着妈妈，因为如果妈妈不在，他会寂寞。而妈妈总是带着米什卡，因为她认为大海对他的健康有利，好过夏令营——不知道会吃到什么，最终有可能会在洗河水澡时被淹死……

"马尔金"这个姓氏一闪而过，令米什卡的心情一落千丈。既然想不出自己和父母会有令人欣慰的光明未来，那就想想彼佳舅舅、阿达舅妈和玛尔塔吧。可是，想到他们，心情更糟。首先，彼佳舅舅的处境很不乐观，"换个住处"是一种没有根据的希望。其次，米什卡第一次想到"彼佳舅舅不在，阿达舅妈和玛尔塔何以为继"时，结论是"无以为继"，除非彼佳舅舅从他砍伐圆木的林子里寄钱来——大概他依靠砍树能赚到钱吧！

总而言之，米什卡常常想到钱。但是，他想到的并不是父亲的薪水或彼佳舅舅的工资，而是跟自己的成年生活有关的计划。这种想法源于一天早晨，就是他的父母和尼娜的父母半夜里寻找他们俩之后的那个早晨，父亲没有讨论前一天晚上的事，而是随口问道："你对尼娜有什么打算？"出乎意料的是，米什卡坚定地回答了一句，好像早就下定了决心似的："毕业后，我要娶她。"正在炉台旁做早饭的妈妈没有转过身子，只是"哎呀"了一声，扑哧一笑。父亲没有笑，只是点了点头，问了第二个问题："那你打算怎么养家糊口？"那一刻，米什卡没有想起当经理（像彼佳舅舅那样）的计划。他全然忘了这个想法，只简短地说了句"我要工作"。"什么工作？"父亲仍然很严肃。米什卡慌了神儿，仍然没有说出想当经理的念头，尽管当时他已经想到了这个（他在学校里遭到的讥笑已经够多了，没法儿相信父亲不会取笑他）。米什卡的回答简短而得体："我得想想。"父亲的话到此为止了。然而，从那时起，米什卡便常常思考工作上的事，以及如何打工赚钱。

他相信自己能赚很多钱，但不知道怎么赚，只是经常看见这样的画面：他像彼佳舅舅一样穿着蓝灰色的西服，拎着一个有黄色纯皮镶边的黑色漆皮手提包，与穿着一条下摆很宽的中国绉绸连衣裙的尼娜一起在莫斯科的库尔斯克火车站的站台上向从莫斯科开往阿德列尔的列车的软卧车厢或者国际车厢走去。十三岁的米什卡看到了这一幕。他知道穿灰色西服的人非常有钱，有的是蓝色的五卢布钞票和红色的十卢布钞票，都装在厚厚的四角包着金属薄片的黄色压花皮夹里。

当着米什卡的面，妈妈很少跟爸爸提钱的事，即使提起也是在度假结束时。妈妈说"钱花光了"，爸爸便会从衣兜里拿出一张叫作"信用券"的带有灰色花纹的纸递给她。"就剩这么多了？"她说。爸爸默默地搂着她的肩。她平静下来，喃喃地说："这些钱也得还给互助社。"米什卡不喜欢这样的谈话，因此只要一想到钱，他就下定决心，以后自己绝不会"就剩这么多了"，并且永远不会到互助社去拿。他不知道怎样才能做到这一点，但这个想法很坚定。

米什卡在想，如果没有彼佳舅舅，马尔金一家靠什么生活？但是，他很快就从这个想法中跳了出来，又想起了自己跟尼娜的事。

从她在电话里说“我爱你”的那一刻起，他们的关系就几乎没有改变——还像先前一样，每星期六去看电影。他们先看了两场《柏林陷落》①，又看了一遍《人猿泰山》，然后赶上了单场放映《泰山在纽约》(第二场取消了)。政治部的一个没见过的大尉走进放映厅说“没有场次了”，于是大家都到售票处排队退回二十戈比。米什卡跟尼娜一起去散步，讨论了电影的情节。与《人猿泰山》相比，米什卡更喜欢这一部，至少纽约城里的一切不像童话，泰山和珍穿得非常好看，周围又有很多漂亮的美国汽车——在这一点上，米什卡不得不为美国说句公道话。米什卡想起了另一部电影。那是很早以前的事了，当时他还小，跟父母一起住在莫斯科的马尔金家。他跟玛尔塔到“大都会”电影院——旧书店楼上的一个小放映厅——去看了场电影。电影的名字好像叫《阳光谷小夜曲》②。他已经忘了故事情节，只记得电影里的男人都穿着漂亮的西装，像《泰山在纽约》里的男人一样，就连罗伯特·科洛季林的方格西装都十分抢眼。他还记得电影里那贯穿始终的音乐，因为这部影片跟《快乐的孩子》一样，讲的是跟乐队有关的事。电影的音乐很好听，让人心情激荡，仿佛坐着汽车在平坦的公路上疾驰，万物从两旁闪过，越来越快。有一回，他们坐着“欧宝上将”，也是这样从阿德列尔到索契，一路飞奔。司机是格鲁吉亚人，大鼻子下面蓄着和希特勒一样的方形小胡子。他一路载着搭车的乘客，一下子就拉了七个拿箱子的人。收费很贵，每人十五卢布，包括米什卡在内，尽管他一直都坐在妈妈的膝盖上……他们住在莫斯科的时候，收音机里也播放过这种音乐

① 1949 年上映的一部电影，由斯大林亲自审查。

② 1941 年 8 月上映的一部美国音乐影片，获得了三项奥斯卡金像奖提名。

(后来停播了)，而在兔儿谷却从来都没有放映过这部影片。尼娜住在波季的时候也看过这部电影，只不过记得更多的是跟爱情有关的情节。她说，这种缴获的影片表现的爱情总比国产电影《等着我》要好。米什卡不明白为什么把《人猿泰山》或《小夜曲》这种影片叫作“缴获的影片”——上一回并没有跟美国人交战，而是跟德国人交战，为什么美国影片是缴获来的?

他们就这样每周六晚上散步（平常日子也去）：米什卡迅速做完功课，然后给尼娜打电话，简短地说上几句，约好了见面地点——就在学校附近（因为那儿与两家的距离差不多)，或者在俱乐部后面。因为流行麻疹和感冒，这个冬天俱乐部后面的溜冰场关闭了。他们只能在漆黑的大街上散步一个半小时，快冻僵的时候躲进居民楼内亲吻一会儿。有几次，他们在星期日白天到了入口处，在从草原吹来的大风中散步，有时也在那儿亲吻。

他们再没去过瓦尔卡家，尽管米什卡有钱。

这就是在她那句“我爱你”之后发生的变化，现在米什卡甚至无法想象自己如何再做一次那天晚上在瓦尔卡家做过的事。他久久地思考着“我爱你”这句话的含义，想弄明白自己是否有爱，却得不出任何结论。他唯一想到的是，他有理由爱尼娜，因为显然再没有比她更漂亮的人了。他当然不会把她跟班里的其他女生比较，因为这种比较很可笑。然而，他会把她跟女演员比较，结果是她比所有女演员都漂亮，包括扮演珍妮的那位，还有那个《音乐会》中的名叫柳波芙①的演员。她确实很漂亮，但是尼娜更漂亮。既然尼娜是最漂亮的，那么米什卡就不能不爱她，况且她也爱他。可以说，米什卡很幸运，因为他会娶尼娜为妻——不是所有人都会有漂亮的妻子。

---

① “柳波芙”在俄语中的意思为“爱情”。

就这样，他不能再去瓦尔卡那里了。

米什卡想了很多。他沿着被踩出的小路走来走去，都快要被冻傻了。然后，他直接拐进了俱乐部。这里像白天一样，空无一人。值班长坐在昏暗的门厅里，米什卡请他帮忙给家里打个电话。妈妈接了电话，她的声音让米什卡觉得陌生而又平静。他说要到阅览室待一会儿，妈妈没有反对，嘱咐他一定要在父亲下班之前回家吃晚饭。她知道米什卡可能在阅览室里待一整天，于是留给了他足够的时间——离父亲回家还有三个小时。

他一下子就在阅览室借了好几本美国杂志。老图书管理员季娜伊达·费奥多罗夫娜很快就把去年一年的《大众机械》杂志①都给他拿来了，整整一摞。这种技术杂志是图书馆给军官订阅的，然而除了米什卡以外没人看。他把过期的杂志带回家时，父亲只是耸了耸肩。他不懂英语，只会些德语，觉得这种杂志很蠢："跟《青年与技术》一样，只是更蠢。"米什卡有时能读懂整篇文章的十分之一，有时通篇只能看懂一个单词。他很喜欢杂志上黑白相间、画工精准的图画，很立体，代表着一种别样的生活。他最喜欢每期杂志里一再重复的那幅画面：一个卷起袖子、穿着白衬衫、领带被风吹向一边的男人驾驶着一辆美国敞篷车，朝着米什卡微笑着。车顶上有一只同样高兴的老虎，龇着牙跳跃着。这幅画到底是什么意思，米什卡不懂——从题注上只能看到一个认识的词"OIL"，也就是"油"。但是，他在画面上没有看见油。他所看到的场景让他想起了《泰山在纽约》和《小夜曲》中的音乐——仿佛是从画的内部飘出来的。米什卡觉得自己仿佛坐在汽车里，随着音乐飞了起来……

米什卡陷入了沉思。他想起来了，列瓦·涅哈姆金叔叔答应过，一放假就带他坐"嘎斯"牌吉普车，还要教他开车。他在心里默念着汽车启动、加速、刹车的步骤……理论部分早就通过《三级司机手册》学会

① 美国杂志，1902 年创刊，2002 年开始出俄文版。

了，现在他希望尽快用于实践。然而，在脑海中重复回想司机的一连串动作并不能让他集中精力，他分了神。他继续翻阅杂志，目光停在了一幅画上。画上的叔叔好像就是老虎下面那个驾车的司机，只是没系领带，穿着有护胸板的连身工装，操纵着某种机器的“长手臂”，驶过了草地。题注上的字，米什卡一个也看不懂，他猜想那可能是机器在剪草。这幅画让他想到了另一个画面，是教科书《苏联历史》上的，描绘的是奥尔洛夫斯基省的农民犁地的情景。只是，杂志里的叔叔并非走在无边无际、连绵起伏的垄沟中，而是走在一小片草地上。后面的房子很像米什卡所在的俱乐部——有很多细柱子，柱子旁边是宽敞的阳台，紧挨着房子的高杆上有一面由条纹和星星组成的旗子随风飘荡。这样的画面总让米什卡觉得很可笑，因为他经常在《鳄鱼》杂志上看见这种旗子。

此外，米什卡对《鳄鱼》杂志有种特殊的看法。一方面，这本杂志里除了能让人讥笑或蔑视的内容以外，别无其他——身穿瘦小的裤子和厚底皮鞋、头戴高筒帽的战争纵火犯；伸出长长的魔爪，拿着火柴对准苏联工厂围墙下面的导火线的破坏者，那围墙和米什卡每天见到的一样；挺着大肚子的肥胖的盗窃者，从集体农庄的田地里拖出柴火；系着又宽又长的领带的纨绔子弟，穿着几乎垂到膝盖的西服……另一方面，所有的图都画得非常漂亮、立体、鲜活，有的地方让米什卡想起了《大众机械》杂志上那些吸引人的画面。有的像妈妈从萝扎婶婶那儿借来的时装杂志里的画面。米什卡很爱看那些杂志，因为杂志里的高个子男人们都穿着宽大的束腰大衣，戴着卷边帽子；女人们都穿着瘦长的连衣裙和肩部宽松的短夹克，戴着一种船形的小帽子……

米什卡合上最后一本杂志，将杂志整齐地摞成一摞，彬彬有礼地跟季娜伊达·费奥多罗夫娜道了别，然后从衣帽架上取下大衣（衣帽架就放在阅览室里），准备回家。阅览室里挂着白色的褶皱窗帘。窗外，2月的天空已经黑了下来。

米什卡不紧不慢地朝家里走去。傍晚不那么冷了，像要化冻的样子。米什卡知道2月份很短，现在快要到3月了，第四学期就要结束了。没什么好高兴的，他不需要提高分数，因为各科都是五分。可是，不知道是怎么回事，即将到来的3月破坏了他的心情。至于为什么，他不知道。在他身上发生了奇怪的事：他在发抖，尽管并不觉得冷。有那么一会儿，他觉得寸步难行，两条腿软得像棉花一样。他滑了一下，后退了一步，差点儿摔在雪堆上。他有点儿恶心，大概是生病了，心情变得很糟，因为他已经厌倦了生病。为了恢复知觉，他把帽子从头上拽了下来（妈妈绝对禁止他这么做）。冷风立刻袭上了他的光头，他感觉好些了。米什卡站了一会儿，戴上帽子，向自家的院子走去。

院子里的雪积得更深了。天完全黑了，黑暗中只看得见白雪和房屋的黑色轮廓，以及藏青色天空下的板棚屋。与此同时，米什卡突然发现，在他家的楼道附近发生了一件奇怪的事：大约有十来个人正在走来走去，传来了轻轻的谈话声。米什卡拔腿就跑，滑了一跤，摔到了雪中。然后，他从雪中爬出来，继续向前跑去。

首先看见的是列瓦·涅哈姆金叔叔。他站在楼门大开的楼道旁，手里拿着用皮带和武装带缠着的枪套。米什卡立刻认出，那是父亲的"TT"手枪的枪套，是空的。列瓦叔叔看了看他，没能立刻认出来。他看出是米什卡之后，奇怪地笑了笑（准确地说，只是皱了皱眉），说：

"妈妈……已经好些了……你别过去。"

米什卡哪儿也没去。他往楼门边落满积雪的小凳上一坐，闭上了眼睛。睁开眼睛时，他看见头顶上有盏明亮的灯。他这才意识到自己在家里，穿着大衣躺在床上。房间里人声嘈杂，他清清楚楚地听见谢尼亚·克维特科夫斯基叔叔说：

"正中太阳穴，见鬼！怎么能是意外？"

米什卡重新闭上眼睛——那盏灯熄灭了。

第十二章　春天

米什卡跟基列耶夫一起坐在圆木上，无精打采地用他的德国银制小刀玩着飞刀游戏，也不记分。刀刃深深地扎进了尚未干燥的泥土里。

“去莫斯科吧，去列宁墓吧，都看看！”基列耶夫不无嫉妒地说了不下二十次。

米什卡一言不发地从地上拔出小刀，用衣服袖子擦了擦刀刃，把它折好，放进了口袋。

基列耶夫走到圆木的一端，解开裤子，往地上撒尿……

米什卡从衣袋里掏出砖红色的“主角”牌烟盒和父亲的打火机，啪的一声打开打火机的盖子，点燃了香烟。打火机是《租借法案》① 规定的“救援物资”，钢铁外壳，方方正正的，开盖儿时声音清脆悦耳。

“你从哪儿偷的航空汽油？”这句话，基列耶夫问了有一百次。米什卡还是什么都没说，因为他已经说过一百次了，汽油是剩在瓶子里的，被父亲放在厨房的隔板上了。

总而言之，基列耶夫是好样的，一直陪在米什卡身边，尽量提出种种愚蠢的问题，好让米什卡分心，但是米什卡不想回答这些问题。

---

① 美国国会于 1941 年通过的法案，对反法西斯战争的胜利起到了积极的作用。

傍晚，米什卡还像以前一样跟尼娜散步。现在，他们已经不在漆黑的街上散步了，而是直接走进俱乐部。当尉官和村里的姑娘们准备跳舞时，他们就站在明亮的门厅里。米什卡和尼娜没有跳舞（他们做这事还嫌太早），就这么站着，听听音乐……米什卡很少跟尼娜说话。事实上，尼娜的话更少，她只是抓着米什卡的手腕，悄悄地把手插进米什卡的衣袖中。

米什卡始终都在思考。他的想法不多，但是要摆脱这些想法，却怎么也做不到。尽管他一直在努力不去想，但却没法儿不想，即使上课也没有办法让自己回过神儿来——老师尽量不提问他，都给他打五分，让别人站起来补充他的答案。米什卡也常常补充别人的答案，因为他仍然习惯于预习，看过的内容能记住一两天，整页都记得住……

折磨着米什卡的主要想法是什么，连尼娜都无从知道，好像只有基列耶夫明白——不管怎么说，总可以跟他谈谈。

这个想法就是：现在该怎么生活。自从萨尔特科夫少校在司令部值班时用手枪向自己的太阳穴开了一枪之后，米什卡就一直努力去习惯没有父亲的生活，现在已经差不多习惯了。最初的几个星期，家里总是有很多人。他们跟妈妈交谈，跟米什卡交谈，然后叹息一阵。来得最勤的是谢尼亚叔叔、列瓦叔叔和冬妮娅婶婶，还有格里沙叔叔和萝扎婶婶……像以前一样，费佳叔叔总是出差在外。过了一个月，列瓦叔叔突然搬到了奥伦堡。他和冬妮娅婶婶在三天之内就收拾行装搬走了。他们来道别的时候，妈妈和冬妮娅婶婶大哭不止。他只好打电话给格里沙叔叔，让他过来给妈妈打了一针，她才睡着了。

很快，米什卡就明白了所有的事情。父亲的自杀毫无意义，因为那个会议被取消了……

米什卡没有对任何人提起过自己的想法，甚至没有对妈妈提起过。总而言之，在一个半月之内，小镇上的生活发生了巨大的变化，好像所有人都与大地一起融化和枯萎了。谢尼亚叔叔比其他人来得都勤，几乎每天晚上都来。他从马裤的口袋里拿出一瓶“白盖儿”，妈妈迅速地煮好土豆，他们俩便坐了下来。米什卡在桌子的一侧一边吃自己的晚餐（馅饼加燕麦粥），一边听他们说话。他们倒上伏特加酒之后，并不碰杯，只是一杯接一杯地喝。他们在米什卡面前自由地交谈着。也许正因为如此，米什卡才渐渐地什么都懂了。

有时，格里沙叔叔和萝扎婶婶也会来。格里沙叔叔穿起了便服：带卡拉库尔羊毛领的黑色大衣和蓝色条纹西装。他已经在部队办理了离职手续，但还是打算继续留在野战医院，直到在列宁格勒找到工作为止——将来他就住在列宁格勒的姐姐家里。格里沙叔叔和萝扎婶婶是带着“酒”来的。酒瓶用报纸包着，外面用黑色绝缘带缠着。其实，酒瓶里装的是酒精，可以用水壶里的凉开水稀释。妈妈又去煮土豆了。他们一起喝酒，并不碰杯，说了些“竟然把医生都放走了”的话。对于离开部队，格里沙叔叔并不感到惋惜。

让米什卡感到惊讶的是，他这么快就听懂了他们的谈话，就像父亲在世的时候妨碍了他了解成年人的生活似的。

“钱一旦用完了，你妈就得去工作。”基列耶夫再次读懂了米什卡的思想，“她可以去图书馆或者工地的会计室，那儿全是穿便装的人……到时候就有钱了。别泄气，米什卡，冬天会过去的！”

米什卡还是没有说话。基列耶夫也不言语，只是看着米什卡用鞋底碾碎地上的烟蒂。

他们默不作声地坐了一会儿。米什卡一言不发地站起身来，基列耶夫也站了起来。然后，两个人默默地向学校走去。校园里人声嘈杂，正值下午课间休息，十年级的学生们正在操场上打篮球。从今年起，所有高年级学生都参加了这项运动。基列耶夫个子小，没法儿打篮球。米什卡这一年长得很快，能跟高年级的同学们一起玩儿了，可是他们不带他玩儿——他的运球水平太低。

他们在操场上看了一会儿球，斯拉夫卡·彼得连科和被高年级接纳的艾奇卡·奥索夫佐夫推推搡搡地在篮筐下跑来跑去。艾奇卡成功地投了一次篮，球在篮筐边缘盘旋了一阵子，掉进了破旧的篮筐……旁观好没意思！上课的铃声响了，休息结束了，大家都散开了。艾奇卡从他们身边经过时，抬腿往基列耶夫的屁股上踢了一脚——没有什么原因，纯粹是闹着玩儿。基列耶夫顺从地抖了抖屁股，这使得米什卡有些气馁。如果连奥索夫佐夫都不惹他了，就证明他的处境的确很糟。很明显，最近不再有人叫他"萨尔特娘儿们"了。这种宽宏大量的态度更让米什卡沮丧，好像他是个病人或弱者。

他和基列耶夫在角落里站了一阵子，踹了踹尚有冰层没有化冻的土块，然后各自回家了。他们之间没什么好说的——基列耶夫懂的，他都懂；基列耶夫不懂的，他也不想解释。

在回家的路上，米什卡拐了个弯，停在栅栏边，点燃了一支烟。他早就不感到恶心了，喉咙里不再有痰，头也不晕了。他继续往前走，把香烟掩在袖子里，边走边吸。

一路上，他继续思考着。

钱还没有用完。每个星期日，妈妈都会像所有的军官妻子一样，带上米什卡，到村里的集市上买油，在军官商店里买沙丁鱼。早晨，她会煮土豆，做馅饼，煮粥和菜豆汤……米什卡知道，这些钱都是军官们凑的，还有他们在葬礼后给妈妈的。钱总会用完的，不会再有别的钱了，因为妈妈不可能出去工作——她早就瞎了。

妈妈的视力迅速下降。葬礼后的第二天，米什卡就发现她在去厨房的时候，肩膀撞到了洗手间打开的门。她停住脚步，双手向前伸，漫无目的地摸索着。米什卡本想跑过去拉住她的手，但却没有这么做——他知道妈妈不想让人看出来她瞎了。大多数情况下，她能够正常地走路，只是天一黑就什么都看不见了。她开始戴眼镜了，脸上更明显地有了傲慢和轻蔑的神情。走在街上时，她总是从上往下看人。为防万一，她会跟所有人都点头打招呼。女人们都会望着她的背影唉声叹气。有一次，妈妈在部队的商店里排队，两次遇见塔马拉·涅恰耶娃婶婶，两次都向她问好。见此情景，塔马拉婶婶把手指头在太阳穴上转了一下①。有人拦住妈妈，跟她攀谈，询问她的健康状况，妈妈就说“一切都好——您都看到了，米什卡最近长高了，是男子汉了”。

米什卡看向一旁。

医生们都走了，塔马拉·涅恰耶娃婶婶跑过来向妈妈道歉。妈妈站在门厅里听她说完，便默默地转身回到了房间。塔马拉婶婶犹豫不决地站了一会儿，也走了。就是这个人，妈妈两次向她问好……

她几乎不再读书，晚上总是一个人坐在厨房里，也不开灯。米什卡知道，她不可能去找工作，因此他们很快就会断了生活来源。把军官们凑的钱花光了以后，就得向别人借钱了。然而，除了谢尼亚叔叔以外，无人可借。列瓦叔叔调走了，格里沙叔叔过几天就要搬到列宁格勒去了，到时候留下来的人就只有他和妈妈了。

米什卡朝家里走去。他扔掉烟头，然后踩灭了。他爬上了楼梯，刚刚擦过的木板楼梯发出了吱吱嘎嘎的响声。

突然，他觉得一阵难过，只得停下了脚步，抹去了不经意间滑落的泪水。父亲去世后，他没有再哭过，现在竟然这样了，真让他感到惊讶。这时，楼上的房门打开了，他听见妈妈走到了缓步台上。

“米沙！”妈妈叫道，“你在哪儿？”他知道，她一点儿都看不见了。他在《金银岛》里读过盲人的故事，知道她现在的听力比正常人要好。他向楼上跑去，发现妈妈站在门口，傲慢而轻蔑地向着空气微笑，手在米什卡头部的高度上摸索着。

---

①　在俄罗斯，手指头在太阳穴上转动，表示对方是个傻瓜、疯子。

第十三章　启程

考试结束后，米什卡开始打点行装了。床上用品和大衣都包在床垫套里。衣服装了一大箱，放在有白色纽扣的帆布套内。两个枕头捆在了一块儿……锅和盆不多，都放在有金属包角的箱子里。箱子的锁坏了，只好用帆布带把箱子的木把手捆住。还有一个方格大布包，里面塞满了路上必备的东西，用绷带系住了拎手。家具都掏空了，只有椭圆形的铁制家具编码牌①显得十分刺眼。

晚上，米什卡跟尼娜告了别。一周前，基列耶夫去夏令营的时候，已经跟他告过别了。这个夏天，大家各奔东西。格里沙叔叔和萝扎婶婶6月份就动身去了列宁格勒。列瓦叔叔和冬妮娅·涅哈姆金婶婶从奥伦堡寄信来，谈到了他们在那儿的情况。布尔拉科夫没有调到别处去，不过尼娜还是决定去敖德萨的外婆家——她们也在做准备。只剩下谢尼亚叔叔了！他年纪大了，想尽快从部队退休，回到家乡文尼察，在那儿的学校里当军事教官。

晚上七点，亮如白昼。尼娜像以前一样，穿了一件蓝色长衫。米什卡把目光从她身上移开了。不知怎么回事，一看见她那裸露的手臂和肩膀，他就觉得不自在。去过几次兔儿河之后，尼娜晒黑了，双手和肩膀

---

① 苏联的部队为军官配置的家具是有编号的。

变成了均匀的褐色，有点儿发红，把手腕和胳膊肘之间的汗毛反衬得像金子一样闪闪发光。米什卡没有晒黑，有几次还晒出了水泡。他们俩有时会一起去河边，有时会跟娜季卡和基列耶夫结伴同行。每次外出对他而言都是一种折磨！尼娜穿着黑色的缎面泳衣（蓬松的短裤和肥大的胸衣），米什卡无法不去看她，可又不能去看，只好扑通一声跳进水里，向四面八方乱游一气，把脸深深地扎进混水中，弄得水花四溅。

总而言之，与尼娜相处时，米什卡承受着难以承受的痛苦。他觉得，尼娜好像也有这种感觉。有一次，他们在草原上散步，正值郁金香开放，于是决定摘一束回家。两个人走了很远……阳光刺着他的眼睛，于是他眯起了双眼，看见一只蓝色的蜻蜓离开蒿草，闪动着蓝色的翅膀，向太阳飞去。

跟上次在瓦尔卡家里时的情形一样，这次“草原行”之后，他有好几天都没跟尼娜见面。这时，正赶上要写俄语作业：电影《白静草原》观后感。考试结束后，他们晚上一起出去散步，只在俱乐部的周围走走，谈论一下即将到来的远行。

分别的时候，他们几乎没有说话。米什卡感觉尼娜十分着急，始终看着那只像小桶一样的椭圆形丹麦造新手表（那是考试后布尔拉科夫送的）上面的“星星”，并且不经意地四下张望。米什卡也想快点儿告别，然后回家睡觉（连大衣都不用脱，因为被褥已经从床上撤走了），第二天早晨还得抓紧时间去火车站。

他们终于决定分手了。天黑得差不多了。在酱紫色的昏暗中，尼娜的肩膀和双手变成了黑色，而米什卡的手则从父亲的黏胶运动衫的短袖中露了出来——有点儿发蓝。他们在尼娜家楼门附近的一棵大槐树下停住了脚步。

不知为什么，米什卡无法直视尼娜。他移开目光，一会儿看看槐树那落满灰尘的叶子，一会儿看看空无一人的街道。他站在原地，时不时地碰一碰尼娜的手。两个人都沉默不语。最后，米什卡终于开了口。他想问问尼娜跟她妈妈到底几点出发，再核对一下她在敖德萨的地址。其实，这个地址他早就倒背如流了。他迫使自己去看尼娜的脸，才发现她在流泪。在楼门前的灯光下，她的眼泪闪闪发光。

“怎么了?”米什卡想用手背给尼娜擦一擦湿漉漉的脸，可是她躲开了。她抬起头，显然是生气了。“怎么了? 妈妈答应明年让我去敖德萨待几天，到你家去。我们可以去海边……好了，别哭了……”

“不是因为你!”尼娜突然大声回答道。她不停地抽泣着，声音在夜晚的静谧中显得十分响亮。“不是为你哭，你不愿意就别来……”

“我说过了，我会去的!”米什卡不明白尼娜是怎么回事，也生气了，“我都说了……”

“别来!”尼娜抽出手，擦掉眼泪，大步向楼门走去，“我……给你写信……我哭是因为……你不懂……不知道! ……”

她又哭了。米什卡抱住她，想亲吻她，可是她扭过头去，让湿漉漉的下巴碰了一下米什卡的嘴唇。随后，她拉开大门，跑进了漆黑的楼道。

米什卡站在大街上——他本该跟着她跑进楼道。他没有听到房门打开的声音，这说明尼娜还没有进家门，而是站在黑暗中哭泣或者等待自己平静下来，免得回家时泪痕满面。但是，米什卡站在她离开的地方无法动弹。他有一种彻底自由、完全放松的感觉——这就算告别了，可以走了，都结束了……

他大踏步地向家里走去，一路上用力地吹着口哨。最近几天，老有一首歌在他的脑海中萦绕。歌词很怪，他根本不知道是什么意思，只是记住了而已：“5 月初送葡萄酒，10 月份告别爱情……”他一路轻声吟唱，还时不时地吹几下口哨。米什卡想，得把剩下的歌词弄清楚。到了电台重播的时候，要好好听听……

一大早，谢尼亚叔叔就开着值班时用的“嘎斯”牌敞篷车来了。大家随意落座：谢尼亚叔叔坐在床上，妈妈坐在椅子上，米什卡坐在大箱子上。当兵的司机把行李装上了车。妈妈费力地坐在行李旁边，米什卡则心甘情愿地坐在后轮上方的羊皮袄上，冲妈妈挥手——妈妈很担心他掉下来。谢尼亚叔叔坐在司机旁边，和大家一起上了路。早晨六点刚过，小镇上空荡荡的。

旅程即将开始，米什卡却突然感到十分忧伤。汽车驶过空无一人的柏油路，经过在盛夏时节被晒成灰绿色的槐树，经过从院落里伸出来的树枝，经过八户人家合住的绿色二层楼，经过十二户人家合住的黄色房屋，经过已经建到第二层的“军官之家”，经过老俱乐部、学校，拐到了尼娜家所在的大街上。可是，还没到她家，车子就向出入口驶去……

最近，米什卡很少哭。葬礼过后，他总觉得不好意思哭。但是，这会儿他觉得眼泪涌了上来。为了忍住眼泪，他痉挛似的叹了口气，差不多成了抽泣。

妈妈一路上却哭个不停，根本不往道路两旁看——没有眼镜，她什么都看不见。她摘掉眼镜，是为了方便擦去泪水。

混凝土方砖砌成的长长的站台上空荡荡的。绿色的木板小房里，一名相当年轻的中尉正在看墙上的列车时刻表。他身穿笔挺的军大衣，佩戴着工程师的银色肩章，手提小箱子，晃着鞋跟。墙边睡着一个人，光着膀子，穿着没系扣的棉袄。他在梦中张开嘴巴，露出一口亮晶晶的钢牙。谢尼亚叔叔回答了中尉心不在焉的问候，然后生气地看了看熟睡的人，从牙缝里挤出了一句“大赦……见鬼，全国乱跑”。他来到检票口，边走边拿出了车票。米什卡走上了站台。混凝土板被晨光照得发暖，麻雀辛勤地在上面跳跃，啄着看不见的食物碎屑。阳光十分刺眼——显然，再过一两个小时就要像平时那么热了。到时候，雾气会飘浮在铁轨上。妈妈和谢尼亚叔叔也来到了站台上。士兵拿来行李，堆在站台前部——那儿应该是火车停靠的地方。随即，车头拖着车厢慢慢地进站了——从兔儿谷出发的火车都是“挂车”，在这里挂上“萨拉托夫—莫斯科”的车厢。

大家都忙活起来了。谢尼亚叔叔把车票递给列车员，然后将一件件行李拖进了车厢。一名中尉从旁边经过，也过来帮忙，花了好长时间才把行李搬进了车厢。米什卡和妈妈跟在他们后面。车厢的地面刚刚打扫过，还是湿的。过道上铺着地毯，上面有许多水点。米什卡用右手扶着挂窗帘的竿子，站在车厢的过道上，等着谢尼亚叔叔和中尉把床垫套扔上行李架，然后把箱子塞到下层的隔板下面。中尉的座位在旁边的车厢里，他也去莫斯科。谢尼亚叔叔请他关照妈妈和米什卡——到了莫斯科之后帮忙拿行李、打出租车。

到了告别的时间了。谢尼亚叔叔在狭窄的车厢中勉强抱了抱妈妈，把米什卡的头拥在粗糙的军大衣一侧。他再次提醒妈妈路上要小心，因为正值特赦，那些人可能会用钩子把箱子从车窗里钩出去。随后，谢尼亚叔叔向出口走去，肩章始终蹭着墙面。米什卡坐下来，掀开窗帘往站台上看。谢尼亚叔叔出现了，就站在窗外。他对米什卡笑了笑，然后摘下帽子，用手帕擦去了额头上的汗珠。米什卡突然发现，他的头发全白了。米什卡还记得，不久前他头上的发丝还是黑的。中尉朝包厢里看了一眼，问他们安顿好了没有。随即，他站在门口向谢尼亚叔叔挥了挥手：“放心吧，上校同志，我会护送他们的。”机车发出一声长啸，车厢抖动了起来。站台上的谢尼亚叔叔和有着白色“兔儿谷东南铁路”字样的绿色车站小屋向后移去……

此时此刻，米什卡突然意识到，现在只剩下他和妈妈两个人了。父亲不在了，而且永远也不会在了，他们再也不能像每年度假时那样三个人同行了。

妈妈在厚厚的眼镜片下眯着眼睛，再次流下了眼泪。她迷茫地望着窗口，还在向谢尼亚叔叔挥手，其实她早就看不见他的影子了。窗外满眼都是灰绿色的蒿草，有的地方已经被晒成了土黄色。

窗子封闭得不太好，从窗缝透进来许多黑色的煤烟，夹杂着机车的气味。出乎米什卡意料的是，这次他没有感到恶心。他们铺上潮湿的床单，把包着湿被套的毛毯盖在上面，然后准备吃早饭。

科利亚中尉来了，还拿了一块荷兰奶酪和两个大西红柿。他把西红柿掰成两半，掰开的断面上冒着银白色的寒气。妈妈从方格背包里取出了一只用描图纸包着的烧鸡、几个鸡蛋、放在火柴盒里的盐和一大块面包。列车员问她要不要来点儿茶，然后端来了三杯茶。茶杯放在不锈钢的杯托上，杯托上印着机车模型，有“东南铁路”字样。茶杯里的小勺晃动着，方糖像砖块一样整齐地裹在长方形纸包内，每包两块。米什卡拿出了银色折叠小刀。科利亚切开面包，羡慕地看了看，用报纸擦了擦手，然后把小刀折起来，还给了米什卡。米什卡吃了一个鸡蛋、半个西红柿，喝了半杯茶，然后来到走廊上看着窗外。

车厢里很冷清，只有米什卡、妈妈和科利亚他们几个人，其他乘客可能都在半路上车，尽管车厢内通常只有从兔儿谷出发的乘客。米什卡掀开窗帘，看着草原，看着一闪而过的两旁堆满碎石的小型车站，看着铁轨分开又聚拢的大型车站，看着一闪而过的短小、空旷的站台。然后，又是一望无际的草原……

列车员打开了广播，歌手本奇科夫唱道：“我看着车厢的玻璃窗……”每次听到这首歌，米什卡都会很激动、很舒服。歌声仿佛加快了列车的速度。伴奏的乐手在轻轻地敲打着什么东西，像是火车的轰鸣声。米什卡跟着音乐的旋律“飞”了起来。

不一会儿，他就觉得困了，因为起得太早。他走进包厢，躺在了靠墙的被子上。妈妈坐在一旁，跟科利亚中尉说着话。中尉在描述自己的休假计划：住在一位朋友家里。这位朋友很幸运，军校毕业之后，立刻就被派到了位于莫斯科城郊的纳哈比诺，分到了房子。他还准备去电影院看《有嫁妆的婚礼》①，主演是多罗宁——大家都说科利亚很像他。此外，他一定得去一趟列宁墓。据说，要排挺长的队。然后，可以到列宁山上去看看那座“摩天大楼”② 的新貌……他还计划在莫斯科买一件不太贵的便服，一千五百卢布左右的，最好是罗马或者列宁格勒的裁剪风格，希望是“地铁呢”或“突击手呢”面料。不过，他有点儿担心一千五百卢布不够用……

米什卡睡着了，很快就做了一个梦。

他梦见自己在索契军事疗养院后面的竹林中穿行。所有在疗养院度假的男孩儿和年轻中尉都钻进了林子，想砍些竹竿，做些漂亮的钓竿带回家留作纪念，或者在家乡的小河里钓鱼用。疗养院总务处的长官——一位身穿白色亚麻制服的矮胖大尉（人称“气泡大尉”，可能这是他的真实姓氏）——正在抓捕违法砍伐者。他随手拿起一根割下来的尖叶竹子，向男孩子狠狠地打去。对中尉们，他则极尽侮辱之能事，声称要向部队报告，关他们的禁闭，但是没有没收竹子。这时，米什卡拿着银色的小刀穿过竹林，准备挑选一棵不太粗大的竹子割下来。他那光着的手脚被划破了，全身各处都有划伤。不经意间，他来到竹林边上，发现在那里等着他的不是“气泡大尉”，而是他的父亲。不知为什么，父亲穿着军大衣，戴着帽子。他很惊讶——为什么父亲在索契穿成这个样子，而不是像从前那样，穿着睡衣、戴着白色凸纹巴拿马帽？米什卡穿的还是汗衫和黑色缎纹短裤，运动鞋的鞋带在脚踝上缠了两圈。父亲紧紧地拉住米什卡的手，拿掉他手里的小刀，默默地拉着他走上了小镇通往市场的大路。接着，他们穿过空地，走进了村子。父亲走得很快，米什卡

---

① 苏联的一部音乐喜剧电影，1950 年被搬上戏剧舞台，获得了巨大的成功。

② 指国立莫斯科大学的教学楼。

在旁边一路小跑，直喘粗气。他们经过了一个空无一人的市场。这时，父亲松开了米什卡的手。趁着他停下来喘气的工夫，父亲继续快步向前，越走越远，还带走了银色小刀。米什卡环顾四周，发现自己独自一人站在肮脏、泥泞的空地上。无论是秋天还是春天，这里的地面总是很脏。父亲的身影已经不见了。米什卡好害怕，突然惊醒了。

他睡着的时候，妈妈给他脱了衣服，盖上了被子。包厢里漆黑一片，漆布窗帘已经放下了，系在窗框上。透过窗框侧面的缝隙，可以看到闪烁、跳跃的灯光。米什卡伸直了身子，掀起了窗帘的一角，看着匆匆掠过的光带。不远处是个大火车站，灯光照着它的入口。

第二天，火车又经过了几个大站，在其中一个站上停了差不多一个小时。米什卡跟妈妈一起走上站台，坐在摆在外面的长桌子旁吃了些饭馆的热菜、菜汤和通心粉做的肉饼。科利亚中尉跑到小卖店买了一瓶格鲁吉亚“红角”葡萄酒。他把杯子从杯托上拿下来，跟妈妈一起喝。后来，米什卡又睡着了，再次梦到了小镇旁边的空地，但是没有梦见父亲。

第十四章　莫斯科

科利亚在帕韦列茨火车站的人群中找到了一个搬运工。那个人用背带把所有行李一股脑儿地驮在背上，飞快地向广场走去。米什卡、米什卡的妈妈和科利亚中尉几乎是小跑着才跟上。一路上，他们撞见了士兵，系着三角巾、扛着背包的大婶和无数身穿棉袄、尖嘴猴腮的人。所有人都漫无目的地挤来挤去，让米什卡想起了"大赦"这个词，想起了满口钢牙、睡在兔儿谷火车站的那个人。妈妈把自己的小挎包紧紧地搂在胸口，拉着米什卡的手，无助地眯着眼镜后面的眼睛（脸上的表情不是轻蔑，而是哀怨），盯着前面搬运工"闪现"的地方。

他们打了一辆"胜利"牌出租车（车身上的黄、褐两种颜色用一条线隔开了）。科利亚先后握了握妈妈和米什卡的手，跟他们道了别，然后迅速地消失在拥向地铁的人群中。出租车启动了。

米什卡看着窗外，回忆着莫斯科的模样。城市"漂移"着，不停地闪现出高大的建筑（像教科书里的"石笋"）。米什卡久久地伸着脖子，回头朝一辆右转弯的灰色敞篷车看了好久。他不知道这辆车是什么牌子的（他从没见过这种大型的敞篷车），但是据他猜测，这是缴获的"霍希"牌……一排排高大的楼房拔地而起。有些房子孤零零地矗立在空地上，露出侧面没有门窗的墙壁。墙壁上残留的痕迹表明，这一侧曾建有别的房子，而现在则挂上了巨大的条幅，上面画着脸色绯红的男人和女人，写着“请喝天然饮料”以及“把钱存进储蓄所”的标语。行车的途中，米什卡来不及读完条幅上的话，仅凭第一个字猜出了大意。身穿白色棉布制服、头戴白色帽子的交通警察举起了指挥棒。这边的汽车全都停了下来，对面的车辆开始通行。米什卡看到，其中有一辆装着士兵的绿色载重卡车上面挂着一枚小型炮弹。炮筒用帆布套盖住了，朝空中仰起。出租车停留了片刻，然后继续前进，向右拐了个弯。米什卡认出来了，这是高尔基大街。车子在这里堵了一会儿，等一辆慢吞吞的二层电车驶出站点之后，继续右拐，然后停了下来。司机从后备厢里取出箱子，放在了人行道上，然后把床垫套放在了上面。妈妈从挎包里掏出一个小纸包（米什卡看见，那是谢尼亚叔叔在和她分手时送给她的），小心地把它打开，把钱付给了司机。“胜利”牌出租车转了个弯，离开了。

米什卡和妈妈一起站在人行道上。马尔金家的窗外洒满了阳光，就在他们对面。妈妈坐在大箱子的一端，抬起头来看着上面，用看不见东西的眼睛望着五楼马尔金家闪闪发光的三扇玻璃窗。

“你上去叫门，”妈妈对米什卡说，“我坐在这儿看行李。没人在家的话，就立刻下来……”

米什卡走进了楼门。楼道里很黑、很凉爽，混凝土的台阶散发着潮湿的气息。地窖的门开着。阵阵轻风吹来，掀动窖门，发出了轻微的响声。围栏内的电梯间很黑，米什卡担心用不好电梯，就步行往楼上跑去。他甩开双腿，跨过台阶，灵巧地从二楼密密麻麻的褐色门铃按钮和门牌旁经过，轻捷地扶着栏杆，在下一个楼梯间的拐弯处转了一圈。到了三楼，他累了，喘着粗气，慢慢地往前走，脚步声在空旷的楼梯间里回响。

他想起了很久以前，有一天一大早，他在楼道里看见两名警察（穿着厚厚的蓝色军大衣，腰带上斜挂着转轮手枪套），把一位胖大婶往楼下拖。大婶身穿破烂的皮袄和剪短了靴筒的毡靴。大家都知道，这位大婶是个疯子兼酒鬼，住在阁楼上，早晚得搞得阁楼失火。因此，警察便抓走了她。那天早晨，米什卡出去散步时，发现角落里没人。平时，这里总有个没手没脚的残疾人瓦夏，身穿挂满奖章、洗得发白、没有肩章的军大衣，像根矮柱子似的坐在一辆装着轴承的木头小车里，在柏油马路上放一顶夏天的大檐儿帽，接受施舍。米什卡想，那个胖胖的聋哑女人大概是睡过头了。她总是把瓦夏送来再运走。她白天来取硬币时，会打开一瓶“红盖儿”，把瓶里的东西倒到瓦夏嘴里，再喂他吃些黄油面包。然而，瓦夏白天没有来，第二天也没有来。渐渐地，米什卡习惯了“莫斯科根本没有坐木头小车的无腿残疾人”，就这样忘了他。

想到这些，米什卡心情很不好，就像以前看见残疾人或流浪汉时的感觉一样。他想象着自己走到马尔金家门口，阿达舅妈开了门。一切都会好起来的！彼佳舅舅回来上班了，玛尔塔出去闲逛了。他们跟妈妈一起拆开了行李。妈妈和阿达舅妈坐在从箱子里拿出来的东西上聊天……他站在马尔金家门前，喘了口气，然后摇响了门铃。门后响起了一阵丁零零的声音，接着是一片寂静。

米什卡发现大门的门框上有一根用纸粘住的小绳，绳的尾部从纸里垂了下来。纸上有些模糊不清的圆章印迹。

米什卡又机械地摇了摇门铃，丁零零的声音再次在空荡荡的门后响了起来。他在缓步台上待了一会儿，然后下了楼。他原想从楼梯扶手上滑下去，但改了主意。

妈妈仍然坐在原地。

“没人。”米什卡说，“门上有……哦，那个……封条……”

妈妈坐在箱子上，直勾勾地盯着眼前的东西。米什卡知道，她就要流出泪水了，所以在她还没有哭出来的时候得说点儿什么。

“妈，我去艾哈迈德家……就是看门人那儿……看看。”米什卡说，“跟他打听打听马尔金家的人在哪儿……好不好？”

妈妈默默地点了点头。米什卡转过身去，从黑洞洞的地窖门口经过，沿着短短的几级台阶向下，走到了漆黑的门口。他用力推开黏糊糊的房门，走进院子，向右拐，在看门人低矮的房门前停住了脚步。门上没有门铃，米什卡用力敲了敲门。屋内传来了说话声，可是没有人开门。于是，他小心翼翼地拉开房门，走了进去。

昏暗、狭小的门厅里挂满了衣服，充斥着浓浓的潮气。在门厅里可以看见一个大房间，房间里的两扇低矮的窗户与大街上的人行道平齐。房间的中央有张桌子。桌子旁边有个大摇篮，用绳子挂在天棚的钩子上。摇篮里传来婴儿慵懒、低回的啼哭声，一时一刻都没有停止过。桌子上有个容量为一俄石①的装煤油的瓶子，里面盛着奶白色的浑浊液体。桌上还有些掰开的黑面包，以及装着几根黄绿色咸黄瓜的白色搪瓷盆。桌旁的凳子上坐着两个人，其中一个是艾哈迈德。米什卡立刻就认出了他，这让他感到很惊讶。艾哈迈德是个黑脸膛的干瘪老头儿，坚硬的花白头发朝各方竖立着。他那蓝色的衬衫露在裤子外面，黑色的裤子掖在皱巴巴的靴子里。另一个人背对着门，一头白发剃得很短，穿着最近几天米什卡在火车站上看见很多男人都在穿的那种棉袄和工人穿的粗陋皮鞋。两个男人面前放着绿色的多棱酒杯。米什卡进来的时候，艾哈迈德正站在那里，把瓶子斜靠在桌上，给对面穿棉袄的人倒酒。

“艾哈迈德叔叔！”米什卡轻声呼唤着，“是我，九号房的米什卡·萨尔特科夫……”

艾哈迈德抬起头，仔细地朝黑暗的门厅看了看——他把瓶子里的浑浊液体倒在了杯子外面。这时，穿棉袄的白发人回过头来。米什卡一下子就认出来了，这是彼佳舅舅。他跟米什卡的妈妈长得像极了。米什卡觉得，仿佛是妈妈正透过灰白的短发下那缠着白线的眼镜看着他。

---

① 旧俄的容量单位，1 俄石液体约为 3.0748 升。

第十五章　夏末

从这一天开始，生活的速度就加快了，快得让米什卡来不及从容面对每分每秒，只剩下了零星的记忆。到了第二天，连这些记忆的碎片都崩溃了——各种画面混合在一起，很难把它们分清。

艾哈迈德叔叔的妻子法伊娜婶婶从商店回到家时，他们的孩子从外面跑了回来。米什卡总是混淆他们的名字，因为他们人数众多：法里特、比留扎、科里卡、鲁斯兰、瓦希德、米尔卡。“那个……”艾哈迈德叔叔用烟斗指了指摇篮，“叫约瑟夫。”

大家坐在桌旁吃着煮土豆，大人们喝着好闻的自酿乳制白酒。妈妈和法伊娜婶婶突然站起身来，隔着桌子拥抱并且大声哭泣，让人听着十分难受。妈妈和法伊娜婶婶边哭边叫，米什卡简直无法相信妈妈会这样叫喊。

这时，来了一位大家都认识的警察。他坐在桌旁喝了一杯自酿白酒，又跟艾哈迈德叔叔和彼佳舅舅一起吸了好一阵子烟。然后，大家一起走上了五楼。这位警察扯下了绳子，艾哈迈德叔叔和法伊娜婶婶花了好长时间才在纸上签了字。警察把签过字的纸折好之后，塞到了夹子里。大家走进积满灰尘的房间，发现房间里的书、衣服和纽扣扔了一地。

米什卡用手指在积满了灰尘的钢琴上画了一把手枪。

法伊娜婶婶擦地板时，妈妈磕磕绊绊地跟在她身后，嘴里不停地说：“法伊娜，让我做吧，我能擦!”

彼佳舅舅撕掉从里面贴在门框上的又脆又干的纸条，打开了窗户。于是，高尔基大街上的汽车声“飞进”了屋子。窗下的人行道上，有个磨刀工在大叫着。

夜深了，米什卡躺在窸窣作响的光滑的床单上，妈妈和彼佳舅舅坐在圆桌后面橘色的灯罩下。彼佳舅舅用沙哑的声音一再念叨：“伤寒。一个星期之内，两个人都……伤寒。想想吧，玛什卡①。过了一个多月，我才知道……艾哈迈德。上帝保佑他身体健康!”他在椅子上摇晃着，后背抽动不止。突然，妈妈回应了他一句，说的不是俄语。接着，他们用米什卡听不懂的语言交谈起来。米什卡想起来了，以前他们也说过这种话，他几乎忘了。他们不想让米什卡和玛尔塔听懂时，就说这种“依地语”，也就是犹太语。米什卡想起来了！这么说，他们真的是犹太人！米什卡的思绪混作一团，他打起了瞌睡。

米什卡醒来时，窗外已经晨光熹微，快到早晨了。米什卡躺在床上，向高高的白色天花板看去。突然，他想起来了——大家都死了。父亲死了——在党员大会召开的前夜，用获奖时得来的镀镍“TT”手枪将子弹射进了自己的太阳穴。4 月份，阿达舅妈和玛尔塔在博特金医院②死于伤寒——先是舅妈，三天之后是玛尔塔。活着的只有瞎眼的妈妈和老迈的彼佳舅舅（他一颗牙都没有了，在这个冬天全掉光了），还有他——米什卡。不过，他们也会死，大家最终都会死。想到这儿，米什卡大声抽泣了一下，吵醒了妈妈。她从折叠床上站起身来，向米什卡

① 玛莎的昵称。

② 位于莫斯科北部的一家综合性医院，以俄罗斯医生和社会活动家谢尔盖·彼得洛维奇·博特金（1832—1889）的名字命名。

走来。米什卡急忙闭上眼睛，装作睡着了。妈妈在他的床边站了一会儿，然后向窗口走去。窗户开着，早晨潮湿的空气从窗外飘了进来。妈妈倚着窗台站了一会儿，低头看着窗外。米什卡看着她，心想，妈妈是想跳楼吧。以前，他们跟米什卡的爸爸一起住在这儿的时候，住在隔壁的玛尔塔的朋友就从窗口跳了下去。米什卡躺在床上，觉得应该起身把妈妈从窗口拉回来。可是，不知为什么，他没法儿从床上起来，只好竭力屏住了呼吸。妈妈在窗边站了好半天。米什卡再次睁开眼睛时，看见她穿着蓝色长衫坐在桌边。彼佳舅舅在厨房里走来走去，传来了叮叮当当的响声。

从此以后，所有的画面都交织在了一起。

瞧，这是他跟彼佳舅舅到什么地方去呢？彼佳舅舅的头发还没有白，牙齿也没有掉，像从前一样，穿着漂亮的灰蓝色西装，而米什卡则已经长大了，像现在这样。“很快，妈妈就什么都看不见了，米沙。”彼佳舅舅说，“得想想以后该怎么生活。”

瞧，彼佳舅舅回家了，像从前一样，拿着皮包和冰激凌蛋糕。可是，他白了头发，没了牙齿，像现在这样。大家坐下来吃晚饭时，妈妈想往大家的杯子里倒茶，却把红褐色的液体洒在了桌布上。米什卡和彼佳舅舅见此情景，不知为什么，什么都没有做。

各种画面混合交错，汇成了一个念头。看着妈妈一动不动地坐在窗边的椅子上，米什卡想着今后他们该怎么生活。

彼佳舅舅又当上了经理，只是他现在的店不是在阿尔巴特大街上，而是在索良卡大街上。每天早晨，彼佳舅舅都会穿上黑红条纹相间的新西服，戴上镶有金色绸带的草黄色新帽子，乘车到索科利尼基的一位医生那里镶金牙——他常跟妈妈一起小声地谈论这件事。

妈妈整天坐在窗口，直勾勾地看着眼前的事物或者天空——她还看得见光。米什卡给她朗读《塔克匪帮》，就像以前她给米什卡读《小爵爷方特洛伊》① 一样。妈妈听着，眼睛眨也不眨地望向天空。她身上穿的是那件她最喜欢的蓝色绉绸长衫，扣子系错了，一边的衣襟比另一边长，但米什卡不好告诉她。

有一天，彼佳舅舅回家比平时早。妈妈坐在窗口望天，米什卡给舅舅打开了房门。舅舅搂着他的肩头，走进大房间，把皮包放在桌上，拿出了几个像小砖头一样整齐地包在报纸里的小包，并且打开了其中的一个。米什卡看到了厚厚的一沓钱，上面整整齐齐地都画着红色图案，用纤细的黄色皮筋捆住了。“米什卡，”舅舅说，“这就是我们的生活和希望，明白吗？记住，遭遇困境的时候，只有它能帮助我们。”米什卡看着舅舅用报纸重新包起来的钱——他从来没有见过这么多钱，以前也从来没有人用这种方式跟他提起过钱。

夜深了，米什卡听到了一阵响声。他知道，这是坦克的声音。街上什么都看不到，但是响声听得十分真切。不远处有坦克驶过，把窗玻璃震得沙沙直响。

第二天一早，舅舅穿着睡裤、光着脚板跑到米什卡的妈妈和米什卡的房间，直奔德国收音机。有时候，米什卡晚上会打开收音机，透过沙沙的噪音听音乐。那音乐跟电影《太阳谷小夜曲》里的乐曲十分相似。舅舅打开收音机，一个庄严的声音立刻充满了房间。他就是列维坦②！他说：“……被捕……英国侦查部门……苏联人民……执行任务……”③ 妈妈坐在折叠床上，捂住胸口，眼泪从一直眯着的眼睛里流了出来。“又开始了！”她不停地说着，“又开始了……”彼佳舅舅朝她摆了摆

---

① 出生于英国的女作家弗朗西丝·霍奇森·伯内特（1849—1924）的作品。

② 尤利·鲍里索维奇·列维坦（1914—1983），苏联著名播音艺术家。

③ 此处指苏联秘密警察首脑拉夫连季·帕夫洛维奇·贝利亚在争夺继承权的斗争中失败，被处决。

手，“别说话，玛什卡！你不明白，什么都没有开始。都结束了，结束了！快听！”

米什卡跟妈妈一起向高尔基大街的面包房走去。米什卡牵着妈妈的手，就像当初妈妈拉着他的手一样。

米什卡心里想着那笔钱。舅舅把它拿回来，藏在了厨房的某处。他不明白是什么原因，但他觉得舅舅谈到这笔钱的时候表情很严肃，这让他感到很不安。他始终想着钱的事，睡觉前好像已经想明白了，可是在睡梦中又忘了。于是，早晨醒来，他又开始想了。

米什卡跟着舅舅来到了动物园。米什卡不是很想去，他又不是小孩子，但是舅舅说，就要开学了，得去玩一玩。果然不出所料，动物园里没什么好玩的。他不想看猴子，因为它们全都装腔作势，非常讨厌，像长相丑陋的人——米什卡不喜欢丑陋的东西。大象的皮肤又厚又脏，牦牛的酸臭味从栅栏里透了出来，路边有一匹拉车的矮马走来走去。小孩子们和家长们在一个地方排队，队伍不长。孩子们一坐到马车里纵向放置的椅子上，矮马就会走上一圈儿。小孩子们坐车，一些跟米什卡年龄相仿的男孩儿和女孩儿驾车，米什卡羡慕地看着他们。“想坐吗？”舅舅问。米什卡耸了耸肩：“都是小孩儿……”“没关系”，舅舅说，“咱们去说说。”于是，他便跟着舅舅排进了队伍（后面没有其他人了）。排到了之后，舅舅跟系着长围裙的卖票阿姨说了几句话。米什卡看见他给了她一张绿色的三卢布钞票——不是正常票价（二十戈比）。“来吧，”舅舅冲着米什卡点了点头，“上车吧！”米什卡满面羞惭地上了车，驾车的男孩儿挪了挪位置。米什卡坐在他旁边，而不是坐在为乘客预备的长条椅上。矮胖的小马好像有点儿胆怯，于是男孩儿用力拉动了缰绳。马车出发了，向动物园的深处驶去——那儿的游客很少。马车经过一只铁笼子（里面睡着好儿条蛇），又经过了一段密闭式的围墙。“为什么让你驾车？”米什卡问男孩儿，“你专门学过？”“我加入了兴趣小组。”男孩儿用力把缰绳抽在马背上，没有马上回答，“我们打理它们，喂它们，每天都写报告……”说完，他斜眼看着米什卡，啪地一下拉动了缰绳，“你爸爸很有钱，对吧？是矿工还是教授？付了整趟车的钱……”

米什卡没有来得及回答，因为小车夫再次扯动了缰绳。他们转了个大弯，又回到了出发的地方。彼佳舅舅站在原地跟“围裙阿姨”说着话，阿姨捂着嘴笑个不停。米什卡下了车，伸手跟驾车的男孩儿告了别。动物园里的人越来越少，很快就要关门了。他们步行回家时，舅舅像外地人似的，饶有兴致地东张西望。他们走进了高尔基大街上的一家冰激凌咖啡店。这家店离马雅可夫斯基广场不远，在拐角处。冰激凌在亮晶晶的铁盘里迅速融化，渗出了耀眼的红色液体。米什卡立刻把冰激凌搅乱了，不想看到雪白的冰激凌上那红色的“溪流”。不知为什么，他不喜欢看见那种东西，甚至觉得可怕。

白天，米什卡一个人在家。妈妈严禁他穿过高尔基大街，可是院子里没有什么好玩的，孩子们都参加第三批夏令营去了。萨菲杜林一家（除了艾哈迈德叔叔）都到乡下去了，9 月份才回来。米什卡小心地溜到了大门口——妈妈即使看着窗口，也什么都看不见。舅舅上班去了，艾哈迈德把人行道上发黄的叶子扫到一起，在路边堆着。趁他不注意，米什卡迅速拐过墙角，来到了二层木房所在的大院里。这座房子里住着流氓索洛维耶夫兄弟四个人，不会让外人通行。可是，米什卡知道，现在他们多半不在院子里，准是到伊斯梅洛沃或索科利尼基干坏事去了（打扑克牌或者赌博），而且准会暗中捣鬼。院子里果然没人。索洛维耶夫兄弟的鸽子在笼子里大声地咕咕叫着，鸽子窝就搭在牛蒡和金光菊花丛之间的木桩上。寒冷的天空中万里无云，刺眼的阳光照耀着大地。暗处，一截黑色的断墙投下了阴影。从地窖打开的窗子里飘出了浓重的菜味。鸽子笼旁边的木桌上放着一盏锥形铁灯，在微风的吹拂下轻轻地晃动着。米什卡斜穿过院子，径直走进了另一座大石房所在的小院子。他从常年积水的拱廊下经过，来到了高尔基大街上。

他在路口张望了一阵子。他还不习惯大城市的生活，看什么都觉得稀奇。这儿有个警察骑着挎斗摩托车经过，身穿蓝色制服，头戴有红色帽圈儿的大檐儿帽，脚蹬亮晶晶的靴筒外凸的靴子。那边来了一辆运冰激凌的“莫斯科人”牌大卡车，车厢里覆盖着木板。米什卡特别喜欢这辆车。看，一辆双层电车晃晃悠悠地向“狄纳莫”俱乐部开去！车上人满为患，险些挤破车门。此时，距离比赛开始还有差不多两个小时的时间。瞧，这边有个年轻女人，留着短发，穿着宽大的钟形裙（《鳄鱼》杂志里把这样的人叫作“我是妈妈的傻闺女”）。从那边走过来一个很像罗伯特·科洛季林的小伙子，也穿着那种又肥又长的方格西服，只是没戴帽子。他的头发乌黑柔顺，闪闪发光，刘海儿在额头上高高翘起。瞧，从楼道里走出来一位身穿白色制服的将军，坐进了黑色“吉姆”牌汽车。车子的蓝色车漆熠熠生辉……

拐角处的绿灯亮起来了，警察举起了指挥棒。米什卡这才小心翼翼地穿过马路，向右边走去——他想看看玩具商店的橱窗。橱窗里有一个摆满洋娃娃的大格子。那些洋娃娃有的在格子内，有的在格子外，都望着窗外。小时候，米什卡常跟妈妈一起往格鲁济诺那边去。那时，米什卡就会久久地盯着这个娃娃的世界，而现在他却独自一人来到了这里。他为自己的童趣感到害羞，却无力回避这个总也看不够的画面。

米什卡在橱窗前站了一会儿，在洋娃娃的世界里沉浸了好几分钟。他回过头去，看看是否有人注意他这个盯着洋娃娃看的成年人。然后，他向马雅可夫斯基广场的方向走去。人行道上，迎面跑来一个小男孩儿，脚下滑板车的轴承轰隆作响。男孩儿有十来岁了，头戴绣花圆帽，身穿带条纹的黏胶运动衫和蓝色缎纹松紧裤。他睁大了眼睛看着米什卡，用力把鞋尖已经磨得发白的黑皮鞋往柏油路上擦，差点儿把米什卡撞倒。接着，他朝季申卡大街方向滑走了。米什卡看着他的背影，感觉自己与这个幸福的小男孩儿相比，年龄简直是太大了。三年前，他还没有自行车的时候（现在自行车也没了，在兔儿谷卖掉了），也有一辆这样的滑板车（是父亲用两块木板和从工厂带回来的上好的轴承做的）。当时，他也是这样睁大了双眼，踏着滑板车轰然而下，兴奋地在障碍物前捏紧了手闸——紧急刹车或者避开。滑板车的操纵杆是父亲亲手用细皮子打磨过的……

米什卡目送着远去的男孩儿，又站了一会儿，便继续往前走去。走着走着，他停下来看了看马路对面木偶剧院的海报，留意着从高尔基大街方向驶来的汽车。然后，他穿过马雅可夫斯基广场，向右拐到了“水族馆公园”门前。在公园的入口处，他遇见了一个人。每次到“水族馆公园”，他几乎都能看见这个人。这是一个身材高大的老人，脸膛黝黑，大鼻子很突出，头上戴着一顶奶黄色的草帽，长长的白发从帽子下面露了出来。他身穿一件奶黄色西装，肥大的裤子皱皱巴巴地堆在奶黄色的小孔凉鞋上。他的手里握着一根多疖的抛光粗手杖。像以前一样，米什卡停住脚步，久久地望着他的背影。米什卡好想快点儿变老，穿那样的西服，拎那样的手杖……

水族馆里空荡荡的。大家会在演出开始前到这儿来走走，时不时地看看手表，留心听着演出开始的铃声。公园的入口处有个卖冰激凌的女人，箱子里放着冰激凌桶和装圆形维夫蜜饼的盒子。她用湿乎乎的勺子把冰激凌涂在了蜜饼之间。还有个推车卖汽水的女人，车上大头朝下地放着盛有各色糖浆的锥形玻璃瓶。

虽然舅舅早上给了米什卡五卢布，而且前一天也剩了些钱，但是他没有买冰激凌，只喝了一杯“布丁奶昔”和一杯橙汁，然后走进了公园。石墙附近的角落里有两把面对面摆放的椅子，米什卡不知道是谁把它们摆成了这个样子。椅子是用厚木条做的，有铸铁扶手，很沉，抬不动。这两把椅子跟所有的椅子一样，上面涂了厚厚的一层淡蓝色油漆，涂痕十分明显。

米什卡坐在一把椅子上，把穿着凉鞋的脚放在另一把椅子上。鞋子小了，得到鞋匠那儿把鞋带拉长，然后在大脚趾那儿剪个洞。这样的话，这双鞋至少可以穿到夏天结束（开学之前），到时候就有新鞋了。那是一双红褐色的包边皮鞋，是从玛丽娅商店买的。米什卡坐在椅子上，把手伸到了怀里。他穿的是父亲的细条纹衬衫——这个夏天一直穿着，已经破了，袖子卷了起来，领口的扣子没系。在衬衫的下面（肚皮那儿），有一盒红黄相间的“近卫军”牌香烟。这种烟很贵，是父亲抽过的牌子。米什卡打开烟盒，扔掉包装纸，然后从怀里取出火柴，点了好半天才点燃（火柴盒被汗水浸湿了），吸了起来，往外吐了些烟圈儿。烟圈儿很容易吐，米什卡很快就腻烦了。他用大拇指和食指把香烟夹在掌窝里，一口接一口地吸着。最近几个月，他已经完全习惯了抽烟。有时候，他很想抽烟，就像很想吃东西一样——心里很痒。一到这种时候，他就得想办法走出家门，跑到垃圾箱或变压器室后面去。

米什卡一边吸烟，一边想着事情。最近几个月，他总在想事情，尤其是离开兔儿谷之后。

莫斯科没有基列耶夫和尼娜，他跟妈妈住在彼佳舅舅的房子里。妈妈几乎不说话，整天坐着。米什卡靠近她时，总是发现她的脸上湿漉漉的，眼睛闭着，泪水从眼睑下面慢慢地流下来。她是无论如何都不能再哭的——医生说过，她就要完全瞎了，连物体的轮廓和灯光都看不到了。到那时，她连在房间里行走都不可能了，什么事情都做不了。米什卡在给她读《真理报》时抬眼看了她一下，又发现她在哭。在莫斯科度过了这个漫长的夏天之后，米什卡习惯了沉默不语、独自思索。

彼佳舅舅总是很晚才下班，并且面无表情。他换上睡衣，套上阿达舅妈的花围裙，到厨房去做晚饭——啪啪地开关新买的电冰箱的门，然后煮“灌肠土豆”，煎米科扬诺夫①馅饼，加热白天妈妈勉强做好的通心粉（是米什卡帮忙在炉灶旁点的火）。他们在大房间里铺着漆布的桌子上吃饭，几乎不说一句话。接着，舅舅打开不久前买的“KBH49”电视机，挪动铁托盘上的正方形“充水透镜”（有时候，苍蝇会在白天掉进水里），好让图像更清晰②。调好之后，大家便坐下来看电视了。妈妈把椅子往电视机那边靠了靠，贴在“充水透镜”前，尽量不挡着别人。电视里播放的是在大剧院里演出的音乐会，演唱者是赖森。不过，大家都在等那位家喻户晓的美女。她有一只玻璃眼珠，可是不知为什么，大家都特别愿意看她。接着，舅舅走进自己的房间，捧着一本笨重的大书（书里都是彩图）上了床。书的上沿粘在页面上，用包装纸盖着。彩图上画的是些花瓶、小雕塑和盘子。舅舅长时间地读着这本书（从门缝里透出了灯光），直到米什卡来来回回地调那台“德律风根”牌收音机。透过沙沙的杂音，透过亚历山德罗维奇的独唱或本奇科夫和涅恰耶夫③的合唱，他听够了自己喜欢的音乐，直到“美国之音”之“摇滚时刻”的播音员用好听的男中音说完最后一句话时，才躺下睡觉。

入睡前，米什卡在继续思考。

一个新的想法不知不觉地产生了，让他不得安宁。他不知道这个想法是什么时候产生的，只知道自己无时无刻不在想着一种东西——钱。

① 莫斯科著名的肉类食品加工企业。

② “KBH49”是1949年至1967年间苏联生产的黑白电视机的型号。为了使影像更大，可以在屏幕前放一块“放大玻璃”或者“塑料透镜”，里面装上蒸馏水或甘油。

③ 弗拉基米尔·本奇科夫（1902—1995），苏联男中音歌唱家，1944年获得“功勋演员”称号。亚历山大·涅恰耶夫（1908—1969），苏联男高音歌唱家，1959年获得“功勋演员”称号。两个人合作了二十余年，留下了很多脍炙人口的二重唱作品。

他开始明白了，全部生活都得依靠钱。他逐一思考着生活的全部要素，更加相信金钱无处不在。

以前，他也想到过钱，只不过偶尔想想，一会儿就忘了，因为总有别的事情牵扯着他：生活、学校、草原……跟基列耶夫谈话，跟尼娜约会，做功课，在傍晚骑行，到兔儿河远足……而现在，他经历了一个孤独的夏天，尽量不去想父亲、母亲、阿达舅妈和玛尔塔。可是，他刚刚让自己不去想他们，精力就立刻集中到了钱上。

在这之前的生活中，他只有过一次长时间地想到钱。那是去年夏天，他跟父母到里海海滨度假的时候，一起在疗养院大楼的阳台上打过乒乓球。他打得不错，还赢了几个年轻中尉和一个从列宁格勒来的大胖子海军大尉——他打得也不错。有一天，阳台上来了一个小男孩儿，看样子跟米什卡年龄相仿。轮到这个男孩儿上场时，他接连以绝对优势打赢了所有人。大尉整整输了十分，米什卡也是，而两名中尉拼尽全力却一分未得，整整输了十五分。米什卡坐在低矮的长凳上，看着男孩儿跟最后一名对手打球。男孩儿从左侧不停地大力扣杀，让他很羡慕。然而，他羡慕的不是男孩儿的球技，而是男孩儿的穿着。说来奇怪，如果米什卡不太担心输球，有点儿信心的话，还不知道比分会怎么样呢！他穿了一件有蓝色蛇形条纹的白色丝绸运动衫，外面套着一件奇怪的无袖针织背心（上面绘有驼色和蓝色相间的菱形图案），下身穿着一条褐色的绒面高尔夫球裤，脚上是一双白色高尔夫球袜（袜口的上端两侧有流苏）。这双袜子让米什卡感到特别震惊，简直没有办法把目光移开。袜子里包含着某种信息，既可以解释为什么他打球打得这么好，又可以说明为什么他身上焕发出了如此强大的自信。米什卡一反常态，跟妈妈说要买一双这样的袜子。要知道，他以前从来不提任何要求，就连“苏联汽车”的拼装模型都没有提出要买，可是这回他却很想买。星期天，他和妈妈一起坐车到了里加。他们到河边的旧货市场和几家寄卖店打听了一下，没有找到这种模型。米什卡很沮丧，坐电车回家时看着窗外的松树，一句话也不说。

他认识了一个男孩儿。他是疗养院雇来的一名牙医的儿子，俄语里夹杂着当地口音。他没什么架子，很乐意带米什卡参观疗养院后面的房子——他跟父亲、母亲和妹妹住在那儿。他们有辆汽车，是灰色的“莫斯科人”牌汽车，就停在房子前面。他钻进了汽车，也让米什卡坐在方向盘后面。他叫“根卡”，全名“古纳尔·根卡”。根卡的父亲不是军官，而是一名雇来的牙医，姓克鲁明，但他比米什卡的父亲能赚钱。价值九千多卢布的“莫斯科人”牌汽车，根卡的袜子、背心，他父亲的紧身西服和宽大的蓝黑色条纹裤子，还有漂亮的德国女式自行车（车轮用彩线编织的网遮着，行李架上放着货筐），以及根卡的妈妈穿的短到脚踝的灰色裤子……米什卡知道，所有这些行头都很值钱。不过，米什卡只是想了一阵子就不再想了，因为父亲还在。他觉得，这些东西总有一天会出现。“莫斯科人”牌汽车、袜子……然而，什么都没有出现。不久，米什卡就忘了这件事，又穿起了长腿裤。至于私人汽车，兔儿谷的军官中间没人能买得起，“莫斯科人”牌汽车更不在考虑的范围之内了。

然而，米什卡却经常想到钱。父亲不在了，那种“随着时间的推移会自然拥有一切”的想法消失了。他在莫斯科看到的一切都是要用钱买的，到处都在卖东西。米什卡明白，想要生活就得赚很多钱。赚钱这件事，除了米什卡之外没人能行，因为他妈妈什么都干不了，眼睛又瞎。彼佳舅舅虽然能赚很多钱，能买“煤气设备”和“KBH49”电视机（这些东西别人家里没有），但是他已经老了，身体很虚弱，视力也不好。

米什卡抽完烟，把烟头扔到地上，踩灭之后踢到了凳子下面。他想不出赚钱的办法，思维十分混乱。无意中，他想起了另一件事。最近，困扰着他的第二个谜团是：当初到底是谁给诺索夫叔叔写信，把彼佳舅舅和妈妈的事告诉了他，父亲最终又是因为谁而自杀身亡的？为什么会想到这件事，他自己也不明白。父亲不在了，大家都离开了兔儿谷，兔儿谷也好像与曾经住在那儿的人一起消失了。基列耶夫也好，尼娜也好，都没有来信。米什卡往兔儿谷给基列耶夫写过信，也往敖德萨给尼娜写过信。渐渐地，他们也消失了，不再让米什卡挂念了。可是，米什卡常想，到底是谁向诺索夫告的密呢？在这个问题上，他一筹莫展。米什卡相信，住在兔儿谷并且了解萨尔特科夫一家的任何人都不会这么做，而不认识萨尔特科夫的人就更不会这样做了。

然而，终究有人做了这件事。天气炎热，“水族馆”花园内空无一人。米什卡坐在长凳上，诅咒做这件事的人不得好死。

第十六章　新学校

教室里很闷，在9月阳光的照射下炎热异常。然而，外号“米娘”的数学老师米哈伊尔·鲍里索维奇却不准开窗——街上噪音太大。

作为新生，米什卡坐在前排。课桌很低，一点儿也不舒服，他只好把两腿从桌子下面伸出了老远。数学老师在教室前面走来走去，总得绕过他的腿，每次都疑惑地看着眼前的障碍，好像第一次见到似的。

“把腿收回去……嗨……萨尔特科夫!”他终于忍不住了，生气地说，“你是不是想绊倒我?”

同学们得意地哄堂大笑。

“把腿放到兜里，萨尔特科夫!”后排的瓦列尔卡·舍马林幸灾乐祸地大叫着（他是学校里的捣蛋鬼，复读了三年，就要进技校了），“收回你的脚丫子，萨尔特娘儿们!”

同学们笑得更开心了。米什卡还不习惯首都男校的“作派”——与乡村的男女混合校天真、纯朴的传统相比，实在是太野蛮、粗暴了。他惊讶地四处张望，搞不懂这么点儿小事为什么会引起这么大的骚乱。

“米娘”走进过道，让舍马林安静。同学们在他身后乱作一团。奥列格·皮沃瓦罗夫飞快地把一根细皮筋撑在左手分开的食指和中指之间，将一块弯曲的铝丝放在这个橡皮弹弓上。他瞄准之后开始发射——正中黑板槽里的粉笔，粉笔立刻变成了碎块。“米娘”听见声响，回过头来，却什么也没有发现。奥列格一动不动地坐着，看着前面，碎粉笔落在地板上。舍马林在“米娘”背后闭着嘴，像驴一样发出了一阵“咿呀”声。坐在另一排最后一个位置上的叶尼卡·玛涅维奇身子一歪，猛推了一把看得发呆的大胖子萨什卡·科列奇茨基。胖子扑通一声摔了个屁股蹲儿。

“米娘”回到讲台后面坐下，打开了记分册。大家顿时安静了下来。他想了想，把钢笔在墨水瓶里蘸了蘸，悬在记分册上方，像是自言自语地低声说道：

“舍马林，破坏课堂纪律，记两分……”

瓦列尔卡立刻抱怨开了：“我怎么了？怎么破坏纪律了？怎么就得两分了？”

可是，“米娘”仍然像自言自语似的继续念叨着：

“这个学期两分，也就是说，第二学期我们会在技校见到舍马林同学。就这样，该轮到皮沃瓦罗夫了！给皮沃瓦罗夫记两分——破坏课堂秩序。皮沃瓦罗夫，把学生手册拿来！我得向家长汇报一下你的成绩……”

这时，“米娘”突然停止了念叨，抬起头来，出乎意料地把目光转向了米什卡（而不是皮沃瓦罗夫——他正拿着学生手册，不情愿地从课桌后面走出来）。米什卡浑身紧张！坐在他旁边的艾奇卡·斯捷克洛夫看着桌面——无论课堂上发生了什么事，他都会这样盯着桌面。

“萨尔特科夫！”“米娘”发出了可怕的声音。米什卡不明白自己怎么惹着数学老师了。“米娘”的声音变成了尖叫：“萨尔特科夫，滚出教室！到教务主任那儿去，再也不许你走进我的课堂！”

米什卡艰难地从课桌下拔出双腿，站起来向门口走去。他听见“米娘”在身后恶狠狠地说着“畜——畜生”，便回过头去，直视“米娘”的眼睛。老师身材矮小、瘦弱，平坦的黑发分成两半，披在额头前面，眼睛里露出了仇恨的目光。“你才是畜生！”米什卡出人意料地说出了这句话，声音很小，但是很清楚。说完，他走了出去，然后砰的一声关上门，震掉了一块墙皮。

街上下起了毛毛细雨。一阵冷风吹过，送来了无数雨滴。米什卡穿着灰色的旧校服，敞着怀，长长的手臂露在袖口外（里面穿的是彼佳舅舅的条纹毛背心）。裤子挺漂亮，也是彼佳舅舅的。深蓝色裤腿的上半部分又细又长，下半部分则十分肥大，显得很时髦。彼佳舅舅刚在莫斯科艺术剧院的服装店做了一套西服，但是没穿几天就把衣襟上最显眼的地方烧了个洞。西装毁了，舅舅就把裤子给了米什卡。裤腰有点儿肥，得用腰带勒住，而红褐色边缘的皮鞋看起来也不错。米什卡不想穿大衣，因为现在还不太冷，莫斯科的学校里没人穿大衣。有些男生穿着轻薄的旧皮夹克，米什卡连想都不敢想。季申卡和格鲁济诺的男生穿着“莫斯科人”牌厚呢子短大衣，一定要配上白色的毛围巾。九年级一班的叶尼卡·别洛采尔科夫斯基是全校第一的纨绔子弟，总是穿得很另类。他的装束只有晚上在大剧院附近的外国外交官身上才能见到：浅灰色的掐腰儿外衣，既不是长衫也不是轻薄的防水服，背部有奇怪的折痕，肩膀上有令人匪夷所思的肩章。这东西叫“风衣”。奇怪的是，有一天，叶尼卡竟主动和米什卡说了话。从那时起，他们便偶尔在一起消磨时间，遭到了七年级同学的嫉妒——给它起了一个更加令人匪夷所思的名字：战壕风衣。

米什卡走进校园，站到了遮阳篷下面。学校的载重卡车就停在下面，十年级的学生们常常在校官（独臂大尉费琴科）的指挥下鼓捣卡车的马达。他们躲在车厢后面吸烟，避开窗口里面的目光。这段时间，他吸的是“普利马”牌雪茄，不再抽“白杆烟”了——现在男生们都抽雪茄。

他一边抽烟，一边想着新学校的事。

上学的第一天就不顺利，各科老师都检查了他去年的学习情况，问得很仔细。结果，代数“铁定”得三分，“米娘”就是这么说的。瘦得像竹竿似的物理老师季娜伊达·伊格纳季耶夫娜之所以没给他打两分，是因为“对于一个乡下学校的孩子来说，成绩还不像料想的那么差”。其实，这是因为米什卡带来了六年级的优秀成绩单和所得的奖状。但是，他的第一篇作文《我的假期》在俄语和文学课上得了两个五分。米什卡写的是坐火车来莫斯科的旅途见闻，特别突出了路上帮助他和母亲的那位中尉，并尽量把窗外的无限风景描写得很美，好让内容符合副标题《没有比这更好的国家》。里玛·费奥多罗夫娜（不知为什么，她的外号叫“袖子”）在课堂上朗读了他的作文片段，让大家思考一下为什么作文中没有叙述整个假期，仅通过一两个昼夜的旅程就全面拓展了作文的题目。然而，其他任课老师却把米什卡当成了白痴，勉强给他打了四分。

米什卡与同学们之间的关系更糟了，就快要到被人当成傻子的地步了。不过，米什卡倒宁愿当个傻子，因为他受不了自己在男生眼里像个隐形人——他们几乎不跟他说话。即使米什卡主动搭讪，他们也会嘲笑他，说些挖苦人的笑话。他知道，他们都在背后叫他“乡巴佬”，比原来的“萨尔特娘儿们”还难听。

课堂上的气氛让他感到十分害怕——随时都会混乱得不可控制，就像下起了暴雨。他实在是弄不明白，他们与老师之间的这场持久战原因何在，他们为什么要给老师起这种愚蠢的外号。男生们在“战斗”中表现出来的勇气让他感到十分惊讶：有一天，舍马林差点儿跟体育老师维克多·帕夫洛维奇（维卡西克）打起来。

所有人都脏话不断。米什卡很早以前就懂得那些脏话，连他自己都会去说。可是，课间休息时，皮沃瓦罗夫讲起了前一年“五一”到附近的女子中学去，把一个女孩儿领进温室大棚的事。米什卡听了很不自在，转身悄悄地走开了。

他还是不习惯男子学校的生活，因为身边没有女生。他不但想念尼娜，而且想念一脸粉刺的娜季卡，还有因卡·奥加尼扬。她那乌黑的眼睛是那么深沉……

全校唯一跟米什卡谈得来的人，是九年级的学生叶尼卡·别洛采尔科夫斯基，这真让人感到欣慰。课间时，叶尼卡从高年级学生所在的楼层下来，穿着用成人风衣料子做的驼色宽肩潮服，长长的下摆几乎遮到了膝盖。他系着长长的金色领带（领带的末端绣了一朵黑色的玫瑰），跟米什卡一起半蹲在宽阔的大理石窗台上聊天（以便被教务主任碰见时，米什卡能及时跳起来逃走），共度这美妙的二十分钟。同学们看到他们俩在一起，感到很惊讶——这个“时髦人”别洛采尔科夫斯基怎么可能跟“乡巴佬”混在一起？大家想听听他们说些什么，可是叶尼卡的声音很小，而米什卡只听不说。

叶尼卡说，昨晚他跟印刷学院的一帮朋友去酒吧喝“香槟考比勒”和“莫斯科之火”，大家都喝醉了。他在那里认识了几个时髦女郎，后来带着这些小丫头坐车到了中央文化劳动公园的“六棱”舞厅。他们跳得很火辣，简直“嗨”爆了。然后，他们又到一个年轻小伙子的“据点”去鼓捣了一阵子，直到地铁开门时才回家。老爹啰嗦个没完，但他今天还是跟老爹要了二百卢布。其实，叶尼卡自己也有些钱，因为他做成了一笔“缴获唱片”的买卖，没花几个钱就从一个家伙手上弄到了十张唱片，卖给了阿芙乐尔饭店的一名萨克斯管乐师。所以，今天叶尼卡准备第四节课下课就走人，到赫尔岑大街去。在那儿的一家寄卖店里，他所熟悉的卖家帕尔·马特维奇搞了一批正宗的美国紧腿裤，有两个屁兜。他得求女工用缝纫机把裤腿的宽度缩小到二十二厘米，那样就合乎潮流了……

叶尼卡的父亲在中国巷工作，有个愁眉苦脸的胖司机为他驾驶灰色的“胜利”牌汽车。别洛采尔科夫斯基一家住在高尔基大街的一幢新房子里。房子很大，有阳台。楼房的正面有三扇窗户，一楼的地面是花岗石铺就的。叶尼卡的母亲不上班，每天都到彼得罗夫卡打网球，然后去库兹涅茨克的全苏时装大楼看流行服饰。

米什卡听着别洛采尔科夫斯基（在同学中有个漂亮的外号“别雷”）的话，屏住了呼吸。他不知道那些话的确切含义，但是从别雷的语气中或多或少能猜到些什么。他想象着那些被“别雷”称作“小丫头”的姑娘，想象着那些从未见过的有屁兜的美国裤子，想象着“六棱”舞厅的音乐（就像《小夜曲》一样美妙）。他想象着“到一个年轻小伙子的据点鼓捣了一阵子”是什么意思，却无法猜出具体细节——他的思绪在游走。他几乎听不清叶尼卡都说了些什么……

上课的铃声响了起来。叶尼卡拍了拍他的肩膀，顺着扶手轻盈地“飞”下楼梯，到赫尔岑大街干自己的美好事业去了。米什卡只好走进教室，一边听讨厌的地理课，一边幻想着金色领带、后面开口的宽大的长西服和裤腿瘦到二十二厘米的裤子……

米什卡在卡车后面吸着烟，观察着漆黑的驾驶舱玻璃上映出的自己的影子。在莫斯科的这个夏天，他的头发长得很快。9月1日之前，彼佳舅舅给了他五卢布。他去了卡什克大街上的冰激凌咖啡屋旁边拐角处的那家理发店。第一次，他不剪“半博克斯式”，而是花了两卢布八十戈比，要求波兰女理发师给他剪一个“飞行头”。理发师嘿嘿一笑，照他的要求做了：后脑勺处剪成平齐的“童话头”，两侧修短，鬓角倾斜，洒了许多发胶，还把湿漉漉的头发精心地向后梳去，然后在前额处梳起一小绺头发（仍是“鸡冠式”）。米什卡往家走的时候，觉得高尔基大街整条街的人都在看他的发型，就像看“人猿泰山”一样。萨菲杜林家的鲁斯兰和瓦希德在小区里看见了他，大叫：“时髦人来了，爸爸的胜利车①！”就为这句“爸爸的胜利车”，米什卡打了瓦希德的后脑勺一下，正要逃跑的鲁斯兰的屁股上挨了一脚。妈妈几乎什么都没有察觉，只说发胶喷得太多了。她摸了摸他的脑袋，一下子就把“公鸡头”给弄乱了，还说“下次剪短点儿，省得老去理发店”。彼佳舅舅晚上回来之后，什么也没说。最近，他总是回来得很晚，并且浑身酒味。他总是迅速地做好晚饭，给母亲和米什卡吃了，自己却什么也不吃就回到房间里了。他的房间里总是亮着灯，直到早晨。

每天早晨，米什卡都要用甜茶水弄湿头发，再用妈妈的大齿梳子把“公鸡头”梳得漂漂亮亮，一点儿也不比别洛采尔科夫斯基逊色，只是没像他那样擦发蜡。有一回，他买了一小罐发蜡，试了试，感觉又腻又潮，还流进了脖子，很不舒服，而且容易弄脏枕头和衣领。用糖粉固定发型会感觉很酷，能撑上一整天（如果没有体育课的话）。

米什卡抽完烟，踩灭了烟头，然后用鞋尖把烟头踢到了卡车的车轮下面。

“吸烟有害健康！”他突然听见有人说话，却不知道是谁。他受到了惊吓，身子一哆嗦，觉得有点儿丢脸，便把手伸进衣兜里，掏出了“森森”牌润喉糖。这时他才明白，那是不久前刚刚进入变声期的别洛采尔科夫斯基那好听的男中音，带着点儿嘲弄的意味。米什卡尽量不慌不忙地掏出“森森”牌润喉糖，拿出一小根碎掉的褐色糖棒，放到嘴里，做了个讪讪的表情。

叶尼卡穿着一身华丽的衣服，从卡车的后面走了出来。驼色西装、白色风衣（敞着怀）……长长的白色毛围巾挂在脖子上……米白色的衬

① “爸爸的胜利车”源自讽刺杂志《鳄鱼》上登的一则笑话。一位高官的儿子开了一辆“胜利”牌汽车，可是当爹的知道，这对他来说不是什么“胜利”，而是“失败”，因为儿子用父亲的钱买车，并且招摇过市。

衫、金色的领带，领角用英国进口的大铜别针别着……

“嗨，米什卡，用牙咬住，整出点儿烟来！”叶尼卡傲慢地开了个玩笑。米什卡慌忙掏出烟盒，尽量灵活地弹出了一支烟。两个人抽起烟来，尽管米什卡已经不想抽了。他们没有说话，只是吞云吐雾。叶尼卡若有所思地看着一旁，每抽一口都会漫不经心地抖落烟灰。他动作很轻，生怕弄坏了惊艳的“鸡冠头”。那头发呈淡蓝色，闪闪发光，高高地直立在额头上，向发缝两边分去。他用小拇指一会儿理一理这边的鬓角，一会儿理一理那边的鬓角，一会儿捋一捋剃得很短的连鬓胡子。最后，叶尼卡终于下定了决心，踩灭了尚未吸完的香烟，然后拍了拍米什卡的肩膀。

“今天跟我去高尔基大街吗?”别洛采尔科夫斯基略带疑惑地看着米什卡，似乎在考虑要不要收回这个建议，“认识认识我的那帮哥们儿，或许你也能吊上个小妞……到高尔基大街碰碰运气，喝点儿可乐……”

米什卡简直不敢相信自己的耳朵——跟一群大孩子在高尔基大街上走一百多米，而且是跟这样的大孩子！他们是《鳄鱼》杂志里描绘的那种浪漫而神秘的社会弃儿、穿着奇装异服的阿飞小子，满嘴都是一般人听不懂的语言！……伴随着幸福，米什卡感到了绝望：他根本没有可穿的衣服，而这个原因却没法儿跟叶尼卡讲。其实，他就算不说，叶尼卡也懂。

别洛采尔科夫斯基把米什卡从头到脚打量了一番，嘿嘿一笑。

“是啊，装备不怎么样……轮子不错。”他夸的是米什卡的皮鞋，“裤子还将就，上身嘛……少先队队服……来，站到我旁边来！嗯，不错，个头儿跟我差不多。走，我给你穿我的夹克，灰格的，怎么样？正宗第五大道①的货，懂吗？我是从一个美国人那儿搞到的。那个人从莫

---

① 美国的高级购物街区。

霍瓦亚大街的大使馆出来，拐上了赫尔岑大街。我跟着他，快到音乐学院的时候追上了他。就像这样：‘先生，我想买你的夹克，我喜欢美国！’总之，我们说好第二天还在那儿见面。他来了，还带了一大堆领带。我全买了，花了五百卢布，懂吗？跟我来，也给你挑两件……走吧，小伙子！”

米什卡的心飞向了不可思议的新生活。他郑重其事地点了点头：“走吧，别雷，我去试试。”他们走出校园，走上了特维尔－亚姆斯卡亚大街。一路上，米什卡漫不经心地用鞋帮轻擦地面，拖着两条腿走路，像时髦的人那样。

第十七章　新生活

米什卡醒了。他翻过身来侧卧着，从铺在地板上的床垫上拉起滑落的被子——米什卡的腿就在圆桌下面——看着彼佳舅舅房门的缝隙。最近，舅舅几乎彻夜不眠，灯光整夜亮着。早晨，舅舅从房间里出来时，脸色苍白、眼睛红肿。他身边的地板上放着一大堆别着回形针的文件和货物登记簿。登记簿的封面上粘着贴纸，里面的纸页是大方格纸，折成一层一层的。

妈妈在沙发上叫着米什卡。她总是醒得比他早，静静地躺着不起床——得有人领她到卫生间去。到了里面，她就可以摸索着洗漱了，一会儿弄掉了牙刷，一会儿打翻了香皂盒，要花很长时间才能捡起来。彼佳舅舅和米什卡不能进卫生间，因此没人能帮她。

米什卡闭上眼睛，想象着今天会发生什么事。

晚上，女子学校在举行新年晚会。米什卡已经准备就绪，并且期待着艳遇的来临。他想跟八年级二班的奥莉卡·克拉西里科娃做点儿什么。第一学期结束后的假期，他们一起跳过一次舞，还去过一次“六棱”舞厅。叶尼卡非常支持米什卡，背着她向他做手势，暗示他继续调情。那天，舞会结束的时候，天色已晚。他们朝涅斯古契诺夫公园走去，拐进了卡卢日斯卡亚广场漆黑的林荫道。两个人坐在凳子上，奥莉卡顺意就范，米什卡却很害怕，因为不远处有一名警察，再说天色已晚，妈妈和舅舅可能会着急——他跟他们说去“艺术影院”看八点半的电影，正在上映《门将》（他已经看了上百次）。总之，他得抓紧时间，还得把奥莉卡送到列斯纳亚大街。

不过，今天米什卡可以正大光明地在十二点之后回家了，因为有新年晚会。他可以说去送认识的女生——女子学校的晚会嘛！这样，就可以到叶尼卡·别洛采尔科夫斯基的“据点”走一趟了。叶尼卡的父母到列宁格勒去了，得待上一两天。在叶尼卡家，可以随心所欲地和奥莉卡相处，因为有很多时间。叶尼卡打算从高尔基大街带回来一个真正的女人。她叫莲卡，来自伊斯梅洛沃，已经成年，发型很像“匈牙利女人”，因“从未累垮狄纳莫”而闻名。去了“据点”，做什么她都不会反对。

前一天晚上，米什卡和叶尼卡共同出资——为此，米什卡很是自豪——买了一瓶“咖啡蜜酒”和一瓶“红角葡萄酒”。父母临走时，叶尼卡把酒藏在柜子里的百科全书后面。万事俱备，他们还想来点儿点心——甜腻的“什锦小饼干”和维夫饼干。这些东西在叶尼卡家桌子上的果盘里应有尽有。

总而言之，冬天伊始，米什卡的生活十分顺利。彼佳舅舅给了他足够的钱，让他看电影、吃早饭。在叶尼卡的帮助下，米什卡几乎可以买到一个真正男子汉需要的所有东西。

现在，他有了黑、黄色曲线图案的袜子，并且可以不系袜带了，因为袜子的上缘本来就有松紧带。米什卡高兴地想着，他晚上穿着这双袜子，坐在举办舞会的女子学校体育馆的椅子上，跷起二郎腿、拉起裤角（免得弄皱了裤子）时，大家会惊讶地发现，他没有穿那该死的衬裤。就算是在冬天，他也不会穿——裤子下面光着腿。袜子是米什卡从叶尼卡的一个熟人那儿花五十卢布买来的，塑料袋包装上写着大大的“MADE IN USA”。米什卡不假思索地付了钱，还把精心拆开的包装袋收藏了起来——这是必须的。

他买了一件奇怪的衬衫，前排扣一开到底，像女人的开衫似的。领子上有个专门的小口袋，里面嵌着狭窄的板条。领子像卡片一样硬实，领角不会打弯。这件印有小白点的蓝色衬衫不是新的，是米什卡花八十卢布买的，一点儿也不贵（是从叶尼卡的熟人格里沙手上买来的）。格里沙有个外号叫“格林”，年龄不小了，二十五岁左右。法伊娜·萨菲杜林婶婶每周来家里一次，米什卡每次都会请她浆洗这件衬衫。这样的话，即使不用板条，领子也会很坚挺。插上板条的话，就太像“面板”了——收音机里常常这样含讥带讽地描述年轻人的奇装异服。

他还弄到了一条用中国厚丝绸做的蓝色领带，上面绣着金龙和樱桃枝。领带是一位大妈做的。他和叶尼卡在切尔基佐沃找到了她，用她提供的布料缝制了领带。要价不贵——加上手工费才三十卢布。当然啦，叶尼卡给领带取了个可笑的名字，叫“苏联制造”。不过，他自己也订了一条，是绿色的，裁缝还在领带的背面（叶尼卡在高尔基大街的朋友都会看一看这里）缝了一个从别处拆下来的商标。米什卡的商标是白色的，上面精心地绣着法语“巴黎制造”。叶尼卡的商标上用英文绣着“伦敦哈洛德百货”。领带做完了，效果相当棒，就像正品一样。

重点是，米什卡从叶尼卡那儿花大价钱买了一件方格西装，已经给了他三百卢布，还差两百卢布。

这两百卢布可以向彼佳舅舅要！米什卡对舅舅和母亲说，买衣服总共才花了两百卢布，其余的钱（这很重要），他已经赚到了。他买了很多大剧院的门票，再以一倍半或两倍的价钱在戏剧开场前卖给有钱的情侣。男人们总是匆忙地把沉重的插肩皮大衣或拉绒大衣的下摆一掀，掏出厚厚的皮夹子，数都不数就把钱塞过来，然后扶着女士（穿着卡拉库尔羊皮短大衣或貂皮长大衣）的胳膊肘，高兴地拿过来戏票，边走边查看座位号。这个本事也是叶尼卡教给他的。不倒卖从寄卖店里淘到的衣服时，叶尼卡就会去贩票。在戏院售票处周围晃悠的小伙子们都认识他们，列梅舍夫①和科兹洛夫斯基②的崇拜者都会和他们打招呼。米什卡跟叶尼卡结清了账，心里很高兴，因为一件正宗的美国西装才五百卢布——简直等于白送。

现在，米什卡穿的是彼佳舅舅的旧大衣，是用厚重的深蓝色拉绒做的，有个大假兜，而且是掐腰儿的。彼佳舅舅在莫斯科艺术剧院的裁缝店新做了一件呢子大衣，肩很宽，下边很窄，特别短小。这种款式的衣服，高尔基大街上的人都不喜欢。

总之，眼下米什卡万事顺遂，还提前入了团，不像班上的其他同学那样，在10月7日前集体入团——二十七个人得在一个半小时内完成仪式。学校的团支书——九年级一班的科里卡·希奇科严肃地警告米什卡："到了该跟阿飞作风说再见的时候了。别洛采尔科夫斯基这个人不适合做青年团员的朋友，因为别洛采尔科夫斯基本人，看着吧，早晚会被全苏列宁共产主义青年团开除。"

所以说，今天晚上米什卡会玩儿得很开心，这一点确定无疑。除了科里卡·希奇科和其他几个傻瓜以外，全校的男生都会嫉妒米什卡的西装、领带，还有他和奥莉卡在波士顿华尔兹舞曲伴奏下的华丽舞姿。他们会紧紧地贴在一起……那些傻瓜私下里嫉妒得要命，一定会在最近召开的共青团会议上研究他。可是，他们拿米什卡没辙，因为米什卡已经适应了新老师的教学方法，全科五分。在第二个学期的成绩单上，一个四分都不会有……然后，他要早点儿离开晚会现场，去叶尼卡家……

米什卡从被窝里爬了出来。

妈妈睁着眼睛，仰面躺着，貌似在看天花板。可是，米什卡知道，现在她连天花板都看不见了。在她周围那混沌、灰暗的空间里，只有一

---

① 谢尔盖·列梅舍夫（1902—1977），苏联歌剧演唱家、教育家。

② 伊万·科兹洛夫斯基（1900—1993），苏联歌剧演员、导演。

片苍白。

“把报纸拿来!”妈妈没有改变姿势，也没有说“早安”。

最近，她很少说话，不再坐在窗口了。她就算没有生病，也会整天躺在床上。她每天早晨都要米什卡把报纸拿来，在上学前简单地给她读一读。临走时，他常常看见妈妈坐起来，把翻开的报纸摊在面前的桌子上，圆睁着眼睛看着报纸。今天没有课，已经放假了，米什卡有不少于一个小时的时间读报。他至少得读一读纳里尼亚尼①的讽刺短文，如果有的话。妈妈很喜欢这种短文，听得很认真，从不发笑。有一天，他读到美国对德国东部劳动人民实施的阴谋时，妈妈嘟囔了一句“真是噩梦”。

米什卡套上在家穿的旧绒布滑雪裤，把大衣披在睡觉时穿的贴身衬衫外面，三步并作两步地跑到楼梯的缓步台上，然后飞快地跑下台阶，钻进冷森森的门洞，从邮箱里抽出了《真理报》和《共青团报》。突然，他发现报纸后面有三封信。不知为什么，这些信被同时送到了这里。他一边上楼，一边看回信地址。更让他感到惊讶的是，有两封信，一封是尼娜从敖德萨寄来的，另一封是基列耶夫从兔儿谷寄来的，而信封上的收信人都是“萨尔特科夫·米·列”。还有一封信，是从奥伦堡的涅哈姆金家寄来的，收信人是米什卡的妈妈。米什卡差不多已经忘了他们，忘了在兔儿谷的全部生活。最近几个月，他一直跟别洛采尔科夫斯基在一起，常去高尔基大街。他已经忘却了烦恼，开始了全新的生活。可是，就在这个时候，突然来信了!

米什卡跑到屋里，正准备告诉妈妈有信来，却不知为什么，只喊出了一句“吃完早饭再读报，妈”，便走向厕所，想把自己锁在里面静静地看信。但是，彼佳舅舅在厕所里，至少得用半个小时的时间。于是，米什卡走进浴室，锁上了门。

---

① 纳里尼亚尼(1908—1974)，苏联新闻记者、剧作家。

尼娜的信很短，比练习本上的一页方格纸能容纳的字还少。有些字被重重地画掉了，即使借着光亮也看不出来。米什卡连读了三遍：

亲爱的米什卡：

收到了你的一封信（此处隐隐地改成了“几封信”）。很高兴，你在莫斯科的学校里一切顺利，各方面都好。我也很好（此处去掉了两个字）。刚开始对女子学校不适应，没时间给你回信，后来才渐渐习惯了。我很喜欢这里，还交了个女朋友——斯韦塔。她是希腊人，我们形影不离。不久前，我们跟航海学校的学生们一起举办了个晚会，大家一起跳舞跳了很久。维佳·皮尼丘克请我跳了舞，他在学习马达方面的技术。晚会后，我们（此处勾掉了三个字）一起散了步。后来我才明白，我只爱你。春天时（此处整整去掉了一行），发生了你父亲的那件可怕的事，我都不知道该怎么办了。

当时我很羞愧，但是并不同情你，因为我的父亲并非亲生，这你是知道的。我当时并不同情你，但现在我总是想你、怜惜你，非常爱你。给我写信吧！你在莫斯科有没有跟别的女孩儿约会？即使有，我也不会怪你，仍然会爱你。

吻你。

尼娜·布尔拉科娃

米什卡把信放到撕开的信封里，塞进了裤兜。

他对着洗手池上方的镜子照了照，看到了学徒工皮尼丘克。尼娜一定不只是和他约会，还和他接了吻——他向她大献殷勤。米什卡在镜子里看到了这一切，却什么感觉都没有。

傍晚的海边，常常有个姑娘跟一个身穿海军服的男孩儿接吻，而镜子里映出的却是蓬头垢面的米什卡，执着地看着自己的脸，别无其他。

不知为什么，他始终坚信，甚至在接到这封信之前就坚信，尼娜真的爱他，他们一定会结婚，而那个皮尼丘克终将一无所获。然而，即使在这样的时候，他脸上的表情也会十分平静。他在镜子里只看到了睡觉时弄乱了的头发（尤其糟糕的是鬓角，耳朵上面的头发支棱八翘的）。

过了一会儿，他终于在镜子里看到了尼娜，看到了她很久以前在兔儿谷的样子，看到了他们俩在寒冷的夜晚一起散步的情景，并且想象着信中那些被去掉的字句。他想，尼娜一定很高兴，因为现在米什卡也没有父亲了。在镜子里，他看到了尼娜到他家去做客时的情景。在兔儿谷，他们一起做几何作业。尼娜去厨房喝水时，看到了妈妈没有烧掉的从马尔金家寄来的信。尼娜飞快地把信看了一遍，晚上回家就给诺索夫写了信。她把信装进信封，在上学的路上跑进诺索夫家的楼道，把信投进了他家的邮箱。

米什卡呼出的哈气把镜子中央弄湿了，画面随即向四周飘荡开去。

米什卡想，尼娜很有可能是告密者，因为她嫉妒米什卡有父亲。可是，米什卡仍然爱她，奥莉卡·克拉西里科娃无足轻重。他现在爱她，将来也会爱她。皮尼丘克也无足轻重，因为如果米什卡不爱尼娜了，那么以前的事情就不会发生了。如果没有尼娜，过去的一切都将改变。

米什卡用毛巾擦了擦镜子，然后撕开了基列耶夫的信。信很长，写在从笔记本上撕下来的两页纸上，毫无头绪。基列耶夫说，现在他和萨拉伊金同桌。学校里很无聊，地理老师的肚子又大了。校长发誓要把穿紧身裤的斯拉夫卡·彼得连科开除，尽管斯拉夫卡已经十年级了，并且快要获得银质奖章了。基列耶夫很想知道莫斯科人是不是也穿紧身裤、米什卡有没有紧身裤。基列耶夫从裤子说到了钱，说他正在攒钱买一辆在哈尔科夫生产的成人自行车，已经存了八十三卢布（大部分是秋天时跟村里的大孩子们玩拐子游戏赢来的，因为他学会了一个“大招儿”）。

此外，他还在学打篮球。从列宁格勒新来了一位体育老师，教大家打篮球，是美国的打法。学校有四支球队，基列耶夫在第三队。头两支球队的队员都是十年级和九年级的大高个儿。接着，基列耶夫说，他不久前曾经到新建成的“军官之家”后面滑过冰。接着，他又写道，她姐姐因为全科二分，被学校的老师撵了出来，可能要到卡梅申的奶奶家去，在当地的裁缝学校上学。接着，他又提到了斯拉夫卡·彼得连科。他在学校里成立了一个乐团，演唱乌捷索夫①和保罗·罗伯逊②的歌，那是真正的爵士乐。

看到这儿，米什卡感到很惊讶，就连基列耶夫都知道这个词——跳舞。新年晚会上，乐团一定会给舞会伴奏。基列耶夫和八年级二班的一个从斯大林格勒来的小伙子在乐团里轮流弹奏巴拉莱卡琴（是低音乐器），其实真正需要的是贝斯（他们没有这种乐器）。巴拉莱卡琴是“建设者俱乐部”的民间乐团赠送的……

米什卡把信从头读到了尾。尽管基列耶夫写得毫无头绪，但是读起来还是很有趣的。显然，在米什卡的母校发生了很多新鲜事。

信的最后是这样的：

> 就写到这儿吧。爸爸回来了，妈妈在叫我吃晚饭。我还想跟你说，当时我没有完全听清。爸爸把那封写给科利亚·诺索夫的信拿回家了，我读了一点儿。信是用方格纸写的，背面是图纸或者裁衣服的样子。我读到了你舅舅被抓的事，其他的都是半夜听来的。我告诉你，是不想让你被抓进少年劳改营。信很长，我没记住。好啦，再见吧！

---

① 列昂尼德·乌捷索夫（1895—1982），苏联舞台剧演员、歌手。
② 保罗·罗伯逊（1898—1976），美国著名男低音歌唱家、演员。

等你的回音！

祝一切都好！

伊戈尔

米什卡把这封信塞进了裤兜。彼佳舅舅在敲门，催促米什卡快点儿出来，说要赶着上班，还没刮胡子。米什卡最后照了照镜子，看见基列耶夫站在自家的厨房里，光着脚站在窗边，借着月光读方格纸背面的信。

米什卡想，基列耶夫一定知道是谁写的告密信。信是尼娜写的，基列耶夫认识她的笔迹——字母写得又细又高，向左边倾斜。可是，基列耶夫没有告诉米什卡，因为他是米什卡的朋友，而尼娜真的爱米什卡。现在，什么都没有了，而且不会再有了。父亲死了，阿达舅妈和玛尔塔也死了，大家各奔东西，生活改变了……

他从浴室里走出来，飞快地进入了彼佳舅舅刚腾出来的厕所，把自己锁在了厕所里。他的耳边响起了喊声——以前，他一个人静静地待着的时候，这声音总是会出现。最近几个月，他没有再听见这种声音，现在“卷土重来”了。

他坐在马桶上，撕开了涅哈姆金的来信——反正也得读给妈妈听。

写信的人是冬妮娅婶婶，上面写的都是成年人的套话：分给他们的军官板棚屋有两个房间；从军事小镇到奥伦堡市中心很远；军官商店里只卖罐头；他们应该在 11 月 7 日前给列瓦晋升，可是没有；因为初来乍到，他要排号等待，所以可能得等到 2 月 23 日……

信的末尾是这样写的：

还有，亲爱的玛莎，我要请你原谅。你不知道，我非常妒嫉列瓦，因为他到你家去了。发生了那件不幸的事情之后，我还是妒忌。于是，我立刻逼他打报告。你那么痛苦，我却只想着自己。看在上帝的分儿上，请原谅我。我没有做过对不起你的事，这是实话。

你的冬妮娅

米什卡想了想，把信撕成碎片，扔进了马桶。

晚上，米什卡一身盛装，鬓角光滑，在“鸡冠头”上撒了些“糖粉”。尽管天气很冷，但是他没有戴帽子，而是把帽子藏在门厅的柜子里，让彼佳舅舅和妈妈以为他戴了帽子。他快步走在高尔基大街的左侧，去跟叶尼卡·别洛采尔科夫斯基见面，寒风吹着他的头皮和耳朵。迎面驶来的汽车灯光闪烁，像是透过眼泪看到的样子。现在，米什卡又想起了所有的事。他知道自己看信的时候很不理智，镜子里映出的是他那疯狂的面孔。尼娜跟这件事情没有关系，基列耶夫也和这件事情没有关系。冬妮娅·涅哈姆金婶婶没有错……

突然，他停住了脚步。后面走着的“一对儿”撞到了他，但他却一动不动，那位男士只好放开了女士的手。他们分别从米什卡的两侧走了过去，回头看了他好几次。

他仍然站在原地，被一个可怕的念头吓到了。这个念头第一次进入他的脑海：有错的根本不是写告密信的人，而是读信的人。米什卡想，写告密信之人的那种恐惧、妒忌、羡慕和仇恨，他都能感觉到，因为他自己也害怕和妒忌过，心里有时也会有恨……而那些读告密信的人，则毫无理由地组织开会、抓人、查封别人的房子。米什卡不明白这些人为什么要这么做，心里满是对他们的恨。米什卡早就不相信有美国特务了，因为他穿着美国夹克。夹克是“现实”的，晚上收音机里播放的爵士乐也是“现实”的，所以什么特务也没有，也不可能有。就算有特务，那些读告密信的人也永远都抓不到他们。

父亲因为他们而自杀身亡，彼佳舅舅因为他们而坐牢，所有事情都是由他们引起的。米什卡想，生活真可怕：有人给诺索夫上校或者其他上校、大尉写信，便会有人因此而自杀或被捕。

米什卡再次希望杀害父亲的人死去。可是，现在他想知道到底应该恨谁。

半个小时之后，他跳起了舞，把什么都忘了。

第二部

第一章　醉酒

米什卡醒了，感觉有一个滚烫的熨斗贴在自己的左腿上。他闭着眼睛，尽量朝右边动了动。于是，“熨斗”又跑到了右腿上。眼皮仿佛粘在了一起——他使出全力，终于睁开了眼睛。可是，这种努力却引起了一阵剧烈的头痛。他轻轻地“哎呀”了一声，感觉白色的天花板正向自己靠近，然后又迅速地向高处飞去。在视线的边缘出现了一个雕塑般的装饰——一个圆形灯罩，旁边还有一条可爱的“香肠腿”。真是莫名其妙，他从未在这样的天花板下面醒来过。

他就这样仰面躺着，直勾勾地看着上面，集中力量，猛地弯曲双腿再伸直，把被子踢开了——被窝里实在太热了。

左边躺着一个胖姑娘，右腿放在他的左腿上，睡袍在胸前被压出了褶儿。他把被子踢开之后，那种被热熨斗烫着的感觉减轻了，但是并未消失——这姑娘是个天生的金发美女。他看着她，立刻想起了一件事情：金发美女是房东。前一天，他们聚在她家狂欢畅饮，庆祝即将到来的11月7日①。这么说，现在是节日的早晨。已经没有必要回忆别的事了——全都清楚了，包括躺在右边的头发染成火红色、穿着短睡裙的女子，正是她的左腿“烤”着他的右腿。

① 11月7日为苏联国庆日。

他尽量小心地支起左胳膊肘（免得又引起无限扩散的头疼），准备爬过女房东的身体，从地板上捡起内裤（那是不久前买的一条法国内裤，像只白色海鸥平整地摊放在被踩得脏兮兮的地板上），然后到厨房里去弄点儿水喝。可是，他的动作被阻止了：女房东闭着眼睛，喃喃地念叨着他的名字，手脚并用地抱住了他。他立刻发觉，尽管全身疲惫、个别部位感觉迟钝、脑袋疼痛，但是丝毫不影响其他器官各尽其责。他尽量简化动作，避免弄出声音，可是那个女子——丽拉还是醒了，嘴里嘟囔着向左边翻过身子，把右腿放在了他的后背上。他浑身一抖，过了一会儿才终于从展开的沙发床（他在这张床上跟火热的女伴们共同度过了一个晚上）上爬下来，用被单的一角随便擦了擦身体，然后捡起内裤，竭尽全力提上了内裤。

这之后，他打量了一下现场。

他们睡觉的沙发靠着墙。相当空旷的大房间里，矗立着大的长毛绒沙发椅。椅子上睡着一个人，和衣而卧。他身穿厚厚的土气的大衣，脚上穿着暖和的捷克拉链皮鞋，头上愚蠢地戴着只有教授才戴的羊剪绒“包子帽”——他就是基列耶夫。沙发椅旁边有一只灰色的大手提箱，四角镶着黑色的边。看见这只箱子，他又拾起了一段记忆：昨天，伊戈尔再次跟父母吵翻，从家乡奥金佐沃跑到了莫斯科。他事先在莫斯科找到了房子——就是这座房子！他们庆祝了一番。因为第二天休息，不上课，所以就成了这样……

这时，他发现了别雷。房间远处的角落里有个床垫子，上面的床单滑到了地板上。叶尼卡睡在床垫上，齐腰盖着大方格毛毯。在他那长满胸毛的胸口上，安安静静地躺着维卡那枣红色的头。一个月过去了，叶尼卡走到哪儿都领着她。昨天他还答应跟她结婚呢，要办一场“共青团式的婚礼”①，带她到天涯海角，到原始森林去感受迷雾和芳香。这话让基列耶夫忍不住发出了一阵尖叫，把眼泪都笑出来了。

他来到了空无一人的走廊里。休息日的早晨，邻居们都在酣睡。厨房的门开着，传来了流水声。他光着脚走过落满灰尘的地板，进了厨房。维奇卡正扶着洗手盆，歪着脑袋在水龙头下接水喝。他的黑色家居短裤紧贴在结实无毛的腿上，膝盖下面筋脉紧绷。

“连片儿干面包都没剩……”维奇卡鼓起腮帮子，吐了一口气，挺直了身子，“得到蔬菜商店走一趟，八点钟开门……”

他们回到房间里时，大家已经起床了。丽拉和女房东加利娅已经穿戴整齐，只是还没有梳头——记忆迅速复苏，飞快地叠加在一起——就要把床铺好了。基列耶夫脱掉大衣，从桌上拿起一个又一个酒瓶子，冲着光亮察看着。别雷站在屋子中间抽烟，手上拿着铁罐，把烟灰抖在里面。他学着外国人的样儿，不顾严寒，大冬天地穿着牛仔裤，上身赤裸——他喜欢光着上身走来走去，秀出厚厚的胸毛和前体操运动员那凸出健硕的胸大肌。维卡不见了踪影，可能是去厕所了。

他单脚跳跃，穿上了从桌子底下找到的心爱的美国裤子。他很喜欢这条裤子——正牌的“布克兄弟”，窄裤角，腰上不打褶，右屁兜上没有纽扣。这种裤子在莫斯科十分罕见。他穿上了衬衫（那是他所拥有的最好的一件蓝色“箭牌”衬衫，领尖处有纽扣）。前一天晚上，他挑了这件最好的衬衫穿上，并没有什么非分之想，只不过是有备无患。西装和领带就挂在门后，但他没有穿，直接在衬衫外面套上了带有白色毛领的捷克造火红色绵羊皮掐腰儿长大衣——到蔬菜商店也就两分钟的路，

① 苏联时期举办婚礼的一种形式。由共青团团委操办并支付费用，用鲜花、宣传画、气球等布置会场，不喝酒。出席婚礼的多为新人的同事、朋友等，家长另外举行仪式庆祝。

不会冷的。

大家开始凑钱了，每人三卢布。傲气的基列耶夫认为前一天分配姑娘时有失公允，半夜三更就穿好了衣服，准备回奥金佐沃的父母家，但是没走成，睡着了。这会儿，他装作无所谓的样子，说穿着大衣睡觉是因为太冷。他交了五卢布，要买点儿鸡尾酒。叶尼卡拿了十卢布，维奇卡从一团皱巴巴的纸币里数出了三卢布。

天很冷，一点儿也不像 11 月份。雾气冲天，街上空无一人。他艰难地拉开商店入口旁的自动电话亭那冻住的小门，硬是往小孔里塞进了两戈比。然后，他用力将结冰的电话盘拨回了原点。接电话的是妈妈，声音像平常一样平静、呆板。

“你好……”

他急忙撒谎说自己在根卡的别墅里写学年论文，结果自动电话机坏了，没赶上最后一趟电车。

妈妈沉默不语。过了一会儿，她打断了他的话，声音仍旧呆板、平静：

“我们往斯克里夫斯基①打过电话了，尼娜在街上等了你半宿……我把电话给她。”

一阵杂音过后，远处传来了说话声：“我不接。我不想再跟他说话了，我要走了。我已经说过了，玛丽娅·伊利尼奇娜。”随后，电话被挂断了。他勉强用冻僵了的手挂上了电话。

商店里十分暖和。营业员收了钱，帮他把长长的保加利亚干红葡萄酒瓶和细小的格鲁吉亚鸡尾酒瓶塞进了网兜。头疼的感觉几乎消失了。

他回来时，大家已经穿戴整齐，坐在桌旁等他了。叶尼卡像平时一

---

① 指莫斯科的斯克里夫斯基中心医院，负责接收在各类意外事件或犯罪事件中受伤的人。

样光彩照人，巴黎“土耳其黄瓜纹”① 领带十分完美，解开的衣领稍稍低垂（“胸衣”的领子吊得很有形）。白底细蓝条的衬衫相当干净，像刚洗过似的。英国产的褐色花呢西装挂在椅背上。维卡穿得像是要去赴晚宴：白得亮眼的套头衫，面料显然是格鲁吉亚尼龙；驼色的粗毛呢萨拉凡②，是索科利尼基的能工巧匠按照波兰杂志《裁剪》上的皮尔·卡丹图案做的（前面是梯形，开扣到底，拉链上有个大大的金属绳环，非常神奇，是航天风格）。她已经梳好了头，枣红色的头发像又高又平的头盔一样贴在圆圆的小脑袋瓜上。女主人加利娅和丽拉从厨房里端来了黑色煎锅，里面的煎蛋还冒着热气。大家忙不迭地找托盘，最后选中了窗台上花盆下面的一个大瓷盘。加利娅享有女主人的特权，穿着一件镶有白边的碎花尼龙长衫。丽拉穿的是黑色套头衫和与维卡的一模一样的皮尔·卡丹长衫，只不过袖子是灰色珠皮呢的。伊戈尔继续端着架子，但是一看见那一网兜的酒瓶就来了精神。他状态最差，抱怨待遇不公，比其他人喝得都多。现在，他最受折磨。他咽着口水，时不时地用大拇指使劲儿按压太阳穴，好让头疼缓解一些。最后，他终于脱掉了大衣，并且收起了手提箱。伊戈尔穿着一件体面的咖啡色中式毛衣，里面是一件样式老旧的中国造奶白色衬衫（浆洗过的硬领变成了圆形）。维奇卡·戈洛瓦乔夫打扮得十分体面：身穿带着白色小圆点儿的深灰色英式西服（立体裁剪）、正宗的白色意大利套头衫，短短的连鬓胡子整齐地倾斜着，像刚剃过一样。他独自坐在房间正中的椅子上，远离他人，两条腿直直地向前伸去，脚上穿着颜色渐变的奥地利尖头皮鞋。像以前一

---

① “土耳其黄瓜纹”是一种历史久远的图案，形状像一片树叶。据传，它源于波斯，盛行于亚洲的很多国家。在俄罗斯，之所以称之为“黄瓜纹”，大概是因为它的形状像生长中的黄瓜，而“土耳其”则意味着这种花纹来自东方。

② 一种古代俄罗斯男人穿的长袍，是俄罗斯的传统民族服装。

样，想事情的时候，他脸上的表情就会显得很特别（冷漠并且残酷）。他因为“投机钻营和寄生生活”在集中营里待了一年半，又在化工厂里劳动改造了一年，不会有什么好结果。

大家打开意外找到的两罐沙丁鱼罐头，把煎蛋分了，并且倒上了酒。他喝了一杯鸡尾酒，头疼立刻就好了。

这时，他想起了家事。他想起了在特维尔－亚姆斯卡亚大街等着他的噩梦，想起了尼娜和妈妈，心情一下子跌到了谷底。他想立刻离开，可暂时还不便离开。大家喝了第二杯、第三杯酒之后，加利娅走到柜门后面，换上了一件宽大的墨绿色老式钟口长裙，上身是一件瘦瘦的无袖黑色短衫。他马上就明白了，她是为了他才穿成这样的——为了让他在大家走后不要离开。他随即决定，趁着大家在场，不动声色地一走了之，否则后果不堪设想。他再次生气地想到了自己的命运——为什么别人都是自由身，就他一个人在当奴隶?！他从桌子后面站起身来，在衣柜的镜子前面系好了正牌的牛津领带（一条红白相间的斜纹领带，是捷克产的“奥塔万”牌的），然后再次坐下来喝了一杯鸡尾酒和一杯纯葡萄酒。渐渐地，他的脑子里蹦出了好多想法，思想的浪潮涌上来又退了下去。有人——好像是伊戈尔——从大家手里收走了剩下的钱。别雷没钱了，基里尔又贡献了五卢布（他实际上出了三卢布，留下两卢布打出租车）。基里尔又跑到外面买回来两瓶鸡尾酒和一些香肠。加利娅到厨房去切热香肠了。他想，现在是一走了之的大好机会，不能再等了。他和大家一起干了杯，然后在嘈杂声和吵闹声中偷偷拿起了蓝色运动上衣（这衣服不值钱，是从纽约弄来的，美国人穿过两次。红色丝绸的衬里，纽扣上印有“Lvy League”① 字样），悄悄地走进了门厅。

匆忙之中，他藏在了衣帽架上堆积如山的大衣后面，正好躲开了从

① “Lvy League”是由美国八所一流大学组成的高校联盟。

厨房里出来的加利娅。什么都别想，就这么告别吧！他抓起羊皮袄，跑进楼梯间，匆忙地掩上了房门……

“这是我第一次，也是最后一次到这个房间里来。”他想。

五路电车开来了。车厢被冻得嘎嘎作响，地板上肮脏的泥水结成了灰褐色的薄冰。他坐在离售票员不远的地方，把长长的皮大衣在冰凉的板条座椅上折成两层，思考着自己与像别雷一样的正常人的不同之处。

第二章　境遇

1957年的夏天，是一个忙碌的季节。毕业考试开始了，他有机会获得银奖。大家都劝他补考地理，那样就有可能拿金奖了。可是，他对特权嗤之以鼻，最后还是拿了银奖和篮球一等奖，有幸参加了莫斯科青年冠军争夺赛。他没有补考任何功课，好在得四分的没有几科。这段时间，他顾不上学习，因为彼佳舅舅快要死了。

有一天，舅舅下班回家，还没吃晚饭就说头很疼，并且说话费劲，张不开嘴。第二天早上，舅舅没能起床，右边身子无法动弹，嘴里发出断断续续的咝咝声，唾液从嘴角不停地往下流。救护车赶来了，但是博特金医院没有接收，说只需好好照看即可。

法伊娜·萨菲杜林每天来三次。她老了很多，满头白发。有时，比留扎也来帮忙，她现在是幼儿园的保育员。有时，法里特也来。他从技校毕业以后，在“镰刀和斧头”工厂当模具工人。四个人把彼佳舅舅抬起来，然后重新铺好了床单。法伊娜承担了全部家务：做饭、喂彼佳舅舅、帮妈妈吃饭（她什么都看不见了）、洗衣服、打扫房间。给她的酬劳从彼佳舅舅最后一次带回来的钱里支出。彼佳舅舅带回来的钱很多，几乎装满了整个手提箱。

在这期间，他要准备考试——毕业时不得奖章绝对不行。学校正等着给他这个校园里的头号阿飞做鉴定，他甚至有过一次因为接近外国人而被警方拘留的记录，就算得了奖章也不能保证一定会被录取。可是，随便应付更不行。他想上莫斯科大学机械数学系，这是仅次于物理技术系的优秀专业。物理技术系会聚了各界天才，包括爵士音乐家和公认的诗人，他想都不敢想。

他在考试时发挥正常，只有一次施了点儿诡计：他拿到的是自由式作文题目，于是抄袭了考前练过的一篇例文——事先把它藏在了衬衫里。例文描述了列夫·托尔斯泰的长篇小说《安娜·卡列尼娜》中的上流贵族社会。他知道，只需回答“她的老公虽然死气沉沉，但他是个努力向上的官僚，而安娜·阿尔卡基耶夫娜背叛了婚姻，爱上了空虚残酷的军官（折断了弗鲁－弗鲁①的脊背）”，就能通过考试。当然，标点符号一定得点上。他得了两个五分：一个给了开放性选题，一个给了俄语表达。

其他科目的考试不知不觉地就过去了。举行毕业晚会的时候，他在空荡荡的教室里走来走去，大胆地跟老师喝酒。数学老师“米娘”喝多了，哭了，家委会的人把他带走了。然后，大家来到了红场上。那儿有个小伙子，大概是音乐学校的，手风琴拉得非常好，在表演蒙当的剧目。大家跳华尔兹舞的时候，女生小心地保护着自己的白鞋子，以免在砖铺的路上碰坏。

第二天一大早，米什卡回家的时候，舅舅去世了。

萨菲杜林一家都在房间里，还有几个陌生男人（是舅舅店里的）。医生把一些铁盒子装进小箱子，准备离开。房间里有股刺鼻的酒精味儿。妈妈坐在舅舅床头的椅子上，把手放在舅舅的额头上。最近几天，舅舅额头发黄、瘦骨嶙峋。妈妈睁大了眼睛看着墙壁，没有哭。

---

① 弗鲁－弗鲁是《安娜·卡列尼娜》中的男主人公沃伦斯基的赛马，在一次比赛中摔断了脖子，被沃伦斯基击毙。

参加葬礼的人很多，都是些上了年纪的陌生叔叔，清一色地穿着昂贵的黑色西装。女士们都很胖，披着能盖住头发的黑色丝绸纱丽，手里拿着大白花，费力地挤过了墓地栅栏间的狭窄小路。瓦甘科沃墓地①上空的太阳十分耀眼，凌乱稀疏的云彩像是从纱布里挤出来的。他扶着妈妈的手臂，一个瘦男人扶着妈妈的另一只手臂。那个男人在耀眼的阳光下用力眯起眼睛，噘起上唇，露出了满口钢牙。艾哈迈德的背驼得很厉害，显得更加敦实强壮。法里特和科里卡长得很高。鲁斯兰跟爸爸如出一辙，身材瘦削，用力挺直了身子。另外，还有几个艾哈迈德，轮流抬着小得出奇的棺材。法伊娜和姑娘们留在家中，准备“酬客宴”。

第二天早上醒来后，他没有马上想起来舅舅已经入土了。他想起来的时候，忍不住哭了——这大概是他少年时期最后一次流眼泪。

接着，他开始准备面试和笔试——他只有两门功课得了银奖。到学校去领取鉴定表的时候，他从鉴定表上得知自己是有个人主义倾向的人，游离于集体生活之外，但是学习积极刻苦，正在等候领取“二八六医学证明”② ……即使带着这种鉴定，他也上了大学，因为不知为什么，面试的内容都跟文学有关，远远超出了教学大纲的内容，他回答得很出色。关于费奥多尔·格拉德科夫、彼得·帕夫连科和薇拉·帕诺娃③的创作，他都答对了，两门考试都得了五分。

狂欢节开始了，世界突然疯狂起来了。他根本没有时间庆祝毕业，得抓紧时间到莫斯科去走一走、看一看。他听了罗马乐师的爵士乐，看了英国乐团可笑的演出（乐队中有个人不拉低音提琴，却敲打着带弦的

① 莫斯科著名的墓地，位于莫斯科西北部。

② 在苏联考大学时需要提供健康证明。

③ 费奥多尔·格拉德科夫（1883—1958）、彼得·帕夫连科（1899—1951）、薇拉·帕诺娃（1905—1973）均为苏联作家。

大圆桶)，还认识了一群波兰姑娘。到了晚上，这些姑娘都走了，只剩下了索菲娅·佐希卡。他们来到索科利尼基，在那儿的木房子和草地之间翻滚在了一起。第二天，她跟波兰代表团的全体成员一起离开了。他想去白俄罗斯，可惜睡过了头。后来，他见到了叶尼卡·别洛采尔科夫斯基。于是，两个人一起跑去参加了庆祝非洲自由的集会。集会上锣鼓喧天，美艳绝伦的姑娘们扭着屁股，皮肤是蓝褐色的。

晚上，他从信箱里取出尼娜的来信，立刻感到了一阵钻心的思念。随即，他把狂欢、黑人姑娘和佐希卡抛在了脑后。

尼娜仍然住在敖德萨。她的父亲也调到了那里，先在码头的工地上干了一阵子，然后离开了部队（不知是怎样办到的)，在大学里教书。尼娜的妈妈疾病缠身（没有什么大病，但是总得住院)，一有空儿就到旧货市场去买些由捕鲸船带回来的时髦东西。军官布尔拉科夫的退休金很多（他中专毕业后入伍，已经在部队待了二十五年)，当教师的工资也够花。每次小型船队中的“荣誉号”出海回来，杂货市场上的货品都会一应俱全。有一次，尼娜给他寄了两双弹力亲肤袜，紧贴在脚上，跟橡皮似的。

尼娜说，依照原计划，她进了师范学院，读日耳曼语系，现在正在休假。一家人仍然住在第十六个“喷泉”车站，刚搬进一所大房子。如果他想去的话，可以过去，在9月份之前待在那儿。她可以在熟人那儿给他找个房间，租金很便宜。他们可以一起去海边，或者一起到公园去跳舞，那儿常有轮船建筑学院的乐队表演。她虽然看不太懂，但是她觉得那是正宗的爵士乐。有个男孩儿像黑人一样，哑着嗓子唱着英文歌。

他半宿没睡，考虑着怎样撇下妈妈独自去旅行，因为离开学还有两个多星期。早晨，他作出了决定。他喂妈妈吃早饭时，妈妈饶有兴致地听他讲述狂欢节的逸事，眼睛睁得大大的，始终看着对面的墙壁。他收拾好餐具之后，提了一下尼娜的信和她的邀请。他们决定跟法伊娜商量一下，让她早晚都来家里——白天，妈妈自己能去厨房和厕所。重要的是，让法伊娜早晨离开的时候打开收音机，因为没有了它，妈妈真的没法儿活。晚上得把收音机关掉，但是要开着床上方的灯，否则妈妈睡不着——她要用脸感觉光照。

他跑到了萨菲杜林家，法伊娜二话没说就同意了。然后，他又跟叶尼卡碰了面，两个人相约一起出去办事。

这件事很重要——叶尼卡想到了一个计划。他英语很好，完全有能力将这个计划付诸实施。一旦成功，就会很“了不得”。“了不得”是最时髦的词，一切都很“了不得”：天气、心情。他大老远地去见尼娜，还有对波兰姑娘的回忆，以及叶尼卡那不可思议的一夜暴富的计划……

这个计划很简单，但是实施起来需要冒险。初期要投资，如果没能如愿，钱就会“打水漂”。他们前一天在普列斯尼亚的莫斯科百货商场买了几条莫斯科制造的粗呢黑裤子、数量与之相同的加厚凸纹白衬衫和丝绸红领巾。售货员没有起疑心，相信了他们的解释——为全体少先队辅导员置办服装。为了取得对方的绝对信任，他还要了发票的复印件。他花了不少钱，把这一年半做各种小买卖攒的钱都投了进去，还从舅舅留下的家用钱中拿了一小部分，而叶尼卡则投得更多。

他们把买来的东西藏到了舅舅房间的衣柜中，因为法伊娜从来不打开衣柜。

接着是第二步，也是最重要的一步。他们坐车来到列宁山，然后向大学走去。幸运的是，他们立刻就发现了三个黑人，正在扬起发亮的紫色面孔往高处看。不远处有两名协警，样子十分严肃。从衣着上看，他和叶尼卡会被当成真正的外国人或者民主人士。那两名协警侧耳倾听着他说的英语。他说话声音很小，说得很快，用尽了所学，终于使两名协警安下心来，因为他们觉得苏联人不可能把英语说得这么好。

此外，黑人的身份货真价实：他们是美国佬，来自他们那儿类似少先队的组织。在那种组织里，他们确实担任着类似辅导员的角色。叶尼卡发现了这一点之后非常高兴，表现得极其兴奋——他确实有理由这样。他们自我介绍说，他们是同事，都是少先队辅导员，想邀请“美国种族主义的牺牲品”到“白人民主青年代表”的家中做客，黑人立刻就接受了邀请。

正当两位便衣协警眨着眼睛“后知后觉”之际，事情已经被搞定了：叶尼卡迅速拦到了一辆出租车。他们不顾司机的反对，五个人一起挤进了出租车，直奔市中心。为了隐蔽，他们换乘了两站地铁。黑人很惊讶，刚想拍照就被他及时制止了，说是在苏联不允许偷拍——容易引起警惕性强的公民的不满。即使这样，他们也遭到了一些人的白眼。

房子的周围和院子里都没有人，像事先安排好了似的。于是，他们走进了厨房。妈妈像往常一样，坐在窗边。他说，他认识了几个可爱的非洲青年（没敢说是美国的），有了英语实践的大好机会。可以说，这是共青团让他们执行的第一个任务（这个应该是实话）。

在厨房里，叶尼卡打开了鲱鱼罐头和伏特加酒。为了保险起见，他又开了一瓶 1937 年的波尔多葡萄酒。黑人一看见罐头，就立刻失掉了矜持，转眼就吃了两罐。他们小口地喝着伏特加酒，冲着葡萄酒撇了撇嘴（不过，他们也喝了一些），欣然接受了“不干杯就会把苏联东道主气死”的说法。他反复说着“别侮辱我”，把黏稠的葡萄酒倒进了杯子，并且说着“这不礼貌，请都喝干”。

一小时后，黑人收拾妥当，并且换上了衣服。叶尼卡教他们行了少先队举手礼，并且说了“准备着，时刻准备着”。黄昏降临了，他们悄悄地往外走，碰见了一个从五楼下来的老太婆。她看见漆黑的楼道里站着几个面色黝黑、站立不稳的少先队辅导员，吓得急忙闪开了。叶尼卡再次轻松地打到了出租车。他付了双倍的车钱，司机才同意把渐渐清醒过来的黑皮肤少先队员拉到了学校门口。“胜利”牌轿车拐了个弯，疾驰而去，尾灯不停地闪烁着。“青年人唱起了友谊之歌！”叶尼卡若有所思地说。随后，两个人回家去清点战利品了。

衬衫和背心不怎么值钱，但是厚达一指的“LEE”牌粗帆布牛仔裤真是让人叫绝：前面有铜拉链，裤兜的四角有铆钉，并且外面是蓝色的，里面却不知为什么做成了白色的！三条这样的裤子加起来，至少能赚一千卢布。叶尼卡认识一个小伙子，能即刻买下所有的服装。只要打个电话，他就会拿着钱跑过来。当然，裤子也可以留着自己穿。不过，叶尼卡已经有了牛仔裤，也是“LEE”牌的，只是他不想招摇罢了——一年级的学生不能摆阔。重要的是，他需要这笔钱。

他们如法炮制，又干了两回：一次是从两个意大利人手上换了些“超赞”的夏装西服（他这是头一次见到用厚丝绸做的西服）；还有一次是跟两个丹麦姑娘，她们虽然醉得不成样子，但却极具丹麦人的气质，对他们仅仅是换装表现出了极度的惊讶。她们穿着窄小的贴身短裤和胸罩，久久地站在厨房中央。当年轻力壮的俄罗斯小伙子迅速地帮她们穿上黑色男式长裤时，她们嘻嘻哈哈地笑个不停。

在莫斯科流言四起，于是他们中断了交易。尽管如此，从莫斯科百货商场批发八套少先队队服的最初计划还是如期完成了。叶尼卡一边没完没了地唱着“这支歌压不住、杀不死”，一边在门厅里与人简单地聊上几句，再看看货。周末就会收到钱，这笔钱即使在叶尼卡看来也是很可观的。所有的衣服都没有洗过，散发着外国年轻人的汗味。它们被销售一空，随后几易其主（是在几次偶遇中发现的），而他们的口袋里则已经装满了钱。

叶尼卡去了科克捷别利①，而他则再次跟法伊娜交代好了全部事宜，然后买了去敖德萨的飞机票。四个小时之后，他走向了从机场的栅

① 乌克兰的疗养胜地。

栏外向他跑来的尼娜。

1957 年 8 月的一个夜晚，他们坐在海滨的一个小公园的长椅上紧紧相拥。不远处的饭店里，乐队在卖力地演奏着《小花》和《蝴蝶与蜜蜂》。他还是不想把事情进行到底，因为他坚信他们很快就要结婚了，因此对她不能像对待其他姑娘那样。入夜了，他们来到铺满沙砾的海滩，继续忍受着不能尽情相爱的痛苦。她躺在床单上，而他则躲着房子的女主人（她是他的熟人，人很好，而且是布尔拉科夫的远房亲戚），像小时候那样洗净了黏糊糊的内裤，然后湿着穿上——用身体把它烘干。

1957 年的夏天就这样过去了。这个夏天，他过得很疯狂，决定了未来生活的走向。1959 年，在一次美国产品展览会上，他和叶尼卡迅速地处理掉了从展台收购来的大批书籍（专门雇了一个小伙子进行搬运），收入了上万卢布。依靠做这些小买卖，他早就能养活自己和妈妈了。他与主要寄卖店的售货员都有联系，所以他们会为他留着洋装，而他则向自己的客户进行推销——好高骛远的富家子弟常常花好几个小时的时间在大学前面的公园等他。他一个月能收入两千多卢布，可以称得上是有钱人了。

1960 年秋天，他跟尼娜结了婚。尼娜转到列宁师范学院去读书了。办这件事有些不易，但也不算太难：首先，她在敖德萨是优等生，获得了高等奖学金；其次，她父亲的学生帮了忙。这个学生是历史系的年轻小伙子，长得非常瘦。他为这个小伙子弄到了一条限量版的美国尺码二十八号的“LEVI’S”牛仔裤（这种裤子很稀有，是经典的“501款”），于是这个小伙子便一直紧盯着他的那位在莫斯科教育委员会供职的老爹，直到尼娜转入列宁师范学院为止。当然，她降了一个年级。

他还跟上学的时候一样，深信没有比尼娜更漂亮的女人了。但是，这并不妨碍他继续在宿舍里和各种“据点”过夜，而且丝毫不会受到良心的谴责。他从来也不把这些艳遇跟自己对尼娜的关系联系在一起，因此总能不动声色地杜撰出种种谎言。尼娜全身心地投入了紧张的学习（在列宁师范学院保住优等生的地位比在敖德萨要困难得多），并且要照顾玛丽娅·伊利尼奇娜（从结婚的第一天起，她就这么称呼自己的婆婆）。她也许是装作很信任他，也许是真的以为他是在朋友家过的夜（他晚上得赚钱养家），也许只是不想像他那样小题大做。

他们在一起过夜时，这一切就都失去了意义。早上起床后，他们瘫软无力，全身像被掏空了一样。他们彼此相融，仿佛世界上的一切都不存在了。只是，他尽量不去看妈妈，以免被她听见。他们常常在半夜里悄悄地把床垫搬进厨房，在地板上翻滚一阵，压抑着呻吟的声音。

然而，尼娜时不时地会有所察觉，并且提出抗议。她最受不了婆婆的性格了，整天一句话也不说，还嫌恶地看着她。她知道，婆婆只是在看虚无的空气，可是她却无法说服自己。有时候，玛丽娅·伊利尼奇娜整整二十四小时不跟她说一句话，而米什卡则整晚不知道跑到哪里去闲逛了。于是，尼娜便收拾好行装，声称要回敖德萨去。但是，她并没有给父母打电话，而是拎着箱子走来走去。等到他回了家，她的情绪才渐渐地稳定下来，并且以一记耳光告终。当然，她不会用力去打，多半只是开玩笑。

妈妈和尼娜从来不过问他的事，他也尽量把钱的来路瞒着她们，这也许不比瞒着自己的艳遇更费事。她们以为他的钱是在教研室当实验员或者在蔬菜公司当装卸工赚来的，他偶尔也会给人补习功课。有时候，他出去寻欢时会随身携带小手提箱，里面装上棉袄和旧裤子，回去就说去货站卸车了。第二天早上回家时，他总是脸色苍白、筋疲力尽。

他会抽空看书、学习，尽量提前通过考试，而且从没得过三分。他的记忆力很好，只要看一遍书本和提纲，上面的内容就都记住了。事实上，第二天考完试，他就把这些知识忘得一干二净了。

这样的生活一直持续到了大学四年级。夏天，尼娜小产了，而且越来越爱生气，经常扬言要离家出走。妈妈还像从前那样坐在窗边，后背越来越弯，好像已经没有力气挺直身子了。她把眼睛睁得很大，用蔑视的眼光看着窗台。叶尼卡在哪所大学里都待不长，最后干脆放弃学业，在父亲朋友的安排下上了班——在祖耶沃文化宫当上了行政领导。他不可能参军，因为扁平足帮了他的忙，还让他避免了被招进基建工程营的危险，不过因为这个，他买鞋也很成问题。这位有钱人除了用“私人订制”的办法弄到美国的半勒皮鞋以外，什么都穿不了。这种圆头鞋并不时髦，但是很有特点。一旦遇上这种鞋，他花多少钱买都行。

在祖耶沃文化宫的一个晚会上，别雷认识了维奇卡·戈洛瓦乔夫——一个很有品位并且非常古怪的小伙子。

首先，刚刚从莫斯科的一所著名的上流学校毕业，他就吃上了牢饭。他是那所学校的晚会明星和老师的“眼中钉”，但学校却不能开除他，因为他奶奶是老布尔什维克。当然啦，后来她平反昭雪了，经常应邀参加各种大型活动。奶奶无法阻止他倒卖洋货，因为他是莫斯科第一批干这种勾当的人，当时还是个孩子。奶奶无法让他免于牢狱之灾，因为他的生意做得有点儿过火：他把东西卖给了检察官的儿子。那小子钱不够，就向他父亲去要，结果维奇卡就栽了。这时，正赶上奶奶去世。于是，维奇卡便被派去为国家收“绿黄金”①，后来又在“化工厂”劳改了两年——建设一家大型的化工企业。他原本应该服刑五年，但是被提前释放了。

其次，他出狱后，很快就以不为人知的手段进入了一所专门的学校，成了一名牙医，赚了一大笔钱。他把钱都花在了购置洋装上，在这

① 在苏联政府的宣传中，棉花是“绿黄金”。此处指维奇卡在劳改营里种棉花、收棉花。

方面精益求精，超越了所有人。他没有父母，从奶奶那里继承了奇斯特耶普鲁德混居公寓里的两个大房间，里面塞满了西装和大衣。奶奶的衣柜放不下，他就在墙上钉了钉子，把衣服放在亚麻布口袋里，挂得满墙都是。此外，他再无其他兴趣，甚至不懂爵士乐。他跟别人一样喝酒，可是从不泡妞。有时候，如果你出其不意地到他家去，会发现午夜过后在他家睡下的女人，都已经年纪不轻了，而且都是胖胖的，看上去像售货员或服务员——这就是维奇卡的品位。他自然不想对此大肆宣扬，而且从来不带女友参加朋友圈的活动。

第三，他从外国人手里买东西，却不以转手赢利为目的，只是批量购进现货，不停地讨价还价。一旦讲好了价钱，他便立刻照付，分毫不差。他不欠任何人钱，也从不借钱给别人，还嘲笑别雷和通过他获利的朋友们收入微薄，称他们是“守财奴”和“小气鬼”。按照他的生活方式，他有理由嘲笑别人：当牙医赚钱很多，朋友们做梦都不敢想。他有可能跟几个要好的牙医商量好了，暗地里加工黄金，也不怕再惹上麻烦。

……米什卡想，他朋友的生活跟他的生活有着天壤之别，别雷、维奇卡，甚至基列耶夫都是这样。随父母搬到奥金佐沃（他父亲高薪调到了那里，直到退休）之后，基列耶夫已经开始熟悉莫斯科了。米什卡坐在电车里，浑身冻透了，打着盹儿。醒来之后，他仍然在想，为什么只有他一个人受到了尼娜和妈妈的牵制？为什么他跟任何人在一起都没有一分钟能完全忘记她们？他的朋友们都离开家庭独自生活了，从未跟任何事、任何人有瓜葛。他们过得十分开心，不用费心去撒谎，也不必忍受争吵。

第三章　家庭

“你真没良心!”妈妈说，“为什么你和那个别洛采尔科夫斯基花天酒地、寻欢作乐，让我和尼娜为你付出代价——彻夜失眠?”

妈妈不喜欢叶尼卡，认为他对儿子造成了不良影响。上学的时候，她认为施加不良影响的人是基列耶夫。现在，她已经接受了他，因此把所有的不幸都归结到了叶尼卡身上。这可能是因为她从没见过叶尼卡，而她对基列耶夫已经熟悉了。在她的记忆中，基列耶夫只是一个好流鼻涕的红鼻头小孩儿，不会有什么危险。她不了解叶尼卡，所以认为他是有害的。米什卡尽量不在家里提起戈洛瓦乔夫，因此每次争吵的时候，维奇卡的名字都不会出现。

尼娜从来都不参与他们的谈话。她总是关上房门，待在彼佳舅舅的房间里——无须解释，她也心知肚明，只是不好意思当着婆婆的面实话实说罢了。

“妈,”米什卡底气十足地说，“什么花天酒地呀?我就是在根卡的别墅里喝了点儿酒。要是一点儿酒都不喝，是会被冻死的。然后，我写了一会儿学年论文——周四要交的。我们什么都没做，后来电车就……”

根卡的别墅不止一次出现在他的谎言中。在他看来，这种重复赋予了他的故事某种确定无疑的色彩。没错啊，同学们习惯了在别墅里学习!那儿很安静，不会分心……根卡·亚历山德罗夫是教授之子、院士之孙，学习认真、刻苦，成绩优异，在科学领域拥有显而易见的光明未来。根卡的别墅确实存在，可他却只去过一次，还是跟大家一起去庆祝生日。他和根卡的关系不能说不好，只是连话都很少说。两个人的志趣实在是相差悬殊，所以这才是个撒谎的好借口——他真实存在，却远在天边。

“我再也不想跟你说话了。”妈妈说，“说到底，你是个成年人，所以如果结了婚，你和尼娜的关系该由你自己负责。你从来都不考虑我，这我早就知道。我只希望一点……”

他赶紧站起身，抱了抱妈妈，小心地捂住了她的嘴，免得听见下面的话。妈妈没有躲开，也没有拥抱他，就像不久前那样。她只是不再说话，一动不动地坐着，蜷缩在窗边的扶手椅里，闭上了总是睁得大大的眼睛。

在彼佳舅舅的房间里（现在是他和尼娜的卧室），他终于看见了分别两天的妻子。尼娜面朝墙壁躺在床上，用厚厚的中国压线被子把头盖住了。被套很漂亮，镶着花边，是萨菲杜林家送的结婚贺礼。他进来的时候，尼娜没有动。

“尼娜，好啦……别这样。这么严肃……”他坐在床边，拉了拉被角。可是，她抓住被子不放，把身子从枕头上往下滑，“嗨，行了……别这样。我没法儿打电话，自动电话机都坏了……”

“让我安静一会儿，我一宿没睡。”她在被子里模糊不清地说，“去，接着玩儿去，还没把莫斯科的所有妓女都……”

他一拳打在她脑袋旁边的枕头上，让她住嘴。他受不了她说脏话，最近她说的越来越多。

她呼地一下子掀开被子，坐了起来。她穿戴整齐，像所有的时髦女性一样。她穿着一件纯毛长裙，拉链上有一个大的环形锁，里面是薄薄的高领套头衫。这条长裙是索科利尼基的一位裁缝做的，维卡和丽拉也在那儿做衣服。

“我找到了根卡的号码，给他打了电话。”尼娜说着，直盯着他的眼睛。当然，他把目光移开了。妻子的眼睛哭肿了，几乎看不见肿起的眼睑下那涂了眼影的漂亮的浅褐色眼睛。他觉得她很可怜，但却并不因为过去的一夜而感到难为情。他只是可怜她，就像在她摔倒或烫伤时可怜她一样。

尼娜从被窝里钻了出来。他看见她穿着厚厚的挪威毛袜，那是他上个月从一个认识的姑娘手里买来的。他常在斯托列什尼科夫胡同看见这个姑娘手里拿着一包女人的衣服。尼娜站在他面前，两腿稍稍分开，双手交叉着放在胸前。她做这个颇具挑衅意味的动作时特别像她的妈妈。她没有穿拖鞋，裹着黑色袜子的玲珑小脚在浅色地板上很显眼。这情景让他彻底慌了神。

“我要回敖德萨。”尼娜说。这时，他看见桌上放着她的大箱子，而桌上的书和文件夹都被扔到了地板上。箱子打开着，里面塞了很多东西，堆得老高，箱盖都关不上了。

他又开始编瞎话了，说他其实只是在叶尼卡家里喝了一点儿酒。他不想告诉妈妈，因为她不喜欢别雷。他说大家都喝了不少，他迷迷糊糊地睡着了。他醒来时天色已晚，大家还在喝酒。他不想半夜三更打电话，因为他又喝了一些酒，又醉了。参加聚会的全是男生，他们是为了庆祝基列耶夫离开父母。他确实罪该万死……

说最后几句话的时候，他向她走了过去。她仍然以挑衅的姿势站在他面前。他想拥抱她，把她拉到床上去，轻而易举地解决全部问题，可是她跳向桌边，弯下腰，从地板上捡起了厚厚的一本费多谢耶夫的《复变函数通论》，用力朝他砸去。书像砖头一样掠过他的太阳穴，撞到了墙上。书皮散开了，里面的旧报纸掉了出来。书裂成了两半，个别书页掉落了下来，关于保角映象①的那几张纸在房间里四处飘散。他从沙发床上一跃而起，跑到她面前，抱住她，把她的手按到了自己的身体上。她一面用力挣脱，一面压低声音恶狠狠地骂他，向他的脸上吐口水。她哭了起来，浑身瘫软。

“傻瓜，”他说，“你疯了吗？打到太阳穴上，会死人的……”

“早晚得打死你！”她说，“流氓、色狼……”

这时，他解开了她的长裙，又从自己身上扯下了衣服。他抓住她，像跳舞似的移向床边……

不知到底过了多长时间，他才勉强站起身子，慢慢地走到了桌边。他的“飞行”牌镀金手表就放在桌子上，那是上周他花掉最后一笔钱买来的。刚才他摘下了手表，免得表带扣擦伤她。晚饭时间已经到了，尼娜穿上长裙，到厨房里去做饭了。过了几分钟，他也走出了房间。妈妈坐在窗边，向黑暗中望去。窗外一片漆黑，城市的灯火从窗框的下缘隐约透了进来。他进来的时候，妈妈没有回头。

妈妈默默地站起来，双手轮流扶住椅背和桌面，摸索着找到了打开的房门，向厨房那边挪动着。他拉住她的手，引领着她。

“你在冒险。”妈妈说，“青春会过去的，可是尼娜的痛苦会留下痕迹——你在拿你和她的生活冒险。为什么？”

他没有说话。

晚饭吃的是燕麦粥和十二戈比一张的馅饼。燕麦是尼娜从学校附近的一家小食品店买的。当时没人排队，她是第一个买到馅饼的——馅饼出自米科扬诺夫食品厂。哪儿都买不到妈妈爱吃的“博士”牌新鲜香肠，连叶利谢耶夫斯卡亚②都没有。饭后，他们喝了炼乳茶。前不久，

---

① 几何学术语。

② 莫斯科的一家历史悠久的美食店。

他拿回来了五罐炼乳，是一个小伙子帮忙弄到的。这个小伙子在高尔基大街上的一家营养配餐店上班。他大费周折，为这位赶时髦的售货员弄到了一件正宗的红色美国毛圈布衬衫，时下这种衬衫被叫作“修身短搭”，而毛圈布短搭是时髦人士的最爱，包括商店的售货员。

他们谈论的话题很“中性”：谈到了古巴，谈到了肯尼迪和他的妻子，谈到了“不知为什么，谁都不怕开战，而战争似乎一触即发”，谈到了赫鲁晓夫——他干得不错，好样的，很及时①。妈妈压低了声音，时不时地用看不见东西的眼睛望着门口。他安慰她说，他们又没谈那种事，况且屋子里没别人，电话又离得较远。

晚饭后，他们打开电视机，那台“纪录”牌电视机②立刻泛起了“蓝色波浪”。接着，格列娜·韦利卡诺娃③出现了，但却没有声音。等到声音出来的时候，只有妈妈在听。她自己摸索着关上了电视机。他们回到了彼佳舅舅的房间，夜不能寐，睡着之后又醒了，过了一个半小时都无法入睡。最后，他终于耗尽了力气，沉沉地睡去了，第二天上午十一点才醒。

① 此处暗指1962年古巴导弹危机事件。1962年7月，在军备竞赛的大背景下，为了争夺在拉丁美洲的霸权，赫鲁晓夫暗中向古巴运送导弹，后被美国情报部门侦查到了。肯尼迪得知情况后，采取了一系列强硬措施，核战争一触即发。后来，赫鲁晓夫致信肯尼迪寻求妥协，并把部署在古巴的导弹运回国内，从而避免了一场战争。

② 苏联生产的电视机。1956年，“纪录”牌电视机在布鲁塞尔国际展览会上获得了“金质奖章”。二十世纪六十年代，每五个苏联家庭中就有一台“纪录”牌电视机。

③ 格列娜·韦利卡诺娃（1922—1998），苏联演员。

第四章　敖德萨

一大早，年轻人便带着从市场上买的乳酪和顺路在售货亭里买的新鲜面包来吃早饭了。

早饭在花园里吃，柳波芙·所罗门诺夫娜丝毫也不反对——一大群年轻人经常出入她的“地盘”。柳波芙是布尔拉科夫家的熟人，米什卡和尼娜就住在她家。虽然他们的行为遭到了尼娜母亲的反对，并且惹得她很生气，但是他和尼娜坚决不住布尔拉科夫的两居室，免得整天在尼娜的父母和不怀好意、招人讨厌的小妹妹柳布卡的眼皮子底下生活。晚上，年轻人没心情散步的时候，就待在柳波芙家的院子里。她常常和他们一起坐在李子树下的长条木板桌旁，喝“吕底亚”甜酒。大家伴着基列耶夫的吉他唱歌时，她总是跟着唱自己会唱的部分，或者怡然自得地听别人唱。

吃完早饭，大家立刻来到了海边。别雷穿着一件盐泥色的美国军人短裤，引起了当地人的强烈不满和不远处的一伙格鲁吉亚年轻人的极大兴趣。基列耶夫前一年冬天才学会了三种和弦，现在就已经拎着吉他到处走了。让格鲁吉亚人妒忌的维奇卡，大热天还穿着发蓝的白色法国尼龙衬衫和下垂到大腿的铁灰色涤纶裤子——格鲁吉亚人就这么穿，但是莫斯科人怎么会有这种好东西呢？他走来走去，阔气的英国烟斗从不离口，颇具爵士风范。其实，他才学会抽烟斗没多久，而且对爵士乐不以为然。尼娜经常穿一件男式衬衫，还按照古巴人的做派，在肚子前面打个结。下身是一条瘦小的女式牛仔短裤，左边的裤兜上有个搭扣。这条短裤是米什卡在出发前花大价钱买来的，花了三十五卢布，并且没人穿过。卖裤子的是住在位于列宁山的大学宿舍里的一位委内瑞拉穷姑娘。她在廉价的克里米亚波尔多葡萄酒和对一位波兰美男子的热情之间“游走”，申领助学金时才发现自己已经身无分文……米什卡自己穿了一条磨得很旧的“超级步枪”牌裤子，大腿前面磨得发亮，裤裆也快要磨破了，屁兜上有个拉链。他上身穿着一件黄色毛圈布短袖衬衫，是在这儿的二手市场买的，胸前有一个短开襟。

大家在一块大石头旁坐好之后，一边吃长长的绿葡萄串、喝“格拉季耶什”葡萄酒，一边无精打采地打起了扑克牌。所有人都被晒得皮肤发青，只有米什卡好一些，因为第一天他就被晒伤了，抹了些酸奶，晚上痛苦不堪，整整一周都用毛巾盖着肩膀待在海滨的沙滩上。别雷和维奇卡在石头上往海里扎猛子，显摆自己高超的技术。当着当地的姑娘和浑身是毛、几乎不会游泳的格鲁吉亚人的面，他们往地平线的方向游去。那些姑娘在附近的夏令营当辅导员，刚参加完教师实践活动就跑到了海边。大家唱起了维兹博尔①和奥库德扎夫②的歌，以及“罪犯歌曲”③。格鲁吉亚人和姑娘们凑了上来，高兴地听着。基列耶夫穿得相

① 维兹博尔（1934—1984），苏联作曲家、演员、诗人。

② 奥库德扎夫（1924—1997），俄罗斯音乐家、编剧。

③ “罪犯歌曲”是俄罗斯的一种音乐体裁，源于十九世纪中叶。当时，它表现的是囚犯的日常生活，旋律简单，抒发囚犯的情感，从正面展示罪犯的世界，通常由坐过牢的人创作并演唱。随着这种音乐形式的发展，现在的“罪犯歌曲”已经超出了犯罪题材，被称为“俄罗斯歌谣”，创作并演唱它的人并非都是坐过牢的人，但是保留了“罪犯歌曲”的演唱方式和歌词特点。在俄罗斯，有很多男人喜欢“罪犯歌曲”，或许是因为男人的内心更加脆弱，而这种类型的歌曲能起到减压的作用。

当得体，以不失优雅的适度激情独奏了一曲《在斯摩棱斯克的道路上》。他因为备受瞩目而神采奕奕，满脸的雀斑和红鼻头在落日的余晖下光彩照人。柳布卡一旦在海滩上找到他们，就会大大方方地坐在尼娜身边，俨然是团队的成员。

他们在公园的肉串店里吃了午饭。一个小小的肉串要四十戈比，一份羊肉抓饭要二十六戈比，一杯散装的干红葡萄酒要二十戈比。有时，在午饭前，他们会到商店花四卢布十二戈比去买最便宜的鸡尾酒——一种当地自制的散装酒。他们狼吞虎咽地吃糖煮水果时，尼娜会把蔫了的水果从所有杯子里挑出来，扔到阳台入口处的垃圾桶里。维奇卡会在桌子下面以极其娴熟的手法将散发着药片般刺鼻气味的黄色液体均分到多棱酒杯中，误差仅为一毫米。

午饭后，他们通常不去海滩——太阳太毒了。他们会坐上敞篷车，从第十六站出发到城里去逛，到杰里巴索夫斯卡娅大街上的一个小亭子里去喝土耳其咖啡。亭子里有个身材魁梧的光头阿布哈兹人，迎着卷来沙子的海风，拿着铜咖啡壶，不紧不慢地忙活着。他已经认识了他们这伙人，向他们点头表示欢迎。当地的年轻人发现来了一些时髦的莫斯科人，都拿着杯碗挤在了亭子周围。维奇卡和别雷认识了几个不无用处的人，向他们打听什么时候“荣誉号”舰队靠岸、在旧货市场上还价可以还到什么程度、从谁手上能买到些什么。

夜幕降临了，浓重的蓝色空气中飘散着咖啡味、鲜花味、大海里轻微的腐臭味，以及“山茶花”和“红色莫斯科”牌香水味，还有干净的汗味。各种气味接踵袭来，互不融合……

返程的电车上人满为患。他们把尼娜塞到车厢里，然后扶着木头栏杆，挂在车外。售票员生气地说“他们是流氓，不是人”，但是并未采取任何措施。四周一片漆黑，落日的热浪随风打在脸上，还得避开从花园的栅栏里伸出来的树枝。花园在夜色下显得十分昏暗，远处亮光一闪，渐渐逼近。一辆电车吱吱嘎嘎地迎面驶来，从他们身旁经过，像是结束了一天的运营。

有时候，米什卡觉得身边还有一个人。那个人旁观着眼前的一切，羡慕地看着电车、树枝，还有挤在车厢里的尼娜和她的朋友。他知道那个人羡慕的是什么，知道随着热风吹来的是幸福，但是他还不知道该怎么称呼观察他生活的那个人，只觉得在黑暗中，自己被分成了两半。

朋友们从第十六站来到了露天舞场。公园里挤满了喧闹的观众，他们焦躁不安地等着跳舞。从附近的肉串店里飘来了浓重的熏肉味。海滨乐队一开场就演奏了一曲《查塔努加》。别雷、基列耶夫和维奇卡扭动着身体向人群挤去，寻找着夜晚的乐趣。米什卡和尼娜走到了公园深处，坐在了藏于灌木丛中的长椅上。

柳波芙·所罗门诺夫娜的房间里，除了有一扇小窗之外，一切都很正常。不知是出于何种考虑，这扇窗子竟然通向隔壁房间。窗下正好是他们的床，墙那边就是可爱的女主人的床，所以在床上只能睡觉，喘口气的声音都能穿透墙壁。只要一翻身，铁网做的床板就会发出巨大的声响，像是要弯折到地板上。把床垫子搬到地板上也不行，因为有一天他发现窗帘动了一下。那个窗帘挂在柳波芙·所罗门诺夫娜那边，他们这边的窗户上没有。因此，在家里只能等到早上女主人到普利沃斯市场去的时候，其余时间得去找自认为隐蔽的地方，例如夜晚的海滩上，那儿的大块砾石总是扎进皮肤，黑色的小贝壳永远都粘在身上；例如晚上公园里灌木丛中的长椅上，她只能坐在他的膝盖上（来这儿之前，她会事先脱掉牛仔裤，穿上夏天穿的花布长衫和宽大的短裙）；例如第十五站的车站边上的某个无人区里，高高的牛蒡一直没到了腰，蝈蝈在眼前跳动着，蜻蜓和菜粉蝶落在了草上，夏日的阳光炙烤着他们的身体；例如朋友们租用的一位退伍的单身捕鲸者的房间，三个朋友先去了海滨……在五个人的共同努力下，尼娜和他会晚去半个小时，而捕鲸者则从不在家。他整天坐在离岸半米远的小船上，用带钩子的渔网捕捞虎鱼，晒干之后再一串串地挂在房子周围……

他们的精力永不枯竭。夏天在轻微的头晕和倦怠中过去了。每当他们一天之内四次或五次避开人群，深夜从公园或海滩回家时，米什卡都会累得打晃儿。尼娜全身都被晒黑了，整个人都像黑金一样，从没像现在这样漂亮过。他站在公园的洗手盆上面，照着挂在树枝上的小镜子。镜子里是一张被晒红的脸和深陷的眼睛，泛出些许病态的光芒。但是，他觉得自己非常健康，精力永远都用不完。

尼娜经常会吃醋：街心花园里的姑娘们微笑着回头看他们，海滨的少先队辅导员张着嘴巴听他唱歌，大海里有个列宁格勒姑娘跟他讲话，凡此种种都让她怒不可遏。为了不让朋友们听到，她每时每刻都把美艳的脸蛋儿紧贴着他的脸，频放狠话。

“尾巴又露出来了。”她在海滩上压低了声音，不停地笑着，然后继续搂抱他，指甲嵌入了他的后背，“又想跟姑娘……你行为不端。”晚上，大家在杰里巴索夫斯卡娅大街上闲逛时，她紧挨着他的肩膀低声说：“别老转着眼珠儿看人家屁股，在朋友面前收敛些……”

有一次，在海滩上，她竟然打了他。那一拳并不老练，差点儿打在眼睛上，幸好他及时闪开了，否则就变成“乌眼青”了。朋友们装作什么也没看见，尼娜则捡起衣服，穿着阔气的深红色毛纺泳衣，径自离开了海滩。出行前，别雷给大家弄到了有白色塑料腰线的针织泳裤，而尼娜则穿着她的毛纺泳衣，显得非常漂亮。

然而，只剩下他们两个人的时候，所有的不快就都会烟消云散。尼娜连忙道歉——一切都过去了，模糊了，剩下的只有泳衣下她那耀眼的白皙身体和他的疲倦、疯狂和粗暴。

在莫斯科的所有艳遇，他都已经忘得一干二净了。他打心眼儿里对尼娜的行为感到莫名其妙，并且十分生气，因为除了尼娜，他从未有过跟别人在一起的想法和愿望。他真诚地相信，过去如此，将来也会如此。

夏天转瞬即逝，无数阳光普照下的日子融合成了一天。夜晚很难熬，暑热到第二天早晨都没有消退。

这天中午，米什卡一个人坐在肉串店里（尼娜来了月经，不能去海滩了，独自在家）。朋友们用小石子压住记分表，热火朝天地跟格鲁吉亚人玩着“朴烈费兰斯”①。他不喜欢玩，就穿过空荡荡的公园，走进空荡荡的小酒馆，要了一杯干红葡萄酒。一个非常年轻的“营销水手”——头戴像薄饼一样的白色军帽，身穿白色制服和黑色呢料长裤——拿着酒杯在他身边坐了下来。

“我在海滩上看见了你和你的朋友。”水手说着，跟他碰了碰杯，然后喝干了杯中酒。新鲜、清凉的葡萄酒泛起了苦味，呛在喉咙里。“你们都挺时髦的。从莫斯科来的？”

“是的，从莫斯科来。”他说，“你呢？”

“我是基洛沃格勒人，在这儿的航海学校里学习。再来一杯？”

他们又倒上一杯，喝了一半。

“你的女朋友挺漂亮，”水手接着说，“也是莫斯科人？从头发上，一眼就能看出来。这儿的漂亮姑娘也很不错，但都是黑发……”

“不是女朋友，”他说，“是我妻子。”

“噢，这可有点儿欠考虑！”水手惊讶地说，“这么年轻就结婚了？那还怎么泡妞儿？”

“也能泡妞儿，”他出人意料地坦白道，“只要我想……”

“那可不应该。”水手严肃地说，“首先，你妻子很漂亮，你要是敢泡别的妞儿，她可跟你没完，这是肯定的。其次，有了妻子还泡妞儿是

① 一种纸牌游戏。

不对的，这不好。要是你给她带来了意外惊喜怎么办？我们船队里就有个人染了病，正打针呢……不，我可不会早早地结婚。我得玩儿个够！我要去航海，然后转到码头上，不能撇下她一个人。到了那个时候，再找一个。三十五岁左右吧……”

“你很明智……”他叹了口气，“这么明智的人，到哪儿去找……我呢，你都瞧见了，只能一直做傻瓜了。”

“我是孤儿……”水手一本正经地说，表情很平静，“在孤儿院长大。父母没了以后，他们特许我到航海学校去，条件是近海航行。没人能留在岸上，去海外航行又不知道会怎么样……孤儿嘛，就得学着聪明点儿，明白吗？”

“明白。”他回答道，然后突然提议（连他自己都感到意外）：“你坐一会儿，我要杯鸡尾酒，好吗？”

水手想了想，权衡了一下，点了点头。

“要是给我来一杯，我会非常感谢你，可我只有一卢布。”

他边走边挥手，意思是“行了，别管你的卢布了”，接着就从阳台上跳了过去。

他们喝得很凶。确切地说，水手喝得很凶，可是还能站住，而他则一直想躺在肉串店的地板上。地板急速地向他靠近，不过水手总能抓住他，把这个摇摇欲坠的新朋友扶到椅子上。他把头放在桌子上，和水手接着聊。

他们无话不谈。

水手谈起了未来的计划——在海上赚些钱，从轮船公司分到一居室，再买一台“里戈恩达”收音、电唱两用机①和一张床，然后结婚，

---

① 1963 年至 1977 年间，里加的波波夫收音机厂生产的一种高级电子管收音、电唱两用机。

生三个孩子。然后，他再从轮船公司分到一间房，成为码头上最受尊敬的人——领航员。然后，他会得到一座带花园的房子。到时候就有了一切：有土豆，也有苹果。他要过正常人的生活，像个人样。对于孤儿院和在孤儿院的生活，他只字未提。

然而，米什卡却只谈过去——彼佳舅舅、阿达舅妈和玛尔塔，还有父亲的死、母亲的失明，以及学校、尼娜、基列耶夫，还谈到了如何搬到莫斯科，认识了别雷。关于未来，他只提到了一点，那就是一定要有钱，因为他就是这么想的。水手不赞成地摇了摇头："当工程师哪里会有钱！码头上的工程师比吊运工挣的还少。"水手又给自己和他倒上了葡萄酒，再次摇了摇头。喝完鸡尾酒，他们又喝上了啤酒。

米什卡不知道是怎么到的家，其他人也不知道。水手不见了，好像是送他到了大门口，也可能是提前离开了。他凭着醉汉的直觉，跌跌撞撞地闯进花园，吐了好一阵。尼娜用湿毛巾给他擦干净了。朋友们说再给他喝一杯酒，好让他彻底清醒，可是尼娜不让。

出发前，他们跑了两次旧货市场，把专门从莫斯科带来的两只大空箱子装得满满的，三个人合力才能扣上盖子。

买的最多的是均码袜子，有红色、驼色和蓝色的。袜子的两侧有星星和曲线，袜尖和袜跟用黑线加固了。袜子有的来自意大利，有的产地不明，售货员说是希腊产的。他们又买了一些相当时尚的白色毛圈袜——在莫斯科很难弄到这种袜子，但是买德国的袜子得排长队。

他们又买了几包短裤。这种短裤叫"三角裤头"——白色的纯棉三角形裤衩，有前开口。这种短裤是埃及制造的，听说并不是从国外直接进入旧货市场的，而是从港口的一个秘密仓库分流出来的，但这并不重要。他们给自己留了一些，又买了一些准备倒卖。对于自尊自重的人来说，脱掉裤子之后露出来在家穿的缎纹短裤会显得很不体面。有人为了避免这种尴尬，无论冬夏都在长裤里穿一条系扣或侧面系绳的普通短裤，虽然这样既不舒服也不好看。

他们买了五件普通尼龙衬衫，打算送到寄卖店去。在莫斯科，这种衣服不等拿出柜台，售价就能翻倍。他们每个人都给自己留了一件带有蓝色圆点的“牛津”棉麻衬衫，领角上系着扣子，后背的接缝处有“挂耳”。出席体面的聚会时，米什卡只能穿这种衬衫，可是穿了不久，他就把袖口和领口给洗开线了。

他们没有买牛仔裤，因为价格太高，花那些钱在莫斯科什么裤子都能买到。不过，他们购进了一些长裤——夏天穿的亚麻裤，类似中国裤子，浅驼色和浅灰色的，美式裁剪——腰部没有皱褶，两侧的接缝处是平直的口袋，右边的屁兜没有纽扣。维奇卡虽然给自己买了一条这样的裤子，但是不建议买来出售——冬天就要到了，况且它跟七点五卢布一条的中国裤子没有什么区别。但是，别雷和米什卡坚持认为这种裤子很时尚，明显是美国货，懂行的人即使在秋天也会抢着要，留为库存。

他们第二次来到旧货市场的时候，认识了一位大婶，是捕鲸人的妻子。她看到莫斯科人的购物欲望如此强烈，就小心翼翼地把自己的住址给了他们，提议第二天到她家去，这样就可以当场进货了。

他们找了好半天，才找到了位于普希金大街的一个小区。他们站在小区的院子里，谨慎地环顾了一下形形色色的阳台和木头长廊，想找到正确的入口。走廊里系着晾衣绳，晒着被单和里子翻在外面的水手裤子。最后，那位女士出现了。她用胸口抵着长廊的栏杆，默默地冲他们挥着手。他们在一群老太婆的注视下（她们坐在立式水龙头旁边的铸铁雕花长椅上），走进了散发着煎鱼和茄子味的漆黑的走廊。他们沿着倾斜的木板楼梯往楼上走时，看见几只小猫迅速地从他们的脚下逃走了。他们来到走廊里，进了房间。

显然，房间里还有其他家具，但是他们最先注意到的是一些椅子，上面堆满了衣服和吊在绳子上的纸质商标，已经看不清衣服下面的椅子的本来面目了。房间里的内衣和外套不比任何一家日用品中转商店里的少，并且都很特别——全是洋货。

房间里只有一把椅子，上面没放东西。这把椅子摆在一张小方桌前面，桌上铺着一块不同于本地风格的彩色漆布。椅子上睡着一个魁梧的男人，上身穿着无袖衬衣，下身穿着长长的蓝色短裤，脚上是一双拖鞋。桌上有一瓶快要喝完的伏特加酒、一个细颈杯子、一个装煎鱼和煮土豆的深钵。一个空酒瓶放在桌腿儿边的地板上。

“出海回来休息呢！”女士简单地解释了一下丈夫的状态之后，交易便开始了。

傍晚，他们离开捕鲸者的家时，拿了三大包精心搭配的衣服。剩下的钱只够吃住三天和购买普通车厢的返程车票了。包里有针织衬衫、高领套头衫、薄尼龙紧身毛衣、镶着亮边的氨纶胸罩和两件轻薄的男式“特丽纶”西装（这种西装怎么叠都不出褶）。他们还买了些短袜、长袜，以及在莫斯科没怎么见过的连裤袜。白得耀眼的男式短袖汗衫很上档次，可以搭配牛仔裤。类似于低帮球鞋的拼布便鞋的蓝色面料很光滑，用松紧带代替鞋带，也跟牛仔裤很搭配。还有一瓶法国香水、两块日本手表、三顶正宗的英国小方格鸭舌帽（前面的帽檐儿用扣子扣住了），以及十几条各种颜色的细条领带……

女主人送的包装袋很特别，又大又轻薄，两边印的彩图上有一个极具漂亮的金发女子，好像在哪部“缴获的电影”里出现过。那名女子站在马路的下水井盖儿上，从下面吹来的风把她的裙子掀了起来。他们拎着袋子坐上电车时，就连习惯了“荣誉号”带来的各色奇异物品的敖德萨人都直盯着他们看。

尼娜挑衣服很有眼光，兴致勃勃地随手给自己选了几件衣服，嘴里说着“干吗花钱，有谁会买”。她好像不明白买这些东西有什么用，不知道钱是从哪儿来的。从莫斯科出发之前，为了凑够去“旧货市场”的钱，米什卡大费周折，向所有人借了钱，秋天才能还。

启程前（火车晚上六点钟出发），大家提前来到了海滩。他们在路上清点了零钱，然后走进了一家已经升起炊烟的肉串店，准备喝杯干红葡萄酒。在店里，他们遇到了几个一大早就来喝香槟酒的熟识的格鲁吉亚人，和他们一起为庆祝这个季节即将结束而碰杯。他们打算往下走，因为尼娜特别急于最后一次看日出。维奇卡摆了摆手，意思是“我等会儿再来”。他正在跟一位格鲁吉亚人热烈地轻声聊着什么。那位格鲁吉亚人有点儿秃顶，是个胖胖的年轻人，一双异常发蓝的眼睛放射出温暖、柔和的光芒，朋友们都叫他“安佐里”。

大家在海滩上捡到了一颗漂亮的鹅卵石，然后又扔掉了。别雷再次从石头上扎进了水里，而基列耶夫则挺着大肚子仰面躺着，闭上眼睛嚅动着嘴唇，计算着那些货能赚多少钱。大约四十分钟后，维奇卡也来了。他看上去比平时还要严肃，脸上露出冷酷的表情——只有在他不注意控制自己的时候，才会流露出这种表情。他连衣服都没有脱，又是喊叫又是挥手地匆忙把别雷从海里拽了上来，还跟尼娜礼貌地表示了歉意，但是态度相当冷淡。他把大家领到海边的一块石头后面，然后开了腔。

“弟兄们，”维奇卡说，“你们钓到的都是小鱼，准确地说是一堆破烂。整整一冬天，就等着死乞白赖地往外卖吧！就算都卖完了，也最多能赚一千卢布，还高兴得不得了。我半个小时就谈成了一笔上万卢布的买卖——至少上万！我不用自己扛货，什么风险都没有，他们还全都抢着要。我打算加入他们……好好听我说，未来一片光明……”

维奇卡描述计划的时候，别雷紧锁着眉头，而基列耶夫却兴奋不已。计划是这样的：蓝眼睛安佐里负责运货到莫斯科。货物由格鲁吉亚的类似生产非法针织套头衫的地下车间提供，所用的尼龙材质粗劣、做工一般，但大体上能以假乱真。大家可以找一些可靠的渠道进行销售，比如通过熟识的倒卖者和寄卖商来销售。货物由列车员运出来，结算时每件给他们百分之十的提成，格鲁吉亚人会乐意干的。一件套头衫至少能卖二十卢布，一个冬天下来能销售几百件，就等着数钱吧！

尼娜走了过来。米什卡抱了抱她，吻了一下她，然后温柔地打发她去游泳。他觉得事关重要，在跟格鲁吉亚人谈妥之前，得好好考虑考虑。如果在莫斯科突然出现几百件高领衫，那么价格一定会大幅跌落的。不过，从另一个角度来说，这些货会很畅销。就连那些不知道这东西的法语正确叫法是“科里鲁凉”（即“高翻领”）的人，都会狂热地追捧这种轻薄的高领尼龙衫。白色、黑色和深红色高领衫的需求量特别大，春末的价格至少会涨到二十五卢布，并且会遭疯抢……别雷一直眉头紧锁，因为他讨厌做假货交易。基列耶夫习惯性地嚅动着嘴唇，已经在盘算将来的利润了。大家意见不统一，都在等着米什卡说话。他点了点头，默默地冲着维奇卡竖起了大拇指。

大家匆匆忙忙地在海水里浸泡了一会儿，再站在阳光下晒干，然后向格鲁吉亚人的肉串店走去。那帮格鲁吉亚人已经喝了八瓶香槟酒——他们不在乎花多少钱。他们在半个小时之内全部谈妥了，交换了电话号码和地址。他们决定通过维奇卡来联系，因为他住在“插间”。基列耶夫得回父母家去，从奥金佐沃坐车到“煤油学院”① 去上学。别雷担心讨厌格鲁吉亚口音的父亲接电话，而米什卡家有可能接电话的只有尼娜——他妈妈从来不接电话。

大家回到海滩上，受到光明未来的鼓舞，心情大好。他们边走边脱掉衣服，跳进海里，溅起巨大的水花，结果有很多游客躲到岸上，大骂这些成年的傻瓜。米什卡想教尼娜自由泳，纠正她的泳姿，结果她不愿意，呛了好几口水，挣扎着爬上岸，吐了半天口水，非常生气。

---

① 指“古布金石油天然气大学”。

终于要出发了。基列耶夫装腔作势地与石头“吻别”，而别雷则温柔地和一位胖胖的少先队辅导员告别，还把自己的电话号码给了她，嘱咐她“一旦有机会去莫斯科，可以联系”。不过，刚一离开海滩，他就后悔了，但为时已晚。大家拿这件事开了好长时间玩笑，描绘着冬天电话铃声响起时，他不得不带着这位迷人的“砸夯机”到处闲逛的情形。

大家离开海滩，直奔市场，买了些路上吃的西红柿、家用乳酪等，又在售货摊上买了五瓶当地的“利曼西斯克”葡萄酒。

车厢里很闷，全是汗味，好在他们占了一个“隔舱”。维奇卡心满意足地躺在卧铺上，感觉跟在包厢里差不多。尼娜躲在被单后面换上了长袍，大家立刻就开始吃晚饭了。

第二天早上，窗外的天空阴沉沉的，细雨斜打在玻璃窗上。中午，别雷在枢纽站（没来得及记住它的名字）跳下车，用最后的十卢布买了三瓶伏特加酒和几个土豆饼。大家从车厢内的托盘上拿出细颈杯子，倒上了酒。

莫斯科的气息终于扑面而来了。这个冬天一定会很忙碌，一想到这儿，大家的心情就立刻变得忧郁起来。基列耶夫无精打采地拨动着琴弦，轻轻地哼唱着“扔在角落里的皮夹克”①，而尼娜则目不转睛地看着湿漉漉的玻璃窗——大家连打扑克牌的心情都没有。

① 出自歌曲《皮夹克》。这是一首抒情的歌曲，曲调忧伤，歌词的第一句为“扔在角落里的皮夹克”。

第五章　忙碌的秋天

星期天一大早，电视里就有两个人①——一个像加加林②，一个像斯坦尼斯拉夫斯基③（只是鼻子更塌些）——在介绍舞台剧表演，全国的观众都很开心。米什卡和尼娜边吃早饭边看电视，显得很郁闷。妈妈还没有起床，最近她总是躺在床上听早晨的节目。如果家里没有人，她就会小声地跟着哼唱几句——几乎所有的流行歌曲她都喜欢。她很少说话，只在万不得已时才张口，比如让别人递给她东西时，或者在突然失去方向感时（让人扶她走到厨房里）。他已经习惯了，可是尼娜有时还无法理解："您生气了，玛丽娅·伊利尼奇娜？您为什么总是不说话？我做错什么了吗？发生了什么事？"可是，她问的问题从来都得不到回答，妈妈只是耸一耸肩。

尽管这一天是休息日，但是米什卡仍然打算早饭后到学校去，在阅览室里待一会儿，抓紧时间收集论文资料。他得按照理论力学教研室的要求答辩：利用原始参数计算在非线性增长加速度的控制下，某种均布

① 指德米特里·伊万诺夫和弗拉基米尔·特里法诺夫，他们都是舞台剧的节目主持人。

② 尤里·加加林（1934—1968），苏联宇航员，世界上第一位登上太空的人。

③ 斯坦尼斯拉夫斯基（1863—1938），俄罗斯戏剧演员、导演。

载荷的复合支架的稳定性系数。另一名毕业生也在研究这种支架，但他计算的是非谐振动数据。还有一名毕业生，计算的是有关侧面撞击的数据。订单是分配给整个科研组的，然而教师们都不想为了这种小钱拼命，就把它们转嫁给了毕业生。这样做很明智：一方面，论文是真实的；另一方面，不必把订购方支付给科研部门的经费分给学生。那个计算侧面撞击数据的学生，上大学之前在一家内部飞机设计局当过一年的低级技师。他小声说，那种支架是用来固定无人侦察设备的——至少跟他在图纸上看到的很像。

米什卡打算在阅览室里待到傍晚，查阅所有与原始参数研究方法有关的资料。他甚至有点儿搞懂了这种神秘的方法——在理论力学和材料力学的课程中好像都学过，可是一点儿印象也没有了。此前，他跟别雷说好了，晚上要到一位姑娘家小酌，好好听听爵士乐。那位姑娘有一部放在支架上的“交响乐”牌电唱机和一个通体有白色圆点的灰色“根德”牌录音机，还有很多好玩的东西。她的父母常年不在家，不是去刚果、埃及，就是去日内瓦。有个小伙子常常会拿来唱片和碟片。他是“年轻人”咖啡馆赫赫有名的萨克斯管演奏家，即兴爵士乐演奏会的主角，参加音乐会时经常遭到警察的驱逐。

米什卡穿戴得十分精致，却遭到了尼娜的白眼。他不打算和她一起去，不是因为得有人留下来陪妈妈（她一个人也能安静地度过傍晚的时光），而是因为这是男人的聚会（如果不算女主人的话），大家要喝伏特加酒、听爵士乐、谈爵士乐，而尼娜对此毫无兴趣，会觉得无聊的。他就是这么跟尼娜解释的，她一句话也没说。

“你要很晚才回家吗?”妈妈问得很不是时候。

“不，妈妈，十一点左右就回来。”他尽量平淡地回答，却没法儿让尼娜消气（她还没听完他的话就走进了房间，砰的一声关上了门），“你就别等我啦，妈妈，先睡吧……”

“你怎么不带着尼娜一起去呢?”妈妈一旦开了口，就得把话说完，“晚上，我一个人能行。我会打开电视机，听一会儿就早点儿睡……”

“妈妈，她会觉得没意思的。上帝保佑，那儿全是喜欢爵士乐的人，聊的也是爵士乐——哪个歌手出了什么唱片、谁演奏的低音部分，等等。她会生气的，那样只会毁了晚会，对她、对大家都不好……”

这一次，妈妈没有吱声。她听见尼娜从彼佳舅舅的房间里出来，进了厨房——她不想在儿媳妇面前继续这种不愉快的谈话。他开始穿衣服了。

这一年冬天，没人再穿纤维制品了——讲究的人都这样。幸运的是，他卖掉了穿旧了的涤纶裤子，在阿尔巴特大街的寄卖商店找到了一条相当好的灰色英国法兰绒长裤，与那件无可挑剔、永不过时的蓝色西装十分相配。

半个小时之后，他撇下了“刚好”从厨房里探出头来的尼娜。她好像哭了，可是他装作没看见，边走边吻了吻妈妈。他飞快地向地铁站走去，绕过水坑，免得溅脏了匈牙利皮鞋（仿造英国式样“私人订制”的皮鞋）和裤子。地铁口人满为患，门内热浪滚滚。他挤了进去，站在滚梯上，什么也不想，只是享受那种一身轻松的感觉，准备痛痛快快地玩儿一回。

阅览室里飘散着书籍发霉的味道，有一种令人感到奇怪的不自然的寂静——数十人聚集在一个无法讲话的空间里就会这样。查找目录时，他看到了一年级女生和男生嫉妒的目光，还发现年级组长兼大学团委成员万卡·格卢什科从自己早就选好的一摞参考书上抬起眼睛，用不满的目光审视着他的西装。万卡是从成年男子服役的部队回来的优等生，非常讨厌穿奇装异服的人。

他查到了五本书，到了借阅处才知道有两本在别人手上，还有两本要到第二天才能从库房里找出来。为了求得心理安慰，他立刻借阅了现有的一本科学专著。可是，他读了一会儿，发现根本就看不懂。得从简单的书开始！第二天得早点儿来，待上一整天。他又来到借阅处，小声地跟年轻的图书管理员献殷勤。她递给他一本杂志，上面介绍了阿克肖诺夫①的一部最新出版的小说。

他翻开杂志，无意间瞥了一眼手表，才发现得赶紧走了，因为坐车到科捷利尼基沿岸大街还需要时间，现在已经六点半了。

首先播放的是迈尔士·戴维斯②的唱片，然后是桑尼·罗林斯的唱片。所有人都摆出怡然自得的姿态坐在那儿，不吃东西，光喝伏特加酒。他们不停地抽烟，直抽到头脑发昏，随着复杂的韵律摇头晃脑……他悄悄地观察了一下女主人丹娘。她不算漂亮，显然是黑发，却染成了愚蠢的红色。她长着一张扁脸，有点儿像蒙古人。她的嘴唇很厚，眼睛很黑（看不到瞳孔）。她的眼睛不大，但很有活力。他突然发现，丹娘也在悄悄地观察他。他笑了一下，她也无声地笑了笑，作为回应。为了听清楚演奏所有乐器的声音，他们把电唱机的音量调到了最大——爵士乐爱好者都喜欢这样。事态瞬间变得明朗了，但是他抛开了私心杂念，什么都不去想，只是好好地听音乐，追随着萨克斯的乐声……

然后，他们放了博比·哈尔特③和杰克·蒂加登④的音乐。萨克斯手廖沙又装了一袋烟，开始在烟雾笼罩之下轻声地跟别雷讨论博普⑤和“前卫派”。丹娘和一个小伙子郑重其事地随着查尔斯顿舞曲（这种舞

① 瓦西里·阿克肖诺夫（1932—2009），俄罗斯作家。

② 迈尔士·戴维斯（1926—1991），美国小号手，对美国二十世纪音乐的发展影响颇深。

③ 博比·哈尔特（1915—1976），美国小号手、吉他手，美国爵士乐历史上最有影响的人物之一。

④ 杰克·蒂加登（1905—1964），美国长号手、作曲家。

⑤ 在1940年形成的一种爵士乐风格。

曲在四十年后重新归于了时尚）跳起了舞。小伙子来自第二医学院，是个猎艳的高手，从不放过任何姑娘。他们这一对儿把腿伸向一边，小心地在房间里转动着，尽量不碰到一面墙边叮当作响的“赫尔加”水晶餐具柜①和另一面墙上卷起的壁毯——房间很宽敞，但是对跳舞的人来说还是小了点儿。

米什卡倒酒、喝酒，然后再倒、再喝。伏特加酒很多，谁都没有留意他。房间里烟雾弥漫，他感到房间在动，在随着查尔斯顿舞曲的节奏摇晃，就像自得其乐的爵士乐乐手那迷人的大脑袋。

不知不觉中，碟片已经换了，恰比·切克吼起了那句让人百听不厌的“让我们再次摇摆，像去年夏天那样”。丹娘和医学院的学生一起半蹲着扭动屁股，而米什卡则作为第三个人加入了他们的行列。为了显示自己水平高超，他扭动着一条腿，而医学院的学生则身体后仰，倒在扶手椅上擦起汗来。他和丹娘仍然不停地扭动着。此时，尼尔·萨达卡②甜美的歌声响了起来。他们抱在一起，在原地轻轻地晃动着。舞曲结束了，晚会进入了高潮。廖沙放上了约翰·柯川③的最新唱片，大家沉浸在“前卫派”的享乐中。他往自己和丹娘的高脚杯里各倒了三分之一杯的酒，尽量不发出叮当的响声，免得影响别人。丹娘一饮而尽，跟他一样。过了一会儿，音乐停止了，大家都不见了。他们走进了卧室，威利斯·康诺弗④那优美的男中音立刻从“斯皮多拉”牌收音机里传了出来。床头灯亮着——这显然是她父母的床。丹娘脱下了瘦得像袜子一样的套头针织裙。

---

① 德国生产的一种专门装贵重的水晶餐具的柜子。

② 美国流行歌手、钢琴家。

③ 约翰·柯川（1926—1967），美国二十世纪中期最有影响力的爵士音乐家之一。

④ 威利斯·康诺弗（1920—1996），美国之音“摇滚时刻”节目的主持人。

不出所料，她很疯狂，但却很温柔。有那么半个多小时，米什卡什么也不想。后来，他逐渐清醒过来，但为时已晚——他突然产生了一种感觉。这种感觉以前也出现过，但是很快便会烟消云散：他爱上了丹娘。在皱巴巴的床上蠕动时，他想到了未来，想永远拥有她，还构建了一些愚蠢的计划。尼娜在他的脑海里一闪而过，只会让他生气。他很羞愧，却毫无办法——尼娜成了他把握幸福未来的障碍。又过了一会儿，他醒了——醒得很突然、很彻底。他看了看手表，指针无情地指到了十二点一刻。他急忙起身穿衣服，脸色大变。可是，这些都毫无意义，他已经完全清醒了。他有些手忙脚乱，但是穿得很仔细，唯恐漏掉什么。丹娘好像没有在意似的，趴在床上，把脸埋在了枕头里，似乎在打瞌睡。他穿好大衣，弯下身子，跟她说“再见”，并且试图亲吻她，而她却只把肩膀向他的嘴唇靠了过去。

回到家，他小心地打开房门，没有弄出响声，在黑暗中脱掉衣服，然后躺下了。尼娜翻过身去，把脸冲着墙，嘟囔了一句“真是畜生”。他压住火气，没有说话，翻了个身，把被子横在了自己和妻子中间。天快亮时，他睡着了。一个小时后，他醒来了，急忙穿上牛仔裤和套头衫，没吃早饭就坐车去了学校。

在阅览室门口，他看见了丹娘。作为一名外语学院的学生，不知为什么，她在一大群很早就来占位置看书的大学生中并不显眼。这并不是因为她作为一名外交官的女儿，穿戴过于简朴，而是因为她的安静，与当地人完全不同。她脸上挂着“动物园的参观者”那样的好奇神情，望着拥进来的学生：有喝得烂醉、还没睡醒的文科生，有刚打完朴烈费兰斯扑克牌的数学系和物理系学生，还有心事重重、一脸忧郁的一年级新生。看上去，她睡得很好，而且至少花了一个小时在镜前化妆。不过，她仍然算不上漂亮，脸上的亚洲人特点显得更加突出了。

“怎么进来的?”他连个招呼都没打，上来就问。

“我出示了学生证，就进来了。”她也没打招呼，就像他们并未分开似的，“听着，我不会打扰你的。你做你的事，我就在旁边看书，好吗?”

他不知道应该如何回答，便在角落里找到了一个好位置，拿了一摞书，还为丹娘要了一本与阿克肖诺夫有关的杂志——他前一天刚刚读完这本杂志。他们并排坐在了一起。他开始看书了，并且往笔记本上抄公式、画图，然后在图上用短箭头表示负载方向。他精力十分集中，竟然把她给忘了。丹娘静静地坐着，似乎也在看书。可是，当他放下书本，要去吸烟室的时候，发现她早就合上了杂志，靠在椅背上从侧面盯着他看。

“怎么啦?”他小声问。

“没什么。”她低声回答，“爱你!”

他回过头来，觉得整个图书馆的人都听见了她的低语。没有人抬头，后面的一个似曾相识的三年级学生连眼睛都没有睁开，笔直地坐在那儿睡着了，面前的桌子上摊着一本打开的文策尔①的《概率理论》。

他与丹娘之间的风流韵事在疯狂中开始，又在笼罩着一切的迷雾中发展开来。于是，他与尼娜之间开始了连续不断的争吵，并且总是他先挑起争端（他总是吹毛求疵）。尼娜逐渐变得沉默寡言了，并且没有找到什么特别的证据——虽然他完全失去了现实的存在感，但是他行事却极为谨慎，只在白天与丹娘见面。丹娘经常缺课，总能给自己弄到病假条，而他则彻底把论文扔到了一边。晚上，他总是早早地回家，拿着书和笔记本（笔记本上除了最初画上去的图表以外，什么都没有），整夜待在厨房里，不停地抽烟，一直抽到嘴里散发出臭味。

他现在已经无路可走了。他知道，他永远也不可能跟尼娜离婚。他不可能用这种方式一下子毁掉全部的生活，毁掉在兔儿谷、在敖德萨和

① 苏联数学家。

在这里——彼佳舅舅的沙发床上发生的一切……她要是走了，他也活不下去了。他永远也不可能把这些事情告诉妈妈，但是如果下定决心把这些事情都解决掉，就绝对不会有好结果——对丹娘如此，对其他人也是如此。然而，如果让他抛弃丹娘，他也做不到。他无法想象，哪一天不和她见面，自己会怎么样。在她那儿，他感觉好多了，比在家里更自信。他们两个人在一起的时候，她每时每刻都在盯着他的脸。

他穿着短裤坐在厨房里，挨着冻，喝着冷酸奶，希望赶走可恶的口臭。他想到了丹娘、尼娜和妈妈，想到了突然被扰乱的生活。他怜悯所有人，却毫无办法，因为最可怜的人是他自己。有时，尼娜会在半夜进来，叫他回去睡觉。可是，他根本就不想睡觉。于是，他就毫无理由地发火，恶狠狠地说自己得写论文，说她根本就不关心他的事，说自己就要答辩了，还什么都没有准备。他压低了声音，免得吵醒妈妈。接着，他口不择言地让尼娜滚出厨房。尼娜立刻就哭着用最难听的话骂他，说他残忍、粗鲁，对什么事都漠不关心。他更加恼火了，便压低了声音和她吵架，一直吵到了清晨。

朋友们都知道了这件事，对此看法不一。基列耶夫喜欢待在丹娘家，因为他们在她家聚会时可以喝酒、听音乐。有几次，他甚至表示，比起尼娜来，他更喜欢丹娘，似乎是忘了学校的事，忘了兔儿谷，忘了把他们三个人联系起来的一切事情。别雷似乎有点儿嫉妒，但是并不把这种关系太当回事儿——姑娘多的是，还会有新人。遇见尼娜时，他还跟从前一样，甚至更加友好了。维奇卡坚决反对，说得很直接："一时兴起才跟人上床是一回事，养活第二个老婆是另一回事——最后只会身败名裂。"于是，他不再去丹娘家了，偶尔遇见他们俩也只是对她点点头。

10 月就这样过去了。到了 11 月，又会有一堆新的麻烦事要操心。安佐里运来的头三批套头衫已经到货了。大家坐车到库尔斯克火车站接货时，跟列车员结了账。维奇卡表现出了极其高涨的经商热情，与原来的他判若两人。他把货物通过自己的牙科病人销售出去，在一周之内把六十件衣服销售一空。这样，他就把债务还清了，并且有了进新货的钱。套头衫源源不断地被运来，他们轮流到库尔斯克火车站去接货，免得引起乘警的注意。接货后，他们就坐车来到公园里的藏身之地，让列车员拿着包裹在火车站外交易，这样会稳妥些。回款滚滚而来，大家分到了一次利润。现在，别雷通过一名在祖耶沃文化宫跟着乐队排练的乐器演奏家销货，基列耶夫也在自己就读的“煤油学院”少量地销售（卖给他认识的住在奥金佐沃的纨绔子弟）。

尼娜似乎没有注意到这些事情——她无暇顾及，因为每天晚上都会发生大大小小的冲突。她总是在哭，怀疑他有什么重要的事情瞒着她，尽管她还无法确定丹娘的存在。他简直要疯了——所有事情都赶到了一起：得认真准备毕业论文，得去找能销售套头衫的熟人，还得去和丹娘见面（一定得去，因为如果不和她见面，他就没法儿活）。

他已经习惯于大白天地跑去见她了，好让自己在疯狂忙碌的白天和暗无天日的夜晚之间喘口气。他倒在沙发上，而她则迅速地做好了饭，并且做得很好吃——尼娜根本就不会做饭。他一边喝捷克啤酒，一边躺着吃饭——在她家里，从来没缺过酒。她像一位养育儿子的母亲一样，坐在旁边看着他。然后，他把盘子和杯子放在地板上，让她躺在他身上，把头放在他的手臂上或者胸口处。他们就这样和衣而卧，躺了半个小时左右，轻声地议论着他的处境。丹娘提起尼娜的时候，总是很谨慎，表现出了明显的同情心。他很生气，认为这是虚情假意。可是，两个人从未发展到争吵的地步，火热的激情或多或少地把其他事情从他的身上“挤掉”了。他们转战到了卧室，免得在沙发上留下痕迹。丹娘根本不懂得节制，耗尽了他的体力。夜幕降临了，他从梦中醒来，一跃而起，匆忙穿上了衣服，希望家中平安无事。丹娘熟练地帮他准备好一切，没有流露出丝毫的不满。在这种情况下，他会再待上一个小时，嘴里喃喃地说着："我为什么要离开这么舒服的地方呢？"

11 月就要结束了，冷风吹走了街上的脏水。天黑得越来越早，白天能够做事的时间越来越少了。他忙得快要窒息了，但却毫无办法。

白天，朋友们很少见面，只在有事时才见面。晚上，基列耶夫和别雷有时会到丹娘家去，四个人一起坐一会儿，喝点儿干红葡萄酒，很少喝伏特加酒。丹娘把下酒菜端上来时，一旦听到他们在聊正事（他们并不避讳她），就走进厨房，掩上门，一个人坐着看书。基列耶夫拿着一把吉他，无精打采地乱拨一气，轻声弹唱着维兹博尔、戈罗德尼兹基和奥库德扎夫的歌，有时也参与他们的谈话。丹娘从厨房里走回来时，他们就会结束严肃的话题。接下来的一个多小时，大家会一起喝点儿酒、唱唱歌。别雷开玩笑说："要是警察来了，就说我们在办婚礼。基里尔，你得学会拉手风琴！来，大家一起唱'敌对势力乌云笼罩……'！"大家已经对这个笑话习以为常了，每次别雷都这么说。

现在，与维奇卡只能保持电话联系，而且次数不多。只有从第比利斯大批来货的时候，他们才会在库尔斯克火车站见个面。维奇卡拿到自己的那份货之后，就销声匿迹了。大约五天之后，他打来电话说："都卖了。得见个面，把钱分了。"他们坐在位于普希金大街的特维尔街心花园的"厄尔布鲁士"肉串店里，服务生把卡尔斯羊肉串和亚美尼亚鸡尾酒送了上来。维奇卡在桌子下面把大家带来的钱收到一起，快速地清点之后，手法娴熟地分给了四个人。然后，大家一边喝酒，一边吃野韭菜、烤奶酪和羊肉串。邻桌的一群高尔基文学院的大学生正在争论谁是真正的天才、谁不是。有时，他们会在这群人中遇到一个熟人——一个高个子的金发诗人，偶尔也会在寄卖店里碰到他。有一回，他从别雷手上买了件夹克，叫它"小潮服"。诗人长得很像芬兰人，尤其是斜眼看人的时候。他常在赫尔岑和阿尔巴特大街网罗芬兰特产。有时候，关于谁是天才的争论会在街心花园引起一场小争斗。对此，诗人只是报以冷笑——这没有什么好争论的。上一年级的时候，人们就发现他是个天才。在佩列杰尔基诺墓地①举行的葬礼上，他朗诵的诗歌传遍了莫斯科。为了这件事，他差点儿被大学开除……

傍晚，大家在“厄尔布鲁士”肉串店分手了。米什卡往家里走去，感到了胸口处衣袋里的钱包带来的“甜蜜压力”。他想，如果生活没有被分成两部分，如果回家时尼娜像丹娘那样，带着幸福的叹息说“你终于回来了，亲爱的”，那该有多好啊！那样的话，就只有一个家、一个女人了。这个女人当然是尼娜，因为他还像十年前那样，相信没有比她更漂亮的女人了。生活中的琐事让他应接不暇，可是只剩下他一个人的时候，他总是会想，在这么短的时间里，他就在生活中找到了重要、确定的尊严，那就是他跟妈妈和尼娜有足够的钱花——他做到了父亲去世时，他对自己承诺的事。他会养家，让家人不受穷，而大部分一年级的新生到目前为止都要由父母来供养。最近，他存了些钱，看上了“扎波罗热”牌小轿车，特别是红颜色的那一款。如果一切顺利，到了夏天，他就可以认真地考虑买下这款仿“菲亚特”牌的迷人轿车了。

只是，他还无法将劈成两半的生活连接起来。他不止一次地想离开丹娘，有时一连三四天都不去她家。她到处找他，给别雷打电话或者干脆跑到学校去，在他去论文答疑室的路上截住他。她从来不哭，只是用一双瞳孔模糊的丹凤眼盯着他，轻声地问他是不是真的不要她了。他立刻推说事情太多了，在家没办法打电话。于是，她便安下心来，似乎相

---

① 莫斯科著名的文化名人墓地。苏联著名作家、诗人、翻译家帕斯捷尔纳克（1890—1960）被安葬于此。帕斯捷尔纳克出生于莫斯科的犹太人家庭，于1955年创作的小说《日瓦戈医生》获得了1958年的诺贝尔文学奖，但是他的小说受到了苏联当局的猛烈批判。诗人去世后，很多人冒险参加他的葬礼，受到了克格勃的严密监视，很多人因此而在后来的工作中受到了影响。

信了他的话。接下来，一切照旧。

在这期间发生的事情确实很多，一件一件地接踵而至：列车员定期运来散发着柴油气味的大批套头衫；论文进展缓慢，但仍在向前推进；尼娜已经变得少言寡语了，整天坐在学校的阅览室里备战全国统一考试；妈妈卧床的时间越来越长了，吃得越来越少，并且从早到晚都不关电视机和收音机，听个没完。

突然，有传言说，数学系、机械系和物理系的毕业论文答辩从夏天推迟到了第二年冬天。军事教研部正准备让大家补课，将炮兵重新培训为火箭手。夏天的时候，他们还要集体去军事训练营进行训练，这之后就能获得预备役中尉工程师的称号了。女生还按照原计划，6 月份答辩。不过，这种传言不久就得到了证实。为了上军事课，他剪短了耳朵上方的头发和刚留起来的时髦的连鬓胡子，把论文彻底抛到了一边，因为距离答辩还有很多时间。

听了两次新开的军事课之后，他就不想再听了，因为他们给快要毕业的大学数学系和物理系学生讲的都是只有小学水平的火箭飞行理论。但是，他没有办法逃课，因为出勤的点名很严格。有关秘密设备（都是些老旧设备）的秘密课程还没有上，要等上面批准。为了打发时间，他独自一人跑出去浏览了一下城市的风光。在这突如其来的闲暇之际，他竟然喜欢上了这项活动，常常步行几个小时也不嫌累，到了晚上才发觉两腿酸痛。他在涅格里纳大街和库兹涅茨克大街交会处的小店里吃了几个果泥馅煎包，然后继续朝着视力所及的地方走去。他走过斯列杰恩卡大街，又穿过了几条胡同，来到了特鲁布诺街。他穿过了一个又一个街心花园，在普希金大街上看了看具有现代建筑风格的巨型影剧院，然后到咖啡店（原来是啤酒屋）里吃了点儿东西。从咖啡店里出来之后，他信步穿过特维尔林荫大道，走上了加里宁大街。这儿的柏油路全被刨开了，整条大街都用隔离带封锁着，有点儿像纽约的街道。他很高兴自己可以像普通人一样享受这样的闲暇时光。随后，他拐上了大石桥，迎风站在桥上望着克里姆林宫。有时，会有警察走过来，在不远处停下脚步——大概是无法确认眼前的这位是图谋不轨的歹徒，还是单纯看热闹的游客。警察离开之后，他继续前行，经过莫斯科河南岸的一些死胡同和一个个门洞，经过腐烂发黑的烂木头堆，再经过白色别墅的断壁残垣和没了圆顶的教堂，走上了谢尔普霍夫卡大街。他从有卡车穿行的街心走到帕韦列茨街时，突然感到很疲惫。于是，他向地铁站走去。他从“马雅可夫斯基”地铁站出来的时候，天已经黑了。

12 月初，雪下得很大，但是气温不低，有十到十五摄氏度。他穿着一件磨得不成样子的绵羊皮袄，头上戴着一顶特殊款式的加拿大产的保暖护耳帽（这种帽子的尺寸比俄罗斯产的帽子小很多，帽顶有方格，里面的羊毛是白色的）。帽子是一位犹太老人做的，他是个制帽天才。莫斯科电影制片厂的领导专门把他从维尔纽斯请来，让他不停地为“历史上的骠骑兵英雄”制作高筒军帽。

他和丹娘见面的次数越来越少，丹娘也不再到处找他了。他来的时候，她还像从前那样迎接他，很幸福的样子。可是，他不再打电话了，也不再暗中守候了。然而，他跟尼娜的关系并未因此而有所改善。他整个人都像僵住了似的，无法跟妻子温柔地说话。他们几乎不再争吵了，因为他整晚都坐在家里用新买的“亚乌扎”牌录音机听音乐——全盘剽窃“根德”的创意，就连花里胡哨的外壳都与它如出一辙。录音机里播放着爵士乐，音质还不错。有时，他会看一看电视，把音量放低，免得太吵。他会简单地给妈妈描述一下电视里的画面。初冬时节，妈妈感觉身体好些了，经常起床到厨房去，轻而易举地就能找到食物。可是，如果要把食物加热，没人帮忙还是不行。

突然，法伊娜在一周之内去世了——她得了流感并发症，患上了肺炎。整个大院的人都来送葬了，喀山的亲戚们也来了。不知为什么，抬棺材的都是萨菲杜林家的男人。艾哈迈德头发全白，佝偻着腰，努力把棺材放在肩膀上。看上去很像成年人的法里特和鲁斯兰走在前面。十岁的约瑟夫走在棺材后面，没有哭。

尼娜和米什卡一直扶着妈妈。妈妈头上扎了两条头巾，一路磕磕绊绊，坚持坐出租车到了瓦甘科沃墓地。妈妈的背已经驼得很厉害了。她睁着大大的眼睛看着地面。她的眼泪没有流过脸颊，而是直接落到了她的脚边。有那么一会儿，他觉得这十年仿佛并没有过去，他们现在埋葬的是彼佳舅舅。他思考着这十年的生活，思考着这段时间是怎么度过的。当大家把最后几颗钉子钉进棺材盖儿，然后把棺材吊在绳子上，放进冰冷的小墓穴，再把雪地上的黄土撒下去时，他心里想的只有这些。黄土越来越少，直至剩下一个污点，让人想起春天就要到了。他想，很快就要埋葬妈妈了。他要把这个想法赶走，然而这个场景却在他的脑海中变得更加清晰了。他想象着今后的十年该怎样度过，将来又会有谁来埋葬他。突然间，他不但想明白了所有的事情，而且觉得自己离这一天已经不远了。他看见自己变老了，生病了……尼娜没有出现在这种幻象中。

在酬客的宴席上，他连喝了两杯伏特加酒，醉得不成样子。尼娜好不容易才把他扶到了家。

第六章　冬天

12 月初，下了一个星期的雪。紧接着，气温骤降，降到了零下三十多摄氏度，所有的东西都被冻住了。因为有雪，所以夜晚变得很亮，星星在冰冷、漆黑的空中闪耀着。人们戴上了手套，捂住了口鼻，用哈气融化了霜花，然后匆匆忙忙地向地铁口跑去。

生活也仿佛被冻住了。上午快十点钟了才天亮，下午四点钟天就黑了，一天到晚什么都做不了。格鲁吉亚的货流中断了，好像“邮路”也被冻住了似的。除了每天上两次军事课以外，米什卡无事可做。家中重新归于平静了。尼娜正在努力备战全国性的考试，十分用功——她要在首都的大学里保住优秀生的地位。她白天待在阅览室里，晚上回家给全家做晚饭。饭后，她收拾完厨房，便坐在那儿看书和复习提纲。妈妈穿着毛袜子和中式棉袄（这是他在夏天买的，是送给她的生日礼物），肩上披着旧围巾，坐在电视机前。他在旁边小声地讲述着电视机里播放的内容。不一会儿，她就累了，躺到了床上。他在她盖的被子上面加了一条毛毯，然后打开了沙沙作响的收音机和沙发床旁边的小灯。半夜一点钟，收音机里播放着歌曲《联盟不可战胜》。他在彼佳舅舅的房间里打开了那台老掉牙的“德律风根”牌收音机，收听“Music USA”节目。收音机还能听，且音质不错。真了不起，立体声都比不上它！有时，他会在吱吱嘎嘎的杂音中把频道调到 BBC 电台——会有一个听上去岁数不小的叔叔操着动听的莫斯科剧院式口音为人们揭开事情的真相。他在沙沙声和自信、有力的喃喃低语声中打着瞌睡。夜里两点钟，尼娜走了进来，他立刻就醒了。他们和好如初，就像此前在敖德萨那样。他不厌倦，也不劳累。她看了一整天书，中间还要给家人做饭、收拾房间，却一点儿也不觉得累。白天，比留扎来了之后，其他的事都不用干，只给妈妈喂饭，然后把餐具收到水池里，就回幼儿园去了。事后，他们躺在床上，她把肩膀靠在了他的肚子上。收音机的小绿灯像猫眼一样变细、变宽了。在所有的思绪飞走之前，他们睡着了。他觉得，这种暖洋洋的生活真好。

丹娘消失了，他并不感到惋惜，甚至没怎么想念她。

白天，他们在别雷家见面。别雷晚上在自己的俱乐部工作，白天穿着睡衣和拖鞋在家里闲逛。他父亲高升了，总是工作到很晚。他母亲虽然年老色衰，却依旧终日徜徉在时装店和理发店。他们俩坐在厨房里——他常常带来伏特加酒或者廉价的波尔多葡萄酒。别雷从“齐尔”牌冰箱里端来吃剩下的沙拉，或者把从“布拉格”食品店买来的灌肠煮熟。他们什么都聊——爵士乐、流行诗人、爱伦堡的书……

作为校友，基列耶夫有不打电话直接到米什卡家里的特权。基列耶夫向他妈妈问好，他妈妈问候了基列耶夫的父亲，打听了基列耶夫在“煤油学院”的情况，并且问他是否打算成家。他的回答总是那一句：“谁会干那种事呢，玛莎婶婶！”尼娜在厨房给基列耶夫准备好了吃的。基列耶夫轻轻地打开收音机听布鲁贝克①的歌，然后随手拿起一本书，倒在了妈妈的扶手椅上。妈妈躺在床上打瞌睡，尼娜在看书、学习，没有人打扰客人。其实，基列耶夫也不能算作客人，更像是一位来访的家庭成员。有时候，他没有等到自己的朋友，就在临走时留下一张便条：

① 戴夫·布鲁贝克（1920—2012），美国钢琴家、作曲家。

“米什卡，别瞎逛了，咱们得见一面!”

米什卡与维奇卡之间的关系渐渐地变成了纯业务往来。第比利斯方面通知说有货要接的时候，他们就通个电话。他带着手提包到库尔斯克火车站，维奇卡则拿着一个捷克式大箱子，看上去像个打扮入时的旅行者，而不是个投机商。他们将下次见面分钱的地点定在了“厄尔布鲁士”肉串店。有一次，维奇卡开着一辆全新的双色“莫斯科人”来到肉串店门口，平静地听完朋友们惊讶的叫声之后，说：“你们也买辆像样的车吧，别白白糟蹋了大把银子。”他现在彻底独来独往了，除了在肉串店平分货款以外，不再跟朋友们一起喝酒了。即使在肉串店，他也几乎不参与大家的谈话。别雷又在祖耶沃晚会上泡上了一个小妞儿，这些事显然都让维奇卡觉得很无聊。他盯着旁边，偶尔露出带有嘲弄意味的笑容。

冬天很漫长，冷风刺骨，雪花落在被踩实的冰冻路面上。米什卡无事可做，又开始逛寄卖店了。他想给自己和尼娜买些有趣的衣服，因为没有什么别的消费方式了。不知为什么，他又不想攒钱买“扎波罗热”了。淘货很成功——寄卖店在夏天惨淡经营，到了冬天总能重新火起来。他在赫尔岑大街的店里发现了一件崭新的美国大衣，是用柔软的驼毛做的，后面的开襟上系着一颗纽扣，领口下面有个小挂耳。大衣的袖子前面是插肩的，后面缝在了一起——总而言之，是真正的“常青藤”风格。大衣衬里的商标上写着“费城制造”，用红线缝在黑色衣兜里。衣兜里还有一个商标，是一小块白色布条，上面有用缝纫机缝上的黑色小字。总之，这款大衣十分正宗。他只递给售货员一百三十卢布，售货员就从柜台里拿出了衣服，还找给了他十卢布。这件衣服买得正是时候：他的羊皮袄已经磨得不成样子了，况且现在没有品位的人也穿羊皮袄了。“小白桦商店”① 里卖保加利亚和罗马尼亚皮袄，收外汇券……他无所事事，又跑到和平大街上的一家销售情况一般的寄卖店去，正巧看见那家店里挂着一件花呢西装，前一天才到货。虽然不是新的，但那件西装质量很好——有两条开衩，有灰褐色的“鱼骨纹”和有足球图案的纽扣，价钱低得可笑：三十五卢布。他立刻跑到莫斯科电影制片厂附近，把它交给一个认识的裁缝，花了二十五卢布换掉了磨旧的衬里，还特别要求在原来的位置缝上“英国制造”。那个裁缝是个很靠谱的小伙子，在科研院工作，工资是一百一十卢布，主要靠做外国样式的裤子赚生活费养家糊口。看在友谊的分儿上，他收的钱很少，而且做得很好，挑不出毛病。这件西装配上他的新法兰绒裤子，简直是非常完美。

他穿着一身新衣服，头戴加拿大产的帽子，走在高尔基大街上，在叶尔莫洛夫剧院附近碰到了一个小伙子。那个小伙子操着蹩脚的英文向他兜售圣像，他则轻轻地一笑，摇了摇头：“不要，谢谢！”他继续往前走，进了“民族”咖啡馆，要了一份煎牛排，喝了一杯鸡尾酒。

他在阿尔巴特大街上给尼娜买到了珍珠灰色的安卡拉毛料西服两件套：一件高领套头衫和一件穿在外面的开衫。尼娜非常高兴，因为所有的衣服都很合身。她跑到电报大楼对面的针织店里，找到了一款合适的面料（黑白相间的“鸡爪”牌面料），在索科利尼基做了一条裙子。

有一天，他甚至逛到了季申卡大街。那儿没有寄卖店，只有收购店，里面卖的衣服很不寻常：有战前的插肩皮衣，有磨损严重的女式大衣，还有十岁孩子穿的“麦金托什”牌风衣……在这儿，命运之神再次对他露出了笑脸。他没摘手套，不无嫌弃地在挂着的衣服里挑选着。突然，他看见衣架上有一件貌似全新的夏款美国皮夹克。简直让人难以置信，他记得“租借法案时期”的飞行员穿过这种衣服。战争结束后，那

① 为苏联特权阶层提供特殊物资的商店。

件衣服被人穿了好久，磨得不成样子。可是，这件衣服绝对是全新的，好像这么多年来一直躺在某人的衣箱里，事实上也多半如此。他在衣服里面的口袋里找到了一张厚纸板标签，说明这件衣服的确是按照美国空军的要求裁制的，没上过身。它的颜色是漂亮的褐色，略微发红。它有小肩章和厚重的铜拉链，前摆有双层衣兜，肩部有褶皱（方便手臂活动）。詹姆斯·迪恩①穿的就是这种夹克配牛仔裤。按照季申卡地区的标准，这件衣服价格不菲，要一百六十卢布。不过，一定得买下来。他带的钱不够，得以“是旧货”为由跟这家店里的鞑靼人好好杀杀价。他看了看夹克，说：“出高价可以，得等一个小时，让价二十卢布。”最终让价十五卢布，他急忙跑回家拿了钱。晚上，别雷来待了个把小时。他们立刻进了厨房，免得惹妈妈生气。别雷半信半疑地听他讲述了淘宝的全过程。

冬天就这样在静静的欢乐中过去了。格鲁吉亚的货源有所削减，但并未断流。他虽然大手大脚，但还是在糖盒里攒了一大笔钱。

家里很平静。妈妈精神多了，甚至几次提到了一种手术——好像是亥姆霍兹医院做的，能让盲人恢复一点儿视力。

尼娜一直在用功读书，到了晚上却变得非常疯狂，让他感到十分惊讶。以前，她从没这样过。

大学课程按部就班地进行着，军事教研室准许他们上课。大家走进一间专门的教室——一个宽敞的飞机库，天棚很高，坐落在校园偏僻的角落里。飞机库中央的铁架上竖着一个亮晶晶的大粗筒子。大家在专门的教室里收到了一份技术说明书，是用来研究现代化部队装备的。这些部队对北大西洋公约组织构成了威胁，同时也是维护世界和平的保证。

当他靠着尼娜的后背一觉睡到早上时，这种装备在梦中变成了跟武

① 詹姆斯·迪恩（1931—1955），美国演员。

器完全无关的东西——仿佛从他的身体里长出了火箭。他很害怕，也很兴奋。

这时，丹娘出现了。

她给别雷打电话，问他出了什么事。“萨尔特科夫怎么了？”她就这样直呼其名，让别雷感到很震惊。别雷说：“什么事也没有，他只是在上军事课，没时间。他妈妈还跟从前一样……”总而言之，他编了些瞎话。可是，丹娘打断了他，请他转告萨尔特科夫，如果他很忙，一个月都不能来一次，那么请他打个电话。说完，她挂断了电话。别雷把她的话如实地转告给了萨尔特科夫。

他很慌张，原本相信和丹娘之间的事情已经结束了，并且对于这种自然完结、无须解释的方式十分满意。将来如果有机会碰面，他们就心平气和地谈一谈，保持朋友关系。除了家人以外，他不喜欢跟任何人起冲突。还是孩子的时候，他就很少跟人吵架，尤其不喜欢跟女人挑明关系。他觉得在每一个女人面前，都会有点儿犯错的感觉——他并非想把所有人都置于尼娜之下，而是他完全生活在另一个空间内，那里没有爱情，只有享乐。

可是，别雷打过电话之后，他立刻就想起了他和丹娘之间的点点滴滴。从一开始，他们的关系就很不一般。因此，一切就这么静静地结束了。他特别高兴，以为是命中注定让他避免了不幸的事。可是，事实并非如此。

他没有打电话，而是立刻来到了丹娘在科捷利尼基沿岸大街上紧挨着大厦①的家。

丹娘的样子很吓人。她瘦了很多，素颜相见，未施粉黛，身上穿着一件难看的灰色长衫。她打开门，没有吻他，而是默默地退到漆黑的门

① 指位于科捷利尼基沿岸大街的艺术家公寓。

厅深处，让他脱掉大衣。他衣着光鲜，穿着新西服，刚从寒冷的外面进来，脸色红润。他强壮有力、非常健康，觉得这样的自己站在她身边显得很愚蠢。丹娘走进了卧室。不知为什么，他跟在后面。“出去！”她说，“我想换件衣服。”他惊慌失措地站在原地。“出去！”她又说了一遍，“我不光要换衣服，还得做点儿别的事。”他向厨房走去的时候，发现卧室里很乱，床铺好像是好久都没有收拾过了。看上去，屋子里好像有病人长期卧床不起似的。

他站在厨房的窗边，发现餐桌上乱作一团，让人无法落座——吃剩的食物已经变硬了，残留在盘子上；碗底有茶和咖啡留下的褐色印迹。窗外，河中央已经冻结了，两股车流在大桥上川流不息。昏暗之中，一股车流闪着红光，对面的车流好像白色的火焰。

她走进了厨房。他没有转身，听到了她打开冰箱的声音。

“喝一杯吗？”丹娘问。

“喝点儿吧。”他高兴地说，又添了一句谎言：“街上这么冷，不喝一杯暖和不过来。”

她没有看他，只是把脏餐具放到池子里，然后用脏兮兮的抹布有气无力地擦着桌子。桌上有两瓶上等伏特加酒，是有着螺旋瓶塞的“首都”牌的，是从“小白桦商店”里买的。一个瓶子已经见底了，另一个原封未动。下酒菜显然是从食品店里买的成品，有沙拉、馅饼……

“伏特加酒是从哪儿弄来的？”他好奇地问，免得冷场。

“父亲来过。”丹娘的回答很简单。

她从客厅里拿来了高脚杯，他往里面倒上了酒。她没有和他碰杯便一饮而尽，然后从大盘子里叉沙拉，一连叉掉了好几次。她一边吃，一边从旧式棉毛长衫的口袋里掏出“箭牌”香烟，点上了。长衫是她从卧室里穿出来的——秋天时见她穿过一次。当时他想，她大概也和尼娜一样（和莫斯科所有的女人一样），在索科利尼基的裁缝那儿做衣服。

丹娘一言不发地吸着烟。他不知从何说起，只好拿过来那瓶没开封的酒，给自己倒了一杯。通常，丹娘只能喝一杯酒。

“给我也倒一杯！”她说。

他们在黑暗中坐着，窗外灰蒙蒙的天色很快就变蓝了。他发现丹娘那乌黑细长的眼睛里闪着奇怪的光，仔细端详才发现她在哭。

“我做了人工流产。”丹娘说。

从这句话开始，一切都恢复了原状。他回到了她的身边——除了上军事课以外，几乎不离开她的房间。他尽量不太晚回家，但也只能在十一点之后。有几次，他告诉别雷不去接货了，于是大家就分掉了他的那份货，但是还像从前那样把赚来的钱平分。他反对这样，但是没有坚持，因为丹娘需要钱，她得到私人医生那儿去——就是这位医生为她做的手术，现在担心她有患上并发症的危险。她在床上几乎什么事都做不了，而他则一直在忍受。有时，他们干脆不进卧室，坐在厨房里天南地北地聊天。他给她讲兔儿谷的事，她给他讲自己在德国度过的童年时光。天色渐晚，丹娘不顾医生的警告，总是喝很多酒。他们各分一半，一个晚上能把一瓶“首都”牌的酒都喝光。丹娘家的酒总也喝不完——他父亲给“小白桦商店”开了支票，她全都用来喝酒、抽烟了，不再对买衣服感兴趣了。他们就这么坐着，直到厨房里彻底暗了下来。然后，他准备回家了。她没有送他，自己走进卧室，随便把衣服一脱，倒在床上沉沉地睡去了。他临走时，关上了房门。

自然地，家里又开始了地狱般的日子。尼娜心知肚明，可是不再跟他大吵，只是每晚哭泣，背对着他，推开他的手。后来，她不再坚持了，像死人一样躺在那儿，泪痕满面，头转向一边。妈妈有所察觉，情绪低落，整天躺在床上。有几次，妈妈想跟他好好谈谈，可他立刻打断了她：“妈，不，求求你了，谈了会更糟！”于是，她就不再说话了。

新年就这样到来了。这是最近几年里他和尼娜头一次哪儿也没去，跟妈妈待在家里看“蓝色星火”节目、喝香槟。妈妈围着披肩（她总是觉得冷），坐在床上。十二点过后，别雷和基列耶夫打来了电话。他们跟一大帮人在一起，准备去世贸大楼——那儿有别雷的熟人。因此，他们很可能在“白菜会”① 的活动结束之前赶到。他们当然也叫他和尼娜一起去了，他坚决回绝了。维奇卡也打来了电话，只是不像往常那样清醒，一直在说一些和“友谊珍贵”有关的话：“友谊到什么时候都有用。明白我的意思吗？”他没有告别，就突然挂断了电话。大约半夜一点钟，大家准备上床睡觉的时候，又来了一个电话。话筒里沉寂了良久，接着是丹娘轻轻的声音：“新年快乐，亲爱的！”随后，就是忙音了。他挂断了电话，朝桌子转过身去，正碰上尼娜的目光。她盯着他看了很久，一句话也没说就站起身来走了出去。他把餐具拿到厨房，把蛋糕放进冰箱，然后回到了彼佳舅舅的房间。尼娜没有开灯，他摸黑脱了衣服，躺下了。他发现她像蚕茧一样把被子裹在身上，只好又起来拿了一个毛毯给自己盖上。

从那天晚上开始，生活变得一团糟。丹娘常常哭泣，无法原谅他新年那天让她一个人过，任他说出什么理由都不起作用。她一再说不想破坏他的生活，不想让他离婚，但也不想再觉得她自己是多余的人，干脆分手算了。简直是鬼使神差，他非但没有同意，反而去安慰她。他们走进卧室，继续互相折磨，因为她还像从前一样什么都不能做。回家时，他疲惫不堪。

有一天，他离开丹娘时，天快亮了。他发现路旁有个年轻漂亮、打扮入时的女人，正站在沿岸街上望着丹娘家的窗户，从头巾下面露出了金发。他没能一下子认出尼娜来，不过幸运的是，她没有发现或者假装

① 演员或大学生自编自演的滑稽娱乐晚会，源于“在收白菜时举办”的旧风俗。

没有发现他。他躲到一棵树后，待了五分钟左右，吓得什么都不敢想。等他探出头来时，尼娜已经不在原来的地方了，身影在大桥附近一闪而过。他回家比她早——她快到半夜了才回来，在妈妈的房间给自己放了一张折叠床。

他翻来覆去地整宿没睡，想弄清楚尼娜是怎么知道丹娘的、发现他了没有——莫非她只看见了那栋可恶的房子？对于这些，他一无所知。是朋友们当中有人向尼娜提供了丹娘的确切消息吗？这不太可能。然而，他们没有其他共同的熟人了……他起床之后，做好了解释的准备，尽管根本就不知道该怎样面对那个直截了当的问题。

然而，尼娜一言不发。她给妈妈把早饭端到床边之后，独自坐在厨房里喝茶。他走进去，给自己倒上一杯茶，坐在了尼娜的对面。尼娜看着旁边，说她已经提前通过全国性考试前的最后一科考试了，当天就坐车去位于敖德萨的父母家。如果能弄到病假条的话，她至少要在那儿待到假期结束，有可能会待更长时间。她已经跟比留扎说好了，让她白天来照顾玛丽娅·伊利尼奇娜，晚上也来。他不知该如何回答，只说了句“随你吧”。他知道火车晚上六点钟出发，便说四点钟回家送她。尼娜立刻打断了他：“不必送！我没拿什么东西，就一个小箱子。”她会去叫出租车，安安静静地离开。她忍不住看了他一眼。他发现她那褐色的眼睛变成了纯粹的浅黄色。

“干吗要浪费一天的时间呢？”尼娜说，“你那么忙……”

他心里一惊，担心又要吵架，急忙默默地走出了厨房。他六点钟到家时，尼娜已经走了。他没有去找丹娘，从学校出来就在大街上漫无目的地闲逛。此时，他在房间里走来走去，然后给妈妈量了体温——她觉得自己的体温有点儿高，其实一切正常。他为她准备了茶和匈牙利“马林果酱”，然后又在房间里走来走去，给别雷打电话……叶尼卡得了重感冒，待在家里，让他过去。他不想去，就跟别雷煲了一阵子电话粥，一直说到嗓子发疼。妈妈迷迷糊糊地睡着了。屋子里很静，像他小时候那样。周围一旦静下来，他的脑子里就乱糟糟的，响起某种叫喊声和敲击声。他打开收音机，放低了音量，开始听仙纳杜拉①的歌。然后，他拿起了最新的一期《鳄鱼》杂志——彼佳舅舅在世时，有了订购杂志的习惯。他不是随便翻阅，而是会通读一遍。有一篇小品文，写到了抽象派艺术家和那些“不配被称作艺术家的人”，说那些人在画布上乱涂一气，公开招摇撞骗，并非为了展露才华。他们一旦这么做了，就会立刻被人发现——他们根本就没有才华！他们这么做是为了证明自己是先锋派，是能够征服宇宙的苏联人，可以大胆地深入原始森林和沙漠的核心区域，改变地球的面貌。然而，这些“地质英雄”在不久前刚刚闭幕的一次得到了公正评论的画展上的形象到底如何呢？哭丧的脸，沮丧的姿势，每一笔都画得那么沮丧……显然，作者想继承伟大祖国的形象艺术传统（即“巡回展览艺术家”的传统），而事实上，沮丧是无能的象征。

讽刺小品读完了，他觉得一点儿也不好笑，跟普通文章没什么区别。于是，他又看了一会儿漫画。有个年轻人，戴着艺术家的贝雷帽，穿着艺术家的套头衫，站在画架旁望着窗外。外面是高大的起重机和拔地而起的新区。年轻人在画布上一笔一笔地涂黑，画布上涂满了黑色。漫画的下面有一首小诗，其中与“无视怨恨的人”对应的是“幸福过一生”，与“理想太单纯”对应的是“现实很苦涩”。

他把杂志扔到了一边：“一派胡言！”他没有脱衣服就躺下了，盖着他和尼娜的被子，脑子里一片空白——不想妻子，不想丹娘，也不想生意，只有一个奇怪的念头始终挥之不去。他不知道自己想的是什么，只是一遍一遍地自问“我到底是什么人”，却无法回答。

---

① 法兰·仙纳杜拉（1915—1998），美国著名歌手。

第七章　自由

12月的时候，米什卡就把自己的“飞行”牌手表给了尼娜——女士也开始戴男表了。现在，他戴的是上学时戴的“胜利”牌旧手表，是父亲送的礼物。1月末，别雷打来电话说，他花二百五十卢布就能弄到一块真正的瑞士“天梭”表，镀金的表壳，表面平滑，因为有个小伙子要转手。手表是几名老外交官刚从法国带来的。他们走了之后，小伙子把钱财挥霍一空，只好卖掉手表了。

他们约好了在位于普列斯尼亚大街的动物园门口见面。小伙子没戴帽子，穿着短皮袄。虽然正值冬天，他下身仍然穿着牛仔裤——只有外国人才这么穿。小伙子那心不在焉的样子更像外国旅游者，但是只要仔细观察就会发现，他只是喝多了。他用明显颤抖的右手从左手腕上摘下手表，递给了他们。手表很漂亮：表面光滑，通体镀金。表盘上没有数字，只有些刻线，整体像一块金币。由细环组成的金属表链也是镀金的，可以拉伸。

小伙子掀起短皮袄，把钱抓成一团，塞到了牛仔裤的屁兜里。

“好啦，戴着吧！”他说话时露出了美丽的笑容和排列整齐的牙齿。随后，他又补充了一句莫名其妙的话：“有人找卖主，有人找买主……那么，我要去一趟‘卡兹别克’，给自己补一补。”

他穿过马路，跑向了已经到站的电车——他要到尼基茨科耶的肉串店去。

米什卡和别雷向山坡上的食品店走去。别雷排队买了奶酪，他买了一瓶格鲁吉亚香槟酒。买完东西，他们走到了地铁站，想到他家去喝点儿酒，庆祝一下。晚些时候，基列耶夫也会来。

家里很静，比留扎显然是刚走——厨房已经收拾妥当了。妈妈吃完了午饭，正在打瞌睡。他们轻轻地走进厨房，切开奶酪，打开香槟酒，每人倒了一杯，并且再次欣赏了一下那块手表。别雷的表是“欧米加”牌的，已经很旧了。手表不大，表盘突出。他们把两块表拿到一起比较了一下，发现只花了二百五十卢布就买到了一块时髦的新手表，简直等于白送。别雷的表是一年半以前从一个到俄罗斯旅游的德国老人手里买的，也是二百五十卢布，没有他的好。

“那我就忍痛割爱了。”别雷说。他们碰了碰杯，把酒喝干了。事实上，别雷只是舍不得花钱罢了。他决定春天买一辆二手的“扎波罗热”牌汽车，因为要买新车得排队等上一辈子。他想通过寄卖店买车，一定要红色的，并且是没怎么开过的。

“索尔特，你一直很幸运。”别雷说着，干吃了一块奶酪，没就面包，“丹娘那么爱你，你妻子又那么漂亮，钱多得花不完……”

“索尔特”是他在莫斯科的外号。他喜欢这个英文外号，因为在兔儿谷“萨尔特娘儿们”的外号简直让他发狂。

“我不希望任何人有这种运气。”他耸了耸肩，“你知道，别雷，我跟丹娘不会有好结果，和尼娜的关系更是糟糕得像场噩梦……还有妈妈……”

他摆了摆手，又喝了一杯酒。奇怪的是，别雷虽然知道他的处境，但是似乎仍然十分嫉妒。他苦着脸，若有所思地拿起一块奶酪，机械地嚼着，眼睛盯着厨房的角落。

“不管怎么说，你是幸运儿。”别雷终于开口了，“看着吧，将来你还会想起在科捷利尼基沿岸大街和家庭之间跑来跑去的幸福生活……我呢，家里没有人等我，科捷利尼基沿岸大街上也没有……”

妈妈醒了，在房间里叫他，于是他走了过去。

“谁来了?”妈妈问道。她仰面躺着，眼睛睁得大大的，看着天花板。

“是朋友。”他没有撒谎，但也没有实话实说，只是不想让妈妈听到别雷的名字生气，“伊戈尔一会儿也来，就待一会儿……”

这时，门铃真的响了。

“别喝多了!”他走向门厅时，妈妈冲着他的后背说。

基列耶夫并不喜欢新买的手表。他把一瓶最便宜的伏特加酒（两卢布八十七戈比一瓶）和他爱吃的香肠放在桌上，然后说“花那么多钱买只罗盘壳不值”。

“我们国家的品牌金表比这个便宜。”他带着疑惑的神情打量着手表，“还是戴你的‘胜利’牌吧，毕竟是老爸的礼物……”

这句话刺痛了米什卡，不过他暗自决定遇到重大节日的时候再戴“胜利”牌手表，这样一想就释怀了。

他们喝完香槟酒，又倒上了基列耶夫带来的伏特加酒。窗外，1 月份的夕阳照耀着大地。他们东拉西扯，什么都说——夏天他要参加的军事集训、一塌糊涂的论文（为此，他有可能要跟降级一年的基列耶夫和尼娜一起毕业）和并不明朗的生意前景。对套头衫的需求并没有减少，只是越来越难以找到销售渠道，熟人的资源都用完了。

跟以前一样，基列耶夫很快就醉了，开始讲述他的新欢——他总是有新欢。这一次，他的新欢是个三十岁的已婚女人，住在他们家隔壁。她的丈夫是一名中校，长期在秘密试验区出差。现在，基列耶夫就像笑话里所说的，随时准备着抓起衣服逃到窗外。好在她的情人住在一楼，窗户正对着一片高高的灌木丛。伊戈尔对待自己的爱情相当认真，希望女邻居离开丈夫，跟他合法结合。当然啦，他觉得两个人的年龄相差太大，但他又说根本就感觉不到差别——三十岁的女人比与他同龄的愚蠢的自恋女子要好得多。

然而，只要一想到自己的父母对这件事情的反应，他就会放弃跟女邻居结婚的念头。他先是切了一大片香肠放在面包上，然后给自己倒了一杯伏特加酒。就算不被父亲打死，他也会被扫地出门。那样的话，他到哪儿去住呢?

别雷一直在和列宁格勒的一位女诗人约会。他第一次往列宁格勒发货的时候，在某个地方偶然遇到了她。但是，他不愿意提起她。别人问起她时，他就摆摆手："唉，姑娘都一样！就是特别能酒喝——列宁格勒人都挺能喝……"

米什卡绝口不谈自己的处境，也不谈尼娜和丹娘，虽然还想发发牢骚。不知为什么，他觉得当着别雷的面谈这事很不自在。叶尼卡从不教训他——面对他和丹娘之间的关系，叶尼卡比伊戈尔还淡定。尼娜一直是团队成员，将来也是，这一点对别雷来说毋庸置疑。因此，要跟他讨论离婚的可能性，哪怕仅仅是理论上的可能性，都是不可能的。

他一边听朋友们说话，一边抽烟、喝酒。可是，他越喝越多，心里总有个白痴固执地说："怎么办?!"

大家就这么一直坐到了天黑。他们打开灯，商量着派谁再去买一瓶酒。这时，就像有感应似的，维奇卡打来了电话。他很少打电话来，有正事时才打。不过，这次他什么正事也没有，只是问问第比利斯方面的下一批货到了没有。得知大家正在喝酒，他立刻说要来，还问需要带些什么。大家很高兴，因为不用特意跑出去买酒了，可以叫维奇卡多带点儿酒来。

他出去看了看妈妈，确信她已经睡着了，才走出房间，关上房门，免得说话声吵醒她。他向厨房走了几步，立刻感到很幸福——妈妈睡着了，朋友们都在厨房里。他似乎什么也不需要了。没有了尼娜和丹娘，他照样可以生活——自由自在地生活，像朋友们一样。

维奇卡的捷克皮包里装了一大包东西：三瓶“首都”牌伏特加酒、一大包切成薄片的香肠（商店里早就不卖这种香肠了）、半块火腿、一块有小孔的瑞士奶酪和一块新鲜面包。下班后，他去了一趟叶利谢耶夫斯卡亚食品店，有位牙病患者在那儿工作。他们收拾好桌子，把带来的食物放到了盘子里。他轻轻地从房间里拿来一把椅子，坐了下来。基列耶夫清醒了，和大家一块儿喝起酒来。别雷特别贪吃，撕下来一大块香肠，准备消灭掉，甚至忘了喝酒。不知为什么，维奇卡愁眉苦脸地喝着酒，几乎不吃菜。他沉默不语，不像从前那样总是宽厚地微笑了。

渐渐地，大家重又聊了起来，但聊的不再是女人，而是最近人们一直谈论的话题——“抽象派艺术家”的骗局、爱伦堡的书、叶赛宁的诗……谁都没见过抽象派艺术家——评论从未见过的人物最让人抓狂！米什卡很喜欢爱伦堡的书，但是别雷不太喜欢。伊戈尔认为，过多地谈论被人忘却的人很无聊。维奇卡耸了耸肩——最好让那个马屁精老实交代，为什么没把他关进监狱①……他们中间没人知道叶赛宁和他的诗。除了报纸上引用的片段以外，他们一无所知。米什卡好像在《数理逻辑经典教程》的英译本里见过这个姓，和诗歌没什么关系……维奇卡摆了摆手：“见鬼！作家是吃饱了撑的！”大家都表示同意。于是，他们聊起了玉米和亚美尼亚电台的笑话。他们把维奇卡带来的伏特加酒都喝光了。别雷跑了出去，赶在特维尔和弗契克街交会处的小卖店关门之前，又买了两瓶酒。

大家是什么时候散的，米什卡已经记不清了。早晨，他从床上爬起

---

① 爱伦堡长期在国外工作，与外国作家关系很好。斯大林认为他是东西方文化的纽带，没有抓他，因此很多人认为他与克格勃之间有合作关系。

来，见没什么醒酒的东西，就喝了杯凉水，感觉肚子很胀。他简单收拾了一下厨房，把前一天剩下的汉堡热了热，给妈妈当饭吃。然后，他到外面买了两瓶啤酒，回家喝下去之后，立刻就睡着了。黄昏时分，电话铃声将他吵醒了。此时，他已经完全恢复过来了，甚至可以说是精神焕发了。

是丹娘！

他在出发前，想给妈妈做顿饭——可以煮点儿速冻饺子。可是，他睡着的时候，比留扎来过，已经做过午饭了，妈妈不想再吃了。他着急忙慌地穿上了衣服，在房间里跑来跑去，时不时地撞在家具上。妈妈始终睁着一双瞎眼，倾听着他的动静。

尼娜在敖德萨期间，他和丹娘的关系完全正常了。除了在学校，他几乎所有时间都待在她家。早上，他给妈妈做好饭，喂她吃完，然后便会穿戴整齐，出去待上一整天。有几次，他跟比留扎说好了，让她白天来，晚上也来。他事先跟妈妈打好了招呼，说自己出城去了，这样就能在丹娘家待上一整夜了。第二天早晨，他坐第一班地铁回家时，总是一副睡眼蒙眬、怅然若失、精神恍惚的模样。他换好了衣服就跑到学校去了，一整天都在军事课上打盹儿。

他和丹娘之间有了共同的事情要做。确切地说，她参与了他做的事情。他不打算让她监督套头衫的销售情况，不想让她接触他生活中的这一部分，虽然很明显，生意上的事她已经猜到了很多。不过，她办了很多小事，比如给他洗衬衫。渐渐地，他们开始在位于科捷利尼基沿岸大街的房子里过夜了。在他来之前，她总会为他准备好一沓洗净、熨平的衬衫。她想用厚呢子给他做条裤子，因为今年冬天这种裤子很流行。他想在莫斯科戏剧院附近的裁缝店里定做裤子，可她坚持自己做，而且真的行动起来了。她买了一块差不多有大衣料那么厚的呢子，又弄来一块模板，几天之内就用手动“胜家”牌缝纫机（她奶奶的遗物）做出了一条相当漂亮的裤子，屁兜上还有个时髦的扣带（是从父亲的旧裤子上卸下来的）。他躺在沙发上，肘部弯曲，把手掌放在头下面，看着她缝出长长的裤线。由于用力，她的舌尖伸到了嘴角外面。

现在，他们不再急着进卧室了，因为时间很充足，他不用提早回家。

他们从卧室来到厨房，她把早已准备好的食物加热了一下，然后坐到了桌旁。他们喝得不多，只喝了些她刚从“小白桦商店”里买来的上等伏特加酒。通常，两个人会在晚饭还没有结束的时候，一时兴起，放下尚未吃完、喝完的东西就冲进了卧室。

有时，别雷或基列耶夫会打电话过来，说他们要一起过来。丹娘到厨房去准备下酒菜，而朋友们则会带来两瓶波尔多葡萄酒或者伏特加酒。他们会坐上好半天，伴着基列耶夫的吉他唱歌，什么正事都不谈。这时，他会有家的感觉，并且会莫名其妙地对某个人产生抱怨——感觉这么好，为什么要离开这儿呢？

有时，一大早醒来，他就会有一种渴望，要到那个“并非是真正的，却很舒服”的家去。他经常会跟比留扎说好，让她晚上再来一次，这样他就可以彻夜不归了。

妈妈保持沉默，又开始卧床不起了。即便起了床，她也总是立刻坐到桌旁，把脸冲着电视机，什么节目都听——音乐会、新闻、电影。有几次，她问起了尼娜什么时候回来。其实，他也不知道，因为妻子没打过电话，而他也极不情愿打电话。如果打了电话，就得先跟岳父、岳母说话（他们一定知道了事情的来龙去脉），然后还得去听尼娜那冷冰冰的令人紧张的回答（岳父、岳母也会听见的），所以他不想打这个电话。

他快要收拾完了，最后一次从妈妈身旁跑过去的时候，妈妈在空中摸到了他，一把抓住了他的手。

“坐下，”她说，“听我说一分钟！”他坐了下来，没有把手拿开。

“我快要死了。”妈妈说。

他想阻止她，不让她说下去，可是她激动地拉着他的手。他没有说话，就像是同意了她说的话。

“我快要死了。”妈妈又说了一遍，“早一个月，晚一个月……我不想对你放任不管。我不知道你在哪儿过夜，但我知道这不是长久之计。所以，听我一句劝吧！你要明白，你只有两条出路：要么尽快跟尼娜离婚，从头开始；要么尽快结束那边的事。再这样下去，就太晚了……”

听到这儿，他打断了妈妈的话。

“妈，”他习惯拉长了声音反驳，“好了，哪有‘那边的事’呀！您在说什么呢？我只不过是到根卡家去了。有一次，我去叶尼卡家，喝了点儿酒……”

“你到哪儿去了，我并不感兴趣，”妈妈插话道，“也不会过问。你别以为我关心的只有我自己——我整天一个人在家，更清静。我非常清楚正在发生的事，无论你撒多少次谎都骗不了我。我告诉你，要么离婚，要么跟情人分手！”

他沉默不语。当然，他不认为妈妈真的喜欢整天一个人待在家里。他觉得她话里有话，最让他感到刺耳的是“情人”这个词。这个词就这么随意地被妈妈说出来，让他不知如何回答。

“你可能以为我对我所说的事一无所知，因为我从未在那种状态下生活过。”妈妈继续说道，“是的，没有……知道为什么吗？生活差不多让所有人都作出了那种决定，但是我有足够的理智做正确的事，并且做到了。”

他仍然沉默不语。他想起了冬妮娅·涅哈姆金婶婶的信，明白了妈妈说的是什么，并且对妈妈提起这件事感到很惊讶。妈妈不再说话了，一只手沿着他的手臂向上，把手掌放到了他的脸上。他闭上眼睛，想象着妈妈生活在黑暗中的情形，突然心里一阵难过，感觉空落落的。

“尼娜是个内向、冷淡的人。”妈妈说，“跟她在一起不容易，我理解你……可是，她会一直对你忠诚。记住这一点，这是她顽固性格的另一面。要珍惜，这样的人并不多……”

有那么一瞬间，他觉得自己好像明白了妈妈的话是什么意思。此时，一阵强烈的思念包围了他。他好想挽回一切，让尼娜快点儿回家。他想对她说，他完全想明白了。从现在起，一切都会改变。然而，这种感觉突然消失了。他很痛苦，心里只想着一件事：跑出家门，去找丹娘。

“我知道，妈妈。”他说，“我都知道……我会照您说的去做……别担心……”

“我没有说你应该去做什么，”妈妈反驳道，“我只是请你考虑一下。”

可是，她却把手从他的脸上放了下来。她以平常的姿势坐在被子里，在肩膀下面垫上枕头，弯着腰。她大大地睁着眼睛，看着自己的膝盖。

在去丹娘家的路上，他想着妈妈的话。可是，他越是努力地去想，就越是无法集中精力。他整理不出一条清晰的思路，只觉得自己受不了这种进退两难的处境。以前，这种感觉也出现过，可是这次谈话之后，更让他觉得忍受不了。然而，就像一切无法忍受的事情总会自行结束一样，所有的想法都会渐渐地烟消云散。他坐着电车经过大桥的时候，只感到一阵抑制不住的冲动。他从座位上站起来，提早挤到车门旁边，下车后一路跑着来到了丹娘家。

但是，丹娘不在家。他不知所措地按门铃、敲门——没有人回应。从他们通电话时算起，已经过去了一个多小时，不可能有什么变化。门里一片寂静，他简直要疯掉了。他把妈妈的警告和世界上的其他事情全都忘得一干二净，只想着打开房门，看见丹娘穿着那件旧长衫站在门口。

电梯终于到了，丹娘回来了。她敞穿着皮袄，手里拎着满满一兜食物。在他来之前，她到大厦的食品店里买了点儿东西，可是交钱的时候排长队，给耽搁了。

“笨蛋！”他说，“干吗吓唬我？”

“你怕我把你给甩了，离家出走吗？”丹娘没有脱下外衣就走进了厨房，把食物放进了冰箱，而他则穿着大衣跟在后面。厨房里很黑，只有冰箱里闪着灯光。他穿着大衣站了一会儿，然后和往常一样，坐到了桌旁。丹娘直起身子看着他，也没脱外衣，坐到了他的对面。丹娘问发生了什么事，他没有回答。

“怎么了？”丹娘又问了一遍，差不多猜到了真相，“玛丽娅·伊利尼奇娜出什么事了吗？”

“是的，不太好的事。”他耸了耸肩，尽管在黑暗中丹娘不可能看到。接着，他又出人意料地说了一句：“我答应她早点儿回家……”

“电话里怎么没说？”丹娘的声音里没有气愤，只有惊讶，“你要是说了，今天就不用经过大半个城市跑来了。”

“那时候，我想看看你。”他说的是实话，可是不知为什么，丹娘不喜欢听。

“那时候……现在就不想了？”没等他回答，她就站起身来，“回家吧！你走了，我好关门！”

他又喃喃地解释了几句，便站在了门口。他没走电梯，而是顺着楼梯跑下去，飞奔到了沿岸街上。像从前一样，他穿过大桥的时候，小心地斜睨着桥下教堂那漆黑的轮廓和位于希特罗夫卡大街的楼房的窗户。他走进索良卡街拐角处的一个小吃店，在角落里坐下来，要了一小瓶伏特加酒和两个香肠汉堡。店内充斥着水蒸气、食物和湿衣服的气味。

一个小伙子拿着一杯伏特加酒，坐到了他身边。看样子，这个小伙子与他年纪相仿。小伙子打扮得很糟糕，莫斯科早就没有人这么穿了：

上身穿着难看的压线棉袄，已经破了，露出一片片棉花；脚上是皱巴巴的低鞫皮靴；头戴脏兮兮的人造绒护耳帽。小伙子毫不掩饰地打量着他的大衣和加拿大帽子，目光里没有气愤，只有好奇。他举起酒杯，伸出手去，请小伙子碰杯。

他们只喝了一小会儿，他就醉了。出于对莫斯科阔佬的特殊信任，小伙子讲起了自己的事。1956 年，他们团到达匈牙利时，他是个司机兼机械工。有一天，他们奉师部少校的命令，直捣布达佩斯郊区的一所房子，从装甲车上拿下来好多乱七八糟的衣服和农村房屋上的砖头瓦块。复员后，他回到了家乡库尔斯克，在车队上班。他没有着急结婚，想好好享乐一番，结果玩出了事——喝醉了，抢了“乌拉尔吉斯”牌货车。货车上装的货物五花八门，有一半是糖果。于是，他背上了盗窃的罪名，蹲了四年监狱。出狱后，他找不到正经工作，勉强在奥廖尔的建筑工地上找了个活儿。他在码头上开“嘎斯”牌卡车，第一个月挣了五十卢布。这次，他被派到莫斯科去配送货物，要拉两盘电缆，已经等了三天了。他把汽车停在了战友家的院子里，自己进城去逛了一圈儿。他什么都不怕，因为他的证件完全没有问题——新办的身份证上没有前科记录。他参观了克里姆林宫，还去了古姆①……

小伙子讲述的时候，他又拿起一瓶酒来，给他斟满了。跟这个只比他大六岁的人相比，他的生活是多么幸福啊！他想给小伙子讲讲自己父母，讲讲尼娜和丹娘，可是小伙子不想听，打断了他的话，并且说了些愚蠢的笑话。

后来，小伙子突然不见了。在他的位置上，新来了一位上了年纪的胖大叔，穿着暖和的卡拉库尔羔羊皮领的大衣。他又和这位大叔一起喝了一会儿，然后结了账。后来，大叔也走了。他看了看表，已经快十点

---

①　位于莫斯科市中心的大型综合商店。

了，他也该走了。可是，他怎么也找不到自己的帽子了。他记得很清楚，帽子放在身后的椅子上——跑到哪儿去了呢？邻桌拥挤地坐着五个十七八岁的小伙子，在喝波尔多葡萄酒。他们当中有个人问："这家伙在找什么？"他很生气，尖刻地回敬了一句："这不明摆着嘛，丢了东西……"

这一回，他意识到，自己就在家附近。夜晚，他头上没戴帽子，站在越来越强的冷风中，感觉右半边脸和下眼皮很疼，下嘴唇疼得更厉害。他的下面一排牙齿松动了，嘴里有股咸咸的血腥味。他的脑子有点儿迷糊，但是很快就清醒了。

他爬上楼，轻轻地打开了房门，看到时钟显示十一点十五分。他走进浴室，镜子里映出了他眼睛下面的一个出血点。他的嘴唇裂开了，在迅速地肿胀，牙床上也有血。他吐了一口血，然后脱掉衣服，仔细检查了一下自己的身体状况。大衣的后面有一块脏雪，前面最显眼的地方有一小片血迹。他仔细地把雪清理干净，然后用冷水洗净了脸上的血迹。他把大衣挂在衣架上，晾在了门厅的架子上。他没有打开灯，想往彼佳舅舅的房间里走。妈妈没有睡着，叫住了他，问："几点了？"

"十二点。"他艰难地动了动破裂的嘴唇，努力把话说清楚，"睡吧，妈妈，我也躺下了。"

妈妈没有说话。他迅速脱掉衣服，钻进了被窝，却没有睡着。酒劲儿过去了，伤口疼痛起来。他辗转反侧，直到天亮。六点钟，他起了床，照了照镜子——样子很可怕。他想象着自己坐在军事课上的情形，非常担心，可是没有办法。他在一个旧化妆盒里找到了尼娜用过的粉扑，在青斑上涂了粉。他在镜子前面忙活了一阵子，呻吟着想闭紧嘴唇，才发现要掩饰前一天晚上留下的痕迹很难。他轻轻地哼着，找到了一顶鸭舌帽，准备到学校去。

第八章　新闻

尼娜出现在了连廊里。米什卡分开下车的人流，跨上台阶，亲吻了一下她的脸，然后接过了手提箱。早晨的空气灰蒙蒙的，她从湿滑的铁台阶上走下来，脸色苍白。她注意到了他的目光，解释说，前一天晚上很遭罪，根本没有睡着——车厢里热得让人受不了，列车员像疯了一样地烧锅炉。

他们排队等着出租车。尼娜看着一旁，没有说话。他也没有说话，但是沉默的时间越长就越难以开口。尼娜穿着父母送的厚厚的羊剪绒大衣，费力地坐上了出租车。她向他转过身子，小声地说了些什么。他没有听清，追问了一句，于是她便靠近他的耳朵重复了一遍。他还是不明白，因为他无论如何都想不到她会说出这样的话。

“我怀孕了，”尼娜又说了一遍，“但是没法儿做人流。妈妈带我去看了一位著名的医生。他说如果现在把孩子做掉，以后就再也不会有孩子了。”

他靠在椅背上，直视着前方，无力再看尼娜。他在想：“好啦，问题都解决了——给丹娘打最后一个电话，说再也不去找她了，在电话里做个了断。一切都结束了，全新的生活开始了。”车里很静，就像只有他一个人似的。他偷偷地看了看尼娜，发现她在默默地流泪。突然，他同情起自己的妻子来——去年小产后，她的身体很差，心情一定十分不好。他体会到了她的绝望，默默地把自己的手放到了她那戴着手套的手上。她的手抽动了一下，他把她的毛手套握得更紧了，把肩膀靠在了她的肩膀上。

他们在家附近下了车。他抱着她，久久地亲吻着她脸上的泪痕。出租车开走了，他们站在人行道上。他左手拿着手提箱，右手费力地搂着尼娜——她穿着大衣，身体显得很臃肿。

当天，他没有给丹娘打电话。第二天，他也没打。一周之后，他还是没打。大约过了十天，丹娘打来了电话。不等他开口，她就迅速地说，请他再也不要来找她了，也不要打电话了。紧接着，她就把电话挂断了。他手握听筒，听着电话里的忙音，待了一会儿，然后把电话放下了。在那一瞬间，他把丹娘给忘了，就像她从来都没有在他的生活中出现过一样。

尼娜的妊娠反应不大，丝毫不觉得恶心，而且吃得更多了，只是脸色有些苍白。家里重新归于平静，就像每次他离开丹娘时一样。只是这一次，他们不能再彻夜不眠地消耗体力了，得小心行事。

他们终于把这件事告诉了妈妈。出乎意料的是，她平静地接受了这个消息。她说得提前跟比留扎说好，让她多帮忙。如果比留扎拒绝的话，就得另外找个人在尼娜不在的时候帮忙打扫卫生、带孩子了。妈妈如此有先见之明，让他感到十分惊讶。事实上，他们确实需要帮手。预产期大概在全国性考试结束一个半月之后，在秋天。尼娜得到分配她去的学校上班，但是不可能马上把孩子送到伊斯梅洛沃的托儿所。

说着说着，妈妈突然哭了。尼娜走到她身边，轻轻地抚摸着她的头发。最近的一年里，她的头发几乎全白了，而且变得越来越少。

“廖尼亚，”妈妈说，“廖尼亚……”

然后，她默默地把头靠在了尼娜的肚子上。

他站在一旁，不知如何是好。最近一段时间，他常常想起自己的父亲。有时，他觉得他们又回到了兔儿谷，父亲还活着。可是，突然发生了意外，他觉得自己就像一个受惊的小孩儿。

有时，现实也会令他恐慌：第比利斯方面已经差不多一个月没发货了，安佐里也没有打来电话。他和朋友们议论了形势，决定暂时不打电话，至少再等一周。不过，他已经开始寻找未来的出路了。如果套头衫的生意做不下去了怎么办？得考虑其他的赚钱方法。重操旧业，搞服装零售……收入不可避免地会减少，而现在正是需要钱的时候，比以往任何时候都需要。下课后，他在莫斯科市郊的一家设计院找到了一份差事，赚了一百一十卢布。光是往那儿去，就得花一个半小时，这还是情况好的时候。如果情况不好，他就只能在学校当数学或物理教员了，只能赚到八十到九十卢布。有一天，别雷提到了倒卖外汇，但是欲言又止。基列耶夫向他摆了摆手，就连维奇卡都坚决反对。罗托科夫和法伊比申科被枪决的事件①把大家给吓住了，就连最普通的洋货生意都不敢做了。

总之，一句话：前途暗淡。他数了数自己的积蓄，算了算孩子出生后用这些钱能坚持多久，结果发现只够最初几个月的，以后就不知道怎么办了。就算职业生涯一帆风顺，他也未必能赚多少钱。最好的情况是，过两年获得高级经济师资格和一百四十卢布的薪水，再过三年左右进行论文答辩，成为副博士。然后，他可以入党（这个要等五年左右），成为团队领导。再过五年多，当上处级领导……如果一切顺利，他到了

① 罗托科夫、法伊比申科和雅科夫列夫通过复杂的中间环节，从外国游客手中收购了大量的外汇和洋货。1960 年，他们被克格勃发现，被捕受审。1961 年，赫鲁晓夫访问德国期间，德国代表指出，莫斯科的黑市交易世界罕见。回国后，赫鲁晓夫要求整顿外汇和洋货交易市场，重审罗托科夫案件，将这三个人的刑期从八年延长至十五年。此后，案件被第三次审理，这三个人最终被枪决。

三十五岁左右，每个月就能赚到三百到三百五十卢布的工资。到时候，他就可以写博士论文了……想到这样的未来，他打了个冷战。但是，他不能总靠倒卖洋货生活——就算套头衫货源不断，也不是长久之计。

他感到了无助和失望，却不能与人商量。他从来都不与尼娜商量生意上的事，而且现在也不太好和她谈这种事。当然，他更不能跟妈妈谈这样的事。跟朋友们谈，是毫无意义的，因为事情明摆着——他们共同的事业破灭了。他们现在很少见面，只有基列耶夫有时会在傍晚的时候拿着一瓶伏特加酒到他们这里来。尼娜把食物摆在厨房的桌子上，随后就离开了——她现在坐久了不舒服，而且受不了烟味。他们吃晚饭时几乎不说话，只是默默地碰杯。就算说话，他们也不谈生意和金钱。别雷几乎每天都打电话来，内容都一样：问问尼娜怎么样了，妈妈怎么样了，大学里怎么样了。总而言之，他只是打声招呼罢了。他越来越迫切地想要知道如何才能从新的窘境中摆脱出来，但是除了给安佐里打电话了解一下情况以外，没有别的办法。

不过，他暂时还不想给安佐里打电话。

维奇卡彻底消失了。他不接电话，也不现身。看来，他全身心地在做牙医，以弥补生意上的亏空。

短暂的2月接近尾声了。白雪消融，晴空万里，让人觉得春天的脚步近了。

有一天白天，他无所事事地待在家里，没去上军事课。他一边翻阅着《青年》杂志，一边打着瞌睡，始终在思考一件事，却没有结果……妈妈在另一个房间里听收音机，声音相当大，使得他勉强能听见电话铃声。

电话是丹娘打来的。

“都结束了吗?”她问。

他没有说话。他并不期待这样的电话，虽然他知道，她早晚都会重新出现。他没有想好该怎么说，只好默默地握着听筒。

“你一句想说的话都没有吗？”丹娘问。

让他感到高兴的是，她的声音很平静，没带哭腔。他想，丹娘大概只是想做个了断罢了。以前，他能够感受到她的痛苦，而现在，这种感觉不复存在了。

“我能说什么呢？”他轻声回答。

现在轮到她沉默了。

“丹娘！”他叫道，“丹娘，你怎么了？”

沉默变成了空虚。他想象着，她站在电话桌旁，手里握着听筒，看着漆黑的门厅。

“丹娘！”他又喊了一句，“丹娘，喂……”

没有人回答，电话里只有沙沙声。他轻轻地把话筒放下，然后走进洗手间，在镜子前面站了好久。镜子里有个圆脸的年轻人，明显有些谢顶了，正执着地看着他。他想，他与丹娘之间的感情彻底结束了。

大地上的积雪开始融化了，有些地方柏油路上的污点变成了黑色。人行道旁全是脏兮兮的深坑，里面堆满了细碎的冰块。

他想到马雅可夫斯基广场的木偶剧院去。他穿过马路，走向“现代人”剧院，在海报前面站了一会儿。然后，他继续走，来到了“北京宾馆”。他沿着花园环路走到了天文馆（确切地说，是走到了天文馆旁边的球形商店，那里经营照相器材、收音机和麦克风）。他想，可以考虑去做照相器材生意，尽管存在着暂时无法解决的问题——需要有出境权的人把器材带进来。

他大老远地就看见了寄卖店门前的一个熟悉的身影，是那位常在“厄尔布鲁士”肉串店遇见的诗人。那位诗人也看见了他，举手向他打了招呼。他们走到了天文馆的入口处——离商店远一些，免得引人注目。谈话立刻变得有趣起来。诗人好像猜中了他的心思，说他认识的一个女孩儿的父亲能把器材带进来。他会把运来的东西交给诗人，剩下的就难了。首先，作为诗人、文学爱好者，他对机械一窍不通，无法对订货者进行专业的订货指导，不知道哪种设备好卖，就连最畅销的麦克风和晶体管收音机的型号都记不住。其次，他担心用自己的护照往寄卖店里送东西会遇到麻烦——他因诗歌而遇到的麻烦已经够多了。他随时都有可能被文学院除名，送进部队，因此他不想为倒卖洋货冒险。他的导师可以允许他有自由的思想——艺术家都这样，但是绝对不会允许他投机倒把。

计划初见雏形：诗人从自己的供货人那里订购收音机和麦克风，第比利斯的安佐里和他的朋友会接收。在格鲁吉亚，这些器材比莫斯科寄卖店里的贵一倍。如果事情顺利，列车员会稳稳当当地把货从莫斯科运出去。如果格鲁吉亚的高价能够吸引到供货的同行，生意就会越做越大。

他们决定庆祝一下。他们在起义广场的食品店里买了一瓶最便宜的乌克兰葡萄酒，商标上写的是“烈性酒”。他们来到动物园附近的一家饺子馆，用装糖煮水果的杯子斟上酒，然后吃了几个迅速变凉了的饺子……正在喂孩子吃饭的妈妈斜睨着他们两个人，因为他们穿得跟外国人似的，喝的却是劣质红酒，还吃着没煮熟的饺子。诗人有点儿醉了，谈起了自己的事。他和母亲住在谢韦良宁车站附近的一间快要倒塌的木头房子里。父亲上了前线，没能回来。母亲偷偷地去做缝纫女工，一辈子都在对财务稽查员和地段警察的恐惧中度过。诗人从小学起就参加了斯托帕尼巷少先队员之家的文学小组，以优异的成绩轻松考入了文学院。现在，学校生活接近了尾声，得考虑怎样生活下去了。好的时候，每年可以在杂志上发表十几首诗，但是不足以糊口。虽然《苏联作家》杂志的编辑对他不错，春天交的手稿有望出版，但是要实现出诗集的梦想，还得等五至七年的时间，也就是说，得找份工作。他瞄上了一家政府部门的小报社，那儿有个他认识的小职员。如果一切顺利，他将来能当上文学编辑，工资一百四十卢布，再加上稿费，也就这样了……

他们喝光了黏糊糊的有股焦糖味的葡萄酒，走出了小酒馆。两个人道别了好半天，交换了电话号码。诗人在谢韦良宁那所快要倒塌的房子里没有电话，所以给了他一位姑娘的电话号码，可以通过她联系。随后，高大、瘦弱的诗人踉跄地迈着“花步”，向沃罗夫斯基方向走去。希望苏联作协的某位熟人能把他引荐到作家饭店去，那儿有文艺工作者之家。米什卡用自动电话机给别雷打了个电话（电话拨盘上的冰还没有融化，勉强能转），然后向地铁站走去。他们说好了在别雷家见面，讨论一下新计划——在电话里只说有事找他。

米什卡在别雷家待到了傍晚。刚一回家，他就忘了所有的烦心事。尼娜比平时回来得早，感觉不舒服。他担心前年的事情再度发生，但是她不想叫医生。半夜里，她感到好些了，在十二点左右睡着了。于是，他到厨房里去抽烟了。黑暗中，他坐在窗边，看着高尔基大街和马雅可夫斯基广场上的灯光，思考着未来，却想不出什么好办法——未来一片暗淡。

早晨，在上军事课之前，万卡·格卢什科来到班里，通知全体团员四点钟在半圆形讲堂开会，对那些脱离人民、讨好美国人的艺术家、诗人和作家投票表决。同学们都没有穿外衣，站在冷风中，在教室周围的垃圾箱旁抽烟。

他没有料到会有事耽搁，因为计划中没有这一项。晚上，他要和朋友们一起在别雷家聚会，详细讨论有关收音机设备的新点子。基列耶夫也会来，他对收音机和录音机这类物件很在行。维奇卡也打起精神，准备参与。米什卡挤到万卡面前，小声说：“我不能去开会了。我妻子怀孕了，总是感觉不好，我妈妈又卧床不起……我必须尽早回家。”

格卢什科只穿了一件方格衬衫，站在小雪中，显示着他的好身体。

他用浅灰色的暗淡无光的眼睛直盯着请假人的眼睛，沉默了一会儿，然后从衣服内袋里拿出皱巴巴的“北方”牌香烟，缓缓地抖出一支，在烟嘴上压出两个皱褶，巧妙地把火柴藏在手掌里，慢慢地点上火，然后才开始回答米什卡的问题。

“妻子的事得放一放，萨尔特科夫。”他说着，往雪地里吐了一口痰，然后用力吸了一口烟，再慢慢地吐出烟圈儿，“你又不能跟她去生孩子，这得习惯。会议还是要参加的，每个人都得发言。你对抽象派有什么看法?”

“没什么看法……”他还没想好怎么说，话就从嘴里冲了出来。他恨万卡，却毫无办法。“我对他们没什么感觉。我没看过他们的画，也不想看。我能对他们有什么意见呢？好吧，表决时，就当我和大家的意见一致……”

“我也没看过。”格卢什科冷笑道，“这么说，你是不相信党的评价喽……好吧，不谈抽象派。你倒说说，你读没读过你们伊利亚的书?”

“哪个‘我们的伊利亚’?”他不明白，“哪有什么伊利亚?”

“爱伦堡！还有谁呀！”万卡死死地盯着他的脸，却不看他的眼睛，而是盯着他的下巴，“伊利亚·格里戈里耶维奇·爱伦堡①的回忆录！你说说，你读没读过你们伊利亚的书?”

“为什么爱伦堡是‘我们的’?”他还是不懂，“‘我们’是谁?”

“行啦，萨尔特科夫，别装糊涂了……”万卡又冷笑了一声，但是这次，他的笑容显得十分邪恶，“是谁的爱伦堡，大家都清楚。你妈妈的父称是什么？伊利尼奇娜，是不是？他们不会是亲戚吧!”

雪下得越来越大了。班上的同学们都跟在教官后面进了教室，米什

---

① 伊利亚·格里戈里耶维奇·爱伦堡（1891—1967），俄罗斯作家、诗人，出生于犹太人家庭。

卡还站在雪地上思考着该怎么办。他没有回答格卢什科的话，因为找不出词来回答。那个人静静地抽完烟，走了，而他还站在垃圾箱旁，看着谈话之后自己那颤抖的双手。“又开始了。”他想，“卷土重来了。总是这样，没完没了。”

他没有去开会。下了军事课，他直接坐车去了别雷家，趁朋友们还没来，把自己跟格卢什科的谈话告诉了别雷。别雷很沮丧：

“应该去参加这个该死的会议，会有不良的后果。现在，到处都在开会，人人都在讨论。我们文化宫里也是这样，我也不得不参加。我在发言里说，爱伦堡贬低了苏联人民在战争中的丰功伟绩……”

谈话的内容在不知不觉中变得严肃起来。据说，《真理报》和《共青团真理报》上刊发的文章以及频繁召开的会议让别雷得出了一个结论，那就是形势十分严峻。他们对索尔仁尼琴①的器重，无论如何都不能让别雷安心。他认为，首先，索尔仁尼琴对知识分子的生活不感兴趣，即使颁给他列宁奖章，也不会妨碍对抽象派和其他“效仿美国者”的镇压。其次，索尔仁尼琴本人早晚是会受到镇压的。

“索尔特，你不明白……”别雷在房间里跑来跑去，穿上衣服，发疯似的提上裤子，钻进衬衫，系错了纽扣，“你不明白，这些事情之间是有联系的。过不了多久就会出事：打压诗人、消灭爵士乐、惩治阿飞、把倒腾洋货的人送进监狱……又要找医生的茬儿了②。不知不觉地，我们就进了科雷马③！索尔特，一场大混乱就要开始了，等着瞧吧……”

最近一段时间，别雷完全改变了自己的主张。

① 亚历山大·索尔仁尼琴（1918—2008），俄罗斯作家、诗人，1970 年诺贝尔文学奖获得者。

② 暗指斯大林在执政末期逮捕无辜犹太医生的事件重演。

③ 指科雷姆斯克边疆区，位于俄罗斯东北部的科雷马河上游。

米什卡思考了一下别雷的话，找不出反驳的理由，尽管他很想反驳。即使不是这样，最近的日子也过得愈加艰难，让人难以忍受。恐惧蒙住了他的双眼，他觉得自己仿佛在水中奔跑，找不到任何出口，无力改变生活。尼娜、妈妈和秋天即将出生的孩子，还有套头衫的生意，统统朝他压了过来。他得重新在城里奔波，倒卖衣服，找到技术设备的销路。他将永远生活在恐惧中，并且知道前方的路仍然没有尽头。

基列耶夫来了。紧接着，维奇卡也来了。大家聊了一会儿，心情都很糟。他们决定痛饮一番。他决定给尼娜打个电话，让她过来，如果她感觉好的话。基列耶夫跟女邻居彻底分手了，因为她受不了在丈夫面前的那种负罪的感觉。因此，基列耶夫理论上没有打电话的对象，他是个光棍儿。别雷叫来了女诗人。她刚从列宁格勒回来，住在别戈瓦亚的婶子家中——虽然别雷的父母常住在别墅里，但是仍然有可能会出现。维奇卡没有给任何人打电话，他还像从前一样，不把女友介绍给其他朋友认识。大家猜拳，输了的出去买酒。基列耶夫大声争辩道："索尔特有根手指头弯了，该他去买!"钱由别雷来出，因为他刚好卖掉了最后几件套头衫，进款够买香槟和干红的。

汽车尾气在灰蓝色的空气中飘散，街上到处都是汽笛声、刹车声和电车在站点紧急制动的声音。食品店门口的雪被人踩成了一团"黑粥"。米什卡站到了从大厅一直延伸到款台的队伍里，慢慢地一步一步往前挪，继续思考着生活。渐渐地，他的心情莫名其妙地变了，不再绝望了。踩在商店里肮脏的瓷砖地面上，他突然感到心平气和。朋友们在等他，妻子就要过来了，一切都很好，不会有问题。他有能力妥善安排一切……他拎着两个沉重的网兜往回走着，瓶颈从网眼里伸了出去。在路上，他滑了一下，差点儿摔倒，不过他用网兜找准了平衡，站稳了脚跟，心情变得更好了。他一直都很幸运，将来依然会很幸运。

大家在别雷家里待到了半夜，并且给诗人斯塔斯打了个电话。他们最近几天才和他认识，已经十分要好了。他带来了一位在青年剧院工作的女演员，样子很迷人，梳着短发，有着一副孩子般的嗓音，还带了很多酒。他们把酒喝得一滴不剩，于是基列耶夫便跑到街上，拦住一辆出租车，从司机手里弄到了两瓶伏特加酒。大家都很开心，但是并没有喝醉。别雷和他的女诗人跳了一支舞。和尼娜跳舞时，他把她推得远远的，尽管她的肚子还没有那么大。基列耶夫和女演员跳的好像是“扭肩舞”。维奇卡怡然自得地看着狂欢的人们，没有跳舞，只是跟诗人小声谈论着面临的处境。

看着一团和气的朋友们，米什卡心里很高兴，暗自重复了一遍“一切都会好起来的，一切都会好起来的”。跟尼娜一起离开的时候，他在门厅里亲吻了她。他递给她大衣，然后从后面抱住她，亲了亲她的脸颊和一绺金色的鬈发。没有人注意到他们离开，客厅里的音乐声很响。从厨房那边传来了单调的哼哼声——那个列宁格勒女人把斯塔斯当成了莫斯科的大人物，正对着他朗读自己的诗歌。

第九章　新的不愉快

每星期四都没有军事课，但是还得在教室里自学保密说明书。米什卡坐了个把小时，翻了翻装订成册的图纸和过时的火箭战术资料，差点儿睡着。他把说明书交给保密员，静静地走出了冰冷的飞机库。他不想回家——尼娜去咨询妇科的问题了，然后要去学校。妈妈总是把脸冲着墙壁，要么睡觉，要么半梦半醒，几乎整天如此。家里太安静、太压抑了，他要到城里去逛逛。

天空晴朗、春风拂面、阳光明媚，人行道上满是灰色的泥水。他坐上了到市中心去的地铁，呆呆地观察着乘客们。人们还穿着冬装，脚下很热。年轻人摘下了帽子，而女士们则解开了大衣，显得更胖了，勉强能在过道中穿行。他在门旁的一小块空地上站定了之后，发现透过车门的窗户可以看见旁边的车厢。他转过身去，背对着周围的人，观察着另一个车厢里的乘客。不知为什么，他觉得他们挺有意思的，可能是因为听不见车厢里的嘈杂声，以及“您下车吗”的问话，还有人们的呼吸声和轻轻的交谈声。他看着这个“水族馆”，脑子里什么也不想。人影忽明忽暗，渐渐地，他不再去看双层窗户里面的景象，也不再注意人们那毫无意义的动作了。

突然，他看见了丹娘。

她挤到门口，显然是要在下一站下车。一开始，他没认出来，只觉得这姑娘的皮衣跟尼娜的妈妈送给尼娜的那件一样，是短款的卡拉库尔绒外套，下摆自然分开。后来他才认出来，她就是丹娘。

他的第一反应是赶紧转过身去，免得让她察觉到他在看她。然而，不知为什么，他觉得这个想法很无耻。丹娘什么都没有察觉到，在拥挤的人群中背对着他，越来越努力地向门口移动。列车猛然间停了下来，大家在过道里往前挪了一两步，以保持平衡。于是，他被挤到了窗边。丹娘消失了——车厢的门吱吱嘎嘎地响了一阵，最后被打开了。人群拥进了车厢，他没法儿再看她了。

他不明白，她在上课期间怎么会出现在这个区域？

他在“马克思大街”站走出了地铁，沿着高尔基大街向前走，拐进通往斯塔特克维奇大街的拱门，再经过教堂和车尔尼雪夫斯基澡堂，向赫尔岑大街走去。接着，他经过以前是英国圣公会教堂的录音工作室和二层楼的印刷厂，走到了寄卖店门口。在他熟悉的售货员身后的衣架上，新到的衣服堆积如山。他漫无目的地看了看，发现没有什么可买的——他始终在想丹娘。这次偶遇并未激起他的任何感情，他并未因为一切都已经结束了而感到惋惜，也并未因此而感到高兴。只是，不知为什么，他非常想弄明白她为什么会在这个时间出现在地铁里。她从哪儿来？为什么会在“伏龙芝”站下车，却没有到学校所在的“文化公园”站？

有人在背后拍了他的肩膀一下。他吃了一惊，回过头去一看，是斯塔斯。有的时候，人们总是会偶然遇见什么人。因此，在赫尔岑的寄卖店里遇见斯塔斯，一点儿也不奇怪。

显然，斯塔斯已经喝得酩酊大醉了，身子有点儿摇晃。

“我在寻欢作乐，索尔特。”面对他那疑惑的目光，斯塔斯说道，“三天了，钱都花光了，知道吗？你有没有钱，索尔特？咱们喝一杯……”

他犹豫了半分钟——不好拒绝，而且没有理由拒绝，因为每个人都有可能遇到这种情况。他们走出商店，穿过马路，来到了“卡兹别克”肉串店。他们脱下外衣，坐到了桌旁。桌布是新铺上去的，上面有一些没有洗净的污点。他给斯塔斯要了一瓶伏特加酒，问他吃不吃下酒菜。斯塔斯摆了摆手说“不想吃”，然后用颤抖的手举起一杯酒，一饮而尽。过了一分钟，他的脸色红润了起来，恢复了常态。他的目光不再迷茫，甚至有点儿兴奋。

“我写诗，索尔特。”斯塔斯把身子横到餐桌上，低声说道。空荡荡的小店里，回荡着他说的每一个字。好在，除了他们，肉串店里没有其他人了，因为现在是上班时间。“很好的诗……知道我写了多少好诗吗？八首。知道叶夫图赫写了几首诗吗？五首。我认为……”

“念给我听听！”他提议。

“现在不行……”斯塔斯靠在椅背上，回过头来，“我不喜欢在小酒馆里念诗，让人觉得有点儿颓废……你得相信我，是好诗。我跟你说，我要把它们编到书里，放在后面……”

“要出书了吗？”他相信那是好诗，因为他一直都很喜欢斯塔斯的诗，而且真心同情这位诗人，同情他那可笑的浮华做派，同情他伪装成芬兰人倒腾洋货……“俄罗斯诗人想让别人觉得他是芬兰人，”斯塔斯自我解嘲道，“嘲笑生活……”

“《苏联作家》杂志的编辑答应一年之后把它列入计划。”斯塔斯说着，准备倒酒，“那儿的人不全是傻瓜，看得出什么是诗、什么是胡说八道。”

“难道他们会出版胡说八道的东西吗？”

他们碰了碰杯，一饮而尽。斯塔斯咬住香菜梗，慢慢地嚼着。看得出来，他心神游离，在想别的事。这时，进来了一群戴着鹿皮帽子、穿着卡拉库尔羊绒领大衣的外地人。服务生开始挪桌子，并且重新放置椅子。

“想不想让我给你解释解释?”斯塔斯再次把身子横过了餐桌，低声说，“他们不只是刊登优秀的诗作，明白吗?如果只发表好诗，诗歌是会死掉的。他们做得很对!十个走后门的人里面就有一个真正的诗人……明白吗?”

老式的发酵酒很快就让斯塔斯兴奋了起来。他的嗓门儿越来越大，那些外地人直回头看他。他们叫来服务生，结了账，然后来到了大街上。诗人站了一会儿，呼吸着新鲜空气，挥了挥手。他摇晃着长长的细腿，拐过街角，朝新闻工作者之家走去——那儿的朋友不比文学爱好者之家的少。

在这次似乎不太重要的谈话之后，米什卡的心情彻底坏掉了。他沿着特维尔林荫大道向家里走去。在林荫大道上，妈妈们正在推着婴儿车散步。孩子们在车里睡觉，身上盖着厚厚的被子，看不见他们的脸。一想到尼娜，他就开始沮丧——生活一塌糊涂，未来毫无希望。

家里很静，灰色的光束从窗口照进来，灰尘在光束中飘荡。妈妈像往常一样，躺在床上，眼睛睁得大大的，盯着天花板。

“给你热午饭吗，妈?”他问道。

妈妈回答了一句什么，他没听清。于是，他又问了一遍。

“比留扎来过，她喂我吃过饭了。”妈妈提高了嗓音，又补充了一句什么，他还是没听清。

“你说下星期怎么啦，妈?”他一边喊着，一边脱去西装，挂到了衣柜里。

然后，他走到妈妈的床前，站在那儿等着她回答。妈妈没有说话，眼睛里流出了泪水。

“怎么啦?”他把椅子拉过来，坐到了床边，“哭什么，妈?”

“下个星期，比留扎就要嫁人了。”妈妈的声音里有种彻底的绝望，他吃了一惊，“她就要出嫁了，要搬到伊斯梅洛沃去了，不可能再来这儿了……”

在这一瞬间，他也被绝望给包围了。他不知道该说些什么，更想象不出尼娜如何才能同时照顾孩子和妈妈。最近，尼娜很少在家。全国性考试在即，她整天挺着个大肚子坐在阅览室里。晚上，他经常拉着她出去散步，因为医生说每天至少得散步半个小时。几个月以后发生的事，他连想都不敢想，一点儿办法也没有。现在，比留扎又突然……他坐在床边的椅子上，沉默不语。妈妈无声地哭泣着。

“好了，别哭了，妈妈!”他终于说道，“会有办法的……尼娜……”

“尼娜分娩后得去敖德萨。”妈妈打断了他。看来，她早就想好了办法。“她在那儿会轻松些，廖丽娅和尼古拉会帮她的。他们刚分到新房子，住得下……”

他没有能够马上弄明白廖丽娅和尼古拉到底是谁，过了一会儿才知道他们是尼娜的父母。

“你是怎么知道布尔拉科夫他们家有新房子的?”他吃惊地问。

“是尼娜说的……”妈妈叹了口气，“你从来都不关心他们的来信……柳布卡长大了，她也能帮忙……”

他更加吃惊了，忘了妻子还有个妹妹，而妈妈却记得。

“别为我担心，一切都会好起来的。”妈妈用指尖擦了擦眼泪，那是她的习惯动作，“一切都会好起来的……”

她不再说话了，眼泪再次顺着脸颊流了下来。他俯下身子吻了她一下，然后垂下头，不知道该怎么办。

第二天，基列耶夫来了，还拿来了一个漆布工具包。他们找了一些破木箱，来到食品店后面的台阶上，又锯又刨，弄了好半天。到了晚上，他们做成了一个简单的栏杆，从妈妈的床边一直延伸到厨房、厕所和浴室。他们把栏杆的底座安装在四通管上（就像安装圣诞树的底座那样），然后把四通管直接钉在了地板上。妈妈坐在床上，听着敲敲打打的声音，茫然地目视前方。等到把这些工作全都干完了，已经是半夜了。妈妈还没有睡觉，想试试效果。她用脚够到了鞋子，站起身来，在睡衣外面披上一件长衫，然后扶着栏杆，信心满满地走进了厨房。她沿着厨房的墙壁找到了餐桌，又走到了厕所，打开门之后，找到了洗手盆和坐便器。为防万一，尼娜一直跟着妈妈，但是妈妈没用尼娜帮忙。

妈妈的心情大有好转，她兴奋地和基列耶夫说了一会儿话，感谢他帮忙，然后就躺在床上睡着了。他们三个人一边在厨房里吃饭、喝茶，一边夸奖伊戈尔想到了这么一个绝妙的主意。他们决定给妈妈留好不用加热就能吃的食物当午饭，早饭和晚饭给她吃热的饭菜，而洗漱这件事，妈妈自己就能做。他们一直坐到了深夜，说了很多话。伊戈尔赶时髦，留了长发，有点儿像果戈理。学校方面对此已经开始有反对意见了，威胁说不让他上军事课。最后，他们在厨房里给客人放了张折叠床，让他安心睡觉。

尼娜的大肚子已经开始碍事了，他们非常小心。她弯着身子，把脸冲着他。借着窗外的路灯光，他发现她瘦了，嘴唇发黑。几个月很快就要过去了，等着他们的不知道会是什么样的日子。

早晨，他穿过文化公园，走在去学校的路上时，又想起了前一天在车厢里看见丹娘的事情来。他仍然毫无感觉，所有的情意都荡然无存了，只剩下对未来的漠视和等待。

上军事课之前，他想去一趟系办公室，在导师那儿签个到，撒谎说论文已经写了一半。漆黑的走廊里空荡荡的，远远地只见一个矮胖的人影朝他走来。在距离系办公室那黑色人造皮面的房门大概有十步远的地方，他看清了这个人。显然，这个人早就在走廊里等着他了。这个人就是万卡·格卢什科。

“你好啊，萨尔特科夫！”格卢什科握了握他的手。他的手强劲有力，但是很湿滑。他想偷偷地擦一下手，却无法做到。“到哪儿去？系办公室?”

他默默地点了点头，然后耸了耸肩，表示不太想和他说话。不知为什么，在格卢什科面前，他总像是做错了事似的。

“论文写了一半，想庆祝一下?”在半明半暗的走廊里，格卢什科在冷笑，牙齿闪着白光，“不错啊，学习第一嘛……我要是你的话，就先去一趟团委。系办公室并不能解决所有问题，明白吗，萨尔特科夫?我是不是得像你的那帮朋友那样，叫你索尔特呢?”

他无话可说了。万卡的话明显带有恶意，就连格卢什科自己都觉得不太正常。

“去团委干什么?”他哑着嗓子，好不容易才说出了一句话，“有什么事吗?”

“团委倒是没什么事，”万卡冷笑着，嘴咧得更大了，龇着牙，“可能是你有事吧。你没去开会，大家都去了。辩论会很有意思，聊的是我们不了解的艺术，还有它的种种影响……大家都发表了意见，所有人都提出了富有哲学意味的建议，明白吗?还说服了一些人……那么，你是不愿意参与这种事，想保留自己的观点喽!你只想这么不动声色地待着吗，啊?”

“我妈妈她……”他迟疑了一下，不想再跟这个家伙提起妈妈、尼娜以及自己的痛苦了。

“谁都有妈妈，”万卡拿出“北方”牌香烟，捏软了之后，朝楼梯附近的吸烟室看了看，“大家都是从一个地方钻出来的……有火柴吗?”

他拿出父亲在租借法案时期的打火机，啪的一声打开盖子，点着了火。格卢什科弯下腰，对着火，吐出一口烟之后，才挺直了身子，凑到跟前来，在半明半暗中看着他的眼睛。

“美国打火机?”冷笑仍然挂在他的脸上，他的嘴巴好像变了形似的，“多少钱?你是不是还有燃气打火机?如果不贵的话，我买了!”

没等他回答，格卢什科就转身打开了过道的大门，一股烟味飘了进来。

“去一趟团委吧……”格卢什科站在门口，变成了一个黑影，“两点钟就去。听我的劝告……”

“我得上军事课。”他刚一开口，格卢什科就松开了手。楼门在弹簧的重拉之下，砰的一声关上了。

系办公室里除了实验员瓦列奇卡以外，没有别的人了。他觉得，她似乎很害怕见到他。瓦列奇卡不知道副教授什曼斯基什么时候在，所以请他晚上再来一趟。他赶紧跑去上军事课了，差点儿迟到。有一阵子，他想集中精力学习飞行控制仪器的操作原理，可是没过多久就走神儿了。他原本就知道陀螺仪是怎么运转的，而少校对细节的描述又很含糊，所以他只好机械地把黑板上的公式和矢量图抄了下来，心里却在想，不知道妈妈在家里扶着栏杆走得怎么样了。在回家的路上，他想起了格卢什科的话。他看了看手表，已经是下午三点半了。

傍晚，别雷打电话问第比利斯那边来信儿了没有。事实上，那边早就没信儿了。叶尼卡让他们一个小时之后过来讨论一下生意上的事，但是现在不是时候，他已经顾不上叶尼卡和套头衫了，因为他刚到家就看见妈妈脸冲着墙躺在床上。厨房里的种种迹象表明，她根本就没有吃饭。他坐在床边的椅子上，把手放到了她的肩上。妈妈吃力地翻过身来平躺着，刺眼的吊灯照在她的脸上。他吃了一惊，发现最近一段时间，妈妈的变化很大：额头上的皮肤变黄了，鼻子变尖了，嘴唇有些发蓝，眼睛蒙上了一层暗淡的灰色。

“我不想吃，”妈妈轻轻地说，“一点儿也不想……”

“得吃一点儿，妈……”他坚持说，装成了兴致勃勃的样子，“不管想不想……你害怕走路吗？扶着栏杆就行了，你害怕吗？”

“不怕。”妈妈一动不动地仰面躺着，声音轻得让人几乎听不见，

“我只是不想……什么也不想……你们也够忙的了……尼娜……”

妈妈不再说话了，他也坐在那儿沉默不语。最近，他发现自己越来越不愿意说话了，总是不知道该对尼娜、妈妈、格卢什科和基列耶夫说些什么……妈妈闭上眼睛，像是在打瞌睡。他在她身边呆坐着不动，脑子里想着各种鸡毛蒜皮的小事，比如跟格卢什科握了手之后，没有把手洗干净。天完全黑了，窗口的颜色由瓦灰色变成了黑色。他仍然坐在那里，把胳膊肘放在膝盖上，用手掌托着脑袋。“怎么办?”他的身体里似乎有另外一个人在一遍又一遍地说，“怎么办，怎么办……”得站起来把饭热一下，然后叫醒妈妈，让她吃点儿东西。可是，他没有办法动弹。

在别雷打来电话之前，他就这样一动不动地坐着。他接电话的时候，尼娜回来了，立刻开始忙里忙外。妈妈醒了之后，尼娜给她端上来食物，喂她吃了。叶尼卡来了，和他一起坐在厨房里，不紧不慢地喝起了香槟酒。他们一直在等第比利斯那边的电话，可是一直没有动静。

叶尼卡很不开心，盯着电话，含糊不清地说着什么，最后甚至讲起了哲学。

“事实上，不用去想我们存在的理由。”叶尼卡说话时，眼睛睁得很大，显然是刚刚产生这种想法，“毫无疑问，有些念头构成了我们的内心世界和我们的灵魂。然而，这些念头是主观产生的，对吧?那么，就不存在什么外部世界了：这个房间不存在了，我的这只手不存在了，什么都不存在了……只有灵魂。这灵魂并不是我，而是某种普遍存在的事物的一部分，是上帝的一部分——可以这么说。索尔特，你怎么不说话?”

要是在别的时候，别雷的看法一定会引起激烈的争论，但是现在他不想争论，甚至不愿意去想别的事。房间里很安静，妈妈睡着了，发出了轻微的病态的鼾声。彼佳舅舅的房间里也很安静，尼娜熄了灯，还没有睡着，大概是在想他、想未来。外面的世界真实地存在着，而且非常可怕。他无精打采地反驳着叶尼卡的观点，只是不想在等第比利斯那边的电话时冷场。

“也许灵魂并不存在，叶尼卡。”他给自己和别雷倒上鸡尾酒，然后两个人碰了一下杯，把酒喝掉了，“关注一下自己的内心吧，那儿什么都没有……有种东西在牵制着你，你只是作出反应罢了。这很简单：想吃东西，于是就去找食物，然后吃掉；想喝酒，于是就喝了……”

他突然觉得自己的话非常愚蠢，于是就摆了摆手，不再说下去了。叶尼卡诧异地看着他，似乎有点儿害怕，但是没有表示反对。电话铃响了，长途电话的接线员说，第比利斯那边还是没有回应。于是，他们只好取消了预约。格鲁吉亚那边已经半夜两点了，电话再打下去就没有意义了。叶尼卡不想留下来过夜，要打出租车回去。

妈妈仰面躺着，灯光直射着她的脸，他再次被她的样子吓到了。他关上灯，雪天淡蓝色的光从窗口射了进来。妈妈的脸隐藏在黑暗中，让人觉得床铺上好像没有人，只有白森森的被子和枕头。

尼娜拉上了窗帘，房间里很黑。他觉得她还没有睡着，就小心翼翼地走到床边，尽量不弄出声响。他没有脱外衣，坐在床边，拉着她的手。不出所料，尼娜的脸上全是眼泪。

“怎么啦?”他用手掌擦拭着她的脸，“到底怎么啦？不舒服吗?”

尼娜喃喃地低语着，显得很消沉：

“好可怕，米什卡……”她很少叫他的昵称，这一点让他很生气，“天要塌了……我原想有了孩子，生活就会好起来，我们会有个真正的家……六年级的时候，我就希望咱们能有个家……你知道，他不是我的生父，我心里一直很难过……没有办法和你说……我想，孩子就要出生了，一切都会好起来的，你不会再……会变成正常人，变成真正的男子汉。晚上，全家人在一起……可是，现在我很害怕。我不想要这个孩子了，米什卡，你听见了吗?”

听了这些话，米什卡无话可说。他跟尼娜在一起过了半辈子，早已无须在一起探讨什么了——他们的感受是一样的，那些艳遇根本无法改变这一点。现在，他对她的恐惧和绝望感同身受。最近两三个月，无忧无虑、幸福快乐的生活不知不觉地结束了，剩下的只有苦闷。他知道，快乐将一去不复返，生活中除了苦闷，再无其他。这时，他的眼睛逐渐适应了黑暗。他发现尼娜掀掉了被子，躺在床上。房间里很热，暖气热得烫手。妻子的肚子在睡衣下面活像一座圆圆的小丘。恐惧压迫着他，他在心里不断地念叨着：“要忍耐!”突然，他想明白了，他不应该再忍耐了，应该去反抗，一辈子都要反抗。反抗就是生活，他是不会投降的。尼娜的担心是多余的，他会挺过去的，所有和他在一起的人——他的亲人、朋友，也都会挺过去的。

“尼娜，别哭!”他说，“十三岁时，我就失去了父亲，我都挺过来了。我跟你说，我们是会挺过去的。我知道……”

尼娜还是哭个不停，抽泣声越来越大了。他俯下身子，搂着她的肩膀，靠近她的耳朵，不断地轻声说：“我保证，我保证……”

第十章　团委

公告牌上钉着一张绘图纸，页面中间稍稍鼓起，上面的字非常漂亮。米什卡想了一下，才反应过来，原来会议就安排在第二天："……下午三点召开数学和机械工程系五班的共青团会议。日程是：讨论共青团员萨尔特科夫的个人行为，各班组的共青团负责人参加。"

他鼓足了勇气，想在没人看见的时候撕掉告示，可是还没来得及这么做，应用数学小组的列妮卡·谢瓦什娃就顺着楼梯跑下来，叫住了他。这是个浅色头发的胖姑娘，在校排球队效力。其他时间，她要么收会费，要么为"陆海空促进协会"募捐。全系的师生都认识她，因为她长着一张圆脸，鼻子很翘，两条短辫子在耳朵上方盘成了圆环。总之，她像个五岁的小女孩儿，只是身材高大了些。

"萨尔特科夫！"她紧紧地抓住他的袖子，好像他要逃跑似的，"你看见了吗？是这样的：开会前，也就是一点钟的时候，你得去团委办公室解释一下。团委要投票表决，然后把处理意见交给大会……"

"到底是怎么回事？"他竭力装出平静的样子，却感到自己的声音在颤抖。他想笑，可是笑容扭曲了。"什么个人行为？我到底做错了什么？"

"别装糊涂了，萨尔特科夫！"列妮卡说着，看了看四周，似乎想在走廊里再逮住一个，"你心知肚明……万卡·格卢什科没提醒你，让你参加抽象派艺术家的研讨会吗？他提醒过你，可是你没来……全系只有七个人没来。校团委已经对每个人做出了处罚：有几个哲学系的学生被开除了，还有一个物理系的学生……上面把你交给系里处治，让系里决定怎么办。没有人想开除快要毕业的学生，况且系办公室的老师对你的成绩很满意……不过，你会受到严厉的处罚，这一点确定无疑。来团委吧，听听团委的人对你的看法……正常出席会议……也许在毕业之前会取消对你的警告处分，免得给工作单位留下口实……”

她还没说完，就放开了他的袖子，向一个小伙子跑去。那个小伙子好像是机械班三年级的，正好路过这里，要上楼梯，手里拿着一块大胶合板，上面贴着巨幅照片。列妮卡抓住胶合板的一角，跟小伙子一起把它抬上了楼。

他慢吞吞地向系办公室走去，其实没什么事要办。离军事课开始差不多还有一个小时的时间，他不知道到哪儿去才能不遇见人。系办公室的门锁着，他在走廊里走来走去，什么也不想，然后到缓步台上抽了支烟。与以往不同的是，在扔满烟蒂的垃圾筒旁边，一个人也没有。

他坐在窗台上，把肩膀靠在冰冷的玻璃窗上。垃圾筒的气味很难闻，可是他别无选择。他打开白色的烟盒，掏出一支烟（最近，为了省钱，他把“健”牌烟换成了“希普卡”牌的），手不停地发抖。

入团五年以来，他一直都很走运。他考试成绩十分优秀，还参加了系里的篮球比赛。积极分子们很少注意他，他总能轻而易举地逃避各种社会活动。三年级的时候，他当过班长。履行这一职务并不难，也不需要特别接近团组织，只要提醒同学们上讨论课、参加口试，再跟老师商定课堂测验的时间就行。他尽量掩饰自己的懈怠——班长们差不多都是这样。班里的同学们都对他很满意，负责班长工作和组织纪律的教学副主任也对他很满意，从没挑过他的毛病。可是，不知为什么，到了四年级的时候，大家不再选他当班长了。他彻底退避三舍，没有人来找茬儿……

他很害怕，觉得自己遇上了很危险的事，违反了重要的生活原则。以前，这个原则跟他毫无关系，所以他并不了解。他活了二十一岁，突然踏进了一个陌生的领域，尽管他早就应该掌握这一领域的生存法则了。

他听了两节军事课，漫不经心地把黑板上的公式和驼峰轨道电路图抄到了保密笔记本上。他想考虑一下自己的处境，但是恐惧驱散了思绪。得好好准备一下在团委会上的发言了，但是他不知道该说些什么。他无法想象自己在开会时会有怎样的表现——要站起来当众讲话，他可受不了。他知道，到时候自己会一句话也说不出来。可是，他明白，避而不答也不是办法。如果在那种场合找不到合适的话说出来，灾难就会降临。他会被开除出共青团，然后被大学除名，再入伍……妈妈、尼娜、孩子。

他感到头晕目眩。周围的一切以最真实的样子浮现在他的眼前，吓得他差点儿从椅子上掉下来。生活就要结束了，这可真要命！

这段时间，他常常想起父亲。他想："他们总是试图用开会来击垮我们，总也过不去这道坎儿。"

上完军事课，他给家里打了个电话，说晚点儿回去，有事要跟朋友们见个面。接着，他没打电话就去了叶尼卡家。他认为，别雷是会想出办法的。如果他想不出办法的话，可以叫来基列耶夫、维奇卡，大家在一起，一定能找到出路。事情总是会解决的，即使小罪难逃，也不会出什么大事。

地铁里人满为患，尽管还没到下班时间。人口与日俱增，都是从新区来的。他想，他们都知道该如何生活，如何在自己的五层小楼里安身立命。他们穿过城市去上班，穿着夸张的衣服参加各种会议，不用担心第二天就是世界末日。

他突然想，叶尼卡是想不出办法的，基列耶夫也想不出办法，更没必要去找久未谋面的维奇卡，因为他也想不出办法。所以，什么都不必做。

他在“文化公园”站下了地铁，穿过环形路，到了塔干卡，再经过教堂、医院，来到了沿岸大街，向丹娘家走去。

丹娘见到他的时候，就像什么事情都没有发生过似的。她退到门厅里，看着他脱掉了大衣。他吻了吻她。她抱着他，抚摸着他的后脑勺。他们走进厨房，坐下来喝了一杯酒，然后点上了烟。

“我遇到麻烦了。”他说。他突然惊讶地发现：现在，他不想再讲自己的事了，不想复述自己跟列妮卡·谢瓦什娃的谈话了，因为那场谈话像噩梦一样，不知不觉地消散了，不再是现实中的事物了。于是，他含糊其词地说：“我不知道该怎么办……”

她没有说话（在背光的情况下，看不见她的脸），他也没有出声。从地铁站里出来的时候，他很想在她面前坦白，说自己十分恐惧，可是现在恐惧已经消失得无影无踪了，什么感觉都没有了。

他们走进了卧室。卧室里光线很暗，没有铺好的床单泛着白光，枕头掉落在地板上。丹娘默默地脱掉了衣服……

“说说你的麻烦吧！”她轻轻地说。他翻身躺下，把被子拉上来——屋子里并不暖和。“是生意上的事吗？格鲁吉亚人出问题了？”

他吃了一惊——她竟然知道格鲁吉亚人的事，记住了他和朋友们的谈话。

“生意上的事，马马虎虎吧。”他从床上坐起来，把枕头垫在背后，闭上了眼睛。他听见她划着了火柴，随即闻到了一股烟味。“一个月过去了，第比利斯那边还是没有消息，打电话也不回……不管它了，总会弄清楚的。我现在要被团委开除了，你知道吗？那样的话，我就完了，会被大学除名的，并且面临入伍的厄运，知道吗？我的妻子怀孕了……”

他意识到自己说漏了嘴，赶紧咬了咬舌头。丹娘没有出声，他连忙说起了第二天自己在团委会上即将面临的处罚，甚至还预演了自己的辩护词，想到了一些在团委会上不该讲的小笑话。他讲那些笑话不是为了让团员们理解他，而是为了保住自己的颜面，免得让悔过表现得过于有失尊严……丹娘一直默默地躺着。突然，她把他拉过来……他的思绪有些混乱，机械地应合着她……

他再次翻过身来，闭上了眼睛。此时，丹娘已经穿好了衣服，站在房间中央。

“把衣服穿上吧！”她说，“这儿很冷，会感冒的。”

他急忙开始穿衣服，手忙脚乱地系好了鞋带，心想，一切真的结束了，他再也不会回到这间屋子里来了。要知道，所有属于他自己的时间，他都是在这儿度过的。丹娘走出了卧室，他听到了她在厨房里开关冰箱的声音。餐具碰在一起，叮当作响。他穿上大衣，手里拿着帽子，勉强通过走廊，走进了厨房。丹娘背对着门，坐在桌边——以前她就常常这样坐着。她面前放着满满的一杯酒，烟灰缸里还冒着烟。她用手托着下巴，眼睛直勾勾地看着窗外——天就要黑了。

“喝一杯吧！”她说，“喝吧……一路顺风！”

他给自己倒上了一杯酒，没有坐下，直接伸出手来想和她碰杯，可她却用力仰起头，一口气喝干了杯中的酒，然后随手放下了酒杯。杯子没有放稳，倒了，滑动了一阵子，在桌边停住了。她一句话也没说，便快步走进了屋子。他放下酒杯，从厨房里走出去，小心地掩上了房门。

十五分钟后，他已经在索良卡大街坐上了电车。他的脑子里想的全是第二天的事，简直是一筹莫展。

尼娜喂妈妈吃完了饭，和他一起坐在厨房里，吃起饭来。他特别想把事情原原本本地对妻子说一说，向她诉诉苦，然后躺下来听她说些安慰的话，可是他不能这么做——并不是因为他怜惜尼娜，不想让她担心，而是因为跟丹娘讲完这些之后，他不想给另一个人复述一遍了。尼娜丝毫没有注意到他的反常（他跳起来，在厨房里走来走去，冲着气窗抽烟、叹气，把手指掰得咔咔直响），兴奋地讲着学校里的事，讲到了那些为逃避分配而着急出嫁的姑娘，以及她们有多么羡慕她。他听着她说的话，心里想着，到了第二天晚上，她的生活就要改变了。

第二天早晨，他起得很晚。他睡得这么沉，甚至没有听见尼娜出门上学的动静，连他自己都感到十分惊讶。他不想吃饭，妈妈也不想吃饭（胃里不舒服，感到恶心）。接着，他又睡下了。妈妈躺在床上，嘴巴微张，打着呼噜，呼吸声很重。他在她的床边站了一会儿，俯视着她那没有血色的苍白的脸、发黑的嘴唇和微微颤动的薄薄的眼皮。她的身体变得几乎只有孩子般大小，盖在被子下面，让人难以察觉。

他看着妈妈，惊讶地发现自己什么感觉都没有了。这么多年过去了，他的怜悯之心早已消失了。他无法想象，妈妈醒来之后，一个人待在空荡荡的房间里，躺在永恒的黑暗中，是什么滋味。

“我们的内心是空虚的。”他想，“如果内心不空虚，妈妈就不可能经受住父亲死亡的打击，我也就不会在她失明之后还过得这么开心了。我会感受到尼娜对未来生活的恐惧，而尼娜也会理解我有多么害怕破产和随时可能面临的贫穷。我们是空虚的，所以其实什么都感觉不到。我们活着，却从来不去想，这种空虚正在吞噬我们，而且最终会吞噬每一个人。”

这种想法让人不寒而栗。他的肩膀哆嗦了一下，仿佛觉得有些冷。但是，他的心情很快就放松了，因为他知道空虚会拯救他，拯救所有人。不管发生了什么事，都会有办法解决。不会发生真正让人感到痛苦的可怕事件的，因为空虚不会使人痛苦。空虚和空虚交织在一起，最后剩下的只有空虚。

他穿上旧的套头衫和丹娘做的厚裤子，尽量以旁人的角度对着镜子观察着自己——与想象中要去团委的派头不一样，但是他没有更普通的衣服了。

“空虚……”他踏上地铁的滚梯，看着对面滚梯上的人，“空虚……每个人都是空虚的。他们都知道这一点，但是并不知道别人也是空虚的。他们觉得别人都活得挺好，但事实上所有人都是空虚的。空虚即是救赎，否则生活就会让人难以忍受。”

他以前从来没有思考过这种事情，但现在这种想法却挥之不去。它对整个生活来说如此重要，而不是只在此时此刻显得重要，这一点让他感到大为惊讶。到了大学门口，他也没有想明白接下来的几个小时自己将会面临怎样的处境。

团委办公室里很闷，有股难闻的烟味。墙上挂着许多老照片，里面有一张加加林即将进入宇宙飞船时的照片。团委委员们坐在一张长长的、铺着深红色呢子的桌子旁边，让他坐在桌子一端的椅子上，对面是格卢什科。这样的场面说明，大家是平等的，而他只是其中的一员。马上就要开始的是学校辅导课的总结会，也有可能是筹备系里休闲晚会的会议。大家相互以姓尊称，对他也如此。每个进场的人都跟所有人握手，也包括他。

格卢什科在大会上通报了个人问题的实质内容——个人凌驾于集体之上，不参加社会活动，蔑视政治学习，心里只想着如何卖破衣烂衫，像市侩一样，只关心自己的私事。说到“破衣烂衫”时，所有人都回过头来，仔细打量着他穿的粗线圈套头衫。他从他们的角度观察自己，后悔没穿舅舅那件过时的西服。那件西服的样式是二十世纪五十年代的，挂在小贮藏室里。不过，他当即否定了这个想法——无论穿什么，他们都不会满意。

万卡讲完之后，一个女生发了言。他从未见过她——肯定是低年级的同学。他确信自己从未与她谋面，但她却知道他的全部底细：“不该总是以家里有事为借口，不参加组织活动。我们当中有很多大学生是有家室的。特别是研究生，他们住在宿舍里，生活很艰难，有的已经有了孩子。可是，他们并没有躲进自己的小天地，而是会去寻求同志们的帮助。比如说，社会组织帮助一位研究生的孩子进了托儿所……可是，萨尔特科夫却从不露面，不让大家了解他遇到的困难，不寻求任何帮助，也不问一问他能为共青团组织做些什么。当然啦，他妈妈病着，可这并不妨碍他跟自己的朋友拉帮结伙。他们当中不但有外校的学生（有学石油化工专业的），而且有偶然遇到的人（经历非常可疑）。萨尔特科夫到底跟他们有什么关系？他们有什么共同爱好？无非就是坐在市中心的啤酒馆和咖啡厅里聊天，或者在寄卖店里转悠，买些美国衣服，还有可能聚在家里听爵士乐、喝酒……众所周知，萨尔特科夫的家庭生活并不是那么和谐。我们很同情他的妻子——她既要照顾萨尔特科夫的妈妈，又要准备全国性考试，还要生孩子……”

他简直不敢相信自己的耳朵。他们是怎么知道的？他的生活被曝光了！他觉得自己很无助，事情比他预想的要复杂得多。他想，他们一定也知道丹娘，而且马上就要说出来了……

格卢什科恳请发言的人不要离题，要围绕具体行为来讲。萨尔特科夫缺席讨论重要问题的会议，表现出了对党的态度——要先谈这个。一名共青团员要是对发生的事情不理解，应该向同志们直言不讳地提出来，倾听大家的意见，可是萨尔特科夫却宁愿避而不谈。例如，他拒绝谈论作家伊利亚·爱伦堡的作品《人、岁月、生活》。大家都知道，这本书错误百出、内容浮浅，夸大了很多错误。可是，格卢什科亲自跟萨尔特科夫提到这件事情的时候，他却不以为然，声称对此不感兴趣——全体人民都感兴趣的事，萨尔特科夫却不感兴趣。

眼下，团委不仅要讨论共青团员萨尔特科夫的所作所为，而且要弄清楚他的立场。

万卡掏出“北方”牌香烟，但是没有吸，只是捏了捏烟嘴，紧紧地咬着。他的目光越过长长的会议桌，直盯着“被告”。即使离得这么远，他也能在“被告”的目光中明显地看出仇恨，这表明事情不妙。

此后的发言，米什卡几乎没听——千篇一律地说“政治上不成熟”、“对社会生活漠不关心”，等等。轮到列妮卡·谢瓦什娃发言的时候，他才醒过神儿来。她提出要结束讨论，让萨尔特科夫本人表态。还没等格卢什科说话，她又低声说了句什么，好像是“严厉地批评一下他吧，让他知道错了就行了”……好啦，他终于放心了。讨论会结束之后，他会受到严重警告，即使写进学籍卡也没关系。半年之后，即将进行论文答辩时，就像列妮卡说的那样，警告会被撤销，事情会被淡忘，生活依然如故……

可是，格卢什科打断了列妮卡的话。“你疯了吧，谢瓦什娃！”他说，“首先，讨论会不能结束，还没有弄清萨尔特科夫的所有问题。其次，我们必须听听他的陈述。你不该把建议提出来……我们也许不会给他严重警告，不会对他作出任何处罚，这个人可能还会说出能够让人信服的理由。当然，也可能正相反……我本人就认为他的确有一个理由：萨尔特科夫的父亲——可能有人不知道，他是苏联军官、军事工程师，在召开党员大会之前开枪自杀了。当时，萨尔特科夫还是个六年级的孩子。显然，这件事情对他的心理产生了影响，使他对社会政治生活产生了厌恶之情。在这种情况下，即使警告，也无济于事……”

房间里很安静。团委成员们全都看着面前的桌子，只有列妮卡盯着格卢什科，微微张着嘴。

“好了，”他想，“一切都结束了。”

他站起身来，椅子在他身后倒下了。

“你去哪儿，萨尔特科夫？”格卢什科说，“没人让你走！”

他站在门口，背对着房间里的人们，想打开门，可是没有打开。在他的身后，是一片寂静。他终于明白了，有人用钥匙从里面把门给锁住了，免得有外人闯进会场。钥匙就插在锁孔里，只要拧一下，就可以出去。

“回来，萨尔特科夫，别节外生枝!”格卢什科在他身后说。

他转动了一下钥匙，走了出去，小心地带上了房门。

走廊里空无一人。他在衣帽间里穿上大衣，半天系不上扣子。他用眼睛盯着镜子，却什么也看不见。接着，他向公告牌走去，把会议通知扯下来，卷成圆筒，再撕成两半，扔进了垃圾桶。

春天的风依然刺骨，路上一片泥泞。他点上烟，向地铁站走去。迎面跑来几名一年级的学生，手里拿着卷成筒状的几何作业纸。

第十一章　开除

可怕的事情就这么过去了，并没有想象的那么可怕——一贯如此。

自然地，尼娜十分伤心——过一会儿就好了。身上发生的变化几乎让她没时间去注意别的事。她的颧骨变宽了，脸上的表情一成不变，只有留神倾听远处传来的微弱声音的人才会有这种表情。她不顾米什卡的反对，给敖德萨那边打了个电话。于是，岳父答应跟一位熟识的上校联系一下。那位上校好像在莫斯科，不是在市兵役局工作，就是在管理兵役局的部门工作，可以帮忙暂缓服役。重点是，要避免传说中“可怕的补充征兵”。秋天之前，要想办法转入低年级重新学习（系里肯定会帮助优等生），同时办一些共青团的事。不管怎么说，还有区委——可以马上写一封忏悔信，给区委寄去……

米什卡不想让布尔拉科夫管他的事，岳父、岳母早就不干预他的生活了。眼下，他更不希望他们干预他的事了，更何况干预了也不见得有用。就算能够暂缓服役，也没人会让一名因思想问题而被共青团开除的学生重返校园。当然啦，还可以寄希望于区委。不管怎么说，在区委，管事的人不是万卡·格卢什科。那儿的人会明白，开除一名即将毕业的大学生非同小可，会使他的前途受到影响。可是，他完全不知道该怎样给区委写信，以表示忏悔。无奈，他只好把这件事搁在一边了。日子一天天地过去了，什么事情都没有发生。区委在他的脑海里变得模糊不清了，大学也在不知不觉中变得十分暗淡，成了往事。尼娜也不再提起这件事了，好像忘了发生过什么。每天早晨，她都会习惯性地给妈妈做饭，把她安顿好了之后再去学校，然后去女性问题咨询所。晚上，她随便吃点儿晚饭，就累得倒头大睡了。

妈妈什么都没有说，没有注意到儿子现在几乎整天都待在家里。她一天到晚蒙着被子，躺在床上听电视里的声音或者打瞌睡，几乎不跟别人说话，好像已经忘了自己在跟谁一起生活。

他跟朋友们商量了好几次，还是一筹莫展。他们在叶尼卡家抽烟、喝廉价的干红葡萄酒（生意惨淡，得节省开支），毫无意义地围绕着同一个问题纠缠不清。叶尼卡总是回到事情的起因上来，大骂他行事轻率、愚蠢至极："要是不想让别人惹你，你就乖乖地去开会，举手表决，尽可能地不发表意见。如果他们让你发言，那么大家怎么说，你就怎么说。这样的话，哪个共青团都不会找你的麻烦的。他们会原谅你倒腾美国衣服的事，你得说'谢谢'！可是你，大傻瓜，讲起原则来了，被抽象派艺术家给惹毛了，跟爱伦堡较真儿……团委怎么做，你一概忍着就是了。就算涉及你父亲，你也只能发点儿牢骚就完了。那样的话，你就会受到警告处分，生活还能平静地过下去。"

他和基列耶夫生气地打断了叶尼卡的话。"你是怎么回事？事情都过去了，说这些还有什么意义？就算叶尼卡说的完全正确，听了也会让人不舒服。如果像他说的那样做，就和格卢什科成了一丘之貉。"基列耶夫激愤不已，要求向共青团中央申诉，让他们管管学校的事，"为什么把人开除出共青团？谁见过开除毕业生的，而且是优秀生？总之，谁说只有共青团员才能念大学？"

米什卡耸了耸肩，既不表示反对，也不表示赞同。在团委会结束后的这几天里，他变了很多，连他自己都感到很惊讶。那个不久前还不谙世事，却有着明确的生活目标的米哈伊尔·萨尔特科夫消失了，取而代之的是一个无精打采的躯壳。他无法深入地思考任何事情，既不会太伤心，也不会太高兴，整天处在半梦半醒之间。在这种状态下，他并不是不想做事，而是无法做事——精力刚一集中，就立刻分散了，或者走出家门，漫无目的地闲逛，任凭春天的泥水溅到裤腿和大衣后襟上。然而，在城市里闲逛时，他根本就体会不到乐趣。回到家里，他脱掉衣服，把衣服洗净，尽量什么也不想。大中午的，他就躺在了床上，蒙着被子，根本就睡不着。晚上，尼娜回来时，没有办法把他从床上叫起来。他拒绝吃饭，整晚都在睡觉，根本就听不见妻子走路的声音，也感觉不到她小心地把硕大的身子挪到床上，在他旁边躺下。

渐渐地，他跟朋友们的交流越来越少了。他的冷漠传染给了他们，大家好像都在等待——等待该发生的事情自然而然地发生。

冬天卖套头衫攒下的钱，勉强能够应付家里的开销——餐桌抽屉里的钱包（放在装刀叉的托盘下面）变得越来越薄了。就这样，也无法让他振作起来。

有一天，基列耶夫打来电话，问他看没看当天的《消息报》——他当然没看。基列耶夫只说了一句“我马上过来”，就挂上了电话。半个小时之后，基列耶夫来了，苦笑了一下，默默地打开报纸，放到了桌上。他给米什卡指了指报纸下方角落里的一则短讯，题目是《被揭穿的阴谋》，说的是某些秘密企业“生产针织品，以满足当今社会那些不可救药的时髦人物的需要”。格鲁吉亚的这些生意人利用从国有企业偷来的原料和生产设备加工质量低劣的产品，向全国各地销售。有几十个贪图不义之财的人在为他们工作。内务部已经捣毁了一个非法交易团伙，这些社会主义经营管理体系的敌人已于近日出庭受审。基列耶夫用指甲重点指了指报纸上列举出来的五名重要罪犯中的一个叫作“伊万尼兹·安·卡”的人，他就是安佐里。有两个人因“盗窃社会主义国家巨额公有财产罪”被判处死刑——没有提到他们的名字。

他们久久地看着报纸，不停地抽烟，无话可说。到现在为止，他还是没有觉得特别害怕。他瞥了基列耶夫一眼，发现他仍旧一脸的苦笑。他没有办法集中精力思考已经发生的事——不管出了什么事，对他来讲都毫无意义。

于是，他们给别雷打了个电话。别雷来了，看了报纸，一再说“不会有事”，嘴唇却在发抖。“其实，我们这样的人多的是。”叶尼卡不停地说着，“他们不会把所有人都关进监狱的。再说了，他们怎么可能找到所有人呢?”别雷只待了半个小时，就忙着上班去了——单位里有急事。基列耶夫也准备走了。他们说好了，第二天无论如何都要找到维奇卡——他既不露面，也不接电话。基列耶夫说要到他家里去，在门口等他，等到半夜都行。

只剩下米什卡一个人的时候，他把报纸揉皱了，塞进了垃圾桶。然后，他在房间里踱步，没有开灯。他在妈妈的床边站了一会儿——她一如既往地睡着，几乎听不到她的呼吸声。

“尼娜会去敖德萨，”他平静地想，“布尔拉科夫夫妇会收留她。妈妈很快就会死去——这就没有什么好担心的了，我自由了。”有种东西突然从他的体内迸发了出来。经过了那么多无法思考的日子，他现在终于可以简单、清楚地思考了。“我早该明白，他们是不会给人活路的。”他想，“父亲当时就明白这个道理了，可我却是个没脑子的傻瓜，像小孩子一样过日子，像靠父母供养的别雷那样过日子，像基列耶夫那样过日子——他一直觉得我们还待在大本营里，在玩打仗的游戏——这就是我等来的结果。”

现在，什么都晚了，做什么都无济于事了——该来的总是会来的。

他穿上大衣，想出去走走，到叶利谢耶夫斯卡亚商店去看看。这时，他突然想起来，家里没有吃的了。于是，他打算在尼娜回来之前到食品店去买点儿馅饼、面包和罐头。他把有“荷兰皇家空军”字样的背包（是去年偶然认识的一个德国人送的）挎在肩上，习惯性地照了照黑漆漆的高大的镜子。镜子上镶着黑色的雕花边框，一直延伸到天花板。在镜子里，他看到了一个高个子的年轻人。你可以把他看成任何人，就是不能把他看成一个快要被开除的大学生和被警察搜捕的投机分子。年轻人脸上的表情很执着，就像每一个照着镜子观察自己的人一样。那表情也显得很自信，因为他的穿戴非常讲究，没有一件是苏联制造的。“这一切就要结束了，”他想，“我就要恢复本来的样子了。”

马雅可夫斯基广场上人头攒动。在大街上和剧院门口，潮气在灯光的照耀下盘旋缭绕。参加晚会的姑娘们个个梳着半米高的“巴别塔”发型，头上的三角巾勉强系在下巴下面。年轻的男士们没有戴帽子，细小的水滴在头发上闪闪发光。人们在木偶剧院和“现代人”国家剧院附近徘徊，有好几个人问他有没有多余的戏票。一个十四岁左右的男孩儿（穿着旧棉袄，没戴帽子，时髦的发缝闪着油光），不断地用英语低声向他兜售：“很有趣的戏，演的是俄国革命。”曾几何时，他也在这儿跑来跑去，不知不觉半辈子就过去了——当时可没有人用英语卖票。

他从商店回来的时候，尼娜还没有到家。他拿出食物，坐在厨房里，没有开灯。麻木不仁的感觉又回来了，他集中精力，全神贯注地思考，就像删掉既定计划中已经执行完毕的部分那样，依次判断着在每一种情况下可能产生的后果。

他应该忘了共青团和大学的事。至于从团委会上离席、不参加会议和八天没上军事课，这些都会导致他被开除，不会有别的结果，哪个区委会都没法儿帮忙。毕业生因醉酒而被开除，就是另一回事了。遇到这种事情，格卢什科没法儿兴风作浪。可是，如果有人因为政治立场而被开除，区委会的人就会提高警惕、按章办事了。就算教研室的老师肯出面说情，也不会有人听——那个患着哮喘病、永远愁眉苦脸的副教授什曼斯基怎么能充当保护人呢？这样一来，他肯定会被开除，然后去服兵役……最好不要赶上今年春天的这次可怕的征兵。尼娜应该能够等到他被除名之后再生孩子。在全国性考试结束之后，她会立刻动身去敖德萨——丈夫服兵役去了，她没法儿独自抚养孩子。布尔拉科夫夫妇会想办法的，他们完全有可能劝她离婚。唉，他们这样做很对，他很明白……秋天到来之前，妈妈的事也会得到解决……他会入伍，然后找份工作，像叶尼卡那样愚蠢而轻松地活着。他要像维奇卡那样，再也不跟任何人一起规划未来了——他已经对生活不抱任何希望了。不这样是不行的，他们会夺走一切。他想起了丹娘，然而除了后悔之外，没有任何感觉——后悔自己破坏了尼娜最近几个月的平静生活，后悔自己在虚构的痛苦中虚度光阴。秋天到来之前，他要找个卡车司机的活儿干，或者往书店送货——莫斯科公用事业委员会对面的书店里就有一个他认识的小伙子。当然啦，前提是事情都解决了，没有人再为套头衫的事找他了。其实，也不见得会有人找他——难道他们会为了一个卖掉了百八十件衣服的人找遍全国吗？

电话铃声响了起来。他在黑暗中跑到门厅里，费力地摸到了话筒。

“斯塔斯死了。”别雷说，“我到处找他，想解决咱们的问题，可现在……唉，明白吗？我给那个姑娘打了个电话——那个演员，记得吗？她哭个不停。三天前，他喝醉了，坐地铁的时候睡着了。到了终点站，人家叫他下车，才发现他死了。喂，你怎么不说话？”

“知道了。”他说，“斯塔斯死了……好吧，再见！”

他挂断了电话，漫无目的地在房间里走来走去，撞到了栏杆——那是他和基列耶夫给妈妈做的，早就用不上了。他来到厨房里，打开了电灯。他坐下来，闭上眼睛，看到了一个晃晃悠悠的高大身影，迈着细长的双腿，向赫尔岑大街的方向渐行渐远。

尼娜回来了。他帮她做了晚饭，自己却没吃，只洗了碗。尼娜吃惊地看着他，什么都没问——她好像已经不想知道任何新闻了。

“去睡吧，”他说，“我只是有点儿头疼，出去一会儿就好了。别担心，最多一个小时。”

他赶在食品店关门之前买了一瓶伏特加酒，然后回到家，小心翼翼地打开了房门。尼娜已经睡着了，屋子里很安静，有种特别温暖的感觉——全家人都睡着了的时候，总是让人有这样的感觉。

他走进厨房，就着水龙头里的凉水分三次喝光了伏特加酒，嗓子里没有一点儿感觉。墙壁好像挪了位置，向远处移去，又立刻飘了回来，把世界变得相当狭小。接着，墙壁好像又飘走了似的。他往地板上一坐，后背碰到了一个小凳子，小凳子向后滑动了一下。

他想着斯塔斯，想着父亲。

接着，他身子一歪，在地板上睡着了。

第十二章　噩梦

话筒里传来了一个陌生的声音，有个姑娘怯生生地要找米什卡·萨尔特科夫。

“喂，”他哑着嗓子低声说，然后清了清嗓子，“喂，您找谁？”

“米什卡，我是列妮卡·谢瓦什娃，在系办公室打的电话。”他很惊讶，不知道谢瓦什娃是怎么知道他的电话号码的，于是又说了一遍“喂”，并且拼命地回忆着最近发生的事情，想知道这个谢瓦什娃为什么打电话找他。

“听着，你有病假条吗？”

“什么病假条？”他看了看手表，已经九点二十分了，就是不知道是晚上还是早上，“我又没生病……”

“跟生病没什么关系！”话筒里胆怯的声音变得强硬起来，“你已经两个星期没上军事课了，也许更长……听着，给自己弄一张病假条，然后来上课，明白吗？团委决定只对你进行严厉的警告……你在听吗？怎么说你也是毕业生，而且只是……缺席会议。可是，你却没影儿了，谁也找不到你！现在，按我说的做，来上课就行了。不过，要带着病假条，这是军事办公室要求的。这样就行了，他们会让你上课的。不管怎么说，你是个不错的小伙子，格卢什科同意给你警告处分，我们都认为你是会觉悟的。现在，你得听我的，明天来上课，就像什么事都没发生一样。但是，一定要带着病假条。听明白了没有?”

“好的。”窗外是灰蒙蒙的早晨——这么说，现在是白天，“我知道了……列妮卡。你……谢谢你打来电话，我知道了。”

“好啦，”沉默了良久，接着是轻声的叹息，“你是个傻瓜，萨尔特科夫……一个真正的大傻瓜……好啦，再见!”

两个多小时以后，他彻底清醒了。尼娜去学院了，不在家。妈妈在听电视里演的老电影，坐在扶手椅里，用被子盖住腰以下的部位，气色不错。他正想对她说点儿什么，她却摆了摆手，意思是“别打扰我”。他煮了一壶开水，沏了一杯浓茶——没有其他可以醒酒的东西了。热饮很难喝，他勉强抑制住了恶心的感觉。他头晕目眩，不过头脑清醒了些。

这么说，与共青团和大学有关的事情都解决了……病假条，可以通过比留扎弄到……她在诊所的挂号处上班……是的，在伊斯梅洛沃，这个办法有可能管用……吃完饭就去办这件事……看来，事情还没有糟糕到不可救药的地步。昨天还……这个谢瓦什娃……

他试着回忆那个共青团积极分子的容貌，却怎么也想不起来了。他的脑海里只浮现出了两个扎成面包圈形状的辫子和一个膀大腰圆的身躯。

电话铃声又响了起来。通常，白天是没有人打来电话的。他拿起听筒，停顿了半分钟，然后说：“喂!”

“喂，听不清您说的话!”话筒里传来了一个男人的声音。

“是萨尔特科夫·米哈伊尔·列昂尼多维奇吗?”他傻傻地点了点头，然后才反应过来，半信半疑地说了一句：“是我。”他预感到，这个“来电”很不寻常。“我是警察分局的侦查员瓦西里耶夫。昨天给您寄了传票，可是家里没人，只好扔到信箱里了。我还是亲自告诉您吧！请您今天下午四点钟来我们这儿一趟——知道地址吗？从您家出来……特维尔－亚姆斯卡亚大街上的第二座房子。一进院就看见了，14 号房间。请您务必来一趟！如果不来的话，我们有权拘捕您。祝您万事如意!”

他一下子愣住了。这件事肯定跟安佐里和套头衫有关——他们是怎么找到他的呢？十五分钟后，他醒过神儿来，给别雷打了个电话。当然，在电话里什么都不能说，只约好了在列斯纳亚大街见面——叶尼卡忙着上班，只好在他所在的文化宫见面了。

他穿过泥泞的胡同，走向列斯纳亚大街的时候，心情恢复了平静。有一瞬间，他甚至感到很惊讶——最近两天，他的麻木和淡漠跑到哪儿去了？他是怎么恢复正常的？突然，他的心像被针扎了一下似的——斯塔斯死了。不过，他立刻把涌上心头的无助和恐慌赶走了——以后再说吧！斯塔斯死了，谁也没办法，现在得想想别的事了。

去年夏天，他认识了一个格鲁吉亚人，只知道他的名字。从格鲁吉亚运来的套头衫都卖给了朋友们——大家都需要这种衣服，他只是提供服务罢了。难道不能把衣服卖给朋友吗？好吧，他不知道……

真蠢！不能这么跟侦查员讲话！侦查员……这可不是小孩子胡闹，在马路上踢球被抓住了……怎么办？

他们是怎么知道的？他们究竟知道了些什么？发生了这种事……当初是谁写信给诺索夫的？现在，这件事该怎么办……历史重演了，重演了……

列斯纳亚大街附近的停车场上挤满了无轨电车。有一辆无轨电车摇摇晃晃地向卡利亚耶夫的方向驶去，发出了轰隆隆的声音。文化宫里寂静无声、漆黑一片。他沿着楼梯走上二楼，好不容易才又找到了狭窄的铁楼梯，走上去，打开了叶尼卡办公室的门。叶尼卡坐在桌子后面，脸色苍白，示意让他关紧了房门。看来，他被吓得不轻。他们低声交谈着，别雷把大衣盖在了电话上。

显然，他们很快就会找到叶尼卡和基列耶夫，所以必须事先说好，要否认哪些事、承认哪些事。可是，这就出现了一个大问题——不知道他们究竟知道了多少。如果他们全都知道了，就得招认一切。不过，一定要强调“对自己的行为认识不足……并没有蓄意发财，只是帮助熟人弄些紧俏物资罢了”。当他故作镇定地说“好吧，也就判两年”时，叶尼卡撇了撇嘴。

于是，镇定变成了恐惧，主要是因为他们猜不到会发生什么、那个叫瓦西里耶夫的侦查员会说些什么、事情会怎样发展下去。

当他再次走上列斯纳亚大街的时候，已经快要到下午两点了。3 月的大雪肆无忌惮地下个不停。人们从高尔基大街向卡利亚耶夫跑去，像是部队在前进。他不知道接下来的两个小时该怎么打发，只好缓缓地穿过小路，在米乌斯广场周围晃荡了一阵儿。

他的脑子里始终萦绕着一个念头——他们是怎么知道的？突然，有个念头一闪而过，而且立刻就仿佛生了根，变得强大起来，压倒了一切：是丹娘。如果消息是从格鲁吉亚那边传过来的，那么他们就会同时找到所有人，包括别雷、基列耶夫、维奇卡，不会漏掉一个。没有必要再去找维奇卡了，他很另类……丹娘。她可能由于妒忌、生气……

他立刻就反应过来，她不可能这么做。她是个好姑娘，很正常，不可能是她……

那么，是谁给诺索夫写的信呢？

像以前一样，一个截然不同的想法突然跳了出来，很快就使其他的想法化为乌有了：斯塔斯死了。他蓦地停住了脚步。路很窄，后面的人撞到了他身上，小声骂了一句。

斯塔斯——太可怕了！他坐在地铁里，仰着头，张着嘴，身体冰冷，已经死去了。地铁列车载着他进入了车库……警察小心地碰了碰这个时髦的年轻小伙子，觉得这样的人不该死于心脏病突发。白衣护士披着大衣、拎着小手提箱，从车厢经过……

“人一死，生活就立刻变了。”他想，“谁能料到死去的人是斯塔斯呢？他的死让我们分清了尚可挽回的厄运和既成事实的噩梦。”

他在广场上的一小块无人涉足的雪地上绕着圈儿，在新鲜的白雪上留下了黑色的足印。到了该去警察局的时间了！他停住脚步，背着风抽了一支烟，然后坚定地朝警察局走去，准备缴械投降、全部招认、请求宽恕。

漆黑的走廊里，墙壁是深绿色的。他找到了一扇贴着纸条的房门，上面写着“瓦西里耶夫·尼·伊，14 号房间”。他敲了敲门，一个愉快的声音从房间里传了出来：“请进！”房间里有一张小书桌和一个顶到天棚、漆成绿色的保险柜。保险柜两侧的小门上有细细的立柱，是那种上了漆的螺旋状装饰立柱。皮沙发两侧的扶手已经被磨破了，靠背上斜搭着幔帘。桌子旁边是一张普通的小凳子，也是绿色的。桌子后面，面朝门口坐着一个年轻人，身穿蓝色紧身西服，里面是一件雪白的衬衫（尖领下面精心地系着一条灰底蓝条的领带）。在西服的领口上，一个蓝白相间的师范学院的珐琅校徽闪闪发光。年轻人的头发乌黑而浓密，从中间向两边分开。他身上的其他地方与别雷惊人地相似，就连脸上的表情都十分相像——带着嘲讽和怀疑。年轻人背对着窗户，坐在阴影里。

“请坐！”年轻人说，“您抽烟吗？那就抽吧……”

他从抽屉里拿出了干干净净的大理石烟灰缸。

“他都没问问来的人是谁！”他想。他在小凳上坐下来，局促不安地从大衣口袋里掏出了一盒烟。年轻人笑了笑（他的牙齿不好，又少又黑），说道：

“请抽烟吧，米哈伊尔·列昂尼多维奇。您要是觉得热，可以把大衣放到沙发上。不好意思，我这里没有衣架……”

“谢谢，瓦西里耶夫同志！”他听见了自己的声音，立刻就想：这是在梦游吗？为什么把这个人称作“瓦西里耶夫同志”？为什么要感谢他？

几分钟后，梦游的感觉消失了，取而代之的是一种极其轻松的快感，就像在和一个聪明的老朋友说话似的，相互理解、彼此通融，无须赘言——两个人似乎都有这种感觉。直到他走在雪花纷飞的大街上，瓦西里耶夫的轮廓才变得模糊起来，然后消失了。此时，他体会到了一种明朗和轻松的感觉——好了，都结束了，再也没有什么好担心的了。

“那么，您一定能够理解，”瓦西里耶夫微笑着说，露出一口黑牙，“我不是警察局的人，只是把您叫到警察局来会方便些。”萨尔特科夫点了点头，勉强微笑了一下。“我们对您没有什么要求。即使有要求，也不会在细枝末节上纠缠不清。在警察局，即使是小事，也很重要，得解决掉。您要养活妈妈和妻子，这个我们能理解。在这种情况下，需要钱……在这个问题上，我们并不苛求什么，可是纵观全局的话就不是这样了。有些人是偶然认识的——您有偶然认识的人吗？比如，您向他们提供……年轻人是怎么说的来着？兜售——对，兜售这些套头衫或者别的什么东西的人。这可是一个范围很广的朋友圈！在这个圈子里，什么事情都有可能发生。年轻人没有定性，有可能会愚蠢地随口乱说。这就需要解释了，一定得解释。我们和您都有责任针对年轻人的错误提出警告，因为这是一场战争。您最好能理解我的话，这是一场战争……”萨尔特科夫觉得自己好像明白了这一点，于是点了点头，表示理解，“我们谁也逃不了。我的意思是，我们得帮祖国一个忙。您现在可以走了，回去好好想一想。您记下这个电话号码吧……不用特别记我的姓。我的姓很普通，您就记我的名字和父称——尼古拉·伊万诺维奇吧。过两天，您给我打个电话吧。我们可以在您不上课的时候见面——您可不是无所事事的人。您在学习战略防御知识，这可是每个公民、每个年轻人都要学的。或许，下周我会给您打电话，以便弄清楚所有的问题。关于这个伊万尼兹，如果您想起来什么了的话，那就太好了！不过，重要的是，希望我们能够通力合作，别走错了方向。那么，祝您好运！不要难过，谁都难免会犯错。您都想象不到，来找我们的人很多。每个人都有自己的问题，我们得逐一解决。再次祝您好运……”

只有一次，他从这一大堆令人窒息的铺天盖地的话语中挣脱出来，定了定神，问道：

“那么，你们是从哪儿……”他停顿了一下，没有想出更好的说法，于是直截了当地问道：“是谁告诉您的？”

谈话中止了半分钟。在这段时间里，瓦西里耶夫在桌子上方探了探身子，眼睛紧盯着他看。他的目光近在咫尺，从那异常乌黑的像是没有瞳孔的眼睛里射了出来。这目光渐渐地吞噬了周围的一切，他什么都看不见了，甚至忘了自己刚才问过的话。半分钟后，瓦西里耶夫靠在摇摇晃晃的办公椅上，大笑了起来。

“您真让我感到惊讶！”侦查员说，“我们可不是生活在沙漠里，周围有男朋友、女朋友、熟人，到处都是人。每个人都知道，一旦发生了什么事，事先给予警告非常重要，因为如果不这样做，就太晚了。每个人都明白这个道理，我向您保证。周围都是好人，非常好，所以每个人，您理解吧……”他点了点头，表示理解。不过，侦查员没有问起丹娘。然后，他站起身来，握了握从桌子上面伸过来的手——瓦西里耶夫没有站起来。说到最后几句话时，他的态度有点儿冷淡，甚至有点儿居高临下。他走出房门，走进了茫茫的大雪中。

他停下脚步，感觉到雪花落在脸上，立刻就融化成了雪水，流到了额头上，把睫毛给打湿了。透过水滴望过去，黄昏灰蒙蒙的光线仿佛都在闪闪发光。所有无法抗拒的怪事——把他困在14号房间里，让他冲着这个可恶的瓦西里耶夫点头微笑——全都消失了，他突然有了一种若无其事、从容不迫的感觉。这种感觉就像清凉的雪一样，代替了这段时间以来一直折磨着他的恐惧，继而出现了他一直想要的结果：事情结束之后，随之而来的绝望和平静。

“父亲当时也遇到过这种情况。”他想，“没必要再等下去了，事情明摆着，已经接近尾声了。再也没有什么可怕的了，因为一切都已经发生了。”

他不再急着去某个地方了，于是便走上了高尔基大街，沿着新建的地下通道穿过马路，拐到了季申斯基广场，然后绕过市场，在儿童医院后面向动物园走去。雪水把他浑身上下都打湿了。左边的一座高楼鹤立鸡群，于是他向右边拐去，穿过小巷，来到了沿岸大街。河面上漂浮着灰色的薄冰，风从水面上吹来，“乌克兰”宾馆像山岩一样在河对岸高耸入云。

在儿童广场附近，一座占了整整一个街区的大楼所在的院子里有几把落满积雪的椅子。他掸掉椅背上的雪，坐在椅背上，踩着座位。他立刻就感觉大衣湿透了，潮气穿透了裤子。但是，他却不想站起来。不知为什么，他感觉很累，两腿瘫软无力，没办法走回家去。他点上了一支雪茄烟。不料，一大片雪花掉在烟上，融化了。于是，他扔掉了这支烟，又拿出来一支，藏在手掌里点燃了，慢慢地用力吸着，开始逐字逐句地回忆与侦查员谈话的内容。

他已经想不起来所有的谈话了——有些句子不知跑到哪儿去了，就像是被迷雾遮住了。

侦查员好像暗示过，是朋友当中的某个人……他是怎么暗示的，说过哪些话呢？好像也没有什么暗示吧！不管怎么说，侦查员对丹娘只字未提。为什么总是想起丹娘？真蠢……也没提到别雷、基列耶夫……他到底说的是什么呢？

他知道，根本无法弄清楚这个问题。他浑身湿透了，从椅子上跳下来，穿过院子，往回走向了高尔基大街。

没有提到他的朋友，也没有提到大学……等一下！为什么对大学只字未提？共青团……不问政治的行为……有被开除的危险……都没有提到。

那是因为他们根本就不知道这些事!

他意外地想到了这个结论，大声喊出了“不知道”，然后小心翼翼地环顾四周——别让人把他当成疯子！通往克拉西诺的小巷里空无一人、漆黑一片。雪下得更大了。

除了套头衫的事，他们什么都不知道！他们也不知道别人，甚至包括他的那些最亲近的朋友……只知道他经常逛寄卖店，买套头衫。这么说……这么说，不是丹娘。当然不是她！这么说……他们不是在寄卖店盯梢，就是……

要么，他们就是监听了电话——就是这么回事。他们先在格鲁吉亚探听到了安佐里的行踪，窃听了他的电话，记下了几个打到莫斯科的电话，并且顺藤摸瓜，找到了他的电话号码。然后，侦查员就来考验他，试探他的底细……

那么……那么就没什么可怕的了，谨慎地否认就是了……

不行，不能否认！现在，他们已经插手了，如果否认，就会把事情闹大，会牵扯到所有人，包括叶尼卡、基列耶夫、丹娘。他们还会去找尼娜的麻烦，这很容易……最重要的事情已经清楚了，那就是他们对很多事情都不了解，甚至没有过问。他们只是截获了安佐里的电话，决定试探一下，并未采取进一步的行动，甚至没有要求大学出示个人鉴定。他们做事情并不认真，就那么回事！有人打过电话，委托瓦西里耶夫把他叫来谈谈，而瓦西里耶夫却对这件事并不上心，只是看了看房子的主人是谁，甚至没有提到尼娜怀孕了。他要是知道这件事的话，一定会过问的，以示关心……

这就对了！但是，他还是无法相信他们在工作中会这么懒散，只是走一走形式。要知道，往学校打个电话很容易。这样一来，他们就可以截获他的其他通话记录——他每天都会给别雷和基列耶夫打电话。丹娘的事也能够轻易掌握，如果他们想掌握的话。

“可是，他们根本就没有监听这儿的电话。那么，就是第比利斯的电话被监听了。”他想，“他们会这么蠢……这么傻吗？”

原来，他们是一群懒惰的傻瓜。然而，这与一直以来他对他们的了解并不相符。没错，他们不可能这样做事。对于他们，他想过很多，有一两次还跟别雷谈起过——他们是在厨房里谈的，这样可以离电话远些。有一种印象无须用语言来表达，这种印象就是：他们无所不能。

“无所不能，就是有点儿懒。”他冷笑了一声，对自己的想法感到惊讶。不知为什么，他的胆子这么快就变大了。这时，他想：“父亲当时很害怕，宁愿……”可是，即使想起了父亲，他也没有感到害怕——恐惧感没有重现，认为自己已经山穷水尽、走投无路的念头也没有重现。

“我会想出办法的。”他自言自语道。

突然，他特别想去见丹娘。最近一段时间，他根本没有想起过她。他突然清楚地意识到，所有的愿望都消失了。尼娜守身如玉，总是仰面而卧，护着肚子，睡觉时总是把他的手挪开。他想象着丹娘的样子……给她打个电话？……

他立刻坚决禁止自己这么想——麻烦事已经够多了，够忙活一阵子了。上帝保佑，不能再那样做了！

可是，强烈的欲望却无法消退。他看了看表，离尼娜从学校回来还有三个小时的时间。街角处，一个电话亭的小门被风吹得噼啪作响。他走进去，拉上玻璃已经掉下来的小门，找到了电话簿。

有个叫“加利娅”的——她是谁？从号码上看，应该是住在索科利尼基……如果记不起来是怎么认识的了，就打电话过去，有点儿尴尬……加利娅……啊哈！对啦，多半是那个女房东。他们想给基列耶夫租她的房子来着！对了，电话号码也是那个区的……他想起了11月6日夜里的一幕幕情节，不禁欲火中烧。没错，现在给她打电话正是时候。当时只有一次……什么都没有留下，不用负任何责任……好吧，如果一切顺利，还会有第二次……他不想改变主意了，已经激动得浑身发抖了。

通常，在这种情况下，要么走运，要么不走运——事后才能弄清楚。出乎意料的是，他一下子就听出了接电话的人是谁。“加利娅，我是米什卡。”他换了一种口气——在必要的时候，这种说话的风格会自然而然地流露出来，并非故意而为，“还记得我吗？对，米什卡、叶尼卡和从奥金佐沃来的伊戈尔，我们去过您家……还记得我吗，加利娅？”

一分钟后，他从电话亭里跑出来，搭上了一辆私人出租车：“去索科利尼基大街。三卢布，走吧……”

走廊里很黑，加利娅没让他脱掉外衣就拉着他的袖子把他领进了另一个房间——不是他在路上一直清清楚楚地记得的那个房间，而是一个堆满了杂物的小房间。一个有多层隔板的黑色雕花橱柜直抵天棚。一个大衣柜横在房间的中央，上面镶着一面有点儿发绿的镜子。斜对面是一张盖着方格被单的折叠床。一张圆桌占据了整个屋角，上面蒙了一块边角有磨损的旧漆布。高高的天花板下面亮着一盏小灯，灯罩是长长的玻璃筒。

“我们当时不是在这儿，”不知为什么，他觉得这事不能开玩笑，便压低了声音，“当时……”

“我把那个房间出租了，”她也压低了声音回答道，“租给了从沃罗涅日来的一对夫妻。她丈夫带她到布尔捷杰①治病……”

此后，他们没有再说话。

大衣无处可放，他就把它扔到了地上。她把床垫子从折叠床上拖到了地板上。他把剩下的衣服一股脑儿地扔到大衣上，她把他熟悉的那件

---

① 一家著名的部队医院。

尼龙长衫整齐地放到了上面。

她光着脚走到门边，锁上了门。房间立刻“消失不见”了，只剩下一束摇曳的光，从吊在窗外的路灯上斜照进来。这道光穿过黑暗，定格在一个现在已经能够分辨出来的五斗橱上。五斗橱上盖着一块编织的台布，台布上有一摞盘子，最上面的一个盘子上放着刀叉（淡黄色的骨制把手上钉着铆钉）。盘子旁边立着一个白色的小半身像，上面的人物留着大胡子——不是契诃夫，就是柴可夫斯基。在路灯的照耀下，这一切看起来就像为初学摄影的人摆成的布景。画面虽然清晰，但是构图很糟糕。

他看不见她，大概她已经躺在床垫上了。他俯下身子，小心地在黑暗中摸索着……

半个小时之后，他穿上裤子，把脚伸到皮鞋里，准备离开了。不过，他想在临走前上趟厕所。他半年前就记得厕所的位置——在走廊的尽头。加利娅一言不发地躺在床垫上。他已经适应了黑暗，看见她弯着一只胳膊肘，遮住了脸，仿佛在遮挡阳光。

他悄无声息地走到门边，打开门，走了进去。他没有关门，好让走廊里的光亮照进来一些。然后，他挪到左边，分开双手，以免碰到障碍物。他走了五步左右，感觉前面有堵墙，于是便伸出双手摸索着。不出所料，那是一扇门。门无声地打开了，他来到了一个相当宽敞的地方。天花板下面有一扇圆形的小窗，透进了些许光亮。窗外有一盏路灯，不停地摇晃着……这里有一个堆满了破烂的浴缸（里面有几捆书），还有一个斜放着的燃气热水器和一个马桶。借着透过小窗的微弱光亮，能够看见马桶里面是褐色的。他靠近马桶，分开双腿，紧张了一秒钟，膝盖一软，身子一抖，差点儿摔倒。突然，在他身后亮起了一道刺眼的光。随着一声巨响，吱吱嘎嘎的声音和敲击声响了起来——好像有人踩动了缝纫机。他被吓得脑子里一片空白，把头缩了起来，转过身去。明亮的走廊里，一个轮子很大的残疾人轮椅正在向他靠近。轮椅上坐着一个面色苍白、非常漂亮的年轻女人，穿着一件蓝色睡衣，满面笑容。轮椅吱吱嘎嘎地响着，靠近了他。他连忙抓起裤子，跑到走廊里，然后钻进了半明半暗的暖和的房间。加利娅在睡觉，他碰了碰她的肩膀。于是，她坐了起来，盯着他，一脸的茫然。她用热乎乎的双手抱住他，默默地倒在了他的肩膀上。

“那儿，轮椅……”他推开她的手，摇动着她的肩膀，“有个女人在走廊里……怎么回事?”

“我说过了，是房客。”加利娅喃喃地说着，又想搂住他，“是沃罗涅日的演员，瘫痪了……”

他坐在出租车里，想起了刚才的吱嘎声和敲击声，平静地笑了笑。生活又回到了噩梦中——侦查员瓦西里耶夫出现在窗口，命令他抬起眼皮①……

① 源自果戈理的小说《维伊》。名为“维伊”的吸血鬼头领命令人们抬起眼皮——他看见谁，谁就得死。

第十三章　高尔基公园

星期四的中午，公园里通常是没有人的。远处有几个拎着小箱子的孤独身影，是那些出差在外的人早上退了宾馆的房间后，在新鲜的空气中消磨出发前的一段时光。最近两天，天气转暖，积雪消融，主要的林荫道和柏油路都已经变得干爽了，树木之间的地面上还有小块的脏雪。3 月的太阳照耀着大地，释放出了全部的能量，而风却很冷。他们竖起了衣领，系好了围巾——到啤酒屋有十分钟的路程。从旁人的眼光来看，健步而行的三个人应该是“很有型”的吧。

“三个战友，”基列耶夫说，“埃里希 · 玛利亚 · 雷马克①……”

“不是三个战友。”别雷冷笑道，“有一个战友，说不定就要变成黑色方尖碑了……”

米什卡不喜欢开玩笑，受不了这个。他请朋友们别再胡闹了，过来认真讨论一下——他一个人已经想得快要疯掉了。所有的计划和设想都泡汤了，瓦西里耶夫随时都有可能来电话。病假条没有弄到，比留扎答应下周再试试，等她认识的一位医生度假回来再说。可是，事情不能再耽搁了，因为他知道，军事办公室的少校和中校们的怒气每天都在增

① 这里指的是德国作家埃里希 · 玛利亚 · 雷马克。他的主要作品有《西线无战事》、《三个战友》、《黑色方尖碑》。

加，就快要达到开除一名毕业生的地步了。即使他得过列宁奖学金……几天前的那种泰然自若和英勇无畏消失了，不过恐惧也没有再来，他又被冷漠和无所谓的情绪包围了。他知道，如果不能尽快想出办法，执行某种计划，将会不可避免地陷入无能为力的境地。相应地，所有可能出现的情况都会导致最坏的结果。朋友们同意见面，没有以“有事在身”为由推辞和拒绝，但是他觉得，伊戈尔和叶尼卡都有点儿不高兴。不过，他一点儿也不怪他们。妈妈完全瞎了的时候，他就知道，一个人如果总是诸事不顺，就会不可避免地连累最亲近的人。这个时候，不该去责怪他们。在这种情况下，他们如果依然肯出手相助，那么就不应该有更多的要求了。

他们在一个弥漫着烟味的大棚子里占据了角落里的一张桌子。每到星期日，门口就会排起长队，但是现在人很少。他们买了几瓶“参议员”牌黑啤酒（这种酒只有在这里才能买到）、香肠加白菜（是这家苏联—捷克的“啤酒友谊殿堂”特有的，新加里宁大街街角的“布拉格饭店”的自助餐厅里也有）。喝完了第一杯酒，吃完了肥嫩的香肠（每根香肠的末端都画上了十字花），他们点上了烟。然后，他们喝了第二杯酒。他开始描述局势，就像基列耶夫说的：“好了，库图佐夫，请说说法国人在哪里、我们在哪里、后备军在哪里。”

大学里的事基本上弄清楚了。大家都认为，既然共青团的事解决了，那么其他的事就好办了。比留扎会弄到病假条——就算军事办公室不肯让步，也可以想办法摆平。去年，他的军事课成绩和所有考试的成绩均为优秀，至少可以引起同情，因为大家都说，军事办公室的长官马日耶夫上校不是坏人。他从芬兰湾一直战斗到日本海，得过的奖章一直挂到了腰上。他应该会对供养病母的军官之子抱以同情，只是在去见他之前，得剃掉时髦的络腮胡子，再穿上舅舅的西装（过时的那种）。万一不行，就承认病假条是假的，说自己其实是在照顾妈妈——这一招可能会奏效。最后一条是基列耶夫想出来的。他苦笑着，像是在为自己出了这么个恬不知耻的主意感到愧疚。

总而言之，学校那边应该没有什么问题。他们不会开除毕业生，不想惹那种麻烦。

然而，侦查员瓦西里耶夫所说的话着实把大家给吓坏了——他说他既不是侦查员，也不是警察。他为什么不去找叶尼卡和伊戈尔呢？答案还是未知的，像以前一样。他们对别雷不感兴趣，是因为他们认为他在祖耶沃摇滚乐队的交际圈儿里没有什么可疑之处。“那么，为什么不让基列耶夫当线人呢？”别雷弯下腰，用力地低声说出了这句话。大家沉默了一会儿。大厅里很吵，应该没有人会听见这句话，就连邻桌的人都听不见。难道说，跟“煤油学院”比起来，他对大学更感兴趣吗？好吧，他们没有让他当线人。可是，为什么别雷和基列耶夫也没被叫到真正的警察局去呢？三个人都很害怕。看来，他们要各个击破。索尔特好说话，所以先中了招……

还是一头雾水！假设他们真的监听了第比利斯的通话，那么他们采取的行动为什么毫无力度？他们可以逮捕他，送他坐牢，然后等他做好了准备，就提出建议——要么我们起诉你，要么你跟我们合作……

这些想法都是别雷提出来的，他好像从研究这个话题中获得了乐趣。只见他不停地环顾四周，用力压低声音，描述并强化他的推理——用手指在桌子上画出了圆形和三角形。基列耶夫始终看着一旁，没有说话，过了一会儿才开口。他虽然把声音压得很低，但还是说得很清楚，好像并不担心被别人听到。

“对不起，索尔特，我认为事情并不完全是套头衫引起的。”伊戈尔停顿了一下，吸了口烟。看得出来，他并不想说下去。“事情在于……就算没有套头衫的事，他们也会想出别的办法。他们之所以不惹我们，是因为我们这种做套头衫生意的人很多，有几百人……好吧，就算有几千人，短信里也是这样写的：‘给社会主义国民经济带来了百万卢布的损失……’明白吗？请原谅，米什卡，我认为……他们早就盯上你了，只不过现在找到了借口……”

谁都没有说话，他觉得自己的脸刷地一下就红了。“基列耶夫是对的。”他想，“他说的没错，我自己也知道！”

别雷啪地一掌拍在桌上，嘴巴张得老大。不过，他及时地醒过神儿来，回头看了一眼，小声说道：“基列耶夫……你得……证明……你弄清楚了吗？”基列耶夫叹了口气，用力压住了盘子里的一小块牛肉和香肠上凝固的肥油。

“我不想这么说，可是我们得明白……索尔特，你看，别雷的生活很正常。他的父母是当官的，能给他钱花。基本上，就算他不跟外国人倒腾洋货，也照样可以生存，而且还在祖耶沃文化宫上班。总而言之，他是个正常人。我是个乡巴佬，从奥金佐沃到了‘煤油学院’，又从‘煤油学院’到了奥金佐沃，父亲有工作。我的穿戴，你们也都知道，没什么值得关注的……可是你，米什卡，早就过上跟大家不一样的生活了……请原谅，你父亲那件事……请原谅，我提起那件事，只是因为他们也会考虑到……而且，你倒卖的衣服比我和叶尼卡倒卖的都多，你可以用这些钱养家。你妻子是教授的女儿，可你却不从岳父、岳母手里拿一分钱。你去寄卖店的次数一直比我们多，到那儿去的人都会受到监视。你还用英语在大街上跟别人谈生意，装成外国人到‘大都会’①去……还有斯塔斯……”

“斯塔斯跟这件事有什么关系？”别雷终于忍不住大叫起来。然后，他才回头看了看四周，幸好没人注意到他在莫明其妙地叫喊。

“关系是……”基列耶夫又吸了一口烟，默默地坐了一会儿，下定

---

① 位于莫斯科市中心的五星级酒店。

决心把话说完，“我想，他们早就勾搭上斯塔斯了，当他……总而言之，他们检查了他的通讯录上所有的人，发现了你的电话——正好和在第比利斯监听到的号码一样。这下他们可高兴了……我相信，他们也掌握了你的其他情况，比如大学、女朋友……可能也知道丹娘。这样一来，他们就会从四面八方包围你、压迫你。大学的事，他们也不会轻易放手，肯定已经安排好了。那是他们的职责……”

他们又默默地坐了一会儿。别雷终于甩了甩头，像是要把这些胡言乱语全都甩掉。接着，他简单地表达了自己怀疑他们的理由。

“为什么你……”别雷按捺不住了，不再压低声音说话了。他把嗓门儿提高到了正常水平，只是比平时略微小声了些。“你怎么……你怎么这么肯定？怎么，你跟他们见过面？你要是没见过他们，就不会这么说……”

“我没见过他们……”基列耶夫挺直了身子，朝服务员那边看了看，“每人再来一瓶啤酒，还是一杯？为了打开思路……我没见过，索尔特是知道的。我觉得……还记得吗，米什卡？”

“记得……”米什卡呆坐着——基列耶夫的结论清晰有力，把他给击倒了，“记得，没错。再来点儿啤酒吧，还有五十度的伏特加酒。”

他们在下午四点钟的时候结束了讨论，大家都喝得迷迷糊糊的。他们并未讨论出真正有效的办法，只是认为一定得弄到病假条，然后尽快去学校。不要给瓦西里耶夫打电话！如果他先打来电话，就拖延时间，不去见面——就说“我们已经决定洗手不干了，不再跟老熟人来往了。在学校里，我根本就不跟别人来往。您知道，快毕业的学生没什么社交，只在上军事课的时候才能见到同学……”不要严词拒绝跟他合作，但是要诉苦，说说家里的情况，尽量拖延……

“要像帅克①那样，明白吗？”别雷在对米什卡进行教导，“就说‘我斗胆向您汇报，我是个白痴……’，直到他感到厌烦为止。”

他们从公园里走了出来。基列耶夫在拱门下轻轻地拉住米什卡的袖子，好让叶尼卡走在前面，听不见他们的谈话。

“你不用过于讨好他们，”基列耶夫低声说，“他们会把你当成帅克的……尽可能地否认。如果他们逼你，你就承认。你又不是第一个……”

米什卡从侧面看了伊戈尔一眼。基列耶夫直勾勾地看着前面。他那总是通红的鼻子被春天的凉风一吹，变成了紫色。泪水从他那淡蓝色的眼睛里流出来，流向了两侧的鬓角。

“只是，你别想……”基列耶夫看着前面，继续说道，“我恨这帮兔崽子，可能比你还恨……我从父亲那儿听到了太多事……还听见……记得我父亲吗？是的。真想把他们……可是，没有办法战胜他们，别想愚弄他们。想想妈妈、尼娜……就算去告发他们，也不会改变什么。”

克里米亚大桥上的风非常强劲。米什卡放慢了脚步，沿着栏杆的边缘走着，看着桥下，掉了队。河面上几乎没有冰，只是漂浮着一些细小的黑色碎块，打着转，相互碰撞着。他眯起眼睛，又站了一小会儿，然后才追上了朋友们。

他没有来得及采取任何行动，甚至没有来得及仔细考虑应对的具体措施，因为第二天早上九点，瓦西里耶夫就打来了电话。尼娜走得很早，他坐在妈妈的床边，喂她吃早饭，机械地劝她吃点儿果泥。他走进门厅，把盘子放在自己的椅子上，拿起话筒，立刻听出了话筒里是谁的声音。

“米哈伊尔·列昂尼多维奇，”话筒里的声音速度很快，完全没有官

---

① 捷克作家雅洛斯拉夫·哈谢克的作品《好兵帅克》的主人公。他貌似平凡可笑，实则机智勇敢。

方的腔调，“你好！我是瓦西里耶夫。是这样，我决定打电话给你……快一个星期了。今天能来一下吗？”他没有马上回答，甚至没有想出对策，“那么，我等你。方便的话，请下午两点钟来……最好下午一点钟，早点儿完事。俗话说，只有早开始，才能早结束……好了，祝你好运！”

那个人笑了一声。接着，话筒里一片寂静，没有通话结束后通常会出现的忙音，好像电话的那一端并未挂断，只是没有说话。

“喂，”他想起了对方的名字，“尼古拉……伊万诺维奇……喂！”

话筒里寂静无声，然后出现了沙沙声，最后是短促的忙音。

他回到房间里时，妈妈坐在床上，把穿着毛袜子的脚从被子里伸出来，放在地板上，把脸转向了门厅。有那么一会儿，他觉得妈妈睁大了眼睛，在看他。

“是谁来的电话？”她问。

“啊，是系里的实验员打来的。”他匆忙地回答道，“今天得去参加论文辅导……”

妈妈没有说话。过了一会儿，她收起双腿，仰面躺下了。她像以前一样，把被子拉到了下巴处，坚决不把早饭吃完，也不喝茶。他把餐具拿到厨房里，把盘子和杯子放进洗碗池，然后坐在窗边的凳子上，开始抽烟。

他被吓坏了，无法集中精力。他努力分析着可能遇到的种种情况。数学这门课程从来都没有真正吸引过他。他能得五分，靠的是好记性和超强的理解能力。然而，数学却在此时此刻救了他，让他能够创建与这件事有关的逻辑图形。

第一种可能：瓦西里耶夫会说得很严厉，逼他就范。那么，就得按伊戈尔说的做……这样的话，其他问题也就迎刃而解了。他们会让他完成学业，套头衫的事会被遗忘。还有，倒卖洋货的事——不倒卖衣服，靠什么生活呢？到时候只能见机行事……

这样一来，结局是什么就很清楚了。

第二种可能：顺利地摆脱困境。可是，学校会怎样处理，却不得而知……

好吧，假设弄到了病假条，马日耶夫上校原谅了逃课的事……

但是，最主要的问题还没有解决——瓦西里耶夫会把他移交到真正的警察局去，让他面对审讯……就算不送他进监狱，也一定会通知学校……再加上旷课……警察局一纸公函，就会给所有的事情画上句号，没有一个系主任能承担得起……

总而言之，要么投降认罪，要么被大学开除（这是最好的结果）。

这就是全部的可能性！

好吧，如果被开除了，就去当兵。也许，还会有很多种可能。

假设岳父认识的那个部队的上校能帮忙暂缓服役……好像有这种规定：如果孩子小或者妻子有孕在身，就可以申请暂缓服役。不管有没有这个规定，如果上校能帮忙，那是最好的。好吧，暂缓服役！

那样的话，秋天就能重回低年级了……啊哈，绝不会重回的。如果因为成绩不好而被开除，还有可能……如果因为思想不成熟而被共青团组织警告，再加上恶意倒卖，被人调查……

好吧，可以在一年半之后重回低年级。在这一年半的时间里，到处逛逛，找个工作……

那又有什么不同呢？这段时间，他一定会被捕入狱，因为不倒卖衣服就没法儿活，而他们会跟踪他，把他送进监狱。再说了，能暂缓一年半服役吗？

最后，只好入伍了——这就是结局。尼娜的情况已经很清楚了：毕业分配，然后生小孩儿。没有人会找她的茬儿。她可以去敖德萨，让母亲帮忙照顾孩子。尼娜是会找到工作的，不一定在学校上班……

他去了部队……好可怕……三年……尼娜当然会跟他离婚了。她可以在敖德萨带着孩子跟某个水手或者船舶学院的研究生结婚。那儿有的是计算机高手、幽默大师，她肯定会找到丈夫的。她虽然有孩子，但却是个美女……她就会像她妈妈一样，给孩子找个继父……

白痴！什么部队？妈妈怎么办？谁来照顾妈妈？

一想到妈妈，他就轻声地叫了起来："简直是思虑过度！净想着自己！畜生，你是个畜生！……"

也许家里有残疾人需要照顾，就可以不去服役了吧。谁没有亲属呢？尼娜算不算妈妈的亲属？得打听一下……基列耶夫能打听到。晚上给他打个电话，让他务必打听……

他考虑到了所有的可能性，甚至用一支削尖的红色铅笔在旧报纸（窗台上到处都是）上画了些圆圈和正方形，在图形里写上"妈"和"尼"，然后用直线连起来，再涂黑……他看了看手表，吓了一跳——得动身去见瓦西里耶夫了。所有的逻辑图形立刻飞出了脑海，恐惧感又回来了。这种恐惧感让他觉得腹内空虚、手心冒汗，心脏突然停止了跳动，然后又剧烈地跳动起来。他机械地随便穿上了衣服，没有多想，便穿过大街小巷，向警察局走去。

瓦西里耶夫坐在桌子后面，身上穿的仍然是那件蓝色西服，还系着那条领带，连衬衫都好像没换——他仿佛已经在这间屋子里坐了一个星期。侦查员（或者另有身份）面前的桌子上，有一个翻开的文件夹，是用绿色的薄卡片做的。卡片弹性很大，因此文件夹的封面几乎是竖立着，上面的白色小带子晃来晃去。

"请坐吧。"瓦西里耶夫漫不经心地说着，继续读文件夹里唯一的一张纸上的内容。他在凳子上坐了下来，没有脱大衣。"您可以抽烟……"

瓦西里耶夫的声音很冷淡，就像几个小时之前跟他通话的是另一个人。

"那么，萨尔特科夫同志……"瓦西里耶夫在"同志"一词上加重了语气。他终于啪的一声合上了文件夹。米什卡看到（其实他早就料到了），在文件夹中央的白色贴纸上，用公文字体大大地写着他的姓氏。“那么，萨尔特科夫同志，来解决一下咱们的问题吧！怎么办？又要跑到啤酒馆去和朋友们商量吗？”

第十四章　母亲

整个晚上和第二天早晨，米什卡都在回忆跟瓦西里耶夫的谈话。但是，就像第一次一样，他无法想起全部内容，脑子里只浮现出个别词句，总感觉在一定程度上明白了他的意思，但却不能把他的话从头到尾彻底复原。“将自己置于共青团组织的对立面，跟大学的集体生活作对……我们是不会在思想艺术领域输给帝国主义者的，你难道不明白吗？……为了几件美国的破衣服就出卖灵魂……你把他们当朋友，但是真正的朋友会警告你……萨尔特科夫，你得决定站在哪一边，这可不是闹着玩儿的……”

他们全都知道了，瓦西里耶夫就是这么说的：“我们对您的了解，或许比您对自己的了解还要多。这是我们的工作，是国家赋予的职责……”

他没有回答他的问题，只是耸了耸肩（瓦西里耶夫似乎并不期待他的回答）。再想出什么主意来，当然是不可能的了——要么同意，要么干脆说“不”。谁知，瓦西里耶夫好像知道会遭到拒绝似的，竟然提出了一个可以让他接受的办法。

“我想，咱们还是这么办吧……”瓦西里耶夫把文件夹上的白色细绳系上，把文件夹扔进桌子中间的抽屉，啪的一声关上了抽屉，“就当我们已经把所有事情都谈妥了吧。您走吧，过一阵子我们再找您。您要是想明白了怎么做对您有利、怎么做对您有害，我们就谈谈……说说您在这段时间里都干了些什么，给我们提供一些帮助……到了那个时候，咱们的事情就彻底结束了……我们就说，您会对有关部门和国家有所贡献，或者停止对您的调查——让共青团来严肃处理。还有，警察局和那些应该负责的人……去吧，再见，萨尔特科夫同志，会有人给您打电话的。”

眼下，当他想起前一天的谈话时，“有关部门”① 这个词率先浮现了出来——回忆的其他内容混淆在一起，彼此交错，只剩下了这个让人受不了的词。

他坐在彼佳舅舅房间里的小写字台后面，呆呆地看着论文的草稿。草稿差不多占据了大练习本的一半。他已经很久没有打开过练习本了，现在已经看不懂那些文字说明、简称、上下占了好几行的公式，以及草草地画上去的函数图像了。他合上练习本，把它塞到桌角的一摞书下面，然后看了一眼最上面的一本书——《弹性理论》的封面。

尼娜一大早就去学校了，然后打算去一个同班同学家聊天。那位女友不久前生了孩子，正带着孩子在科学院读书。妈妈在大房间里叫着米什卡，他以为妈妈要上厕所（她还是没学会用扶手），但是妈妈坐在床上，把枕头垫得老高，并不打算下床。

“什么事，妈？”他走到了床边。妈妈伸出手来，在空中动了动手指头。他走近了些，抓住了她那小小的、到现在为止一直浮肿的手掌。“您想起来了吗？”

“不……”妈妈把脸转向他，就像能看见他似的，“你要出去吗？”

“暂时不出去。什么事？”他挪动过来一把椅子，坐到了床边，“走之前，我帮你去……”

“先不用。”妈妈叹了口气，把手掌从他的手里抽了出来，“不

---

① 指克格勃。

用……我想跟你说，米什卡……告诉我，昨天是谁给你打的电话？那可不是什么实验员，你当时说的是‘尼古拉·伊万诺维奇’……别骗我。我想知道……你去哪儿了？发生了什么事？你为什么整天在家？怎么不去上课？我知道，你以为我什么都不知道，因为我看不见。发生了什么事，米什卡？”

他没有说话。在此之前，他从未想过把这件事告诉妈妈，尼娜也不知道——他早就习惯了不把自己的事情告诉家人。

“你以为你是在保护我的神经吗？我感觉得到。我知道，肯定是发生了什么事。最好告诉我……我快要死了……”他想打断她，不让她这么说，可是她抬起手来，把手掌靠近他的脸，像是要捂住他的嘴，“我快要死了，到那时就晚了，最好现在告诉我。我经受过生活的考验，能够帮助你，不会再有别人帮你了。你寄希望于自己的朋友，可他们都是小孩子。你们都一样，并不了解生活的全部，而我却有大把的时间思考……尼娜有时会给我读报……”

“尼娜给您读报?!”他感到很惊讶，“我不知道……”

“你不知道的事多着呢!”妈妈笑了笑，“我和尼娜之间的关系，有很多你都不知道……别以为我在生气，我知道你有正事要做。我始终都记得，这么多年来，你是一家之主，赚钱养家……而你还很年轻……现在出了事。告诉我……我猜到了一些，可是我想知道到底是怎么回事……”

他机械地把手伸到口袋里掏雪茄烟，突然发现不该这样，可是妈妈已经觉察到了。

“抽吧，”她说，“想抽就抽吧！如果你真的同情我，就给我也来一支。现在，没有什么东西会对我有害了。不抽烟的这些年，我一直特别想抽……十年来，一直想抽。我经常梦见你、我、廖尼亚，咱们三个人坐在尤尔马拉的饭馆里。记得那家饭馆……不，我不停地抽烟，用力地抽烟，然后吐出烟雾。后来，这烟雾遮住了廖尼亚，又遮住了你。后来，我就醒了……”

他给妈妈点燃了香烟，把底面压有一只小鹿的沉重的蓝色玻璃烟灰缸放到了被子上。等到需要抖落烟灰时，他就抓住妈妈拿着香烟的手，伸到烟灰缸上方，用自己的手指敲打她那拿着雪茄烟的手指。他觉得，必须把事情跟妈妈说清楚——只要十分钟左右就够了。妈妈抽完一支烟，让他把烟灰缸收起来，然后闭上眼睛，靠在了枕头上。他以为她睡着了，就不再说话了。房间里很静，从暖气里传来哗啦啦的水声。冬天快要结束了，就要停止供暖了。

“跟我想的差不多，”妈妈终于说道，“得耐心等待……再给我一支烟，认真听我说……再重复一遍，我会吃不消的。你被吓坏了，米什卡，这是重点。不要再害怕了，你父亲……”

他无法相信这话是妈妈说的，因为这么多年来，她一直双目失明、足不出户、卧床不起。

“时代不同了，”她说，“他们可以破坏你的生活，但不能摧毁它——相信我！你父亲有更多的理由害怕，可是就连他都作出了错误的选择。永远不要害怕！正因为我们害怕，他们才会为所欲为。”

说起父亲的时候，她的语气很平和，声音一次都没有颤抖。

“出路是有的！”她说，“别再害怕了，你自己就会找到出路——相信我！一切都会好起来的。不要担心尼娜，也不要担心我。如果你父亲当时想想他自己，就会找到出路，可他想的是我们。只想着你自己，他们就没有办法吓唬你了，明白吗？”

“不要害怕！”妈妈又重复了一遍，然后便沉默不语了。

他不知道该如何回答。

“把枕头放下来，我想躺下！”妈妈说，“我没有力气了。”

她仰面躺下，还是平常的姿势：把被子盖到下巴上，用一双失明的眼睛盯着天花板。

“到底是谁……谁会向他们……告密?”他声音沙哑，咳嗽了一阵儿，“是谁把我的事情告诉他们的?”

妈妈没有说话。等到她再次说话时，他觉得她在梦呓，言语间有好长的停顿，声音很小，把尾音都吞掉了，就像要睡着了似的，眼睛紧闭着:

“世界在你的身后……另一个世界……你转过头去的时候，它就变了……你永远也看不到身后的东西……不要再想这事了……”

他固执地说:

“你……到现在为止，你都不知道那封交给诺索夫的信是谁写的吧!”

“世界在你的身后!”妈妈重复了一遍，“另一个世界，明白吗?”

她在枕头上摇了摇头，睁开了眼睛。他再次觉得，她也许能看见他。

“亲近的人可能会背叛你，”妈妈说，“但是不能为此而责怪他们。他们背叛了你，但是他们仍然爱你，明白我的意思吗?”

有那么一瞬间，他觉得他明白了妈妈的意思，就点了点头。妈妈没等他回答，就转过身去了。

“先别出去，”她说，“我希望你今天能陪陪我。”

坐在椅子上一动不动的滋味很难受，但他就这么坐着，大大地分开双腿，把胳膊肘支在膝盖上，用手掌托着下巴。一个小时过去了……一个半小时过去了，妈妈在睡梦中呼吸平稳。他听着她的呼吸声，闭上眼睛，仿佛看见了尤尔马拉饭馆的小木屋。在那里，一个身穿黑色旧西服、扎着白色领结的老服务生管妈妈叫“太太”。米什卡听了，差点儿从椅子上摔下来。父亲穿了一件黏纤短袖汗衫，紧紧地裹住了他那宽阔的胸膛——休假的军官从疗养院外出时，都喜欢穿便服。妈妈穿了一件蓝色丝绸连衣裙，图案是盘根错节的银色枝条，上面开着玫瑰色的小花。妈妈从一个大的黑色漆皮包里拿出黑色的漆皮烟盒（盒盖儿上画着五颜六色的图画），抽起烟来。烟雾把她和父亲、米什卡还有整个世界分开了……

“我们做了同一个梦。”他想。

“我没睡。”他听见了妈妈的声音，“我在想……他们有可能找茬儿，会来……电话……”

他睁开眼睛，看见妈妈向门厅的方向伸出手去。他明白了她的意思，于是向电话走去，没有拿下听筒就转动了电话拨盘。然后，他回到房间里，紧紧地带上了门。妈妈穿着睡衣，坐在床上，双脚垂在地板上，正在用脚掌找拖鞋。

“要去厕所吗，妈?”他把拖鞋挪过来，帮她穿上，“我带您去……”

“我不想上厕所!”妈妈生气地摇了摇头，“我想坐在扶手椅上，帮帮我！你坐在旁边，听我说……”

他扶着妈妈坐到了椅子上，用一条黑绿相间的旧方格围巾盖住了她的腿。妈妈喘息了一会儿，用极低的声音开口说话了。他坐在旁边的椅子上，什么也听不到，只好移坐到扶手椅上，耳朵都快要贴到她的嘴唇上了。

“他们有可能来搜查。”妈妈低声说道，“他们需要钱，这将成为你的罪证……所以，是时候了……把我的床翻过来……”

他吃惊地挪了挪身子，忘了电话的事，几乎是扯着嗓子又问了一遍。妈妈连忙用手捂住了他的嘴——作为一个盲人，她的动作灵敏得令人惊讶。

“把床翻过来?!”他低声说，“为什么？您这是怎么啦，妈?”

“把床翻过来!”妈妈又轻声重复了一遍，“把那个床腿上的轮子拧下来，就是离墙最近的那个……”

“可是，为什么？”他开始瞎猜了，却无法相信自己的猜想，“为什么，妈？您确定要这么做吗？……”

“把床翻过来，”妈妈重复道，“拧下轮子……”

床是铁的，抬不起来。他好不容易才把床挪开了一点儿，用力撑住，免得轮子在地板上滑动，发出声音。床向一侧倒去，被褥掉到了墙边的地板上。轮子的轴心固定在旋进床腿儿的螺杆上，怎么也拧不动——外面浇铸了好几层油漆，里面的螺丝扣好像已经锈死了。他从门厅里拿来工具包（是给妈妈做栏杆时，基列耶夫留下来的），在里面找到了平口钳，试着扭动轴心，但是把油漆都拧掉了都不行。他把轴心晃松之后，把被单缠在平口钳上，免得割到了手。他用力再拧，轴心终于松动了。他把两根手指伸进床腿儿，什么也没摸到。他看了看妈妈，发现她睁大了眼睛，好像是在往这边看。

“什么也没有。”他说。

“在那儿，”妈妈低声说，他只能通过她嘴唇的动作来辨别她说的话，“找一找……别弄出声音。”

他又把床竖立起来，差点儿弄伤了手指。

他看见，从那有点儿残缺的床腿儿里，露出了一个用灰色亚麻布包着的圆柱形堵头。接着，圆柱形变弯了，整个滑了下来，有十五厘米长。

“他们带走彼佳的时候，什么都没有找到。”妈妈不再压低声音了，一口气说了下去。大多数内容是他猜出来的，而不是听到的。“当时，彼佳把它交给了一个女人，让她保管……阿达不知道……后来，他被释放了，都拿回来了，藏在这儿……那个女人……一直等着他，把东西还给了他。可是，他没有跟她结婚……为了我们……他不希望让你……你还是个孩子……她去世了。最后，他也去世了……谁都不在了。米什卡，谁都不在了，廖尼亚和彼佳都不在了……他们都死了。这个是外祖父留下来的，彼佳一直留着……现在，它是你的了。藏好了，让他们永远都找不到，明白吗？也许有一天，它能救你和你孩子的命……藏好了，最好别放在家里……如果弄丢了，也不要难过，他们还是什么都得不到……”

放在墨绿色方格围巾上的钻石，在妈妈的膝盖上发出冰冷耀眼的蓝光。妈妈小心地把钻石捧在了手上。这光芒没有消失，好像穿过她那浮肿的小手，透了出来。

挪了半天床，他累得喘不上气来。后来，他才明白，他只是觉得憋闷——房间里空气稀薄。他深深地吸了一口气，浑身一抖。他拿起亚麻布口袋，小心地抬起妈妈的手，把钻石一颗一颗地放到袋子里，尽量不去注意看那蓝色的光芒。

“好好地藏起来，”妈妈轻声重复着，“藏起来……”

他把最后一颗钻石放进小口袋，然后用原来系袋子的一条散乱的细绳把它系好了。

他把妈妈扶到床上躺好，然后漫无目的地在房间里走来走去，紧紧地握着沉重的小口袋，然后把袋子塞进了大衣内兜——他什么主意也想不出来，有些心神不宁、浑身发冷。生活在刚才的半个小时里完全变了样，得重新梳理，但是他无法让自己平静下来。

妈妈沉沉地睡着了，打起呼噜来。他穿上大衣（大衣一侧的翻领明显被钻石口袋给坠斜了），走出家门，没有去想这么做会有什么危险。别雷既不回家里人打来的电话，也不回单位同事打来的电话，只与基列耶夫单线联系。基列耶夫总是下课以后从电话亭打来电话。他不想把电话打给尼娜的朋友，让尼娜早点儿回家，因为他还没有决定要不要把这件事告诉尼娜。

黄昏刚刚降临，他沿着高尔基大街走进了拥挤的人群。正值下班时间，路上的汽车不停地响着喇叭。突然，他觉得这情景有《十二把椅子》里的那种嘲讽意味：口袋里装着价值连城的钻石，可他却习惯性地来到斯坦科维奇大街上，走进了赫尔岑的寄卖店。早上，售货员打电话来说，又进了一件用锦纶防水布做的新衣服（意大利货，蓝色的，有一个系着扣的小口袋），要价七十卢布。他有个现成的客户，能卖到九十至一百卢布。他已经快要为这三十卢布的油水走过去了，但是他及时地醒悟了，转头向家里走去。

他脱掉外衣，在门厅里把装了钻石的小口袋塞到了放旧衣服的柜子里，尽量让自己忘了这件事。

第二天早上，妈妈没有醒。尼娜过去叫她，想喂她吃早饭，却碰到了她冰冷的手，差点儿吓昏。在忙着筹备葬礼和酬客宴的那几天，米什卡真的把所有事都忘了。

第十五章　逃亡

米什卡喝醉了，躺在了第三层隔板上。他垂下头，等着下面的弟兄斟上中士新带来的那瓶“果酒”，也递给他一杯。他想知道喝完这杯酒自己会不会吐。

他的这些简单的想法相继出现，没有搅和在一起。

“应该下去，”他想，“在上面会吐到大家身上。”

他立刻开始往床下爬，却没有爬好，头朝下掉了下来。不知为什么，他竟然没有摔伤，反而站住了，只是穿着袜子的脚踩在了脏兮兮的地板上。他身子一晃，坐到了从红普列斯尼亚①来的尤尔科的膝盖上，尤尔科慌忙把手中那装满了酒的酒杯挪到了一边。

“这位战士，”尤尔科模仿着中士的口气说，“从膝盖上下来！”

“是！”他把手掌靠近鬓角，不慌不忙地要从尤尔科的膝盖上下来，坐到下铺的光板上去，“下来……”

“没戴帽子！”全车厢的人都兴奋地大叫起来，全班都在这节车厢里，“别把脏手放在没戴帽子的脑袋上敬礼！”

列车行驶了快两天了。它要开到哪儿去，中士是不会告诉这些年轻的新兵的。不过，大家都知道列车要往东边开。据说，他们要到哈萨克

---

① 莫斯科市中心的一条街道。

斯坦的火箭训练区去，被编入警卫连服役。他们问“是不是真的要去保护火箭”，负责他们车厢的中士戈尔布诺夫的回答很简洁（他对任何问题的回答都很简洁）。

“到时候有你们受的！”中士走进列车员包厢时说。他在包厢里跟一名超期服役的姓普里马克（亚美尼亚语，是“一小块儿”的意思，新兵都知道）的军人享用着从新兵手里抢来的伏特加酒、香肠、奶酪，还有被普里马克叫作“莫斯科羊肉串”的火腿肠。中士对新兵还算讲人道，每次到站前，都从新兵手上收些钱，给大家买一卢布二十二戈比一瓶的“浆果酒”，自己留下五卢布当跑腿儿费。他这样做是冒着风险的，因为新兵喝酒时可能会被巡视车厢的中尉和上尉抓到。有时，军列长官古里亚诺夫斯基少校会亲自巡视，不过没有多大风险，因为一旦开始巡视，所有车厢里的人便会立刻知道。中士会亲自到隔舱里去看看，把酒瓶塞到床垫和旅行包里，而少校本人则从未来过。据说，他也在自己的包厢里灌酒呢，军官们都在他的包厢里喝得晕乎乎的。再说，巡视并不是件认真的事，走走形式罢了。

因此，半明半暗的车厢里到处都是喝得烂醉的士兵，他们都是在莫斯科的“春季征兵活动”中被招来的。火车行驶了一天之后，偶尔会有人跑到车厢连接处，站在不断地开开合合的正方形凸点钢板上，往钢板之间露出来的空洞里大吐而特吐。

他半夜醒来，听见周围一片鼾声。浓浓的臭气一浪接着一浪，夜晚清新的冷空气飘荡在浊气中。通向车厢连接处的车门开着，窗玻璃碎了，呼啦啦直响。他觉得自己快要清醒了。喝了劣质啤酒之后相当难受，不过醉酒的感觉很快就过去了。他甚至不觉得恶心，大概晚上已经吐干净了……从现在开始，直到早上，他都无法入睡……

一个黑色的酒瓶在堆满碎报纸和面包屑的桌子上摇晃着，瓶底剩下的一口酒发出哗啦哗啦的声音。他把剩下的酒倒进嘴里，压抑着想要呕吐的冲动和对自己卑劣行径的厌恶之情。

他挨着窗口，靠在角落里，把双腿放到隔板上，开始回忆。

出具死亡证明的女医生看着身份证，惊讶地说：“天啊，才四十九岁就没了，身体像七十岁！”说完，她疑惑地看着他和尼娜……

在墓地，有人不小心碰了一下彼佳舅舅墓穴上的灰色石碑，把这块石碑弄歪了。在公共汽车里，艾哈迈德小声对他说：“如果你没钱的话，我来加固墓碑，并且找人重新写碑文。钱嘛，你卖了她的大衣再还我。”

第二天早上，他起了床，想亲自喂妈妈吃饭，没有叫醒尼娜就走进了大房间。他看见空空的床铺和生锈的弹簧网，以及卷起来放在床头的床垫子，才想起来是怎么回事。他忍不住哭了起来，用手掌擦着满脸的泪水……

晚上，快十点的时候，电话铃声响了起来。他拿起听筒，听到了瓦西里耶夫的声音：“我们对您深表同情，米哈伊尔。这对一个人来说，无疑是最大的痛苦。如果需要帮忙……”他还没有听完，就挂断了电话。在那一刻，他知道该怎么办了……

“我不明白这是怎么回事，萨尔特科夫。”马日耶夫上尉说着，耸了耸肩，肩章几乎要立起来了，“你是军官的儿子，好吧……不重要了，反正我不明白。你得完成学业、得到职称，然后才能想做什么就做什么……可是，你却要去当现役军人……这个，当然是义务。你知道人们是怎么谈论部队的吗？那是个大学校，但是最好别去那儿上学，明白吗？好啦，开个玩笑。可是……”

“是个人原因，上尉同志。”他看着桌子，迫使自己重复了一遍，“个人原因，情况很复杂。我妻子快生孩子了，谁能帮她呢？我们决定了，让她去父母家。她父亲是退休的中校，在敖德萨——我跟您说过，上尉同志。依我的性格，如果独自留下，一定会发疯的。您理解吗，上尉同志？这三年，最好让自己锻炼锻炼，回来之后还能有点儿出息。老实说，上尉同志，我都想好了，请考虑开除我，只是不要提到这次谈话。我已经旷课一个半月了，您完全有理由……”

马日耶夫若有所思地看着他，手里转动着“策略”牌红蓝铅笔。

“干吗绕圈子，萨尔特科夫？”上尉叹了口气，“好吧……不管怎么说，又不是去度假，是去当兵……你遇到的不幸可真不少啊！父亲……军官，就因为这个。好吧，去吧……”

他们来到了阿尔巴特大街上的一家名叫“里奥尼河”的肉串店。他们以前从未来过这家店，希望瓦西里耶夫不要在这儿监视他们。他们谈的事情没有什么秘密可言：关于米什卡那即将开始的旅程，还有基列耶夫的新恋情（这次他找的是一名公交车售票员）。有一次，他坐汽车从奥金佐沃回来……他们还谈了新近流行的喇叭裤和长头发……他们走在大街上，他说：“好啦，兄弟们，我们就不再正式告别了。我不想在出发前安排酒宴，没什么好庆祝的——你们都知道我是为什么跑到部队去的。好了，三年以后再见……”他们穿过狭窄的人行道，不知道接下来该干什么……向电车站跑去的人们撞到了他们身上。最后，别雷不自然地拍了拍米什卡的肩膀，什么都没有说，转身向斯摩棱斯克大街走去。基列耶夫犹豫不决，咧开嘴，苦笑了一下，说：“是三年，又不是三十年！去吧，伊戈尔，再见！好好过，我会给你写信的。”基列耶夫伸出手来，和米什卡握了握手，然后朝“艺术之家”走去。人群在他身后合拢起来，一个和他患难与共的好朋友就这样消失了。“全都结束了，”他想，“就好像我们从未存在过……”

他看到尼娜站在车厢门口，便从挡着她的列车员旁边挤过去，小心地抱住了妻子。他弓着身子，免得碰到她那藏在大衣下面的凸出的肚子。尼娜的嘴唇很干，起了褶子，像个老太婆。“米什卡，”她在他耳边小声说，“怎么会这样？又要分开……我爱你……”他亲吻着她的两只泪汪汪的眼睛，感到她那潮湿的睫毛在抖动。他后退了几步，声音很小却很清楚地说："等着我！一切都会好起来的，明白吗？我再也不会像从前那样了。好好活下去，等着我！""下车吧，年轻人！"列车员插话道，"下车吧，还要告别多久啊！不用担心，您的美人和她的大肚子都会平安到达敖德萨的。她会给您拍电报……"前方响起了短促的鸣笛声，他跳到了站台上。尼娜站在穿着制服大衣的列车员身后，越过列车员宽阔的肩膀望着他，脸上没有痛苦，也没有爱，只有恐惧……

他和艾哈迈德小心地把刻着新碑文的石头放倒了。艾哈迈德向墓地的大门口走去，想买些水泥，并且去租些工具。他蹲下来，迅速把指甲里的潮湿泥土弄掉，然后用双手扒开了松散的泥土。过了大约两分钟，他看见了棺材板的黑色盖子。于是，他竭力抑制住身体的颤抖和恶心的感觉，从怀里掏出一个细长的半升装罐头盒子（上面扣着新盖子，里面是一个用亚麻布包着的香肠状的物体，就像是生物博物馆里的展品）。他顺着棺材板外侧的一个缝隙把罐头盒子塞了进去，并且用尽全力往里推。艾哈迈德回来时，他已经站起身来，靠在带有螺纹图案的铁栅栏上，快要用铅笔刀清理完指甲里的泥土了。原来放石碑的地方被压得很平实，形成了一个正方形的印迹，那是他在石碑基座的位置上按照原来的尺寸踩出来的。"我们会灌上水泥的，"艾哈迈德说，"这周围都灌上。米什卡，它永远都不会沉下去，会等着你的。""我不在的时候，您常来看看，艾哈迈德叔叔！"他请求道，"哪儿坏了，就请您给维修一下……""如果有的地方坏了，我们会把它弄好的。"艾哈迈德说，"别难过，米什卡……"米什卡没有说话，继续用父亲的小刀抠指甲里的泥土。刀刃很锋利，刀把上刻着银色的鱼鳞图案。他的手没有发抖……

晚上，电话铃响了。他跳了起来，没明白是怎么回事，还以为是闹钟响了，该去军事委员会报到了呢。过了一会儿，他才发现不是闹钟在响。他没有点灯，光着脚踩着落满灰尘的冰冷的地板向门厅走去。"你心里不好受吧！"他在话筒里听到了丹娘的声音，"你如果愿意，就来我这儿吧。我知道她在敖德萨……”他什么感觉都没有，没有感到惊讶，没有感到沮丧，只想快点儿回到床上，闭上眼睛，什么也不想，睡上一觉。“来吧，你会好过些的。还记得吧……”她不再说话了，等着他回答，而他却沉默不语，“听到了吗？喂！……”“不，”他说，“我不会去的。都结束了，丹娘，再见！我明天就要走了。”“我就知道会是这样。”她说着，挂断了电话……

早晨，他醒了。车厢里很冷，过道里尽是些醉醺醺的人。他们不知从哪儿拽来了多余的床垫当被子。从车厢的连接处传来了咳嗽声——刚睡醒的士兵一大早就在那儿抽烟，还闷闷不乐地直嘀咕。列车员包厢的房门砰的一声打开了，中士大声吼道：

“全排，起床！”中士的靴子踏在过道的地板上，发出咚咚的响声，“起床了，新兵！都滚下床，按隔舱排队！别抽了！现在检查！”

中士往隔舱里看了一眼，冷笑了一声，然后盯着他的眼睛。

“‘萨尔特科夫’是你的姓吗？那么，萨尔特科夫，我想问你这个年轻的战士一个问题：你是谁？”

“士兵萨尔特科夫。”他有些迟疑地回答道。他习惯性地想站着把脚伸进解开鞋带、倒在地板上的旧皮鞋，那是他上学时穿的。

“你算什么列兵！”中士高兴地说，“你现在是‘莫区人’，明白吗？我们会问：为什么是‘莫区人’？按照条例回答，新兵——为什么？”

“我不明白，戈尔布诺夫同志……中士同志。”他纠正道，“不知道……”

“还要这样过三年。”他想，“三年里，什么都不能做，不忍耐怎么办？”

“我告诉你们……都听好了！”中士的声音响彻了整节车厢，“你们应征入伍的时候，都叫‘莫区人’，在针对年轻士兵的课程开始之前都是。到了那个时候，你们才能成为真正的新兵。而现在，你们还只是

‘莫区人’，也就是莫斯科地区的人！有谁不明白?”

“嗯，我不明白。”从红普列斯尼亚来的尤尔科在上铺说。昨晚，他爬到上铺睡了一夜。他是个有点儿流氓习气的小伙子，一下子就跟米什卡熟识了。按照城里人的居住标准，他们差不多是邻居。“我为什么是‘莫区人’?”

“不明白……”中士的声音里有种威胁的意味，“会明白的。你姓什么?”

“嗯，‘弗罗洛夫’是我的姓……”尤尔科坐在床上，悬着两条腿，“为什么?”

“因为‘莫区人’弗罗洛夫要加入值勤小组，打扫卫生！到我的包厢里去拿水桶和抹布！你，萨尔特科夫，是值勤小组组长，明白吗? 组长的抹布得大一些。有没有问题? 把抹布弄湿，快去打扫！半个小时之后，我亲自检查。看谁敢磨蹭……”

米什卡蹲下来，用脏兮兮的抹布擦着肮脏的地板，慢慢地把一汪黑水往车厢的连接处推去。黑水坑里净是烟头和碎纸片。“得相信这么做很有必要，”他想，“否则的话，挨不过三年就得发疯或者上吊。晚上，士兵们说起过上吊的人。得相信这么做很有必要，那样就能忍受了……”这时，中士那双擦得发亮的靴子出现在了他的眼前。

“站起来!”中士总是用动词第三人称代替命令式，“把抹布扔进水桶，‘莫区人’！你就是这么打扫卫生的吗?”

“我在努力打扫，中士同志。”他费力地伸直膝盖，站起身来，比戈尔布诺夫高出了一头。他觉得中士也发现了这一点——正因为如此，他才更加恼火了。

“有没有手绢?”中士的声音不大，但不知为什么，车厢里安静了下来，“有没有? 快拿出来……”

米什卡把手掌在一路穿着的彼佳舅舅的西服上随便擦了擦，然后小心地从屁兜里掏出了一块干净的手绢。中士把手绢拿过来，把手指伸开，把手掌翻过去，然后撒开手，像是放开了一个小降落伞。手绢慢慢地掉下来，正好落在地板上的脏水里。

“剩下的用手绢打扫，听懂了吗?”中士说话的声音还是那么小，车厢里鸦雀无声，“打扫完过道之后，向我报告!”

戈尔布诺夫把鞋跟踩在手绢上，继续往前走，尽量让鞋底划着过道里已经擦干净的地板革，在发亮的地板革上留下黑色足迹。他在自己的包厢旁转过身来：“有一道黑印子，再打扫一遍!”说着，他打开房门，进了包厢。

一天长得没有尽头。到了吃午饭的时候，他才擦完地板，向中士报告了一声。傍晚，戈尔布诺夫心安理得地从他手里拿过钱，买了“浆果”（大家都这么叫，是一种啤酒）。晚上，他们在隔舱里又是一阵狂饮。

三天三夜之后，他们在半夜里被叫醒了。火车好像停在了一片野地上。冷飕飕的晚风吹来，忽明忽暗的火光在远处的地平线上闪烁着。他们在中士的叫喊声中以排为单位站好，每个排有一百二十人。黑暗中，从红普列斯尼亚来的尤尔科失踪了。他们原本是站在一起的，可是后来就再也没有见过这个小伙子。

队伍在漆黑的道路上行进着。空无一物的旅行袋不时地从肩膀上滑落下来。他们得在又深又窄的车辙里行走，被压出车辙的黏土早就变硬了。

走了大约两公里，队伍在空地上的一座低矮的木房旁停了下来。在天空的衬托下，一缕淡淡的烟雾从屋顶高耸的烟囱里冒了出来。入口处的小门上有一盏破碎的玻璃灯，被风吹得东摇西晃，一会儿照着这个人的脸，一会儿又照着那个人的脸。

原来，他们在后半夜三点钟被带到了澡堂里。大伙儿站成排，等着前面一队的人洗完。戈尔布诺夫终于发出了命令："进去！"大家拥进狭窄的浴室，从那儿向左，来到一个昏暗的长形房间里。戈尔布诺夫命令大家脱掉衣服，把衣服装到自己的背包或箱子里。他在每个人的屁股上踢一脚，把大家赶进了门厅，从那儿进入了右边的房间。房间里还算暖和，天花板上有很多水管，略微有点儿温度的洗澡水从喷头里稀稀拉拉地落了下来。没人能洗得好，这是自然的。从各处传来了这样的喊声："我天生就是干净的！""不舍得洗掉从家里带来的脏东西！"中士站在门边催个不停，塞给每个进来的人一块手绢大小的方格毛巾。他用脚踹着，把大家赶到了左边放衣服的房间里。大家的背包和箱子没了踪影，两个愁眉苦脸的士兵骂骂咧咧地推搡着一丝不挂的新兵，把堆放在凳子上的制服分给大家。"线衣，穿上！"站在旁边的戈尔布诺夫命令道。

童年的记忆立刻涌现出来——线衣（夏季校服是用棉线做的）。他开始以最快的速度穿衣服，然后拿起了上面的一条粗平纹男式衬裤。这条衬裤的腰间只剩下了一颗包布纽扣，裤角处的带子已经烂了。他穿上衬裤之后才发现，长度还不到脚踝。还有一件粗平纹内衣，腋下有个窟窿。所有的衣服都是湿的，有一股漂白粉的味道。他把腿伸进马裤，发现裤子异常肥大，大概是五十二码的。他勉强从后面系上扣带，可还是撑不住。他发现衣堆里有一条窄窄的防水布腰带，就用腰带把马裤系紧了些。接着，他穿上了套头衫。套头衫明显是另一套衣服里的，又瘦又短，差点儿把他给卡住。

"中士同志，"他转身对戈尔布诺夫说道（戈尔布诺夫高大的身躯正挺立在一群裸体男人身后），"我的裤子大、衣服小……"

"别说什么'大小'！"戈尔布诺夫回答道，其实是冲着棚子里的所有人说的，"滚到复员兵那儿去，'莫区人'！穿上衣服，走！听明白了没有？"

屋子里有的人一丝不挂，有的人只穿了半身衣服。大家在昏暗的房间里手忙脚乱、唉声叹气或者低声骂娘。

他想，这辈子还从来没有遇到过这么可怕的事。不过，他立刻就明白了，这并不是最可怕的，更可怕的还在后面，因为这仅仅是开始。

两名分配制服的士兵拎着一串靴子走了进来，在每个人身边停了停。他们一个问鞋号，另一个用手电筒照照鞋底，挑出一双，扔到穿了衣服的人脚下。米什卡要了一双四十四码的靴子（故意要的大码，免得挤脚），坐在椅子上，从衣服堆里找到了包脚布。他想起了父亲教过的缠法，敏捷地把窄条毛巾缠在脚踝上，把脚伸进了靴子。可是，靴子只能勉强穿上，号特别小。

他拿起另一只靴子，隐约能够看见印在鞋底上的号码——四十三号。戈尔布诺夫站在他旁边，不停地叫喊着："穿好，出去！"他不想再碰钉子了，便什么也没说，把另一只脚硬塞到了靴子里。他感觉靴子很紧，把包脚布下的大脚趾挤得生疼。在他旁边，有个小伙子怎么也缠不好包脚布。绝望之下，他索性把包脚布塞进马裤，光脚穿上了靴子……

"四排，"戈尔布诺夫的声音特别响亮，他已经等得不耐烦了，"出去站队！"

门口还是那两名士兵，塞给每个人一根硬邦邦的仿皮腰带和一个腰带扣。腰带被卷成卷儿，用纸绳捆住了，而腰带扣则被包到了一张油纸里。他从澡堂里走出来，想把腰带穿到腰带扣里。要做到这一点，得先将腰带的一头伸到腰带扣反面的卡环里，然后把腰带对折，再把腰带穿到第二个卡环里。可是，他没能办到——无法使腰带弯曲，还把指甲给折断了。

"四排，"戈尔布诺夫的声音有点儿沙哑，吼声变得更加可怕，"每队四个人！站好！一、二、三，唱起来！"

"亲爱的乌克兰，亲爱的白俄罗斯，多么年轻啊！我们永远也不会把你们的幸福交给敌人！"他唱道。

队伍里已经有人跟着唱了。就这样，大家在黑灯瞎火、凹凸不平的泥地里一边走，一边扯着嗓子唱了起来。

他觉得，他最近想要的正是这个：一边走路，一边唱愚蠢的歌，什么也不想——不想昨天发生过什么，也不想明天将会发生什么，因为无论昨天还是明天，都不复存在了，将来也不会存在。将来有的只会是挤脚的靴子和饥寒交迫的感觉。除了这些，什么都不会有，而且永远都不会有。

“三年就是永远，什么都不会再有。”他想。

一年后的一天，他坐在营房里，在床与床之间狭窄的过道里读信。营房里已经熄灯了，警报在半个小时之前就响过了。大家都睡了，只有傲慢的复员兵偶尔懒洋洋地叫一声：“值日兵，给我来一杯！”后来，就连这个声音都慢慢地消失了。

他摆出囚徒和士兵喜爱的姿势蹲下来，用后背抵着墙壁。操场四周照明灯的灯光从窗口射进来，照在了信上。尼娜的字很大，像一名勤奋的中学生写的，很容易辨认：

……非常想你，这就让我更难过了。父亲答应我，再过两个月，等到第一年结束时，托人安排你放个假，让你到这儿来，或者到莫斯科去。我、列昂卡和妈妈也去。冬天的时候，基列耶夫来过。他在阿塞拜疆上班，从那儿坐飞机来待了四天。柳波芙让他住在她家——记得吧，咱们俩在她家住过！她老了很多。基列耶夫说，他是专程坐飞机来看朋友的儿子的。我的父母非常喜欢他。他衣着得体，永远是西服革履，还给自己买了一顶鹿羔皮帽子。他说，不戴这种帽子，和他一起在钻井平台上工作的同事就不把他当成工程师来看待。他一定给你写信了，他的事你都知道了吧。他说，叶尼卡结婚了。还记得吗？就是那个会写诗的姑娘，从列宁格勒来的。叶尼卡准备搬到她那儿去住，大概已经搬过去了。他打算离开莫斯科——这个傻瓜。叶尼卡给你写信了吧！你好歹劝劝他，要是丢了莫斯科的户口，将来会后悔的。我在家照看列昂卡——有莫斯科户口的人在这儿找不到工作。我和妈妈整天忙得晕头转向。柳布卡如果不去上学，就会帮忙，不出去玩。到了晚上，大家就都筋疲力尽了。你在那儿怎么样？星期日，我和妈妈要去一趟普利沃斯市场，再打个邮包，星期一给你寄去。我们打算给你带点儿炼乳、熏香肠和饼干，跟上次一样。上次的你收到了吗？写信来，亲爱的！我爱你，非常想你，希望我们能很快见面！我和妈妈都想好了，如果他们不让你休假，我就撇下列昂卡，一个人去看你——他差不多可以完全靠人工喂养了。我在附近的村子里找个地方住下，他们会给你放三天假来见我的。妈妈说，这样做是可以的。真没想到，我会这么想你。我和列昂卡吻你，我们爱你！

另外，我去过科捷利尼基沿岸大街，就站在你常去的那座房子外面，还记得那件事吗？别再否认，别再撒谎了。都结束了，是吗？我也懂得了许多。如果我多关心你一些，就什么都不会发生了，对吧？也许你就不用进部队了……

他把信揉皱之后，塞进了马裤的口袋。接着，他又从制服上衣的口袋里拿出了一封信，撕开之后，找到结尾处，读了起来：

……你以为是丹恩卡①干的，这不太可能。还记得我跟你

① 丹娘的昵称。

说过的诺索夫和尼娜的事吧，其实并非如此。所以，不要再绞尽脑汁去想了，事情已经过去了。在部队，没人会招惹你的。都忘了吧，别瞎猜了。

再见！

伊戈尔

他把这封信也揉皱了，跟第一封信塞在了一起。他用力撑着地板，站起来（腿蹲麻了），向营房门口走去。经过值日兵身边的时候——这家伙无视条例规定，竟然坐在凳子上——他照例嘟囔了一句“不许睡觉，新来的，会睡过头的”，说完就走出了营房。外面很冷，阵阵冷风吹走了荒原上的沙土。他绕着练兵场的最外面一圈走着，免得被部队值勤人员看到——那个人就坐在指挥部办公室的大窗户前，而指挥部正对着驻地。

几分钟后，两封信都被扔到了黑洞深处。

他走到刺骨的冷风中，心想，两年之后，一切就都结束了。可是，结束之后，又会有怎样的开始呢？

他很困，多余的思绪全都随风飘散了，只剩下饥饿、寒冷和走路时都想睡觉的感觉。

他疲惫地迈着步子，慢吞吞地走到自己的床前，脱掉马裤，下意识地叠好，放到凳子上，然后把制服铺在马裤上面，前襟向上，整齐地折了起来。他用双手撑住相邻的两张床，用力一推，蹿到上铺，钻进了被窝，甚至没有把塞在床垫子下面的被角拉出来盖好身体，好让自己暖和一些。

第三部

第一章　心律不齐

我无论如何都弄不明白刚才是怎么回事——有可能是睡觉时心脏偷停，这会儿又乱跳一气，填补心脏偷停时的漏洞；也有可能是人先醒了，而心脏却仿佛被这一天将要发生的事给吓到了，怦怦乱跳。还没等分析完产生这些感觉的原因，身体便接二连三地出现了各种症状：腹内空虚、手心冒汗。像以前一样，只要飞机因遇到气流而急剧下降，我就无法正常呼吸，心里只有一个念头——又来了！我的脑子里嗡嗡作响，乱成一团。

医生总是摆出一副聪明的模样，开出各种新药。以前，他们曾经警告说，在服药期间不能喝酒，所以有一段时间，我戒了酒。现在，他们不再提出这样的警告了，不是因为出了新药，就是因为以前要求我禁酒纯属例行公事，以达到教育我的目的。想必某些药物与临睡前喝下去的酒掺在一起，能让人进入清晰、持久、情节丰富的梦境。几乎每天夜里，我都要醒十次左右。睡着之后，我总是会继续做梦。黎明时分，当我彻底醒来的时候，梦中的场景仍然会留在记忆中，就像前一天晚上看了一场颠三倒四的现代电影似的。回忆中的画面会在白天的光亮中消失，可是当我躺在书房的沙发上，把现实生活挡在厚重的深色窗帘外面时，它们又会重新浮现在我眼前。我试着召唤它们，以转移自己的注意力，从而骗过心脏，让它听话。有时候，这个办法很管用——心律不齐会暂停。然而，在白天或者傍晚，当我感到疲倦时，它常常会卷土重来。可是，对梦境的回忆往往会导致更坏的结果，会突然引起恐慌的情绪。无论我怎样安抚自己，都无法摆脱这种感觉。因此，我必须带着这种恐惧感站起来，活动几分钟，比平时早一些喝掉第一杯酒，使得恐惧感和心脏狂跳引起的胸口疼痛减轻一些。接下来的一整天，我都得在这种状态下度过：迷迷糊糊、昏昏沉沉，时不时地喝上一口酒，以保持良好的状态。

最常梦见的人是父母，几乎每天晚上都能梦见父亲。有时候，我想在大白天想起他的脸，想起他穿着长长的制服大衣、歪戴着灰蓝色护耳帽的样子。然而，这样做很难。但是，在梦里，我总能清清楚楚地看到他。在梦里，父母通常会参与我现在所做的事。我从未梦见过童年，即使在醒着的时候也无法想起自己小时候的样子。

今天，我梦见父亲参加了董事会。他没有坐在会议桌旁，而是坐在墙边的一把椅子上。有时候，我也坐在那儿，表示自己对会议的内容不感兴趣。我坐在父亲旁边，别雷坐在主席的位置上。在梦里，我想，叶尼卡不应该来开会，因为他已经死了。最后，我忍不住小声对父亲说，就算没有叶尼卡，公司也会照常运转。可是，父亲觉得，如果没有他，公司很快就会衰落下去。父亲侧着脸看着我，脸离我很近，我能清楚地看到他眼白上的毛细血管。他把一根手指放到了嘴唇上——我知道，他是不希望我谈起叶尼卡的死，免得被别人听见。我想，父亲是对的，不应该让他们知道我们当中有人死了。这时候，我和父亲一起站在一座房子前面。房子还没有盖完，仍然是六年前的样子。“给你妈妈打个电话吧！”父亲说，“你在这儿，她很担心。”于是，我便开始找电话了。这时，我才想起来，我把它落在房子里了。可是，房子还没盖完呢！不知为什么，这妨碍了我进去拿电话。在梦里，我觉得显然不可能从没盖完的房子里把手机拿出来。我想跟父亲解释这件事，但是他不听我说，径自走到了门外。我急忙跟在他后面，看见他向车站走去，要坐电气火车回莫斯科。汽车一辆接一辆地从他身边开过去，他随时会被轧死。我想叫住他，让他回来，离车远点儿。可是，我不敢喊叫，因为如果我在董事会上大喊大叫，人家就会把我当成疯子。父亲还在马路边上走着，一辆辆汽车鸣着喇叭从他身边经过。可是，我不能喊，不能告诉父亲“不一定要给妈妈打电话，因为她已经死了”。他只是忘了这件事……

我知道，梦见死去的父母，预示着很快就会和他们相见。我躺在昏暗的房间里，朦胧的曙光透过窗帘照了进来。心脏又开始下沉了，每次下沉之后都会乱跳一阵子。我还记得父亲走在马路边，汽车从他身旁疾驰而过的情景。渐渐地，这种恐惧变得越来越难以忍受了。我站起来，光着脚朝酒柜走去，有好几次撞到了家具。我用钥匙打开柜门上的锁，尽量不让开锁的声音传遍整座房子。酒柜里摆满了亮晶晶的酒瓶和高脚杯。我倒了一杯鸡尾酒，但是我想喝的是威士忌。不过，鸡尾酒的效果似乎更好，于是我喝了一大口，等着它起作用。

在酒劲儿上来之前，我思考着“为什么物品刚一出现，我就立刻对它们失去了兴趣”。应该不是因为我不再去注意那些物品了，不再去关注它们的细微之处和它们的美了——只是，我不再像年轻时那样渴望拥有它们了。年轻的时候，只要在寄卖商店里偶然发现一件中意的西装，我就诚心诚意地想把它的每颗纽扣都据为己有。现在我才明白，那种渴望源于童年时期对小件物品始终如一的热爱，源于一个小人儿对搭配得当的东西的热爱。这种爱曾经驱使我久久地待在彼佳舅舅的房间里，温柔地看着扶手椅的皮面靠背四周的每一颗“包钉”的钉帽。那些青铜做的钉帽就像花朵一样，吸引着我的目光。我连续几个小时观察它们，结果伤心地发现，有些钉帽被锤子给敲歪了。

我对这些东西的热爱，特别是对进口衬衫的热爱，从另一个角度反映了我对世界的仇恨。我就生活在那个世界里，但那里总是缺少我喜欢的东西。因此，这些东西成了一种媒介，传递着另外一种生活的信息。现在，世界上的东西应有尽有，我自己的东西也应有尽有，多得都记不住了。于是，这些东西已经无法与这个世界抗衡了，因为这个世界的变化比我自身的变化要大得多。直到现在，我都很喜欢观察物品，特别是服饰，还有汽车和枪支——这两种爱好产生的时间比我对服饰产生兴趣的时间要晚得多。也许正因为如此，它们才对我没有那么大的吸引力。然而，只要站在蒙特拿破仑大街①上，我就会聚精会神地欣赏商店橱窗里的某件西装。在摄政街②回头看一辆从对面车道疾驰而过的“捷豹”时，我会立刻想起来，我什么都不需要了，因为那些曾经迫切想要拥有的东西，我早就已经拥有了。于是，想要得到它们的那种强烈的愿望很快就消失了。

其实，同样的时期（最近五到七年），同样的情况也出现在我和女人的关系上。

心脏又开始收缩和痉挛了，但是我已经不害怕了。我又倒了半杯酒，喝了下去。然后，我穿上家居服，走进了尼娜的卧室。

像往常一样，她卧室的窗帘敞开着。柔和的阳光从窗外射进来，照亮了整个房间。

“早上好！”我一边说，一边向大床走去。床中央侧卧着我的妻子，被子一直拉到下巴上。

尼娜没有作声，只是睁着眼睛看着我。

我早就不去花心思猜想她为什么这么多年都不回答我的话了，也许是因为她的听力变差了，或者她决定不再勉强自己了，也有可能她干脆就不明白我说的是什么。我知道，她在看电视的时候总是把音量调得很

① 意大利米兰的一条购物街，拥有众多著名的精品时装店和珠宝店。

② 英国伦敦西区的一条街道。

大，但是她不说话，显然不是因为耳聋。医生认为，在没有受到外界刺激的情况下，严重疾病的症状可能会表现得不是那么明显。医生觉得，以前她的性格就有点儿内向。妈妈大概也觉察到了这一点，认为她是个冷漠无情的人。我也愿意这么想，就当尼娜真的病了，尽管我知道她经常跟别人说话，有时候还挺高兴，嗓门儿挺大——当然，如果我不在旁边的话。她不跟我说话，也不跟列昂卡他们夫妻俩说话。儿子婚后不久，尼娜就不跟他说话了。因此，我不相信她病了。我知道，她沉默不语并不是因为生病，而是因为她的性格中有一种很少见的缺陷——不懂得忘记过去。我尽量不去想这件事，就像不去想刮胡子的时候我的脸在镜子里是什么模样。

“早上好！”我又说了一遍，她还是没有回答。于是，我走出房间，到楼下去了。

一楼飘来了咖啡的味道，这味道很快就能让尼娜起床。她会吃力地抓紧楼梯的栏杆，走下来跟我一起吃早餐。就算是过了一夜，我们也不会相互问候。

家务活儿都是根纳在做。他个子不高，显得很瘦弱，从表面上看不出是三十岁还是五十岁。他把一头花白的长发在脑后扎成了马尾辫，在左耳上戴了一个小小的圆形耳环。一年四季，他都穿着黑色皮夹克（拉链偏向一侧），里面是背心或者毛衫——视天气而定。因此，从远处看，人们会以为他是个小男孩儿。他从我的汽车方向盘后面钻出来，大家会觉得很奇怪。根纳住在一楼走廊尽头的小房间里。我从未去过他的房间，但是我知道，除了一张狭窄的行军床、两个小床头柜和墙上的衣挂以外，房间里什么都没有。床头柜上有一本大红天鹅绒封皮的退伍军人纪念册。纪念册的第一页上是他的照片。照片上的他穿着褪了色的军装（不是迷彩服），头上戴了一顶蓝色的贝雷帽，左边的衣袋上面有两枚奖章。他的身后是连绵的群山，有点儿像布景。照片的下面写着“坎大哈—88”。根纳在照片上的样子跟现在一模一样，只是耳朵上没有耳环，贝雷帽下面的头发也不见了。

他是我的司机兼保镖。除了公司支付的薪水，我还自掏腰包付给他钱。因此，他还负责做早饭，然后给尼娜煮好中午要喝的汤，再把盘子放到洗碗机里清洗。白天，他利用等我的时间去采买食品，然后把购物袋整齐地摆在空荡荡的汽车后备厢里。他也会雇用女工，她们偶尔会从最近的镇子来家里做大扫除。

傍晚回家的路上，根纳把车开进“大牧首池塘”附近的小胡同，停在了一家在新时代的曙光来临之际就已经开张营业了的小饭馆门前。以前，我和尼娜经常在这家饭馆吃饭。那些年，尼娜还在尽量忘记过去的事。现在，这家店铺似乎还没有名字，但是饭菜做得很好。根纳从饭馆里买来三个人的晚餐，分别装在饭盒和保温瓶里，放在了脚边的地板上（也就是副驾驶座椅的前面）。我坐在后排，蜷缩在右边的角落里，一边打瞌睡，一边听彼得森演奏的曲子，以及新编的毫无特色但曲调优美的爵士乐。碟片也是根纳买的，他能准确地迎合我的怀旧口味。

根纳每周休息一天。他休息时，由备用司机替他上班。平时，备用司机几乎无事可做，因为除了我和伊戈尔以外，公司的领导每人都有两名司机和不止一辆汽车，基本上不需要备用司机。我知道，根纳的闲暇时间都是在热列兹诺多罗日内市度过的——那是他的出生地。但是，我不知道还有谁住在那儿，是他的父母还是某个女人——他从未提起过。有一天早晨，我下楼到餐厅里吃饭的时间比平时晚。我听见他在跟尼娜说话——她回应了他，大概以为我不在旁边吧。当然，他们谈论的是天气和狗。我走进餐厅的时候，她把话说到一半就停止了，就像是有人关掉了电源似的。我觉得，根纳有点儿发窘。我装作什么都没有听见，冲他点了点头，在餐桌旁坐了下来。

今天，我们得比平时提前半个小时出门，我准备在大家到齐之前看看文件。因此，根纳走出厨房的时候，我便已经做好了出发的准备——虽然没穿皮夹克，但是已经把黄色的真皮枪套戴在了毛衫外面。他端着托盘，上面放着咖啡壶、牛奶罐、茶杯和一小碟三明治。看见我的时候，他低了一下头——这个动作既可以理解为仆人在鞠躬，也可以理解为好朋友在亲切地问候。他把托盘放到餐厅里，又回厨房去拿来了一小锅燕麦粥。早上喝燕麦粥，是我唯一保持下来的良好习惯。我喜欢全身暖烘烘的感觉，而且粥可以把一大早就吃进去的东西中和一下。

狗慢吞吞地在地板上走来走去，实在是碍手碍脚——我们有三只"腊肠狗"。有时候，尼娜会默默地指着其中的一只狗，让我看它不同以往的表情或者悄无声息的恶作剧——我和她之间的交流仅限于这种心照不宣的感动。

尼娜走进餐厅时，我已经吃完了粥，而且快要喝完咖啡了。她脸上挂着一成不变的客气表情，向我的身旁看去——以前，我们一起出现在别人面前的时候，她经常这么看着偶尔从对面走过来的不太熟悉的人。为了避免坐在我对面，她把椅子挪了挪，远远地坐在角落里。根纳马上走过来，为她倒上咖啡，然后把装牛奶的壶和三明治拿到了她面前。尼娜眯起眼睛盯着前面，就像要在墙壁上看出点儿什么似的。她喝了一口咖啡，然后从面包上拿下一块奶酪，嚼了起来。大约过了五分钟，我把她一个人留在餐桌旁，独自上楼去刮胡子、洗澡和穿衣服了。我至少有半个小时的时间洗漱，所以不必着急。

我不由自主地看了看洗手盆上方的镜子——每个男人用"吉列"三层刀片把又厚又黏的泡沫慢慢地从脸上刮下去的时候，都会这样看着镜子。我看见了自己满头的白发——鬓角的黑发在白发的映衬下，似乎变成了灰色。我看见了下巴两侧松弛的皮肤，就像银币上老兴登堡①的皮

---

① 德国政治家、军事家。1936 年至 1939 年的德国硬币上印有其头像。

肤一样。奇怪的是——十岁之前攒的那些硬币和五颜六色的钞票（以前一直装在冰糖罐里），现在都到哪儿去了？我想起来了！那种松弛的皱纹不是叫“口周纹”，就是叫“口角纹”。我看见了鼻子上的毛细血管，还有从鼻孔两侧向下延伸到嘴角的皱纹。皱纹里的皮肤很干燥，都爆皮了。重要的是，我看见了观察着这一切的眼睛，流露出茫然而专注的神色，就像随便哪个照镜子的人的眼睛一样。可是，在这种专注中，却渗透着我最不想看到的表情：怨恨和蔑视。这种表情会让熟人一见面就问我出了什么事。我该怎样回答呢？说我看不起自己？说对把我塑造成现在这副模样（内心空虚、谎话连篇、麻木不仁的老头子）的生活感到气愤？不久以前，我是那么年轻，还没有被空虚和谎言吓倒，觉得即使生活在空虚和谎言里，也能够拥有真正的情感——可以爱别人，可以有朋友，而空虚和谎言又不会吞噬他们。然而，空虚和谎言似乎吞噬了一切。什么东西能够填补空虚呢？大概是信仰吧。然而，它来得太晚了。况且，这真的是信仰吗？我不知道。还有，应该怎样避免说谎呢？我早就知道，与谎言相对的并不是真理，而是残酷，因为真理本身就是残酷的。只有残酷的人才从不撒谎，因为他们并不怜悯那些与他们对话的人。要想成为一名外科医生，就只能残酷，否则就无法把刀子插进活人的身体里了。

我站在淋浴的喷头下面，闭上了眼睛。我唯一想做的事情就是回到书房里——沙发上的被子还没有收起来——侧着身子躺下。不知为什么，当我侧着身子躺下，把被子盖过头顶，像胎儿一样蜷缩着身体的时候，就会一反常态地感觉不到心脏的跳动。不久前，我在什么地方读到过：对这个世界感到恐惧的人都喜欢这个姿势，在昏暗中躺着……但是，我并不是这样。我用了很长时间才擦干了身体，走出去，穿上了衣服。

现在，我完全有能力购买自己喜欢的衣服。为了体面，我总是穿着白衬衫和细毛料的深色西服，系着深色的丝绸领带。这身打扮自有它的好处，能让人从衣料的质地和裁缝的工艺中获得一种优越感。可是，我早就厌倦了这种“小满足”。我从洗衣店的人送来的一摞衬衫中拿了一件领子又宽又硬的衬衫，又从衣架上取了一件去年秋天在萨维尔街①定做的西服。在伦敦，我一共定做了三件西服。我不愿意回忆在伦敦的那个星期里发生的事情，但是记忆的闸门已经打开了。我站在衣柜的镜子前面，系上在伦敦买的那条浅蓝色领带，把领结打成漂亮的小菱形，想起了在阿拉伯人开的那家宾馆里谈判时受辱的情形。那家宾馆非常大，在贝尔格莱维亚区附近，装饰得富丽堂皇、庸俗不堪，让人讨厌。

我不知道谈判时为什么要叫上伊戈尔。作为一名只负责生产的技术经理，他完全没有必要出席这种会晤。伊戈尔坐在那儿，把椅子挪得离桌子有点儿远。他又胖又蠢，穿着昂贵的意大利西装。这件衣服裹在他的身躯上，看起来就像廉价的普通衣服。他坐在沉重的椅子上，把椅子的弧形后腿儿翘起来，不停地摇晃着。房间里的家具都是难看的复古风格的，不过全是新的。

椅子发出了嘎吱嘎吱的声音。

鲁斯塔姆坐在主持人的位置上，生气地大声说道：“行了，快停下！”

鲁斯塔姆的那张冷酷无情的脸就像是用削尖了的铅笔精心描绘出来的一样，黝黑的皮肤相当光滑。无可挑剔的樱桃红领带系在耀眼的白衬衫外面，深蓝色的超细毛料西装没有一个褶皱，就像是贴到身上去的。谁也不会想到，这位大名鼎鼎的出口原料经销商，十二年前还只不过是建筑工程局的一名会计，并且是区共青团组织的编外辅导员。当时，他一年到头只穿一件皱巴巴的灰色西装。他从来不解领带扣，总是直接从头上扯掉领带，诚惶诚恐地跟基列耶夫（西伯利亚的某个小城里德高望

---

① 英国伦敦著名的“裁缝街”。街上有很多出售高档男装的店铺。

重的工程师）说话，低声下气地跟他讨论经纪公司的前景。

翻译很紧张，根本翻译不出鲁斯塔姆的话。即便如此，那个荷兰人也好像明白了鲁斯塔姆的意思。至少，他们当中最年轻的那一个能够明白——他经常待在莫斯科，能够独自搞定在宾馆住宿的事儿。房间里安静了一会儿。随后，罗姆卡·爱波斯坦操着一口流利的英语，急切地谈起了供货期限和各月的分配额度问题，试图缓和紧张的气氛。罗姆卡是策划办公室的领导，像个地道的书呆子。他戴的那副时髦的圆眼镜使得他与十年级的优秀学生多了几分相似之处。荷兰人高兴地跟他聊了起来。基列耶夫砰的一声把椅子放平了，一句话也没说。他那圆圆的脸涨红了，上面的雀斑更加明显了。他那长长的鹰钩鼻显得比平时更红了。

我向鲁斯塔姆俯下身子，压低了声音，清清楚楚地说出了一分钟前还没打算说出的话："你这个杂种！"我保持着微笑的表情，似乎是因为提出了某种业务观点（分散了公司董事长的注意力）而表示歉意。

鲁斯塔姆面不改色，继续全神贯注地听着罗姆卡与合作伙伴的谈话，似乎是在等着别人给他翻译。他动了动嘴角，我真真切切地听到了他的回答："你给我滚出去！回莫斯科再算账！"

我挪开椅子，冲着他们鞠了个躬，然后走了出去。

我在宾馆大厅的吧台要了一杯威士忌，一饮而尽，把服务员吓了一跳。然后，我在一把低矮的扶手椅上坐下来，点上了烟。扶手椅的前面有一张宽大的桌子，浅色的抛光木头桌面亮晶晶的。我的心脏又开始痉挛、收缩了。我感到呼吸困难，就像是衣服太紧，勒住了胸口似的。我从西装口袋里掏出一盒新开的药（药名想不起来了），吞下了一粒长方形的小药片，没有喝水。

十分钟后，伊戈尔也来到了大厅，脸上挂着特有的傻乎乎的笑容向我走来。他挥了挥手，向上边和旁边指了指："会间休息……"

我撑住椅子的扶手，吃力地站起身来，然后把基列耶夫拉到吧台旁边，想要两杯威士忌，但是吧台的服务员反应了半天，才明白我的意思。最后，我们终于拿到了酒。喝完酒，我就领着基列耶夫去逛萨维尔大街了。我在亨斯迈服装店①定做了三件西装，也劝基列耶夫做了一件。然后，我们回到宾馆，取出行李，搬到了帕丁顿火车站附近的一个廉价的小旅馆里。刚到伦敦的时候，我就听说了这家旅馆。从那天起，我们就再也没有见到过鲁斯塔姆和罗姆卡·爱波斯坦。可是，财务经理瓦列拉·古利克维奇竟然找到了我们的住处，竭力劝我们去见鲁斯塔姆，把事情解决好。我说，在回到莫斯科之前，我是不会跟他说话的……

我往尼娜的房间里看了一眼，发现她正在看电视连续剧——她一直在看这个节目。说实话，这部电视剧确实比其他电视剧好看一些。可是，一位身体欠佳的老人怎么能一动不动地坐上整整一个小时，听别人没完没了地谈论疾病和死亡呢？换作是我，可受不了。我跟尼娜道了别，说“晚上再见”，她没有回答。我实在是搞不懂，她是因为电视的音量太大才没有听见我的话，还是根本就不想回答我的问题。我拿起前一天放在楼梯缓步台上的银白色铝制小公文箱（我总是随身带着它，尽管从来不在家里打开它），下了楼。我的脸刮得很干净，西装革履，身上散发着“香奈儿”香水的味道，胳膊上挎着深蓝色的细呢子大衣，像个典型的商人。人们看到这位先生时，大概不会想到，他其实十分惶恐不安，并且非常绝望，因为什么都已经来不及挽回了。

根纳没有为我打开车门，尽管他就站在汽车的左侧（挨着方向盘的那一侧）。他知道，我不喜欢别人在我面前把车门打开又关上。我担心车门会夹手，因为我上车时总是很费劲。我终于坐了下来，关上了车门。

昨夜的一场雪（可能是今年冬天的最后一场雪了），薄薄地铺满了院子。门口那棵苹果树苗孤孤单单地立在那儿，就像少年的细脖子从特

① 伦敦的高档男士服装店，在萨维尔街上。

别宽大的衣领中伸出来。林荫道已经被清理干净了，道路两侧种满了低矮的松树。我那辆老掉牙的“奔驰 600”发出了沉重的闷响，在大门口停了一会儿。根纳摆弄了一下遥控器，大门立刻就打开了。五分钟后，他们便驾车来到了鲁布廖夫卡大街，汇入“奔驰”和“奥迪”的车流——在这条狭窄的道路上，总是塞满了富人的名车——向城里驶去。晚上，车子堵在这儿的时候，他们当中或许会有人想起“富人要去天国，比骆驼穿针眼还难”① 这句话。无论如何，我都会想起它。与此同时，我会冷笑着加入到这场永恒的“彩排”中，缓缓前行。

如果在道路的尽头等着我们的是天堂就好了，但事实上，我们在争先恐后地奔向地狱。

心脏在不停地抽搐，我听着彼得森那行云流水般的钢琴曲，打起了瞌睡。渐渐地，心脏平静了下来，我沉沉地睡了，梦见了令人特别愉快的场景。醒来的时候，我看见我们的车在尼基塔门广场附近拐了个弯，穿过一条小胡同，向公司主楼的玻璃大门驶去。

门卫彬彬有礼地向我问了声好。我走进电梯，在昏暗的镜子前面茫然地打量了一下自己的身影。电梯到达顶层之后，我走出电梯，在空荡荡的走廊里甩开大步，想好好活动一下坐得发麻的双腿。办公室里通风良好，只是前一天晚上的烟味还没有消散。我把大衣扔到沙发上——秘书会把它收起来，挂到衣柜里——在桌子后面坐下来，从公文箱里取出文件，然后把箱子放到椅子旁边的地板上，再打开电脑……我在空荡荡的房间里工作时，心脏就会停止“捣乱”。只要我真正集中精力开始做事，心脏就会完全平静下来。可是，现在它仍然在没完没了地抽搐。几分钟后，我点上一根烟，靠在椅背上，闭上眼睛——反正在这种状态下也没法儿工作——努力地回忆着现在这种暗无天日的生活到底是从什么时候开始的。

---

① 出自《圣经》。

第二章　正午之前

当我终于通过了博士学位论文答辩的时候，一切都变了。

现在，回忆起近二十年的生活，我意识到，我的命运正是在那个时期发生了转折。在随后的七八年里，我忙得不可开交。那些像是在半梦半醒之间作出的决定，事实证明都是非常正确的：我义无反顾地辞了职。大把大把的金钱突然出现在眼前，仿佛从天而降。世界仿佛变小了，想去哪儿就能去哪儿。陌生城市的街道（以前连想都不敢想，似乎并不存在于现实之中），在最初的几个月持续不断的旅行中全都走遍了。住宾馆、坐汽车、购物……那些简单的愿望不再像无法逾越的障碍那样难以实现了。这只是快乐新生活的续曲，而真正的新生活始于布拉格饭店的酒宴，始于最高学位评定委员会颁发的证书。我担任了大学实验室主任，并且获得了教授职称。

当时，我并没有认真想过，但是现在却看得很清楚：虽然我一直很用功，但是我并非真的想搞科学研究。退伍后，我通过自学考试拿到了大学文凭，然后继续攻读副博士学位，最终获得了博士学位……这是一种切实可行的赚钱方法，因为它很安全，并且受人尊敬。对我来说，这是飞黄腾达的唯一途径。我从来也不去争取当党的领导干部，无法掩饰对这种职务的厌恶。况且，我在苏联时期的履历并非“一尘不染”，根本没有人会让我当党、团组织的负责人。再说，他们也不急着让我入党。后来，研究所终于有了发展党员的名额，他们便决定把这个机会给我。当时，我已经是实验室主任了，社会风气也变得相当自由了，我就可以平心静气地对他们的决定表示拒绝了。

然而，我周围有很多“无所适从的学者”。他们为了不受社会环境的影响，把研究所当成了栖身之地，靠工资和津贴过活。这是一份可以让人衣食无忧的经济收入，与苏联的法律规定并不冲突。后来，我们当中有人经商，有人从政，有人作为名符其实的专家去了美国和德国的大学，还有人留在了研究所——为俄罗斯的新兴集团进行项目研究，并且获得了国外提供的科研经费（数目十分可观）。当然，也有人落魄了——为数不多，但是引人注目。有时，电视上会报道称“国内的科学家正在走向没落”。于是，有些人很快就沦为了喝廉价伏特加酒的酒鬼——有些人很有才华，但却意志薄弱。没有了工会和党委的监督，他们就不知道该如何安排自己的生活了。当然，有些人像我一样满不在乎，只知道追求功名。但是，他们没有像我一样，年纪轻轻地就父母双亡了。他们没有过倒卖洋货和参军服役的经历——最终都迷失了……

不过，我博士毕业之后，跻身于研究所的高层时，并没有思考过这种生存方式到底意味着什么，只是觉得非常满足。很快，我就习惯了应邀参加各种会议——当然，不是去纽约，也不是去斯德哥尔摩，而是去第比利斯、索非亚和华沙。我手上的钱变得越来越多了。不管怎么说，两年之后，列昂卡决定结婚的时候，我和尼娜为他买了个单间。房子的配额是在区委工作的伊拉的父亲给弄到的，不用论资排辈。后来，我跟伊戈尔和别雷注册“托巴斯”（即“经纪贸易合作公司”）的时候，亲家也帮了忙。当时，他已经在市委工作了……可是，8 月 22 日，在举国上下一片欢腾之际，他却死于大面积突发性心肌梗死。当时，他正在看电视。屏幕上出现三色旗的时候，他皱了皱眉头，突然一晃，从扶手椅上摔了下来……

她叫列娜，看上去很文静，一看就知道是出身于学者家庭。老实说，除了某一点以外，她在各个方面都配得上这个身份。以前，她在一所大学的科研站工作。后来，为了赚取二十卢布的补助，她到我的实验室当了一名助理。当时，她还没有完成博士论文答辩。我从来都没有注意过她，如果不是11月份的那个早晨，我喝得醉醺醺……

那天，我刚从列宁格勒回来。我到那儿去，是为了参加一位老朋友组织的论文答辩会。答辩会结束后，这位朋友在当时副教授和教授们还能消费得起的“欧洲女人酒店”摆了一桌酒席。大家都喝了不少，我差点儿没赶上特快列车。在车厢里，我遇见了几个熟人，一起聊了一宿。火车到站后，我坐车来到了研究所，想在上班之前喝点儿什么醒酒。在我办公桌左首边最下面的抽屉里，有一瓶亚美尼亚出产的好酒，是一名学位申请人从埃里温①带过来的，已经放了很长时间了。

在黑暗中，我踉踉跄跄地走在研究所的走廊里，脚步的回声在高高的天棚下此起彼伏。在走廊的两侧，刷着绿色油漆的护墙板已经破败不堪了。我从值班的大婶那儿拿来无数次掰弯又弄直的钥匙，打开办公室的门（那位大婶昏昏欲睡，一有动静就醒了），把公文包扔到了角落里的衣帽架下。衣帽架的挂钩上有一条围巾，不知是谁落在这儿的，已经挂了快半年了。我把风衣挂在旁边的衣帽钩上，然后坐到桌旁，从最下面的抽屉里摸到一瓶酒，又随便从窗台上拿起了一个酒杯。杯口处有一个没洗干净的黄色印迹，是我上一次自斟自饮或跟同事们聚餐时留下的。我把杯子放到实验室的季度总结图表上，扯掉酒瓶的“无沿瓶盖儿”（当时，最好的国产饮料都用这种盖子封口），倒了差不多半杯酒，准备专心品尝鸡尾酒的味道……这时，我的手停在了半空中。我觉得隔壁房间里有人。那里有五张桌子（另有三张桌子被扔到了储藏室里），

---

① 亚美尼亚首都。

实验室的大部分同事都在这个房间里办公。

一大早就在办公室里喝酒，不但有失体统，而且很危险，即使是实验室的主任和研究所的精英也不行。虽然距离下一次颁布戒酒令还有很多年，但是那些五十多岁、前途无望的副博士和那些在工会工作过、快要退休的底层科研人员仍然会借机闹事。再说，社会舆论也不会容忍一位重要的实验室领导（党外人士，半个犹太人）是个酒鬼。因此，我把酒瓶放在桌子底下的小矮柜后面，又小心地把酒杯放到抽屉里，打算去看看是谁在上班前半个小时就开始做研究工作了。

她站在窗边，身上穿着轻薄的套头衫，额头抵在玻璃窗上，手臂在胸前交叉，抱着肩膀。窗外是秋天的景象，下着蒙蒙细雨。窗户的一部分被研究所大门口最靠边的一根柱子挡住了。大门只在有节日庆典或者追悼会时才开放——这里经常会有院士去世。

我走进房间时，她以我的名字和父称向我问了声好，没有转过身来。

“您是怎么猜到是我的，列娜季卡①？”我经常用这种慈父般的口气跟年轻的助理和研究生说话，这样既不会太正式，又不至于太亲昵，“您怎么不睡觉？在您这个年龄，不可能一大早就睡不着吧……”

她转过身子，直盯着我的脸。那一刻，我就知道我们会有怎样的结局了。确切地说，我已经预料到了不久以后我们会有怎样的开始。她的目光没有什么特别之处，是那种只有好学生在专心听讲时才会有的目光。后来，当我明白了这目光的真正含义时，才恍然大悟：在那个11月的早晨，作出选择的人并不是我。

“我不是猜的，米哈伊尔·列昂尼多维奇……我看见了，您是打车来的。”她一边回答，一边从桌子和柜子中间穿过（那些桌子和柜子把

① 列娜的昵称。

房间分隔成了一个个私人空间），向我走来，在离我只有一步远的地方停下了脚步。“我总是来得很早。送女儿上学之后，我就无处可去了。女儿的学校就在附近……”

这种事情是不可避免的——这一点，我当时就感觉到了，但却没想到会走得这么远。我拿出情场老手的派头，决定像年轻人那样请她跟我在这种不合时宜的场合喝上一杯。出乎意料的是，她竟然爽快地答应了。我们花了好长时间给她找喝酒的杯子，最后她只好拿出了自己的茶杯。然后，我们就到我的办公室里喝酒去了。白天，我把她叫到我的办公室里时，俨然已经把自己当成了她的密友。我关上房门，叫她去吃午饭。我们装作在走廊里不期而遇，一起走进研究所的食堂，坐在了同一张餐桌旁。那天，敏感的同事都不和我们一起吃饭了……

现在，当我回忆起我们最初相处的几个月里发生的事情时，我总是想要弄清楚，是什么原因让我们如此迅速地走到了一起，并且让我们的关系维持了那么长时间。

我们放下所有的戒心，整天形影不离。从那个时候算起，又度过了生命中三分之一的时间。她会一连几个小时待在我的办公室里，偶尔还会和我一起坐车去学校上课。在教室里，她坐在最后一排，希望被别人当成其他系的学生。事实上，的确有学生会经常来听年轻的、打扮入时的教授讲课。不过，她的这种想法太天真了，因为事实上，所有对这种事感兴趣的人都已经看出了我们的关系。我每天晚上都坐地铁送她回家。在地铁上总能碰见熟人，而我们总是过了很久才发现他们，却假装我和她只是在同一节车厢偶遇。后来，我有了第一辆汽车——一辆很便宜的“日古力6型”汽车。我把车停在了她家五层楼房的后面，左顾右盼了一番，然后在昏暗中久久地亲吻着她。最后，她挣脱开了，向家里跑去，双手拎着白天购买的食物。她是个普通的职业女性，生活并不富裕，但是尽量衣着得体。

一个星期有一两次，我们会在白天分头从研究所出来，乘车经过半座城市，到奥尔登卡公寓去——我们把那里的房间当成了自己的房间。

房间是叶尼卡的——他刚一结婚，就弄到了这个房间。起初，叶尼卡到列宁格勒去了，和他妻子住在一起。后来，他回来了，他父亲就让他住在这儿了。没过多久，叶尼卡就离婚了——他的那位女诗人回到了家乡彼得堡。于是，他又住进了父母家。所以，这个房间就这么锁着。有时，叶尼卡会把那些“不固定”的女朋友带到这儿来。后来，他去了加拿大——是他父亲在临退休时给他安排的。他从加拿大回国后，他的父母就住在别墅里了，病得出不了门。后来，他父亲死在了别墅里。于是，叶尼卡就和母亲住在一起了。他甩掉了所有的女朋友，一心一意地照顾母亲，比护士都精心。他母亲彻底丧失了记忆，不认得叶尼卡了。在这种状态下，她比叶尼卡的父亲多活了两年。母亲去世后，叶尼卡就又开始把女友们领进父母的大房子了。那里的豪华家具都快要散架了，镶木地板脏兮兮的。

叶尼卡很乐意把房间的钥匙给我，从来也不为尼娜着想。年轻时，我和丹娘在一起的时候就是这样，叶尼卡好像还是挺支持我的。所以，我一个电话，他就开着那辆破旧的、还算漂亮的白色“伏尔加”轿车来到了研究所。车是出口货，是他在加拿大大使馆行政管理部门任职五年后买的。他什么都没有问，只是嘟囔了一句“祝贺你，老家伙”，就把挂在生锈的钥匙环上的一串钥匙塞给了我。

房间里落满了灰尘，在阳光的照耀下四处飞舞。一坐到扁塌塌的扶手椅（纤细的椅子腿儿七扭八歪的）或者更加塌陷的破沙发上，便会扬起一片“灰云”。我想找隔壁大妈打扫一下……那位大妈在我们这种明显的“践踏苏联道德”的行为面前表现得相当和善，真是让人感到意外。可是，列娜用了一两个小时就把东西全都收拾妥当了，甚至想到了用那台老掉牙的“火箭”牌吸尘器吸去破家具上面的灰尘。于是，我们两个人第一次待在了一个谁都不能进入的封闭空间里。

二十年过去了，我想弄明白，除了最初的几个月对床第之欢的渴求以外，到底是什么让我们结合在了一起。是什么让我们把见面的时间无限延长，一连几个小时在幽静的小巷里散步？是什么让我们不停地说话，讲述经历过的所有事情，还经常打断对方？是什么让我们把那些最羞于启齿的、从未跟别人谈起过的细节和盘托出呢？有时候，我们就是在这种状态下回到房间里的。于是，一切便重新开始了……

欲望、爱情——这是最简单的解释，也有可能是最透彻的解释。然而，当我回忆起这份感情的时候，不知为什么，总觉得这些字眼并不足以说明我们在一起的真正原因，而真正的原因在于那种似曾相识的感觉，如同我们在少年时代或者早在童年时代就约好了见面，却没能相见，被一些意想不到的事情给耽搁了。比如说，她比我小十五岁（她刚上小学一年级，我就已经结婚了）。那么，在我们不期而遇的时候，就不必重新认识了，只聊一聊我们没能见面的那段时间里发生的事情就行了。这大概就是“天作之缘”吧，但又不是姻缘——我已有的那份姻缘跟上天毫无关系。它只存在于人世间，发端于童年的情欲，渐渐地成为了习惯，成为了生活的组成部分，最后成了生活本身。说来奇怪，当时的这段感情并没有影响我的生活——我甚至没有想过要和尼娜离婚。事实上，在我看来，列娜也从未有过要和她丈夫离婚的念头——她的丈夫与她年龄相仿，是一个相当有前途的生物学家。我们的家庭就这样被搁置在了一边。它没有妨碍我们，就像生活在别处的父母，虽然疼爱自己的子女，但却不会去阻拦对感情着了魔的年轻人。

然而，我们仍然尽量小心行事……

就这样，我们的感情持续了五年。如果这五年我们生活在同一个屋檐下，那么双方在性格上的差异和由日常琐事引起的怨恨便会把我们的关系变得像普通夫妇那样。但是，我们没有时间，因为我们常常分开——在晚上、周末和度假的时候。因此，每一天的重新见面，都会让我们忽略那些鸡毛蒜皮的小事，而事实上，如果我们的关系再维持得长久一点儿，可能就会渐渐地发现彼此之间不和谐的地方了，感情也就会自然而然地结束了。她是个很会寻开心的人，和她一起待过的朋友不计其数。她经常参加各种展览会和音乐会（当时还没有“派对”这个词），随时准备消遣一番，并且乐此不疲。在取得了博士学位之后的那段时间里，我也经常去赴宴、参加各种会晤或者去各地旅行，各种应酬不断。后来，我变得有点儿消沉，不喜欢再扎到人堆里了。老实说，还有一个原因：她做事草率，甚至有点儿鲁莽，丝毫不担心流言蜚语，而我却特别谨慎，生怕这件事情传到妻子的耳朵里。我清楚地记得丹娘那件事引起的可怕后果……然而，我们没有时间彼此厌倦。于是，我们一次又一次地跑去幽会。两个人在一起时，互相看不够、吻不够……

现在，我对自己说，那其实就是一次司空见惯的外遇而已。难道还会有什么特别的解释吗？办公室恋情、平凡的“私通”……这种事“以前有，现在有，将来还会有”。可是，我无论如何都想不到它的结局会那么惨，甚至比其他人的结局都要惨。我脚下的四层办公大楼里，大概每个人都有情感上的问题，心里都很苦。可是，生活变了——现在这些孩子没有多少时间去感受爱情，必须认真工作，没有“高校图书馆日”，而我们却会坐好长时间的电车到谢列布里亚内博尔去。星期二或者星期四，在那儿没有人打扰，我们让自己的神经彻底放松……我怎么会知道通往我家的道路两旁那结结实实的围墙内隐藏着怎样的痛苦和委屈呢？我倒觉得，住在这里的人没有能力用爱情这种“小事”去折磨自己和别人——工作和金钱已经把他们生活中的其他事情给排挤掉了。不过，也许会有这样的时候：他们也被陈年往事困扰着。在远光灯的映照下，一辆“奔驰”车一闪而过。他们十分羡慕坐在车里的人，因为他除了对权力的渴望以外，早就没有了任何感情。

总而言之，在发生了必定会发生的事情之前，我和列娜的关系没有什么变化，只是有时候会有一些小的摩擦。

有一天，她向我请假，要求提前下班——在表面上，我们仍然保持着下属和上司之间应有的距离。一个半小时之后，我偶然经过另一个区（我不记得自己为什么会去那儿了）时，看见她正在过马路，挽着一个其貌不扬的年轻男人的胳膊。她从侧面看着他的脸，满面笑容，兴奋地说着什么。根据他那并不起眼儿的外貌，我断定他就是她的丈夫。在我面前，她几乎要把他说成美男子了，现在看来不过如此。显然，她家里有急事要处理。事后，她说他们是一起去参加一次重要的家长会。可是，我第二天却再也没有办法去直视她的眼睛了。我一直都记得她从侧面看着她丈夫的表情，那满面的笑容跟和我在一起时一模一样……而且，他们不可能去参加什么家长会，因为她女儿的学校就挨着我们的研究所。

除此之外，还有一件不愉快的事。这次是她特别生我的气，而且有充分的理由。像以前一样，我们在实验室里庆祝了她的生日。我们锁上房门，一边喝酒，一边说说笑笑。作为领导，我主持了生日聚会，并且趁机亲了亲她的脸，祝她生日快乐（大家不是一无所知，就是早就高兴地接受了这个事实）。她的背包里早就放着我送的礼物了——好像是一块手表。当时，我还买得起……过一段时间，她就得想办法让这件礼物“合理合法”地放在家里了——就说是用意外得来的一笔奖学金买的……大家正玩得高兴，我的一位同事来了。他事先打了个电话，让我给他开门（他也是实验室的主任兼教授）。最近，我和他在工作上有些共同关心的话题，正准备为学术委员会做点儿什么。他是个喜欢交际的小伙子，不仅带来了鲜花，而且从西装的内兜里掏出了一瓶酒。他很快就吸引了大家的注意力，而我却装作没有察觉到，在他面前甘当配角。他讲笑话时，我也跟着大笑。然后，我们躲到一旁，谈起了正经事。后来，大家渐渐地散去了。有那么一会儿，我看见列娜捧着鲜花站在门口，用期待的眼神看着我。我早上就和她约好了，等聚会结束后，我们就在地铁站附近会面。我们要找一家咖啡馆，进去坐上半个小时，单独庆祝……可是，我眼下不方便中断这次重要的谈话，所以我稍微犹豫了一下，便向她挥了挥手，以示告别，还说了一句："好啦，再次祝你生日快乐！明天见！"第二天，她没来上班。她打电话给我的助理说，她身体不舒服，前一天晚上喝多了。我给她打了一整天电话。她默默地听完我的道歉，就挂断了。差不多过了一个月，我们才和好。然而，我不认为她已经原谅我了。不过，她还不想和我断绝关系。

又过了半年左右，一切都骤然结束了，包括无意间闯进我生活的爱情。老实说，整个生活都被毁掉了——事业、金钱、盟友、敌人，成年男人无聊的游戏……

我睁开眼睛，看见烟灰缸里满是烟头，电脑的显示屏上全是彩色条纹。基列耶夫坐在桌子旁边的扶手椅上。

"你怎么在睡觉的时候抽烟？"他问，"早晚会着火的！"

"伊戈尔·伊万诺维奇，我和你都会'着火'的——这一天就要到了。"我又点上了一支烟（其实我嘴里的味道已经很难闻了），做了个手势，示意伊戈尔用钥匙把门反锁上。我从酒柜里拿出一瓶开了封的"格兰菲迪"威士忌和两个厚底杯子，分别给他和我倒上了酒。冰块没有了，可是我不想让秘书去拿。虽然那时候早就不再禁酒了，但是我和基列耶夫还得偷偷地喝酒，免得被"敌人"知道了幸灾乐祸。就算没有这回事，"敌人"也有幸灾乐祸的理由……

"有什么新闻吗？"伊戈尔皱着眉头说道（我还是没有教会他品尝不加冰的上等威士忌），"听到什么风声了吗？"

他常常不穿西装就在公司里走来走去。到了我这儿，他只穿了一件衬衫，裤子的背带紧绷在肥硕的肩膀上。他的领带松了，衬衫最上面的扣子也没有系。他一大早就脱掉了西装，挂在椅背上，只穿了一件衬衫去参加鲁斯塔姆的会议，很是引人注目。公司里的人最讨厌不在乎外表的人了，根本无法忍受像我们这样的老家伙。罗姆卡·爱波斯坦留着在青年演员中特别流行的短髭——这种胡子对一个戴着眼镜、性格内向的财务人员来说，根本不合适。可是，对于这种发型，鲁斯塔姆却默许了。市场销售部的经理韦罗奇卡·阿列克谢耶娃简直无人能比——都快五十岁了，仍然是“大家喜爱的韦罗奇卡”！谈判时，她经常穿那种特别暴露或者相当扎眼的连衣裙，而且都是高档的，却受到了大家的热烈追捧。当然啦，她是莫斯科最时髦的商业女性嘛！瓦列拉·古利克维奇上身穿着西装、系着领带，下身穿了一条牛仔裤——没关系，这种穿法在嬉皮士中很流行……可是，鲁斯塔姆却毫不掩饰地对伊戈尔投去了厌恶的眼光——一个大腹便便的老头子，还能指望别人用什么眼光看他呢？我也不例外，虽然已经在穿戴上很下功夫了，但还是能够或多或少地感觉到他对我的冷嘲热讽：爱摆谱儿的老家伙，竟然在伦敦定做西装，还把丝绸手帕塞在口袋里！再怎么样，也是个糟老头子……

“亲爱的伊戈尔，那些新闻都已经过时了。”我又给自己倒了一杯酒，像喝伏特加酒那样一饮而尽，不再慢慢地品尝了。然后，我长出了一口气。“昨天，我们的神童罗姆卡·爱波斯坦来找我，以朋友的身份问了我一件事。知道是什么事吗？他想知道我是否打算交出管理权，并且出售自己的股份，明白吗？他们想把我们撵走，伊戈尔！我们在这儿是多余的……罗姆卡说：‘米哈伊尔·列昂尼多维奇，您跟任何人都不要提起我们的谈话，因为我这样做有损集团利益。我只想像朋友那样帮助您！我想介绍一个人给您认识。他完全是局外人，是我的朋友——他愿意购买您的股份。这件事对公司来说没有一点儿坏处，因为他打算立刻就把股份转交给管理局，而我则准备通过董事会……’当然啦，我像个老傻瓜似的劈头就问：‘交给管理局的谁？是您吗？’他笑了笑，说：

‘米哈伊尔·列昂尼多维奇，您不要把什么事情都当成阴谋……是我又怎么样？如果您得到了十成的股份，存到了欧洲的银行，那么您是不会不高兴的……’”

“这么说，他们要给你十成的股份。好大的一笔钱啊……”伊戈尔叹了口气，苦笑了一下，“今天一大早，这个罗姆卡就只想给我四成了……而且是他直接给我。好吧，我的股份确实有点儿少，但也不至于……那么，咱们该怎么办？”

基列耶夫的话激怒了我。他苦笑的样子、他的红鼻头，还有他那皱皱巴巴的衬衫，好像都在提醒我：“来踢我吧，我是个老傻瓜！好人们啊，你们要是不过来踢我，我就自己倒下了。”

“怎么办？”我压低了声音吼道。女秘书就在外间，什么都听得见。在我们这座百年老楼里，安装了现代化的隔断。我的秘书叶卡捷琳娜·维克托罗夫娜在这儿工作了很多年，曾经在我和鲁斯塔姆共用的接待室里负责与两位副董事长有关的业务。后来，鲁斯塔姆当上了董事长，她就经常跑到他的助手那儿汇报我说的每一个字。“你疯了吗？他们想只付出一丁点儿代价就把咱们的权利夺走，你却在考虑自己的收益！我的股份不止十成，而你只有八成。这跟股份没有关系，明白吗？我不会轻易让步……”

伊戈尔默默地看了我两分钟，然后从我的烟盒里拿出一支雪茄烟，点燃之后吸了一口，不太熟练地吐出了一口烟——早在十年前，他就已经戒了烟。

“这么说，你不会轻易让步了。”伊戈尔若有所思地说道，“这么说，你还不是很清楚。那么，让我来告诉你。你想把事情办完再走，就像叶尼卡那样，是不是？你想让我跟着你们到那儿去吗？”

伊戈尔用雪茄烟指了指天棚。

“该去见鬼的不是他们，而是你，明白吗？”他在烟灰缸里掐灭了烟头，下意识地舔了舔粘上了烟灰的手指，“我是不会参与你们的游戏的。我有自己的打算，明白吗？我最好突发心肌梗死，进博特金医院……”

他走到门口，打开房门，迟疑了一会儿，压低声音把话说完：

“在伦敦时，你替我打抱不平……”伊戈尔向我鞠了一躬，“谢谢您，老爷！鲁斯塔姆也向咱们道歉了，自尊心得到了满足……实际上，他以前把咱们俩当成乡巴佬，现在仍然如此。他被迫道歉，只是为了在暗地里打击报复。米什卡，你是个十足的大傻瓜……”

基列耶夫走了，留下我一个人自斟自饮。

也许他说的对，但是我现在不愿意去想这件事。

我在想，吃晚饭的时候，尼娜会像往常一样，一句话也不说。吃完晚饭，她会在房间里打开电视，把音量调到最大。我在走回自己的房间之前，会朝她那永远虚掩着的房门里面看上一眼。她佝偻着后背，像老太婆一样，深深地陷在扶手椅里，白发被电视屏幕照亮了。那一刻，我会为这一切而感到愧疚——为她那被糟蹋了的生活，为她那被我拒绝了的爱情……为了经历过愚蠢、无知的青春之后，迅速到来的老年。

现在，我只有一件事可做，那就是坚持住，决不投降，一直到死。即使我变得卑鄙下流、滑稽可笑，即使别人认为我刚愎自用，即使我被他们杀死了（被炸弹炸死，被子弹打死，被汽车撞死，或者死于器官硬化、血管堵塞、心脏衰竭），也决不投降。我不知道应该怎样投降，因为我是“幸存者”。我活下来了，现在改变原则已经太晚了。我一路求生，从未投降过，一次次地化险为夷。我还会活下去的……

这么做有点儿不知廉耻，但是我不想顾及颜面了。

第三章　愉快的晚上

一连开了七个多小时的会，累得我筋疲力尽——有一半的会议毫无必要。这一天，我没少抽烟，也没少咳嗽。我喝了不止一瓶酒，头脑却依然清醒，真是可恶！我决定去看看列昂卡，我们至少有一个月没见面了。再说，我很想在回家之前到他家去静静地坐一会儿。

大街上的汽车堵得水泄不通，慢慢地往前蹭着。根纳只好穿过居民区（很少有人知道这些小区里可以走车），绕过拥堵的路段，轧着马路上的“禁行”标志和人行横道线一路前进。从公司到儿子的家，步行只要二十分钟左右，我们却开了半个多小时车。没办法，我早就没有力气在到处都是冰的脏兮兮的大街上走路了。要是走了那么长的路，我肯定会浑身出汗、胸口疼痛、两腿发软……就在不久以前，我还整天在城里转悠，一口气能走十五到二十公里。那时候，我浑身有使不完的力气。现在，我的每次移动都会有目的，但却没了力气。为了达到这些目的，我所有的力气都已耗尽……

列昂卡和他的妻子伊拉住在位于第二条亚姆斯卡亚大街的老房子里。现在，整幢大楼都变了样。家家户户都把窗户换成了有白色窗框的中空玻璃窗，单元门也修整过，比以前漂亮多了——比刚建成时还要漂亮。这个地点的房子很抢手，每平方米至少能卖一千五百美元。因此，居民的后代（也就是我的同龄人）都不知去向了——大概是拿着一大笔拆迁费搬到郊区去了。一直住在这里的居民只有列昂卡（没有人要求跟他换房，因为大家都知道他不缺钱）和比留扎·萨菲杜林（老萨菲杜林的子女中唯一活着的）。看门人那半地下的房子本来可以当个办公室用，可是比留扎的大儿子当了大楼的看门人，而新住户是不会亏待一个好看门人的。就这样，在我的生命中，有了第二个艾哈迈德·萨菲杜林打扫这幢楼房后面的院子。一切都发生了剧变，消失不见了——国家、城市、生活……只有艾哈迈德·萨菲杜林留了下来（夏天拿着扫帚，冬天拎着铁锹）。看来，他要永远地留下来了，因为比留扎的小女儿已经有了一个一岁大的儿子艾哈迈德……

彼佳舅舅的房间已经面目全非了。最后一次装修时，列昂卡重新设计了布局。他向区里的一个机关申请了好久，还送了钱……现在，我怎么也想不起来大房间的门原来在哪儿了，还有装彼佳舅舅遗物的衣柜原来放在什么位置上……哪儿是走廊的尽头，哪儿是厨房的入口，我都不记得了。一打开镶嵌着浅色胡桃木的大铁门，就能看到一个宽敞的房间，餐厅和客厅都在里面。客厅里有一个大的浅黄色真皮转角沙发，还有一个架子（上面摆着我看不太懂的电子元件）。架子的上方高悬着宽大的平板电视机（我认为，电视机完全没有必要这么大）。客厅里有很多小椅子和小凳子，也是浅黄色的。厨房的地面光秃秃的，没有铺地毯，只在角落里铺了一块蓝色的石板。地面的其他部分铺的是像镜子一样光滑、明亮的山毛榉木地板。事实上，整个单元房仿佛变成了一间没有边界的屋子，只在远处的角落里有一扇门。门里面是一间没有什么家具的小卧室。卧室里只有一张大床和一个占了整面墙的大镜子（镜子的后面是个壁橱，天棚下面挂着电视机）。

儿子把房间变成了漂亮的宾馆客房。我生命中的大部分时光和他生命中的几乎全部时光都是在这里度过的——他婚后住在捷古尼诺公寓里时，中断了几年。房间里那平整得令人吃惊的光秃秃的白墙上，除了一幅抽象画以外，什么都没有。这幅画是宾馆的房间里经常会看到的那种画。经过费时费力地改造，浴室和厕所之间的墙壁被打通了（大概四星级宾馆就是这么要求的吧）。

然而，我并不难过，因为我的痕迹正在逐渐消失。我以前经常路过的地方全都变了样：房子被推倒了，整个街区都被翻修得认不出来了。我在新的生活中刚刚开始熟悉的事物也在不断地变化：原来是商店的地方开了饭馆，原来是饭馆的地方修建了办公大楼……我想，这都是对的：生活先是冲刷掉了你生存的环境，然后冲刷掉了你本人。不管怎么说，离开一个还没来得及习惯的新世界更容易些。幸运的是，我活到了变革的时代，见证了这些变革。可是，我已经来不及去看清这个世界的真实面目了。我将怀着轻松的心情去告别舞台（我在这个舞台上依然扮演着陌生的角色）：演出结束了，该卸妆了。

我们在厨房里那长长的吧台后面坐了下来。伊拉在光滑的吧台上摆满了难看的盘子——一定是从瑞典的仓储商店买来的。这也难免，因为旧的餐具都被我拿回家去了。盘子里装着从大型超市买来的精美食品。每逢星期五，像列昂卡这样有钱的年轻人就会在那种地方采购商品。说句公道话，儿媳妇很孝顺，从电话里得知我要来之后，只用了两个小时就买齐了我爱吃的所有食物，包括裹在锡箔纸里的“勃艮第蒜油蜗牛”（已经在微波炉里加热过了）。

儿子拿出一瓶“格兰特”酒，放在了桌上。这种酒价钱不贵，但是味道纯正。儿子又给他和妻子拿了一瓶同样物美价廉的波尔多葡萄酒。我们一边喝酒，一边闲聊。我问他事业发展的情况，他的妻子则关心尼娜·尼古拉耶夫娜和我的身体状况……

列昂卡早就放弃了莫斯科航空学院的研究生学位，有了一份稳定的工作。在我离开研究所，跟朋友们合伙创办公司的时候，他开了一家家用电器维修公司。老实说，当时我跟基列耶夫和叶尼卡还不知道从何入手呢。现在，他做着电脑生意，在州内开了十家分店，手下有雇员——会计和销售人员等，在罗扎什克地区的一个小平房里办公。他没有合伙人，也没有朋友。据我所知，从上幼儿园的时候起，他就没有朋友。但是，他从来也没有为此而感到苦恼。小时候，他最喜欢一个人鼓捣无线电零件。为了焊接，他经常把锡水滴到彼佳舅舅的桌子上。现在，在原来放这张桌子的地方，摆了一个装光盘用的又细又高的架子。以前，每当我走到他身边的时候，他就把烙铁放到托盘上，抬起头，默默地直视我的眼睛。

儿子长得很像尼娜，并且很像她的继父——这真是无法解释。我还记得，岳父当年是一名年轻的军官，几乎是兔儿谷个子最高的男人。他经常穿一件肩部又宽又平的制服大衣，两个肩章像翅膀一样翘着……伊拉很年轻，没有工作，像所有不工作的年轻女人一样漂亮。如果这种女人在十字路口等信号灯时把汽车停在我的“黑河马”旁边，我就会观察她们：有的开着颜色鲜艳的小轿车，有的开着公交车似的大吉普车。车窗后面的她们都有一张可爱的光滑的脸，表情平静而专注。她们喜欢拿着小巧玲珑的手机，把它贴在耳朵上。我特别不喜欢这种女人，根本就不认为她们是女人。好吧，一个爱发牢骚的老头子，还能指望什么呢？然而，据我判断，列昂卡和他的妻子过得相当幸福，十四年来从没红过脸。他们之间的争论仅限于“在哪儿过圣诞节——是泰国还是马耳他”，还有“夏天是去苏格兰，还是再去一次西班牙”。他们没有孩子，但是一点儿也不难过。有时候，伊拉会干一些与她所学的建筑专业有关的工作。经常会有一些小公司请她做室内装潢设计，薪酬十分可观。伊拉从来都是自己赚钱自己花，不断地添置衣服，从不考虑家庭开支……

我已经给自己倒了三杯威士忌，儿子一直看着我。我点燃香烟的时候，儿子把烟灰缸挪到了我面前——他不抽烟。伊拉在饭后抽着一支味道难闻的细杆雪茄烟，小心翼翼地问我最近喝得多不多、心脏怎么样。

“还是老样子。”我说。虽然我知道儿子真的很关心我，应该说“我挺好的”，让他放心，但是我没有办法这么做。最近几年，我已经习惯了向每一个关心我的人诉苦，抱怨自己身体状况不佳——这是个坏毛病。好在，关心我的人不多，所以我或许可以原谅自己。有时候，伊戈尔会问：“你身上的零件怎么样了？没散架吧！”还有一个关心我的人，那就是列昂卡。心律不齐的事，既不能告诉鲁斯塔姆，也不能告诉尼娜……

“现在没事了。”我开始详细地汇报，“早晨总是心脏偷停，感觉怪怪的。心脏一个劲儿地往下沉，好像是因为害怕。可是，原因和结果经常会互换：一开始是心脏下沉，后来又感到害怕……”

不知为什么，我越来越详细地描述着自己的病情。儿子的脸上露出了特别难过的表情，样子和小时候很像。那时候，我只要早上叫他起床，他的圆脸上就会露出这种痛苦的表情。他讨厌上幼儿园，因为在那儿一分钟也不能单独待着。可是，我和尼娜分身无术。我白天得泡在研究所里，为了晋升工程师而努力奋斗。晚上，我得写大学毕业论文。后来，我又要写副博士论文。尼娜为了多挣一半的工资，从早到晚待在学校……

“好啦，列昂卡，你不用担心。”我神采奕奕地转移了话题，“生死有命！我的健康状况还在正常范围内……”

正在这时，我的心脏突然抽搐起来，一个劲儿地往下沉。我脸色大变，不再说话了。我急忙把没抽完的雪茄烟从嘴里拿出来，放到了烟灰缸里。我给自己倒了一杯威士忌，吞了下去。有时候，喝酒能让心律不齐暂时停止。儿子没有说话，看着眼前这位生命随时可能终止的惊慌失措的老人。他现在还不明白，而我却非常清楚——到那时，米哈伊尔·列昂尼多维奇·萨尔特科夫的生活才真正地开始了。

我们很少见面，见了面也只是东拉西扯地聊一些最平常的话题。可是，我觉得自己与这个人（年纪不小了，跟我又不是十分亲近）的关系比与这个世界上其他人的关系都要亲密。也许，这些人当中不包括尼娜吧。然而，我觉得，我对儿子的了解比对妻子的了解要多一些……

“今天，我在《商报》上看到，你们公司的业务蒸蒸日上。”为了分散我的注意力，列昂卡谈起了他认为会让我开心和感兴趣的话题。我从来没有跟他说起过自己在工作上的烦恼，也没有说起过我有多么憎恨自己的公司。“他们又提起了八九年前的事。当时，你们白手起家，半年之内就把生意做起来了。不过，他们并不知道是你出钱帮我创建了第一间工作室……还记得那个地窖吗，老爷子？在茨韦特诺耶的那个……您还去过一次呢……那就是个宝库！阿塞拜疆人一下子就从市场上弄来了一大批旧的录像机，专门从巴库运过来维修……”

显然，儿子以为叫我“老爷子”会让我高兴，尽管我根本就当不上爷爷。以前，我很喜欢这样的称呼——伊戈尔就叫我“老爷子”，公司里和我关系亲密的年轻人也这么叫。别雷也这么叫我，尽管他比我还大两岁……可是现在，这称呼简直让我胆战心惊，因为这里面没有一丁点儿开玩笑的意思，我真的成了老头子。我真的是一副老头子的模样，尽管我在穿戴上很用心，并且仔细地把脸刮干净；尽管我用了很多昂贵的化妆品，还让丝绸手帕从西装的口袋里露出来。现在，我连保持最起码的整洁都很困难，身体总是散发出难闻的气味。我那皱巴巴的皮肤开始发痒、变红，出现了裂纹。晚上，我脱下来的袜子是湿的。可是，从前并不是这样，即使是当兵的时候，我的脚都不出汗……

不出所料，我把列昂卡的威士忌喝掉了一半。为了避免再喝下去（这一天，我已经喝了一升酒），我准备告辞了。儿媳妇亲了亲我的脸。一天下来，我的脸上已经长出了不太明显却很扎人的白胡子楂儿。儿子拍了拍我的肩膀，说：“好啦，保重吧，老爷子！别生病！最好找个心脏病专家看看。能找到吗？”“能。”我说，“还能找到解剖专家呢！”我忍不住开了个愚蠢的玩笑。“少喝点儿酒！”儿子小声说，免得让伊拉听见。伊拉已经走开了，正倒在沙发上看电视。我默默地点了点头，意思是“尽量做到”，但却露出了狡黠的笑容。俗话说得好，恶习难改。沉重的大铁门打开了，又在身后关上了——我又变成了孤身一人。

我知道，老了总会孤单的，即使身边有个大家庭也是一样。但是，儿子和儿媳妇不和我住在一起，我还是感到有些遗憾。现在已经没有人愿意跟父母一起住了。就拿我们公司的年轻人来说吧，如果暂时没有买房的打算，就自己租房住——大家各得其所，很少发生争吵。然而，在我看来，吵吵架挺好……像伊戈尔那样，遭点儿罪也挺好。他女儿整天莫名其妙地在电视台里闲逛，总想在那种地方找点儿事做。她好像已经离过三次婚了，经常酗酒，喝醉了之后就会丧失理智。有一次，她竟然举着刀子冲向了她的妈妈。清醒的时候，她是个安静的女孩儿，虽然长得不漂亮（是基列耶夫的翻版），但是很可爱。每逢星期六，她都会拉着伊戈尔到时尚影城去看电影。平时的晚上，他们一家三口在一起观看电视新闻、讨论政治局势。

然而，我们家里只有安静——死气沉沉。

车载收音机嗡嗡地响着，仪表盘闪着绿光。两盏车前灯冲破黑暗，照亮了前面的一缕空气。我没能入睡，一个个念头开始在脑子里打转转。真不是时候！我本来可以休息半个小时……这些念头应该在白天琢磨，但当时我累糊涂了。我想起了过去……我拉出车载烟灰缸，点上一根烟——一截烟灰立刻就掉到了我的膝盖上。好啊，他们想排挤我和伊戈尔！那么，整体的形势怎么样呢？罗姆卡（是个书呆子）是忙得最欢的一个。当然啦，这并不是他的本意。他是鲁斯塔姆的副官，却要弄清楚鲁斯塔姆本人究竟准备付出多大的代价来把事情做到底。他准备好了吗？面对反抗，他或许会让步，会等待，等问题自然解决——老头子不会总活着。他的生活方式很不健康，要么自然死亡，要么提前完蛋……

不，鲁斯塔姆是不会等的。也就是说……阿列克谢耶娃跟他们是一伙的。她只站在胜利者一边——就像伊戈尔说的，是条女汉子。瓦列拉·古利克维奇……小伙子人不错。可是，谁知道呢……还有我们的“技术控”——加里克·施密特和托利亚·彼得罗夫。加里克是鲁斯塔姆引荐到公司里来的，以前是一位钻井技术专家。这说明……什么也说明不了，因为这些孩子不见得会感恩。加里克可能要等到最后再去观察事态的变化了。托利亚是个神秘的年轻人，好像除了工作以外，什么都不关心。如果他打定了主意，要为了事业的发展而把我和基列耶夫给整死的话，那么他一定会助纣为虐。而且，他会像平常一样，露出平静而可爱的笑容。看来，已经无路可走了……

不，不是无路可走！鲁斯塔姆心里明白，如果我和伊戈尔不肯让步，那么他就会有麻烦。如果我们俩把自己的股份交给别人，那么他就会被束之高阁。最后，我们可以把股份卖给那些冷酷的孩子。跟这些人比起来，他无足轻重。到时候，就算董事们投赞成票，也不可能把真正刻薄的人轰下台。谁都帮不了他的忙！他就算跑到克里姆林宫，跑到卢比扬卡广场①，都无济于事。真正的高手不用跑，只要打个电话就能把事情摆平。这样一来，鲁斯塔姆·易卜拉欣莫夫就不存在了，只有一个被立案侦查的拉希多维奇·鲁斯塔姆·易卜拉欣莫夫……至于罗姆卡·爱波斯坦，如果他没和鲁斯塔姆一起被莫斯科的检察机关逮捕的话，那么他就会低三下四地主动以一百万卢布的价格交出股份。而其他人则会一哄而散，各自卷钱跑到西班牙或者以色列，隐姓埋名……

鲁斯塔姆应该知道，我们已经注意到这些孩子了！但是，他并不知道，我怕这些孩子胜过怕他本人。说实话，我既不怕这些孩子，也不怕他。我怕吗？也许不怕……我恨他，这倒是事实——他应该知道这一点。

① 1919 年至 1991 年，克格勃的办公大楼所在地。

这是一场真正的战争，是他挑起来的。如果我们投降，他就会把我们逼上绝路，只花一半的钱就夺走一切。但是，如果我们不肯让步……总而言之，现在不是1995年，我们可以把鲁斯塔姆赶走，然后把公司交给列昂卡——这对他来说很公平，是我欠他的……

汽车停在了大门口，车灯照亮了镶在红褐色大门上的细长板条。根纳鼓捣了一会儿遥控器，打开了大门。汽车进了院，转了个弯。车头对准了车库，车灯一扫而过，把院子里的每个角落都照遍了。到家了，这一天终于结束了。

我和根纳一起坐在厨房里吃起饭来。如果我们比平时回来得晚，而尼娜又已经睡着了，那么他就可以在我的默许下，与我共进晚餐了。我穿上家居服，坐在桌旁，终于可以好好休息一下了。我给自己倒了满满一杯酒——在司机面前，不必难为情——就着冷鲟鱼喝了起来……到了半夜，又该烧心了，不过现在感觉挺好。困劲儿上来了，我走上楼去，倒在了床上，没有开灯——院子里的灯光透过窗帘隐隐地照了进来。

现在，最要紧的是，别再想那些乱七八糟的事了，不然整个晚上就都毁了。应该想点儿高兴的事，好让自己入睡。

温暖的春天里，拉斯帕伊林荫道①上空荡荡的。我从蒙帕纳斯大厦出发，向前走去。太阳挂在有些苍白的天空上，照着灰色和白色的楼房，以及漆成了绿色和蓝色的单元门。汽车斜停在人行道旁，车顶亮得刺眼。天气很热，城市安静得有点儿奇怪。我走进卢森堡公园，砂石在脚下发出了沙沙的响声。从网球场那边传来了网球手的呼喊声、用球拍击打网球的声音和网球落地时发出的闷响。孩子们把玩具快艇和游艇放到了池塘里，我停下脚步看着他们玩儿。如果无视周围的一切，那么这些玩具就会变成真正的轮船，而池塘则会变成无边无际的大海。

① 法国的一条街道。

我从公园里走出来，在一家咖啡馆门旁的角落里看到了尼娜。她正在阳光下眯着眼睛观察我，面前放着一个咖啡杯。那是我们两个人第一次，也是唯一的一次一起到巴黎旅行。那时，她还跟我说话，虽然有时也会沉默很久。她盯着我，流露出又惊讶又害怕的神情，就像她走进自己的房间时，发现有个陌生的男人在里面。不过，这种情况比在莫斯科的时候少多了……

见鬼！我又想起了这件事，没办法好好睡觉了。

我打开沙发旁边的小矮柜上的台灯，盯着天花板躺了几分钟，等着心脏的反应。可是，这会儿，心脏对我的失眠毫无反应。我站起身来，把家居服披在了睡衣外面。房间里有点儿凉——大概是根纳调节了室内的温度，好让我们有良好的睡眠环境。我打开第二盏灯，坐到了扶手椅上。三条狗立刻就顺着楼梯跑下来，爪子敲得地板嗒嗒直响。它们够不到高处，就用鼻子在我的膝盖上拱来拱去，却不敢跳进我的怀里舔我的脸。我不睡觉的时候，它们也不睡觉，只是怯生生地躺下来，蜷起深褐色的身体，在昏暗中看着坐在光环中的我。

扶手椅前面的小桌上有一瓶酒，是我早上拿出来的。我对自己说“行了，不能再喝了”，可是才坚持了两分钟就挺不住了。我给自己倒了一杯酒……喝完之后，我把身子向后一仰，倒在了扶手椅的靠背上。我闭上眼睛，放松心情，很快就回到了1986年。

第四章　失眠

早上，我在研究所露了一面，告诉大家我准备去列宁图书馆工作，甚至还打了个电话询问教授厅开放了没有——最近，教授厅经常关闭。那天，教授厅正常开放，我就跟大家说，我去图书馆了。作为一名研究生，列娜理所当然地有她的“图书馆日”。

其实，在最近一个月的时间里，经常会发生这种巧合，大家只要稍微留意一下就能看出问题来。不过，他们并没有过问我们的事——可能是因为在我所在的圈子里，外遇这种事很普遍。几乎所有同事（包括那些年纪跟我差不多的或者比我岁数大的男人，例如实验室主任、老科学家，等等）都有情人。对于这一点，大家并不是特别避讳。他们的女友通常会是实验员、研究生、底层的科研人员，有的还跟大学生有染。有时候，这种恋爱关系（或者只是长期的同居关系），会以丑闻收场：一个得过一两次心肌梗死的五十岁男人，有着优秀学者、合格丈夫、称职领导等多重身份，却背叛了与其共度半生的妻子。他的女朋友如果是已婚的，就只能痛哭流涕地对丈夫实话实说了。她的丈夫是她的同龄人，正在别的研究所里攻读副博士学位。从那以后，两位有情人的苦日子就开始了：生活窘迫，只能花大价钱租住公寓，并且要接受党委和工会等各种组织对他们进行的思想教育……但是，随着时间的推移，他们的生活渐渐地稳定了下来。被抛弃的妻子走上了成功之路，在两年之后拿到了博士学位。那位幸运的“受难者”，不知从哪里来的力气，竟然使他的娇妻生出了孩子。与此同时，他们中一些人的长子、长女已经为他们添了孙子、孙女……这时，研究所为这位虽然有些道德方面的瑕疵，但还算迷途知返的资深专家在捷古尼诺公寓弄了个单间。恰巧，他又从一家小公司获得了一笔国家奖金。于是，他又买了一间公寓，用这两处房子换了地铁站附近的一套有两个房间的单元房。于是，他便与心爱的妻子和孩子一起，过上了正常的生活……可是，当他血液里的肾上腺素突然升高时，又发生了第三次梗死（当时，他正处于火热的欲望和冲动的激情当中）。这一回，沉积性心肌梗死终于使他一病不起。年轻的妻子不离左右，不分昼夜地照顾着他。葬礼上，每个人都很紧张，想尽办法避免他的前妻和已经成了寡妇的现任妻子发生冲突。然而，什么冲突都没有发生，人人都很悲痛。大家心平气和地喝完了酬客酒，一段幸福的“办公室恋情”就这样结束了。为了缅怀逝去的朋友，有个老男人把这位寡妇（住在体面的两居室里，独自养育婴儿）安排在了自己的实验室里。虽然过了这么多年幸福的家庭生活之后，她已经失去了这个资格……于是，这个可爱的女人（事后，人们给她起了个外号叫“二手战利品”）再次成了一名教授离婚的罪魁祸首。只不过这一次，快要退休的老情人遭受的痛苦要少一些，因为他立刻就住进了前任留下的“美宅”，幸福的生活更为长久。于是，又一个孩子出生了。大家在暗地里嘲笑了一番，并没有过分地指责……

白天，灿烂的阳光从那个用破布挡住的窗口透进了叶尼卡的房间。半明半暗之中，我看到了早就应该熟悉但却一直未能熟悉的情景：列娜那细长的身体躺在我的身体下面……大概，我们此刻就像是一棵被闪电劈开的大树吧。她总是闭着眼睛，尽管我总是让她睁开。她那乌黑的睫毛与颜色暗淡的头发形成了鲜明的对比——她有很多白发，这与她的年龄很不相称。每到这时，我都会觉得，我是孤身一人。那个夏天很热——上个世纪八十年代，有很多这样炎热的夏天。我的汗水滴在她的脸上，她揉了揉眼皮，擦去了气味难闻的汗水，样子很可笑。

现在，我明白列娜第一次看我时为什么那么专注了——那是贪婪的欲望在作怪。我们开车到奥尔登卡的时候，她就这么一路从侧面看着我。她跳上叶尼卡那塌陷的沙发床，把被单拉到下巴上的时候，也是这么看着我的，而我则在她的注视下笨手笨脚地脱掉衣服，为自己发福的身体而感到羞愧……再后来，她闭上了眼睛。过了十分钟、半个小时或者一个小时（这取决于我的体力），她睁开眼睛时，目光变了。她的眼睛还是那么明亮，只是神情不再像狙击手一样平静了。

后来，我们默默地穿好衣服，来到了阳光明媚的大街上。列娜先走出来，我跟了出来。她迅速地走到街角处，在那儿等着我。我上了车，向后倒车，她则灵活地打开车门，迅速地钻了进来。开始，我们只是简单地聊上几句，后来聊得越来越多，甚至大笑起来……

我们把车停在了十字路口。她把话说到一半就停住了。接着，她小声对我说了一句什么。我没听清她说的话，于是问了她一句。

“旁边那辆车里有个女人在看我们。”她重复道。她的声音很小，就像隔着两层玻璃窗还有人能听见她在说话似的。

旁边停着一辆出租车，里面确实有个年纪不轻但非常漂亮的女人在注视着我们。阳光照在她那金黄色的头发上，熠熠生辉。“这个女人挺漂亮！”我心想。过了一会儿，我才认出来，那是尼娜。她看着我们，皱了皱眉头，把头扭了过去。这时，绿灯亮了，出租车停了一下就开走了。我的车久久地停在十字路口动弹不得，弄得后面的人不停地鸣笛催促。

我不记得在送列娜回家的那半个小时里，我都说了些什么。我也不记得我一个人开车回家时，都想了些什么——我好像也没有什么想法，只是浑身发冷、恶心，像得了感冒似的。

列昂卡没在家。尼娜坐在大房间的桌子旁，没脱外衣。凉鞋被她甩到了一边，倒在椅子底下。有一只鞋侧翻着，可以看见磨损了的鞋底。我走进房间的时候，尼娜并没有抬眼看我，而是全神贯注地盯着桌布，脸上的表情与她在出租车里看我时的表情一模一样——眯缝着眼睛，就像在寻找难以发现的东西。

我急忙支支吾吾地说，刚才顺路送了个熟人，一开始没看见她，等认出她来的时候，已经来不及叫她了。此外，我还编了些别的瞎话……尼娜一句话也没说。过了一会儿，她抬眼看着我，脸上带着又惊又怕的表情（就像一个普通人——而不是自然科学家——看见了一只巨大的蜘蛛或者蜥蜴）。从那时起，这种表情就经常出现在她的脸上。

“当初，我站在科捷利尼基沿岸大街的那扇可恶的窗子前面的时候……”她终于说道。我浑身一抖——就知道她会提起那件事。她用毫无感情色彩的语气继续说下去，就像在转述一个故事情节。“就在想，我无法忍受这种屈辱，可是我忍了……当时，我相信了你，以为再也不会发生这样的事了。这就是我等来的结果……”

我一言不发，没有了撒谎的力气。她停下来，再次盯着桌布上的什么东西，就这样静静地过了几分钟。在这期间，我一直站在门口。汗水顺着我的后背流了下来，衬衫都湿透了——屋子里实在是太热了。

“无处可去，”尼娜没有抬起眼睑，似乎在自言自语，“无处可去……”

她瞥了我一眼，好像忘了我在这儿。

“无处可去，”她重复道，“只能……”

我不知道她想说什么，一直都不知道。

我把公文包扔到彼佳舅舅的房间里，连衣服都没脱就倒在了床上。

半夜里，我醒来了。房间里漆黑一片，一点儿动静都没有。我躺了几分钟，忽然想起了今天发生的事，急忙跳起来，走出了屋子……

大房间的灯也没开，我隐约看见儿子在沙发床上睡着了。这张床是他上小学一年级的时候买的，代替了婴儿床，放在母亲原来铁床的位置上。母亲去世后，她的床被扔掉了。列昂卡蹬了被子——夜里有点儿热——只穿着一条短裤，能听见他呼吸的声音。

我走到门厅里，看见灯光从厨房的门缝里透了出来。

尼娜坐在餐桌旁，面前放着一个空杯子，杯底有些喝剩的咖啡。桌上还有一个装伐力多①的小铁筒。

“去睡觉吧。”我说。

她看了我一眼，脸被泪水打湿了，眼睛也肿了。

“别跟我说话！”她轻轻地说，我勉强能听见她的声音，“求你，别跟我说话……你知道，我无处可去。我会留下来跟你住在一起，但是，求你了，别再跟我说话了！”

她就这样开始沉默了。从那以后，她偶尔也会说一些话，只是说的越来越少了。

后来发生了什么事，我怎么也想不起来了，只记得我陷入了一种麻木不仁的状态——上班、下班、吃饭。我戒了酒，因为根本就不想喝。在研究所里碰见列娜的时候，我也只是跟她打声招呼而已。我们不再单独待在一起了，因为我不再在走廊里拦住她，约定见面的时间了。不过，她什么都没有问。渐渐地，我们疏远了。大约过了三个星期，我发现我差不多已经不再想她了（即使有时候想起来，也会转眼就忘）。只有在思考一些虚幻的问题时，她的脸才会突然浮现在我的眼前，转瞬即逝，什么感觉都没有……工作上的事，她会跟我的助手联系。

有时候，我就像从梦中惊醒了一样，惊讶地发现：我们之间的关系维持了那么久，却这么快就结束了！可是，就连这种感觉也稍纵即逝，我又变得对什么事都无动于衷了……

① 一种能够缓解心绞痛的药物。

尼娜在出租车里看我的惊恐眼神，仿佛把我和周围的一切都冻住了，让我只能透过厚厚的一层冰观察这个世界。

这样的情形持续了四个多月。有时候，尼娜也会和我说话，但是语气越来越平静。我觉得，她会忘掉一切，重新开始过正常的生活。这时，正好有一个机会，我们两个人可以一起去巴黎。在研究所的职业生涯接近尾声时，我获得了一份慷慨的邀约——对方请我到他们的实验室去工作一个月，让我和妻子一起去。他们的研究课题和我的研究课题一样：如何用数字模拟的方法识别视觉影像。我们在办出国手续时没有遇到任何问题，因为在此之前，我几乎走遍了所有的社会主义国家。尼娜和外国文学编辑部的同事一起去过一次英国——早在二十世纪七十年代末，她就离开了学校，在一家出版社工作，负责编辑英语教科书。另外，我在实验室的研究课题是开放性的。虽然我们的课题可以应用于军事领域，比如说火箭探测，但是我们并不具体做这种事——实验室里自有专家。问题在于，我们一旦到了国外，就不会在国内留下人质了，因为列昂卡已经长大成人了，而尼娜的父母都已经去世了——先是她的母亲，半年后是她的继父。她的小妹妹柳布卡早就和丈夫一起住在哈巴罗夫斯克了。她的丈夫是一位火箭技术专家，中校军衔。敖德萨的房子早已不知去向了……即便如此，我们俩也可以一起出国，因为 1986 年就要过去了，自由的时代即将来临。

……我朝卢森堡公园的一个角落走去，看见尼娜坐在大理石做的小圆桌旁……

我们刚回来，列昂卡就宣布结婚了。我们不在国内的这段时间，他一个人在市中心住了一个月——只能这样。

他把未婚妻介绍给了我们。一开始，我并不喜欢她，因为她的眼神很冷酷。虽然她比列昂卡小一岁，但是她显得很成熟。我更喜欢头脑简单的姑娘，即使有点儿放肆无礼也没关系。我觉得，儿子他们这代人当中有很多这样的姑娘。她们狂热地追捧地下音乐厅的摇滚乐，喜欢抽烟，喜欢和朋友们一起喝波尔多葡萄酒……根据年轻时的经验，我认为这样的姑娘是可以理解的。但是，列昂卡对摇滚乐一点儿也不感兴趣。其实，他一直都对年轻人的生活不感兴趣，整天盯着线路图。那时，他刚刚有了自己的电脑——是用废弃的零件组装起来的……伊拉是个不苟言笑的姑娘，个性腼腆，甚至有点儿胆怯。只是，她的眼神很冷酷，像是要把别人放在指定的区域内，仔细地盘算、衡量……

她的父母和我们是完全不同的人。她的父亲在苏联时期当过官，是一名党务工作者，从未与我有过任何交集。她的母亲曾经是共青团的积极分子——我认识她的时候，她是工会的领导，在全城的范围内负责疗养证的审核和管理工作。

尼娜很高兴地接受了未来的儿媳妇和亲家，完全赞成列昂卡的选择。婚礼上，儿媳妇的娘家请来的客人很讨厌：大叔们盛气凌人，婆娘们则又胖又蠢。婆娘们打扮得相当难看，把头发梳得老高。婚礼的贺词和苏联时期流传下来的各种仪式相当庸俗……列昂卡的岳父安排一对新人住进了公寓的单间。买房子的钱是我们付的——列昂卡和伊拉只租住了半年的房子……

他们搬进新家之后不久，有一天，我们去他们那儿做了一回客。我和列昂卡坐在厨房里，谈论国家的变革以及其他感兴趣的话题，比如创业的可能性。我和他都跃跃欲试，想开办自己的公司。尼娜和伊拉待在屋里，好像是在讨论用什么颜色的窗帘，以及把沙发之类的家具放在什么地方……突然，从房间里传来了特别响亮的说话声。我和列昂卡停下来仔细一听，发现屋里已经安静下来了。不一会儿，尼娜走进了厨房，看都不看列昂卡一眼就说“我们得回家了”。我急忙问：“出了什么事？”尼娜耸了耸肩，没有回答。伊拉没有到门厅里来送我们。列昂卡伸过头来，要跟妈妈吻别，妈妈却闪开了。在回家的路上，我想知道到底发生了什么事。尼娜说，到了家之后再说。可是，到了家之后，她还是什么都没说，只是一个人坐在厨房里喝咖啡。我来到厨房里的时候，她擦干眼泪，惊恐地看了我一眼——我已经不太熟悉她的这种眼神了。

“伊拉对你说什么了？”我问，“谁惹你生气了？”

“生气……”尼娜冷笑了一声。我非常了解她的这种冷笑的意思——她这是不打算妥协，拒绝饶恕全世界的人。“生气……不，没什么好生气的。我只是发现，我连儿子都要失去了。他们两个联合起来反对我，可我……算了，跟你说这些有什么用……”

一定是发生了什么事！是儿媳妇触碰了她心中不该触碰的东西吗？到底是什么东西呢？我一直都没有弄清楚，到现在都不清楚。

此后，我们再也没去过他们家。有时候，我会叫列昂卡和伊拉到我家来，可是尼娜却不拿正眼儿看自己的儿媳妇。渐渐地，他们就不再来了。自从我们搬进这座房子……列昂卡和伊拉卖掉单间，住进我们的老屋，尼娜就没见过我们的儿子。每隔一个月或者一个半月，我就会独自一人去看望那对年轻的夫妇……

我感到后背发麻、眼睛很疼，特别想睡一觉。可是，我知道，我只要一躺下，就会翻来覆去睡不着，只能像胎儿一样把两腿蜷向肚子，把这个姿势一直保持到早晨。坐在扶手椅里，我总会有觉得困的时候，至少能睡上三个小时左右。我摆了摆手，不再去想这些了。我给自己倒了比三分之一杯还多的酒，一口气喝了下去，几乎没有品出什么滋味。今天，我已经喝了快一升酒了。我把头向后仰去，闭上眼睛……

无论如何，我都有机会让她消气。她虽然说的话不多，但是态度还算平和，有时候还挺友善。我一直希望她能跟伊拉和列昂卡和解——机会是有的，直到她发现了那串钥匙……

衣服口袋里的手机响了起来。我急忙跳下床，到处寻找，竭力回忆着到底把它放在哪儿了。我摸了摸挂在椅背上的西服，翻开衬里，发现铃声变得更响了。

“喂！”我的声音有点儿哑——长时间地不说话，人的嗓子就会哑，“喂，你好！”

我瞅了一眼从不摘下来的手表——凌晨两点刚过，还不算晚。很久没有人在这个时间给我打电话了。大家都知道我睡得比较早，很在乎睡眠质量。这么说，是发生了什么事……

“索尔特，吓着你了吗？”话筒里传来了基列耶夫的傻笑声。听得出来，他已经喝醉了。他是从一个闹哄哄的地方打来的电话，有很多女人在大声说话，音乐声震耳欲聋。“吵醒你了吧，索尔特！听着，我正跟年轻人一起喝酒呢！知道吗，我刚在家里吵了一架！那个臭娘儿们真让人受不了！瞧，我溜出来了，在‘黄金宫’①。他们在玩轮盘赌，输了不少钱。我和姑娘们在一起……姑娘们，再来一个老头儿怎么样？可以？好的！她们说‘可以’。来吧，索尔特，开车来吧！最好把司机也叫上，不然可就没法儿好好喝酒了。来吧，啊？晚上，开车半个小时就能到。怎么样，跟年轻人一起乐一乐，聊一聊人生……”

有那么一会儿，我还真的有点儿想去——反正也睡不着了。可是，我突然感到很疲惫，于是叫醒了根纳，穿上了衣服……

“你跟谁在一起呢？”我问。

“老家伙们！全是好兄弟！”伊戈尔叫道。他喝醉时总是喜欢大喊大叫。“知道谁跟我们在一起吗？是罗姆卡·爱波斯坦！来吧，我们就在这儿跟他谈判！我们就要获得自由了！想想吧，我们快要退休了，老家伙！”

原来，基列耶夫和罗姆卡·爱波斯坦是在“黄金宫”喝的酒。据我

① 莫斯科的大型娱乐中心。

所知，罗姆卡滴酒不沾，而且不赌博……这个老傻瓜准是当着大家的面胡扯公司里的事了。我想知道还有谁在那儿——很有可能，我们的韦罗奇卡·阿列克谢耶娃也跟他们在一起。大家都知道，她酒量很大，没有哪个男人能比得上她。干喝不醉……这可不妙。

“我不去!”我冲着话筒，尽可能斩钉截铁地说，希望能让这个老醉鬼清醒过来，“我劝你赶紧离开那儿！听见了吗，伊戈尔?！别再乱说话了，回家去吧！到了家，喝一杯水醒醒酒，喝完了就睡，听见了吗?”

“我吓尿了，索尔特……”他对着话筒深深地叹了口气，接着是吞云吐雾的声音——我知道，他在喝酒，“吓尿了……有什么好怕的，米什卡？来吧，什么事都别管了，全交给年轻人吧！咱们俩在临死前好好休息休息……你最好来……”

他把话说到一半，就挂断了电话。

我一直不喜欢在女人面前说脏话，尽管那种地方的女人都是……这个伊戈尔，竟然在年轻人面前出风头……

这时，我感到仅存的一点儿精力就要耗尽了。于是，我连衣服都没有脱，就倒在了被子上，脑子里很乱。奇怪的是，我发现自己快要睡着了。

也许伊戈尔说的对，让所有的事情都见鬼去吧！我拿着他们给的钱，锁上房门，跟尼娜到布拉格去了。那儿什么都有……要么去德国，比方说巴伐利亚——在南方，气候好，很暖和，到处都是青枝绿叶。我们可以在湖边买座漂亮的小房子，整天坐在阳台上欣赏过往的游客……偶尔，我们也可以去伦敦逛逛……或者去澳大利亚……

我突然觉得很困，于是便使出最后的力气爬进了被窝。我立刻就做了个噩梦，梦见鲁斯塔姆把脸向我凑了过来。他的呼吸散发着一股生肉的味道，可能他是有胃病吧。这时，我发现那个人不是鲁斯塔姆，而是叶尼卡——脸发黄，耳朵上贴着橡皮膏，以盖住皮肤上的伤口。他们可真厉害，能把炸碎的肉片重新粘在一起。“我能做些什么呢?”我对叶尼卡说。我在梦中大喊大叫，什么也做不了。“我要走了，去澳大利亚。叶尼卡，走吧!”“好啊，走吧!”他表示同意，“只是，别去澳大利亚。你不能去澳大利亚，这你是知道的。”我同意他的说法。叶尼卡笑了，没有抬起他那已经发黑了的有些塌陷的眼皮。在举行葬礼之前的三天里，他的变化很大。“好吧，我不去澳大利亚了。”我说。接着，我对尼娜说“我没有必要去那儿，尼娜”，并且一遍一遍地重复着。可是，她一句话也没有说。我发现，她的金色发丝里没有掺杂一根白头发，这可真好！我想，问题全都解决了。她甚至都不用涂脂抹粉了！“我们现在就到第十六站的海滩上去，那儿的一切都是我们的。”“你疯了!”尼娜说，“这儿可不是敖德萨！难道你忘了吗?”

早上，根纳告诉我，说我在睡梦中大喊大叫，屋子里的人都听见了。他想叫醒我的时候，我已经停止了叫喊。尼娜在喝咖啡。她看着杯子的深处，好像在找什么东西。当然，她也听到了我的叫声，因为她的房间就在隔壁。可是，她永远都不会告诉我，我都喊了些什么。

第五章　公司

我特别讨厌人工大理石。现在，所有地方都用大理石铺装，包括高档商店门口的台阶和很多像我们这样的公司门口的台阶。这些台阶很滑，所以只要鞋底一湿就站不稳当，就像踩在刚刚解冻的冰面上一样。人们只能抓紧栏杆（如果有栏杆的话），傻乎乎地弯着腰——有些人干脆就摔倒了。不仅如此，那些讨厌的灰白色石板本身就让我感到很生气。走到楼里，只要墙上也铺着大理石，我就会感到恶心、头晕……我跟穆罕默德说了很多次。他是个身材瘦削、穿戴时髦、性情温和的小伙子，负责公司的行政事务。可是，我怎么也想不起来他姓什么了。大家都知道，他是鲁斯塔姆的亲戚，所以都对他毕恭毕敬——这与他的职务和年龄并不相称。我跟他说了很多次，得把台阶重修一下。他总是热忱地看着我，认真地点点头说："明天我们就办，米哈伊尔·列昂尼多维奇。"可是，一切都还是老样子。

我登上可恶的台阶，走进了办公大楼。根纳照例跟在我身后，在我的右侧。电梯里很憋闷，有股浓浓的香水味。我的脸映在黑漆漆的镜子里，表情僵硬，很不自然。为什么这种表情总是挂在我的脸上，什么事都不做的时候也是这样呢？办公室里也很憋闷，始终有股烟味，就算夏天开着空调也没法儿把这股烟味吹走。现在，屋里的小窗开着，于是这种烟味中就掺杂了一些飘浮在湿冷空气中的汽车尾气味——我办公室的窗户正对着大街，街上总是挤满了汽车。

叶卡捷琳娜·维克托罗夫娜把信件拿过来，收起了我的大衣，然后就退出了办公室。这会儿，她肯定没在自己的座位上。她应该是带着无线话机（为了帮我接转电话）去了鲁斯塔姆的接待室。他的女秘书萝扎·马拉多夫娜（她有个体面的称呼叫“助理”）就在那个接待室工作。萝扎是叶卡捷琳娜·维克托罗夫娜的密友，也是我见过的人当中最狡猾的一个。在上司处理文件的这一个半小时里，她们俩一定在窃窃私语，对公司里的大事小情“嚼舌根”，谈论她们比别人知道得多的那些事——至少比我知道的多。

我浏览了一遍信件，发现全是些没用的东西。最近，他们总是把这种事甩给我。事实上，鲁斯塔姆已经或多或少地夺走了我的一部分主要管理权，虽然表面上我还是董事会成员兼公司副总经理。最近半年，我只负责审阅各种请求赞助的材料，解决外省各部门遇到的小麻烦。我会在公司内部担任一些不起眼儿的职务，不会高于部门副经理……

基列耶夫打来内线电话，问我在不在，说他马上就过来。我们俩更愿意在我的办公室里讨论私事，因为他的秘书总是明目张胆地偷听，比我的秘书还嚣张，而且还把听来的话到处散播。我没法儿揭穿她，也不能换掉她，因为她是穆罕默德任命的，而他当然会两手一摊：“我会尽力的，伊戈尔·伊万诺维奇。可是，您知道，合适的人不好找啊……”

伊戈尔的样子很狼狈，脸比平时还肿，鼻子似乎变得更长、更红了，身上的衬衫好像从昨天起就没有换过。他扑通一声倒在我桌前的扶手椅上，默默地指了指酒柜。我拿出了一瓶没开封的酒——原来的那个空酒瓶不见了，这说明我的那位认真负责的女秘书叶卡捷琳娜·维克托罗夫娜已经向萝扎汇报过了，说昨天两个老酒鬼又在大白天吃吃喝喝。我随手锁上房门，然后给伊戈尔倒了一点儿酒。伊戈尔把酒喝下去，呛了一口，从眼睛里涌出了泪水。他竭力抑制住想要呕吐的冲动，张着嘴喘了好半天气才恢复了正常。

“怎么样，昨天晚上玩得很开心吧！”我话中带刺。我并不同情伊戈尔，因为他那鲁莽可笑的做法对我们俩很不利。我也和他一样，被那些意志坚强的孩子当成了愚蠢而可怜的老头子。“马林娜说什么了吗？”

基列耶夫快三十岁了才结婚。马林娜年纪跟我们差不多，但是在我看来，她显得很老。她长得有点儿像舞台剧或者电影里上了岁数的阔太太：鼻梁突出，嘴角下垂，头发蓬松，身体健壮。大概是为了让自己的形象更加完美，她还戴了一副像夹鼻镜似的小眼镜。她在报社当了一辈子校对员。大概在十年前，在基列耶夫的劝说下，她放弃了这份工作。当时，他一个小时赚的钱相当于她一个月的收入。现在，她也到了退休的年龄……三十多年前，伊戈尔的日子过得相当幸福。依我看，现在他仍然很幸福。和我谈起她的时候，他总是叫她“油锯”（他傻乎乎地认为，别的男人都把自己的妻子叫作“爱吵架的巫婆”）。可是，他在家里叫她“马什卡”，从这个名字里就能感觉到他的柔情蜜意。这个土老帽儿常常像刚认识她的时候那样惊讶地说：“这么个了不起的女人怎么会嫁给我这个大傻瓜呢？”

“早上打了一场斯大林格勒战役，”他叹了口气，“可是我并没有交出巴甫洛夫大楼①……不管怎么说，我还有权偶尔跟同事们一起开心一下吧！这对于维持合作关系是很重要的嘛……”

“傻瓜！”我把拿着酒杯的手向他伸了过去，像是要和他碰杯，然后喝了一口酒，“干吗要找他喝酒呢？他们不怀好意，你却在赌场里胡说

① 一座四层的居民楼，位于斯大林格勒的列宁广场。在斯大林格勒保卫战中，苏联红军曾连续五十八天坚守这座大楼。历史学家认为，在这次防御战斗中，上士巴甫洛夫率领的队伍功不可没，这座楼因此而得名。此后，巴甫洛夫大楼成了百折不挠、英勇无畏的象征。

八道了一个晚上……你都跟罗姆卡说了些什么，还记不记得了？”

伊戈尔没有回答，只是叹了口气，用忧郁的眼神看着酒瓶。我又给他倒上了酒。现在，为了真正起到醒酒的作用，得赶紧把威士忌放到柜子里去。伊戈尔闷闷不乐地目送着酒瓶，高高地扬起厚底酒杯，咽下了杯中酒。他的喉结动了动，一副自我陶醉的样子。我知道他现在会有什么感觉。他的内脏器官会慢慢地活跃起来，恢复到近乎正常的状态，从而不再发冷，身体会越来越舒服。可是，到了下午，这种感觉消失的时候，他又会觉得十分慵懒、非常难受。到了那个时候，就不能再喝了，否则就会过量……

“我什么也没说。我只是一时糊涂，和姑娘们一起喝点儿香槟酒，开开玩笑……你今天忙不忙？”他问，尽管他非常清楚，我早就没有什么可忙的了。

“你呢？”我反问他。我们俩忧郁地笑了笑。我知道，他也几乎被剥夺了管理权，现在生产上的事由施密特掌控，而与地方检察机关有关的事，一直是托利亚·彼得罗夫在忙。他擅长以严厉而冷淡的态度制服那些“总想对公司进行例行检查，否则就立马翻脸”的当地官员。“当一个没有公文包的部长很无聊吧，啊？”

“一点儿也不无聊！”伊戈尔的脸上露出了愚蠢而顽固的表情，“这呆子想把咱们晾在一边！就让他晾吧，反正他也害怕咱们，因为咱们手上有王牌……他拿咱们没办法。时代不同了，国有国法，不可能让强盗为所欲为……”

“昨天你可是另一套说辞！”这位总也长不大的朋友激怒了我——他还是那么饶舌。以前，我们倒卖格鲁吉亚套头衫的时候，他就喜欢制造生活舒适的假象，以此来掩饰对现实的恐惧，“你没有必要说鲁斯塔姆是个呆子——隔墙有耳，知道吗？现在科技这么发达……”

我指了指天棚——火灾信号传感器在那里支棱着。伊戈尔真的害怕了！

“那不是防火用的吗？”他说话时降低了声调，“你真的认为他们在偷听吗？”

“可能是防火用的，”我故意折磨他，“也可能不只是用来防火……”

“听着，咱们离开这儿吧！见鬼！”他坚定地说，“反正也无事可做……说到底，咱们有必要向别人请示汇报吗？就让他们干着急，瞎猜去吧！不知道咱们到底找哪帮兄弟商议对策去了……”

“你忘了吗？三点钟，咱们得开会，讨论北方地区的形势。那儿的情况不太好，天气太冷，交通不便，替班的人无法到达。至于你……”我煞有介事地拿起文件，转过身去看着电脑。今天，伊戈尔比平时更让我生气。“我要是你，就去做好开会的准备。”

他站起来，在门口徘徊了一小会儿，好像是意识到我们的谈话已经结束了，只好悄悄地走了。我立刻觉得他很可怜。不过，他确实得准备一下，跟鲁斯塔姆好好谈一谈。

外间屋里好像有动静，看来秘书已经回来了。我按下按钮，对着麦克风一字一顿地说道：

“请拿杯咖啡来，叶卡捷琳娜·维克托罗夫娜！”

过了一会儿，她端着托盘走了进来。托盘上有一杯茶和一小罐饼干。她换上一个干净的烟灰缸，便出去了。我想知道，我们的谈话内容，她听见了多少。伊戈尔骂鲁斯塔姆是呆子的时候，她已经从萝扎那儿回来了，还是在那以后回来的呢？

显然，所有的信件都是没用的垃圾。

一个闻所未闻的基金会想让我们在为战争遗孤举办的慈善晚会上捐款，条件是在电视和大街上给我们公司做广告，提议见面详谈。我们公司根本就不需要做广告，而那些捐款，有百分之七十会被他们骗去……我看了看电脑——没错，这是他们的第三封来信。以前，他们曾经建议我们参与西伯利亚地区（我们公司在这个地区有业务）的竞选活动，创办一种娱乐性周刊，内容与克里姆林宫有关。显然，他们认为这对我们很有利。这三封信上标注的机构名称不同，分别是基金会、社会联合体和出版社，可是董事长、主席、总经理等的署名却是同一个人。不知道他们是太天真，还是太无赖……最后一封信像从前一样，又以电子邮件的形式发送了一遍。真不明白他们为什么要这样做，白痴！就是这封……我不会回信的。一旦跟这种人扯上了关系，就永远也摆脱不了。

这是什么？是一封工贸委员会的会议邀请函，本来是寄给鲁斯塔姆的，可他却转交给了我，还附了一条批示："送萨尔特科夫·米·列先生。请考虑一下是否应该参加这个会议！如有必要，请你自行前往。"对于一个毕业于煤矿技术学校的、在奥尔忠尼启则市土生土长的人来说，他书写得很规范，真令人感到惊讶！可是，他从来都不用现代公文中的正式称谓，反而会用区委会惯用的人称"你"。他不想去开这个会，因为这是一个只对委员会的高层有用的空谈会，一开就是好几个小时。会议的内容无非就是说一说在下一次选举之前应该采取什么行动，以及选择什么样的时机将大型商务组织投出的支持票高价卖给某位候选人……紧接着，就是宴会了。大家三三两两地聚在一起，谈论各自关心的事情……

我直接拨通了鲁斯塔姆的电话。

"你好，米哈伊尔·列昂尼多维奇！"他那带着温柔和敬意的与名字和父称连用的"你"①，再次让我领教了他那根深蒂固的苏维埃式的老派作风。

"鲁斯塔姆，我不想去开会。"我没有向他问好，甚至不想去保持最起码的礼节，"那种会议毫无用处，全是夸夸其谈。"

他把话听完，沉默了几秒钟。我的话就像被撂在了半空中，这使我

① 俄罗斯人通常把名字和父称与"您"连用，表示尊敬。

感到有些紧张——这家伙的阅历真够丰富的！

“哦，你看着办吧！”他终于开了腔，语气相当冷漠，“我要是有时间，就自己去了。公司里没人去参会不太好，其他公司的人都去。”

他擅长赋予最简单的话以多重含义，这一点真值得佩服。比如说，他没有时间，而我有，这就等于提醒我，我很少参与对公司日常事务的管理工作。

见鬼，我懒得跟他争论！去开那种会，只会浪费半天的时间，还得再受到一次侮辱。在宴会上，根本就不会有人跟我谈公事，因为很多人（即使不是所有人）都已经知道了我在公司里的实际地位——我会像个外人一样站在角落里。直到宴会快要结束的时候，才会有某个像我一样的老家伙走过来跟我碰杯，回忆当年之勇……“好吧，我去！”我用令人厌恶的恭顺语气说道，就像一名司机，明明是负责开车的，却被人派去买雪茄了。说完，我挂断了电话。

这些信件里有一个奇怪的信封，显然不是公函，而是一封来自美国的私人信件。回信的地址我不太清楚——是个从未听说过的美国乡村，在新泽西州。写信人的姓名也很令人费解——别尔科维奇太太。我从来都不认识什么别尔科维奇太太……不过，我们公司的地址写得很对，是用标准的俄语写的，显然是出自俄罗斯人之手——前面是“RUSSIA”，后面是“俄罗斯，莫斯科”。接下来，地址都是按照俄语的顺序写的，而不是从姓名开始。我撕开信封，打开信纸，发现信纸的正反两面写满了大大的旧式俄文。我一直读到第一页的最后一行才弄明白是谁找到了我：

你好，米什卡！收到这封信时，你一定很惊讶。我不知道你是否还记得我丈夫的姓——你好像不记得了。是啊，出发前，我给你打电话的时候，你甚至都没问我要跟谁一起走。我作为一个纯粹的俄罗斯女人，怎样才能到以色列去呢？你当时无暇顾及这个。也许你还担心，我会再次以爱情的名义闯入你的生活，不愿意分手。你的担心是多余的，因为事情已经过去了。现在，我一想起我们的青春时光，想起我们在一起的那三四个月，就觉得很快活——事实上，真的很好。最初，我们的确去了以色列，在那儿生活了十二年。两个儿子都是在那儿长大的，都是在苏联出生的，他们相差一岁。现在，我跟大儿子米什卡和他的孩子住在一起。我有三个孙女，其中两个是米什卡的孩子，一个是小儿子肖姆卡的孩子。我死去的丈夫格里沙为了纪念他的父亲，给儿子起了这个名字。孙女们长得都很像我，也是亚洲人的模样。格里沙曾在以色列的一家大型国有公司工作，是一名优秀的化学工程师。我没上班，偶尔为以色列的俄罗斯报纸做些英文翻译工作。那儿不需要专职译员，因为人人都懂英语。我们把儿子送到美国读书，他们就留了下来，入了美国国籍。两个儿子的工作都很好，都从事 PC 业务。我不知道你们那儿管这个叫什么——“个人计算机”吗？后来，格里沙病了，得了胃癌。刚开始，他在以色列治疗——那儿的医疗水平很高。后来，我们发现他已经病入膏肓了，便决定来儿子家，让他见见孩子们。我们到了这儿以后，发现他的病情发展得很快。他去世之后，我留下来了，在这儿生活了十年。我得了糖尿病，其他还好。现在，你大概已经认不出那个丹娘了。当时，你总是跑到科捷利尼基沿岸大街上去见她……

我读着信，惊讶地发现，我除了对一种我并不熟悉的生活略感兴趣以外，没有任何感觉。这种生活来自于遥远的异国他乡，有痛苦，也有宁静和欢乐。眼下，它正在美国的一个偏僻的地方消亡，而我却读着一个陌生老太婆愚蠢的来信，什么感觉都没有。我把信放下，试着去回忆丹娘的脸。可是，回忆的画面却没有出现。我记得，她有一双乌黑、细长的眼睛，可是我却无法看见它们。我试着想象那个拉着窗帘的房间和宽阔的大床上被揉皱的床单，以及她那发黄的皮肤和弯曲的身体……然而，我却无法在流逝的岁月中看清楚任何东西。过去的场景没有出现，记忆只是把刚刚形成的印象塞到了平淡无味的言语叙述之中。

我的女友——我是在这儿跟她认识的——有个儿子。他的生意跟俄罗斯有关。一个偶然的机会，我到他家做客时，他说他去过莫斯科，还提到了你的姓。他做生意时跟你的公司有过联系。我很吃惊，问起了你的名字——全都对上号了。我并不感到惊讶，因为我知道，在你们国家的新形势下，你是一定会有所作为的。当时（四十年前），你就是个精力充沛的年轻人。我记得，你和你的朋友总是买来一些东西又卖掉。你们经常坐在我的厨房里聊天、喝酒。他们怎么样了？有一个小伙子很可笑，胖胖的，红鼻头。还有一个小伙子长得很漂亮，我记不住他的名字了。于是，我向这个男孩儿——我女友的儿子——要了你的地址。他有你的名片，名片上用英文写着你的职务“Vice President”，这是真的吗？有时间的话，写信给我吧，说说你的情况。我还记得我们以前的事——只有开心，没有任何委屈。

你的老相识丹娘

附言：你还跟原来的妻子在一起吗？她还是那么漂亮，像你常常提起的那样吗？你们有几个孩子？我太啰嗦了，真对不起！这只是一个老太婆的好奇心在作怪！

我读完了信，不再试图回忆丹娘的模样，以及那半明半暗的房间和科捷利尼基沿岸大街上的大厦了。它还在吗？……我已经顾不上想这些了，因为在读到“四十年前”这几个字时，我突然感到了一阵恐惧。真可怕！四十年，几乎是一辈子啊！没错，尼娜那时还怀着列昂卡。现在，列昂卡已经三十九岁了。真可怕！人生苦短，我们老了，全都老了！可是，丹娘还是对我的妻子是不是真的漂亮感兴趣。在世界的另一端，有三个孙女的老奶奶内心依然被嫉妒折磨着——就像一颗没有治愈的牙齿，还在隐隐作痛，以至于为了附言中的一句话——为了得到一个问题的答案而给某人写了这么一封长信。然而，她很有可能已经想不起这个人的脸了，就像我想不起她的脸一样。

我站在窗边，看着楼下堵在十字路口的汽车，点燃了一根香烟。生活就要到达尽头了，激情已经不再有任何意义了。然而，它仍然在燃烧，不肯熄灭，就像烟灰缸里没能用力压灭的烟头一样，升起了刺鼻的青烟，向四周散发着难闻的气味……

我吸完烟，回到办公桌前，把烟头在烟灰缸里压成了碎末。然后，我把信装进信封，撕成了碎片，连叶卡捷琳娜·维克托罗夫娜都没有办法将它复原。我感到自己的行为极富戏剧性，却因为没有观众而原谅了自己。

离三点钟还有半个小时，应该吃点儿东西。可是，我不想去公司的餐厅，虽然那儿有为公司领导特设的单间，还有服务员把食物端上来。迷人的韦罗奇卡女士一定会坐在那儿，大概已经喝完了咖啡，守着空杯子（有时，她会不小心把烟灰掉到她那时髦的裙子上），跟瓦列拉·古利克维奇或者一贯不爱说话的托利亚·彼得罗夫聊些鸡毛蒜皮的小事（有可能提到她从古董店里新买的一张小桌子）。就算没有这张桌子，她那尽善尽美的豪宅也已经相当讲究了。事实上，她是在教育年轻人，在给他们洗脑。我得过去打声招呼，而韦罗奇卡则会请我坐在旁边……见鬼！这半个小时，最好让我一个人安安静静地待着，不跟他们搅和在一起。秘书把托盘（除了饼干，托盘上还有一小碟三明治，整齐地抹着我喜欢吃的“卡门贝”浓乳酪——叶卡捷琳娜·维克托罗夫娜的确是个好秘书）放到桌上的时候，我请她再来杯咖啡。秘书出去了，我锁上了房门，然后倒了半杯草黄色的“格兰威特”威士忌。我根本就没有去管酒瓶里的酒下得有多快，就这样心满意足地开始了一个野蛮人孤独的午餐。

今天，我的心脏没有下沉，没有折磨我——我都把它给忘了。

我有半个小时的快乐时光，不去想未来，也不去想过去。

过去什么都没有——没有来信，没有丹娘，也没有生活。没有的东西就不会结束，所以不必去想念。

董事们召开会议的圆形房间在又矮又宽的塔式楼房里（塔楼盖在办公楼顶部的一个角落里）。我不知道鲁斯塔姆和他的穆罕默德是怎么说服建筑管理部门批准建造了这么个糟糕的建筑的——在革命前盖成的房子上附加这么个耗资不菲的大楼，简直是荒唐。

在五分钟之内，大家陆续来到了这里。萝扎·马拉多夫娜和一个在她那儿当助手的姑娘为大家拿来了茶和咖啡。在鲁斯塔姆的面前放着他那只特殊的茶杯。按照一位时髦医生的嘱咐（现在，所有人都请这位医生治病），他得喝一种草药溶液。我谢绝了咖啡和茶，把烟灰缸挪过来，点上了第一根烟。开会期间（这会估计得开一个半小时），我大概能抽五支……我一边抽烟，一边装出一副观察会议室的样子——观察那些在会议桌周围落座的人。桌子中央有一个专门的洞，镶嵌在洞内的大陶瓷盆里长满了五颜六色的小花。不知为什么，这些花让我感到特别生气，不过我承认，它们看上去挺漂亮。

坐在我对面的是瓦列拉·古利克维奇。他坐得离桌子稍微远一些，穿着紧身牛仔裤，把一条腿搭在了另一条腿上（不是像我们那样跷着二郎腿，而是把小腿放在了膝盖上）。这些年轻人是什么时候学会这种美式坐法的呢？话又说回来了，有时候我也会这样坐……紧挨着古利克维奇的是加里克·施密特——一个肥胖的年轻人。虽然他的姓有点儿像施托尔兹，但他长得却很像奥勃洛莫夫①（也有一张乍看上去显得忠厚老实的圆脸）。不过，他没有奥勃洛莫夫那样的眼神（只有那种坚定、冷漠的眼神）——胖人都有一双凶恶的眼睛……加里克总是穿着高档的西装（大概是意大利裁缝做的吧）。不过，这身衣服包裹在他那大腹便便的身躯上，可真不怎么样。加里克的西装里面不是衬衫配领带，而是一件轻薄的黑色高领毛衣——这种穿法很时髦。可是，这件毛衣配上他的短脖子，却显得相当难看。鲁斯塔姆的旁边是罗姆卡·爱波斯坦。他的穿戴非常精致，简直无懈可击——蓝色西服、白领的蓝色衬衫、柠檬黄色的领带。坐好了之后，他就把公文夹、电子记事本、雪茄和打火机摊在了自己面前。他脸上的时髦短髭是铜锈色的。他的头发剃得很短（不比他的短髭长多少），也散发着漂亮的火红色光芒。他那小小的长方形玻璃眼镜的镜片闪闪发光。总而言之，他整个人都好像被光照着似的——莫斯科主要街道上的高楼大厦就是这样光芒四射、通体明亮。他是俄罗斯顶级年轻经理人的理想样板，尽管留着短髭，但却仍然很像一名优秀的学生和参加奥林匹克数学竞赛的英雄人物。但是，这对他的光辉形象没有丝毫的损害。我看着他，心想，把我从生活中排挤出去的不是鲁斯塔姆，而是罗姆卡这样的人。他们没有加入过共青团，也没有经历过曾经的苏联。除了现在的生活以外，他们根本就不了解其他的社会

---

① 长篇小说《奥勃洛莫夫》的主人公。《奥勃洛莫夫》是俄国杰出的现实主义作家伊万·冈察洛夫创作的，塑造了奥勃洛莫夫这个正直、善良却无所事事的“多余人”的形象。

现实。因此，他们会拒绝去适应它。其实，他们本身就是这种现实……坐在爱波斯坦和彼得罗夫之间的是韦罗奇卡·阿列克谢耶娃。她挺直了腰背，保持着在健身俱乐部里的姿势。今天，她穿了一件让人大跌眼镜的压线棉袄，看上去像个无业游民。不过，这件难看的衣服一定很贵（我猜，怎么也不会低于一千五百美元）。而且，这件衣服不是在莫斯科斯托列什尼科夫胡同的商店里买的，就是在圣奥诺雷大街①买的。韦罗奇卡不停地吸着烟，整个人都被烟雾围绕着。她脸上的表情很严肃，显然是在思考公司的业务。如果有人问我，这个世界上我最怕的人是谁，那么我一定会毫不迟疑地说是韦罗奇卡·阿列克谢耶娃。她表面上满脸堆笑，跟人亲密无间……一旦感到对自己有威胁，就会把别人一脚踢开，毁尸灭迹。这位是托利亚·彼得罗夫——个子不高，一头黑发梳得油光锃亮，长着一张标致的男人脸。尽管他才三十来岁，但你却无论如何都不可能认为他是个年轻人。此时，他正在专心致志地阅读面前的两摞文件。迅速地看完一页文件之后，他就会把它从右手边挪到左手边——待会儿他要作报告。托利亚一身灰色打扮：灰色衬衫、灰色领带、体面的深灰色西装。现在，大家都喜欢这么穿。可是，这套衣服穿在他身上，却看不出有多时髦，倒像是一件工作服。想要跟他交流，几乎是不可能的——他从来都不主动和别人说话。有人提问的时候，他总是回答得声音很轻、很简短。他很少在公司的走廊里停留，总是走得很快，对迎面走来的人视而不见。回应别人的问候时，他总是用轻得几乎让人无法听见的“您好”。我想，如果他西服袖子的布料突然被撑破了，他的皮肤和深红色的肌肉裂开了，那么一定会露出里面的钢筋铁骨……听说，外省的那些当官的特别怕他，管他叫“晨昏线”……在我的旁边坐着基列耶夫。为了开会，他特意穿上了西服，只是领带没有拉紧。他

---

① 巴黎的时尚购物街。

就这样傻乎乎地来了，像日里诺夫斯基[1]似的。我们俩总是坐在一起。伊戈尔说，这样一来，我们俩就结成了“没落二人组”。

我试着从旁人（例如，韦罗奇卡）的角度打量自己，穿戴还算体面……但是，在一个三四十岁的现代人看来，大概是过于用心打扮了。好吧，还说得过去，因为鲁斯塔姆也穿得像布里奥尼[2]广告里的人物一样。可是，这张脸上总是一副生气的表情，对整个世界感到气愤，并且蔑视它（我知道，这种表情始终挂在我的脸上）。从他那下垂的嘴角和滑稽的面孔可以看出，他很痛苦……这可不好。我又抽了一支烟，感觉到自己的脸舒展开来，变得毫无表情、十分平静。抽烟、喝酒、阅读——总之，只要做点儿什么，我的脸就会舒展开来。

我没有去听彼得罗夫的发言。他干吗要读一遍自己的报告呢？真是莫名其妙！这份报告已经通过局域网发给董事会成员了，大家可以在自己的电脑上阅读。现在，完全可以开始讨论了。可是，公司里的人喜欢陈旧的苏联式程序。老实说，有国际风范的鲁斯塔姆根本不知道还有别的程序。确切地说，他即使知道也不能接受。那些年轻人已经习惯了这些愚蠢的惯例，会将它们保持下去。看来，区委会永远也不会消亡。因此，我们的会议总是没完没了。所有人的发言都从大家认为正确的话开始，只是不再提“党和政府的决定”了，而是谦恭地提到了“公司的利益”。因此，所有人都显得很感兴趣、十分专注，听着一大早就阅读过的文件。

我在思考这些三四十岁的人和我三四十岁的时候有什么不同。首先，他们酒喝得比较少，有些人根本就不喝。这是可以理解的，因为他们没有时间喝酒。他们得处理实实在在的业务——要想赚来实实在在的

---

① 俄罗斯自由民主党的创始人。

② 意大利的奢华男装品牌。

金钱，就得去处理实实在在的业务。有谁会放弃这种生活，跑去喝得烂醉，然后失去理智，拎着酒瓶说起来没完没了呢……其次，据我判断，他们对女人根本就不感兴趣。我不知道他们当中有谁像我们这代人一样，经历过浪漫的爱情、痛苦的偷欢、艰难的离异。这些人似乎只满足于观看杂志上和视频中的裸体女郎，而在现实生活中则会跟一半是模特、一半是妓女的人鬼混。他们会在夜总会或者以举办沙龙的名义开办的妓院中喝上一升左右的啤酒，半夜才回家，跟家人在一起……所有人都结了婚，全都有两个或三个孩子，而我们年轻时只生一个孩子，勉强抚养长大……唯一与我们相同的弱点是，所有人都抽烟，而且抽得很多。除了鲁斯塔姆以外——他早就改掉了所有恶习，不愧为“我们的钢铁战士”——每个人面前都有一盒“议会之光”。最近几年，我也抽“议会之光”牌香烟，而我在他们这么大的时候，抽的是味道比较重的“党烟”或者“航程”……所有人都说一口流利的英语，就连鲁斯塔姆都说得相当不错，而且能毫不费力地看懂英文——真不知道他是怎么学会的！我虽然在上大学时英语成绩优秀，但是在他们面前根本张不开嘴……伊戈尔连用英语问路都不会，他可是在大学里学过英语的。不，他在“煤油学院”学的好像是德语，可他根本就不懂德语……

会议进行到了讨论报告的紧张阶段。加里克在发言时提出了相当详尽的解决办法。罗姆卡建议遵照西方国家有关生产组织的处理原则，用更现代化的方式解决问题。当然，他的发言是冲着鲁斯塔姆一个人说的。韦罗奇卡特别精准而理性地提出了意见。现在发言的是伊戈尔。毫无疑问，他的话说得含混不清、啰里啰唆。可是，我听得出来，他的提议相当有道理——一旦听取了他的意见，就会大大地减少支出。鲁斯塔姆饶有兴致地看着伊戈尔——公司里的人只对我和基列耶夫称呼名字和父称，就连鲁斯塔姆，大家都只叫他的名字——就像在听一个孩子的讲话……

轮到我发言了。我耸了耸肩，好让大家明白，我没有什么好补充的。不过，我还是说出了与前面的内容大同小异的话："托利亚说得很到位。考虑到伊戈尔、加里克和罗姆卡的观点……当然，韦罗奇卡的意见也很重要……那么，就应该在这两天之内尽快采取措施，不要再开会讨论了。"

我的发言很简短。鲁斯塔姆始终垂着眼睑，翻阅着他面前的一本黑色封皮的厚笔记本。我觉得他害怕与我四目相对，大概是不想让我从他的眼睛里看出他是怎么看我的：就是这个愚蠢的老家伙，固执地挡着他的道。那是一条康庄大道，前面一个人也没有，已经能够看见地平线上的既定目标了。可是，这个老家伙却横在路上，不愿意退出……

"就这么定了！托利亚，把大家的意见集中一下！后天早晨，咱们俩碰个头，把这件事办完。"鲁斯塔姆用一句话作了总结，似乎对这件事不太感兴趣。

大家纷纷挪开椅子，站了起来。

"米哈伊尔·列昂尼多维奇，"鲁斯塔姆把身体探过桌子，低声说道。这样一来，在一片嘈杂之中，除了我，大概没人能听见他说的话，"请到我这儿来一下……现在。"

公司里的人都说，他花了十万美元装修办公室和购买办公家具。据我所知，确切的数目是六万美元。我并不心疼这笔钱，因为如果用在诸如市场调研这种毫无意义的事情上，只会花费得更多。我们的生意不需要调研，每桶油的价格都会在报纸上公布。可是，韦罗奇卡一直与西方最有钱的公司保持着联系，还经常去伦敦和法兰克福，一待就是几个月。让那些钱见鬼去吧！我不太喜欢鲁斯塔姆时髦的办公室，装修得像夜总会似的——到处都是金属和玻璃，闪闪发光……估计鲁斯塔姆本人也不太喜欢这种风格。真不知道他的品位为什么会是这样的！他应该更喜欢那种沉重的抛光家具和地毯，就像在州委会第一秘书的办公室里看到的家具一样——那是他唯一的一次以共青团积极分子的身份到那里去。然而，他却尽量赶时髦，让自己去忍受像医疗设备一样的沙发和挂在白色墙壁上的支离破碎的图画，就像忍受黑色的意大利西装和两百美元一条的“七褶”牌领带一样。我倒是认为，他更喜欢穿土耳其的运动裤。

“坐吧！”他指了指扶手椅，“如果想抽烟，就请便吧！”

让我抽烟的建议很有深意，因为他不允许任何人在他的办公室里抽烟，除了外国人。但是，大多数人并不抽烟。鲁斯塔姆也坐在给客人准备的扶手椅上，跟我隔着一张咖啡桌。为了方便我抽烟，他把玻璃桌面上的一只一尘不染的铝合金烟灰缸向我推了过来。

“听着，我有个想法。”他的俄语说得很地道，没有一丁点儿口音，而且几乎从不使用俚语。但是，在这种私人谈话中，他却很喜欢用老百姓的说法。“咱们今天晚上找个地方坐一坐，喝点儿酒，怎么样？咱们很久没有好好地消遣一下了，我都快累疯了。把伙计们都叫上，韦罗奇卡、伊戈尔……你觉得怎么样？”

一个滴酒不沾的人要请我喝酒，听起来很可笑——这不是鲁斯塔姆的风格。然而，在他的言语和行动中找到可笑之处的想法是愚蠢的，因为他从来不做可笑的事。为了考虑一会儿，我开始找烟抽——翻遍了衣服口袋，找到了雪茄和打火机，然后装作没找到，拿起桌上的台式打火机在手里把玩，好像是不明白该怎么用……

显然，他是想在晚上找一个非正式的场合谈一谈要紧的事。最近，我什么重要的事情都不管了。我们要谈的只有这个——让我和伊戈尔退出公司的管理层。那么……按照现在流行的美式说法，他肯定会提出一个“我们无法拒绝的建议”。我如果不去，只会让事情变得更加复杂。问题依然存在——他在行动之前是不会警告的。到那时，我和伊戈尔的处境就会更糟。在完全不知道鲁斯塔姆的王牌是什么的情况下公然与他作对，根本就行不通。我们不会有任何机会！见面商谈的话，至少可以从谈话中捕捉到一些信息。

“去哪儿?”为了拖延时间，我故意问了这么个愚蠢的问题。总之，晚上最好把事情摆到桌面上说，总比接受罗姆卡·爱波斯坦那卑鄙的建议要好。

“普希金饭店，怎么样?”鲁斯塔姆盯着我的眼睛，就像真的在乎我的意见似的，“那地方很体面，没有地痞无赖……”

在这种情况下，见面的地点对我来说没有任何意义。不过，我还是装作要考虑一下。傍晚来临之前，我必须跟基列耶夫谈一谈，提醒他集中精力，聚餐时别喝酒，想好了再说话，最好干脆一句话也别说，虽然他那些荒唐的想法有时候并不荒唐，甚至比经过深思熟虑的想法都管用。“米哈伊尔·列昂尼多维奇，我知道你在想什么。”鲁斯塔姆说道。我心里一惊——他一定是看出我在想对策了。他看着我，眼神十分忧郁。我知道，这是一种无助的眼神，它能引起别人的信任和同情，能让许多像我一样十年来一直没有认清鲁斯塔姆真面目的人认为他是个腼腆、软弱的人。

“到现在为止，你一直在为那件事生气，对吧?我在伦敦做了件傻事。我觉得，伊戈尔也在生气。我能怎么办呢?还想让我再道一次歉吗?也向他道歉，行吗?好啦，大家都是男人，你们应该能理解我……你认为，我会喜欢这种高加索人的性格吗?我能怎么办呢?苦熬了一年，脑子乱了套，得罪了人……好啦，原谅我吧！你还想让我说什么呢?”

我摆了摆手说：“行啦，我早就不生气了！”事实上，我真的没有生气，只是有一些要以牙还牙的意识，好让这些奴才别再撒野。我想让他明白，我并非像他想象的那样容易被人摆布。生鲁斯塔姆的气是一件十分愚蠢的事，就像麻雀生一只偷袭它的猫的气——如果来得及的话，应该尽快飞走。

“好啦……”我站了起来，“就这么定了吧。我现在要去读一读托利亚的报告！我认为伊戈尔说的对——解决问题的办法很简单，应该从军方收购十五辆汽车……他们会低价卖给我们的……运输问题的症结就在这儿。”

“我也是这么想的。”鲁斯塔姆咧开嘴笑了，露出了在瑞士镶的闪闪发光的牙齿，“年轻人总喜欢跟在别人的屁股后面，亦步亦趋……总想看看美国人是怎么干的。如果听他们的话，那就得在每个地区给工人建设一个基地，就像科幻片里的火星基地一样。这样一来，就会产生费用，甚至比美国人花的还要多……好啦，就这样吧！九点出发!”

在回办公室的路上，我去了一趟伊戈尔的接待室。可是，他没在。秘书说，他开完会就走了，去赴一个约会，但是没说跟谁约会。他说如果来得及的话，他晚上八点钟以前回来。真奇怪，他能有什么临时的约会呢？早上，他好像没打算出去，只想着经过昨天晚上的事情之后，该怎样度过今天……

我不想重读一遍彼得罗夫的报告了——事情明摆着，没有必要去读。我倒是想再看看丹娘的来信，可是信已经被我撕了，碎纸片就扔在桌子下面纸篓的最底层。

第六章　钥匙

丹娘打来电话的时候，我根本就没有工夫重温旧梦。

当时，我们的“托巴斯”公司正在全速运转阶段，叶尼卡、伊戈尔和我不分昼夜地工作，忙得不可开交。金钱滚滚而来，让我们大为惊讶。我记得有一回，就连叶尼卡那只用旧了的四角用铁包着的钢板手提箱都装不下我们一天的收入。在去见货币兑换商（大使馆里的一个印度人）之前，我们把一捆捆钞票压实了之后，我得踩住箱盖儿才能锁上箱子。我们从房管处租了个半地下的房间办公。此前，卫生部门的值班人员待在这儿。房间里有几张快要塌掉的破桌子，上面堆满了发往波兰的硝石的货运单。窗外停着一辆辆“欧宝”汽车和长鼻头的“奥迪100”，是刚从荷兰运来的，车身生锈的地方已经重新喷了漆。原来，在这扇小窗的外面是一片儿童活动场地，现在用栅栏围着……

电话铃声响了起来。那部电话机已经摔坏过很多次了，用蓝色的绝缘胶带缠着。我拿起话筒，听到了一个似曾相识的女人的声音，却没能立刻听出来是谁。

“你好，萨尔特科夫!”她又说了一遍，“没听出来吗？我是丹娘……”

我差点儿问她是哪个丹娘，幸好马上就想起来了。不过，我接下来的问话也好不到哪儿去。

“你好!”即使是出于礼貌，我说话时也应该显得高兴一点儿，可是我却没来得及这样做，“你是怎么找到我的?”

“你这个傻瓜！米什卡，以前你就傻，当了三次博士和教授还是这么傻!”她笑了。我仿佛看见了她的脸和她那双瞳孔模糊的乌黑的小眼睛。她一笑，眼睛就会变得更小。我的那只握着话筒的手开始出汗了。“傻瓜，怎么开起公司来了？你以前就爱瞎鼓捣……我找你，是为了和你告别，明白吗？我要走了——再不找你就找不到了。我找了你二十年，以后再也听不见你说的蠢话了……”

“你要去哪儿?”我听不明白她说的话，也不太想听明白。我只想赶紧结束这次通话，因为我觉得这一切——我那只颤抖的手，以及对那个房间的回忆（房间里的床单皱巴巴的）——都来得不是时候。“你住在哪儿？过得怎么样?”

“我不会住在这儿了。”她不再发笑了，我这才松了口气。我知道，我们的谈话就要结束了。“我要远离你们的改革，远离这个是非之地……你并不是真的关心这些年我是怎么过的，对吧？以前你就不关心！好啦，别装了！保重吧，米什卡！你可要当心点儿，每天都有合伙公司的人被杀。好啦，再见吧！还有，你当时怀疑我告发了你们，还记得这件事吗？其实不是这样的！不过，我当时要是有了这个主意的话，可能真的会去告发……那时候，我恨不得让你死。好啦，不说了，就这样吧！我们永远也不会再见了！保重……”

当时，我一个人待在半地下的办公室里——叶尼卡和伊戈尔到管理局和生产协会去了。他们得去说服那些当官的，还得在首批开业的私营酒馆里款待有关部门的大人物。我本该做点儿正事，但却干坐着，在房间里发呆。我想，这不会是最后一通电话，类似的事情很快就会再次发生。

我没有想错（我总是能够有所预见)，这是一种能够突然看见未来的能力。事情就像已经发生了一样，马上就会出现在眼前。然而，这种能力有什么用呢？未来是无法改变的……而我却想要改变它。

我当时就想，必须做好应对突发事件的准备。可是，我很快就忘了这件事。第二天，丹娘的电话在我的脑子里消失了。她说过的话模糊了，她的声音也听不见了……过了一个星期，忙忙碌碌的日子和大量需要处理的麻烦事把所有人类的思想都给排挤掉了……

电话铃声又响了起来——是列娜打来的，我立刻就听出了她的声音。

早在我辞职之前，她就不声不响地从研究所消失了。在此之前的一段时间里，我们很少见面。由于工作需要，聪明的老所长把她调到另一个实验室去了。老所长并不知道我正忙着开公司的事，很快就会主动离职。当时，人们总是尽可能地瞒着这种事，就像得了疾病一样难以启齿。有时候，我和列娜能在走廊里或者食堂门口相遇。可是，我们根本就不看对方的脸，只是互相点点头，默默地擦肩而过。我不知道她有什么感觉——一切都在尼娜的那个眼神中灰飞烟灭了。列娜辞职的事，是我和她的实验室主任聊天时偶然听说的（在谈到大家纷纷离开研究所的时候）。我想，他这是在验证我要离职的传言吧。研究所里没有什么事能瞒得太久——那位主任说起离开研究所的人时，提到了她的名字。没有人知道她辞职以后去了哪里，只知道她带走了她写的书。她也许会像别人那样，在大街上摆摊吧。当时，我们这些教授靠工资都只能勉强度日，更别说底层的科技人员了……

我还是什么感觉都没有，就像我们不曾有过耳鬓厮磨、难舍难分的五年光阴似的。当时，我一心一意地经营公司，跟伊戈尔和叶尼卡一起没日没夜地工作，想尽办法了解对我们来说完全陌生的行当，努力弄清楚它的实质。可是，话又说回来了，当时谁能明白这种事情的实质呢？什么东西需要销出去，什么东西需要运进来……我们立刻就发现，大家一窝蜂似的扑向了旧汽车和废电脑……

现在，她打来了电话，语气十分平和，就像我们的最后一次谈话是在昨天，而不是在一年半之前。“你好，我是列娜！方便讲话吗？”她说她的丈夫终于获得了期待已久的邀请，要出国一年。邀请函是一个搞生物研究的同行发来的。这些年，他们一直在各自的国家研究同一个课题。现在，这个澳大利亚人……

“谁？”我吃惊地打断了她的话。据我所知，澳大利亚从未在任何人的计划中出现过。大家多半会去德国、美国、以色列，而不是去澳大利亚。“你们要去澳大利亚吗？”

“是的。”她平静地说。她要去墨尔本的一所大学，因为她丈夫跟这所大学所属的一个小型科研室签订了一年的合同。将来怎么办？到时候再说！不过，澳大利亚人保证一切都会安排妥当，因为军方可能会对他们的课题感兴趣……

“澳大利亚军方？”我很惊讶，再次傻傻地打断了她的话。我还没有意识到，谈话的内容其实与澳大利亚无关，说的是她要一去不复返了。“那儿怎么会有军方？‘袋鼠军’吗？”

我这个玩笑开得并不高明。她礼貌地笑了一声：“不，不是‘袋鼠军’！那个国家很大，什么都有。我有机会在那所大学找到工作——那儿有个大学生数学小组。一位俄罗斯的资深专家在这个小组的教学工作就要结束了，所以他们有可能安排我当该小组的学监。不管怎么说，我学的是数学专业，并且是俄罗斯人。女儿已经补习了半年英语，有望在一两个月之内适应那里的学校生活。孩子们总能很快地融入语言环境……”

“见个面吧！”我突然冒出了这么一句，“澳大利亚……鬼知道在哪儿！我永远也不会去……”

我当时为什么那么想见她？我们之间的事情已经过去了……我不知

道。也许，我没有想到这样做的后果。就算想到了又能怎么样？……我不知道。

“好的。”她的语气还是那么平静。后来我才知道，她是从女朋友家里打来的电话，说是打给另一个女朋友。“你什么时候方便？”

我的脑子有点儿乱。我看了一下手表——白天就要结束了。晚上，我和一个从切列波韦茨来的小伙子有个重要的约会。

“明天吧。如果你有时间的话，早晨见面。”我一边说，一边盘算着怎样才能腾出一天的时间来。我当然不会跟兄弟们提起这件事情了，只能告诉他们我要去一趟诊所。那时，我的心脏已经出现了早期的症状，有时会突然呼吸困难、浑身冒汗、腿脚发软。我的确想早上去一趟研究院的诊所，找我认识的那位科主任看病，做个心电图……最多也就一个小时，“十一点在‘布匹之家’见面，好吗？”

我下意识地说出了见面地点。以前，我们常常分头从研究所出来，在列宁大街的这家商店附近见面。

“好的。”她的话很简短，“我明天一整天都有空儿。”

这一年半以来，叶尼卡房间的钥匙一直装在我的口袋里。我和别雷都忘了这件事，现在又想起来了……

还没等我那辆破旧的“日古力 6 型”汽车在人行道边停稳，我就远远地看见了列娜。她穿了一件新的长款皮外套，皮面闪闪发光，做工精美，非常漂亮。当时，这种面料刚刚时兴，叫作“漆皮”。看哪，她已经为澳大利亚之行做好了准备！这个想法在我的脑子里一闪而过。尽管她穿了一件我从未见过的衣服，但我还是立刻就从背后认出了她。我马上就想起了她那修长的后背，还有她双手插兜、抬起肩膀时的样子。她总是摇摆着走路，脚跟先着地……

她上了车，我们第一次接了吻。一切都立刻变得模糊起来，失去了清晰的轮廓。我仿佛什么都看不见了，冒着随时会在路上散架的危险，只管开着那辆倒霉的破车全速前进。我们到了叶尼卡的房间里，一起胡乱抖了抖布满灰尘的床单，然后立刻就在狂热的激情中脱掉衣服，尽量不去看对方的脸。有一阵子，我们仿佛超越了现实。经过了漫长的分离之后，并不年轻的两个人终于不再各自孤单，而是疯狂地融为一体，像从前一样。

……顺便说说，我一大早就去做了心电图。“没什么大事。”胖胖的科主任说着，用手指抚平了拧在一起的淡红色导线，“您都这把年纪了……这种生活方式……心脏能这样，已经相当不错了……伐力多还得随身携带，以防万一……”于是，我在诊所一楼的药房里买了伐力多，事先弄碎了一粒，放在了舌头下面。列娜可能已经闻到了薄荷的气味……

事情很快就结束了。她轻轻地呻吟着，尖尖的指甲划过了我的肩膀。我离开她的身体，喘着粗气仰面倒下了。列娜轻轻地碰了碰我的肚子，小心地把手掌放在了上面。我的皮肤相当敏感——我一激灵，就像被轻微的电流击中了一样。

然后，我们便无休止地一再来过。我们停不下来——我们疯了。

后来，我们终于筋疲力尽了，并排躺在床上，谁也没有碰谁。不知为什么，我跟她谈起了我的生活。这五年来，我一直没有机会跟她说起这些。有时候，我觉得她好像睡着了。我用胳膊肘支撑着头，翻过身来看着她。她的眼睛睁得老大，盯着天花板。在她的脸上，我既看不到同情，也看不到理解——她只是默默地听着。我重新仰面躺下，继续讲述自己的悲惨故事。

“给我一支烟!”她突然说道。

很早以前，在我们关系最亲密的时候，她就不抽烟了。慢慢地，她把烟彻底戒掉了，没费半点儿周折。我暗自猜测，这大概又是澳大利亚惹的祸。对她来说，远走他乡并不容易。在过去的一年半里，在她的生活中，不知道发生过什么事……我没有起床，把手伸到西服口袋里找烟。这时，她越过我的身体，迅速地把衣服穿好了。我拿出烟盒和打火机，重新躺下，用被单把腰以下的部位盖住了。她坐在我旁边的床沿上，背对着我点上了烟。她把叶尼卡的一只脏碟子放在脚边的地板上当烟灰缸。我已经没有办法接着讲自己的疯狂故事了，就像切断了电源。我们沉默不语。沉默的时间越长，就越难以开口说话。

“这就是你的全部故事。”她仍然背对着我，终于开口说道，“那么……有人向这个诺索夫告密，而你父亲……总而言之，童年的经历让你受尽了折磨……还有丹娘——她是叫丹娘吧？……有人告发你……同样的事情在你身边一再发生……大家都在背叛你，是吧？……我知道是怎么回事……你遭到背叛，是因为……别生气，因为你背叛了所有人……背叛了尼娜，背叛了这个丹娘……也背叛了我……”

我听着她的话，知道这就等于在告别——事情就该这样结束。可是，这种领悟并没有让我感到轻松，因为她话里有话，而我却无法反驳。事实上，我也不想反驳——任何人都无法去反驳临别赠言。

然而，我有一个反驳的理由，忍不住把它说了出来。

“我没有背叛朋友。”我说。

列娜转过身来看着我。我发现，她在这段时间里变化很大。以前，我们每天都见面。那时候，我觉得她的脸轮廓分明，显得非常年轻。现在，这轮廓变得模糊了、消散了，就像被一只软弱无力的手涂抹过一样。她下巴两侧的皮肤明显松弛了，现出了衰老的模样。她的表情像从前一样专注，可在这专注里，却没有了对我的执着和渴望。这种渴望曾经瞬间征服了我，并且在多年以后，她仍然保持着这份渴望。现在，只有一个陌生人的专注表情。有时候，在地铁车厢里也会有人以这种表情看着我……我突然之间不想继续说下去了。我只想做一件事，那就是快点儿穿上衣服，离开这个落满灰尘的可恶的房间。

“你还有没有机会背叛他们?”她说，“我不希望你有这种机会。可是，如果机会出现了的话……希望你能把握住。”

一切到此为止了。

我记不清我们是怎么分手的了。我好像把她送到了市中心的地铁站。下车前，她出于礼貌，亲了亲我的脸。

我把车开到家门口，停在了老地方——萨菲杜林保存的一只旧木箱旁。在门口，我有些犹豫不决，没有进屋去。我想去喝点儿酒，找个有人的地方待着。其实，我并不想这样，可又觉得应该这样——我终归是失去了生活的一个重要部分。

我沿着高尔基大街往前走，来到了普希金大街拐角处的一家小酒馆。我经常到这家酒馆来，尽管在那些日子里“禁酒之战”如火如荼，食物严重匮乏。这里也有鸡尾酒卖（没错，是相当难喝的达吉斯坦酒），咖啡也煮得很棒。小吃嘛，可以来一块热的奶酪三明治（那上面的奶酪闻起来、吃起来都有股肥皂味儿）。

大约四十分钟以后，我已经喝得酩酊大醉了。

第二天，我什么都不记得了。好像来了几个熟人……我跟大伙儿说：“想想吧，有人要去澳大利亚了，真好！”后来，酒馆要关门了，只剩下我一个人待在那儿，不停地评论着“背叛”，嗓门儿还挺大。“我不是叛徒！”我固执地向列娜或者尼娜辩解着，“我只是迷恋享乐，并非有意背叛。是你们蓄意背叛我，报复我……”

我什么都不记得了。当时，我大概并没有去辩解，这些都是我的想象。

早上醒来的时候，尼娜站在我跟前，手里拿着叶尼卡房间的钥匙。我一下子就清醒过来了，立刻就开始胡说八道，好让她相信这是我们租住的地下室的钥匙。我急着解释，但是任何人都知道，如果一个烂醉如泥的人讲话头头是道，那么他一定是在撒谎。尼娜总能准确无误地捕捉到我的谎言，所以没有必要骗她，也不应该骗她。

“还是她……”尼娜说着，摊开了双手。钥匙掉落在我脸旁的枕头上，发出了轻微的叮当声。“又是这样……永远都没有完结的时候。”

这大概是她最后一次对我说有意义的话了。现在，只有在十分必要的时候，她才会跟我说上一两句话，而且不称呼我的名字，只对着空气说。比如，她要出两趟远门（无论发生了什么事，无论有多难过，她每年都会到国外去一两趟，或者进城去）……据我所知，她会和少数几个还留在国内而且有时间陪她喝咖啡的女友见面，但她从不告诉我她的行踪。晚上回家后，我能通过一些蛛丝马迹看出，白天她有几个小时没在家。

可是，她错了——这就意味着结束。过了一段时间，我发现自己变得麻木不仁了，每次遇到让我无法忍受的事情时，我都会这样。这就是我的心理特点——一旦压力太大，防护层就会发挥作用，让一切都断开。老实说，我现在仍然处在这种麻木不仁的状态之中……

于是，我开始疯狂地工作，合伙公司在不断地发展壮大。我们先是跟波兰人合作，开办了第一家联合企业。后来，我们又跟德国人合作，开办了第二家联合企业。再后来，基列耶夫的老熟人鲁斯塔姆出现了……除了工作，我一无所有。偶尔会有个女人出现在我的生活中，可是我们在一起都不会超过一个晚上。一次，我到国外出差，遇到了一个当地的俄罗斯女翻译（或者类似这样的人）。两天后，我就既想不起（也不愿意想起）她的脸，也想不起她的名字了。当时，莫斯科有很多淫荡的女人。她们又高又瘦，长相很像村姑，就像从广告牌上走下来的似的。她们经常出没在桑拿房里——如果不花上好几个小时的时间待在那种地方，就根本没有办法做生意。在饭店里，也经常会有女人莫名其妙地坐在我们的桌旁。第二天，我就完全记不起她们的名字了。

从那天早上开始，我就和尼娜分开住了。她还待在彼佳舅舅住过的房间里，而我则彻底在大屋里住了下来。我们很少说话，并且几乎难以见面。我走得很早，半夜才回家。她在出版社上班，不过大部分时间都在家里排版和校对。有时候，我一大早煮完咖啡，匆匆忙忙地在厨房里喝时，能看见她穿着家居服在走廊里一闪而过。当浴室里响起稀里哗啦的水声时，我正忙着出门。

就这样，生活就像被冻住了，再也没有办法改变。

再后来，我们盖了房子。刚刚决定盖房子的时候，我们又开始说话了。当时，尼娜很兴奋。我们一起坐车来到还没有被别墅占满的郊区，选择盖房子的地点。她不断地修改设计方案……我真希望生活能够死灰复燃。当时，我只有这么一个愿望。然而，搬到郊外以后，情况变得更糟了。大概就是从那个时候开始吧（我记不清具体时间了）……我想，她变成这个样子，不单单是因为生气。我觉得，任何事情都不可能让人生这么长时间的气。我忘了自己是怎么说服她去看医生的……医生证实了我的猜测，但是觉得她的症状并不明显。是的，这可能是一种病。不过，在这种情况下，很难确定她是真的病了，还是没有生病——只是情绪不好，状态很差……

我们为什么不离婚呢？我为什么要撒谎、挣扎、恳求，让她受尽折磨、痛苦不堪、失去理智呢？我认识的很多快四十岁的人，离了又结，结了又离……我们为什么还在坚守呢？

有一段时间，我好像想明白了。从那时起，我就不再问自己这个问题了，因为我想到的答案太荒唐了。

这种爱并不常见。但是，不管它是否常见，都是真实存在的。

第七章　同事

那些早就认识我的人——列昂卡、伊戈尔，还有那些偶尔在研究所里碰面的同事——都说我的脾气越来越差了。不差就怪了……我自己也发现，就连不起眼儿的小事都会让我生气。可是，我却拿自己毫无办法。

我们研究所里有个小伙子，是个很有才华的科学家，非常聪明。可是，他常常生病，连医生都不能确诊——一会儿说他胃不好，一会儿说他心脏有问题。最后，他们终于给出了定论：严重的神经官能症。他们把他送到了当时在医学界久负盛名的索洛维约夫卡诊所。二十世纪七十年代，可以凭一张病假条在那儿住一个多月的院——休养生息是件很时髦的事情。我们之间的关系不错，我去看过他一次。他气色很好，始终在开玩笑。他说他现在根本就没有神经系统，只剩下消化系统了。但是，不知为什么，我感觉他的情况并不乐观。我还记得他讲过的一个笑话："好吧，我承认我有神经官能症和抑郁症。我相信，临睡前吃药和散步能治好这些病。可是，难道我痊愈了，我们的'学术秘书'就不再是个蠢货了吗？"一年后，他自杀身亡了。黎明时分，他从家里十二层楼的窗口跳了下去。他是一个月前搬到那里的，此前一直租房住。他离婚七年以后才得到了那套房子……

我没有办法让自己相信，周围的乱象只是一种幻觉，原因在于我性格不好、爱发牢骚、容易疲倦。举个例子吧，高档饭店里故弄玄虚的时髦摆设、乔装打扮的服务员、花里胡哨的时髦装修、用破烂玩意儿点缀起来的大厅——这不关我的事，可是的确相当愚蠢，毫无品位！是啊，我脾气坏、爱抱怨，可为什么在国外的时候就不这样呢？确切地说，我在国外也会生气，但是另有原因……

我们的位置相当好，在二楼左边的一个偏僻的角落里。这大概是鲁斯塔姆的秘书萝扎·马拉多夫娜小姐一大早就预订好了的。他征求了我的意见，不过只是做做样子罢了。服务员们全都穿得像歌剧节目里的听差的。说句公道话，他们的服务挺专业的。于是，我的怒气渐渐地平息了。

在这种场合，我们一般会坐得跟开会时一样。我立刻就发现，瓦列拉·古利克维奇没有来。鲁斯塔姆马上就解释了原因（尽管我并没有问他）：瓦列拉家里有重要的事情，好像是给岳母过生日……实在不能来，真遗憾！

“你白天跑到哪儿去了？”当大家纷纷落座的时候，我急忙问了伊戈尔一句。

他吃惊地看着我。

“今天一大早，鲁斯塔姆就让我……”他说话时，我已经转过头去了，意思是让他闭嘴，因为韦罗奇卡的听力很好，而我已经全明白了：鲁斯塔姆为了当天晚上的聚会进行了精心的准备，把一切因素都考虑到了，特别留意不让我和伊戈尔有机会商量对策。过了几分钟，大家专心点菜时，我靠近基列耶夫的耳朵，装作帮他点菜，含混不清地嘀咕了一句：“别喝多了！”他好像听见了我说的话。

我没点沙拉，因为我不喜欢凉菜。等我的蒸鲟鱼上来时，没等开始用餐，我就急忙喝了一大杯伏特加酒。餐巾还没有展开，我就让侍者又给我倒了一杯酒。侍者心领神会，立刻就给我倒了一杯。鲁斯塔姆装作什么都没看见，而其他人则不知道是真没注意，还是装作没注意。只有伊戈尔有些坐立不安——只要一提到酒，他就来劲儿了。我捅了捅他的腰，让他保持安静。在坐车来饭店的路上，我的心脏又开始抽搐了。我希望刚喝下去的这杯伏特加酒能把心律不齐给压制下去。

席间，大家你一言、我一语地乱说一气。第一个说祝酒词的当然是鲁斯塔姆："敬我们大家！敬公司——一个齐心协力、团结和睦的公司！"为了表达一个来自外乡的俄罗斯人的良好祝愿，他举起高脚杯，画了一个圈儿，像是要拥抱在座的所有人。他只喝香槟酒，一次就点了两瓶"唐培里侬香槟王"。侍者把架子上的小酒桶挪到桌边时，他神色庄重了起来。韦罗奇卡和我一样，喝着伏特加酒，而其他人（包括伊戈尔在内）则喝着香槟酒。后来，他们又喝起了葡萄酒。托利亚·彼得罗夫要了一瓶"巴黎矿泉水"。鲁斯塔姆举杯的时候，他一直举着装水的高脚杯，认真地看着说话人的脸。

接着，大家开始频频举杯，轮番说着祝酒词。当然，每个人都会先敬女士。罗姆卡·爱波斯坦提议道："为了给我们这些粗鲁、野蛮的人带来高贵影响的韦罗奇卡，干杯！敬她的美貌与智慧！"韦罗奇卡依次与大家碰杯，向每个人奉献了迷人的微笑。她豪爽地把杯子碰得叮当乱响。在她说祝酒词的时候，我得承认，有那么一会儿，连我都被感动了。此时，伊戈尔已经飘飘然了。韦罗奇卡说："我想敬那些拥有智慧、经验并且精力旺盛的人。他们永远是我们学习的榜样！"当然，这只是一般的客套话罢了。然而，她却巧妙地做了一件正确的事——赶在为鲁斯塔姆举杯之前，为我和伊戈尔干杯。

轮到我发言了。我并没有发明出什么不同寻常的新鲜词汇，只是提议为年轻人干杯。我做了个手势，把罗姆卡、加里克、托利亚和韦罗奇卡划到了年轻人的范围之内——当然，也包括鲁斯塔姆。

大家立刻活跃起来，添油加醋地嚷嚷道："我们哪能算年轻人呀！

现在，连进‘福布斯排行榜’的人都只有三十岁。”韦罗奇卡甚至满脸笑容地把自己称为“老帮菜”，而鲁斯塔姆则说：“如果跟米哈伊尔·列昂尼多维奇和伊戈尔·伊万诺维奇比起来，他们还年轻的话……那也只是在智力水平上年轻罢了。”大家异口同声地说：“没错，就是在智力水平上年轻……在生活中，您——米哈伊尔·列昂尼多维奇，还有您——伊戈尔·伊万诺维奇，本来就是年轻人，完全可以超过我们……”只有托利亚一言不发，始终目视前方。不过，当他发现我在看他时，礼貌地笑了笑，像是在道歉：“没办法，我不擅长寻欢作乐！”

我觉得，这种奉承里面隐含着某种特殊的意思，比酒桌上一般的恭维话更有深意：“你们这些老家伙，还挺神气的！在把你们整死之前，好好陪你们玩玩……”

大家开始说说笑笑，提到了前一年在位于兹韦尼哥罗德市郊的原“苏联部长会议膳宿旅馆”喝酒时的情景。全是胡言乱语，真无聊！我不停地喝酒，没等其他人开始吃，就吃完了鱼——没办法，部队的生活让我养成了快速进食的习惯。我暗自猜想着鲁斯塔姆什么时候开始谈正题——他就是为了这个才组织聚会的。我毫不怀疑，这次谈话是一定会进行的。然而，时间一点点地在流逝，闲聊变得越来越乏味，却始终没有人谈一句正事。话又说回来了，要是在饭店里谈正事，那就怪了——邻桌旁有可能坐着任何人。比如说，那儿有个人，包括我在内的所有人都认识他——一个喜欢在电视上搬弄是非的角色。他不时地会朝我们这边看一眼。星期六晚上，他肯定会告诉电视观众：“近日，‘托巴斯’董事会的成员齐聚在莫斯科最昂贵的饭店。”他们就是这么说的，免得落下植入广告的口实。他们懂得换一种方式，神不知、鬼不觉地植入广告。如果连这个都不懂，就不会有钱进大饭店，也不会有钱买两千美元一件的西装了……

笑话说得越来越愚蠢，越来越粗野。不过，喝到肚子里的伏特加酒开始起作用了，我的怒气渐渐地消失了。不管怎么说，鲁斯塔姆他们的行为都是可以理解的。他们太忙了，对未来充满了期待，想登上“福布斯排行榜”。可是，这两个老家伙什么事都想插手。他们什么都不想要，只想保住既得利益。他们无论做什么事，都是为了避免生病、死亡、孤独……真是活见鬼了！我们可没想杀死这些老傻瓜！恰恰相反，我们要给他们一大笔钱，让他们靠边儿站，别挡道……

我知道自己有个特点，那就是习惯于为敌人找理由。以前，我对苏联政权的态度就是这样。我痛恨这种性格，但在内心深处却又承认它合乎逻辑。如果我接受不了这种逻辑，老想跟它唱反调，那么它怎么可能让我受益呢？或许正因为如此，我才没有成为反对派，而是尽可能地适应环境，活了下来。我不仅会站在自己的立场上考虑问题，而且会站在对方的立场上考虑问题——这种习惯帮助我活了下来。我能够预见对手会怎么做，因为我已经变成了对手……

这时，大家的酒劲儿上来了，餐桌旁越来越嘈杂。我看见鲁斯塔姆示意服务员，想要结账。罗姆卡立刻掏出钱包（这种场合通常都是他结账，事后由公司报销），拿出了一张信用卡。我离得远，看不太清楚。好像是一张“万事达”金卡和五百卢布的小费——年轻人的日子过得真不错。晚宴貌似结束了，可是我知道，我和鲁斯塔姆之间肯定会有一场谈话。也就是说，我们还会去别的地方，很可能要玩儿一宿。他们这么做是对的——必须把两个老家伙喝倒。

我看了看伊戈尔。最后一个小时，我的精力分散了，没有再看他。不出我所料，我的朋友已经烂醉如泥了。他向身后乱伸着两只手，想把西装套在身上。那件西装早就被他脱下来了，七扭八歪地挂在椅背上。

“赶紧回家去！”我在他耳边低语道。我保持着微笑，假装帮他穿衣服。“现在就回家去，别再跟任何人说话了，明白吗？”

基列耶夫斜着眼睛瞅着我，极力让自己显得很精明。我不止一次惊讶地发现，他身上还有好多小男孩儿的特征。以前，我跟这个“小男孩儿”一起坐在“大本营”里时，他就经常貌似精明地极力渲染他那些荒诞不经的计划和愚蠢可笑的构想。“大本营”是用胶合板、黑色油毡纸（镇上的人用这种纸修补屋顶的破洞）和砖头瓦块搭建而成的，周围是一种非草非木的植物，在兔儿谷被称为“扫帚草”。事实证明，那些计划非常合理，那些构想也切实可行……可是现在，他已经醉得不成样子了。

“我明白……”他没有压低声音，但是大家似乎都没有听见。大家都在劝韦罗奇卡不要让大家散伙，再找一家夜总会玩儿一玩儿。现在，他们正在讨论到哪儿去玩儿显得更体面——那地方不能有同性恋者。无论去哪儿，他们都觉得无聊，没有生趣。好吧，到了外面再定！“我明白……你想说，你是个聪明人，而我则是个喝醉了的傻瓜！好吧，看看到底谁是傻瓜……你想和年轻人一起找乐子去，却让基列耶夫回家睡觉……”

说什么都没用了，只希望他一上车就睡着——司机自会把他送回家。

午夜，天气异常寒冷，柏油路上雪花乱舞。一阵阵冷风吹过，把雪花抛向空中，化作锋利的碎屑打在人的脸上。广告牌在广场的上方发出红光，巨大的火红色字母像是悬浮在漆黑的夜空中。特维尔大街的人行道上人潮汹涌。橱窗里的黄色灯光照射在行人的脸上。这些人都很年轻，像孩子一样穿着奇装异服，像是要去参加化装舞会。

鲁斯塔姆的“奥迪”车开了过来。在这辆笨重的“大块头”后面，紧跟着一辆“雪佛兰”汽车。接着，基列耶夫的黑色“奔驰G型”越野车在黑暗中驶了过来。保安和司机们来回奔忙着。加里克加倍小心地扶住韦罗奇卡的胳膊肘，把她送上了在昏暗中闪闪发亮的“雷克萨斯”……鲁斯塔姆大概已经给他的司机下了命令——车子一辆接着一辆地穿过特维尔大街，沿着林荫道疾驰而去。根纳开车跟在托利亚·彼得罗夫的“捷豹”后面。众所周知，对这辆车的热爱是托利亚的唯一弱点。他不喝酒的时候，总是亲自驾驶这辆车——一辆七十年代瑰宝级跑车的拥有者理应如此。

我坐在车里，有意识地让自己放松，睡上一觉。在这方面，我有丰富的经验。只要能睡上十五分钟，我就又能随心所欲地喝酒了，并且会更加清醒。当然，到了第二天，心脏会“造反”，胃和肝也会很难受。但是，没有别的办法，无论如何都得熬过这一晚……

“到了，米哈伊尔·列昂尼多维奇！”根纳站在打开的车门旁，稍微弯下身子，准备扶我下车。

头还没有疼，身子就开始打冷战了。

我从车里向外望去，望见了一座长长的三层大楼。即使在黑暗中也能看得很清楚，大楼的窗户上落满了灰尘，而且不知用什么东西从里面堵得严严实实。楼顶上的“夜总会”字样渐次闪烁。上面还有几个字，看不太清楚，好像是“精致、文雅”。

我死死地抵住座椅，然后用力抓住根纳的手，下了车。除了韦罗奇卡的“雷克萨斯”以外，所有的车子都停在了人行道上。保安和司机站在车旁，不停地跺着脚——烟头发出的光亮在黑暗中隐约可见。我环顾了一下四周，发现这个地方我不认识。马路对面有个街心花园……远处的房顶上，一座大厦的尖顶被灯光照得很亮，悬浮在漆黑的夜空中，就像是起义广场上的……

“大家都进去了。”根纳说。他仍旧扶着我的手臂，却没有往大楼门口那狭窄的台阶挪动半步。门口的遮雨篷是黑玻璃做的，抛光的橡木大门一眼就能看出来是假货——虽然外表光鲜，但是很容易就能猜出来，里面是铁皮。“要进去吗，米哈伊尔？还是回家去？”

“得进去呀，根纳！”我长长地舒了一口气，“先等一会儿，让我喘口气……”

我当真深吸了几口气，然后从大衣口袋里拿出了一只银色的小壶——这是前一年列昂卡送给我的生日礼物。它不是一件摆设，而是一只真正的酒壶，想必是他在伦敦的某个古董店里找到的。我拧开壶盖儿，喝了三大口酒。然后，我呼吸了几次……发冷的感觉消失了，周围的一切变得清晰起来。现在，我可以再喝两个小时酒——情况如何，到时候再说。

“两个半小时以后回来接我！”我对根纳说，“无论发生了什么事，都要把我送回家……明白吗？”

他默默地点了点头，按下了门边的按钮……

这时，我和鲁斯塔姆单独待在一起。

有好几次，我都想问伊戈尔他们都到哪儿去了，但却总是忘了问。

我从厕所里出来，推开房门，看见了他们——加里克、托利亚和罗姆卡。他们都脱了西装，正坐在桌旁打牌。伊戈尔横在沙发上睡着了，整个人都快要滑到地板上了，两条腿挡着房间的过道，衬衫的扣子一直打开到肚脐眼儿的位置。在他旁边坐着一个赤身裸体的小姑娘，正在抽烟。“您走错了，米哈伊尔·列昂尼多维奇！”加里克转过头来说道，“您得去隔壁房间！”

我关上房门，打开了另一扇门。

“好啦，”鲁斯塔姆说，“你想好了，咱们也谈妥了！”

“谈妥什么了？”我问，“谈妥了我的死期，还是别的什么？”

“你开这种玩笑毫无意义！”鲁斯塔姆说，“我是认真的！你知道，我们不是卢克公司，而是一家小公司，在市场上只是沧海一粟。我们活着，是因为他们暂时允许我们活着。现在，有个大人物想接管公司——他一定会达到目的。我们没有别的出路了。您和基列耶夫得离开，这是他们的条件。如果你们不走，他们就会关闭公司。公司一旦关闭了，我们就什么办法都没有了。我们的贷款情况，他们了解得一清二楚。到那时，他们就会把所有人都扫地出门，包括罗姆卡和我。你们得离开——这是我作为一个朋友的恳求！”

“作为一个朋友，你也是这样恳求叶尼卡的吗？”我问。

“如果你不是上了年纪，又喝醉了，”鲁斯塔姆说，“那么你会为这句话付出代价的。”

“得了吧，鲁斯塔姆！”我说，“这儿没别人，别把我当傻子……你不必害怕！我确实醉了，到了明天就什么都不记得了。”

“那么，你想好了没有？”鲁斯塔姆问。

“想好了！要知道，这是我们的公司。”我说，“你可以告诉那些大人物，就说两个老家伙很固执，说这是他们的公司——他们和叶尼卡·别洛采尔科夫斯基创办的公司。鲁斯塔姆，你还记得是伊戈尔引荐你进入公司的吗？你还记不记得了？你是怎么到莫斯科来的……”

鲁斯塔姆不见了。我在自己的汽车后座上醒了过来。

落满积雪的树木从旁边一闪而过。我睡着了，又醒了，把脸在车座上蹭来蹭去。我从下面看着窗外的树木和在眼前摇来摆去的根纳的马尾辫。

“他们不会再找我们谈话了。”我想，“我和伊戈尔的末日到了。”我想着想着，又睡着了，再也没有醒来。

“得把大衣脱了，米哈伊尔·列昂尼多维奇！”根纳说。我心里明白应该脱掉大衣，但却无法完全醒来。

九点半的时候，我给基列耶夫打了个电话。我用了老办法，这时候差不多已经恢复了正常。在我年轻的时候，这个方法就很奏效。根纳煮了浓汤，送到了楼上。我强忍着食道痉挛，就着热汤喝下了三杯伏特加酒。你好，肝脏！半个小时以后，我总算像个人样了。

当然啦，最好躺下歇一歇，吃点儿温和的安眠药，再睡上一整天。可是，我不能这么做。鬼知道昨天伊戈尔在醉倒之前都说了些什么！我还记得我和鲁斯塔姆说过的每一个字，除此以外就什么都想不起来了。他们可能又去找伊戈尔了，把他叫醒了。他在醉醺醺的状态下，大概不仅答应了他们的条件，而且签了字……当然，这没有什么大不了的——一切都是可以挽回的。但是，我却非常紧张。

确切地说，我并不是真的紧张，而是有了昨晚的经历以后，心理发生了变化：我考虑到了事情的后果，估计了受威胁的程度，感到了恐惧、仇恨和绝望。可是，出现了一种新的感觉——麻木不仁。我整个人都处在这种感觉之中，就好像我是个旁观者，看着一个我非常熟悉而事实上却又相当陌生的老男人因为喝醉而变得神经错乱了。

接电话的是个女人。伊戈尔雇的女用人不在他家住，所以接电话的不可能是她。

“是马林娜吗？我是米沙……”我尽量表现出悔过的意思，“他离电话远吗？他怎么样了？我们昨天……”

“我是热尼娅。”伊戈尔的妻子和女儿的声音一模一样，“妈妈头疼，躺着呢……爸爸还没醒。他早晨七点才回来……是的，米哈伊尔·列昂尼多维奇。你们昨天真的……他睡得很死。在他醒来之前，我是不会离开的。依您看，用不用叫医生来？我们有戒酒专家……”

是啊，他们家有专门的家庭医生，这我知道。这位医生也给她看病……最后一次给她戒酒，好像是在一个月之前。伊戈尔说过，她的床头上总是钉着钉子，上面挂着吊瓶……

“我想，他能挺过去。”我说道，可是突然又觉得很害怕。他要是挺不过去呢？都这把年纪了，还这么不管不顾地喝酒，真有可能在醉梦中不知不觉地死去。“这样吧，你给他测一下血压和脉搏！家里有设备吗？”

“有。”说着，她叹了口气，“我马上去找……唉，你们这些当爹的，也真是……”

我挂断了电话，甚至没有出于礼貌，关心一下马林娜的身体和热尼娅的状况。有什么好问的呢？不问也知道，马林娜得忍受一天偏头痛的折磨，伊戈尔也是这样——差不多有两周的时间，他都想不起来酒是什么滋味了。一个半小时之后，叶夫根尼娅·伊戈列耶夫娜①又会跑到奥斯坦基诺电视塔去。在那儿，大家都叫她“叶妮奇卡”，谁都不把她当回事儿。她在走廊里瞎转悠了一会儿，又在地下餐厅里闲坐了一会儿，希望有人招聘她在某个“项目”中当个帮手。可是，没有人要她。两三个星期以后，她便开始酗酒了……事情明摆着，我们彼此之间太了解了，没有必要假惺惺地询问什么。

我拨通了自己办公室的电话。

“托巴斯公司，萨尔特科夫接待室！”话筒里传来了一个相当殷勤的声音——正规公司的秘书理应如此。

“是我——叶卡捷琳娜·维克托罗夫娜。”这一回，我下意识地往声音里添加了一点儿病人该有的痛苦腔调，“有人打电话来吗？”

“早上好，米哈伊尔·列昂尼多维奇！”她那殷勤的语调中夹杂着特殊的亲切意味，就像亲爱的上司终于现身了，使她感到很高兴似的，“我们这儿一切正常。早上，鲁斯塔姆·拉希多维奇问过……就再也没人打来电话了。您是不是病了？您的声音……”

“我今天不上班。”我打断了她那温柔体贴的话语，“告诉鲁斯塔姆·拉希多维奇，我今天不舒服，想休息一天。他要是有急事，就往我家里打电话吧！如果有基金会的人来电话……我记不清那个基金会的名称了……与孤儿有关……就说我们会给出书面的答复。”

“明白了，米哈伊尔·列昂尼多维奇！”她当然明白了！有什么不明白的呢？我为什么生病，她大概也明白。“您心脏不舒服吗？要不要叫医生？让我来……”

---

①　基列耶夫的女儿。

“不用!”我完全没有理由冲她发火，但却没有忍住——我严厉地打断了她的话，“我死不了，不需要医生！如果易卜拉欣莫夫有事，请立刻联系我！我可以随时接电话!”

我特别想睡上一觉——把伏特加酒和浓汤一起喝下去就会产生这种效果。今天，我的心脏出奇地平静，只有一次感觉心口处不舒服。要是一点儿也不难受，反倒是件怪事……睡上一两个小时就好了。要不然，下午还是到公司走一趟吧……

在躺下休息之前，我去了一趟尼娜的房间。屋里没有人，被褥都铺好了，东西收拾得挺整齐，只有一摞英文书像往常一样堆在床头柜旁边的地板上。我拿起了最上面的一本书，书名叫《最后的房子》。这个书名真土气！封底有些热情洋溢的评论和几段正文摘要。书中胡编乱造的英国贵族阶级生活，包括夫妻之间的背叛、嫉妒、隐私……一个又一个长夜，她忍受着失眠的折磨（任何安眠药都对她不起作用)，读的就是这些胡言乱语。

我走到了窗边。细碎的雪花纷纷落下，后院的地上像铺了一层白布似的。新踩上去的足印曲曲折折地伸延着。从楼上看，地面就像一条有镂空图案的床单，与在兔儿谷时父母床上铺的床单毫无二致。三条狗摇晃着滑稽的小短腿儿，转着圈儿，飞快地跑来跑去。尼娜仰着头，站在这些圆圈儿中央，任凭雪花落在脸上。她穿着厚厚的压线棉袄、压线棉裤和有尼龙压线靴鞫的皮靴。冬天，她经常把自己打扮成这样，在院子里散步，或者到树林里溜达一至一个半小时。那片树林就在我们家的小区后面，一直延伸到公路的拐弯处。我知道，她经常到那里去。不过，我并不担心，因为小区里有很多保安，马路对面还有一个国家汽车检查局的玻璃岗亭。

她体会着雪花在脸上融化的感觉，呼吸着湿润的空气，看着小狗，在想些什么呢？她一点儿也不了解我现在的烦恼。也许，她觉得从旁观者的角度关注一场阴谋的进展更有意思吧，就像关注她所阅读的那些小说里的情节发展一样……可是，她一点儿也不想了解我的生活。即使我跟她谈起我的事，她也一定会忍不住加以排斥。贪婪的欲望、激烈的斗争、相反的个性——我活在其中、挥之不去的一切，只会让她反感。很久以前，当沉默还没有彻底毁掉我们的关系时，我曾经试着向她解释。她说："你自己选择了想要的生活——它让我厌烦。你生存的世界，我不想了解。"渐渐地，我们真的生活在不同的世界里了。她甚至不想往我的世界里瞥上一眼，以便知道如果这个世界崩塌了，我们俩都会死。她脱离了现实——她的世界里只有房间、空荡荡的干净院落、空寂的树林、狗、英文小说，以及每年一两次的出国旅行……在国外，她根本无法想象，还有人像我一样，过着这样的日子。在那儿，她继续读英文小说，独自在海滩上游荡，聚精会神地思考着我无法理解的事情，就像在这里一样。

然而，我没有什么好抱怨的。她说的对，是我自己打造了我的孤独，还有她的孤独。

书房里窗帘紧闭，看不见让人生气的雪雾。我躺下之后，用被子盖住了头。尽管我很想睡觉，但却无论如何都睡不着。我又想起了昨晚的事。我清楚地记得鲁斯塔姆所说的话，却怎么也无法准确地复原自己的话了。我开始觉得，我说得很糟糕，不够强硬……能指望一个烂醉如泥的人说出什么正经话来呢？当时，我还打算提醒伊戈尔来着……见鬼！其实，前一天到底说了些什么并不重要，重要的是我不会改变决定……

我刚要睡觉，就听见尼娜迈着沉重的步子上了楼。她没有进自己的房间，而是继续沿着走廊向楼上的客厅走去——我们从来都不到那儿去。她可能是到那里去看电视，免得吵醒我——她以为我睡着了。

我确实睡着了。我梦见了 1989 年的春天，我躺在长椅上睡觉，还梦见了那个在 1963 年春天消失了的人。

第八章　墓地

业务开展得非常顺利，汽车很快就被销售一空了。于是，我们便开始订购更高档的汽车了。不断地有大货车驶过来，车上装满了全新的“奔驰”和“宝马”汽车。当天傍晚，停在空场上的汽车一辆都没有剩下，“奔驰190型”和“宝马318型”转眼就被卖了个精光。我们自己也有了像样的车。基列耶夫弄了一辆有真皮内饰的“大奔”，颜色为“曜岩黑”。叶尼卡把他的“伏尔加”卖了个好价钱——那辆车已经锈得不成样子了，但是仍然有个黑脸膛的家伙喜欢这种“纯白”的外贸货。就这样，纨绔子弟叶尼卡换了一辆鲨鱼似的“宝马750”，也是白色的，而我则给自己挑了一辆夹在来货中的“沃尔沃240”。这辆车并不是司机照单运来的，而是为防万一——他相信，在吉普车大量进入市场以前，这辆算得上崭新的宽敞的深红色客货两用小汽车是一定会有买主的。然而，我自己开着挺舒服的，根本就没有想过要卖掉它。叶尼卡和伊戈尔开玩笑说，这辆车是“轮子上的妓院”。其实，他们并没有足够的证据——我还没有从上一次打击中恢复过来，仍然希望能和尼娜重归于好，而且我也没有别的女人，只有一个从斯维尔德洛夫斯克到莫斯科来闯荡的活泼姑娘在我的生活中一闪而过。当时，她站在人行道旁，挑中了我的车，想要搭乘。我把她送到地方之后，她直截了当地说，她一直想用这种方式逮到一个像样的男人。可是，当她发现不可能让我离婚而达到她的目的时，立刻就大失所望了。夜里，我开车拉着她去了一两次环城树林。我的车在前一年落下的烂树叶上艰难地前行，碾压着叶子下面的积水。与此同时，近光灯迅速地扫过了灌木丛。事情发生得很快，我什么都记不住了。然后，她就消失了，只在车厢的顶部留下了两个肮脏的鞋印。幸好，这两个脚印被我及时发现了，用污渍清洁剂洗掉了。当时，各种乌七八糟的东西在莫斯科泛滥成灾，真让人感到惊讶！我记得，面对这种“白色泡沫”，我们曾一度感到非常兴奋。但是，这一切很快就化作了“齑粉”，从身上抖落下去之后，污点消失了，只留下依稀可见的圆圈儿……

突然，我们的硝石生意做不下去了。乌拉尔地区有人被杀了，海关的弟兄们重新分了赃。转眼间，我们就欠下了巨额债务。我们还没来得及弄明白是怎么回事，事情就已经发生了。这时，黑帮又来收费了。他们不愿意等，所以我们只好尽快筹钱了。叶尼卡苦苦地哀求，从他父亲的朋友手上弄到了一笔钱。这位朋友手段高明，从管理总局领导的办公室跳到了再生原料加工公司董事长的豪华真皮座椅上。当然，这家秘密的合伙公司什么也不加工，只是把大量的金属废料销往国外，大发横财。我们把钱交给了黑帮，可是债务总额却有增无减。一个月之后，这种情况还是没有改观。这时，黑帮又来收钱了……有时候，在烟雾缭绕的地下室里似乎能听见嘀嗒嘀嗒的清脆响声，就像定时炸弹马上就要爆炸了一样。

无论如何，这种情况都有可能出现——即使为了最微不足道的小钱，他们也有可能置人于死地。

我们急忙卖掉了自己的座驾，三个人只留了一辆“欧宝－阿斯科纳”。这辆车卖不出去，因为在运输途中，不知怎么搞的，车身的侧面被剐了，留下了一道无法修复的深沟。这辆车一直停在先前的儿童游乐场里，让我们亏了本，现在却派上了用场。可是，卖掉三辆豪车换来的钱只够付给原管理总局局长的费用，根本就不够交“保护费”——当时，这还是个新词，连电视评论员都没有用过……除了一台快要散架了的传真机以外，我们再也没有东西可以卖掉了。可是，根本就没有人需要传真机。

“把合伙公司过户给黑帮，就此脱身”的做法也是不可行的，因为他们还不想抢走我们的饭碗。况且，这些公司也不值几个钱。当时，我们把赚来的钱全都投资做生意或者花在爱慕已久的奢侈品（比如德国的二手汽车、寄卖商店里的名牌电视机和各种衣服）上了。我像年轻人一样，穿上了时髦的牛仔裤和皮夹克，还给尼娜买了一件漆皮大衣。在挑选这件衣服的时候，我下意识地把它跟最后一次在列娜身上见到的那件进行了比较。尼娜接过这份礼物的时候，虽然一句话也没说，但是还算客气。她毕竟没有把它扔到我的脸上……叶尼卡疯狂地迷恋上了绸缎。他不但穿绸缎衬衫，而且穿绸缎裤子……伊戈尔穿得就像随时要去参加葬礼似的：双排扣、大兜的黑色西服和黑色衬衫……

或许，他是有自己的想法。最近一段时间，我们死于非命的可能性越来越大。那些人有可能从外面堵住地下室的房门，放一把火；有可能把我们拦在楼道里，一个一个地打死；还有可能更糟——民间流传着好多有关合伙公司老板、江洋大盗，以及“烙铁和熨斗”的故事，我们知道都是怎么回事。有一个跟我们差不多同时起步的家伙，当兵时是负责物资供应的中校。从部队提前转业后不久，他就在食品领域迅速地发达了。他从德国成吨地运来了香肠、奶酪和罐头（当然，都是些过期的食品，但在饥饿的俄罗斯人看来却是好东西）。就这样，他成了暴发户。我们是在克鲁泡特金大街上的一家最先开业的著名私营饭店里认识的。即使以我们当时的承受能力，那家饭店菜品的价钱也高得离谱，所以我们只能偶尔去坐坐。但是，他却每天晚上都待在那儿。后来，他在生意上出了事。海关的人狮子大开口，令他陷入了债务危机，从此杳无音信。一个半月之后，人们在叶戈里耶夫斯基公路旁边的森林中发现了他的尸体。他双手被捆，反剪到身后，吊死在树上，嘴里塞了一块衬衫布，体无完肤……

在肮脏的地下室，玻璃窗外面，泥泞的道路快要干了。风吹走了初落的尘埃，4 月的太阳放射出金属般耀眼的光芒。我们的最后期限是 30 日。

"过节前，连本带利都交上来!"我们的"保护人"说。"保护人"是他对自己的称呼，其他人都叫他"朝鲜人"。其实，他一点儿也不像朝鲜人。他三十来岁，浅色头发，有点儿谢顶，身高将近两米，曾经是次重量级自由式摔跤运动员。他曾经获得过车里雅宾斯基州冠军，并因参与斗殴、杀人蹲过五年监狱。"伙计们，别搅了我的节日，也别搅了你们自己的……"他弯下腰，从门口走了出去。两个随从头也不回地跟在他后面。他们全都虎背熊腰——肩膀很宽，脑袋很小，显得很不协调。两个人的耳朵都是扁的，显然是在摔跤时被人打坏了。

我们默默地坐着，无计可施。

老实说，那天早上我就下定了决心，但却没有勇气跟兄弟们说。我想象着他们的反应——他们一定会认为我老糊涂了，被债务给逼疯了……可是，不能再拖下去了。

"离开这儿!"我坚定地说道，"我有话说！咱们找个地方……上了车再决定去哪儿。快点儿，没时间了！要马上行动……"

"索尔特，你让我们去哪儿?"基列耶夫问道。他仍旧以原来的姿势瘫坐在地下室的沙发上（不知道是什么时候出现在这里的)，向前伸着两条腿，看着脚上闪闪发光的新皮鞋……二十年前（也有可能是三十年前)，我就有这种定做的鞋子了。现在，他也有了……却没有了快乐。"你是想投河吗？行啊！三个人从克里姆桥上往下一跳！来啦……只是，可怜那些妇女和孩子……别雷就不用担心这些……"

叶尼卡骑在椅子上，双手支在椅背上，托着下巴，仿佛在聚精会神地看着我，等着我作出解释。但是，我很清楚，他是在想心事——他总是这样。一遇到困难，伊戈尔就会胡说八道，但这并不妨碍他偶尔想出好点子来——他总能在信口开河的时候集中精力。每到这时，叶尼卡的表现就会与他相反——一言不发，谁叫都不理。然而，叶尼卡会突然提出看起来行不通，而事实上却是最合理的“冒险的建议”。现在，他们两个全都一筹莫展，因为办法已经用尽了。

“别磨磨蹭蹭！”我套上皮夹克，对基列耶夫说，“我要是有办法，你就起来跟我走了，对吗？”

“好吧！”伊戈尔懒洋洋地回答着，站起身来，套上了长长的黑色大衣。

别雷仍然一句话也不说。我从钉子上扯下了他精心熨平的绸缎风衣，扔给了他。他默默地穿好了衣服。不知为什么，我们把地下室的黑色铁门锁了又锁（其实，这里没有什么可偷的）。然后，我们便走入了淡紫色的黄昏。

以前，我最喜欢这个时刻的莫斯科，总是一连几个小时徜徉在城里。我会在涅格里纳大街和库兹涅茨克大街的交会处买几个果泥馅儿的馅饼。我从渗出油点儿的褐色包装纸里把馅饼拿出来，边走边吃，朝着日落的方向……可是现在，春天来了，又要走了，我却没有发觉。

叶尼卡坐在司机的位置上，我坐在他旁边。伊戈尔喘着粗气，好不容易才挤进来，坐在我身后，嚷嚷着要我把车座往前调——那时候，他就有明显的“将军肚”了。

“你得减肥了——我可没办法把腿剪短！”我顶了他一句，把车座最大限度地向前调了调。于是，我只好抬起膝盖，顶住了自己的下巴。然后，我们便出发到奥斯坦基诺去了。

在舍列梅季耶夫宫后面的公园里，我们熟悉的那家有名的肉串店兀自矗立着——那是个密谈的好地方。

我们到了那儿，把车停好，跟角落里百无聊赖的交警说妥了之后，沿着潮湿的林间小路穿过公园，到达了目的地。可是，店铺就要关门了。“肉串都卖完了！能听懂俄语吗？没有喝的东西，明白吗？”无论我们怎么恳求，那个黑脸膛的店员都阴着脸，只有这么一种回答。最后，我们好歹说服他，拿来了一瓶达吉斯坦生产的低劣的鸡尾酒（这是当时唯一对外销售的酒类，而且只在少数地点售卖）、三个塑料杯和几块粘在一起的发绿的羊奶酪，还有放在塑料盘里的一块粗粮面包。肉串店的玻璃房后面堆着一摞装过西红柿的旧木箱。我们拿过来一只箱子，翻过来，底儿朝上，把晚饭摆在了上面。然后，我们各自在屁股下面垫上倒立的箱子，围坐了起来。“要是警察来了……我可什么都没给你们拿，明白吗？”阿塞拜疆人说完，用大挂锁锁上胶板房的房门，走了，留下我们坐在漆黑的公园里。

叶尼卡给大家倒上了鸡尾酒。我们一口气把酒喝了下去。伊戈尔还是老样子，立刻大吃而特吃起来，就像饿了三天似的。我好不容易才缓过神儿来，开始讲述我的故事——那根本就不是鸡尾酒，而是不知用什么东西勾兑出来的劣质酒精。有几次，基列耶夫和别雷想打断我。于是，我提高了嗓门儿，他们就不作声了。

我讲了不到十分钟。当我讲到“我埋好了罐头盒，松软的泥土塞满了我的指甲，而我却得赶在艾哈迈德回来之前完工”时，伊戈尔说了一句粗话，然后下意识地抓起了酒瓶。可是，酒瓶已经空了。

“我现在要是不喝上一口——不等听完，我就得死！”他说。

我也不反对再来一杯，哪怕是那种达吉斯坦出产的劣质白酒——我的故事能让我自己颤抖。但是，根本就弄不到酒。

“别出声！”叶尼卡捅了捅伊戈尔的腰，“你接着讲……或许待会儿就会有酒……那么，你最后一次检查……就是说……你到墓地去过？”

“经常去——一个月去三四次！毕竟，妈妈和舅舅都在那儿……”我点上了烟。我的手一个劲儿地颤抖，真邪门儿！没想到，我会这么激动！“艾哈迈德没有食言，在石板的周围灌了水泥。虽然水泥已经裂开了，但是毕竟石板还在……”

“那么，我们该怎么办？”基列耶夫有些坐立不安。箱子歪歪扭扭，眼看就要塌了，但是他根本就没有发觉。“凿开水泥，把墓地弄塌吗？索尔特，如果这件事不是你杜撰的，那么我们还真可以这么干。你不会是神经错乱了吧，啊？我觉得你已经神经错乱了。现实生活中哪有什么钻石？你又不是什么首富！上学的时候，你就读了太多的闲书。如今，就落得这么个下场……”

“别吵了！”叶尼卡站起身来，屁股底下的箱子软绵绵地倒在了地上，“这样吧——到我家去！首先，我那儿有酒……是存货，从加拿大回来的时候就留着……”

“你这个坏蛋！”伊戈尔激动地说。

“闭嘴！”叶尼卡下意识地把我们吃剩下的东西踢到一起，归拢成整整齐齐的一堆，“其次……你，索尔特，把详细的情形画出来！把你的看家本领拿出来——你毕竟是教授！第三，我们想一想该怎么挖……”

“不能在家里谈这件事！”我表示反对，“家里有电话……”

“蠢话！”叶尼卡不耐烦地跺着脚，等着伊戈尔从灌木丛里出来。一股强劲的水流打在树叶上，发出了响声。“你害怕了一辈子，索尔特！现在没人监听了！即使有人监听，监听的对象也不会是我们。现在，他们没有精力对付某一个人。你真的不知道吗？难道黑帮的人会来监听吗？”

“有可能。”我固执地说。其实，我知道黑帮的人不可能对叶尼卡的房子进行监听——他们不必如此，有更简单的方式。“好吧……咱们还像以前那样，待在厨房里，把水龙头开到最大……走吧！”

伊戈尔和我在叶尼卡家给家里人打了电话，就说有事要外出几天。为了保险起见（谁都不能保证电话不被监听），伊戈尔对马林娜撒了个谎，说我们要坐飞机去乌拉尔。我们在叶尼卡家待到了第二天早上，喝光了他收藏的杜松子酒。我们得暂时分开了——在准备行动的过程中，每个人都有任务。我得去买两把儿童铲子（孩子们玩沙子时用的那种铲子），可以放在衣兜里带到墓地去。伊戈尔得去弄一些适合在墓地种植的花草。

叶尼卡在家里与一个以前的熟人在电话里谈论着价钱——那个人有可能认识对钻石感兴趣的买家。这个“以前的熟人”是亚美尼亚人，在拉斯古拉伊广场上的一家金属制品修理厂工作。他私下里维修古老的贵重珠宝，也承揽新珠宝的预订和制作。他在莫斯科的女演员和贵妇人当中很有名气。她们有的要求把祖辈传下来的配不上对的贵重饰品改制成一枚时髦的大戒指，有的要求修复曾祖母翡翠耳环上的精致锁扣，有的要求焊接在某个激情时刻扯断的纤细的项链……据传，他还拥有一些重要的客户，甚至在加林娜·勃列日涅娃①的“钻石秘闻”中也有他的影子……当然，叶尼卡在电话里什么都不会说。初次见面，他只能先摸清情况。等宝藏到了我们手上，就更得万分小心了，不能操之过急——万一栽在密探手里，就得在监狱里度过余生了。另外，买家也有可能在交接时杀人越货。我们无法预知包裹在长条亚麻布口袋里、放在半升罐头盒子里的钻石究竟值多少钱，但是估计有人愿意付出三颗子弹的代价来换取其中的十分之一。叶尼卡打算

① 苏联政治家勃列日涅夫的女儿。

在第一次跟那个亚美尼亚人（大家都叫他“瓦尔坦”）见面的时候，先问清楚价钱——就说有个朋友弄到了一颗大钻石，以后再单独谈。作为中间人，瓦尔坦会得到一笔数目可观的好处费，最多能拿到总数的一半。接头地点必须安排在城外的某个地方，一对一地单独见面，好让我和伊戈尔在远处望风，以防发生不测。整整一个晚上，我们都没能想出更详尽、更安全的计划来。我们都认为办这件事不可能不冒风险，但是通过亚美尼亚人进行交易是最明智的做法——不管怎么说，到目前为止，他的客户当中还没有人被杀……

我的遭遇比预想的还要糟糕：捷尔仁斯基广场的“儿童世界”里根本就没有我要的东西。在这个商场里，有一半的摊位都被议价商店占去了，净卖些黑道上新近流行的质量低劣的粗呢肥腿裤，还有一些假冒伪劣的牛仔裤（得事先把这些牛仔裤拧在一起，再由波多利斯克的工人用漂白粉煮）。我跑到“谢尔巴科夫商店”，去了“儿童世界”——在地铁站对面，占据了整整一层楼。在这儿，我终于找到了自己想要的东西。当然啦，小铲子很不结实，只是把薄薄的有色铁片用两颗钉子固定在木头扶手上。我想，晚上我可以把这件工具好好处理一下，弄得结实一些。

离约定回到叶尼卡家中的时间还有差不多一整天。一团透明的云彩孤独地在晴朗的城市上空飘移，太阳炙烤着和平大街的一侧。老太婆和衣着得体但满面愁容的妇女分列于道路两侧（从地铁入口处一直到“白熊”咖啡店门前），向人们售卖酸奶、黄油和粗大的香肠。包着鲜红色合成肠衣的香肠被自身的重量压弯了……

我慢慢地朝着斜刺向天空的宇宙方尖碑①走去，穿过了一条马路。半个小时以后，我来到了一群金发姑娘跟前。她们正围着断了电的干

① 为了庆祝苏联人民征服宇宙，于1964年在莫斯科修建的纪念碑。

涸的喷泉池跳舞。苏联国民经济成就展览馆里空荡荡的——在工作日，这里一贯如此。几个像我一样游手好闲的人穿过广场上宽阔的柏油路，向死气沉沉的展区深处走去。展区的情形只有最富有想象力的少先队员才能描绘出来：虚拟的场景四周，雕刻着花纹的宫殿拔地而起，用石头做成的巨大麦穗巍然耸立。用混凝土制作的矿工、集体农庄主和学者的塑像呆立不动，把各自的劳动工具——风镐、镰刀和显微镜——拿在手里。林荫道向远方的空地延伸着。从牲口棚里散发出来的温暖气息飘过了空地。小池塘像扔在树木中间的一块绿色绸缎一样。池塘的后面是一堵高大的篱笆墙，用细细的树枝密密地围着，隔开了展览馆与植物园。

我发现了一个长椅——不知是谁有这么大的力气，把它从林荫道上拖到了灌木丛里。我穿过灌木丛，在椅子上坐了下来。我向前伸直了双腿，然后大大地张开手臂，放到了椅背上。我闭上眼睛，抬起头，感到额头和脸上的皮肤在阳光下开始变干、发热，耀眼的阳光仿佛穿透了我的眼皮。

几个月以来，我第一次不去考虑当下的处境——事情已经发生了，正在按部就班地进行着，什么都无须改变。我已经作出了决定，我们正朝着唯一的出路迈进。

这些年，无论发生了什么事情，我都尽量不去想在墓地里、在妈妈的棺材板和墓碑之间……过去和现在，噩梦和现实之间有过什么……后来，我几乎忘掉了这件事。我常常会到瓦甘科沃去打扫墓地、给铁栅栏刷漆，然后坐在低矮的长椅（艾哈迈德砍了两根白桦树的树干，做成树桩，然后把一个窄木板搭在树桩上面，做成了长椅）上，闭上眼睛休息。有时候，我仿佛看到了妈妈的脸，听到了她的声音。然而，我却完全想不起彼佳舅舅了。他变成了一个飘移的影子，轮廓十分模糊……除此以外，就什么都没有了。现在，我学会了克制自己。

二十五年过去了——不，是二十六年……让人发疯……这么久了吗？也许伊戈尔说的对，这些都是我杜撰出来的——是从我小时候看的那些书里冒出来的。哪里还有什么钻石！周围只有现实世界！我们的硝石生意受阻是事实，黑帮可能会杀了我们是事实，所有的亲人都已长眠于地下也是事实。父亲被埋在了兔儿谷那无人问津的墓地，而兔儿谷早就从我的生活中消失了。我再也不会到那儿去了，也找不到那个用胶合板搭成的四棱形墓碑（上面有一个五角星）了。事实上，那个本该永垂千古的胶合板墓碑早就不见了。妈妈和舅舅就被埋在不远处的瓦甘科沃。我除了拥有地下的尸骨以外，一无所有，甚至没有亲人——除了一个受尽了苦难（我造成的）的女人、一个已经长大成人的儿子和两个像我一样快到五十岁的老傻瓜以外。再过一两个星期，这两个老傻瓜就有可能和我一起被杀害了。哪里还有什么钻石！地底下除了我从前生活留下的痕迹以外，什么都没有……

经过了一个不眠之夜，我感到很疲乏。在阳光的照耀下，我睡得很香。

我梦见了维奇卡·戈洛瓦乔夫。从他消失的那个春天开始，我就没有清晰地想起过他。他逃走了，消失了。后来，我也逃进了部队……二十五年——不，已经是二十六年前的事了。

在梦里，维奇卡衣冠楚楚，穿着渐变色的奥地利尖头皮鞋、带有灰色小点儿的英国西装和意大利的白色套头衫，冷笑着站在我面前。他装出一副宽宏大量的模样，仿佛我们是一群无知的孩子。我知道，他已经了解了我们的计划。“既然你那么聪明，”我在梦里对维奇卡说，“那你就制订一个更好的计划吧！”可是，他沉默不语，冷笑着转过身去，走上了一条干净的道路。路边是一座座整齐的小房子，宽大的木头房梁在房子的正面十字交叉。我在塔林①见过这种房子。当时，我们四个人为了购进一种衣服而去过那儿。也就是说，我梦见我们又来到了塔林。可是，我不明白，既然第二天一早我们得去墓地，那么现在为什么要去塔林呢？

我睁开眼睛，发现身边装铲子的破塑料袋不见了——有人在我睡着的时候把它拿走了。我想，这一定是维奇卡干的，他就喜欢开这种愚蠢的玩笑。

于是，我急忙跑到了“儿童世界”。商场就要关门了——不知为什么，那天商场提前关门——好在还有卖铲子的。

第二天是星期六，是纪念先人的日子，这对我们的行动很有利。人们从有轨电车站和公共汽车站向墓地奔去。三个背着脏兮兮的袋子、穿着傻里傻气的老式西服的农民不会引起人们丝毫的注意。为了隐蔽，我们在叶尼卡家换上了旧衣服。基列耶夫的大肚皮勉强塞到了叶尼卡父亲的西服里。叶尼卡的旧衣服，我穿着有点儿短，手腕都从袖子里露出来了。在我们的背包里，全是些最普通的东西（要是有人打算看一看的话）：几株花苗、一袋干化肥、一盒罐头、一瓶伏特加酒，还有用报纸裹着的三明治……叶尼卡还扛了一把用花布包着锹头儿的铁锹。我们远远地把汽车停在了霍罗舍夫卡大街上。

一切都在按计划进行。伊戈尔在墓地周围走来走去，忙着用油漆刷栅栏，尽量在与旁边的墓地相邻的那一侧多耽搁一会儿。其实，他们也在墓地里忙活，根本就没有工夫看我们。叶尼卡匆匆忙忙地用铁锹敲打已经开裂的浅灰色水泥地，想把它敲松。水泥地是长方形的，边缘很不整齐。立在上面的黑色花岗岩石板已经歪了。在抛光的石板上，浅浅地刻着几行灰色的字，上面落满了灰尘：

① 爱沙尼亚共和国的首都。

马尔金娜·玛·彼

1933. 10. 19—1952. 11. 7

马尔金娜·阿·赫

1911. 5. 24—1952. 11. 10

马尔金·彼·伊

1910. 8. 14—1957. 7. 29

萨尔特科娃·玛·伊

1914. 5. 5—1963. 3. 27

这些字总是出现在我的眼前，可是我早就学会了不去看它们。确切地说，虽然我看得见它们，但却不明白它们的意思。于是，我便不读它们，也不想它们了——只当它们是落满了尘埃的灰色符号，浅显地雕刻在抛了光的黑色花岗岩上。

后来，我们三个人蹲在陵园里，把花盆和一包包花籽摆在最显眼的地方，然后热火朝天地挖了起来。我们从三个方向往水泥板下面铲，挖了三条通道，向我在图纸上标出的地点靠近。

我们的铲子会经常碰到硬的东西。每到这时，碰到这些东西的人就会停下来，故意装出一副满不在乎的样子，不顾一切地把整条手臂都伸进洞口，不停地掏。另外两个人则屏住呼吸，在旁边等着。可是，从土里掏出来的却往往是一个水泥碎片，或者干脆是一块石头。

三个小时过去了，我们像鼹鼠一样把掏出来的松软的黄土摊开，伪装好洞口，然后紧挨着坐在长椅上。一会儿，我们就喝完了伏特加酒，吃掉了三明治，抽起烟来。墓地上的其他人也都开始吃吃喝喝了，隔壁陵园的人还唱起了歌。在这种地方，谁都不用担心违反所谓的“禁酒令”。两名警察尽量迈着整齐的步伐，时不时地从林荫道上走过。他们并不往道路两边看，好像已经有人请他们吃过东西了。在瓦甘科沃，几乎所有人都在对抗当局，只有我们还保持着清醒的头脑。

抽完烟，我们便继续进行自己的秘密行动了。我们全神贯注地挖着，三条地沟齐头并进。

我不知道是谁先发现的，又是谁先喊出声的：“看，折断的骨头和挖碎的头颅……”好在，我们还算强壮，有股子像运动员一样的蛮力，及时接住了倒向我们的石板。

石板倒了，露出了一个浅坑。浅坑周围埋的碎砖头不多，空隙很大——这就是墓碑的底座了。在浅坑下面，是已经烂掉了的黑色棺材板。

一切都结束了。

伊戈尔朝墓地的大门走了过去。回来的时候，他带了一名墓地的工人。这个小伙子穿着橡胶靴、破运动裤和方格的绒衬衣。他身材高大，胸肌宽阔，脑袋浑圆，浓密的黑色头发和黑色胡子剃得很短，有点儿像油画《叶尔马克攻占西伯利亚》中的鞑靼战士。他说话的时候，腔调里有一种知识分子才有的嘲讽意味——他甚至不想假装成一个平庸的破落户。这并不奇怪，在我认识的人当中就有从科学院的副博士沦落成锅炉工或者看门人的。他们没能成功地给自己的人生定位，下海经商或者抱着吉他登台演唱……

“啊哈，先生们，这么惨吗?”他瞅着陵园里被踩得乱七八糟的土地和斜卧在上面的石板，“挖到什么了？找到宝藏了？还是……不管知识分子做什么，都会很倒霉吗?”

我们一言不发，尽量谁也不看谁——得严格保密……

“好吧，我就不刨根问底了。干我们这行的都知道，多打听也不多给钱。”小伙子嘿嘿一笑，“这个名人墓地的主人是谁？这活儿值二十瓶酒的价钱。现在，酒的价钱比国家的定价贵一半，这一点也得考虑……好，今天先预付一半，明天下午验收的时候再结清余款……怎么样？”

我们把身上仅剩的一点儿钱都拿出来，交给了他。

……我都不记得余款是怎么弄到的了……第二天，我又来到墓地，看见他跟一群和他一样衣衫褴褛的人一起站在教堂附近。我大老远地向他招了招手。于是，我们向墓地走去。一路上，谁都不说话，我勉强跟得上他的步伐。

石板矗立在墓地上，四周是十分平整的混凝土，地面的其余部分也都很平整。

“我种了草。”小伙子不再嬉皮笑脸了，严肃地说。他收下钱，连数都不数就塞进了衬衫的口袋，然后以东方人特有的柔和的眼神瞥了我一眼，“不能再在墓地开这样的玩笑了，他们不喜欢……”

我递给了他一支雪茄烟。我们一边抽烟，一边就他过去同事创作的一部名声在外的长篇小说交换了看法。然后，我握了握他的手。不知为什么，我很慌张，竟然匆忙地跑向了大门口。

五年以后，我有了钱。我原想把他竖立的那块石板换成墓碑，但是我想起了他的建议，于是放弃了这个想法。因此，直到今天，他的劳动成果都保留着。就这样吧，等在石板上刻下“萨尔特科夫·米·列 16. IX. 1940”的时候再说。后面的日期暂不确定……

我们默默地回到叶尼卡家，坐下来喝茶。我们没有力气说话，没有钱买伏特加酒，什么都没有，也不再有任何出路——生活即将在十天以后结束。

“如果我们相信你，认为你没有发疯……”像以前一样，还是伊戈尔最先打破了沉寂，“如果装在亚麻布口袋里的钻石不是你想象出来的东西，那么就只剩下一种解释了：在墓地的工人当中，有人在 1963 年就看见你藏罐头了，后来找机会把它挖走了。或许这二十五年来，一直有着一个关于宝藏的传说。还记得那个有文化的小伙子说过的话吗？他大概是知道了什么……”

当然，我也想到了这一点，但又不想认同基列耶夫说的话，就像还有希望似的。叶尼卡一言不发，站起来，走出厨房，进了房间，在那儿忙活了一阵子。我听见有什么东西吱嘎乱响了一阵，然后是关上柜门的声音。接着，他拿出来了一个旧得发黄的文件夹，把它放到了窗台上。然后，他坐回到自己的位置上，点燃了香烟，看着我们，嘴角上挂着一丝奇怪的笑。

“还有一种可能性。”他轻轻地说。不知为什么，我突然明白他想说什么了。我正要加以阻止，叶尼卡啪地一掌拍在桌子上，“别出声，闭嘴！还有一种可能性：我们当中有人——我或者伊戈尔提前去过，就在昨天……也有可能是我们俩一起去的……”

“你胡说！”基列耶夫脸上挂着极其痛苦的表情说道。然后，他便在一个又一个空烟盒里找烟，又拍了拍自己衣服的所有口袋。“简直是疯了……”

叶尼卡看着桌布上的咖啡色圆形图案，继续说下去，声音仍然很低。

“索尔特，我还记得，在你的故事里总有些怪事。”他把烟灰弹到空茶杯里，然后看了看已经烧到过滤嘴的雪茄烟，把烟头掐灭了，“你说，在兔儿谷的时候，有人向苏军特别行动处告密。你认为，告密者是你父母的朋友。你甚至怀疑，告密者是尼娜。有人向克格勃告发你的那次，你认为是丹娘……现在又轮到我和伊戈尔了。索尔特，你心里总是有秘密……嗯，我不知道该怎么说……同一种类型的秘密。亲密的人一直在背叛你，对吗？你是不是这么想的？如果我们三个人还是朋友，还想证明自己光明磊落，就说实话……是不是？”

“你这个傻瓜！”我想不出别的话来回答，因为我知道叶尼卡很聪明——可能是我们当中最聪明的一个，“你要我告诉你什么？要我告诉你，再糊涂，我也从来没有这么想过？要我发誓吗？我在朋友面前郑重地发誓：我从来没有想过，我的朋友会盗窃我的东西。我的意思是，这就等于盗窃他们自己的东西……”

“闭嘴！”我感觉到叶尼卡的声音里有仇恨的意味，急忙住了口，“还在装腔作势……你难道不知道我们三个人是这么想的吗？而且，从现在开始，我们永远都会这么想！”

“等一等！”我突然想到了一个辩解的理由，便立刻用来自我安慰。我知道，用这个方法也能安慰叶尼卡和伊戈尔。伊戈尔已经完全泄气了，一直在装作找烟。“等一等……听我说！如果你们当中有人拿了钻石……即使是你们两个人一起拿的，也得向朝鲜人还债——为了我们大家还债！如果不这么做，我们就会被击毙！你们还是打算去……澳大利亚吗？”

不知为什么，从我的嘴里冒出了“澳大利亚”这个词。我知道这是怎么回事！到现在为止，一提到“背叛”这个词，我的耳朵里便会响起列娜的声音：“背叛是你自找的……你背叛了所有人……”可是，当时我根本就顾不上分析自己的这种潜意识。

叶尼卡沉默不语，若有所思地看着我。基列耶夫终于找到了一支烟，立刻就来了精神，心满意足地抽了起来，还和我开起了玩笑。

“枪毙！”他学着我的样子说道，“谁还敢这么说话，啊？你最后一次听说这个词，是在哪儿？是在那部让人印象深刻的电影《形形色色的案件》① 里吗？你这个家伙，应该说‘他会守口如瓶’，明白吗？不过，有一点你说对了：我确实想和叶尼卡一起走掉，但不是去澳大利亚，而是去阿根廷……去里约热内卢。我们要按照伟大的先驱们的指引，去寻找其他钻石……”

---

① 1958 年，根据侦探小说家阿达莫夫的同名小说改编的电影。

渐渐地，叶尼卡也开心起来。我们忍不住大笑起来，想起了我们掘地三尺时的情景。我们不停地向四处张望，看有没有人注意到我们的这种愚蠢的行为……好像忘了近在咫尺的噩梦。

从叶尼卡家出来的时候，已经很晚了。我们在“白俄罗斯”地铁站分了手。伊戈尔坐车回奥金佐沃去了。他们一家人都住在那儿，三居室的房子里住了六个人：早已退休的精神失常的父亲、神经错乱的母亲、成了老姑娘的疯疯癫癫的姐姐，还有马林娜和已经上了大学的热尼娅，再加上伊戈尔。

我静静地沿着高尔基大街往家里走去。路上很黑，周围空荡荡的。门洞里有两三个妓女在徘徊——那时候，大街上刚开始有妓女。

我思考着我们的处境，根本看不到一点儿出路。最后的希望破灭了，早该料到会这样……突然，我感到一阵心痛——那里有妈妈、彼佳舅舅、阿达舅妈和玛尔塔的尸骨。“不能再在墓地开这样的玩笑了，他们不喜欢。”从我的脑子里冒出了一个清晰的想法。二十六年以来，第一次出现这个想法：我做了一件非常严重的错事，不该这样利用坟墓……那是亲人的坟墓。

我想，是他们……是死者夺回了宝藏。

我试图阻止自己这么想——简直是疯了！拿神秘主义消遣一下还行，可是不能当真！不该认为是死者转移了自己的宝藏！可是，太晚了——这个想法一旦出现了，就不会消失。这是他们的钻石，他们不想让家庭的财富落到朝鲜人手里。

想到这儿，我突然停住了脚步，就像撞到柱子上了似的。从门洞里传来了清脆的声音：“先生，想找个姑娘吗？”我不耐烦地摆了摆手，向相反的方向走去——得把这个念头弄明白。

那么，诺索夫的事呢？理智地想一想，朋友当中是不会有人向他告密的……也就是说，这是命运的安排，或者说是世事难料……祖辈留下来的钻石毁了舅舅，杀了父亲，让妈妈长年卧床不起……在二十六年前跟我开了个玩笑，让我入伍，好让我变得成熟，别在年轻时挥霍掉这笔钱……而现在又不让我得到它……

我知道，这些想法很荒唐，但是我没有办法。愚蠢的念头不断地被我赶走，又不断地向我袭来。

于是，我再次出发，朝家里走去。这一次，我没有走高尔基大街，而是立刻从列斯纳亚大街拐到了我们家所在的特维尔－亚姆斯卡亚大街。这里一片漆黑，就像夜晚的森林一样。楼房的轮廓模糊不清，一股股臭气从地底下飘了上来。那些年，莫斯科市中心的房屋倒塌、裂缝，地下积水，一片衰败的景象……

家里人早就睡着了。我轻手轻脚地走到床边，脱掉了衣服。每到半夜，一天的工作结束时，我就会觉得十分疲乏。我立刻就睡着了，没有做梦。

第二天早上，我怎么也找不到叶尼卡了——打电话没人接。伊戈尔也不见了……当天下午，我到墓地去，给那个有学问的工人结了账。然后，我从墓地坐车去了叶尼卡家，事先没给他打电话。可是，没人开门——别雷不在家。

星期一过去了，还是什么消息都没有。我被“钻石复仇”的念头折磨着，却怎么也想象不出来叶尼卡会出什么事。

星期二一大早，他就打电话来，让我快点儿去地下室——他和伊戈尔已经在那儿等着我了。

其实，他叫我来只是想通知我一件事：叶尼卡把他父亲那套电报大楼对面的三居室转到了朝鲜人名下，不但还清了我们的债务，而且得到了一些现金。别雷正准备搬到奥尔登卡去——这个消息太让我感到吃惊了，就连与那个公寓的房间有关的回忆都没能让我清醒过来。他已经预订好了汽车，以便把书和一些值得纪念的东西运过去。他把父母房子里的家具都留给了黑帮的人。

伊戈尔比我提前半个小时知道了真相。他和叶尼卡是在地下室里相遇的。基列耶夫到地下室去，是因为待在奥金佐沃实在无聊，得不到任何消息。他坐在那儿，时不时地抹去额头上的汗水，脸上挂着傻乎乎的笑容。叶尼卡一直开着“樱桃园”的玩笑，把自己叫作“拉涅夫斯卡娅”①。他开的玩笑千篇一律，一点儿也不好笑。我太惊讶了，以至于把一直纠缠着我的有关钻石的魔咒抛到了九霄云外……

① 契诃夫的小说《樱桃园》中的女贵族。为了还债，她被迫拍卖了世代居住的樱桃园。

第九章　春天的争斗

在莫斯科，2 月份飞快地过去了。大街上很脏，到处都是薄冰。3 月份下了几场大雪，着实冷了一阵子。春天就要到了，大家迫不及待地要出去旅游。最近几年，5 月份的假期越来越长。员工们都在研究去土耳其、埃及和塞浦路斯的“性价比”。集团的领导想去西班牙或者科西嘉岛，而部门经理们则要在“蓝色海岸”① 和迈阿密之间作出抉择……

一天早上，我听见了尼娜打电话叫自己的司机。她很少出门，几次都由一位体面的先生来接她。他是一名上校，提前从部队退了休，并不介意挣份外快来弥补退休金的不足。他满头的白发整齐而浓密，面部的轮廓十分粗犷。尼娜是通过熟人把他找来的，非常信任他。她可以放心地坐飞机，但却一直害怕坐汽车。看来，她从小就习惯于相信军人了。

通常，亚历山大·德米特里耶维奇一大早就会来，在老地方拿到钥匙，然后把我们的第二辆车从车库里开到院子中央。那是一辆“尼桑”牌汽车，虽然旧了点儿，但是车况很好。尼娜不想换车，或许是因为吉普车的大块头儿能让她安心吧。况且，她原本就不喜欢新的东西。我倒是认为，她不想因为换车这种不值得一提的小事而打破自己的沉默。亚

① 法国东南部的旅游胜地。

历山大·德米特里耶维奇把车子从车库里开出来之后，一定会打开车前盖儿，久久地观察运转中的发动机，并且会时不时地俯下身子，把手伸到里面去，拧一拧里面的东西。我喜欢在楼上，从我房间的窗口观看这个“仪式”。

半个小时之后，尼娜穿着进城穿的衣服（也是一件旧衣服）出来了。她有很多钱——我专门为她存在了莫斯科的一个可靠的银行账户里。她有信用卡，但是由于她的衣服总是穿不坏，她又不喜欢赶时髦，所以她不会去用信用卡。

今天，她没戴帽子，穿了一件浅色的风衣，衣领下面露出了颜色鲜艳的围巾。出门的前一天，她把头发染成了金黄色，盖住了几乎全白的头发。我藏在厚重的窗帘后面，看着站在汽车旁边的女人。远远地看去，她一点儿也不像老年人，还是那么漂亮。随着年龄的增长，她变得越来越像她的同龄人凯瑟琳·丹尼芙①了。

退休的上校关上车前盖儿，用一块干净的抹布仔细地擦了擦手，然后把抹布叠好，塞进了黑色大衣的口袋。他彬彬有礼地扶着尼娜的胳膊，帮她跨上了高高的台阶。只有动作才会让她暴露出自己的真实年龄，让人发现她已经难以独自行动了。过了很长时间，她才在座位上坐好。在此期间，司机一直站在打开的车门旁边……

晚上，我回来得很早。我们一起吃了晚饭。根纳走出餐厅之后，尼娜像往常一样，看向一旁，告诉我说，过两天她要到欧洲去一个月——先在伦敦待十天，然后再去意大利。为了回应她，我问她身体怎么样了，能不能适应旅途生活，还问她签证办得怎么样了。她像原先那样，不拿正眼儿看我，只说：“签证还没有办完。我身体很好，谢谢！”有一个女性朋友会跟她一起去，是她邀请的。也就是说，如果发生了什么事

① 法国女演员。

情，她身边会有人照应。紧接着，像是预见到了我要提的问题似的，她又补充说，这位女朋友是她以前在出版社的同事，我不认识。没错，尼娜在出版社时的同事，我一个都不认识。退休前的最后几年，她一直在出版社工作。那时候，我们的情况跟现在差不多——虽然生活在同一个屋檐下，但是各住各的。我不知道该说什么，就点了点头，意思是：她的事，我都知道了。

晚饭后，我们像以前一样，回到了各自的房间。我坐在书房里，百无聊赖地看着电视屏幕。一位“职业政治评论家”正在就自己的反对立场和坚定的信念大说而特说，活像一只骄傲的火鸡——与我相比，有过之而无不及。他所说的，我都知道。但是，他表现出来的愤慨却惹恼了我——你不要生“能让你成为百万富翁的当局”的气……

我关掉电视机，坐在黑暗的房间里思考着公司的现状。

最近两个月，好像没有什么动静……

可是，我知道，事态正在进一步发展，只是没让我和伊戈尔知道罢了。在夜总会闹事之后，鲁斯塔姆没有再提起让我们离开公司的事。他的言谈举止很正常，就像什么事情都没有发生过、什么问题都没有出现过似的。一切照旧，我和伊戈尔还和从前一样，被剥夺了对公司的实际领导权。开董事会的时候，我们没有理由发脾气，因为他们的决定合情合理。表决的时候，我们只要跟大家一起投赞成票就行了，即对鲁斯塔姆的提议投赞成票。

这种平静实在是让我感到害怕。我了解鲁斯塔姆，他是不会放弃自己的主张的。我相信他的话，那就是：与其说是他本人希望我和伊戈尔出局，不如说是“大人物”要求他这么做的。因此，他不可能改变计划。大概是有人承诺，让他担任我们入股的那家大公司的副总经理吧……或许，他们也给那些年轻人提供了优越的条件……

这么说，伊戈尔是对的——得主动让位。是不是太晚了？我们还有多少时间？到 5 月底，大家休假回来之前，什么事情都不会发生。可是，在那之后，事态一定会迅速发展，达到不可逆转的地步。因此，在剩下的时间里，必须做好准备，争取主动。当然了，我们不能接受他们提出的价钱，必须要求他们在原来的基础上提高一半的价钱。必须在合理的范围内讨价还价，尽管他们很可能不希望讲条件。

为了不交出我们的“托巴斯”，我和伊戈尔已经背叛过叶尼卡了。当时，我们宽慰自己说，这样做是为了保住这份产业——如果是叶尼卡，也会这么做。但是，我们现在却要交出叶尼卡创办的公司。要知道，他做的比伊戈尔和我都要多很多。后来，叶尼卡挽救了公司。事实上，他是挽救了我们的生命。为此，他卖掉了父母的房产。再后来，他又一次挽救了公司。这已经是他被杀之后的事了……

可是，我们现在却要交出“托巴斯”——不是交给鲁斯塔姆……我们甚至不知道要交给谁。

然而，我们好像别无选择。

老家伙真的到了该退休的时候……还是应该继续坚守？

这些让人感到压抑的思绪驱散了我的困意。我知道，一直到天亮，我都无法入睡。我想起了叶尼卡，现在他要陪我一整夜了。

他是真正的玩家，我和基列耶夫都没法儿和他相提并论。他知道，要在该认输的时候认输。从加拿大回来之后，生活在走下坡路，可是他都赢回来了。他总是能够摆脱困境，直至输得干干净净……换作是他，是会把这个游戏继续玩儿下去呢，还是甘拜下风，免得身无分文地离开？

当他搬到了奥尔登卡，而我们又还清了债务的时候，命运出现了转机——就像是用高尔基大街上的那座建于斯大林时期的、总面积大约一百六十平方米的房子讨得了上帝的欢心。

生意越做越好，我们第一次觉得自己成了富人。

伊戈尔花了好多钱，把奥金佐沃的房子换成了“索科利尼基”地铁站附近的五居室，让全家人都搬了进去。可是，他的父母和姐姐在新地方住了没多久，就接二连三地在两年内去世了。为此，伊戈尔差点儿疯了。他向医生支付了大把大把的钱，却无济于事。他们就像是急于摆脱富裕的生活，迈进卡希尔卡大街的肿瘤中心……

后来，在叶尼卡的生活中出现了阿林娜，他和她一起度过了生命中最后五年的幸福时光。阿林娜的年龄几乎只是叶尼卡的一半。她原想在戏剧舞台上干出些名堂，曾在州立青年剧院取得过巨大的成功。《莫斯科共青团报》的评价是：“不久前毕业于什楚金戏剧学院的阿林娜·克里沃舍因娜的表演非常出色，让人深感意外。”叶尼卡总是会被有艺术才华的姑娘吸引。也许，他与彼得堡的女诗人（下落不明）的一次婚姻使他的品位定了格……在生活中，阿林娜是个相当迷人的姑娘，像宠物犬一样开心，又像看家狗一样活泼。住过柳别尔齐的简易窝棚之后，她很享受在奥尔登卡的生活和叶尼卡的慷慨付出。对世代贫穷的她来说，这样的生活简直不可思议。当然，她也非常享受叶尼卡那姗姗来迟的热烈而奔放的爱情。那段时间，叶尼卡非常漂亮（那些年轻时长着一头浓密黑发的男人，到了快五十岁的时候就会显得很漂亮），浓密的白发有点儿发蓝，脸膛儿黝黑，个头儿有一米八左右，简直就是个孩子……他的脸上永远都挂着嘲讽的微笑（笑的时候，从鼻翼到嘴角有两道深深的皱褶），嘴上永远都说着确实很可笑的笑话，口袋里永远都装着大把的金钱……大约一年半以后，我们把欠下的债务折算成当时的价格，偿还了叶尼卡卖掉父母住宅的钱。于是，他在十月广场的高档新区买了一套三居室的房子，并且只用了一个星期就在房子里摆满了意大利家具。可是，从此以后，阿林娜总是若有所思，就像在努力回忆着什么，但却怎么也想不起来了。她和叶尼卡正式登记结婚了，没有举行婚礼。我和伊戈尔是他们结婚的见证人。从婚姻登记处出来，他们两个人便直奔机场，飞到加那利①去了。当时，很少有人到那儿去旅行。两个星期之后，他们容光焕发地回来了。阿林娜不再想去当一名戏剧演员了，而是竭尽全力想给叶尼卡生个孩子，却没能如愿。她到处去看病，甚至跑到瑞士去求医。

就这样，又过了两年。

后来，基列耶夫把鲁斯塔姆带来了。我们没有注意到，事情是从什么时候开始发生变化的。伊戈尔总是喜欢帮助巴库和西伯利亚的熟人，不过仅限于在困难的时候借给他们钱，而且是有借有还。可是，鲁斯塔姆并不需要基列耶夫的钱。鲁斯塔姆带来了数目可观的资金——他要进入某个已经步入正轨的正当行业。那时候，他还没有能力在莫斯科创业，更不懂首都的游戏规则。于是，他介入了我们的事业，并且处心积虑地想从内部“掏空”它。

一年以后，公司开始涉足石油业务了。显然，我们永远也不会成为行业的巨头，因为我们起步太晚了，而且鲁斯塔姆并没有足够的实力。但是，已经有人开始注意我们了。

这时候，鲁斯塔姆悄悄地关闭了我们与波兰人和德国人合办的企业。我们先是成了闭股公司，后来又成了开股公司。后来，我们干脆就把原来的一部分业务（引进二手汽车）以可观的价格卖给了一位经常为我们运二手车的司机。叶尼卡当上了董事长，我们三个——伊戈尔、我和鲁斯塔姆成了副董事长。我们在城里租了一幢别墅，期限为四十九年。我们很快就将它改造成了办公大楼。紧接着，年轻人陆续进了公司。仅仅过了一个月，就来了施密特、爱波斯坦和彼得罗夫。然后，爱波斯坦带来了阿列克谢耶娃及其同学古利克维奇……开会的时候，罗姆卡和古利克维奇提出了一个被称为“蓝图”的计划——把钱打入国外账

① 指西班牙的加那利群岛。

户的“蓝图”。虽然我是其中两个公司的负责人，但是我一直都搞不清楚，这些在不知名的岛屿上注册的并不存在的公司跟我们有什么关系……可是，不管我和伊戈尔是否理解，“蓝图”计划都会被实施，我们个人账户上的收入也会变得更多。于是，我们不再感到害怕了，只是惊讶于公司的扩张速度。渐渐地，我们习惯了有钱人的生活。

叶尼卡似乎突然明白了什么，有点儿担心。可是，他什么都没有跟基列耶夫说，也没跟我说。他总是单独行动，玩儿自己那一套。他和鲁斯塔姆经常久久地待在他那间尚未装修完毕的办公室里聊天。他的办公室一直没有装修完毕，后来竟然变成了为鲁斯塔姆装修。有时，会从并不隔音的单层房门里面传来大喊大叫的声音，全楼都能听见。不过，一切都到此为止了。显然，他们说好了，不把意见分歧在董事会上提出来……

他走到别墅的台阶上，停下脚步，以主人的眼光打量了一番仍然堆满建筑垃圾的院子和刚刚粉刷过的黄白相间的大楼的正面——一切都是旧式的，挑不出任何毛病。他的司机沃洛佳把一辆崭新的“奔驰 600”开过来，停在了大楼的门口。当时，有四辆一模一样的“奔驰”汽车，分别配给了鲁斯塔姆、叶尼卡、伊戈尔和我。我的那辆车至今仍然在使用。

他从台阶上下来，向人行道的一侧走了两步。他打开车门，坐到了副驾驶的位置上，然后用力关上了车门。

那一幕，我没有看到——详细的情况是事后一名幸免于难的保镖说的。

爆炸发生时，我们正在室内——窗口烈焰熊熊，墙皮纷纷掉落。

我跑到外面，看见“奔驰”车从中间断成了两截，正在马路上燃烧。在人行道旁停着的汽车当中，有一辆老式的“雷诺”牌汽车，是托利亚·彼得罗夫的。这辆车侧翻在地，挡在了燃烧着的“奔驰 600”前面，也挡住了叶尼卡那正在燃烧的尸体。

叶尼卡、沃洛佳和一名保镖当场死亡。另一名保镖被送往斯克利福医院，死在了那里——一块铁皮穿透了他的身体。有一个人活了下来，震伤后恢复了健康。于是，检察院的官员便没完没了地审问他。事实上，所有人都接受了审问。

鲁斯塔姆当上了董事长。我和伊戈尔和其他董事会成员一样，举手表示同意。我们俩谁也不敢去看对方的眼睛。当时，我安慰自己说，如果叶尼卡处于我的位置，为了使公司不至于七零八落，也会这么做。如果我和伊戈尔固执己见，那么最后一定会无路可走的。按照叶尼卡的遗嘱，把钱留给了阿林娜。我和伊戈尔得到了他的股份——各占百分之五十。

后来，每年的份额都会被重新分配——鲁斯塔姆和罗姆卡所占的比例越来越大。我和基列耶夫始终保持沉默，并没有试图反抗。我们总是安慰自己说，剩下的股份还很多，有足够的影响力。

爆炸事件轰动一时，有很多媒体都对此进行了报道。然而，没有一名新闻记者把矛头指向鲁斯塔姆，只是有一些模糊的暗示罢了。

酬客宴是在我们的别墅里举行的，在最宽敞的走廊里摆放了一张长方形的桌子。在走廊的尽头，护士们在阿林娜的身旁忙活着。无论是在太平间还是在墓地，她都没有掉过一滴眼泪，而现在却失去了知觉。大家把她放在沙发上，躺了下来。

从来都不抽烟也不喝酒的鲁斯塔姆喝了一杯伏特加酒，又叫上我和伊戈尔到朝着院子的阳台上抽烟去了。“我不会去证明什么。”他硬生生地用牙齿咬住烟嘴，模模糊糊地小声说道。我们听不清他说的话，就凑了过去。这样一来，在走廊里看到我们的人会以为我们在密谋什么。“我只说一句：如果我们的汽车不是一模一样，如果叶夫根尼·瓦西里耶维奇①的身高和我不一样，如果这些白痴看清楚了白头发……那么，你们现在就不可能和我一起喝酒了。”“这么说，他们想杀的人是你!”伊戈尔刚一开口，就停住了。“你是想说……”“我什么都不想说!”鲁斯塔姆把没抽完的雪茄烟扔到了院子里。我不由自主地向烟头飞行的方向看去，发现院子里堆放着干木板——可别发生火灾！“什么都不会去解释……该说的都说了，你们自己决定吧……尤其是你，伊戈尔·伊万诺维奇，大概是后悔把我带进来了吧！不要自责——这就是我想说的。”他离开了阳台。我们两个人仍然留在那儿，默默地站着抽烟。

一个月后，阿林娜把叶尼卡的房子卖给了加拿大人，然后出国了。她始终没有给我和伊戈尔写过信。不过，据公司里的人说，她住在奥地利，嫁给了一名滑雪教练（是个俄罗斯的合同工）。后来，一个法国人住在了叶尼卡的房子里。据说，租约签给了别洛兹尔拉夫斯基夫人……

窗户外面很亮。我艰难地从沙发上站起身来，向浴室走去。经历了那一夜之后，我得想办法让自己恢复常态。

我站在花洒下面，心里想着，我的生活真离奇！我的童年是在劳改营的墙外度过的，简直就像蹲监狱一样。我的父亲以可怕的方式结束了自己的生命。年轻时的我到处奔走，疯狂地倒卖洋货。当时，很少有人这么胆大……后来，一切都归于平静，我过上了普通苏联人的日子，成了一名科技工作者。即使是变革的浪潮席卷全国的时候，我也没有什么特别的想法。可是，我最后却成了商人，甚至接触到了俄罗斯最典型的生意——石油……还碰到了一些年轻人。事业发展到了不着边际的程度……然而，叶尼卡也飞向了……显然，米哈伊尔·列昂尼多维奇·萨尔特科夫并不是天生的冒险家，只是个平凡的投资者。我也一直朝着这个方向努力，但时事弄人，祖辈的遗传占了上风……成了幸存者。

---

① 叶尼卡的名字和父称。

我来到了办公室。大约半个小时以后，叶卡捷琳娜·维克托罗夫娜问我，是否可以接通奥列格·尼古拉耶维奇·彼得罗夫斯基的电话。那个人一大早就打来电话，自称是“国家杜马委员会副主席”，要我一到办公室就和他联系。

我花了大约五分钟的时间努力回忆这个人，最后得出了结论：我根本就不认识什么奥列格·尼古拉耶维奇。我不认为我和这个奥霍特内莱特街①的大骗子之间会有什么愉快的谈话，但我还是请她把电话接了过来——这种人总会找到你。

“你好，米哈伊尔·列昂尼多维奇！”话筒里传来了高兴的声音，就像终于和老朋友联系上了似的。这种一成不变的苏联官腔，我听得太多了。“彼得罗夫斯基打扰你了……还记不记得，在上一次的工贸会议上，我们一起聊过天……”

我当然和一般人一样，什么都不记得了，但嘴里却嘟囔着：“当然啦，当然记得！必须的，奥列格……”

“尼古拉耶维奇，”那个人用快活的声音提示道，“跟死去的叶夫列莫夫同名……你知道叶夫列莫夫吗？”

上帝呀，这关叶夫列莫夫什么事？哪个叶夫列莫夫？胡说八道，简直是疯子……

“他是个好人。”那个人的声音变得很忧郁——人们谈到死人的时候就是这种腔调，“我经常跟他在一起喝酒。他是个对什么事都很上心的人……”

我准备打断他的话。这个“杜马委员会”的人肯定是闲着没事，随便找个人就打电话。他大概是一大早就喝得醉醺醺的，翻了翻不久以前收到的名片。我这个傻瓜，可能在那次会议上把自己的名片给了他……

① 莫斯科杜马大厦所在的街道。

这时，奥列格·尼古拉耶维奇谈到了正题：

“听着，米哈伊尔·列昂尼多维奇，我有话要对你说！咱们得见一面，把事情说开……今天一起吃午饭，怎么样？选个地儿请人吧，啊？”

“说开”、“选个地儿请人”，这是些什么鬼话？一半是黑社会的污言秽语，一半是奴才般的卑躬屈膝……

“有什么事，奥列格·尼古拉耶维奇？”我谨慎地问道，“我倒是很乐意去，只不过时间……”

“是很重要的事情，”奥列格·尼古拉耶维奇的语气变得严肃起来，“不然在电话里就解决了。一定得当面说清楚，明白吗？是很重要的事情，你会感兴趣的。”

最后一句话听起来像是在威胁。这家伙是从哪儿来的？为什么要找我？

我提议五点钟见面，但是不在饭店吃饭，而是在正对着红场的时尚咖啡馆里喝茶。我的谈话对象虽然同意了，但却忍不住好奇地问我为什么只喝茶。我只好以饮食习惯不同为借口撒了个谎——我不能说，一想到和他一起吃饭，我就觉得恶心。

“那地方上档次吗？”他问，“我可不希望什么人都去……”

“上档次！”我按捺不住内心的喜悦，又补充了一句：“你们的人不去，所以很上档次……”

他发出了善意的笑声。我们约好了，五点钟见面。

不知为什么，我突然被即将面临的谈话搞得有点儿紧张。我只是一个小公司的副职，那个人为什么要找我？

他为什么要找我，很快就弄清楚了。

“米哈伊尔·列昂尼多维奇，你得理解我……”他喘着粗气，尽量小声地说话。但是，在部队里，为了保住中士的头衔练就的“长官嗓门儿”还是盖过了叉子的敲击声、服务员的说话声和来宾的交谈声。这家咖啡馆是城里少有的没有噪音的咖啡馆。“你得理解我……我并不是代表我自己，而是代表一些有身份的年轻人……那么，你应该明白……他们都上过和我们一样的学校……只要不脱离共青团，就会永远年轻……嘿嘿，没法儿年轻了……不管怎么说，有人给你提出了切合实际的建议……那就不应该拒绝，列昂尼多维奇。我们都是爱国者，国家得生存……咱们为这件事喝一杯，庆祝一下，好不好？……”

不知为什么，这个丑八怪——这个只配在《钦差大臣》里扮演市长的人，就像一头把身体裹进两千美元一件的意大利西服的猪——认为我和他是一种人。难道是因为我们年龄相仿吗？莫非他根本就不允许有人去过与他完全不同的生活——不在共青团积极分子的会议上耍酒风，不在澡堂里谋求晋升，不盗窃党中央的钱财……不过，也许他是对的，我和他其实没有区别……比如说，这个怪物也喜欢喝威士忌，已经为他自己和我要了三次……

我答应他好好想想，然后付了两个人的钱——他并不反对白吃白喝，这是他唯一的生存方式。于是，我们来到了红场上。奇怪的是，他很快就醒了酒，拖着小肥腿儿，迈着沉重的步子，让长长的裤角在柏油路上蹭来蹭去……朝着伊韦尔斯卡亚教堂的方向走去。我们走到了桥上。春风拂面，河面上漂着细碎的灰色冰块。我们来到桥对面，漫无目的地向莫斯科河南岸地区走去。

老实说，我几乎作出了决定：投降，然后离开。既然他们请来了奥列格·尼古拉耶维奇这样的人物，就说明他们一定要把我逼上绝路。当然，奥列格只是个跑腿儿的角色。不过，他显然不是黑帮派来的，而是真正的“大人物”派来的。他有可能在杜马中地位不高。他们也许只是在利用他，让他对我这种顽固不化的人提出最后的警告。就算出了事，他也什么责任都没有——这位人民代表关心的是国家的兴衰和商业的发展……

剩下的就只有讨价还价了——试着把自己的股份提到12%，而伊戈尔的股份不低于10%——然后离开。

尼娜作出出国的决定，或许是对的。要说服她留在那儿……然后，劝列昂卡卖掉公司，也搬过去。让他们重新开始，他还有精力……最难的是伊戈尔。他自己倒是愿意走，早就幻想着在酒吧里开始新生活了。我们俩可以买一个像样的店面，或者两个……以掩人耳目。我们会在那儿平静地生活下去。但是，他的老婆、孩子怎么办！……马林娜不愿意离开祖国，受不了在没有白桦树的地方生活。热尼娅离不开各种集会和被人瞧不起的电视台……让伊戈尔说服她们并不容易，可是必须这么做。

好了，再也没有什么事情需要考虑了！

到了以守为攻的时候了——也就是说，要有尊严地退却。

我停下脚步，把打火机的火苗藏在手心里，背对着风点燃了香烟。我抬起眼睑，发现自己来到了奥尔登卡，就站在那座大楼前。在叶尼卡的那个落满灰尘的房间里，我最深沉的爱情开始了，又结束了。

事实上，从列娜离开的那一刻起，这个国家就已经没有什么值得我留恋的了。

可是，直到现在，我都没有离开。我这样做，只有一个解释：还不到时候。我在这儿找到了一个有趣的游戏，而在其他地方，我会承受不起这种规模的游戏。所以，我一直待在这儿，就像地球上没有其他地方了似的……不，好像不完全是因为这个……如果该走，我早就走了。可是，以前没有要走的理由。以前，我什么都不怕，没有什么能让我离开这座城市。半个世纪以来，我一直属于这座城市。这么多年以来，它一直属于我，是我的财产。4月的天空、春天的灰尘、河面上的冷风、桥下的暗流，还有别尔谢涅夫斯基沿岸大街上监狱大楼的影子，以及莫斯科能源公司的烟囱……

还有这座房子，它也是我的。我最甜蜜的爱情在这儿逝去了，几乎要了我的命。现在，是说“再见”的时候了！

以前，我是跟爱情说“再见”，而现在到了跟回忆说“再见”的时候了。

我把高大的房门拉向了自己。门上胡乱涂着常见的那种红褐色油漆。以前，房门很漂亮，上面雕刻着细长的花纹，属于现代的莫斯科风格。我走进了能发出响亮回声的楼道。用大理石碎屑铺就的台阶有些磨损。宽敞的缓步台通向二楼，右边就是那扇门。到现在为止，门框上仍然镶嵌着一个个单独的门铃按钮，每个按钮下面都贴着一个纸条——沙罗夫、西尔伯、伊万琴科、布赫斯坦、别洛采尔科夫斯基……

天哪，他们到现在都没有把纸条换掉！这不可能——这大概是我的幻觉！

我下意识地按响了门铃，并没有考虑这样做的后果。

房门立刻就打开了，就像在等着我似的。

以前，列娜等着我的时候，房门也是这样迅速地被她打开——我把钥匙给了她。她总是提前走到门口，仔细地聆听。我刚一按响门铃，她就会立刻过来开门。

门口站着一个工人模样的年轻人，上身穿着一件背心，下身穿着溅上了颜料的牛仔裤。他胆怯地微笑着看着我。门厅的墙皮被刮掉了，墙边放着一包包贴了商标的光滑的板子，一直摞到顶棚。一袋袋水泥和一摞摞石板紧挨在一起……这里正在进行欧式装修。

“是主人让您来的吗？”年轻人问。

“我搞错了。”我一边说，一边关上了门。

大门立刻就被他上了锁，扣上了链子。这可怜的“一撮毛”① 后悔

① 对那个乌克兰人的蔑称。

开了门……叶尼卡的房子早就不在了——搬到十月广场住的时候，他没来得及卖掉它。他死后，房子就被房屋管理处接管了。现在，整套公寓都被卖掉了，住进了别人。虽然房子的价格贵了一些，但这里无疑是个好住处。在我和列娜曾经相亲相爱的房间里，主人会安排下自己的孩子，或者把它改造成书房。一对傻瓜情人的影子是不会打扰到新住户的——虽然我们已经不住在这里了，但是我们还活着。

像莫斯科所有的普通居民楼一样，这里的楼道很脏。过不了多久，公寓里的住户就会被妥善安置。房子将被重新维修，住上和我一样的富人——这种上百年的老房子越来越值钱了。楼道的大门也会重新装修，安上对讲机。在楼梯的左边，会给看门人或者身穿黑色制服的保安隔出一个玻璃隔断，防止有人随便走进来……

心脏——我早就忘了它。这时，它猛地跳了一下，在我的嗓子眼儿下面不停地“敲打”。于是，我便把手伸进衣兜找药吃。心脏跳得更猛烈了，像是有人在向外突围似的。我坐在破烂的楼梯扶手上，终于把药拿了出来。我从铝箔纸里挤出一粒药，忍住喉咙里一阵阵的痉挛，把药吞了下去。现在，必须等待药片起作用。我坐在栏杆上，看着墙上的字。那是一种特殊的字体，在全世界的墙上都可以看到。真有趣！莫斯科河南岸地区的流浪汉怎么能模仿出巴黎和伦敦流浪汉的写法来呢？所有字母都像图案一样，搅和在一起，酷似厚厚的面包圈，根本就看不出来写的是什么，真让人生气……最近几年，任何事情都会让我生气。

我老了——就是这么回事！

我在破旧而宽阔的大理石台子上发现了一个碟子和一个报纸的碎片。看来，有人在这里养猫。于是，我的态度变得温和了一些。喂猫的也许是个孤独的老太婆……这么说，并不是全人类都喜欢在墙上画满愚蠢的东西……可是，老太婆很快就会死去。

心跳平稳了，心脏安静了下来。只是，胸口的左侧还有点儿不舒服。我从楼道里走出来，大门在我身后重重地关上了。天已经完全黑了，我不知道该去哪儿。根纳和汽车在奥霍特内莱特街等着我。在我和彼得罗夫斯基见面时，我让根纳等在那儿。

根纳立刻就接听了我的电话，大概是一直在等着，已经着急了。据我所知，他已经习惯和我待在一起了。我们俩每天都会在汽车的狭小空间里共度两三个小时的时光。他差不多已经为我工作了十年……我让他把车开到“突击手电影院”，在那里等我，而我自己则慢慢地往那边溜达。我穿过立着雕塑的街心花园，走到了桥下。稀稀落落的行人迎面走来，回头看着我这个穿戴讲究的男子一路前行——穿着如此精致的开司米大衣可不该在桥下闲逛。远远地，我看见了我的汽车尾灯在闪烁。

好啦，这一天结束了！四十分钟后，我将回到家，喝点儿酒，吃点儿东西……我已经决定了，什么事都不去想了——连续两天晚上睡不着觉，心脏会抗议的。最好读一些胡编乱造的东西，比如杂志什么的，然后睡觉……

可是，我觉得这样做毫无用处。

第十章　告别

公司的大楼里空荡荡的，同事们都去度春假了。假期并不算长，但是大家已经盼了整整一个冬天，并做了精心的准备。门口停放着低级职员的廉价轿车——他们还没有能力“负担”一年几次的假期——包括我那辆老掉牙的“宝马”和鲁斯塔姆的“奥迪”。显然，在这个春天，鲁斯塔姆很忙，连俄罗斯人在昂蒂布①举办的招待会（这种招待会受到了全球主流媒体的密切关注）都没有去参加。即使他没去，他的朋友也照样会买三百美元一瓶的香槟，和女模特一起大喝而特喝，还开着“玛莎拉蒂”和“宾利”在“蓝色海岸”纵横驰骋，为俄罗斯黑手党争足了颜面。平心而论，他不太喜欢这种消遣。他去应酬，纯粹是为了维护公司的形象。在各大杂志第二版的照片上，总能看到穿着完美无瑕的晚礼服（背心外面绝不穿西装）的他。他那黝黑的面孔相当精致，就像被精心雕刻过似的……这位阿塞拜疆的团支部书记是怎样把自己打造成完美绅士的呢？毋庸置疑，小伙子很有才华，就连位于鲁布廖夫卡大街的房子都设计独特，相当体面，绝非“监狱式的巴洛克风格”。他一个人住在那里，妻子和儿子长年在奥地利……

最近一段时间，我也是一个人在家。三条狗在地板上吧嗒吧嗒地走

① 法国的滨海城市。

来走去，不知所措地从一个房间转悠到了另一个房间。可是，在哪儿都找不到尼娜，我只好神情哀怨地在某个与往常不同的地方躺下睡觉了——不是她的卧室，也不是我的书房，而是楼上的客厅或者没人住的地方。那些地方本来是在建房的时候给列昂卡、伊拉和未来的孙子准备的……

我打电话到伦敦找尼娜，可是这次谈话并没有收到我想要的效果。

“嗨，你在哪儿?”“格林公园。”“天气怎么样?”“挺好的。”“不感到无聊吗?”“我在这儿从不无聊。”“什么时候去威尼斯?”“不知道。也许，过一个星期吧。”“听着，我有个想法……”“我听着呢。”“是这样……你待在那儿……然后，可能要在咱们家见面……嗯，明白我的意思了吗？我想两个星期以后过去，咱们在那儿会合……”“有什么事?”“嗯，我有个想法……到了那儿再跟你说……” “不，我不想这样。”“为什么?”“因为我不想。”“好吧，那你就待在意大利吧，我去……”“不用。再见!”

我生气地挂断了电话。几分钟后，我又打了一遍电话，想直截了当地把该说的话都说了。如果他们监听我们的手机，那就无论如何都躲不过去。可是，她的电话关机了。我打了一整天电话，电话里总是有一个女人温柔地用英文说“电话无法接通”。

快到傍晚的时候，我的心情渐渐平静了下来。就让我一个人先去待几天吧，做好一切准备。等我回来的时候，尼娜也应该到家了。到那时，我再处理好公司的事务，锁上房门，像个悠然自得的退休老人那样，带上狗和生活必需品，静静地离开。到时候，基列耶夫一家也会急着动身的。可以先让他们在我们那儿住一段时间，然后再添置东西。那儿地方足够大……也许，在新的环境中，尼娜会改变态度。那样的话，我们就可以平静地生活了……确切地说，是“平静地结束生活”。

今天，根纳说的话比平时还要少，彻底成了哑巴。他神情阴郁，抢道抢得比平时还厉害。我们的车子在最左边的车道上飞驰，车轮几乎蹭在了混凝土的隔离带上。他一定是察觉到了什么，有可能已经知道我的事了——在公司，有很多事情都是司机和保镖最先知道。这几天，我得和他谈谈，开诚布公地建议他跟我们一起走——他可以从那儿去老家热列兹诺多罗日内探望亲人。当然，这种机会很少……这时，根纳就像在答复我的建议似的，用力甩了甩头，让马尾辫在皮衣上擦了又擦。接着，他猛地向右打轮，让车子横跨过所有车道，驶入空荡荡的最右侧车道，一路疾驰。

“嗨，稳当点儿!”我忍不住大声说道，“在路口会撞上警察的……”

根纳一言不发，降低了车速。接着，我隐约听到他说：“我错了，米哈伊尔·列昂尼多维奇。”这是怎么回事？……传来了一声沉重的叹息。小伙子明显不在状态，今天晚上得和他谈谈……

我们创纪录地在三十五分钟内到达了公司。根纳很聪明，把车开到了“为了方便礼宾车队而暂时禁止通行”的空荡荡的库图佐夫大街上。鲁斯塔姆的汽车已经停在了公司门口。我们的董事长每天工作十四个小时，而且根本不需要我的协助——我们已经整整一个星期没有联系了。他一大早就来上班了。上午十一点左右，他外出处理事务去了。晚上六七点钟，他又回到公司待了个把小时。我在窗口就能看到这一切。根据“奥迪”轿车出现和消失的频率来判断，今天易卜拉欣莫夫先生在公司大楼的某处有重要事情要办……但是，没有人告诉我他的具体位置。领导层中没有外出度假的只有韦罗奇卡·阿列克谢耶娃（有时，我能在停车场上看到她的“雷克萨斯”）和托利亚·彼得罗夫（我能听见他的“捷豹”开过来的声音）。当然，他们都不会来找我——跟一个实际上已经被解雇的老头子没有什么好说的。

一到这个季节，伊戈尔就会跑到芬兰湾去钓鱼。这个老傻瓜总是没完没了地待在冰窟窿里，直到直升机前来救援——每年都有好多这种白痴需要救援。基列耶夫性格很好，总能轻而易举地从不愉快的事情上转移注意力，正所谓“懂得适可而止”。出发之前，他半夜三更地给我往家里打电话，唠叨了一个小时，没有一句正经话，像年轻时一样。最后，他才问我：“都布置好了吗?”我立刻就紧张了起来，说话的声音都变了。“布置得差不多了。”我说，“咱们的理想就要实现了！我打算找一个店铺……将来咱们俩可以在那儿喝酒。喝到死，都不用付钱……”伊戈尔哈哈大笑起来：“你是想当酒馆老板巴里维茨①！好吧，终于等到这一天了！行，等我回去咱们再商量，看能不能在吧台后面找个能容下我的大肚皮的地方……”“你还是想想怎么说服你的老婆、孩子吧。”我说。“不关你的事!”伊戈尔嘟囔了一句，立刻变得闷闷不乐起来，“我是一家之主，说怎么办就怎么办。”“行啊，钓你的小虾米去吧!”我说。接着，我听见他说了一句粗鲁的脏话——他对待钓鱼这件事一向很认真。

我们就这样简简单单地谈妥了。那么，到了做好准备的时候了。应该把大事小情都处理妥当，再走个形式，告诉鲁斯塔姆一声。后天早晨就能起程了……

今天，叶卡捷琳娜·维克托罗夫娜没能赶在我前面到达。她的椅子是空的，椅背上长年搭着披肩——像所有的女秘书一样，害怕过堂风。我从她的桌子上拿起新到的信件，然后鼓捣了老半天办公室的门锁。我并不习惯开锁——通常，这种事情都是由好心的女助手来做的。像往常一样，我的那个办公场所真让人感到厌烦——充满了悲观失望的气息。办公室就像一间病房，马上就要迎接下一位病人了。还有这难闻的烟味……我打开气窗，然后把公文包和大衣扔到了沙发上。我在从马路上传来的汽车马达的轰鸣声中打起精神，着手处理那些无聊的公事。

不出所料，所有的信件都是垃圾：与我们毫无关系的大型广告公司

① 捷克作家哈谢克的小说《好兵帅克》中的酒馆老板。

的开业通知、三流银行十周年庆祝活动的邀请函（现在，所有公司都要满十周年了）、免费以旧换新的现代化办公设备的商品说明书、有利可图的企业保险说明书……当然，还有要钱的信件。“您对该项目的赞助将带来……”我知道会带来什么：有一半的钱会被新的基金会创始人据为己有，另一半则不知去向（被当地的活动家巧施“计策”——进了儿童活动中心、地区文化机构、老牌化工企业……）。真卑鄙！在这种基金会的开支计划里，一定还有一笔钱是用来租赁“花园环路”旁的一座可爱的别墅（把它当作办公室）的，还要给经理和副经理购买办公用车（“宝马”或者“日古利 5 型”轿车），并且要支付他们的工资（比我的工资略少一点儿）……

我把信件归拢到一起，扔进了纸篓。我铁了心不再回应这些赞助的请求，即使是走个过场也不行——就让他们再写信来吧！到了那个时候，拒绝他们的人就不是我了。

为防万一，我又看了一眼电子邮箱，惊讶地发现收到了一封新邮件，是维奇卡·戈洛瓦乔夫发来的！一开始，我根本没有办法集中精力去看邮件。我一直在想，他到底是怎么知道我的地址的……

米什卡，亲爱的！我是你的老朋友维奇卡·戈洛瓦乔夫——如果你还记得的话。我们很久没见面了，是吧！别雷和基列耶夫好吗？我经常想起你们。我得说，我当时做得不怎么样。我彻底从莫斯科消失了，留下你们收拾残局。希望你们熬过来了！真对不起！我过着颠沛流离的生活，后来才搬到这里——德国。我年纪大了，而我的妻子（我 1985 年结了婚，她是我的第三任妻子）是个犹太人。我们在这儿获得了社会保障①……

① 指德国为犹太移民提供的补贴。

我吃力地看着邮件中的小字，非常生气，却没能马上想到要放大字体——维奇卡的信突然出现在电子邮箱里，太让人吃惊了。他在德国……在 1989 年的一个阳光灿烂的工作日，我坐在公园的长椅上。国民经济成就展览馆周围空荡荡的。我梦见过维奇卡·戈洛瓦乔夫，他在二十世纪六十年代的尊容出现在了我的梦里。他冷笑着，在一条干净的小巷里行走着。巷子的两边是整齐的楼房，正面有十字交叉的横梁。在梦里，我还以为那个地方是塔林，其实是德国……

……一个偶然的机会，有位同事建议我找你帮忙。他有一张你的名片，上面有你办公室的电话和这个电子邮箱的地址。可是，从这儿打电话太贵了。这封信是我妻子的孙子发过去的，他说这样发会很便宜。给他回信吧，他会转给我的。我有个买卖……我知道，现在你的生意做大了，不会对这些蝇头小利感兴趣。不过，我还是希望……

维奇卡·戈洛瓦乔夫

天哪，他是从哪儿冒出来的？丹娘、维奇卡，这些幻影都是从哪儿来的……

过去的事情已经过去了，早就不存在了——刚一过去，就不复存在了。

可怕的是，当夜晚降临时，一切都复活了。我很难再和他们取得联系，因为已经没有什么事情需要向他们解释了——他们留在了过去的生活中。

有一天，不知从哪儿突然冒出一些人来。放在桌子上的信、出现在屏幕上的字句……本来，还可以跟这些人说话。可是，我已经习惯于

“他们不存在”了，已经无话可说了。

也许，这也跟衰老有关吧。那些人又出现了，可是我好像早就跟他们告别过了。只不过，当时并非永别，而现在却是永别了——现在变成了过去。这些旋涡是在“被时光吞噬的人”刚一浮出水面就再次下沉的时候形成的。于是，我就变成了过去的自己。

维奇卡·戈洛瓦乔夫两次抛弃了我：一次是在现实中，一次是在梦里。列娜说，是我招致了背叛，因为我在背叛大家。也许是这样吧，可我还是不想原谅维奇卡·戈洛瓦乔夫。这些年来，我一直都记得他是怎样抛弃我的。

我点击按键，删除了维奇卡的来信，然后久久地按住按键，把此前收到的邮件也都删掉了。我不想以后有人看到它们，尽管里面什么内容都没有，都是些废话——身后的事情必须处理干净。

房门打开了一条缝，叶卡捷琳娜·维克托罗夫娜小心地探进头来。

“早安，米哈伊尔·列昂尼多维奇!”她一脸的愧疚，“请原谅，我没能……”

“请帮我接通鲁斯塔姆·拉希多维奇的电话!”我懒得走过场，没有对她的道歉作出回应，“麻烦你，再来一杯咖啡!”

她消失了，并没有表现出惊讶。过了一会儿，电话铃声响了起来。我拿起听筒，听见了鲁斯塔姆的声音：“早上好，米哈伊尔·列昂尼多维奇！感觉怎么样？有什么急事吗?”他的语气特别柔和，像是在对一个病人说话。见鬼！可恶……

“我没有什么急事，也不可能有急事。”这句话脱口而出，我发现自己已经被气得发抖了，“只想提前跟你说一声，这几天我不在。如果你不反对的话……”

“哪能反对呢!”他的语气更加温柔了，“想去哪儿就去哪儿吧，好好休息一下，这是必须的……去暖和的地方吧，啊？我也挺想去的，可是你看，大家都走了，总得有人看家呀……去吧，要是有事……”

“谢谢！”我放下听筒，呆坐了老半天。我茫然地看着电话机，仿佛是想看见刚才跟我说话的人。每次和他接触之后，我的心情都很差，总感到自己说了些无法挽回的蠢话，有一种受辱的感觉。然而，他有可能并非故意想要达到这种效果。我不该说“不可能有急事”——事情明摆着，我们俩都心知肚明。我又流露出歇斯底里的气愤了，真是多此一举……

叶卡捷琳娜·维克托罗夫娜送来了咖啡。我告诉她，她有一周的时间不必上班，因为我要出门。她显得有点儿惊讶，点了点头。其实，我不在时，她还得待在接待室里接听电话、收信件、给信件分类，必要时帮我联系鲁斯塔姆。不管我和他在哪儿……我又说了一遍。如果她愿意的话，可以休假，因为我不会打电话来，鲁斯塔姆·拉希多维奇也不见得需要我。她只说了一句类似于“谢谢”的话就走了。我觉得她很慌张，是要跑到鲁斯塔姆的秘书萝扎那里，就这个消息讨论一番……她一定明白，甚至非常清楚，我在公司的日子已经屈指可数了，所以她得为自己谋个新差事。现在，托利亚·彼得罗夫和加里克·施密特两个人共用一个秘书。她会被派到他们共用的接待室里去当“第二秘书”，这些小伙子的工作量越来越大了……我很想知道，他们会怎样安置伊戈尔的秘书。她可是靠着大无畏的特工精神才攀上高枝的……

我一边喝咖啡，一边抽烟。为了不去思考重要的事，让神经得到休息，我无精打采地把那些早就知道得一清二楚的事情分析和梳理了一遍。

即使什么事情也没有发生，这些孩子也是会出人头地的。当然啦，二十世纪八十年代末、九十年代初，当苏联这艘生锈的“泰坦尼克号”走向沉没的时候，巨大的旋涡把很多人抛到了上层……可是，即使什么事情都没有发生过，他们也会得到自己想要的，只是会晚一点儿而已。

任何革命都会加速改朝换代的进程，事实就是这样……而在这一次变革中，又碰巧同时发生了很多事件——政权瓦解、网络兴起、移动通信蓬勃发展、英语广泛流行……可是，我们呢？叶尼卡、伊戈尔和我……我们到了该走的时候了。我们生活的绝大部分都已经留在了不复存在的过去。很倒霉吗？可能是吧……

思考这些抽象的问题比琢磨具体的问题更让人苦恼。好在我的心脏没有什么反应，虽然最近几天我一直在折磨它——威士忌喝得少了，但是咖啡和雪茄烟却比平时享用的次数多了。我每一次开始控制酒量，都会出现这种情况。

毫无疑问，我在公司里已经无事可做了，而这一天才刚刚开始。我不想让秘书帮我预订飞机票——我去哪儿，与她无关。一会儿，我要亲自到代售点去，然后再去阿尔希波娃大街……现在，那地方叫什么来着？……斯帕斯格内谢夫斯基胡同①。很久没去了，应该去一趟……

汽车在拥堵的林荫道上艰难地行驶着。我心烦意乱，却毫无办法，尽管我并不赶时间。我在遇到的第一家旅行社订妥了飞机票，一共用了十分钟。第二天，根纳只要来把飞机票取走就可以了。现在，什么都提速了，不必大惊小怪。我还记得我第一次出国去保加利亚的时候，得提前两个月办手续……我们这一代人永远都学不会接受新的生活模式。

快到特维尔大街的时候，车流停了下来。我看了一眼停在右边的一辆车，发现那是一辆早年的“日古力6型”汽车。开车的男子四十岁左右，满面愁容。他旁边的女人比他稍微年轻一些，长相并不出众，但是很可爱——标准的“大众脸”。这个女人的表情也十分阴郁……是啊，大概他们也在因为堵车而生气呢！我仿佛又看见了那个浪漫的场景。当时，这里还不经常堵车。停在信号灯前面的也是一辆“日古力6型”汽

① 莫斯科的犹太教堂就在这条胡同里。

车。有个女人感觉到了旁边汽车里的人投过来的目光，对那个男人说……啊，够了！

什么都没有发生过。过去的事情已经消失得无影无踪了，仿佛从来就没有发生过。

出发！

走吧！

就这样！

我们的汽车在林荫道的尽头向右拐，驶入了索良卡大街。两分钟后，根纳把车停在了一排帝国风格的廊柱前。

我戴上帽子（从早上开始，我就拿着它）走进了像外省电影院一样安静的门厅。门厅的墙壁上贴满了告示。我打开右边的一间小祈祷室的门，迎面袭来了男人喃喃的低语声。我想在一群穿着白底黑条祈祷服的背影中找到亚沙拉比①——这么多年过去了，我还不知道他姓什么。这些男人的装束全都是一个样——西装的左肩耷拉下来，裸露的左臂上缠着小皮带……

这时，他回过头来。

我认识他差不多有四十年了。当时，他还是个窄肩膀的小老头儿，苍白的鬓发中隐约可见干巴巴的粉红色皮肤。这些年来，他几乎没有什么变化，只是更加瘦小了。

我们走进空荡荡的大厅，并肩坐了下来。他用干瘪的小手紧紧地拉住了我的手。他好像体温在升高，手掌发出了令人感到惊奇的热量。虽然他那双浅蓝色的眼睛里噙满了泪水，但他的脸却显得容光焕发。

“嗨，米什卡！您已经整整一年没来了，到哪儿去了？我给您打过电话，知道吗？”他环顾了一下四周，小声说道。其实，大厅里除了我

---

① “拉比”指犹太教中执行教规、主持宗教仪式的人。

们，没有别人。“还记得我给您打过电话吗？”

“记得，亚沙拉比。”我小心地从他那抓得紧紧的手指中抽出手来，放在了他的肩头，触碰到了他那祈祷服下面瘦骨嶙峋的身体，就像在抚摸着一只小鸟，“我很忙，有很多工作要做……您过得好吗？”

“啊哈，您有很多工作……”老人用冷笑代替了回答，像是不相信我一直在工作，“谁不工作呢？人人都在工作……如果儿子还活着……您还记得我有个儿子吗？和您一样，是个工程师，在1975年死了。如果他没有死，那么他也得工作，不是吗？您的妻子尼娜怎么样了？身体好吗？儿子列昂卡呢？您对他满意吗？”

四十年过去了，他仍然能够一眼就认出我来，并且能够记住我家里人的名字。也许，这个犹太老人是这里最后一个还记得我们的人。

“我希望您能帮我祈祷，亚沙拉比！”我打断了他的询问，“我把这些钱留下，请您为我的妈妈祈祷……”

“放心吧，我一定会为她祈祷的！”他喃喃地说着，在衣兜里摸索了一阵，掏出了一本便签，从中找到了他需要的那一页，然后戴上了眼镜，“在这儿，都在这儿！您的妈妈、舅舅、舅妈、表姐，您看，都姓马尔金……噢，您干吗给我这么多钱，米沙？就像不给钱，我就不祈祷了似的……”

“我不知道下一次是什么时候来，亚沙拉比！”我突然之间拥抱了他，“我要走了……”

“去以色列吗？”他低声惊叹道，“您也要走吗？”

“不，不是去以色列。”与这个一年只见一次的小老头儿告别，让我感到特别难过，“就是离开……”

“听着，”他把声音压得更低了，“在任何地方都可以祈祷。到处都有犹太人……您去哪儿，这不关我的事。您有可能去美国或者德国，可以在任何地方祈祷……您为什么不在这儿祈祷呢？您是个真正的犹太人，到这儿来祈祷就可以了……”

“我语言不通，亚沙拉比！”我打断了他，“我不知道该如何与上帝交谈，上帝不会明白我的意思……”

“他会明白的。”他的声音更加低沉了，“他会明白的……”

我把一小沓橄榄色的纸币塞到了他那件祈祷服里面的西装口袋里，再次把手放到了他那瘦弱的肩膀上，然后头也不回地向门口走去。

也许，我还要为留在这儿的东西哭很多次。我这辈子一定还会哭泣很多次，可是为了亚沙拉比，我的眼泪已经哭干了。

第十一章　旅行

像往常一样，舍列梅季耶沃机场的大厅里一片昏暗。不知为什么，他们关掉了低矮的顶棚上一半的射灯。一位身穿制服的胖大婶儿站在VIP候机室的门口，用怀疑的目光看着我和基列耶夫。其实，她对这种情况早就应该习惯了。现在，不是只有那些穿着体面的人才能进入VIP候机室，而是随便什么人都可以进入，包括我们这样的人。只要舍得花钱，买一张头等舱的飞机票，你甚至可以到“官方代表大厅”里去休息。

我外出旅行的装束与我的年龄不太相配——旧皮夹克（没错，曾经很贵）、牛仔裤、旅游鞋……我还戴了一顶黑色棒球帽，用帽檐儿盖住了半张脸——我不想和熟人打招呼，而在机场是一定会遇见熟人的。我在那儿需要的全部行头——黑色西服、便鞋、衬衫——都放在一个便携式手提箱里。一到机场，我就把箱子托运了，只随身带着一个装文件的小包。为防万一，我把小包的带子套在了手腕上。

基列耶夫刚刚钓完鱼就急匆匆地换了一身衣服，到机场来为我送行了。他的西服上衣勉强盖得住他的大肚皮，从没系扣的衬衫领子里露出了深红色的短脖子。他的脸也是红的——他的皮肤被风吹得通红。总的来说，他像个外省的阔佬或者某个州的金融寡头，而我却一身黑帮的打扮，有可能被人当成他的司机或保镖。不过，飞机票上乘机人的名字是我的。

入口处的“大婶儿”始终皱着眉头，但还是让我和送行的人进了候机室。我们立刻就来到了 VIP 小吃店，要了两杯二次蒸馏的威士忌——没有人一大早就在这里喝酒。我们坐到了角落里，这样别人在门口就看不见我们了。

“来，为你饯行！”伊戈尔举起杯子，却没有伸过手来跟我碰杯——他很难起身离开低矮、柔软的沙发，“祝你一路……”

我们喝了一口酒，点上香烟，沉默不语。此时，离飞机起飞还有一个多小时。我们特意早点儿到机场来，就是想说说话，结果却无话可说——一切尽在不言中。沉默的时间越久，就越是一句话也说不出来。

“你还记得吗？以前我们讨论过，人的内心深处是什么……”基列耶夫终于开口了。我吃了一惊——他竟然还记得半个世纪以前的那次辩论。其实，最近一段时间，我也在思考这个问题。“叶尼卡认为人是有灵魂的，而外部世界什么也没有，有的只是幻象，而你却正相反。你认为，人是没有灵魂的，一切都是虚空，有的只是条件反射，比如说想吃东西的时候……”

“我还记得……想一想发生的这些事吧……”我有些不安，一口气喝光了威士忌。他回头看着吧台，却懒得起身去添酒。“叶尼卡的‘唯我主义’很幼稚……”

“索尔特，你总是说一些蠢话破坏气氛。”基列耶夫生气地打断了我，然后艰难地从沙发上站起身来，向吧台走去。

我坐在原地，没有回头，只听见他和女服务员开着俗气的玩笑。叶尼卡准会这么说：“像工人、农民一样……”女服务员开怀大笑……了不起的基列耶夫。也许，他自己也知道这一点，只是假装糊涂，貌似很难过罢了……

“那么，叶尼卡是我们当中第一个能够证明外部世界存在的人。”我固执地说了下去。伊戈尔拿着两杯酒，坐在了我对面：“就是这个世界害了他……我现在越来越觉得，我说的‘虚空’是一派胡言。你看，一辈子已经快要过去了，我们还是老样子，就像还坐在兔儿谷的‘大本营’里似的……记得吗？”

“嗯……”伊戈尔吃惊地看着我，仿佛我说的事情很危险，“嗯，记得！当然……没错，我说的就是这个……”

“你什么都没说，只是在喘粗气。”我冷笑道，“一大早就开始喝……”

“我遇上了一个滴酒不沾的人。”他急忙插话道。

“……还跟小姑娘调情。”我接着说，“既然你和我还是老样子，那就说明在这五十年里发生的事情对我们而言只不过是一场梦。有时候，我想，就算我们的内心是空虚的，也一定会被我们这半辈子所干的龌龊事给填满了……那么，我们所拥有的可能就只有它了。难道外部世界只是个幻影吗，基里尔？”

他咬着嘴唇，没有说话，像个老头子。他脸上的表情变得不同寻常，显得很悲痛。只有一次，我在这张长满雀斑的扁脸上看到过这种表情……

“索尔特，不知道为什么，我有个想法。”他停顿了许久才说道，“你知道……总而言之，大概是这样的。首先，一个人刚出生的时候是没有灵魂的，后来灵魂才开始出现……嗯，好像在成长……不许笑，白痴！好好听我说！灵魂和我们一起成长，就像是我们共有的……因为我们一直在一起……你、尼娜、我，还有叶尼卡……因为我们遇见了他。当时，我们都是年轻的傻瓜。我们共同的灵魂在继续成长，明白吗？后来，叶尼卡不在了，这个灵魂就像是缺了一块，而其他部分……嗯，是不可分的，对吧？这就是你这个老色鬼始终没跟尼娜离婚的原因，对不对？”

“我不知道。大概，你是对的。”我坐着不动，被他的那些话给吓着了。好一个基列耶夫！“我也是这么想的……很让人感到难过吧，基里尔！”

“我一点儿也不难过。”他固执地说着，气愤地甩了甩头，“我一点儿也不难过，因为如果没有一个共同的……灵魂，我们早就疯了。你看，我们还活着，坐在这儿喝酒……”

“一大早就喝酒。”我顺着他的话说道，想就势开个玩笑。可是，伊戈尔却冲着我摆了摆手，继续说了下去。

“尼娜……当然有她的理由。但是，她不应该不跟你说话。”他看着旁边，知道我根本就不想提起这个话题，“换成别人，这么多年了，早就离了三次婚了。可是，每次出轨之后，你回到她身边……这说明你在选择，对不对？结果是，离了那么多次婚之后，你又重新跟她结婚了……”

“说这些，已经太晚了。”我坚定地打断了他，“她是我的第一个妻子，也是最后一个……只是，她并不好过。好啦，我得走了——开始登机了。”

于是，我们匆匆忙忙地喝完了杯中酒。他把我送到了狭窄的玻璃走廊入口处。旅客们正三三两两地往走廊里走。

“我还没说完呢！”他边走边低声说道，“重要的话，我还没来得及说……听见了吗，索尔特？重要的是，我已经缴械投降了。明天，我要和鲁斯塔姆谈谈，让他再添两成，明白吗？”

“明白。”我急忙回答道。其实，我也没来得及把重要的话告诉他。“我也准备投降了，伊戈尔。我得先去做个铺垫，明白吗？在和鲁斯塔姆谈之前，你先给我打个电话，咱们一起讨论一下细节，好吗？”

我们迅速地相互拥抱了一下。我沿着玻璃走廊走着，回过头来，看到了他那荒诞可笑的身材。他正在冲我挥手，大大的肚皮从西服的下摆中露了出来。

我在飞机上吃了好多东西，算是填补了早餐的亏空。一觉醒来，已经到布拉格了。飞机摇摇晃晃地转着弯，在机场大楼前的空地上慢慢地滑行。炎热的太阳射进了舷窗，照在了忙着从上层行李架上取行李箱的旅客身上。

我已经不止一次在大白天有那种宿醉的感觉了。我的脑子里嗡嗡作响，嘴里又干又苦，只想立刻洗个澡，然后换身衣服。衬衫已经被身体烘干了，充满了酒味和汗味……然而，这一次的感觉很特别，就像被剪掉的头发扎着脖子似的。奇怪……

传送带附近挤满了旅客。七扭八歪的行李箱和背包被传送了出来。第一批幸运儿冲过去，夺走了自己的“战利品”。我等着手提箱出现，暗自咒骂着“禁止在国际机场吸烟”的时髦规定，不适的感觉越来越强烈。我突然明白是怎么回事了——有人正在紧紧地盯着我。

我装作生气的样子，故意摆了摆手，离开了传送带，貌似已经等得不耐烦了。我走进了卫生间。通常，一个人在憋闷的瓷砖空间内很难待得太久，可我还是钻了进去，卑劣地践踏着文明——抽起了烟。

抽了几口烟之后，我感到有些头晕。然而，我的大脑却莫名其妙地清醒了。我急忙检查了一下挎在手腕上的小包里的东西。在飞机上，这只小包从未离开过我，就连吃饭的时候都没有摘下来过。然而，这样做只会引起明眼人的注意。我睡得很沉，而对于一个技术高超的专业人士来说，悄悄地打开拉锁并不难……

感谢上帝，所有文件都在——放进去的时候是什么样子，现在还是什么样子。很好……

现在，得出去看看是不是真的有人在跟踪我了。

跟踪这件事本身并没有让我感到十分惊讶——鲁斯塔姆或者和他有联系的“大人物”都有理由这么做，而指望我的秘密行动或多或少地让他们的计划变得难以实施，是很幼稚的想法……我换了身衣服。这个老傻瓜，还自己买飞机票，神秘兮兮……

我从厕所里出来之后，立刻就发现我的想法没有错误。在兀自运转的空荡荡的传送带旁边，有个小伙子在徘徊。此时，传送带上只剩下了我的手提箱和一个大学生的背包。他的穿戴简直就是我的翻版：皮夹克、牛仔裤、旅游鞋……其实，在旅行的时候，我的同胞几乎都是这身打扮。他显得心事重重，正在明目张胆地向厕所的方向张望——我至少在里面待了十分钟。于是，我们的目光相遇了。

事情再清楚不过了。我只是不明白，他们怎么派了这么一个业余的家伙。

他迅速地转过身去，抓起自己的背包，急匆匆地朝行李区的出口走去。

我把手提箱的背带挎在肩膀上，不慌不忙地跟在他后面。

奇怪……这种跟踪只可能有一个目的，那就是让目标知道有人盯上他了。可是，他们为什么要这么做呢？如果他们猜到了我此行的目的，那么跟踪就只会有一种意图：干扰我的计划。我一旦发现有人盯梢，就会直接回到莫斯科，而他们就获取不了我的国外资产信息了……不，他们不见得想要这种结果。

此外……还有一种可能性：那个小伙子在装糊涂。现在，他已经知道我在鄙视他的能力了，尽管事实如此。也就是说，我不费吹灰之力就能“甩了”他——我认为，是有这种可能性的。我如果觉得没有人跟踪了，就会开始行动。到了那个时候，他就不能再演戏了，只能动真格的了。比方说，他会非常认真地继续跟踪，不再装模作样地在人前晃悠了。他可以改变形象——这对他来说简直是易如反掌。他是有这个条件的：现在，他是个长头发、一脸胡子的大学生，但是过一会儿就有可能变成一个干净、漂亮的男子了。他可以把头发剪短，把胡子剃干净，换上一身商务西装，好让我完全认不出来……

好吧，看看到底谁技高一筹！

我站到了外币兑换窗口前人数不多的队伍里——我需要一些当地的货币。在这种情况下，不方便总是刷卡，一定会有用现金结算的机会，以节省时间。我暗自区分了一下大厅里的人，然后继续琢磨着。根本就找不到背包的小伙子……也许，这是我的想象吧——根本就没有人跟踪。

但是，我刚一走出机场的大楼，就发现他站在公交车站和出租车候车点之间，露出了犹豫不决的神情，似乎不知道该如何选择。要想走到可以坐车的地方，我就得和他擦肩而过。他看着一旁，连忙让了路。一辆崭新的出租车开了过来，停在了我面前。司机是个圆脸的男人，留着小胡子，像极了哈谢克①笔下的人物。只见他敏捷地从驾驶室里跳出来，把我的手提箱放到了后备厢里。我故意大声说出了我的地址“阿德里亚宾馆”，并用余光看到了那个动作迟缓的跟踪者坐上了下一辆出租车。这已经不是“跟踪行动”了，而是“公开观察”了，就像我们在卢比扬卡对惹是生非的反对派所做的那样……我想知道，他是怎样说服布拉格的出租车司机，让他跟着我的车的，因为从1968年起，这里就不欢迎俄罗斯人了——他们非常害怕俄罗斯的黑手党。

我非常熟悉的那家可爱的宾馆在瓦兹达夫广场的尽头。我的“帅克”把汽车停在了宾馆门前。在他拿出手提箱，并因我给了小费而表示谢意的时候，我看了看周围的环境。不知为什么，他说的是德语——难道他没有认出来先前的侵略者吗？天气很热，四处闲逛的游人穿着颜色鲜艳的背心和短裤，而我却裹着皮夹克和牛仔裤，很快就汗流浃背了。早晨才刮过的花白的胡子又长出了新楂儿。我觉得自己就像一个污点，如同没洗干净的手指在时尚杂志上留下的印迹。刚开始到西方去旅行的

---

① 雅洛斯拉夫·哈谢克（1883—1923），捷克著名作家。他在代表作《好兵帅克》中成功地塑造了一个外表愚钝、心地善良、机智勇敢的士兵形象。

时候，这种感觉就总是挥之不去。无论怎么打扮，我都会觉得自己穿得太多、颜色太暗。后来，我总是坐头等舱，全程都很舒适，而且穿着透气性良好的薄料商务西装。不管天气怎么样，我都会打扮得很得体。渐渐地，我就把这种感觉给忘了……

宾馆的门童疑惑不解地看着我。我没有进去，而是在等待我的“随从”——我可以轻而易举地甩了他，并且嘲笑他一番。

他的车终于停在了宾馆的门前。下车的时候，他不得不和我撞了个满怀。他无法选择，只能尽量不和我对视，迅速地走进了门厅。

直到这个时候，我才不慌不忙地脱下皮夹克（实在热得受不了），然后把手提箱的皮带搭在肩上，像骆驼一样驮着手提箱，向市政厅的方向走去。

就算那个小伙子立刻追上来，也不可能做到跟踪我而不引起别人的注意，因为我走的是弯曲、狭窄的小巷，这里到处都是人。在这儿，他只能紧跟在我身后，否则就会跟丢。此外，每走十来步，我都会停一停，把皮夹克倒换到另一只手臂上，再把手提箱挎到另一个肩膀上。我装出一副很累的样子，其实我的负担没有那么重。在此期间，我就像一个无法找到住处的游人，筋疲力尽地环顾着四周，还不时地擦去额头上浸出的汗珠，显得很无助。不过，我没有忘记看住紧贴在胸口上的小包——拥挤的时候，小包很容易被人偷走。在这里，到处都是从巴尔干来的窃贼。最近几年，这些窃贼遍布欧洲各地，十分猖獗。

我在市政厅附近的一家开放式咖啡馆的小桌旁坐了下来。我把手提箱放到身旁的石板地上，把皮夹克搭在椅背上，然后要了一小杯啤酒——我不像大多数人那样，狂热地追捧这种液体。况且，在目前这种情况下，不应该喝太多饮品。我悠然自得地伸直了双腿，像周围的人一样看着钟楼，等待着圣徒雕像的出现。它们应该会一个接着一个地随着自鸣钟的响声从钟盘的天窗中出来……事实上，我并不是在观看已经看过数十次的钟楼，而是在看钟楼前面的人群。不知为什么，我完全相信，跟踪者一旦在此处露面，就会马上被我发现。

自鸣钟终于敲响了。人们静立不动，仰起头来。天窗打开了，五颜六色的武士、神父在高处跳起了“圆圈儿舞”。这时，死神拿着镰刀飘了出来……游客们一起鼓起掌来——不管发生了什么事，西方人都喜欢鼓掌。

我已经休息够了，到了继续实施计划的时候。我把啤酒钱压在杯子下面，然后拿起行李，向广场对面走去。我从转移到管乐队前面的人群中挤了过去——管乐队的成员正在卖力地演奏施特劳斯的华尔兹舞曲。不知为什么，他们还演奏了一首苏联的老曲子。

正如我预想的那样，那辆车身光彩夺目、车前灯泛着黄光的老式软篷汽车仍然停在老地方。我经常会问，这辆车是真正的瑰宝还是精美的赝品。“是为了满足旅游的需要才制造出来的新品。”司机们向我鞠着躬说道，“这是真正的瑰宝。”与此同时，他们会露出得意的笑容。就算是赝品，也是无可挑剔的：车身的颜色很特别，与当代的汽车不一样。一只巨大的筐被系在车的后面，当作行李箱。皮子已经开裂的厚重的座椅给人留下了很深的印象。方向盘在右侧，是古老风格的……

我给了司机一百五十克朗，便出发去参观布拉格了。太阳很毒，照在吱吱嘎嘎乱响的软篷车上。车子吃力地行驶着，经过了老旧的犹太街区和著名的犹太教会。此时，无处不在的日本人正在教会旁边拍照。司机回过头来，操着蹩脚的英语大声为我讲解——他根本就没有认出我是个俄罗斯人……我们的车子驶上了沿岸大街。在我们的右侧，河水波光粼粼。色彩鲜艳的小型游船一闪而过，落在了我们后面。在游船的甲板上，青铜小号和长号十分耀眼。新奥尔良爵士乐透过嘈杂的声音，断断续续地传到了我们的耳朵里……我们向左转，再次来到了老城的深处。

我碰了碰司机的肩膀。他回过头来，看到了鼻子底下的五十克朗。

“停车!”我的喊声盖过了马达的响声和街道上的嘈杂声，“停!”这位捷克人想了有二十秒钟，才疑惑不解地笑着点了点头。其实，在此之前，他已经踩了刹车。我收拾好行囊，艰难地下了车（我还不习惯车门向后打开），站在人行道上，冲着司机挥了挥手：“走吧!”车子走了之后，我走了十来步，便拐进了一家小型的“游廊式商场”。我穿过商场，来到了一条狭窄的街道上。街道两旁的高大楼房遮住了阳光。除了停在人行道旁的汽车以外，大街上几乎没有汽车，也没有行人——很空旷，也很安静。灰色的楼房是战前修建的，有六层（或八层），质量很好，方方正正的，没有什么赘饰。楼房的入口处是深蓝色的（或绿色的）大门。街道很陡，直通到山上。不过，我只需要走三十米左右。

好啦，小伙子，这就是你跟踪的结果！整条大街一目了然，道路两旁空无一人。

我停在一个绿色的大门前，从一直挎在手腕上的小包里拿出钥匙，用其中的一把打开了锁。沉重的大门无声地打开了，用灰黄色大理石装饰的宽敞的门厅里很凉爽。经受了五分钟之前的酷热以后，我甚至觉得有点儿冷。我沿着宽大的、有些磨损的楼梯朝网格状的“电梯井”走去，走进了狭窄的电梯。在挥之不去的烟味中，电梯慢慢地向上攀升着。我在电梯中那泛着淡蓝色的镜子里打量着自己：满是汗水的脸亮晶晶的，嘴巴因为紧张而变了形——我真的累坏了。米哈伊尔·列昂尼多维奇年纪大了，受不了这些了。我一大早就开始喝酒，还玩了大半天的特工游戏……

电梯发出了一声脆响，停在了最后一层。现在，还得走二十级抛光的红木楼梯，还有一段通向小缓步台的窄楼梯。我用第二把钥匙打开涂着烟灰色油漆的钢门（那颜色就跟军舰舰体的颜色一样），来到了火辣辣的阳光下。这种阳光只有大城市的屋顶上才会有。博物馆高高的圆顶只有两步之遥，下面是人声鼎沸的瓦兹达夫广场——我兜了个大圈子。

我用第三把钥匙打开了阁楼的门。阁楼就像一座单独的房子，立在屋顶上，占据了屋顶的很大一部分空间。

我一直想住在屋顶。多年前，我站在游泳池边，能够闻到从游泳池里散发出来的氯气的味道。现在，那里已经建起了教堂。我隔河望着那座著名的大楼，努力猜测着什么人住在楼顶上的那些小房间里。那里多半无人居住，只存放着一些仪器设备……或者是安全局的秘密房间……也有可能是一个钳工住在那儿，为了离他负责维修的水龙头和出风口近一些，多年来一直在上面观察混乱的街区和晚上的抓捕行动。早晨，私家车开到了楼门口。随后，寂寥的气氛就渐渐地包围了广阔的居民区，同时也包围了城堡和监狱……我曾经幻想着住在屋顶，而现在，我想住就能住。这就是屋顶，脚下是这座城市。异国他乡的城市反而更好——日复一日，夜复一夜，可以在这里观察它，一直到生命走到尽头……始终都会觉得它很有趣。

四年前，在“黄金时期”，当金钱如潮水一般涌来的时候，我买下了这所住宅。不知为什么，我一直保守着这个秘密——除了尼娜、列昂卡和伊戈尔，没有人知道这个“避难所”。

房间里光线很暗，细小的灰尘在透过百叶窗照进来的阳光中飞舞。在与房子一起购置的高大的老式家具中间，摆放着尚未启封的电视机、冰箱和其他家用电器。买房的时候，我就配备了将来要用的生活必需品。后来，我扔下这一切，说走就走了，什么都没顾上……现在，是时候了——该停下脚步，从高处向下望一望了。真是美不胜收！基列耶夫曾经站在棚户区的屋顶上大喊大叫，想从上面跳下来。我在下面看着他，却没有勇气重复他的行为……

天色已晚，我只穿了一条短裤。沐浴后，我的身子是湿的。这一天，在余下的时间里，我和衣躺在硬邦邦的沙发上睡了一觉。我洗了个热水澡之后，过了很长时间才恢复过来。我把藤编的大扶手椅拽到屋顶上，把房间里的小靠枕都扔到椅子上，然后拿着电话和早先在莫斯科免税商店买的“黑桌”牌塑料酒壶，舒舒服服地坐了下来。

“根本就没有人跟踪我。”我想，“喝醉的时候，是会出现幻觉的。我可能是遇到了一个行程和我一样的小伙子吧……我太累了，太敏感了。”奇怪的是，我的心脏并没有捣乱——旅行的时候，它是会放我一马的。

忙碌了一天的城市那尚未平静下来的声音从下面的街道上飘了过来。我美美地喝了一口酒。现在，我特别想吃东西，但是没有力气到外面去。也许，我可以晚一点儿再下楼去，找一个夜间营业的店铺。我点上烟，然后拨通了尼娜的电话。话筒里传来了含糊不清的意大利语，我一句也听不懂，只是猜了个大概：妻子在威尼斯，电话关机。其实，就算她接了电话，我也不会得到太多的消息……我拨通了基列耶夫的电话。

“你好！”我的朋友大声说道。看来，他在显示屏上认出了我的号码。“这么说，你是考察完地形了？是喝醉了，还是被人撂倒在床上了？”

“喝醉了，也考察了地形！很快，你们就可以过来了……”我回答道。这时，我的脑海中突然浮现出了这样一个画面：在布拉格，一个穿着短裤的人坐在屋顶上。他身边的电话线一条通往威尼斯，一条通往莫斯科。“这地方不错，我很喜欢！”

“怎么，已经买下啤酒馆了，还是在说你的阁楼？”他说话的声音很大。我知道，这是国际长途的通信质量造成的。“你在哪儿？”

“我在屋顶……”电话线拉长了，眼看着就要被扯断了，“知道什么是屋顶吗？就是通往天空的……驿站，明白吗？我在观察天空呢！我想给咱们寻找下一个避难所。我在选星座……你喜欢金牛座吗？还是非处女座不可？”

“你喝高了!”基列耶夫断言，“金牛……不，卡尔松①。你先一个人在屋顶上待着，别急着上天！我呢，暂时不打算过去，知道吗?”

“知道！你总是不想飞得更高，到老了也学不会。”我转移了话题，“谈谈正事吧！今天有什么新闻?”

“新闻嘛……”他的语气仍然很平和，带着一股傻气，像是在闲谈，“我今天不再是世界闻名的托巴斯公司的股东了。我签署了文件，处理了钱财，知道吗？我这辈子的梦想已经实现了！还不知道那个词的时候，我就希望过这样的日子——靠股息生活，明白吗？喂，索尔特，明白我的意思吗？还有，鲁斯塔姆一个子儿也没有多给我。我同意了，因为这一切都让人厌烦透顶！喂，索尔特!”

“听着呢……”我停顿了一会儿，然后伸手够到了酒壶，喝了一口酒，“听着呢……好，祝贺你，基里尔！最近几天，我也许还会给你打电话……好吧。再见，伊戈尔！得学会忍受！再联系……”

他没有道别就挂断了电话。

只剩下我一个人了。

在我的生活中，不止一次出现过这样的情况，有时候会持续几周。我仿佛生活在两座房子里——好像有两个人同时存在于米哈伊尔·萨尔特科夫的身体中，做着完全不同的事。其中一个人虽然不慌不忙，但却反应迅速，做着生活中特别重要、必不可少的事，而另一个人则无精打采、漫不经心，像梦游似的观察着周围，思考着那些根本就不存在的事情……我常常在最艰难的时刻被分成两半。也许，正是这种分离帮助我活了下来。

我在屋顶的沙发上度过了一个不眠之夜。第二天早上，这样的情景

① 瑞典女作家林格伦的代表作《小飞人卡尔松》的主人公，自由自在地住在楼顶上。

再次出现了。我不停地做这做那，同时怀着好奇心平静地观察着一位越来越疲惫的老年人——他在跟别人说话的时候，控制住了无名的火气。我从一个城市跑到另一个城市，晚上想睡觉时，却在床上辗转了个把小时之后，再次穿好衣服，跑到空旷的欧洲大街上寻找仍在营业的店铺，好喝上一杯……

我和我在布拉格的律师待在一起，谈了整整一个钟头，但他还是不知道我想如何修改原来的文件。那份文件证明我拥有附加建筑（顶层阁楼）的产权，地址是……它将由尼娜继承。如果她去世了，就转到米哈伊尔·萨尔特科夫名下……米哈伊尔老爷，您到底想把基列耶夫先生填进哪项条款呢？……

夜里，我走在布拉格的街道上，想在度过了如此艰难的一天之后散散心。我来到卡尔洛夫大桥上，站了一会儿，然后拐到了一条昏暗的街上。一个亮点突然出现在我的眼前，原来是一张女人的脸。“先生，您是俄罗斯人吗？想找个俄罗斯小妞儿玩玩吗？我们的姑娘年轻漂亮，有从莫斯科来的……”我倾听着自己的声音，想知道我想要什么，结果发现我什么都不想要……

飞机急速下降，我感到十分害怕——飞机可别在这个时候坠毁！还好，一切顺利！一个小时之后，我在宾馆的房间里换好了衣服。我看着镜子里那个穿着昂贵的英国西服的老男人——整体形象还行，只是脸上的表情有点儿哀怨，像是要去参加葬礼。不过，我没有时间去研究自己的脸。我走出宾馆，来到了一条宽阔的街道上。街道的尽头有一条沿湖街，走完这条街需要十分钟左右的时间。我转过弯来，进了一家银行：“请向总经理通报一下，从俄罗斯来的萨尔特科夫先生要见他……”

我在宾馆附近的一家有名的小饭店里吃了晚饭。这家店里的“煮土豆加煎牛排”非常好吃。一对儿上了年纪的夫妇坐到了我的桌旁（饭店里已经满员了）。他们每个月都专门从意大利到这儿来一趟，就为了吃

“煮土豆加煎牛排”这道菜。“先生是从俄罗斯来的吧！”“你们是怎么猜到的？”“哦，这很容易——您点了伏特加酒和肉！去年，我们去了一趟圣彼得堡。那是个非常漂亮的城市！先生，您是哪个城市的？”我突然发现，已经过去了好几分钟，来自意大利的夫妇不见了。侍者一边卷起桌布，一边朝我这边看。原来，我在和他们谈话的时候睡着了……

火车的车厢里很憋闷，有一股除臭剂的味道……

我在“瑞士酒店”对面的商店里买了一件衬衫——随身带来的干净衬衫都用完了，没有地方洗。衬衫很便宜，遍布世界的C&A商店里都有卖的。其实，我早就不穿这种衬衫了。可是，我住的宾馆很偏僻，而苏黎世所有像样的商店都在车站大街上。当然，我不可能为了买一件衬衫而跑到那儿去。十一点钟的时候，我得到当地的银行去一趟。我在房间里拔掉了衬衫上不计其数的大头针，抽掉了定型纸板之后，想起了从前的事。那时候，添置衣服可是一件大事。衣服上的每一颗纽扣，我都仔细地研究过，并且认真地评价过：“叶尼卡，我淘到正牌货了！你相信吗……是正牌货，扣子上有四个眼儿呢！”我不知道，到底是那个时候的日子好过，还是现在的日子好过。在莫斯科，我的五斗橱里塞满了从英国的杰明街①买来的衬衫。衬衫左边的袖口上印着我的姓氏开头的字母。我不确定日子是否变得好过了，也不确定年轻时是否过得更好——年轻时本来就应该过得很好。不过，人到老了的时候会过得非常不好，这一点我非常清楚……

“那么，萨尔特科夫先生，我们好像已经考虑过所有的问题了。”坐在我对面的那个戴着小圆眼镜的胖胖的年轻人说道。这个苏黎世的皮埃

① 英国著名的奢侈品购物街。

尔·别祖霍夫①，年纪大概在二十五岁到二十七岁。这么年轻就在一家大的银行里担任了这么重要的职务，真了不起！“好吧，萨尔特科夫先生，您对您名下账户的全部要求，我们都记下来了。我们将按照这些要求以及您或者委托人的吩咐行事——这是我们的荣幸……”

车站大街那潮湿的人行道泛着亮光。街道刚刚被清洗过，路上行人稀少。一个滑旱冰的人从我对面“飞驰”而来。他年纪不小了，跟我岁数差不多。他穿着短裤和长背心，长长的花白头发迎风飘散。一条灰色的大丹犬在他的身旁跑着。我目送着这“一对儿”，直到他们消失在街角。我想知道，如果我告诉这个跟我年龄相仿的人，我是怎么活过来的，他会不会理解。他是否能够理解我在兔儿谷的生活和在莫斯科的生活，还有我们向波兰运输硝石呢？在他穿上旱冰鞋，带着一条狗在刚刚被清洗过的大街上滑旱冰之前，他都做了些什么，是怎么过的……

好啦，就这样吧，该结束了！我拿起了电话……

“喂，鲁斯塔姆，你好！”我一边走，一边说。他大概是听见我在喘粗气了。不过，他还是会认为我很激动。“对，是我！我想告诉你，我同意了！是的，我同意你的条件了。你应该收到文件了……今天，我已经把它发到你的电子邮箱里了……好吧，你都知道……就这样，再见！”

这时，我的耳边响起了电梯的铃声。电梯停在了我要去的楼层。我发现，我正在苏黎世机场那宽敞的候机大厅里。应该在欧洲做的事情，已经做完了。此时，我正坐在候机室里那不太舒服的扶手椅上，等着到莫斯科去的航班。我身体里的“两半”好像已经合拢了。从旁人的角度是看不到一个上了年纪的、穿着与年龄不相配的牛仔裤和皮夹克的人在焦虑地等飞机的。我坐在椅子上并不舒服，有点儿生气，因为这里到处

---

① 托尔斯泰的作品《战争与和平》的主人公，戴着圆圆的眼镜，身材较胖。

都不让吸烟，连头等舱的候机室都不行。

我给尼娜打了个电话，结果听到的还是意大利语，说是“该用户无法接通”。中途关机，太不像话了！得好好和她说说，别再这样了！她逛了威尼斯的哪些地方？还没逛够吗？

“为了禁烟，这个世界变得好疯狂！”我抬起眼睑，与说这句话的女士对视了一下。这是一个典型的独自旅行的退休知识女性形象：旅游鞋、白袜子、亚麻裙……轻薄的套头衫披在肩膀上，袖子系在胸前。在这身行头之上，是一张满是雀斑的脸和像男人一样剃得短短的微微发蓝的白发。她仿佛在说：“可恶，我也特别想抽烟……如果您不介意，我想跟您说说话，转移一下注意力。那么，您还满意吗？您的公寓和银行账户没事吧！盯梢的事怎么样啦？您没忘了那个年轻人吧！我得告诉您，他正背着旅行包，站在吧台那儿。您没忘了他吧！您做得很对，不要去想那些无法改变的事……”

“真有意思！”我平静地想，甚至有点儿高兴。大概是因为太累了，才产生了这种幻觉……莫非这一切都是真的？我可没想在这种情况下说英语。见鬼，我的英语应付这种谈话还不行……

第十二章　起飞之前

“说实话，我的母语是德语。我也能说俄语，但是有时候会说错。所以，您得原谅我。”大婶儿继续说道，发音很好听，“我有个请求——请您不要感到惊讶！事后，您要认为您是在和自己说话，而我只是您心里的幻影，可以吗？每个男人或者女人都有可能自言自语。当他们感到疲倦、过得不顺心、生活艰难或者耗尽了精力的时候，就会这样。我知道，俄罗斯人有这种自己和自己交谈的习惯，比如说在火车上跟旅伴说话，对吗？可是，欧洲人现在已经很少坐火车了，所以您可以在这里跟我说话……”

“作为一名普通旅伴，您对我的情况知道的太多了。”我无礼地打断了她，“考虑到您的德国人身份，我打算把您当成梅菲斯特·菲雷斯①。不过，‘魔鬼’这个词在俄语中是阳性名词……”

“可我并不是普通旅伴，对吧？”她在卖弄风情，“我还知道，俄语里有个词叫作‘妖怪’，是阴性名词。您瞧……”

“好吧，我接受您的建议。”我表示同意，“就让我们这样认为吧……我是在跟自己的灵魂和良心说话，而您只是恰巧坐在我对面，是我在候机楼里偶遇的旅伴……不过，我仍然对那个小伙子很感兴趣——

① 传说中的北欧恶魔，是歌德的代表作《浮士德》中魔鬼的化身。

他正在朝我们这边看。他真的是在跟踪我吗?”

“有什么区别吗?”她耸了耸肩，“是真的，还是假的……您总想知道真相，比如小时候是谁写了那封告密信……可以用‘打小报告’这个词，对吧?您年轻的时候，是谁向克格勃打小报告……又是谁拿走了宝藏……没错，从地底下取走了钻石。现在，您想知道这个年轻人是怎么回事，并且想知道您的钱……”

“钱怎么了?”我既不害怕，也不绝望。可是，我立刻就明白了是怎么回事。装文件的小包还挎在我的手腕上……我甚至不想去检查一下，看看银行的文件是否还在。我对所有已经发生的和即将发生的事情都抱着无所谓的态度，显得十分平静。这种无所谓的感觉笼罩着我——我只对这次谈话本身感兴趣。

“所有的文件都在。”她以宽厚和仁慈的表情同情地看着我，就像一个成年人在看一个孩子——那个孩子的手里拿着已经散了架的玩具。“现在，没有人需要文件了。有电脑，不是吗?有些年轻人很会用电脑……一、二、三，那些钱一下子就从您的账户转到了别人的账户，非常容易。您心疼那些钱吗?”

“我什么都没有了。”我耸了耸肩，“而且……现在，也许什么都不需要了……”

“目前还不是这样。”她微笑着，露出了细密、整齐的牙齿——精致的金属烤瓷牙，“您已经习惯于过有钱人的日子了。您的生活一直就是这样：钱、钱、钱!您一直相信金钱意味着美好的生活。不，不是这样，正确的说法是：您认为，钱就像……就像一堵墙。生活在那里，而您在这里……钱就像一座堡垒，对吗?有了钱，您就不会害怕生活了。您总是在想：‘这是钱，会给我和我的家庭带来希望。’我想起了一句话……是这样的：您总想有钱——为了得到救赎，对吗?在生活中得到救赎……对，就是这样!”

“也许……”我特别想抽烟，但是在这里是不可能的。我可以到吧台去喝一杯酒。不过……首先，我不打算邀请她。其次，不知为什么，我不想靠近那个拿着旅行包的小伙子……他正牢牢地占着吧台。“也许是这样的，我以前也这么想过。其实，这并不奇怪。舅舅就是这样教我的……”

她点了点头，表示她知道彼佳舅舅的故事。

“……而且，我只能这么做……在没有任何帮助的情况下，从十六岁就开始供养失明的母亲。我想知道，我还能相信什么……”

“我不是法官，不会对您进行审判……”她说着，在小包里掏着什么，“哦，找到了！请允许我在这儿请您喝一杯，因为您不想去吧台——有个年轻人在那儿。不过，聊这种话题不能太……啊哈，俄语里有一个好词叫作‘清醒’，对啦！”

她递给了我一小瓶“格兰菲迪”。我接过那个墨绿色的三棱玻璃瓶，拧开塞子，不知道接下来该怎么办。应该请她喝酒，可是跟她用一个瓶子喝酒……十分别扭，甚至很可怕……

“您真可笑……”她又在小包里翻找着，“这……是迷信，对吗？害怕跟妖怪用同一个瓶子喝酒，真可笑！我没有艾滋病，不会传染的。只是，我不会像俄罗斯人那样对着瓶嘴喝酒。您可以往这里倒……一个手指头那么高……再多就不行了，我有高血压……”

她从磨旧了的皮套里拿出了一个银色的小杯。我慢慢地给她倒上酒，从上面看着酒的高度，免得倒多了。

草黄色的液体在亮晶晶的金属杯里反着光，像倒影一样在杯子里不停地摇曳……

影子时隐时现……

不知是什么东西在冒烟，我感到很害怕！我的手抖了一下，一大滴酒落在了她的膝盖处，然后落到了浅色的亚麻布裙子上。那滴酒很快就蒸发了，变成了一个黑点儿。

我抬起眼睑，看着她的脸。

那是一张长满雀斑的普通欧洲女人的脸。她的年纪应该和我差不多。

“不要为这些小事担心！”她说，“这件衣服的料子好，干得快。好吧，我想说一段祝酒词：我要喝了这杯酒，庆祝您的病好了……这个病的名字叫‘金钱’……您会健康地活下去的。祝您健康！”

没有一个外国人能用正确的俄语祝酒友健康，即使是她……我喝了一大口瓶子里的酒，差点儿呛着。然后，她也豪爽地喝掉了自己的酒。旁边的旅客生气地看着我们。

“别管他们！”她说着，轻蔑地撇了撇嘴，“那只不过是欧洲人的做派罢了……他们不是俄罗斯人……有点儿虚伪，对吗？他们挺嫉妒的，因为我们喝的是上等的苏格兰威士忌。现在，您自己喝吧，别不好意思！您感觉怎么样？心脏还好吗？”

“谢谢！今天还不错！”我机械地回答道。这时，我想起来了，还有一件事情要弄明白……对了，想起来了！“我们跑题了！”我向她俯下身子，自然而然地压低了声音，“您还是没有告诉我，在兔儿谷的时候，是谁写的告密信，是谁打了小报告，又是谁挖走了宝藏。我对不起我的亲人们，心里很难过……”

“总想知道……您有一种想知道一切的癖好！”我的谈话对象生气了，闭上了嘴，像老太太一样咬紧了嘴唇。她的这副样子，就像一个普通的俄罗斯大婶儿在指责整个世界。

她沉默了一会儿，然后毅然把拿着小杯子的手伸给了我。于是，我第二次给她倒上了酒。这一次，我没有看杯子——我害怕看到那个“魔鬼般的酒具”的底部。这个老酒鬼没等我开始喝，就一饮而尽了。她沉默了一分钟，用泪汪汪的明亮的眼睛茫然地看着前方。

“总是想着别人的坏处——这不好!”她终于决定继续教训我了，“这是您的错！您总以为身边的那些爱您的人在欺骗您、背叛您，对吗?您一直在努力地爱别人，却没有办法真正地去爱，因为……我不知道该怎么说……爱是需要信任的……如果您爱上一个女人或者一个男人，那么她（他）就会和您一样。你们会融为一体……那才是爱。可是，您总是孤身一人。您总是在想，别人有可能对您不利。您可以不相信自己的合作伙伴，因为他们与‘生意场’有关。您也可以不相信路人，因为那些人只是暂时与您同行。但是，您应该相信那些爱您的人。这是……老生常谈……您应该明白这个道理。可是，您却不相信……因此，您便失去了所有的女人，孑然一身。但是，不久以后，当您远离疾病和金钱，恢复健康的时候，您的妻子……”

“还会有谁?!”我受不了这种可怕的告白。在这种告白中，每一个被曲解了的词汇都是那么正确！“除了亲近的人，还有谁能毁掉我的生活，让它变得丑陋不堪?谁能未卜先知呢?难道不是所有人都和我一样感到孤独吗?难道大家不都是为了自己才去爱别人的吗?!”

她没有说话，我也沉默不语。我环顾了一下四周，想看一看周围的旅客对我的歇斯底里作何反应。

候机楼里空荡荡的。在大厅的尽头，为数不多的一些人正在两个“电子柜台”之间的过道上排队。身穿蓝色制服、系着鲜艳丝巾的姑娘正在柜台旁为旅客办理登机牌。我没有听清楚广播里说的是哪个航班，可能是我要乘坐的航班……

“您还有时间!”说完，她便默默地、认真地看着我，好像是在考虑该不该让谈话继续下去。

在她的注视下，我几口便喝光了威士忌，把空瓶子放在了扶手椅旁边的地板上……

“我不知道该怎么说……”她仍旧不紧不慢地说着。可是，我已经坐在椅子边儿上，想去登机了。我突然觉得这次谈话一点儿意义也没有，就像每天都会发生的那些事情一样——一个上了年纪的聪明的德国女人安排我在苏黎世机场的候机楼里进行一次短暂的心理分析：“我不知道用俄语怎么说……您认为，所有人都是客体。可是，他们是主体。每个人都是主体，像您一样……不，这么说不对！”

她坚定地中断了自己的话，看着我在椅子上如坐针毡。我有些迟疑，想起身告辞，跑去登机。

“上帝啊！”她突然说道。这突如其来的一句话，让我禁不住抖动了一下身体。“您能理解吗？是上帝一直在惩罚您，而不是人在惩罚您。所有的检验……不，是考验……都是上帝给您的。”

“奇怪，您怎么说到了上帝？”有那么一会儿，我甚至惊讶到忘了自己的航班，“您……”

“有什么奇怪的？一点儿也不奇怪！”显然，我的愚钝让她越来越生气，“我知道很多上帝的事……我要是不知道，还有谁会知道呢？是您没有想他……甚至到了他的教堂，也不想……”

“我不懂宗教的语言。”我回答道。我觉得，这场谈话永远也不会结束。我永远也不会飞到莫斯科去，回到自己的家里，狗狗们也不能跑出来迎接我了。我得永远待在这儿，等着飞机起飞，并且在某个人面前为自己辩解：“我不知道宗教的习俗和祈祷文……”

“宗教与宗教之间并没有什么区别，而祈祷文……”显然，这场谈话也让她感觉很受折磨，“祈祷文……也不必说出来……不过，都结束了。您以后会有时间去回忆我们的这次不愉快的相识的。现在，您得走了。”

我站起身来，而她却仍旧坐在那儿。不必跟她握手了吧……况且，她已经不再注意我了。她打开自己的小包，翻找着什么。看来，我不必跟她告别了……我向身穿蓝色制服的姑娘们走了几步。她们正在向我招手，意思是“您得快点儿了”。

“不要因为腿的事难过！”我身后传来了这样的声音，“我认识很多瘸腿的男人，显得更帅……”

我回过头去，看着这位上了年纪的旅行者。她正坐在那儿读一本黑色封皮的口袋书，没有往我这边看。

身穿蓝色制服的姑娘们在叫我……

我几乎是跑到她们面前的，根本就没有瘸——关腿什么事？

经过“电子柜台”的时候，我再次回过头去，发现大厅里空空如也，只有一个墨绿色的三棱酒瓶放在扶手椅旁边的地板上。我刚才坐在扶手椅上犯迷糊，等待飞机起飞。那本黑色封皮的口袋书被她放在了对面的扶手椅上。

我很想回去拿那本书——哪怕在飞机上翻翻也好……

可是，没有时间了。

第十三章　一切都过去了

像往常一样，一直到飞机着陆，我都在睡觉。我总是尽量让自己在飞行的途中睡觉，因为我有点儿害怕坐飞机。最近一段时间，我特别疲劳，倒不是因为产生了被人跟踪的幻觉，或者梦见了鬼魂附体的德国老女人，而是因为所有突如其来的事情都能让人发疯……

在舍列梅季耶沃机场，一切照旧，就像根本就没有经过一个星期的时间似的。光线半明半暗，气氛寂寥无趣，只是地板上多了些水洼——外面在下雨。我随着接站的人群往外走，仔细地寻找着根纳的身影。然而，叫住我的却是一个似曾相识的光头“肌肉男”。

“米哈伊尔·列昂尼多维奇，欢迎回来！……我是备用司机。请把手提箱给我！”他接过我的手提箱，飞快地走在前面，向出口挤去。

“根纳怎么没来？”我勉强跟得上“肌肉男”的脚步，冲着他的后背说，“出什么事了吗？”

“没有。”他没有停下脚步，扭过头来回答道，“您忘了吗，米哈伊尔·列昂尼多维奇？根纳今天休息！昨天他就提醒我，让我来接您，并且把您的航班号告诉了我……”

他用宽大的肩膀轻而易举地分开人群，走得很急。人群在他的身后重新合拢，弄得我怎么也追不上他。

一辆鲁斯塔姆坐过的旧“宝马”车停在了出口处。司机把手提箱扔到前排座位上，然后拉开了后面的车门。他的光头被雨淋着，在黑暗中闪闪发光。

车子行驶得飞快，一直辗着道路的中心线疾驰。其实，路上车辆很少——已经是半夜一点了。雨下个不停，一块块广告牌仿佛从夜空中飞来，又消失在地平线上。在地平线上，余晖掩映的城市依稀可见。像以前一样，一旦回到了国内，我就觉得周围的一切看上去比离开之前进步了一些。我感觉这里有点儿不像莫斯科了，好像是到了另一座城市……只有广播里的声音能够提醒你身在何处。在播放“犯罪歌曲”的间隙，是俄罗斯播音员的胡言乱语。对此，我一时还不太习惯。我请司机关掉广播，然后打起了瞌睡。没有思绪，没有烦恼……雨、路、远方的霞光……就这么一路走下去吧！

“到了！”司机没有回头，在座位上说道，并且没有要下车的意思。他把我的手提箱从车里拿了出来，也算是给我帮了忙。

一觉醒来，我觉得有点儿冷，腿都麻了。我艰难地抵住敞开的车门，从车里钻了出来。

大雨倾盆……我们的车停在门前的路上。好啦，现在不能要求司机把车开到院子里了——根纳很有可能没有把遥控器给他，所以即使他想进院也办不到。

在我的身后，传来了一阵响声。接着，是轮胎擦地、马达轻吼的声音。我回过头去，简直不敢相信自己看到的情景：我的手提箱被撂在湿漉漉的柏油马路上，差点儿掉进沙坑。那辆“宝马”车缓缓地转了个弯，向城市的方向驶去。随即，漆黑的玻璃窗后面的光头男子也消失了。马达的声音变大了——汽车开始加速，消失在雨中。

要是没带大门的钥匙，可就惨了！……事实上，我可能真的没带钥匙。

我把手提箱的背带挂在肩上，弯下身子挡住雨水，小心地打开了小包。在小包的最里面，文件的下面有一串钥匙。这串钥匙里到底有没有大门的钥匙呢？鬼才知道！根据我的回忆，我从来没有在深更半夜进过大门，通常是根纳锁门。

平时，也是由他来开启防盗系统。如果他打开了防盗系统，那可就糟了，因为我只能从房子里面关闭它。

好啦，最好别去想这些事了！总之，要是招来了警察，我会跟他们解释的——总不能在雨里过夜吧！

噢，他们怎么派了这么个恶棍来接我?！第二天，我得和那个混账后勤主任穆罕默德说一说……不过，第二天我还有别的事要谈。

这把钥匙不知道是开哪扇门的！好啦，就用它吧！

我借着从上面和侧面透过来的微弱灯光，仔细地辨认着钥匙。

这时，我才意识到，光线是从院子里的二楼窗口射出来的。

在这之前，我还不知道“腿都吓弯了”这句话应该怎样理解才对。

尼娜在意大利，而根纳在热列兹诺多罗日内的老家。

我的书房里亮着灯。灯光不是很亮，说明是台灯……也有可能是扶手椅旁边的落地灯……楼上的客厅里也亮着灯，灯光昏暗……灯光透过雨水，不停地闪烁……不，大概只是开着门吧。光线是从房子的深处透过来的……尼娜房间的窗户朝着另一个方向……客厅的窗口处有个黑影……一闪而过，消失了……书房的窗口处有个人影在晃动……

天哪，这是怎么回事?！连狗都不叫了！

我双手发抖，钥匙串啪的一声掉在了地上。我弯下身子，手提箱从肩膀上滑了下来。我甩了一下肩膀，手提箱轻轻地碰了一下大门。

大门无声地打开了。

连狗都不叫了，真可怕！他们把狗打死了！

钥匙还在！我弓着身子，把钥匙串塞到了裤兜里。挎在手腕上的小包有点儿碍事，于是我便把它拿下来，塞到了衣服里面的大兜儿里。然后，我把它塞得更紧实了些，把皮夹克的拉链拉到了头儿。

我没有站起来，而是半蹲着向旁边移动，从门外往里面看。

这时，一楼的灯亮了。紧接着，厨房、餐厅、大客厅里都亮起了灯。斑驳的光点打在草坪上和房子的侧面——这么说，他们打开了根纳房间里的灯！

我保持着半蹲的姿势，钻进了大门。然后，我在大门的投影下站直了身子——在房子里应该看不见黑暗中的身影。

到车库去，大概要走十步左右。我踮着脚尖，沿着院墙一路跑了过去。沙砾在我的脚下发出了轻微的响声。他们有几个人？已经无所谓了！他们杀了狗！我现在已经别无所求了，只想杀了他们。这大概是我最后的愿望了！不会连这个都实现不了吧！

我站在车库的角落里，屏住了呼吸。车库的大门是从来都不锁的，不过根纳也有可能在离开之前把它锁上。这样的话，就全完了——这串钥匙里肯定没有车库的钥匙。

突然间，我意识到，我忘了采取必要的行动。于是，我疯了似的掏出了手机。在这儿，好极了！我不知道警察分局的电话，也不知道小区里值班人员的电话——小区里大概会有人值班吧。有了！莫斯科的电话，谁都知道……“01”是火警电话，“02”……“03”是急救电话。这么说，应该打“02”。我得在车库里打电话，免得被他们听见。

从角落里到车库的门口需要走三步。现在，我必须把门拉向自己。大门轻轻地打开了，没有发出一点儿响声。根纳，好样的！他把一切都布置得这样完美！我从门缝儿钻进去之后，大门在我的身后自动下滑，轻轻地关上了。于是，我便置身于一片黑暗之中了。

这时，我意识到，得弄出点儿光亮来。只要按住手机的任意按键，就会发出光亮。不过，最好还是立即拨打“02”。我小心翼翼地触摸着手机的按键，好像找到了要按下的数字键。可是，屏幕闪着绿光，通知我“手机无法使用”。显然，由于混凝土墙壁和铁门的遮挡，车库里没有信号。刚才在外面的时候打电话就好了！可是，为时已晚。

只能把手机当成手电筒了！我不停地按着键盘，使得手机发出了一点儿绿光。我向前伸出双手，从两辆汽车之间穿过去，走到了车库的后墙边。那儿有个旧的保险柜，我的那支警用“雷明顿”霰弹枪就放在那里面。这支枪是我在刚允许持枪的时候买的。我买这支枪时毫无目的，就像得到了一件小时候得不到的漂亮玩具。保险柜没有上锁，我也没有打开保险柜的钥匙——这不是我的风格。

保险柜的门把手在这儿！转一下！好了，拿到枪了！子弹在哪儿？我还记得怎么给这东西上膛吗？好像记得……子弹应该在下面的盒子里。我俯下身子，用手机照着亮，很快就找到了放在下面的子弹盒。现在，剩下的步骤就得在完全黑暗的情况下进行了，用一只手无法操作。

我拿着枪，忙活了五分钟左右。不管怎么说，子弹已经上了膛！我拉了几下枪栓，发出了巨大的声响。那声音简直是震耳欲聋，不仅在房子里能听见——在一公里之内的任何地方都能听见。可是，我管不了那么多了。

现在，就让该来的都来吧，反正我已经知道了所有重要的事情！我的生命究竟在什么时候、以何种方式结束，都不重要了！

我想倾听自己内心的声音，但却什么也没有听到。没有恐惧，没有遗憾——什么感觉都没有。

列昂卡会照顾尼娜的——他们会和好如初的。

我的手机找不到了，反正我也不需要它了。我毫不费力地找到了汽车之间的通道，用力推开了大门。大门打开了，我走进了院子。

大雨倾盆！所有的房间里都亮着灯！

好啦，我准备好了！

我站在了车库的门前，这样可以及时地隐蔽在铁门后面。

我向空中开了一枪。

看来，像电影里演的那样用一只手拉枪栓是不行的，得用另一只手拽着点儿。啊哈，弹壳飞了，落在了草坪上！很好，我又准备好了！

该瞄准哪扇窗呢？是否应该等一会儿，等他们对第一枪作出反应呢？

这时，书房的玻璃窗碎了。我看见窗口处有浅黄色的火光……发出了轻微的啪啪声。一下、两下、三下……我站在那儿，忘了手里还拿着枪，枪口还冲着天空。

我的左腿膝盖下面中了两枪，感觉像是撞在了尖锐的轴头儿上。我的大腿一阵刺痛，扩散到了全身。我喘着粗气，倒在地上，把枪扔到了一边。

真奇怪！我躺在地上，头很晕，就像在一个特别高的地方往下看。

房子里传来了一声尖叫。

有一个女人在喊叫——是尼娜！

我抬起头来，看见妻子站在被打碎的玻璃窗前。玻璃窗的碎片闪闪发光。灯光更亮了，我清清楚楚地看到了她的脸。

好安静啊！什么都没有了，只有雨一直在下。

我从水坑里出来，向房子爬去。接着，我站起来，向前走了几步。我还能走！我的腿很麻木，几乎感觉不到疼，只是不能弯曲。在台阶前，我站立不稳，又一次摔倒了。我爬上台阶，推开房门，爬到了大厅的地板上。在明亮的灯光下，我看见自己左边的裤腿已经湿透了，身后的地板上留下了一条黑色的印迹。于是，我感到了一阵头晕、恶心。

尼娜站在楼梯的缓步台上，看着我。她的右手垂在身体的一侧，一动也不动。

“拿块毛巾来给我绑腿！”我对她说。于是，她走了。我爬到台阶前，坐下来，肩膀倚着最下面的一级台阶。有个东西吸引了我的注意力！我不知道那是什么，在台阶上……我用力回过头去，看见倒数第三级台阶上有一把手枪。这把有点儿褪色的“马卡洛夫”手枪怎么会出现在我家里呢？

尼娜从楼上走下来，坐在了我身边。她左手拿着一件白色的衣服，右手一动不动地吊着。“我没找到毛巾。”她说，“这是我的睡衣。不过，你得自己包扎，因为我的右手不听使唤了。我也不知道是怎么回事，打完枪就这样了。”“别碰，用左手撑着点儿！”我担心她一动弹就会骨折。“估计是后坐力造成的！”她说，“我已经忘了怎么打枪！”“你打得挺准！”我说。我试着把睡衣缠在腿上，但是我浑身没有一点儿力气，每一次尝试都会耗费更多的力气。“你不记得了吗？”她说，“在兔儿谷的时候，父亲……布尔拉科夫经常带我到打靶场去，教我打枪。在班里，我打小口径步枪是最好的！”

我终于紧紧地把自己的腿缠住了。一阵难忍的剧痛袭来，我暂时失去了知觉。

然后，我和尼娜并排坐在地板上，等待着警察、急救车和列昂卡——尼娜用一只手勉强打了几个电话。褐色的血从我的裤子里渗了出来。不过，血好像是止住了。

该死！经过了这么多年，我们第一次开始交谈了。

“给你打电话的时候，为什么听到的总是意大利语？”“我把它落在宾馆里了。我昨天才回国……本想打电话告诉你，可是根纳已经走了……我记不住你的电话号码……家里也找不到你的电话号码。于是，我就决定等着。到了晚上，汽车会一辆接着一辆地来到咱们家门口，停一会儿，然后离开——真吓人！”“可是，你为什么要朝我开枪呢？”“嗯，我都说了……来了一辆陌生的汽车，停在了门口。我以为有人要偷东西……还有狗……狗没认出你来。它们都躲在我的房间里，就像在躲一个陌生人。还记得兽医来的那次吧……在哪儿都找不到它们。”“手枪是从哪儿来的?”“在根纳的房间里拿的。我想，他会把它留下，藏在什么地方——他是不会带着手枪坐火车的。果然，跟我想的一样，枪套和这些带子都在他的床垫子下面，我一下子就找到了。”

她用自己的左手扶着右手，不时地哼哼两声。我感到十分恶心……我时不时地有点儿犯迷糊。有时候，我会失去知觉。不过，我们一直在说话。

真的，我们现在又能说话了——是不是很好?再不说就都成哑巴了!“你知道吗，我有一个消息要告诉你：咱们现在没钱了。想想吧，一分钱也没有了!所有的账户都空了，你能想象得出来吗?”“不能。你能确定吗……还是你的推测?”“不是推测，非常确定——这种事情经常发生。黑客会入侵银行账户，直接从电脑上把钱划走。黑客就在这儿……在莫斯科的某个地方，把我在苏黎世和日内瓦的账户都黑掉了。我所有的钱一眨眼就被他们转到了别的账户上，然后再转给第三方，一点儿痕迹也不会留下。他们会立刻把钱取走，然后关闭中转的账户。一个小伙子和一个德国女人都向我解释过了——我以后再告诉你。明白了吧，我的账户被盗了，我们什么都没有了。即使打官司，也是他们赢，因为瑞士的法官从来都不站在俄罗斯人这边。他们认为俄罗斯人都是黑手党，明白吗?”“不，不明白!现在应该怎么办?我们靠什么生活?”“别担心，会有办法的!我都想好了!我敢肯定，伊戈尔的账户也被盗了。我的决定是：让基列耶夫卖了这儿的房子，搬到我们在布拉格的房子里去住。你不反对吧!然后，让列昂卡和伊拉搬到这里来——他们会照看好狗的。我和你住的地方，我也想好了。只是，你不要马上反对!”“我是不会反对的!你难道不明白吗?我住在哪儿都行!”

“当然，我明白。”我点了点头，竭尽全力想看清她——班里最漂亮的女孩儿。逆光之下，她的白发变成了金色，就像她从前的头发一样——她的变化比我小。

头晕，腿麻……我想坐得舒服一些，却办不到。我滑了下去，侧卧在了地毯上。这样很好，可以睡一觉——疼痛会过去的。

这时，传来了一阵轰鸣声。大门打开了，立刻就有一些湿漉漉的裤腿和脏靴子围住了我。啊哈，急救车和警车一起赶到了……是列昂卡！“坚持住，老爷子！”他说，“会好起来的！两颗子弹都打在皮肉里！我们现在就去医院……心脏怎么样？”“心脏没事！”我回答道。“妈妈的手怎么了？骨折了吗？”“不，只是脱臼。”“唉，看看你们这两位老人家吧！”列昂卡摇了摇头，“差点儿把对方打死！瞧你们，都干了些什么？”

我躺在担架上，被塞进了急救车。一位穿白大褂的姑娘坐在我旁边。“我的妻子在哪儿？”我问道。“别担心，先生！”护士（也有可能是医生）说道，“您儿子和她在一起呢！他们会在我们之前到达！”我想问，她的意思是不是“我们会被送进同一家医院”，可是急救车猛地一抖，开始转弯了，弄得我差点儿从担架上掉下来。我的大腿像被火烧了一样疼。过了一会儿，我失去了知觉。当我在氯化铵的作用下苏醒过来时，已经想不起自己要提的问题了。

“只有疼痛！”我想，“只要活着，就会痛！”

从此以后，我不是再次失去知觉，就是睡着了。

尾　声

细碎的“干雪”下了一整天。傍晚，地上已经薄薄地铺了一层雪花。晚上，萨尔特科夫送走了每周都来看望他的儿子和儿媳妇之后，把棉袄披在了平时常穿的运动服外面。他站在楼门口，眯缝着眼睛，向泛着白光的黑夜望去——因为下雪，黑夜就像是褪了色。他目送着两个年轻人坐上汽车，在玻璃窗后面向他挥了挥手。车子转了个弯，在白茫茫的雪地上留下了脏兮兮的印迹……

萨尔特科夫转过身来，使劲儿拄着拐杖——到了晚上，他的腿就开始隐隐作痛了。他穿过门厅，坐在了角落里的沙发上。每到夜深人静的时候，门厅里的灯就几乎全部熄灭了，只有沙发旁边的落地灯还亮着，可以坐在沙发上看一看信封上写的是什么。直到最后的时刻，儿子才想起来，把一封信塞进了他的棉袄口袋。他要是没把眼镜落在房间里的话，还可以看一看信的内容……眼镜就在这儿，挂在胸口上。萨尔特科夫用了好长时间调整坐姿，好让灯光照对了地方。然后，他盯着信封看了好一阵子。邮票是美国的，回信的地址也是美国的，可是萨尔特科夫根本就不认识这个地方。他以前那家公司的俄罗斯地址写得完全正确，可是从笔迹上看，显然并非出自俄罗斯人之手。萨尔特科夫吃力地撕开信封，掏出信纸，开始读信。

尊敬的米哈伊尔·萨尔特科夫先生：

写这封信的，是您的老相识塔季扬娜·别尔科夫娜①的儿子。很遗憾地通知您，妈妈突发心脏病，去世了……

萨尔特科夫没有把信读完就把信纸折起来，放入信封，仔细地装进了棉袄的口袋里。然后，他摘下挂在胸前的眼镜，使劲儿拄着拐杖，离开塌陷的沙发，站了起来。他再次穿过门厅，来到了门口。走到外面之前，他把拐杖换到了另一只手上。他拽了拽棉服的袖子，然后牢牢地系好了上衣的纽扣。门卫坐在大门右侧的小凳上，端详着老头子的举动，一句话也没说。“我想在睡觉之前走一走。先别锁门，年轻人！”萨尔特科夫哑着嗓子说完了话，便走到了雪地上。此时，细碎的雪花不停地从漆黑的天空中落下。

长长的林荫道笔直地伸向大门口。巨大的云杉矗立在道路两旁，树梢与漆黑的夜空融为一体。对一个瘸腿的老人来说，要走到大门口，至少得用十分钟的时间。

在路上，萨尔特科夫一直在想那封从美国寄来的信件和儿子提到的那个电话。打电话的是个女人，说电话是从澳大利亚打来的。当时，他感觉这个女人的声音确实来自很远的地方。因为距离太远，所以她说的话让人难以分辨清楚。那个女人说的话很奇怪——她想知道米哈伊尔·列昂尼多维奇的腿怎么样了。列昂卡回答说：“只是轻伤，不太严重。”列娜很惊讶地说：“啊——怎么，他受伤了?!”列昂卡想把父亲所在病

① 丹娘的姓名。

房的电话号码告诉她，可是她什么也没说就挂断了电话。

萨尔特科夫想着那封信和那个电话，仔细地倾听着发自内心的声音。当他的脑海里浮现出“澳大利亚”这个词的时候，他的心在颤抖。他用力迈着步子，不由自主地快走了几步，就像要跑到大门口，跑到夜色中去，一直跑到澳大利亚……可是，他立刻就停住了脚步，四处看了看，仿佛要看一看有没有人注意到他的行为。他意识到，刚才是心脏在痉挛。这一天过得有点儿累！必须在睡觉前把新开的药吃了，要不然第二天早上就又要心律不齐了。

萨尔特科夫站在大门口，从口袋里掏出信封，用力把里面的信撕得粉碎，然后深深地埋到了积雪中。这样一来，丹娘就再也不会出现了。

其实，澳大利亚的事情早就结束了，只是听到这个词的时候，心脏仍然会失控。

在回去的路上，萨尔特科夫尽量不去想那些事情。可是，谁能阻止一个人去回忆过去呢？就连已经看透一切的德国女人都无法做到这一点……

萨尔特科夫回忆起了告密的行为、丢失的财富……他想：“这是上帝在考验我呢！好吧，就当它是上帝的旨意吧！可是，我想知道，我是否经受住了考验。我希望自己经受住了考验，因为既然活到了现在，就说明……”

萨尔特科夫回忆起了一些人——被杀害了的朋友，还有活着的朋友。也许，他第二天就会从布拉格打来电话，胡说八道一气。那个叫“鲁斯塔姆”的人，大概早就把萨尔特科夫忘在脑后了吧。在新的位置上，他一定会遇到很多新的麻烦。还有那些让他感到十分陌生的年轻人……几年前，他生活中的那些貌似重要的事情都与他们有关。不知道他们现在身在何处——罗姆卡、加里克，还有一个……叫什么来着？是科利亚，还是托利亚……已经不重要了。还有那个奇怪的女人——韦罗奇卡，竟然在三个月之前突然跑来看他。她上了年纪，打扮得很难看。她总是抱怨自己靠存款过活，孤苦伶仃……

他实在没有办法想起所有的人。那个不爱说话的人呢？萨尔特科夫每天都看着他的后背。他的马尾辫在萨尔特科夫的眼前来回摆动。马达在轰鸣，收音机的绿色灯光在频频地闪烁。音乐低回，两个人共进晚餐……和他共进晚餐的这个人在哪儿呢？他没有从家乡热列兹诺多罗日内回来，消失不见了。偌大的国家……

萨尔特科夫抛开回忆，想象着再过半个小时，列昂卡和伊拉就到家了。到了那个时候，大门就会敞开，三只狗就会高兴地冲出来。他们会喂它们东西吃，然后把它们放到院子里跑上五分钟。回到家里时，它们的脚上和肚子上就会沾满了雪花。然后，这三只长胖了的“腊肠狗”就会躺在它们睡觉的地方——书房的扶手椅旁……

那么，同班同学有谁还活着呢？萨尔特科夫突然想到了这个。所有人的名字，他几乎都忘了……沃夫卡·萨拉伊金……托利卡……是亚美尼亚人的姓。他有个妹妹……不，记不起同学的名字了。还有谁？维奇卡·戈洛瓦乔夫倒是还活着！他在德国，大概会活得很久……不知为什么，他的记忆里浮现出了大学时的那个女积极分子的形象。她一直在想方设法解救萨尔特科夫，以免他被学校开除……已经过去了多少年？四十年，还是更多……是的，有很多人都已经忘记了，自己的生活和命运曾经受到过他们的制约……

萨尔特科夫从未在白天想起过父母，可是他们每天晚上都会出现在他的梦里——最常梦见的大概是他去探望父母。他去的时候，父母就住在那个干净的小房间里。实际上，那就是萨尔特科夫现在住的房间。在梦里，他知道那是他自己的房间，但是并不觉得父母住在里面有什么不妥。他跟父母无话可说，但他们仍然会洞察一切。萨尔特科夫经受着折磨，期待着梦境的消失。见一面，就足够了……

进入大楼之前，萨尔特科夫用了很长时间才把靴子擦干净，还用拐杖尖打掉了高帮靴两侧的积雪。这双靴子是他在散步时穿的，从来都不把鞋带系到头儿。他向门卫道了声“晚安”，便从门厅拐进了右侧的走廊，慢慢地向自己的房间走去。他走路尽量不发出声音，也不用拐杖敲打地面。

紧靠着窗台的桌子后面，坐着他的妻子。屋里没有点灯。窗外，雪花在路灯的照耀下闪闪发光。上了霜的玻璃窗很亮，一个女人的轮廓映在了上面。在敖德萨的时候，曾经有一个快活的年轻人在海滩上走来走去，用黑色的纸裁剪出人影，贴在白色的纸板上出售，每张五十戈比。萨尔特科夫给了他五十戈比，目不转睛地盯着自己年轻的妻子那漂亮的轮廓，而她却迟疑不决地看着自己的形象，说自己的鼻子不可能这么翘。“鼻子还是老样子，只是鼻尖有点儿翘。”萨尔特科夫在黑暗中微笑着想。

萨尔特科夫坐在自己的床上，伸出手来，摸到了她放在桌子上的手。女人的手轻轻地抖了抖，软弱无力地握成了小拳头。萨尔特科夫没有把手拿开，而是让手掌更紧实地盖在这个干瘪的小拳头上，竭力保持不动……

“即使她知道自己瞄准的人是谁，也没有意义了。”萨尔特科夫心想，“一切都没有意义了。只要我们能坐在一起，看着夜色，就够了——这辈子过得挺好……”

Всё поправимо

Александр Кабаков

本书译自 Вагриус 出版社 2007 年版